Wilhelm von Giesebrecht

Geschichte der deutschen Kaiserzeit von Wilhelm von Giesebrecht

Staufer und Welfen

Wilhelm von Giesebrecht

Geschichte der deutschen Kaiserzeit von Wilhelm von Giesebrecht Staufer und Welfen

ISBN/EAN: 9783742811509

Hergestellt in Europa, USA, Kanada, Australien, Japan

Cover: Foto ©Andreas Hilbeck / pixelio.de

Manufactured and distributed by brebook publishing software (www.brebook.com)

Wilhelm von Giesebrecht

Geschichte der deutschen Kaiserzeit von Wilhelm von Giesebrecht

Staufer und Welfen

Vorrede.

Dieser Band ist in Jahren abgefaßt worden, in welchen der denkwürdigste Umschwung der deutschen Verhältnisse erfolgte. Ein neues deutsches Reich und ein neues deutsches Kaiserthum erhob sich, während der Verfasser sich eine Periode darzustellen bemühte, in welcher das alte Kaiserthum unter dem Druck des gregorianischen Papstthums und innerer Parteiungen von seiner Höhe sank.

Es ist eine eigenthümliche Fügung, daß dieses einer fernen Vergangenheit zugewandte Werk in seinem Fortschreiten doch mit den Ereignissen der Gegenwart stets in engem Zusammenhange bleibt, bald ihnen voraneilend, bald ihrem raschen Zuge langsam folgend. Als das neue deutsche Reich in die Welt trat, ist der durchgreifende Unterschied desselben von dem alten vielfach scharf betont worden, und auch der Verfasser hat dies nicht versäumt. Aber jeder Tag zeigt mehr, daß das neue Reich doch die Erbschaft des alten anzutreten genöthigt war. Wenn auch zum Theil mit veränderten Namen, es sind doch dieselben Mächte, welche heute, wie in den Tagen Lothars und Konrads, die Entwickelung des Reichs behindern.

Wer Parallelen zu den Zeitereignissen in der Geschichte sucht, kann sie in der hier dargestellten Periode in Ueberfülle finden. Der Leser wird fühlen, daß es dem Verfasser leicht gewesen wäre, selbst solche Parallelen zu ziehen. Wie sehr das Buch auch dadurch an Wirksamkeit hätte gewinnen können, hat er doch davon Abstand genommen. Denn die Pflicht des Historikers ist nach dieser Seite hin scharf bestimmt und wird niemals ungestraft verletzt.

Vielfache Unterstützung von Freunden und Studiengenossen habe ich auch bei diesem Bande gefunden und sage Allen nahe und fern, die meine Arbeit gefördert haben, den innigsten Dank. Leider erreicht mein Dank mehrere theure Männer nicht mehr, die mich durch Mittheilungen erfreuten. Eine sehr wesentliche Erleichterung boten mir die Sammlungen für die neue Bearbeitung der Böhmerschen Regesten, welche mir durch die Güte des Herrn Dr. Paul Scheffer-Boichorst zugänglich wurden. Auch mein lieber Freund Wattenbach hat, indem er mir die dritte, so vielfach bereicherte Ausgabe seiner Geschichtsquellen schon vor der Publication zukommen ließ, sich ein neues Verdienst um meine Arbeit erworben.

Das diesem Bande beigegebene Register ist von Herrn Ernst Mummenhoff, Accessisten beim hiesigen Reichsarchiv, angelegt und vom Unterzeichneten revidirt. Es bezieht sich nur auf den Text; die Verweisungen bei den einzelnen Reichen, Bisthümern u. s. w. auf die Könige, Bischöfe u. s. w. gehen nur auf die in diesem Bande selbst erwähnten Personen und sollen lediglich zu weiterem Nachschlagen dienen.

München, den 3. August 1874.

W. v. Giesebrecht.

Inhalt.

Neuntes Buch.

Die Regierungen Lothars und Konrads III. Staufer und Welfen. 1125—1152.

Seite

Seite

Quellen und Beweise.

Register.

Berichtigungen und Nachträge.

S. 24. Z. 3 lies Gunzenlee statt Gunzenleh. Die Anmerkung ist dahin zu ändern: „Ein Hügel auf dem rechten Lechufer bei Kissing." Vergl. Bd. I. (4. Auflage) S. 829.

S. 48. Z. 10 und 16 lies Gibichenstein statt Gebichenstein.

S. 79. Z. 20 lies ihm statt ihn und Z. 30 vier Wochen statt eine Woche.

S. 86. Z. 5 ist als zu streichen.

S. 102. Anmerk. Z. 2 lies Mutter statt Gemahlin.

S. 112. Z. 3 lies Juli statt Mai.

S. 136. Z. 27 lies jubelten statt jubelte.

S. 150. Z. 8 lies 12 Tage statt 3 Tage.

S. 152. Z. 18 lies Sarchio statt Serchio.

S. 175. Z. 1 lies Anwesenheit statt Abwesenheit.

S. 186. Z. 3 lies Sachsens statt Sachse.

S. 186. Z. 7. 8 lies Cistercienserabtei statt Benedictinerabtei.

S. 195 letzte Zeile des Textes lies Frankfurt statt Würzburg.

S. 205. Z. 10 lies April statt Mai.

S. 209. Z. 17 lies 24. September statt 29. September.

S. 219. Z. 7 von unten lies Berengar statt Beranger.

S. 342. Z. 17 lies 15. Juni statt 1. Juni.

S. 393. Z. 33 ist hinzuzufügen: G. Haag hat in seiner Dissertation: Quelle, Gewährsmann und Alter der ältesten Lebensbeschreibung des Pommernapostels Otto von Bamberg (Halle 1874) ausgeführt, daß die Prieflinger Biographie nicht aus Ebbo und Herbord geschöpft, vielmehr die älteste, bald nach 1140 abgefaßte Lebensbeschreibung Ottos sei, bei welcher Bamberger Aufzeichnungen über seine Stiftungen und mündliche Nachrichten eines wohlunterrichteten Gewährsmannes, vielleicht des ersten Pommernbischofs Adalbert, benutzt wurden.

S. 394. Z. 8 ist hinzuzufügen: Ueber die von Balderich verfaßte Lebensbeschreibung des Erzbischofs Albero von Trier handelt R. Prümers in seiner Dissertation: Albero von Montreuil (Göttingen 1874) S. 88—90. Das ältere metrische Werk über Albero soll Balderich nach Prümers S. 97 nicht benutzt haben, doch fehlen durchschlagende Gründe für diese Ansicht.

S. 401. Z. 3 von unten ist Danzig statt Göttingen zu setzen und hinzuzufügen: C. Hirsekorn, Die Slaven-Chronik des Presbyter Helmold (Halle 1874).

S. 422. Z. 6 von unten ist hinzuzufügen: Ueber die Erwerbung Burgunds durch die Zähringer und das Herzogthum oder Rectorat derselben handelt G. Hüffer, Das Verhältniß des Königreiches Burgund zu Kaiser und Reich (Paderborn 1873) S. 21. 22. 111. 112.

S. 428. Z. 11 von unten ist hinzuzufügen: Die Versus de vita Vicelini sind kürzlich mit einigen anderen auf Neumünster bezüglichen Quellenschriften von R. Beck unter dem Titel: Analecta ad historiam Novimonasterii von Neuem in verdienstlicher Weise herausgegeben worden.

Neuntes Buch.

Die Regierungen Lothars und Konrads III. Staufen und Welfen.

1125 — 1152.

1.

Lothars Wahl.

Als die entseelte Hülle des Letzten vom salischen Kaiserstamme im Dom zu Speier beigesetzt wurde*), erfüllte die Zukunft des Reichs die bei der Leichenfeier anwesenden Fürsten mit schwerer Sorge. Sie fürchteten innere Kämpfe im Reiche um das Reich und hätten gern sogleich weitgehende Beschlüsse zur Sicherung des Friedens ergriffen; nur aus Rücksicht auf die abwesenden Mitfürsten standen sie von solchen ab und begnügten sich unter der Voraussetzung allgemeiner Zustimmung mit der Anordnung, daß sich am nächsten Bartholomäustag (24. August) alle deutschen Großen bei Mainz zur Wahl des neuen Königs einfinden sollten. Sie beschlossen überdies die Fürsten des Reichs aufzufordern, in den einzelnen Gebieten einen Landfrieden bis vier Wochen nach jenem Tage aufzurichten, damit ein jeder sicher nach Mainz ziehen und von dort zurückkehren könne.

Es waren besonders die Erzbischöfe von Mainz und Köln, die Bischöfe von Konstanz, Worms und Speier, der Abt von Fulda, die Herzöge von Baiern und Schwaben, der rheinische Pfalzgraf Gottfried und Graf Berengar von Sulzbach, welche diese Anordnungen trafen und dann gemeinsam in einem Anschreiben den anderen Fürsten mittheilten. Sie versicherten in demselben, daß sie kein Sonderinteresse bei ihren Veranstaltungen geleitet habe, sondern allein der Wunsch, dem Reiche ein Oberhaupt zu geben, unter dessen Regiment der auf Kirche und Staat lastenden Knechtschaft ein Ziel gesetzt und die Macht

*) Der Tag ist nicht bekannt; wahrscheinlich im Anfange des Juni 1125 erfolgte die Bestattung Heinrichs V.

des Gesetzes hergestellt werde, so daß fortan sie alle und das ihnen untergebene Volk im Frieden zu leben vermöchten.

Das Interregnum war so auf drei Monate ausgedehnt. Wider die Erwartung verlief es unsres Wissens ohne alle Störung der öffentlichen Ruhe; vielleicht deshalb, weil es kaum fraglich schien, wer den erledigten Thron einnehmen werde. Fast allgemein sah man in Herzog Friedrich von Schwaben den Nachfolger des letzten Heinrichs, und auch er selbst betrachtete sich ohne Zweifel als solchen.

Als der nächste Verwandte des verstorbenen Kaisers hatte Friedrich nicht nur auf die große Hinterlassenschaft desselben die ersten Ansprüche, sondern auch auf die erledigte Herrschaft eine wohlbegründete Anwartschaft. Für diese war das alte Herkommen, und Heinrich V. hatte selbst noch sterbend auf seinen ältesten Neffen als den Erben des Reichs unzweideutig verwiesen. Auch schien dieser in jedem Betracht der rechte Mann, um auf den ersten Thron des Abendlandes erhoben zu werden.

Friedrich stand in der Blüthe des Mannesalters — er war damals 35 Jahre alt — und hatte seine Tüchtigkeit bereits vielfach bewährt; mit Rath und That hatte er Heinrich V. stets unterstützt und während des zweiten Aufenthalts desselben in Italien die Statthalterschaft in den deutschen Ländern geführt. Durch Tapferkeit, Umsicht, Freigebigkeit und leutseliges Wesen hatte er nicht nur in seinem Herzogthum, sondern auch außer den schwäbischen Gauen sich Freunde und einen zahlreichen Anhang gewonnen. Keinem anderen Fürsten standen überdies einflußreichere Familienverbindungen zu Gebote als ihm. Seine Mutter Agnes, die Kaisertochter, war in zweiter Ehe dem reichen und mächtigen Markgrafen Liutpold von Oesterreich verbunden; dieser theilte den Wunsch seiner Gemahlin, ihren ältesten Sohn auf dem Thron ihrer Väter zu sehen. Friedrich selbst war seit einigen Jahren mit Judith, einer Tochter Herzog Heinrichs von Baiern, vermählt. Die alten Streitigkeiten zwischen den Staufern und Welfen schienen durch diese Ehe völlig beseitigt; die beiden mächtigsten Geschlechter des oberen Deutschlands schienen zur Zeit nur ein Interesse zu haben. Auch die in Schwaben und Franken sehr angesehenen Häuser der Zähringer und Vohburger standen in verwandtschaftlichen Beziehungen zu dem Staufer.

Der Einfluß des Schwabenherzogs umspannte augenscheinlich das ganze obere Deutschland; nicht so fest war sein Ansehen in den nördlichen Theilen des Reichs begründet; hier konnte ihm Herzog Lothar, dem er so oft in den Waffen gegenüber gestanden hatte, von Neuem ein sehr gefährlicher Widersacher, ja selbst Nebenbuhler werden. Aber es war kaum zu erwarten, daß der alternde Sachsenherzog — Lothar zählte damals etwa 60 Jahre: das Geburtsjahr ist nicht bekannt —, so wenig er sich sonst zu bescheiden pflegte, noch selbst nach der Krone trachten und ihm im Wahlstreit entgegentreten würde. Mehr glaubte wohl Friedrich die Erinnerungen jener geistlichen Fürsten fürchten zu müssen, die er im Investiturstreite bekämpft und die seine Rache, als sie ihn mit dem Banne verfolgten, bitter gefühlt hatten. Da brannten noch manche offenen Wunden, obwohl Friedrich und sein jüngerer Bruder Konrad sich in den letzten Jahren der kirchlichen Partei sichtlich genähert hatten und sogar im Interesse derselben mehrfach dem Kaiser, namentlich in der Würzburger Sache, entgegengetreten waren. Bald genug zeigte sich auch, daß die Bischöfe die alte Feindschaft nicht vergessen hatten; am wenigsten der Mainzer, der am meisten von den Staufern gelitten.

Wie sorgfältig auch Adalbert von Mainz, ein Meister in der Staatskunst jener Zeiten, seine Absichten in den Tagen des Interregnums verbergen mochte, scheint Friedrich doch dieselben zuletzt geahnt zu haben. Daß aber der Erzbischof von Anfang an die Wahl des Staufers zu vereiteln bemüht war, ist im höchsten Grade wahrscheinlich. Nichts spricht mehr dafür, als daß er bald nach dem Tode Heinrichs die Auslieferung der Reichsinsignien von der Wittwe desselben zu erlangen suchte. Dies gelang ihm, indem er dabei sogar trügerische Versprechungen nicht gespart haben soll. Bei der den Reichsinsignien damals beigelegten Bedeutung und bei dem ihm überdies nach seiner Stellung gebührenden Einfluß auf das Wahlgeschäft war die Entscheidung über den Thron nun hauptsächlich in Adalberts Hand gelegt und er gedachte seine Macht nicht zu Gunsten des Staufers zu brauchen.

Man hat gemeint, daß lediglich persönliche Abneigung gegen Friedrich und das kirchenfeindliche Geschlecht der Salier Adalberts Verfahren bestimmt habe. Aber so bestimmt diese mitwirkte, wird er sich doch zugleich durch einen politischen Gedanken haben leiten lassen, der unter den deutschen Fürsten und besonders unter denen, welche das Kaiserthum durch die Kirche beschränken wollten, längst aufgetaucht war. Es ist bekannt, daß bereits bei der Wahl Rudolfs von Schwaben die Fürsten erklärt hatten, daß sie eine Vererbung des Reichs nicht ferner anerkennen würden; wenn nun jetzt Friedrichs Wahl vereitelt würde, trat mindestens das klar zu Tage, daß Erbansprüche, wie sie nach dem Tode Ottos III. und Heinrichs II. erhoben waren, fernerhin keine Bedeutung besäßen. Man konnte dann in Zukunft den Ideen der Erbmonarchie, wie sie die Ottonen und Heinriche festgehalten hatten, mit einer augenfälligen Thatsache entgegentreten; der erste Schritt zur Herstellung der reinen Wahlmonarchie war geschehen.

Adalbert scheint in seine Absichten zuerst den Erzbischof Friedrich von Köln, seinen alten Bundesgenossen, eingeweiht zu haben. Denn wir wissen, daß dieser alsbald mit dem Markgrafen Karl von Flandern über die deutsche Krone zu verhandeln anfing. Karl, ein Däne von Geburt und ein Vasall der französischen Krone, war gewiß am wenigsten für den deutschen Thron geeignet. Aber er war ein Fürst von entschiedener kirchlicher Gesinnung, ein Mann ganz nach dem Herzen des hohen Klerus, und, was vielleicht auch in Betracht kam, noch zur Zeit ohne Nachkommenschaft; jedenfalls hätte er, da ihm jedes natürliche Anrecht an die deutsche Krone fehlte, seine Erhebung einzig und allein der freien Wahl der deutschen Fürsten zu danken gehabt. Die Verhandlungen mit Karl hatten zwar keinen Erfolg, aber doch stand, als der Wahltag heranrückte, Friedrichs Sache schon weit bedenklicher, als er selbst und die Meisten, die nach Mainz zogen, glauben mochten.

Am Bartholomäustage, wie es bestimmt war, kamen die Fürsten bei Mainz zusammen; zahlreiche Vasallen folgten ihnen, so daß sich die Menge der Ritter, die um die Stadt lagerten, auf 60,000 schätzen ließ. Zahlloses Volk war überdies von nahe und fern zusammengeströmt; denn Alles stand in Erwartung, wie sich die Wahl entscheiden würde. Sie war die große Tagesfrage für das ganze Abendland; deshalb war auch aus Frankreich und Italien die Mainzer Versammlung beschickt worden. Der Abt Suger von St. Denys, der allgewaltige Rath am Hofe des Capetingers, war selbst zur Stelle, und der Papst hatte, wohl nicht ohne Aufforderung des Mainzer Erzbischofs, die Cardinäle Gerhard und Romanus von Rom entsendet.

Es war die glänzendste Versammlung, die man seit langer Zeit in Deutschland gesehen hatte. Die meisten Fürsten lagerten mit ihrem Gefolge auf der linken Seite des Rheins unmittelbar bei Mainz, zunächst am Fluße Herzog Lothar mit den Sachsen, etwas oberhalb

Herzog Heinrich von Baiern, der Markgraf Liutpold von Oesterreich und die anderen bairischen Großen. Herzog Friedrich hatte dagegen sein Lager auf dem rechten Ufer des Rheins Mainz gegenüber aufgeschlagen; mit ihm der Bischof von Basel, die schwäbischen Grafen und Herren und einige fränkische Großen. Der Schwabenherzog, der mehrmals früher als Feind vor Mainz gelegen hatte, fürchtete zu nahe Berührungen mit der Bürgerschaft und hegte wohl auch Mißtrauen gegen den Erzbischof selbst.

Als die Fürsten zusammentraten — es geschah wahrscheinlich in der Mainzer Pfalz — nahmen sie zuerst die Rechte des Reichs an Stelle des fehlenden Königs wahr, indem sie die kürzlich erfolgte Wahl des Bischofs Reimbert von Brixen bestätigten. Es war dies ein wesentlicher Dienst, welchen sie dem glaubenseifrigen Erzbischof Konrad von Salzburg leisteten; denn die Brixener Kirche hatte diesem gestrengen Herrn bis in die letzte Zeit den Gehorsam verweigert, und nur mit großer Mühe hatte er die Absetzung des rebellischen Bischofs Hugo und die Wahl dieses Reimbert erwirkt. Sofort, noch an demselben Tage, wurde nun der Letztere von Erzbischof Konrad consecrirt. Nicht unbezeichnend für die Stimmung, welche die Versammlung beherrschte, war es, daß ihre erste Handlung der Unterstützung des Kirchenfürsten galt, welcher sich die gregorianischen Reformen in Deutschland am entschiedensten durchzusetzen bemühte.

Erst am folgenden Tage wurden, wie es scheint, die Wahlverhandlungen selbst eröffnet. Friedrich war nicht unter den versammelten Fürsten erschienen, obwohl er sich mit nicht Wenigen derselben bereits im Besonderen verständigt hatte. Er blieb in seinem Lager unter dem Vorgeben zurück, daß er sich die Stadt trotz des ihm zugesicherten sicheren Geleits zu betreten scheue; in Wahrheit fürchtete er wohl mehr durch ein vorschnelles Auftreten seine Mitfürsten zu verletzen. Aber auch die Zurückhaltung wurde ihm übel gedeutet. Die Berathungen wurden, nachdem die Antiphonie: „Komm' heiliger Geist" abgesungen war, mit dem Vorschlag des Erzbischofs von Mainz begonnen: man solle aus den vier deutschen Hauptstämmen der Baiern, Schwaben, Franken und Sachsen je zehn Fürsten ernennen und diesen vierzig die Vorwahl überlassen, der dann ohne Widerspruch von der Gesammtheit zuzustimmen sei. Es war das erste Mal, daß solche Vorwähler bestellt wurden, und vielleicht ist nicht ohne Einfluß auf die Maßregel gewesen, daß bereits bei der Papstwahl die beschränkte Zahl der Cardinäle ein ähnliches Vorrecht vor dem zahlreichen römischen Klerus übte.

Die vierzig Fürsten wurden gewählt und traten zu geheimer Berathung ab. Da sie sich aber auf einen Candidaten nicht einigen konnten, kehrten sie mit der Erklärung zurück: am geeignetsten für den Thron erschienen Herzog Friedrich, Markgraf Liutpold und Herzog Lothar, und aus diesen dreien möchten die Fürsten selbst den wählen, der Allen am genehmsten sei. Auch der Markgraf von Flandern soll noch einmal genannt sein, doch konnte er ernstlich nicht mehr in Frage kommen; er selbst dachte so wenig an die Krone, daß er nicht einmal den Weg nach Mainz gemacht hatte. Aber auch Liutpold und Lothar lehnten, als ihre Namen genannt wurden, sofort mit Entschiedenheit die Wahl ab; unter Thränen warfen sie sich auf die Kniee und beschworen die Fürsten, nicht ihnen die schwere Last des Regiments aufzubürden. So gingen die Verhandlungen des ersten Tags zu Ende, ohne daß ein Resultat gewonnen war und ohne daß sich Friedrich selbst noch hatte erklären können.

Indessen hielt der Schwabenherzog nach der Ablehnung Lothars und Liutpolds seine Wahl für gesichert. Zuversichtlich, ohne von Neuem Geleit zu verlangen, kam er am folgenden Tage in die Stadt und trat in die Versammlung. Hier legte nun Erzbischof Adalbert den drei zur Wahl gestellten Fürsten in aller Form die Frage vor, ob sie neidlos und unweigerlich dem von ihnen, welcher zum Throne berufen werden sollte, Gehorsam leisten würden. Lothar wiederholte die Bitte, ihn nicht zu wählen, und versprach willig jedem zu folgen, den die Fürsten kürten. Dasselbe erklärte Markgraf Liutpold und erbot sich sogar zu einem Eide, daß er weder nach der Herrschaft trachte, noch Jemandem die Krone neide. Dagegen schwieg Herzog Friedrich, und als der Mainzer ihn nochmals mit Nachdruck befragte, ob auch er zu einer gleichen Erklärung „zur Ehre der gesammten Kirche und des Reichs und zur Anerkennung der Wahlfreiheit für ewige Zeiten" bereit sei, erwiderte er: ohne den Rath seiner Freunde, welche im Lager zurückgeblieben, wolle und könne er keine Antwort geben. Die Absichten des Erzbischofs wurden ihm jetzt völlig klar; er begriff, wie gefährdet seine Sache sei, und verließ sofort die Versammlung, um nicht wieder zurückzukehren. Auf die Fürsten hatte die Antwort des Staufers den übelsten Eindruck gemacht. Was hatten sie von einem

Manne zu erwarten, der sich schon vor der Wahl so unfügsam bewies und die Krone nicht als ihr freies Geschenk, sondern lediglich als ein Recht in Anspruch zu nehmen schien? Sie erklärten sich einmüthig gegen Friedrichs Wahl.

Als am andren Tage die Fürsten abermals zusammenkamen, fehlte unter ihnen nicht nur Herzog Friedrich, sondern auch sein Schwiegervater, der Baiernherzog. Eine heillose Spaltung schien unter ten Wählern einzutreten, wenn man die eingeschlagene Richtung weiter verfolgte. Aber Erzbischof Adalbert ließ sich nicht beirren und drängte zur Wahl. Er befragte Lothar und Liutpold, ob sie, nachdem sie selbst die Krone abgelehnt, einträchtig zur Wahl mitwirken wollten, auf wen nun auch immer die Fürsten ihre Stimmen vereinigen würden. Beide bejahten dies. Damit waren jene Vorschläge der Vierzig beseitigt, und Adalbert forderte die Fürsten auf, sich jetzt frei ohne Rücksicht auf dieselben über die Wahl zu berathen. Man setzte sich, um Rath zu pflegen. Liutpold und Lothar nahmen in bestem Einverständniß an der Berathung Antheil; sie saßen auf einer Bank beieinander. Da wurde plötzlich von einigen Laienfürsten der Ruf erhoben: „Lothar soll König sein!" Sie ergriffen sofort den Sachsenherzog, erhoben ihn auf ihre Schultern und begrüßten ihn trotz seiner Weigerung und des heftigsten Widerstrebens mit königlichen Ehren.

Dennoch erhob sich unter den Fürsten selbst alsbald ein Widerstand gegen die tumultuarische Wahl. Namentlich beklagten sich die bairischen Bischöfe heftig über solche Vorgänge, durch welche ihre Berathung gestört, sie selbst von ihren Sitzen verscheucht wären. Sie drohten die Versammlung zu verlassen und in ihre Heimath zurückzukehren. Aber der Erzbischof, der ohne Zweifel die gewaltsame Erhebung Lothars selbst veranlaßt hatte, ließ die Pforte bewachen, so daß Niemand ein- oder ausgehen konnte. Das Getümmel wurde immer größer; ein sinnenverwirrendes Lärmen erhob sich von allen Seiten. Außen begrüßte die versammelte Menge schon mit lautem Ruf den neuen König, dessen Namen sie noch nicht einmal kannte; innen schleppte man frohlockend den alten Sachsenherzog umher, der zornentbrannt wider die ihm angethane Gewalt tobte und Rache verlangte; die bairischen Bischöfe ereiferten sich über ihre gekränkten Rechte und suchten zu entkommen.

Endlich gelang es den eifrigen Bemühungen des Cardinals Gerhard und einiger Fürsten, die Ruhe herzustellen. Man gab Lothar frei, und Alle kehrten zu ihren Sitzen zurück, um die Berathung wieder aufzunehmen. Der Cardinal ermahnte dringend zur Eintracht und machte namentlich die Bischöfe für alle Folgen verantwortlich, wenn sie selbst einer Verständigung widerstrebten und nicht auch die minder Einsichtigen zur Nachgiebigkeit zu bewegen suchten. In versöhnlichem Sinne sprachen dann Erzbischof Konrad von Salzburg und der Bischof Hartwich von Regensburg, obschon sie erklärten, daß sie in Abwesenheit des Baiernherzogs sich in der Wahl nicht binden könnten; überdies sei sowohl dem Herzog Lothar als ihnen von den Laienfürsten, welche durch ihr gewaltsames Verfahren die Berathung gestört, erst gebührende Genugthuung zu leisten. Die Schuldigen leisteten dieselbe, und die Eintracht wurde so hergestellt. Aber die Wahl selbst konnte auch jetzt noch nicht vorgenommen werden, wenn auch Aller Blicke bereits fest auf Lothar gerichtet waren.

Es galt vor Allem nun den Baiernherzog für Lothar zu gewinnen. Ohne Zweifel sind hierbei besonders die Erzbischöfe von Mainz und Salzburg thätig gewesen. Es wird keine geringe Mühe gekostet haben, Herzog Heinrich von seinem Schwiegersohn zu trennen, und es ist in hohem Grade wahrscheinlich, daß es nur gelang, indem man Heinrich die Aussicht auf eine Verbindung seines Sohns und Nachfolgers mit Lothars einziger Tochter, der reichsten Erbin Sachsens, eröffnete. Der Baiernherzog entschloß sich endlich, wieder in die Versammlung der Fürsten zu treten, und damit war die Entscheidung gegeben. Von allen Fürsten, die sich an der Wahlhandlung betheiligten, wurde am 30. August allein Lothars Name als der des künftigen Königs genannt. Wider seinen Willen war Lothar zu der höchsten Würde der abendländischen Welt erhoben worden, aber ohne Zaudern ergriff er, als sie ihm dargeboten wurde, auch diese neue und glänzendste Gabe seines vielgepriesenen Glücks und setzte alle seine Kraft daran, sich ihrer würdig zu zeigen.

An diese Wahl knüpften sich große Hoffnungen nicht allein für eine selbstständigere Stellung des deutschen Fürstenthums, sondern nicht minder für die Erweiterung der kirchlichen Freiheit. So oft hatte Lothar gegen die Kaiser für Fürstenmacht und Freiheit der Kirche sein Schwert gezogen, daß er unmöglich in die Bahnen der letzten Kaiser einlenken konnte. Eine neue Zeit kündigte sich an, und unmittelbar nach der Wahl kam schon die Stellung der Kirche zum Reiche unter den neuen Verhältnissen zur Sprache. Man soll da, wie von einem zu jener Zeit in Mainz anwesenden Berichterstatter ausdrücklich behauptet wird, übereingekommen sein, daß die Kirche fortan die volle Wahlfreiheit genießen, die Wahlen der Bischöfe also nicht ferner durch die Gegenwart des Kaisers beschränkt werden sollten; dem Kaiser solle zwar auch ferner die Investitur mit dem Scepter verbleiben, aber diese erst nach der Weihe erfolgen; die Kirchenfürsten sollten endlich dem Kaiser den Eid der Treue wie bisher leisten, doch mit ausdrücklichem Vorbehalt aller Pflichten ihres geistlichen Standes. Ueber dies Alles, wodurch wesentliche Bestimmungen des Wormser Vertrags zum Nachtheil der Krone geändert waren, mag damals in der That ein Einverständniß zwischen den päpstlichen Legaten, den Erzbischöfen von Mainz, Köln und ihren Gesinnungsgenossen erzielt sein, wie denn in der Folge wirklich ähnliche Ansprüche erhoben sind, wie sie jener angeblichen Uebereinkunft zu Grunde lagen. Einen Anhalt für solche Ansprüche bot, daß nach der vom Papste dem Kaiser Heinrich V. ausgestellten Urkunde alle Zugeständnisse Roms zunächst nur der Person des Kaisers gemacht waren, ohne die Rechte seiner Nachfolger und des Reichs ausdrücklich zu sichern*); die Römer haben darauf noch später Gewicht gelegt.

Mochte man aber in Mainz auch in Zweifel ziehen, ob auf Lothar ohne Weiteres die kirchlichen Rechte seines Vorgängers übergegangen seien, unmöglich konnte man sich doch die Befugniß beilegen, einen zwischen Kaiser und Papst geschlossenen und von einem allgemeinen Concil bestätigten Vertrag, von dem die berührte Urkunde nur einen Theil bildete, nach Gutdünken zu ändern. Eine solche Berechtigung hat wenigstens Lothar nicht anerkannt und nachweislich von Anfang seiner Regierung an alle Rechte geübt, welche von Rom seinem Vorgänger eingeräumt waren, und hat sich in denselben trotz vieler Anfechtungen zu behaupten gewußt.

Im Uebrigen erwies sich Lothar, als er am Tage nach der Wahl die Huldigung der Fürsten empfing, gegen den hohen Klerus sehr zuvorkommend. 24 Bischöfe und eine große Zahl von Aebten erschienen vor ihm; er verlangte von ihnen nicht den bisher gebräuchlichen Lehnseid, sondern begnügte sich mit dem einfachen Schwur der

*) Vergl. Bd. III. S. 941. Dagegen sind in der Urkunde Heinrichs die Zugeständnisse nicht persönlich dem Papste, sondern der römischen Kirche gemacht. Es ist dies ein sehr erheblicher Punkt, der bisher zu wenig beachtet wurde.

Treue, und dem Erzbischof von Salzburg, der an jedem eidlichen Gelöbniß Anstoß nahm, soll er auch diesen erlassen haben. Die Laienfürsten schwuren nach alter Sitte ihm Mannschaft und Treue, und alle ihre Reichslehen wurden ihnen bestätigt.

Man war nicht ohne Besorgniß, daß Friedrich sich der Wahl, von der er sich fern gehalten, mit Gewalt widersetzen könnte. Aber der Bischof von Regensburg und einige andre Fürsten wußten bald auch ihn zur Nachgiebigkeit zu bewegen. Am 2. September trat Friedrich wieder in den Kreis seiner Mitfürsten und vor den neuen König. Das Anerbieten desselben, ihn mit neuen Reichslehen, welche einen Ertrag von 200 Mark boten, auszustatten und damit gleichsam zu entschädigen, hatte er zurückgewiesen: seine Unterwerfung sollte nicht erkauft sein. Mit Friedrichs Anerkennung der Wahl schwand die Furcht vor neuen inneren Wirren, und den schönsten Abschluß fand die Mainzer Versammlung durch die Verkündigung eines allgemeinen Reichsfriedens bis auf Weihnachten nächsten Jahres; wer diesen Frieden verletzte, sollte den Frevel, so beschloß man, nach den besonderen Gesetzen büßen, die in seinem Lande in Wirksamkeit standen.

Von Mainz begab sich der neue König, von vielen geistlichen und weltlichen Fürsten geleitet, zu seiner feierlichen Salbung und Krönung nach Aachen. Sie erfolgte dort am 13. September, einem Sonntage, in der herkömmlichen Weise; Consecrator war der Erzbischof von Köln, der bald darauf auch in seiner eigenen Stadt die Königin Richinza krönte. Der Cardinal Gerhard kehrte darauf nach Rom zurück; ihn begleiteten die Bischöfe von Cambray und Verdun, um die Bestätigung des apostolischen Stuhls für die Königswahl einzuholen. Denn nach den üblen Vorgängen bei der Wahl der Gegenkönige während des Investiturstreits schien die Confirmation Roms bereits ein wesentliches Erforderniß, um die volle Gewähr dem neuen Regimente zu geben. Dem Papste konnten die Vorgänge in Mainz nur willkommen sein. „Mit der gesammten heiligen katholischen römischen Kirche" bestätigte er die Erhebung Lothars; denn er hoffte, wie man zu Rom sich ausdrückte, „daß durch ihn die Kirche den größten Gewinn erlangen werde."

Die Wahl des Sachsenherzogs konnte in der That als ein entschiedenerer Sieg der Kirche gelten, als er in dem Wormser Vertrage gewonnen war. Adalbert, einst durch jenes Abkommen so wenig befriedigt, fühlte sich jetzt ob des großen, offenkundigen Erfolgs überglücklich; mit dem König, den er Deutschland gegeben, schien er selbst das Reich zu beherrschen. Nächst persönlicher Geltung verlangte er, wie wir wissen, im Leben und Tode nichts Anderes, als Freiheit der Kirche unter päpstlicher Autorität*), und auch diese Freiheit schien ihm durch die Wahl des gehorsamsten Sohns der Kirche nun gesichert. Aber darin irrte er sich doch, wenn er Lothar für einen Mann hielt, der sich lediglich als Werkzeug klerikaler Absichten werde gebrauchen lassen.

Ein langes, thatenreiches Leben lag bereits hinter Lothar, als er zum Throne aufstieg. Er gehörte zu jenen seltenen Menschen, welche das Glück von Stufe zu Stufe bis zum höchsten Gipfel emporführt. Aber wie sehr es ihn begünstigt hatte, er war doch auch selbst der Meister seines Schicksals gewesen. Man muß sich diesen außerordentlichen Lebensgang noch einmal vergegenwärtigen, um ihn und sein Regiment gerecht zu würdigen.

Noch im Kindesalter hatte Lothar gestanden, als sein Vater in der Schlacht bei Homburg für die Freiheit Sachsens fiel. Kaum vermochte er dann selbst die Waffen zu führen, so ergriff auch er sie gegen Heinrich IV. Als Jüngling hatte er das tollkühne Wagniß des Markgrafen Ekbert unterstützt, überall dann für das alte Sachsenrecht und die Ehre des heiligen Petrus gegen den Kaiser mitgestritten. So war sein Name bekannt geworden, aber die Güter der Supplinburger waren nicht so bedeutend, daß er unter den Fürsten Sachsens eine der ersten Stellen hätte einnehmen können. Erst als er zur Mannesreife gedieh und sich mit Richinza, der Enkelin Ottos von Nordheim und Nichte Ekberts, einer der reichsten Erbinnen im Sachsenlande, vermählte**), richteten sich Aller Blicke auf ihn; fortan galt er in mehr als einer Beziehung als des Nordheimers Erbe. Als dann die Sachsen noch einmal gegen den alten gebannten Kaiser aufstanden und sich dessen heuchlerischem Sohne anschlossen, da war Lothar Allen voran, und Heinrich V. belohnte die erwiesenen Dienste, indem er ihn nach dem Aussterben der Billinger (1106) mit dem Herzogthum Sachsen belehnte.

*) Bd. III. S. 943.

**) Die Vermählung fand im Jahre 1100 statt. Lothar war damals etwa 25 Jahre alt, Richinza gegen 20 Jahre jünger.

Aber der Sohn fand so wenig, wie der Vater, in Lothar einen botmäßigen Vasallen. Sobald es in Sachsen wieder unruhig wurde, nahm auch Lothar von Neuem die Waffen gegen den Salier; diesmal mit minderem Glück, und bald unterwarf er sich, um sich sein Herzogthum zu erhalten. Als darauf seine Schwiegermutter, die gefürchtete Markgräfin Gertrud, mit den angesehensten Männern des Landes sich abermals gegen Heinrich V. erhob, hielt er sich in vorsichtiger Entfernung vom Kampfe, doch ohne deshalb dem Mißtrauen des Kaisers zu entgehen. Der Tag, an welchem er die Fahne Sachsens sich einen Fußfall vor dem Tyrannen kosten ließ, ist wohl der trübste seines Lebens gewesen.

Bald kamen Zeiten, wo ihm jede Demüthigung erspart blieb. Der Investiturstreit entzündete sich von Neuem; wiederum stritten die Sachsen für den heiligen Petrus und gegen den Kaiser; ihnen voran jetzt ihr Herzog. Am Welfesholze brachten sie Heinrich eine Niederlage bei, welche die Macht der Salier in ihrem Lande für immer brach. Seit jenem Tage (11. Februar 1115) war Lothar Herr im Sachsenlande; eine Gewalt lag hier in seiner Hand, wie sie niemals die früheren Herzöge, kaum je die letzten Kaiser besessen hatten. Und eine staunenswerthe Thätigkeit entfaltete er, um diese Macht zu behaupten und zu befestigen. Zehn Jahre hat er sein Schwert nicht ruhen lassen: bald braucht er es zur Unterwerfung der Wenden, bald gegen die unfügsamen Herren im eigenen Lande, vor Allem aber wieder und immer wieder gegen den Kaiser. Nie schenkte er den Friedensworten desselben Gehör, überall war er wider ihn auf dem Platze, allen Widersachern desselben bot er die Hand. So war er zuerst Erzbischof Adalbert nahe getreten, aber sie haben sich nachher auch in den Waffen gegenüber gestanden. Selbst damals, als die Kirche ihren Frieden mit dem Kaiser schloß, hat sich ihm Lothar nicht wieder unterwerfen wollen, und Heinrich V. mußte es aufgeben, den trotzigen Sachsenherzog zu beugen.

Gerade zu jener Zeit, als Lothar so in offener Auflehnung gegen den Kaiser mit freier Gewalt in Sachsen schaltete, fielen ihm neue reiche Spenden des Glücks zu. Nach fünfzehnjähriger kinderloser Ehe schenkte ihm Richinza im Jahre 1115 eine Tochter, welche den Namen Gertrud erhielt. Zwei Jahre später kam durch den Tod seiner Schwiegermutter das große Brunonische Erbe um Braunschweig in seine Hände, und nicht lange danach, als auch Richinzas Halbbruder

Markgraf Heinrich kinderlos starb, eröffnete sich ihm nicht allein abermals eine bedeutende Erbschaft, sondern er glaubte auch über die erledigten Marken von Meißen und der Lausitz nun nach seinem Willen verfügen zu können. Dem Kaiser zum Trotz, der diese Marken an den alten Wiprecht von Groitsch und den jungen Hermann von Winzenburg vergeben hatte, setzte Lothar Albrecht von Ballenstedt und Konrad von Wettin in die Marken ein und wußte seine Schützlinge nicht nur gegen den Kaiser, sondern auch gegen den Böhmenherzog, den Schwager Wiprechts, zu sichern *).

Die sächsischen Stammesinteressen und die Ideen der kirchlichen Reform beherrschten offenbar von Jugend an das Denken und Handeln Lothars. Aber sein Leben zeigt zugleich einen Mann, dessen Sinn auf Erwerb von Besitz und Macht gerichtet ist, der seine Waffen gebraucht, um immer mehr zu gewinnen und immer höher zu steigen. Lothar gehörte zu den Personen, welche jede Autorität, die sich ihnen darbietet, im weitesten Sinne fassen. Der Klerus hat viele und große Tugenden an ihm mit Recht gerühmt: Tapferkeit, Umsicht, Gerechtigkeit, Religiosität. Aber Selbstbeschränkung in der Macht und Fügsamkeit in den Willen Andrer konnte man bisher nur in den seltensten Fällen ihm nachsagen. Wohl hatte er dem Zwange der Verhältnisse öfter für den Augenblick nachgegeben, aber nur, um den günstigeren Zeitpunkt abzuwarten. So viel wir wissen, besaß allein seine Gemahlin einen bestimmenden Einfluß auf ihn; ihre Fürsprache haben die ersten Männer in Kirche und Staat, selbst die Päpste in Anspruch genommen, und man kann behaupten, daß in Wahrheit an der Seite ihres alternden Gemahls die noch in frischen Jahren stehende Königin mitgeherrscht hat.

In kurzer Zeit sah Jeder, daß Lothar ein König nicht nur scheinen, sondern in vollem Sinne sein wollte. Von der Macht, die ihm noch an seinem Lebensabende zugefallen war, hegte er keine geringeren Vorstellungen, als einst die Ottonen, so sehr sich auch die Stellung des Reichs durch den Kampf mit der Kirche geändert hatte. Im Frieden mit der Kirche hoffte er Alles wiederzugewinnen, was im Hader mit ihr verloren war. Er hoffte; denn so alt er war — er zählte bei seiner Wahl mehr Jahre, als Heinrich IV. nach fünfzig-

*) Vergl. Bd. III. S. 969—972.

jähriger Regierung — führte er doch noch ein schneidiges Schwert und fühlte Kraft in Mark und Gliedern. Es mochte ihn den Wählern empfohlen haben, daß er die Krone nicht auf einen Sohn vererben konnte, aber früh genug hat er daran gedacht, wem nicht nur der große Besitz, den er angehäuft, sondern auch das Reich als Erbe zufallen sollte. Der Gemahl seiner Tochter sollte der Glückliche sein, und zum Gemahl ersah er ihr einen Welfen, der durch seine Mutter ein Enkel des letzten Sachsenherzogs aus dem Geschlecht der Billinger war. Keinen Gedanken hat Lothar als König und Kaiser beharrlicher verfolgt, als das welfische Geschlecht durch diese Ehe zum ersten im ganzen Abendlande zu machen.

2.

Die Staufer gegen Lothar und die Welfen.

Die Anfänge des Kampfs.

Es war die nächste Sorge Lothars, die Welfen, ohne die seine Macht im oberen Deutschland einer sicheren Grundlage entbehrte, sich auf das Festeste zu verbinden. Er begab sich deshalb um die Mitte des November selbst nach Regensburg und wurde in der Hauptstadt Baierns mit den höchsten Ehren empfangen. Eine große Zahl der ersten Fürsten des Reichs stellten sich hier am Hofe ein. Neben den Erzbischöfen von Mainz und Salzburg sah man dort die meisten Bischöfe Frankens und Baierns. In dem Kranze der Laienfürsten glänzten die Herzöge Heinrich von Baiern und Engelbert von Kärnthen, die Pfalzgrafen Otto von Wittelsbach und Gottfried von Calw, die Markgrafen Liutpold von Oesterreich und Dietbold von Vohburg.

Ganz Baiern huldigte dem neuen Könige, der zu Herzog Heinrich sofort in das vertrauteste Verhältniß trat und wahrscheinlich schon damals seine zehnjährige Tochter dem Sohn des Baiernherzogs, der den Namen seines Vaters trug und zu dessen Nachfolger bestimmt war, in aller Form verlobte. Aber je enger sich Lothar den Welfen anschloß, desto bestimmter trat zugleich an den Tag, daß er auf die Ergebenheit der Staufer nicht dauernd zu zählen hatte.

Herzog Friedrich hatte sich von Lothar nicht durch neue Reichslehen erkaufen lassen wollen, aber eben so wenig war er gewillt, von der großen salischen Erbschaft, die ihm und seinem Bruder Konrad zugefallen war, sich und seinem Hause etwas entgehen zu lassen. In dieser Erbschaft befanden sich jedoch auch Besitzungen, die theils an die Salier durch Confiscationen gekommen, theils gegen Reichsgut ertauscht waren*), und so zweifelhaft die Ansprüche der Staufer auf solche Besitzungen waren, verweigerte Friedrich dennoch bestimmt deren Auslieferung. Es war nun am wenigsten Lothars Art, begründete Ansprüche ruhen zu lassen; überdies war das Reichsgut in den Zeiten Heinrichs IV. rücksichtslos verschleudert worden und hatte erst durch die zahlreichen Confiscationen des letzten Heinrichs wieder Bestand gewonnen, so daß der neue König allen Grund hatte, auf eine genaue Ausscheidung des Reichsguts aus der salischen Hinterlassenschaft zu bringen. Er legte deshalb den zu Regensburg versammelten Fürsten die Frage vor, ob jene Besitzungen dem Reiche gehörten oder Eigenthum der Salier seien, und die Fürsten entschieden sich für das Erstere. Friedrich war aber nicht geneigt, sich diesem Spruche, in dem er nur Beraubung sah, gutwillig zu unterwerfen, vielmehr schickte er sich an mit dem Schwert zu schützen, was man ihm nehmen wollte.

Der König glaubte Ernst gegen den Staufer zeigen zu müssen. Gegen Weihnachten begab er sich nach Straßburg, wo sich viele Fürsten Schwabens, Frankens und Lothringens um seinen Thron versammelten. Unter ihnen war Erzbischof Adalbert, der damals selten von der Seite des Königs wich, wie auch des Königs Halbbruder**) Herzog Simon von Oberlothringen, dem er später noch manchen wichtigen Dienst in den überrheinischen Gegenden zu danken hatte. Aber Herzog Friedrich, obwohl unzweifelhaft geladen, fehlte am Hofe, und mit ungewöhnlicher Hast wurde nun hier gegen den Mann eingeschritten, der noch vor Kurzem dem Throne so nahe gestanden. Die versammelten Fürsten erkannten ihn des Hochverraths für schuldig, gaben ihm aber noch eine kurze Frist zur Unterwerfung; wenn er sich bis zu einem demnächst

---

*) Unter Anderm scheint auch Nürnberg zu diesen Besitzungen gehört zu haben.

**) Lothars Mutter Hedwig, aus dem Hause der bairischen Grafen von Formbach, hatte sich nach dem Tode Gebhards von Supplinburg in zweiter Ehe mit dem Herzog Theoderich von Oberlothringen vermählt; ihr Sohn aus dieser zweiten Ehe war Simon, der i. J. 1115 dem Vater im Herzogthum gefolgt war.

nach Goslar zu berufenden Reichstage nicht stelle, solle ohne Weiteres die Reichsacht über ihn verhängt und er als Reichsfeind behandelt werden. Zugleich zeigten sich der König und die Fürsten auch gegen den Bischof Berthold von Basel, den ergebensten Anhänger Friedrichs, zu durchgreifenden Maßregeln geneigt. Dieser Bischof lebte seit längerer Zeit mit den Mönchen von St. Blasien in Streitigkeiten. Lothar entschied diese nicht nur zu Gunsten des Klosters, sondern verwandte sich auch mit Erzbischof Adalbert, Herzog Heinrich und Bischof Arnold von Speier angelegentlich beim Papste, daß dem Bischofe fortan mit allem Ernste begegnet werde.

Im Anfange des Jahrs 1126 bei sehr strenger Kälte kehrte der König nach Sachsen zurück. Hier trat alsbald der Reichstag zu Goslar zusammen, und da sich Friedrich inzwischen nicht unterworfen hatte und ausblieb, erfolgte sofort die Achtserklärung gegen ihn; zugleich wurde beschlossen, gleich nach Pfingsten den Reichskrieg gegen ihn zu beginnen. Vorher beabsichtigte der König mit den sächsischen Großen noch ein andres Unternehmen gleichsam im Vorbeigehen auszuführen; die böhmischen Angelegenheiten, welche ihn schon als Herzog lebhaft beschäftigt, hatten wiederum seine Aufmerksamkeit in Anspruch genommen.

Der Tod Herzog Wladislaws (12. April 1125) hatte in Böhmen neue Wirren hervorgerufen. Auf dem Sterbebette hatte sich Wladislaw mit seinem Bruder Sobeslaw versöhnt, und diesem Fürsten, der so lange in bitterem Elend gelebt, erwies nun endlich einmal das Geschick unverhoffte Gunst. Wenige Tage nach Wladislaws Abscheiden erhoben die böhmischen Großen ihn, den letzten Sohn König Wladislaws, auf ihren Herzogsstuhl; sie vereitelten damit die Hoffnungen Ottos von Olmütz, der von dem jüngst verstorbenen Herzog nicht allein die Gewalt in Mähren, sondern auch Zusagen wegen der Nachfolge in Böhmen erhalten hatte. Schon einmal hatte Otto vor Jahren freiwillig das böhmische Herzogthum aufgegeben; nicht zum zweiten Male wollte er sich von einem seiner Vettern widerstandslos zurückdrängen lassen. Er warf sich deshalb gegen Sobeslaw sofort in den Kampf, aber mit dem übelsten Erfolge. Nicht allein in Böhmen erklärte sich Alles gegen ihn, sondern er mußte selbst Mähren, als ihn hier Sobeslaw angriff, alsbald verlassen. Schutzflehend wandte er sich darauf an König Lothar und fand um so eher Gehör, als dieser eine Beeinträchtigung des Reichs darin sah, daß die Böhmen selbstständig über das Herzogthum verfügt hatten. Ein freies Böhmen war nicht nur eine stete Gefahr für das bairische Herzogthum, sondern stellte auch alle jene Einrichtungen, welche Lothar noch als Herzog in den Markgrafschaften Meißen und Lausitz getroffen, wieder in Frage. Albrecht von Ballenstedt und Konrad von Wettin waren ihrer Marken keinen Augenblick sicher, wenn Heinrich von Groitsch, der Erbe seines Vaters Wipredit, ein Neffe Sobeslaws, und der ihm eng verbundene Hermann von Winzenburg in der böhmischen Macht einen Rückhalt gewannen.

Schon zu Regensburg hatte Otto von Olmütz vor Lothar und den deutschen Fürsten seine Klagen gegen Sobeslaw erhoben. Die Fürsten hatten dem Letzteren eine Frist zu seiner Rechtfertigung gewährt, aber die Erklärungen, welche er darauf durch Gesandte abgeben ließ, erschienen ungenügend, während Otto goldene Berge versprach, wenn man ihn auf den böhmischen Herzogsstuhl erhöbe. So wurde — unzweifelhaft in Goslar — der Krieg gegen Sobeslaw beschlossen, und unverzüglich rückte Lothar mit einem sächsisch-thüringischen Heer — es waren etwa 3000 Ritter — in das Feld. Mitten im Winter eröffnete man den Krieg, wie man es so oft gegen die Wenden gethan hatte, wo die zugefrorenen Sümpfe in dem offenen Flachlande das Vordringen erleichterten. Hier stieß man indessen zu dieser Jahreszeit auf unerwartete Schwierigkeiten. Als man an das Erzgebirge kam, waren die Wege so tief verschneit, daß man mit Schaufeln dem Heere erst mühsam Bahn machen mußte.

Sobald Sobeslaw das Anrücken des Heeres erfuhr, rief er die Böhmen zu den Waffen. Er rief nicht vergebens, da es den Kampf für die Freiheit des Landes galt. Bald hatte er ein Heer von 20,000 Mann gesammelt und zog damit den Deutschen entgegen. Noch einmal schickte er eine Botschaft an Lothar und erbot sich ihn als Lehnsherrn anzuerkennen, wenn er die Wahl der Böhmen bestehen ließ. Aber Lothar, dessen Wort bereits Otto verpfändet war, wies dies Anerbieten zurück und drang auf seinen unwegsamen Pfaden mühselig und langsam weiter vor.

Am 18. Februar stiegen die Sachsen von dem Kamm des Gebirges endlich in das Kulmer Thal hinab. Kaum war jedoch dies geschehen, so wurden sie bei der Kulmer Burg, jetzt Geiersburg genannt, von dem böhmischen Heer überfallen. An einen erfolgreichen Widerstand war der Uebermacht gegenüber, zumal unter so ungünstigen

Verhältnissen, nicht von fern zu denken: dennoch setzten sie sich tapfer zur Wehr und warfen sich muthig dem Tode entgegen. Da sanken Graf Milo von Ammensleben, Gebhard von Querfurt, Berengar von Quenstedt, Berthold von Ascheim, Walter von Arnstedt, Hartung von Schauenburg, der ältere Sohn des Grafen Adolf von Holstein; der Bischof von Hildesheim soll alle seine Vasallen verloren haben. Unter den Leichen fand man auch Otto von Olmütz, den Urheber des traurigen Kriegs. Man berechnete die Zahl der deutschen Männer, welche dem Schwerte erlagen, auf mehr als fünfhundert, und die größere Hälfte davon gehörte dem sächsischen Adel an. Nahe derselben Stelle, wo jetzt stolze Denkmale einen großen Sieg deutscher Heere über die Franzosen verkünden, erlitten die Deutschen damals Verluste, deren lange unter Thränen gedacht ist. Ueber ein Menschenalter haben die Sachsen das ungerächte Blut der Ihrigen nicht vergessen*), und ein bitterer Haß gegen die Böhmen faßte, wie berichtet wird, seitdem bei ihnen tiefe Wurzeln. Nicht weniger Deutsche, als todt auf dem Platze geblieben, waren lebend in die Hände der Böhmen gefallen. Unter ihnen war der thüringische Graf Ludwig von Lohra. Unter ihnen auch Markgraf Albrecht, ungeachtet seiner Jugend schon damals ein gefeierter Kriegsheld; erst als alle seine Ritter gefallen, hatte er sich dem Feinde ergeben.

Man erzählte, Lothar habe den Kampf erneuern und den Krieg fortsetzen wollen; denn wie bei Cäsar, mit dem seine Freunde ihn gern verglichen, habe sich auch bei ihm Muth und Kraft im Mißgeschick nur gesteigert. Aber kaum wäre die Fortführung des Kampfs ihm noch möglich gewesen, und zum nicht geringen Glück der Deutschen trat nicht nur gleich nach ihrer Niederlage Heinrich von Groitsch, der Neffe des Böhmenherzogs, als Friedesvermittler ein, sondern auch der Sieger selbst zeigte sich mitten im größten Erfolge überaus maßvoll. Sobeslaw erschien im deutschen Lager, erbot sich abermals Lothar als seinen Lehnsherrn anzuerkennen, jede bisher übliche Pflicht dem deutschen Reiche zu leisten und die Gefangenen auszuliefern; er verlangte nichts andres dagegen, als daß man die Wahl der Böhmen rückhaltlos anerkenne. Da Otto todt war, konnte Lothar jetzt ohne Bedenken in die

*) Die Annalen von Pegau bemerken noch zum Jahre 1181: 55 Jahre zähle man seit der Niederlage in Böhmen.

Forderung Sobeslaws willigen. Noch an der Unglücksstätte selbst erfolgte die Belehnung. Der Sieger beugte vor dem Besiegten das Knie, empfing von ihm Böhmens Herzogsfahne und leistete den Lehnseid. Lothar erhielt die Gefangenen zurück und kehrte nach Sachsen heim; mit sich führte er die Leichen der vornehmsten Opfer des Kriegs.

Es war eine traurige Heimkehr, und der König selbst empfand die ganze Schwere seines Mißgeschicks. Nicht allein der Verlust so tapfrer Männer schmerzte ihn tief; nicht minder bekümmerte ihn, daß ihm das Glück gerade da den Rücken gewendet, wo er seiner am meisten bedurfte. Eine der empfindlichsten Niederlagen, welche die Deutschen seit langer Zeit erlitten, hatte sein Regiment eröffnet: sie erhob die Hoffnungen des Mannes, der noch vor Kurzem allgemein als Erbe des Reichs gegolten und mit dem er jetzt um die Herrschaft in Deutschland zu streiten hatte. Unter trüben Vorzeichen mußte er den Kampf beginnen, den er selbst dem Staufer angekündigt hatte.

Bald nach dem Osterfeste (11. April), welches er in Magdeburg verlebte, rüstete Lothar gegen Friedrich. Aber der Eindruck der in Böhmen erlittenen Niederlage machte sich ihm dabei nur allzu fühlbar. Sachsen lag in Trauer darnieder, und auch in den anderen Theilen des Reichs zeigte sich wenig Willigkeit, ihm gegen den Staufer die Hand zu bieten. Nicht einmal von den Welfen konnte er auf Unterstützung rechnen. Denn eben damals begab sich Herzog Heinrich, des weltlichen Treibens müde, in das kürzlich von ihm neu aufgebaute Kloster Weingarten, um die Mönchskutte zu nehmen; gerade das unnatürliche Verhältniß, in welches er zu seinem staufenschen Schwiegersohn gerathen war, scheint diesen Entschluß gezeitigt zu haben.

Mit einem ganz unzureichenden Heere ging deshalb Lothar nach Pfingsten an den Rhein. Er wagte Friedrich, der sich in die inneren Theile Schwabens zurückgezogen hatte, nicht einmal dort aufzusuchen. Es war ihm genug, Rheinfranken, Elsaß und Oberlothringen möglichst in seiner Gewalt zu erhalten. Das Jahr verging, ohne daß der Kampf nur eröffnet war, und mit jedem Tage wuchs Friedrichs Ansehen. Es begannen selbst Männer, die für Lothars Erhebung besonders thätig gewesen waren, sich von ihm zu entfernen. Als er das Weihnachtsfest zu Köln feierte, verließ Erzbischof Friedrich unter dem Vorwande einer Krankheit die Stadt und suchte die Einsamkeit des Klosters Siegburg auf.

Noch schlimmere Erfahrungen machte der König, als er sich im Januar 1127 zu Aachen aufhielt. Unter den Bürgern der Stadt erhob sich ein Tumult gegen ihn, den er nur durch Nachgiebigkeit zu beschwichtigen wußte. Geflissentlich hielten sich auch die meisten Herren Niederlothringens von seinem Hofe fern, an dem es öde genug aussah. Schon hörte man überall in den niederländischen Gegenden mit vollem Munde die Tugenden und Thaten des Staufers preisen. Unter solchen Umständen konnte es als ein Glück gelten, daß jener Karl von Flandern, welchen die Lothringer vor Kurzem auf den Thron erheben wollten, gerade damals Gesandte an Lothar schickte, um ihm für Reichsflandern zu huldigen. Dennoch konnte der König, als er das überrheinische Land verließ, sich nicht verhehlen, wie schwanker Art seine Macht dort war.

Lothar kehrte nach Sachsen zurück, wo er das Osterfest (13. April) zu Goslar, Pfingsten (22. Mai) zu Merseburg feierte. Eine größere Zahl sächsischer Fürsten waren zu Merseburg vor ihm erschienen, und zu ihnen gesellte sich auch der Böhmenherzog Sobeslaw mit einem sehr stattlichen Gefolge von Rittern. Er, der vor Kurzem noch den Sachsen so übel begegnet war, kam jetzt mit den friedlichsten Absichten. Er suchte die Verwandten und Freunde der im Kulmer Thale Erschlagenen durch reiche Geschenke zu versöhnen und schloß einen engen Freundschaftsbund mit dem König. Bereitwillig verhieß er ihm seine Unterstützung gegen den Staufer. Zugleich eröffnete sich Lothar damals auch nach einer anderen Seite die Aussicht, mit besserem Erfolge seinem Widersacher entgegentreten zu können.

Herzog Heinrich von Baiern hatte am 13. December 1126 in der Weingarten benachbarten Ravensburg, dem alten Stammschloß der Welfen im Norden des Bodensees, den letzten Athem ausgehaucht; wenige Tage nach ihm (29. December) war auch seine Gemahlin Wulfhild, die Billingerin, aus der Zeitlichkeit geschieden. Sie hinterließen eine zahlreiche Nachkommenschaft und dieser ein reiches Erbe. Ihren ältesten Sohn Konrad, der zu Clairvaux Mönch geworden war, hatte schon einige Monate zuvor auf der Rückkehr von einer Kreuzfahrt zu Bari der Tod ereilt. Der zweite Sohn Heinrich erbte die herzogliche Gewalt in Baiern, die meisten Hausgüter in diesem Herzogthum und die ausgedehnten Besitzungen in Sachsen, welche aus der Erbschaft seiner Mutter stammten, darunter namentlich Lüneburg. Dem dritten

Sohne Welf fielen die alten Hausgüter des Geschlechtes im Schwabenlande und einige Besitzungen in Baiern zu. Von den vier Schwestern war Judith an Friedrich von Staufen vermählt, Sophie damals bereits in zweiter Ehe dem tapferen Markgrafen Liutpold von Steiermark *). Es gab kein begüterteres Geschlecht im oberen Deutschland, und schon war dem jungen Herzog, der jetzt an der Spitze des Hauses stand, auch in der Königstochter die reichste Erbin Sachsens verlobt und ihm überdies die Nachfolge im sächsischen Herzogthum, welches der König noch in Händen hielt, in Aussicht gestellt. Der absterbende Stamm der Supplinburger sollte durch die Verbindung mit dem blühenden Geschlecht der Welfen verjüngt werden, und wenn die Interessen beider Häuser so sich untrennbar vereinigten, gab es keine Macht mehr in Deutschland, welche sich mit jener der Welfen irgend messen konnte; die Hoffnungen der Staufer, in die Gewalt zu treten, schienen dann für immer vereitelt.

Herzog Heinrich war trotz seiner Jugend — er zählte kaum zwanzig Jahre — ganz der Mann, die ihm vom Glück zugewiesene Stellung voll zu ermessen. Ein gewaltiger Ehrgeiz schwellte seine Brust; ein so starkes Selbstbewußtsein zeigte er Jedermann, daß man ihn alsbald den Stolzen nannte. Sobald sein Vater gestorben war, berief er einen großen Landtag nach Regensburg; mit allem Glanz und mit aller Energie eines Herrschers trat er hier auf, gebot den bairischen Großen von ihren Fehden abzustehen und nöthigte sie einen Landfrieden zu beschwören; von den Bürgern der Stadt erzwang er eine große Tributzahlung. Wie sein erstes Auftreten in der Hauptstadt Furcht und Schrecken verbreitete, so nachher im ganzen Lande, als er umherzog, um die Raubburgen des Adels zu brechen. Man murrte gegen den jungen Fürsten, aber man wagte doch nicht ihm entgegenzutreten.

Kaum hatte Heinrich von seinem Herzogthum Besitz ergriffen, so sandte er Boten nach Sachsen, um ihm die Braut nach Baiern zu führen. Es war Pfingsten 1127, als die Boten zu Merseburg vor dem König erschienen. Feierlich verkündigte er hier die Vermählung seiner Tochter mit dem Baiernherzoge und übergab die erst zwölfjährige

*) Die beiden anderen Schwestern waren Mathilde und Wulfhild. Die erstere wurde in erster Ehe mit Dietbald, dem Sohne des Markgrafen Dietbold von Vohburg, dann in zweiter Ehe dem Grafen Gebhard von Sulzbach, die andere dem Grafen Rudolf von Bregenz vermählt.

Gertrud dessen Abgesandten. Mit verschwenderischer Pracht feierte dann Heinrich am 29. Mai 1127 an der Grenzscheide Schwabens und Baierns auf dem Gunzenleh*) seine Hochzeit; alle Herren Baierns und Schwabens hatte er zu dem großen Feste geladen. Es war ein Ereigniß, dessen weitreichende, die deutsche Geschichte auf lange Zeit hin beherrschende Folgen sich damals bereits ahnen ließen. Mit ähnlicher Pracht wurde auf derselben Stelle gerade siebenzig Jahre später die Vermählung Philipps von Staufen mit der griechischen Kaisertochter Irene gefeiert; auch von diesem Feste wurde weithin gesprochen, aber es reichte nicht von weitem an die Bedeutung des früheren, durch welches das welfische Haus erst eine feste Stellung in Sachsen gewann.

Bald nach der Hochzeit rückte Herzog Heinrich in das Feld. Dringend bedurfte sein königlicher Schwiegervater seines Beistandes, und er zögerte nicht mit demselben, obwohl er gegen seinen eigenen Schwager, Friedrich von Staufen, das Schwert ziehen sollte. Die Interessen des welfischen und staufenschen Hauses lagen wieder, wie in der Zeit des Investiturstreits, weit auseinander. Aufs Neue entbrannte zwischen ihnen der blutige Hader, und dieser Hader war zugleich der innere Krieg für Schwaben, ja für das ganze obere Deutschland.

Herzog Friedrich hatte sich zu dem bevorstehenden Kampfe sorglich gerüstet. Er stand jetzt in demselben nicht mehr allein, da sein Bruder Konrad, wohl erst vor Kurzem von einer Kreuzfahrt heimgekehrt, ein hochgemuther und tapferer junger Mann, ihn kräftigst unterstützte. Die staufenschen Brüder hatten nicht allein Schwaben in Vertheidigungszustand gesetzt, sondern auch in Franken festen Fuß gefaßt, namentlich Nürnberg, welches sie als ihr Eigenthum ansahen und wo die Bürgerschaft ihnen gewogen war, besetzt und eine starke Besatzung in die Burg gelegt. Konrad, dem die fränkischen Besitzungen des Hauses zugefallen waren, befehligte in Nürnberg und allen den Plätzen, welche die Staufen in Franken besetzt hielten.

Der König hielt es für nöthig, zunächst Nürnberg den Staufern zu entreißen. Im Juni rückte er deshalb vor die Stadt, vor deren Mauern sich alsbald auch der Böhmen- und der Baiernherzog mit ihm verbanden. Von allen Seiten wurde die Stadt eng eingeschlossen.

*) Südlich von Friedberg am Lech; durch die Veränderung des Flußbetts ist der Platz seit dem 15. Jahrhundert verschwunden.

Aber sie leistete tapferen Widerstand, obwohl Konrad den Platz verlassen hatte, um Entsatz herbeizuführen. Zehn Wochen umlagerte das Heer Lothars, Heinrichs und Sobeslaws die Stadt an der Pegnitz, und die Böhmen verheerten die umliegenden Gegenden bis an die Donau hin so fürchterlich, daß sie Freund und Feind zur Verzweiflung brachten, bis Lothar endlich selbst die Entlassung der räuberischen Horden für gerathen hielt. Kaum war sie erfolgt, so rückte Konrad mit frischen Schaaren zum Entsatz heran, und Lothar mußte sich, ohne einen Kampf nur zu wagen, zum Abzug von Nürnberg entschließen. Das gescheiterte Unternehmen erschütterte das schon wankende Ansehen Lothars noch mehr; zumal es nicht daran fehlte, daß man auch die Verwüstungen der Böhmen ihm zur Last legte. Keinen geringen Glanz gab es Konrads Namen, daß der König gleich wie ein Flüchtling vor ihm zurückwich.

Trotz des unglücklichen Ausgangs der Nürnberger Belagerung kehrte der junge Baiernherzog nicht ohne Lohn in sein Land zurück. Der König bestätigte ihm nicht allein die Lehen, welche schon dessen Vater in Sachsen besessen hatte, sondern ließ auch die Kirchengüter, welche er bis dahin selbst von den sächsischen Bischöfen und Aebten zu Lehen getragen, ihm übergeben. Ueberdies belehnte er ihn in Franken mit Greding, einst einem Besitzthum Markgraf Ekberts*), und mit dem umstrittenen Nürnberg, welches so recht eigentlich zum Zankapfel zwischen Staufen und Welfen wurde. Heinrich verpflichtete sich, den Kampf gegen die Staufer in den ostfränkischen Gegenden und in Schwaben mit aller Kraft fortzusetzen.

Der König selbst war von Nürnberg nach Bamberg abgezogen, wo er am 18. August Hof hielt. Dann eilte er schleunigst nach Würzburg; denn es war für ihn von der größten Wichtigkeit, sich dieser Stadt zu versichern, auf welche die nächsten Absichten der Staufer gerichtet waren.

Noch immer hatten die traurigen Wirren, welche hier mit der Wahl Gebhards von Henneberg begonnen hatten, nicht ihr Ende erreicht**). Vergebens hatte im Jahre 1124 der Legat Papst Calixts II. den Erzbischof Adalbert zur Weihe Gebhards zu vermögen gesucht;

*) Vergl. Bd. III. S. 656.
**) Vergl. Bd. III. S. 984. 9:8. 950.

der Erzbischof ließ sich nicht erweichen. Erst als im folgenden Jahre der Gegenbischof Rudger unerwartet starb, schien Adalbert nachgiebiger zu werden und berief eine Provincialsynode nach Mainz, um den verderblichen Streit über das Bisthum endlich beizulegen. Er soll damals Gebhard die Weihe zugesagt haben; aber er schob sie hinaus, und binnen Kurzem erhob sich unter dem Würzburger Klerus selbst ein neuer Widerstand gegen den verhaßten Henneberger. Man wies ihn und seine Anhänger aus der Stadt; diese setzten Gewalt der Gewalt entgegen, äscherten die Unterstadt ein, zerstörten den Marienberg und verwüsteten die Stiftsgüter. Natürlich verschlimmerte sich Gebhards Sache dadurch im hohen Grade, und alsbald erhielt Erzbischof Adalbert von Papst Honorius II. die Weisung, Gebhard jetzt unbedingt das Bisthum zu entziehen. Mit derselben Weisung kam auch Cardinal Gerhard, als er im Sommer 1126 abermals als päpstlicher Legat in Deutschland erschien. Inzwischen hatte sich aber der Henneberger mit seinen Beschwerden an Lothar selbst gewandt und wußte auf einem Tage zu Straßburg vor dem Könige, dem Legaten, Erzbischof Adalbert und vielen Bischöfen seine Sache im günstigsten Lichte darzustellen. Er erreichte damit wenigstens so viel, daß man ihm Zeit ließ, sich nach Rom zu begeben, um dort eine Wendung zu seinen Gunsten herbeizuführen. Aber kaum hatte er Straßburg verlassen, so lief dort die Nachricht ein, daß seine Anhänger Würzburg abermals überfallen und die Einwohner zu der Erklärung genöthigt hatten, daß sie sich nach vierzehntägiger Waffenruhe, wenn nicht inzwischen ein anderes Abkommen getroffen, Gebhard unterwerfen würden. Die Nachricht erregte einen solchen Unwillen in der Versammlung, daß der Legat gegen Gebhard, obwohl dieser entschieden seine Unschuld an diesen Vorgängen betheuern ließ, sofort das Anathem schleuderte, und als Erzbischof Adalbert bald darauf mit dem König selbst nach Würzberg kam, verkündete er in der Stadt öffentlich das Strafurtheil des Legaten. Seitdem war nahezu ein Jahr vergangen. Gebhard hatte die Reise nach Rom aufgegeben und sich auf seine Güter zurückgezogen. Als sich Erzbischof Adalbert vergeblich eine neue Bischofswahl durchzusetzen bemüht hatte, soll er sich sogar Gerhard erboten haben, ihm gegen eine Geldsumme wieder zum Bisthum zu verhelfen, aber der Henneberger behauptete, auf dieses schmähliche Anerbieten nicht eingegangen zu sein. Wie dem auch sei, Würzburg war noch gleichsam eine herrenlose Stadt und Alles dort in größter Verwirrung, als im August des Jahres 1127 Lothar mit seinem Heer einrückte.

Der König war rechtzeitig gekommen; denn wenig später zogen auch die Staufer mit ihrem Heere heran. Sie rückten bis vor die Mauern, ließen sich aber auf eine Belagerung des vom Könige bereits besetzten Platzes nicht ein. Nachdem sie gleichsam zum Hohne desselben ein glänzendes Turnier vor den Thoren abgehalten, zogen sie ab, wie sie gekommen. Friedrich scheint nach Schwaben zurückgekehrt zu sein; Konrad ging nach Nürnberg, von wo aus er bald darauf einen vergeblichen Versuch machte, sich auch Bambergs zu bemächtigen. Das ganze Ostfranken war voll Unruhe und Parteiung, und Jahre vergingen, ehe es wieder Ruhe gewann.

Auf die Mitte des September hatte Lothar einen Reichstag nach Speier berufen, um mit den Fürsten über die Mittel zur Herstellung des inneren Friedens zu berathen. Viele Fürsten stellten sich dort beim Könige ein, namentlich aus dem oberen Lothringen und Burgund. Für den nächsten Zweck wurde freilich durch die Berathungen wenig oder nichts erreicht, doch war es nicht ohne Bedeutung, daß sich der König damals die Zähringer durch große Aussichten, die er ihnen in den burgundischen Ländern eröffnete, zu verpflichten wußte.

Am 1. März 1127 war der junge Graf Wilhelm von Hochburgund, ein Neffe Papst Calixts II., von seinen eigenen Leuten erschlagen worden; außer Hochburgund hatte er auch die Grafschaft Eliten zwischen dem Jura und dem großen Bernhard von der Krone zu Lehen getragen. Der nächste Erbe nach dem in Burgund gültigen Lehnsrecht war ein Vetter Wilhelms, Rainald mit Namen, der sich auch sogleich in den Besitz der ganzen Erbschaft setzte, ohne jedoch rechtzeitig die Belehnung beim Könige nachzusuchen. Lothar glaubte den Säumigen strafen zu müssen und ergriff überdies begierig die Gelegenheit, um Herzog Konrad von Zähringen, der in Burgund begütert war und als Schwestersohn Wilhelms eine gewisse Anwartschaft auf die erledigten Lehen besaß, durch Wohlthaten für sich zu gewinnen und von den Staufern zu trennen. Deshalb belehnte er damals in Gegenwart vieler burgundischen Großen Konrad mit den freigewordenen Grafschaften. Freilich kam der Zähringer, der sich fortan auch wohl Herzog von Burgund zu nennen pflegte, damit nicht in den Besitz jener Lehen; vielmehr entspann sich ein langer, niemals ganz ausgetragener Streit um dieselben zwischen ihm und Graf Rainald, der sich mindestens in der Freigrafschaft stets zu behaupten wußte.

Für Lothar war die Verbindung mit den Zähringern um so wichtiger, als Herzog Heinrich den Kampf gegen die Staufer im oberen Deutschland mit nichts weniger als günstigem Erfolge fortsetzte. Ein Einfall in Schwaben, welchen er um diese Zeit unternahm, hatte sogar den übelsten Ausgang. Als sein Heer über die Wernitz gegangen war und das Anrücken des Feindes vernahm, löste sich vor seinen Augen jede Ordnung in demselben auf, und in hastiger Flucht stürmten Alle nach Hause. Es war dies wohl eine Folge der Mißstimmung, welche Heinrichs durchgreifendes Regiment im eigenen Herzogthume erregt hatte. Alsbald brach auch ein Aufstand in Baiern selbst aus, dessen Bewältigung den Herzog dann längere Zeit beschäftigte. Obschon Sympathien für die Staufer in Baiern schwerlich weit verbreitet waren, hemmte dieser Aufstand doch Heinrich, den Krieg in Schwaben und Ostfranken fortzuführen, und offenkundig war es, daß mindestens Liutpold von Oesterreich und Dietbold von Vohburg, die mächtigsten Herren in den bairischen Marken, es mit den staufenschen Brüdern hielten.

Konrad von Staufen als Gegenkönig.

Das Glück, welches Lothar früher so sehr verwöhnt, zeigte sich ihm im Alter jetzt spröde genug; aber seine Herrschaft war doch in Wahrheit noch nicht in ihren Fundamenten erschüttert, und am wenigsten hielt er selbst seine Lage für verzweifelt. Die Staufer sahen dagegen die Vortheile, welche sie unleugbar gewonnen, im hellsten Lichte; mit großer Ueberschätzung derselben glaubten sie schon Lothar auch die Krone bestreiten und selbst nach derselben greifen zu können. Sie und ihre Anhänger beschlossen, einen Gegenkönig einzusetzen. Friedrich selbst lenkte die Wahl auf seinen jüngeren Bruder, wohl um die Erinnerung an jene widerwärtigen Vorgänge, welche seine Erhebung in Mainz gehindert, nicht zu wecken. Konrads Wahl erfolgte am 18. December 1127; wir kennen weder die wählenden Fürsten, noch ist die Wahlstätte bisher ermittelt.

Lothar war von Speier nach Würzburg zurückgekehrt, um dort mit den Erzbischöfen von Mainz und Magdeburg und einigen andren geistlichen Fürsten das Weihnachtsfest zu feiern. Hier erhielt er die erste Kunde von Konrads Wahl. Die versammelten Bischöfe sahen in dem Unterfangen der Staufer einen Frevel nicht allein gegen König und Reich, sondern auch gegen die heilige Kirche und sprachen sogleich feierlich das Anathem gegen den Usurpator und seine Anhänger aus. Auch die Erzbischöfe von Trier und von Salzburg und andere Kirchenfürsten stimmten alsbald dem Anathem zu und verbreiteten dasselbe weiter und weiter. Der gesammte deutsche Klerus ergriff mit Feuereifer die Sache Lothars und warf sich in den Kampf gegen den Staufer. Einst hatte die deutsche Kirche die Gegenkönige aufgeworfen und vertheidigt; jetzt stand sie mit aller ihrer Autorität für den legitimen Herrscher ein.

Aber die entschlossene That der Staufer hatte ihnen doch manche neue Freunde gewonnen. Namentlich erklärte sich die Bürgerschaft von Speier, wo die Erinnerungen an die salischen Kaiser am lebendigsten fortlebten, jetzt ohne Zaudern offen für König Konrad; sie vertrieb ihren Bischof und öffnete die Thore den Staufern, welche eine starke Besatzung in die Stadt legten. Wie durch Nürnberg in Ostfranken, gewannen sie durch Speier in Rheinfranken einen festen Halt und Ausgangspunkt für weitere Unternehmungen.

Unter solchen Umständen erhielt der gesicherte Besitz Würzburgs für Lothar unberechenbare Bedeutung, und er verließ die Stadt nicht eher, als bis er ihr einen Bischof gegeben hatte, auf dessen Anhänglichkeit er unbedingt zählen konnte. Unter dem Einfluß des Königs und Erzbischof Adalberts wurde die Wahl Embrikos von Leiningen, des Propstes zu Erfurt, durchgesetzt, und der Gewählte erhielt dann sofort die Regalien und die Weihe. Der neue Bischof, der bisher in der königlichen Kanzlei unter Adalbert gedient hatte, war eine Persönlichkeit, welche das vollste Vertrauen Lothars besaß; auch den Geist der Bürgerschaft scheint er sich bald gewonnen zu haben. Der Henneberger setzte auch gegen ihn den Widerstand noch einige Jahre fort, gab sich aber endlich zur Ruhe.

Der König, der im Anfange des Jahrs 1128 nach Sachsen zurückgekehrt war, feierte das Osterfest (22. April) zu Merseburg, und hier stellte sich abermals auch der dienstbeflissene Böhmenherzog am Hofe ein. Immer enger schloß sich der Bund zwischen ihm und dem Könige, der damals selbst einen Sohn Sobeslaws aus der Taufe hob. Der dritte in diesem Bunde war Heinrich von Groitsch, der in Gegenwart der sächsischen Fürsten damals dem Täufling, seinem Vetter, alle seine Allodien dereinst zu vererben versprach. Der Böhmenherzog erbot sich dem König, seinem Gevatter, abermals gegen die Staufer mit Heeresmacht zu unterstützen.

Der Aufbruch gegen die Staufer war erst auf den Johannistag (24. Juni) angekündigt: der König entschloß sich daher, zuvor die niederlothringischen Gegenden zu besuchen, da sich die aufständige Gesinnung hier weiter verbreitet und selbst Herzog Gottfried sich offen von ihm losgesagt hatte. Das Pfingstfest (10. Juni) feierte der König in Aachen, wo sich viele sächsische und lothringische Bischöfe um ihn versammelten. Unter ihnen befand sich auch des Königs Stiefbruder Herzog Simon, nicht unbetheiligt bei den flandrischen Wirren, welche damals ganz Lothringen in Spannung hielten. Am 2. März 1127 war nämlich Markgraf Karl in der Kirche zu Brügge von seinen eigenen Leuten, welchen die strenge und fromme Weise ihres dänischen Herrn nicht behagte, beim Gebete ruchlos erschlagen worden. Alles, was mit dem alten Grafenhause irgendwie in Verwandtschaft stand, streckte nun nach der reichen Erbschaft gierig die Hände aus, doch gelangte durch Vermittelung König Ludwigs von Frankreich zunächst Wilhelm Clito, der Neffe Heinrichs von England, in den Besitz. Nicht lange hatte er sich seines Glücks zu erfreuen. Das herrische und gewaltthätige Wesen des Normannen reizte aufs Neue den Widerstand der Flamländer, und eine Partei unter ihnen rief Theoderich von Elsaß, durch seine Mutter den flandrischen Grafen verwandt, in das Land. Theoderich, ein Halbbruder des Herzogs Simon und der Gräfin Gertrud von Holland*), erschien im März 1128 in Flandern; Gent und Brügge nahmen ihn freudig auf, während Wilhelm Clito sich ihm gegenüber noch zu halten wußte, und bei Gottfried von Löwen, dem Herzog von Niederlothringen, Unterstützung fand.

Mit bemerkenswerther Entschiedenheit trat der König jetzt Gottfried entgegen; das Herzogthum Niederlothringen wurde ihm genom-

*) Theoderich von Elsaß war ein Sohn des Herzogs Theoderich von Oberlothringen aus der zweiten Ehe desselben mit der flandrischen Gertrud; Herzog Simon und die Gräfin Gertrud von Holland stammten aus der ersten Ehe des Herzogs Theoderich mit Hedwig, der Witwe des Supplinburgers Gebhard, der Mutter Lothars. Vergleiche oben die Anmerkung zu Seite 17.

men und Walram, dem Sohne Heinrichs von Limburg, übertragen. Schon längst hatte sich Walram einen hervorragenden Namen gemacht und galt bei seinen Freunden für eine Zierde unter der Ritterschaft des Landes: Viele waren deshalb hocherfreut, daß er die herzogliche Fahne Lothringens erhielt, welche einst schon sein Vater getragen.

Freilich war Gottfried von Löwen, ein mächtiger Herr, dessen Tochter dem König von England vermählt war, damit nicht vernichtet. Vielmehr gewann er gerade in diesen Tagen als Bundesgenosse Wilhelm Clitos bei Arpoele über Theoderich von Elsaß einen unzweifelhaften Sieg (21. Juni 1128), dessen Früchte nur dadurch verloren gingen, daß Wilhelm kurze Zeit darauf bei der Belagerung von Alost (27. Juli) eine tödtliche Wunde erhielt. Theoderich wurde nun von König Ludwig mit Flandern belehnt, aber er hielt es nichtsdestoweniger für gerathen, sich mit Gottfried, seinem furchtbarsten Gegner, zu verständigen. Bald unterstützte er ihn sogar gegen Walram im Kampfe um das lothringische Herzogthum. Ein Sieg, den Walram im Bunde mit Bischof Alexander von Lüttich am 7. August 1129 bei Duras über Gottfried gewann, sicherte ihm freilich die herzogliche Gewalt in dem Lande vom Rheine bis zur Geete, aber Gottfried behauptete sich jenseits der Geete in der Macht und führte sogar den herzoglichen Namen fort. Das Herzogthum Niederlothringen schien sich in seinem bisherigen Bestande so gut wie aufgelöst zu haben, und man begann von Herzögen von Limburg und Löwen zu reden.

Der König hat selbst nicht unmittelbar in diese Angelegenheiten eingegriffen; ihn beschäftigte vollauf der neue Feldzug gegen die Staufer, der um Johannis, wie es bestimmt war, eröffnet wurde. Nach seinem Versprechen war ihm der Böhmenherzog abermals mit einem Heere zur Hülfe gekommen, aber wohl im Andenken an den traurigen Eindruck, welchen im Jahre zuvor die böhmische Hülfe gemacht hatte, entließ er schon am folgenden Tage mit Dank diesen bedenklichen Bundesgenossen.

Den Gegenkönig selbst konnte Lothar für den Augenblick nicht mehr erreichen; denn Konrad war schon im Frühjahr 1128 am Septimer über die Alpen gegangen. Am wenigsten die Noth, wie man wohl behauptet hat, trieb ihn, einen andren Schauplatz seiner Thaten aufzusuchen; vielmehr lockte ihn die Aussicht, in Italien, wo sich Lothars Macht noch nicht hatte entfalten können, mühelos Anerkennung zu gewinnen und sich in den Besitz des reichen Mathildischen Hausguts zu setzen, auf welches er als Erbe Heinrichs V. Ansprüche hatte. Als er in die Lombardei hinabstieg, empfing ihn dort der Bann, welchen der Papst, dem Beispiel der deutschen Erzbischöfe folgend, am Osterfest zu Rom gegen ihn und seinen Bruder geschleudert hatte. Dennoch nahmen die Mailänder, damals in offener Feindseligkeit gegen Rom, mit Enthusiasmus den Gebannten auf und zwangen ihren Erzbischof Anselm, ihn am Peter- und Paulstag (29. Juni) zu Monza feierlichst zu salben und zu krönen; in Mailand selbst zu S. Ambrogio wurde Konrad dann noch einmal gekrönt. Anselm zog sich durch die Salbung des Gebannten den Unwillen Roms zu, fand aber in der Anhänglichkeit der Mailänder und in der Macht des Staufers gegen die Strafen des Papstes Schutz. Konrad, von Mailand unterstützt, begegnete im ersten Augenblick kaum einem ernsten Widerstand unter den Lombarden; das Königreich Italien schien ihm gewonnen.

So groß die ersten Erfolge des Gegenkönigs in Italien waren, die Hauptentscheidung des Kronstreits, in welchen er sich gegen Lothar geworfen, lag doch in Deutschland, wo Friedrich zurückgeblieben war, um den Kampf fortzuführen. Lothar schien es jetzt die erste und wichtigste Aufgabe, sich der Stadt Speier wieder zu bemächtigen: er rückte deshalb mit Heeresmacht vor dieselbe und begann um die Mitte des August sie zu umschließen. Gleich den Nürnbergern leisteten die Speirer den hartnäckigsten Widerstand; über zwei Monate lag das königliche Heer vor der Stadt, ohne den Muth der Bürger zu brechen. Sie erwarteten Entsatz von Herzog Friedrich, aber immer vergeblich. Es war ein harter Schlag für diesen, daß sich damals unter Vermittelung des Baiernherzogs Markgraf Dietbold von Vohburg mit Lothar verständigte; wahrscheinlich wurde der Vohburger dadurch gewonnen, daß sich seinem ältesten Sohne Mathilde, die Schwester der Welfen, verlobte. Wenn Friedrich die Speirer in ihrer Bedrängniß sich selbst überließ, so wird es nur geschehen sein, weil er, von Baiern und vom Nordgau aus zugleich bedroht, in die bittere Noth der Selbstvertheidigung versetzt war. Die Speirer wurden endlich genöthigt mit Lothar zu verhandeln; sie versprachen, wenn der König von ihrer Stadt abzöge, sich von den Staufern loszusagen und Geiseln für ihre Ergebenheit zu stellen. Um den 11. November hob Lothar die Belagerung auf und entließ sein Heer. Er hatte die Stadt nicht betreten, wo man ungeachtet der Geiseln bald genug die gegebenen Versprechungen brach.

Das Weihnachtsfest feierte Lothar zu Worms in Gemeinschaft mit den Erzbischöfen von Mainz und Trier, wie mit vielen andren geistlichen und weltlichen Fürsten aus den überrheinischen Gegenden. Er besuchte darauf Straßburg und erweiterte durch eine wichtige Urkunde vom 20. Januar 1129, worin er die Treue der Rathmannen und Bürger ausdrücklich betonte, die Freiheiten der Stadt*). Die Autorität Lothars schien in Rheinfranken und im Elsaß so gut wie hergestellt; um so bedenklicher stand es um sie in den niederrheinischen Gegenden. Grund genug für ihn, um dieselben aufs Neue aufzusuchen. Das Fest der Reinigung Mariä (2. Februar) beging er im Kloster Elten bei Nymwegen. Sein Aufenthalt hier diente nicht bloß zur Verherrlichung einer kirchlichen Feier, sondern auch zur Vollstreckung eines Blutgerichts; Giftlbert, der Bedränger der Utrechter Kirche, wurde nach dem Urtheil der Fürsten damals enthauptet.

Von Elten begab sich Lothar nach Köln; er traf dort den Erzbischof nicht, der sich absichtlich, wie im Jahre zuvor, der Gegenwart des Hofes entzogen hatte. Auch andre Herren hielten sich vom Könige fern. Aber dies hinderte ihn nicht, gegen die Aufständigen und Ruhestörer Strenge zu gebrauchen. Graf Gerhard von Geldern, zu Worms abwesend als Reichsfeind angeklagt, wurde jetzt vor das Gericht der Fürsten beschieden; er erschien, gab aber jeden Versuch der Rechtfertigung auf und überließ sich der Gnade des Königs, der ihm eine Buße von 1000 Mark auferlegte. Lothars Energie machte Eindruck. Als er am 8. März zu Duisburg Hof hielt, erschienen schon Viele der angesehensten Herren aus den niederrheinischen Gegenden und Friesland vor seinem Throne, und endlich hielt auch Erzbischof Friedrich für gerathen, dem Könige wieder näher zu treten; es geschah auf einem großen Fürstentage am 16. Mai zu Korvei. Für Lothar, dessen Herrschaft sich noch besonders auf den Klerus stützte und der sein Königthum von Gottes Gnaden stark zu betonen pflegte, war die Rückkehr des Kölners an den Hof von unschätzbarer Bedeutung. Es war wenig später, daß Herzog Walram und der Bischof Alexander von Lüttich, wie bereits erwähnt, Gottfried von Löwen im offenen Kampfe

*) Es ist die älteste noch im Stadtarchiv vorhandene Kaiserurkunde.

besiegten*), und dieser Sieg befestigte zugleich Lothars Macht mindestens bis zur Saale.

Der junge Baiernherzog Heinrich hatte indessen einen Versuch gemacht, sich selbst und seinen Schwiegervater von ihrem gefährlichsten Widersacher durch eine Gewaltthat zu befreien. Als er in der Fastenzeit des Jahres 1129 sich auf seinen schwäbischen Gütern befand und erfuhr, daß Herzog Friedrich im nahen Kloster Zwifalten mit geringer Begleitung übernachte, eilte er im Dunkel mit einer bewaffneten Schaar herbei und warf, obwohl er selbst der Vogt des Klosters war, in die Wohngebäude der Mönche Feuer. Seine Absicht war, seinen feindlichen Schwager in den Flammen zu ersticken. Mit Hülfe der Mönche entkam jedoch der Schwabenherzog und flüchtete sich in den Münster des Klosters. Mit gezückten Schwertern untersuchten die Leute Heinrichs alle Winkel der Abtei, erbrachen die Pforte des Münsters, drangen auch in eine benachbarte Kapelle, wo die Mönche eben die Horen sangen, und stürzten sich auf die betenden Brüder. Aber sie konnten Friedrich, nach dessen Blut sie dürsteten, nicht erreichen: er hatte den feuerfesten Thurm des Münsters erstiegen und war dort gegen Schwerter und Flammen gesichert. Wuthschnaubend verließ Heinrich endlich das Kloster, den Mönchen, die sein Vorhaben vereitelt, Tod und Verderben drohend. Diese Drohungen hat er nicht ausgeführt, aber auch die Sühne nicht geleistet, welche ihm der Papst auferlegte**). Mit gutem Recht wurde ihm in der Folge die Vogtei über das Kloster entzogen und seinem Bruder Welf übertragen. Uebrigens haben die Mönche von Zwifalten von Herzog Friedrich nicht den Dank geerndtet, den sie erwarten durften; er verwüstete einige Jahre später rücksichtslos den ihnen gehörigen Ort Eunabeuren.

Schwerlich hatte Lothar das frevelhafte Unterfangen seines Eidams gebilligt. Er selbst war seit seiner Rückkehr nach Sachsen besonders mit den dortigen Angelegenheiten beschäftigt. Heinrich von Stade, welcher die sächsische Nordmark inne gehabt hatte, war bald nach der Rückkehr von der Speierer Belagerung am 4. December 1128 in jungen Jahren ohne Leibeserben gestorben; die Nordmark übertrug Lothar jetzt dem Grafen Udo von Freckleben, dem nächsten Bluts-

*) Vergl. oben S. 31.

**) Einen goldenen Kelch von fünf Pfund Gewicht sollte er den Mönchen geben.

verwandten der verstorbenen Markgrafen, dem Sohn jenes Rudolf, der schon einst diese Mark verwaltet hatte.

Der König hielt sich damals gewöhnlich in Goslar auf. Hier hatte er das Osterfest (12. April) gefeiert; hierhin kehrte er auch zurück, nachdem er Pfingsten (2. Juni) der Einweihung der Servatiuskirche in Quedlinburg beigewohnt hatte. In der Mitte des Juni waren um ihn zu Goslar die Erzbischöfe von Mainz, Magdeburg, Bremen und Salzburg nebst einer großen Zahl der geistlichen und weltlichen Fürsten Sachsens versammelt. Ohne Zweifel wurden damals die Vorbereitungen zu einer neuen Heeresfahrt nach dem Rhein und einer neuen Belagerung Speiers getroffen; denn offenkundig war bereits, daß die Bürger der Stadt die gegebenen Versprechungen gebrochen hatten. Herzog Friedrich selbst war wieder in der Stadt gewesen und hatte zur Ermuthigung der Bürger seine Gemahlin mit einer starken Besatzung zurückgelassen, während er selbst nach Schwaben zurückgekehrt war, um sein Land zu schützen.

Noch am 17. Juni war Lothar zu Goslar. Wenig später zog er mit einem sächsischen Heer an den Rhein und eröffnete um die Mitte des Juli die zweite Belagerung Speiers. Nicht eher war er diesmal zu weichen entschlossen, als bis er die Stadt bezwungen und betreten habe.

Mit bewunderungswürdiger Tapferkeit vertheidigten die Bürger die Stadt; die Herzogin befeuerte ihren Widerstand. Monat über Monat verging, ohne daß Lothar ihren Muth brechen konnte. Schon verzweifelte er ohne den Beistand des Baiernherzogs an dem Erfolge und berief diesen mit einem Heere zu sich. Heinrich lag damals vor der festen Burg Falkenstein, um den Regensburger Vogt Friedrich von Bogen zu strafen, der durch die Tödtung eines ihm ergebenen Ministerialen der Regensburger Kirche ihn auf das Höchste gereizt hatte. Er überließ die weitere Belagerung Falkensteins seiner Schwester Sophie, die vor Kurzem ihren zweiten Gemahl Markgraf Luitpold von Steiermark verloren hatte und mit einem Geleit von 800 Rittern in die Heimath zurückgekehrt war; er selbst eilte mit etwa 600 Rittern nach Speier. Nur unter großen Schwierigkeiten gelangte er an den Rhein und schlug mit den Seinen Speier gegenüber am rechten Ufer des Flusses sein Lager auf, um Friedrich, wenn er zum Entsatz der Stadt vorrücken sollte, hier zu begegnen. In der That erschien Friedrich alsbald und griff bei Nachtzeit das bairische Lager an; aber Heinrich, nicht unvorbereitet, trieb ihn zurück und verfolgte ihn eine weite Strecke.

Noch das Weihnachtsfest feierte Lothar im Lager vor Speier. Endlich, da alle Hoffnung auf Entsatz schwand, sank der Muth der Bürger, und sie erboten sich unter Vermittelung des Erzbischofs von Mainz zur Unterwerfung. Der König sicherte ihnen Straflosigkeit zu und erreichte damit, daß sie um Neujahr 1130 ihm die Thore öffneten. Die heldenmüthige Gemahlin Herzog Friedrichs, die Entbehrungen aller Art mit den Bürgern erduldet hatte, wurde hochgeehrt und reichbeschenkt mit ihrem Gefolge entlassen. Als Sieger zog der König dann in Speier ein und zeigte sich am Epiphaniasfest den Bürgern in der Krone. Bald darauf ging er den Rhein hinauf bis Basel, wo jetzt auch Bischof Berthold, bisher ein entschiedener Anhänger der Staufer, diesen absagen mußte. Als Lothar in den Tagen vom 6—8. Februar in Basel residirte, waren unter andren Fürsten der Erzbischof von Besançon und die Zähringer an seinem Hofe; auch der Bischof Bruno von Straßburg war zugegen, der nach einjähriger Verbannung aus seinem Bischofsitz erst vor Kurzem auf Verwendung der Königin und seiner Amtsbrüder die Gnade Lothars wiedergewonnen und die Erlaubniß zur Rückkehr in seine Stadt erlangt hatte.

Es war endlich ein entschiedener Erfolg, den Lothar den Staufern abgerungen. Wenn sich auch Nürnberg noch hielt, welches vom Könige und Herzog Heinrich in dieser Zeit aufs Neue, wie es scheint, umschlossen wurde, so war doch Friedrichs Macht im rheinischen Franken und am ganzen oberen Rhein nun gebrochen. Das Osterfest (30. März) feierte der König in Bamberg und kehrte bald nach demselben nach Sachsen zurück. Während seiner längeren Abwesenheit waren hier Wirren ausgebrochen, welche namentlich in dem östlichen Theile des Landes und in den Marken den Landfrieden störten und das Einschreiten des Königs erheischten.

Lothars Uebergewicht.

Es ist bereits darauf hingewiesen, wie Lothars Kriegszug gegen Böhmen im Jahre 1126 zum großen Theil durch den Schutz bedingt war, den er Albrecht von Ballenstedt und Konrad von Wettin in den

Marken gegen Heinrich von Groitsch und den jungen Hermann von Winzenburg schuldete. Der unglückliche Ausgang des böhmischen Kriegs und das vertraute Verhältniß, welches sich darauf zwischen dem König und Herzog Sobeslaw entwickelte und in welches auch Heinrich von Groitsch, der Neffe Sobeslaws, gezogen wurde, mußte dann mit Nothwendigkeit auch auf die Stellung der Markgrafen Albrecht und Konrad zum Könige zurückwirken. In der That konnte Lothar jetzt die Ansprüche des Groitschers und Winzenburgers auf die Marken nicht mehr rücksichtslos bei Seite setzen, sondern mußte sie durch eine Ausgleichung zu befriedigen suchen.

Wir sind über den Ausgleich selbst ohne bestimmte Nachrichten, aber so viel ist klar, daß sich Albrecht in der Ostmark und Lausitz zu behaupten wußte, während in Meißen eine Theilung der markgräflichen Gewalt eintrat: Konrad von Wettin und Hermann von Winzenburg erscheinen hier neben einander als Markgrafen, und es mochte als eine Entschädigung Hermanns für erlittene Verluste gelten, daß er zugleich eine besondere fürstliche Gewalt über Thüringen unter dem Namen eines Landgrafen erhielt*). Wir wissen nicht, welche Vortheile der Groitscher, der sich um den König so große Verdienste erworben hatte, gewann, aber auch ihm konnte es an Beweisen königlicher Gunst nicht fehlen, und jeder Gewinn für ihn mußte als eine Beeinträchtigung der Ballenstedter gelten. Man darf es dann vielleicht als eine Art von Entschädigung für dieses Haus ansehen, wenn der König damals Wilhelm von Ballenstedt, den Vetter Albrechts, wieder als Pfalzgrafen am Rhein in die einst von dessen Vater Siegfried bekleidete Würde einsetzte, obwohl der Pfalzgraf Gottfried von Calw noch lebte**). So waren wie zwei Markgrafen von Meißen, damals auch zwei Pfalzgrafen am Rheine anerkannt: eine höchst auffallende Erscheinung, welche allein

---

*) In einer kaiserlichen Urkunde vom 18. Juni 1129 erscheint unter den Zeugen Hermann als Landgraf und wird als solcher vor den Markgrafen genannt. Uebrigens scheinen auch früher bereits die Markgrafen von Meißen mit einer besonderen Amtsgewalt über Thüringen bekleidet gewesen zu sein, und neu war wohl nur der Name für dieselbe.

**) Wilhelm erscheint als Pfalzgraf neben Gottfried in kaiserlichen Urkunden vom Jahre 1129 an. Er war der Sohn der Gertrud, der einzigen Schwester der Königin Richinza, und auch diese Verwandtschaft mag zu seiner ungewöhnlichen Erhebung beigetragen haben.

durch die zwingende Nothwendigkeit widerstrebende Interessen auszugleichen erklärlich scheint.

Wie aber selten ein solcher Ausgleich auf die Dauer allseitig befriedigt, so war es auch hier, und vor Allem fühlten sich die Ballenstedter durch die nahen Beziehungen Heinrichs von Groitsch*) zum Könige beengt und bedrückt. Der junge Markgraf Albrecht, emporstrebend und thatendurstig, erneuerte nicht allein seine alten Streitigkeiten mit dem Groitscher, sondern trat in seinem Bereiche Allen entgegen, die sich größerer Gunst am Hofe zu erfreuen schienen, als er selbst dort jetzt zu erfahren meinte. Kaum hatte Udo von Freckleben die Verwaltung der Nordmark vom Könige erhalten, so überfiel Albrecht die bei Wolmirstedt an der Ohre belegene Hildagesburg, eine Feste Udos, bei Nacht und zerstörte sie durch Feuer. Ein anderer Angriff, den er gegen die Burg Gundersleben bei Wegeleben im Halberstädtischen richtete, war nur daran gescheitert, daß die Getreuen des Königs noch rechtzeitig dem Markgrafen entgegentraten. Endlich stieß Udo mit bewaffnetem Geleit am 15. März 1130 bei Aschersleben auf die Leute Albrechts; ein harter Kampf entspann sich, in welchem Udo selbst den Tod fand, mehrere seines Gefolges verwundet wurden oder in Gefangenschaft geriethen.

Vielleicht war es nicht ohne Zusammenhang mit Albrechts gewaltthätigem Auftreten, daß im Sommer 1129 in Magdeburg, wo der Groitscher die Burggrafschaft bekleidete, ein Aufstand unter den Bürgern ausgebrochen war, der nur mit Mühe unterdrückt wurde. Albrecht selbst mochte es dagegen seinem Widersacher beimessen, wenn die Bürger von Halle, die unter dem Einfluß des Groitschers standen, im Jahre 1130 seine Mutter Eilika mit dem Tode bedrohten und einen seiner Verwandten Konrad von Eichstedt mit mehreren Genossen erschlugen. In welche Verwilderung durch ein aufgeregtes Parteitreiben die Verhältnisse in Thüringen und den sächsischen Marken gerathen waren, zeigte sich recht deutlich darin, daß damals Heinrich Raspe, der Sohn und Haupterbe des Grafen Ludwig**), des Königs Fahnen-

*) Mit Markgraf Konrad ordneten sich die Verhältnisse wohl schon deshalb leichter, weil Konrad dem Groitscher verwandt war. Konrads Bruder hatte sich mit Bertha, der Schwester Heinrichs von Groitsch, vermählt. Konrad blieb immer in großer Gunst bei Lothar, verfiel aber bald mit Albrecht von Ballenstedt.

**) Vergl. Bd. III. S. 967.

trägste, durch Meuchelmord sein Ende fand und der Thäter unentdeckt blieb. Das Erbgut Heinrich Raspes ging auf seinen Bruder Ludwig über; die Vogtei über das Kloster Goseck, welche ihm zugestanden hatte, riß jedoch Albrechts Mutter Eilika an sich, welche damals in der Nähe an der Saale die Burg Werben erbaute und sich mit männlichem Geiste gegen Ludwig zu behaupten wußte.

Das Ende Heinrich Raspes verletzte unmittelbar den König, aber noch mehr empörte ihn, daß gleichzeitig einer seiner vertrautesten Räthe, Burchard von Loccum, durch Mord beseitigt wurde und der Urheber des Mordes kein geringerer Mann war, als der junge Landgraf Hermann von Winzenburg. Burchard, ein Vasall Hermanns, war durch kaiserliche Gunst hoch emporgestiegen und zu einer Grafschaft in Friesland gelangt. Wegen eines Burgbaus war er darauf mit dem Winzenburger in erbitterte Streitigkeiten gerathen, und dieser ließ endlich seinen widerspänstigen Vasallen auf einem Kirchhofe überfallen und erschlagen. Ein Frevel, welchen der König nicht ungerächt lassen konnte und der ihn in die bedenklichen Zustände Sachsens einzugreifen auf das Dringendste mahnte. Dem Winzenburger wurde der Proceß gemacht, des Hochverrathes wurde er von den zu Quedlinburg versammelten Fürsten für schuldig befunden, die Reichsacht über ihn verhängt und zugleich ihm alle seine Würden und Güter abgesprochen. Die Landgrafschaft Thüringen kam an den Grafen Ludwig, der dadurch eine hervorragende Stellung unter den Fürsten des Reichs gewann. Die Markgrafschaft Meißen erhielt nun in ihrem ganzen Umfange Konrad von Wettin. Die Winzenburg selbst und die zu ihr gehörigen Güter fielen an das Bisthum Hildesheim zurück, dessen Lehen sie waren. Hartnäckigen Widerstand setzte der geächtete Hermann noch dem Könige und den Fürsten entgegen. Er vertheidigte sich in der Winzenburg längere Zeit gegen ein wider ihn ausgesandtes Heer; erst am letzten Tage des Jahrs 1130 ergab er sich dem Könige, der ihn dann nach Blankenburg am Harze in Haft bringen ließ*).

Einem ähnlichen Schicksal entging damals glücklich Markgraf Albrecht. Wegen seiner Fehde gegen Udo von Freckleben scheint er gar nicht einmal zur Verantwortung gezogen zu sein; die erledigte sächsische Nordmark verlieh der König dem Grafen Konrad von Plötzke,

---

*) Hermann kam später frei und erscheint dann wieder in geachteter Stellung.

einem in jedem Betracht ausgezeichneten Ritter, einem Verwandten Heinrichs von Stade und Sohne jenes Helperich, dem schon Heinrich V. einst die Verwaltung der Mark übertragen hatte*). Markgraf Albrecht und seine Mutter verlangten und erhielten dagegen für die in Halle erlittene Schmach volle Genugthuung. Die Reichsacht wurde über die meuterischen Bürger ausgesprochen, gegen welche der König ein Heer sandte. Der Ort, der noch nicht befestigt war, konnte keinen Widerstand leisten, und über die Bürger erging ein furchtbares Strafgericht. Viele erlitten den Tod, Andre wurden geblendet und verstümmelt, Manche suchten dem Verderben durch die Flucht zu entgehen; der Rest der Einwohnerschaft mußte sich mit großen Geldsummen die Gnade des Königs wiedergewinnen. Albrecht mochte über die Schonung, welche er erfuhr, triumphiren, doch sollte auch ihn bald die strafende Hand treffen. Noch ehe ein Jahr verging, wurde ihm durch ein Fürstengericht seine Mark abgesprochen, und Heinrich von Groitsch wurde mit derselben, wie sie einst schon sein Vater besessen, vom Könige belehnt**). Ob Albrecht neue Schuld zur früheren gehäuft oder alte Vergehen erst jetzt aufgedeckt wurden, wissen wir nicht: genug, daß er endlich doch dem Groitscher weichen mußte. Er fügte sich in das Urtheil der Fürsten und des Königs und hatte diese Fügsamkeit nicht zu bereuen.

Auf einem Fürstentage zu Quedlinburg, um die Zeit des Pfingstfestes (18. Mai) hatte der König das Strafgericht über Hermann von Winzenburg und die Hallenser gehalten, und die heilsamen Folgen seiner Strenge gaben sich schnell in den sächsisch-thüringischen Gegenden zu erkennen. Er selbst verließ bald nach jenem Fürstentage Sachsen und wandte sich nach dem oberen Deutschland; er wollte Baiern besuchen, wo auch sein Schwiegersohn noch immer mit aufständigen Vasallen und Bürgern im Streit lag.

Auf diesem Zuge nach Baiern scheint Lothar in Franken keinem Widerstand begegnet zu sein. Nürnberg gelobte auf Bedingungen, die wir nicht kennen, ihm Unterwerfung, ohne jedoch die Thore zu öffnen. Bereits im Juni war Lothar in Regensburg, wo er nicht nur mit seinem Schwiegersohne, sondern auch mit dem Böhmenherzog wieder zusammentraf. Herzog Heinrich hatte bereits bald nach seiner

*) Vergl. Bd. III. S. 636.

**) Es geschah auf dem Reichstag zu Lüttich in den letzten Tagen des März 1131.

Rückkehr von Speier den Falkenstein, die Burg Friedrichs von Bogen, genommen und mit seinen Leuten besetzt, aber der Widerstand der Regensburger Einwohnerschaft muß fortgedauert haben; denn es wird ausdrücklich berichtet, daß der Böhmenherzog während seines wöchentlichen Aufenthalts zu jener Zeit in der Stadt zwanzig Thürme zerstört habe. Sobeslaw kehrte bald darauf in die Heimath zurück; der König scheint dagegen einen längeren Aufenthalt in Baiern genommen zu haben, bis endlich die Ruhe völlig hergestellt wurde.

Nürnberg hatte sich noch immer nicht völlig unterworfen, und als der König im Oktober wieder in Franken erschien, besorgte man sogar einen neuen Kampf um diesen Platz. Aber die Sorgen waren vergebens. Wahrscheinlich schon im Laufe des Oktober, jedenfalls noch vor Weihnachten 1130 öffnete die Stadt dem Könige die Thore. Die Sache der Staufer war damit auch in Ostfranken und zugleich im Wesentlichen für das ganze Reich entschieden. War auch Friedrich in seinem Herzogthum noch unbesiegt, ja bisher nicht einmal ernstlich dort angegriffen, so hatte er doch keine Aussicht mehr, mit Erfolg Lothar die Herrschaft selbst streitig machen zu können. Die Krone seines Bruders, die in Deutschland nie schwer gewogen, hatte hier alles Gewicht verloren.

Und inzwischen hatte Konrad auch in der Lombardei bereits seine Rolle ausgespielt. Dem ersten Staufer ist das Glück in Italien so treulos gewesen, wie den Meisten des Hauses in der Folge. Auf die Macht der Mailänder gestützt, hatte Konrad zuerst weithin in den Gegenden am Po und in Toscana seine Macht geltend gemacht. Die meisten Städte nahmen ihn bereitwillig auf und unterstützten ihn; auch viele Markgrafen und Grafen boten ihm willig die Hand. Widerstrebende wurden mit Strenge niedergehalten; nur die Fürsprache der Mailänder rettete den Markgrafen Anselm von Bosco von der Todesstrafe. Auf einem Tage im Roncalischen Felde erließ Konrad eine wichtige Lehnsconstitution, in welcher unter Andrem bestimmt wurde, daß Jeder seine Lehen verlieren solle, der nicht binnen Jahr und Tag den Lehnseid geleistet, und alle Lehnsveräußerungen ohne Einwilligung des Herrn ungeachtet der Verjährung ungültig seien. Damals konnte der Staufer selbst an einen Angriff auf Rom und den ihm so feindlichen Papst denken, aber nur zu bald sollte seine Lage sich völlig ändern.

Es war sein erstes Mißgeschick, daß er sich nicht in den Besitz des Mathildischen Hausguts zu setzen vermochte. Die Vasallen und Befehlshaber in den Burgen und Städten, welche dasselbe bildeten, hatten sich, ohne das Erbrecht der Staufer anzuerkennen, in dem Grafen Albert von Verona einen eigenen Herrn gewählt, der auch vom Papste als solcher anerkannt zu sein scheint. Als Albert jedoch von den Mailändern durch eine große Geldsumme gewonnen wurde, um Konrad die Burgen Mathildens auszuliefern, sagten die Vasallen sich von ihm los und vereitelten im Einverständniß mit Alberts Gemahlin die Anschläge Mailands und Konrads; der Veroneser verließ darauf die Mathildischen Länder und kehrte in seine Vaterstadt zurück. Der Staufer, von der gehofften Erbschaft ausgeschlossen, entbehrte alsbald der Hülfsmittel, die ihn in Italien allein hätten sichern können. Und allmählich begann nun auch der Bann, welchen der Papst gegen ihn ausgesprochen und welchen der Legat Johann von Crema in der Lombardei verbreitete, seine Wirkung zu üben. Auf einer von dem Legaten berufenen Synode zu Pavia erklärte sich die Mehrzahl der lombardischen Bischöfe gegen den Staufer und sprachen über den Mailänder Erzbischof, der ihn gekrönt, den Bann aus. Mit den Bischöfen traten mehrere der bedeutenderen Städte, Pavia, Piacenza, Cremona, Brescia, Lodi, offen auf die Seite Lothars über und nahmen gegen Mailand eine drohende Stellung. Seitdem bewiesen sich die Mailänder lauer und lauer im Dienste des „Idols", welches sie aufgerichtet und verehrt hatten, und Konrad begab sich endlich nach Parma, der einzigen Stadt, wie es scheint, welche ihm noch Sicherheit bot. Der königliche Glanz, welcher ihn zuerst umstrahlt hatte, war schnell verblichen.

Mit Nothwendigkeit wirkte dann der Erfolg Lothars vor Speier, den man in Italien schnell genug erfuhr, auch auf Konrads Lage ein. Die Schaar der Getreuen, welche den Staufer über die Alpen begleitet, war bereits zusammengeschmolzen, und der in Italien gewonnene Anhang hatte ihn nur zu schnell wieder verlassen. Auf neue Freunde war nicht zu rechnen, zumal seine Schätze sich längst erschöpft hatten. Er lebte fast in Dürftigkeit, und selbst die Mittel zur Rückkehr müssen ihm bereits gefehlt haben. Er gewann sie, wie es scheint, erst durch Verwerthung eines glücklichen Fangs, den er gegen Ende des Jahrs 1129 machte. Der Erzbischof Meginher von Trier, der mit den andern deutschen Bischöfen den Bann über die Staufer ausgesprochen hatte, wurde auf dem Wege nach Rom von Konrads Leuten ergriffen und dann nach Parma in Haft gebracht. Ihn überließ der Gegenkönig dann den Parmensern für ein Darlehen von 600 Pfund als Unterpfand, und ehe noch die Auslösung bewirkt werden konnte, starb der Erzbischof am 1. Oktober 1130. Etwa um dieselbe Zeit wird Konrad nach Deutschland zurückgekehrt sein. Es geschah, wie wir hören, unter großen Bedrängnissen, und er fand die Verhältnisse hier nicht günstiger, als er sie jenseits der Alpen verlassen. Er brachte einzig und allein von dort eine Krone zurück, die noch werthloser war, als die man ihm in Deutschland geliehen. Hülfskräfte konnte er dem Bruder, der sich kaum noch aufrecht hielt, nicht bieten, Unterstützung von ihm nicht erwarten. Die Herrschaft, um welche die Brüder gestritten, war verloren; genug, wenn sie nur sich selbst aus dem Schiffbruche retteten.

Fürwahr schwere Zeiten waren es gewesen, die bisher Lothar in der Krone durchlebt, die mühevollsten seines langen Lebens. Ueber vier Jahre stand er im Kampfe mit den Staufern, und immer von Neuem erhoben sich, durch den Thronstreit genährt, gefährliche Bewegungen in allen Theilen des Reichs; selbst in Sachsen, seinem eigenen Herzogthum, war des Königs Autorität eben so in Frage gestellt worden, wie die seines Schwiegersohnes in Baiern. Das Glück, ihm sonst so treu, schien ihm grollend den Rücken gekehrt zu haben, und nur in vielen sauren Mühen hatte er sich die Gunst desselben wieder errungen. Jetzt endlich konnte er sich sicherer Erfolge freuen, und diese Erfolge waren in hohem Maße verdient. Nicht allein durch seine rastlose Thätigkeit und die Festigkeit seines Willens waren sie gewonnen, sondern nicht minder durch Besonnenheit und Umsicht. Er hatte es verstanden, unnützem Blutvergießen vorzubeugen. Nicht eine offene Schlacht hat er, der alte Held, gegen die Staufer geschlagen. Lieber hatte er die böhmischen Schaaren zurückgesandt, als er ihnen deutsche Länder zu immer neuer Verwüstung preisgab. Um die Belagerung zweier Städte, Nürnbergs und Speiers, hatte sich im Wesentlichen die Entscheidung des langen Streits gedreht.

Schwerlich wird sich behaupten lassen, daß der junge Welfenfürst die Autorität seines königlichen Schwiegervaters gerettet habe, eher möchte Heinrichs Macht selbst erst durch Lothar in Baiern befestigt sein. Aber eine sehr mächtige Bundesgenossin hatte unfehlbar Lothar in der Kirche gehabt. Diesseits und jenseits der Alpen war sie für ihn thätig gewesen, und die Staufer hatten noch einmal empfunden, wie der Bann eine unwiderstehliche Waffe. Aber die Kirche pflegte für Dienste Gegendienste zu fordern, und bald genug hat sie auch an Lothar ihre Forderungen gestellt.

3.

Lothar und die Kirche.

Die deutsche Kirche zur Zeit Honorius II.

„Wir hoffen," schrieb im Jahre 1130 ein italienischer Bischof an Lothar, „daß mit euch zugleich das Banner der gesammten Kirche triumphirt hat." Und in der That stand damals Lothars Sache mit allen Interessen nicht nur der deutschen, sondern der gesammten abendländischen Kirche im engsten Zusammenhange; sein Sieg schien auch ihr Triumph.

Nächst den kriegerischen Tugenden wird von den Zeitgenossen Nichts mehr an Lothar gerühmt, als sein Eifer für die Kirche, der sich besonders in dem wirksamen Schutze ihrer Rechte und ihres Besitzstandes kundgab. Bedurfte dieser fromme Eifer je eines Sporns, so gab ihn die kluge Richinza, die Mutter der Armen Christi, wie sie die Bischöfe nannten. Die deutsche Kirche fühlte sich glücklich, von der Tyrannei befreit zu sein, welche Heinrich V. gegen sie geübt hatte. Mit vollem Munde wurde die neue Freiheit gepriesen, in welcher sie wieder auflebe und gedeihe. Nach welcher Seite die Bischöfe auch ihre Thätigkeit richten mochten, sie fühlten sich vom Könige nicht nur in keiner Weise gehemmt, sondern vielfach gefördert. Konrad von Salzburg fuhr fort, sein Erzbisthum mit Chorherrnstiften zu erfüllen, die Weltgeistlichkeit unter die Ordensregel zu bringen, seinem Klerus die Gregorianischen Ideen so tief einzupflanzen, daß Rom hier in der Folge seine entschiedensten Anhänger fand. Otto von Bamberg unternahm alsbald seine zweite Missionsreise nach Pommern und erhöhte durch neue Klosterstiftungen der verschiedensten Observanz immer mehr den Glanz seines Bisthums. Andre Bischöfe wußten sich das

Joches zu entledigen, welches ihre eigenen Vasallen und Ministerialen ihnen in den wirren Zeiten des Investiturstreits auferlegt hatten, und brachten die heruntergekommenen Einkünfte ihrer Kirchen wieder empor. Der Adel und der Klerus wetteiferten damals in der Begründung neuer Klöster, und der König selbst begünstigte sichtlich diesen Eifer. Die Hirschauer Congregation fand überall freien Raum für ihre Thätigkeit; ihre Stiftungen mehrten sich und wurden immer reicher. Doch im Wohlleben begann die geistige Kraft der Hirschauer zu sinken, und schon breiteten von Frankreich her die Congregationen der Cistercienser und Prämonstratenser auch auf Deutschland ihren Einfluß aus, wo sie sehr glückliche Nebenbuhler der Hirschauer wurden.

Wie kirchenfreundlich aber Lothar auch war, den Rechten, welche der Wormser Vertrag dem Reiche belassen, hat er niemals etwas vergeben. Die Bischofswahlen sind in seiner Gegenwart gehalten worden, bei zwiespältigen Wahlen hat er selbst die Entscheidung getroffen und streng stets darauf gehalten, daß der Erwählte die Weihe nicht vor der Investitur empfing. Ernstlich hat er sich sogar mit dem Gedanken beschäftigt, das alte Investiturrecht, wie es die Ottonen und Heinriche geübt, der Krone wiederzugewinnen; nicht nur für die Macht des Reichs, sondern auch für das Wohl der Kirche mag er gemeint haben im Besitz dieses Rechts besser sorgen zu können. Denn die Kirche machte, um die Wahrheit zu sagen, den schlechtesten Gebrauch von ihrem Wahlrecht. Die Klagen über Simonie verstummten nicht, sondern wurden nur lauter; die Wähler richteten meist ihre Blicke auf vornehme Kleriker, bei deren Erhebung sie sich weltliche Vortheile sicherten; die Bisthümer wurden einträgliche Pfründen für hochgeborene Herren, die entweder begierig bei der ersten gebotenen Gelegenheit nach denselben griffen oder, wenn sie die Hand zurückhielten, es nur in der Aussicht auf eine günstigere Stellung thaten; zwiespältige Wahlen wurden fast zur Regel und gaben die Veranlassung, daß die Kirchen oft längere Zeit ohne eine regelmäßige Verwaltung blieben.

Aus der Festigkeit, mit welcher Lothar an seinen Rechten festhielt, erklärt sich, daß ungeachtet der Wahlfreiheit meist doch nur ihm genehme Persönlichkeiten in die deutschen Bisthümer kamen. Jener Siegfried von Leiningen, der im Jahre 1126 Bischof von Speier wurde, war ein entschiedener Anhänger des Königs; die Staufer haben ihn schon im folgenden Jahre vertrieben. Um dieselbe Zeit gewannen Etbert und Embriko die Bisthümer Münster und Würzburg, Beide recht eigentlich Vertrauensmänner des Königs. Als am 1. Januar 1128 der Bischof Albero von Lüttich, der Bruder Gottfrieds von Löwen, das Zeitliche segnete, kam das reiche Bisthum nach den Absichten des Königs an jenen Alexander, der früher schon zweimal hatte zurücktreten müssen *). Alsbald ergriff Alexander die Waffen gegen den entsetzten Herzog Gottfried und wußte sich gegen ihn im Kampfe zu behaupten; als er dann aufs Neue in Rom wegen Simonie verklagt wurde, schützte ihn Lothar so lange als irgend thunlich. Das Wichtigste aber war, daß Lothar gleich im Anfange seiner Regierung das Erzbisthum Magdeburg an einen Mann brachte, der nicht nur als eine der festesten Säulen der Kirche galt, sondern auch das unbedingte Zutrauen des Königs besaß. Es war kein Geringerer, als Norbert, der vielgefeierte Stifter von Prémontré **).

Norbert war im Anfange des Jahrs 1126 nach Rom gegangen, um vom Papste die Regel seines Klosters und die Besitzungen desselben bestätigen zu lassen. Schon dort war die Rede von seiner Erhebung auf den erzbischöflichen Stuhl von Magdeburg, welcher durch den am 20. December 1125 erfolgten Tod des Erzbischofs Ruger erledigt war. Aber die Domherren waren, als der König selbst sich Ostern 1126 wegen der Wahl zu Magdeburg befand, unter sich uneinig; Norbert kam, wie es scheint, damals ernstlich nicht in Frage, wohl aber Konrad von Querfurt, ein Vetter des Königs, ohne daß man jedoch eine Einigung erreichte. Die Wähler wurden deshalb vom Könige zu einer neuen Wahl nach Speier im Anfange des Juli beschieden, und hier stellte sich auch Norbert ein; schwerlich aus Zufall, wie man wohl geglaubt hat. In Speier war es nun, wo der päpstliche Legat Gerhard die Aufmerksamkeit nicht der Magdeburger allein, sondern besonders auch des Königs auf Norbert lenkte; und einen so tiefen Eindruck machte der heilige Mann auf Lothar, daß er ihm sogleich die Regalien übergab. Am 18. Juli kam Norbert nach Magdeburg und scheint dort erst förmlich gewählt zu sein; am 25. Juli wurde er geweiht. Barfuß war er in die Stadt gezogen und hatte im ärmlichsten Aufzuge dann inmitten seines glänzenden Gefolges die erzbischöfliche Pfalz be-

*) Bd. III. S. 920. 927. 933. 960.
**) Vergl. Bd. III. S. 1010.

treten. Als ihn der Thürsteher dort nicht einlassen wollte, hatte er zu ihm gesagt: „Du kennst mich besser, als diejenigen, die mich in diesen stolzen Palast treiben, in den ich niemals hätte einziehen sollen."

Manche glaubten, daß Norbert nur ein beschauliches Mönchsleben in Magdeburg führen werde, aber sie sahen sich völlig enttäuscht. Denn sofort entfaltete er eine staunenswerthe Thätigkeit; eine vollständige Reform des Erzstifts in weltlicher und geistlicher Beziehung griff er mit jenem glühenden Eifer an, den er bisher nur seinem Orden gewidmet hatte. Die entfremdeten Kirchengüter brachte er wieder bei und sammelte die zerstreuten Einkünfte des Bisthums; in den Stiften und Klöstern suchte er die alte strenge Zucht herzustellen und bediente sich dabei der Brüder von Prémontré, welche er mit nach Magdeburg gebracht hatte, und denen er im Jahre 1129 das dortige Marienkloster übergab. Auch die Mission unter den Wenden, welche sein Vorgänger so lange vernachlässigt, nahm er sogleich mit Uebereifer auf. Er sah es nicht ohne Neid, daß Bischof Otto von Bamberg eine zweite Reise zu den Heiden antrat (1127) und mitten durch die Magdeburger Kirchenprovinz seinen Weg nahm. Wenig später gab Norbert dem längere Zeit verwaisten Bisthum Havelberg, wo das Christenthum nur noch wenige Bekenner hatte, in seinem gelehrtesten und überaus weltgewandten Schüler Anselm, einem Lothringer, einen neuen Vorsteher, und bald trat er sogar mit dem Anspruch hervor, daß Magdeburg nicht allein seine alten Suffragane im Wendenlande, sondern auch alle neugestifteten Bisthümer in Polen und Pommern unterworfen werden müßten.

Norberts Thätigkeit stand mit der Art seiner Vorgänger in so schroffem Widerspruch und verletzte so viele Interessen, daß der Widerstand nicht ausbleiben konnte. Die schneidige Weise, in welcher er den Wenden das Christenthum aufzwingen wollte, erfüllte sie mit dem bittersten Haß gegen ihn, und nicht minder groß war in Magdeburg selbst der Ingrimm gegen den neuerungssüchtigen Fremdling. Klagen über Klagen ergingen nach Rom, und es fehlte auch nicht an Versuchen, sich mit Gewalt des unbequemen Mannes zu entledigen. Wiederholt wurden Mordanschläge auf ihn gemacht und vereitelt; selbst Geistliche waren bei denselben betheiligt. Als er den durch einen Frevel befleckten Dom wider den Willen des Domkapitels aufs Neue weihte, brach endlich am Abend des 29. Juli 1129 ein offener Aufstand in der Stadt aus. Man zwang Norbert, sich in einen befestigten Thurm zu flüchten, wo er alsdann förmlich belagert wurde. Nur durch die Dazwischenkunft Heinrichs von Groitsch, des Burggrafen der Stadt, wurde er endlich befreit; der Burggraf bestimmte jedoch den Magdeburgern einen Tag, wo sie ihre Beschwerden gegen den Erzbischof vor ihm anbringen sollten. Als der Tag kam, war die Stadt von Neuem in Aufstand, so daß Norberts Freunde ihm riethen, dieselbe zu verlassen; er wich, aber er ließ den Bann gegen die Abtrünnigen zurück. Zuerst begab er sich nach Kloster Bergen, dann nach Gebichenstein bei Halle; doch auch diese Burg, damals bereits dem Erzbisthum Magdeburg gehörig, schloß ihm die Thore; in einem benachbarten Chorherrnstift*) fand er endlich Zuflucht. Dennoch unterwarfen sich ihm die Magdeburger schon nach kurzer Zeit wieder; mehr die begütigenden Zusagen angesehener Männer, als der Bann, scheinen seine Gegner zur Nachgiebigkeit bewogen zu haben. Erst öffnete sich Gebichenstein, dann Magdeburg selbst dem Erzbischof, dessen Regiment man sich fortan williger fügte. Nicht lange nachher zog er sogar mit den Magdeburgern aus, um einige Peiniger des Klosters Nienburg an der Saale streng zu züchtigen.

Ein so glaubenseifriger, thatlustiger und unerschrockener Kirchenfürst, wie heftigen Widerspruch er sonst erregen mochte, war ganz nach dem Sinne des Königs. Er zog ihn bald tief in die Geschäfte des Reichs, zu denen Norbert durch seine vornehme Geburt**), ausgezeichnete Bildung, ungewöhnliche Redegabe und weitverzweigten Verbindungen in hohem Grade geeignet war; nicht allein in Rom, sondern auch bei den einflußreichsten Personen in Frankreich und England stand er in hohem Ansehen. Norbert war dem Könige, nicht dieser ihm zu Dank verpflichtet: um so eher mochte Lothar auf die unbedingte Ergebenheit des Erzbischofs zählen. Beider Absichten und Pläne standen überdies vielfach in Berührung. Die Unterwerfung der Wenden, die Ausbreitung der deutschen Herrschaft im Osten hatten sie, obgleich von verschiedenen Standpunkten aus, gleichmäßig im Auge. Wie man von Lothar sagte, daß er Otto dem Großen in seinem Regiment nachstrebe,

---

*) Ohne Zweifel ist das von den Groitschern gestiftete Augustinerstift Neu-Werk zu Halle gemeint.

**) Norbert stammt aus dem Hause der Grafen von Gennep im Limburgischen.

so knüpfte auch Norbert in Allem, was er für Magdeburg that, wieder an die Zeiten jenes ruhmreichen Kaisers an; selbst die Bauten, welche Otto hier unvollendet hinterlassen, nahm er wieder in Angriff.

Es steht in innerer Verbindung mit diesen Bestrebungen Norberts und des Königs, wenn sich damals Erzbischof Adalbero von Bremen die eingebüßte Legation des Nordens mit verdoppeltem Eifer herzustellen bemühte. Die Vergünstigungen, welche er früher von Calixt II. erhalten*), waren im Norden mißachtet worden, seine Klagen darüber in Rom fruchteten wenig und hatten nur endlose Streitigkeiten mit dem Erzbisthum Lund zur Folge. Honorius II. schickte zwar einen Legaten nach Bremen, um diese Streitigkeiten zu schlichten, aber auch damit scheint in der Hauptsache Nichts erreicht zu sein. Im Anfange des Jahrs 1130 begab sich endlich abermals Adalbero selbst nach Rom, um sich die Kirchen Scandinaviens wieder zu unterwerfen.

Und inzwischen war auch der Versuch gemacht worden, die Mission Bremens unter den benachbarten Wenden zu erneuern; er ging zunächst von Vicelin aus. Dieser eifrige Mann, aus Hameln an der Weser gebürtig, zum Kleriker auf der damals berühmten Schule zu Paderborn erzogen, war dann längere Zeit Vorsteher der Bremer Domschule gewesen. Aber in dem Lehrer erwachte die Lust, noch einmal selbst Schüler zu werden; er ging nach Frankreich und kehrte von dort nicht allein mit erweiterten Kenntnissen, sondern auch mit ähnlichen Anschauungen zurück, wie sie unter Norberts Jüngern herrschten. Wie er es wünschte, überließ ihm, der erst jetzt die Priesterweihe erhielt, und zwei andren Priestern, die sich ihm angeschlossen, der Bremer Erzbischof die Mission unter den benachbarten Wagriern und Abodriten. Der Abodritenkönig Heinrich förderte die Bestrebungen der eifrigen Missionäre und übergab ihnen die Kirche zu Lübeck, die einzige zu jener Zeit in diesen Gegenden. Aber bald starb Heinrich (um 1120), und seine Söhne geriethen um die Nachfolge in Streit; das Abodritenreich kam in Verfall. So mußten die Missionäre das kaum begonnene Werk damals aufgeben; doch fand sich nach kurzer Zeit Gelegenheit, dasselbe von Neuem aufzunehmen. Vicelin wurde vom Erzbischof zum Pfarrer in dem holsteinischen Faldera bestellt (1125) und war hier dem Wendenlande nahe. Mehrere Kleriker und Laien sammelten sich alsbald hier um

*) Bd. III. S. 949.

ihn und bildeten eine klösterliche Gemeinschaft, deren ausgesprochener Zweck die Mission im Wendenlande war. Man hatte im Anfange nur geringe Erfolge, aber die Bestrebungen der Männer von Faldera oder Neumünster, wie man alsbald ihr Kloster nannte, waren doch nicht ohne Bedeutung; auch fehlte ihnen die Gunst des Bremer Erzbischofs und des Königs nicht.

Das Streben der beiden sächsischen Erzbischöfe, ihre alten Missionssprengel wiederzugewinnen, stand mit dem Stammesinteresse, welches in Lothar sehr mächtig war, in vollem Einklange, und er fühlte sich schon deshalb ihnen enge verbunden. Anders war sein Verhältniß zu jenen Erzbischöfen, die besonders seine Wahl betrieben hatten. Die Hoffnungen, welche sie an dieselbe geknüpft, sahen sie doch nur in geringem Maße erfüllt. Eine Wahlfreiheit der Kirche, wie sie in ihren Wünschen lag, bestand nicht; auch fehlte viel daran, daß sich der König lediglich zum Werkzeug eines Erzbischofs von Köln oder Mainz hergegeben hätte. Wir wissen, wie bald es zwischen dem König und Friedrich von Köln zum offenen Bruch kam, und wie sich der Kölner endlich doch zur Nachgiebigkeit verstehen mußte. Adalbert von Mainz hat seine Autorität zwar besser zu wahren gewußt, und auch der König mochte Grund haben, die Empfindlichkeit dieses gefährlichen Mannes nicht auf eine allzu harte Probe zu stellen; aber es ist darum nicht minder gewiß, daß auch Adalberts vertrautes Verhältniß zum Könige nicht von Bestand war.

Es ist nicht ohne Interesse, Adalberts Stellung zum Hofe bestimmter in das Auge zu fassen. Zunächst müssen da auffällige Veränderungen berührt werden, welche seit dem Antritt der neuen Regierung in der königlichen Kanzlei eingetreten waren. Der Kanzler hatte bisher eine der einflußreichsten Stellen am Hofe bekleidet; Adalbert selbst war in derselben emporgekommen. Wenn man nun die Kanzler ganz beseitigte und statt ihrer die Urkunden von Klerikern*) ohne einen klar bezeichneten amtlichen Charakter unter häufigem, fast willkürlichem Wechsel ausstellen ließ, so bezeichnete dies unfraglich einen

*) Diese Kleriker werden gewöhnlich als königliche Notare oder Scriptoren bezeichnet. Die meisten sind von Eckhard, nachher Propst von Eimbeck, ausgefertigt, der sich zuweilen als Unterkanzler unterzeichnet. Die wenigen Urkunden, in denen er als Kanzler genannt wird, sind in hohem Grade verdächtig.

völlig veränderten Geschäftsgang am Hofe und im Reiche. Das Wichtigste, was bisher durch die Kanzler erledigt war, mußte nun unmittelbar an die Erzkanzler gelangen und sich ihr Einfluß dadurch verstärken. Die Stelle des deutschen Erzkanzlers hat aber Adalbert während der ganzen Regierung Lothars zu behaupten gewußt und so stets alle bedeutenden Geschäfte in Händen behalten. Die große Autorität, die ihm hieraus erwuchs, wurde aber dadurch noch gesteigert, daß er in den ersten Jahren nur selten von der Seite des Königs wich, und die Verdienste, die er sich um ihn erworben, nicht in Vergessenheit kommen ließ. In der That macht sich bis zur Unterwerfung Speiers um Neujahr 1130 überall Adalberts Eingreifen in die Angelegenheiten des Reiches bemerkbar. Von jener Zeit an finden wir ihn dagegen weit seltener in der Begleitung des Königs, und nicht so lange nachher erhebt er sogar in einem Schreiben an Otto von Bamberg laute Klagen darüber, daß er Nichts mehr über den König vermöge, der durch seinen Hochmuth das Reich in das Verderben zu stürzen drohe. Auch das bezeichnet Adalberts Gesinnungswechsel, daß sich seine Nichte Agnes*) mit Friedrich von Staufen vermählte, ehe dieser sich noch vor dem König gedemüthigt hatte; wenn der Erzbischof auch nicht der Stifter dieser Ehe gewesen sein sollte, so wird sie doch kaum ohne sein Wissen geschlossen sein.

Man wird sich nicht verhehlen, daß, wenn Lothar bei der Stellung, die er einmal zur Kirche hatte, doch ein nicht geringes Maß von Selbstständigkeit den deutschen Bischöfen gegenüber zu behaupten wußte, er dies nur dadurch ermöglichte, daß er sich unausgesetzt mit Rom im besten Vernehmen erhielt. Immer von Neuem erschienen damals päpstliche Legaten im Reiche und mischten sich in alle Angelegenheiten der deutschen Kirche. Lothar behinderte sie wenig, selbst wenn er mit ihrem Verfahren wenig einverstanden war. So ließ er es geschehen, daß Bischof Otto von Halberstadt, wegen Simonie in Rom verklagt, auf Befehl des Papsts entsetzt wurde, obwohl er den gestraften Bischof in seiner Nähe behielt und sich eifrig für seine Herstellung beim Papste verwandte. Als im Jahre 1127 der Erzbischof Gottfried von Trier

*) Agnes war die Tochter des Grafen Friedrich von Saarbrücken, eines Bruders Adalberts. Wann die welfische Judith, Friedrichs von Staufen erste Gemahlin gestorben ist, wissen wir nicht.

von einem päpstlichen Legaten abgesetzt wurde, erhob der König keine Einwendung und wehrte auch nicht, daß ihm in Meginher ein Nachfolger bestellt wurde, der durch übermäßige Strenge alsbald nicht nur mit seinem Klerus, sondern auch mit dem Hofe in Zerwürfnisse gerieth. Dagegen zeigten sich oft auch die Legaten in hohem Grade dem Könige willfährig. Nicht allein unterstützten sie ihn unausgesetzt gegen die Staufer; auch gegen Friedrich von Köln liehen sie ihm ihren Beistand. Die Amtssuspension, die von Rom aus gegen Friedrich verhängt wurde, kann nur durch seine Auflehnung gegen die Krone veranlaßt sein, und für die Aufhebung der Strafe legte dann auch Lothar selbst, als der Kölner zum Gehorsam zurückkehrte, zuerst beim Papste Fürsprache ein.

Ueberall machte sich in den Angelegenheiten des Reichs fühlbar, daß nicht allein der Friede mit Rom hergestellt, sondern daß die Krone sogar jetzt im Papst einen sehr hülfreichen Bundesgenossen besitze. Aber es war doch keine ganz uneigennützige Hülfe, welche Papst Honorius II. dem Könige lieh; seine eigene Macht war nicht so gefestigt, daß er nicht auf den König als Schutzvogt des römischen Bisthums hätte unausgesetzt seine Blicke richten müssen. Nach dem großen Siege der Kirche und der gebietenden Stellung, welche Calixt II. eingenommen, mochte man seinem Nachfolger wohl ein glänzendes Pontificat verheißen, zumal der Kanzler Aimerich, der zuletzt unter Calixt die Geschäfte geleitet, die Seele der neuen Regierung blieb. Auch lagen die allgemeinen Verhältnisse der abendländischen Christenheit dem Stuhle Petri so günstig, wie kaum je zuvor; die Wahl Lothars war ein Ereigniß, von dem man sich nicht mit Unrecht die größten Vortheile versprach. Aber in der unmittelbaren Nähe des Papstes sah man es nur zu deutlich, daß Honorius die königliche Autorität seines Vorgängers fehlte. Nur mit Mühe wurden die Pierleoni in der Stadt im Zaume gehalten, und um ihnen zu begegnen, konnte sich der Papst nie ganz dem Einfluß der Frangipani entwinden, die seine Wahl bewirkt hatten. Die Adelsfactionen waren mächtiger in der Stadt, als er selbst. In der Campagna griffen zugleich die Grafen von Segni und Ceccano zu den Waffen, und mochte sich der Statthalter Petri auch stark genug fühlen, um diese kleinen Vasallen niederzuhalten, so fehlte es ihm doch an allen Hülfsmitteln, um einem mächtigeren Widersacher mit Glück entgegenzutreten, dessen gewaltigen Ehrgeiz auch ein Calixt nur mit Mühe hätte zügeln können*).

Am 26. Juli 1127 starb zu Salerno kinderlos Herzog Wilhelm von Apulien, der schwächliche Enkel Robert Guiscards, und sofort trat nun Graf Roger von Sicilien mit seinen Ansprüchen auf die erledigte Erbschaft hervor; er eilte nach Salerno, um sich dort huldigen zu lassen. Nichts hatte seit geraumer Zeit die päpstliche Politik mehr beschäftigt, als die Vereinigung Siciliens mit Apulien zu hindern: der Papst war deshalb entschlossen, jetzt Wilhelms Länder als erledigte Lehen des apostolischen Stuhls einzuziehen und trat Rogers Anmaßungen sofort mit dem Bann entgegen. Aber als er mit den Waffen in der Hand dem Banne Nachdruck geben wollte, als er mit den normannischen Rittern Apuliens und mit Robert II. von Capua, der damals eben seinem Vater Jordan im Fürstenthume gefolgt war, gegen Roger in das Feld rückte, wurde es sogleich offenbar, wie wenig er sich auf die Normannen gegen den Grafen vou Sicilien verlassen könne. Er mußte Roger Alles gewähren, was er verlangte: am 22. August 1128 belehnte ihn bei Benevent der Papst mit dem Herzogthum; ausbedungen war nur, daß das Fürstenthum Capua in seiner Selbstständigkeit erhalten würde und die Stadt Benevent Eigenthum des heiligen Petrus verbliebe. Aber schon die nächste Zeit lehrte, wie gefährdet dennoch der Besitz Benevents war und wie in dem großen Normannenreiche Rogers sich eine stets drohende Gefahr für den Papst erhoben; um so mehr zu fürchten, als auch Mailand seine vordem so engen Beziehungen zur päpstlichen Curie gelöst hatte. Das Papstthum stand in Italien unter dem Zwange sehr widerwärtiger Verhältnisse, und es begreift sich leicht daraus, daß man zu Rom nichts dringender verlangte, als daß Lothars Macht in Deutschland erstarke, damit er möglichst bald über die Alpen kommen könne. Immer neue Aufforderungen ergingen an ihn, in Rom zu erscheinen, um dort, wie man sich ausdrückte, „die Vollgewalt und die kaiserliche Würde" zu empfangen.

Bereits im Winter 1128 erwartete der Papst mit Sicherheit die Ankunft Lothars. Als er sich in dieser Hoffnung täuschte, nahmen nicht allein die Angelegenheiten Italiens für ihn eine immer bedenk-

*) Vergl. Bd. III. S. 961.

lichere Wendung, auch in Rom selbst bildete sich gegen ihn und die Frangipani, auf welche sich wesentlich noch immer seine Autorität stützte, eine mächtige Faction, welche nur auf seinen Tod wartete, um alle Macht an sich zu reißen; an der Spitze dieser Faction standen die Pierleoni. Im Lateran selbst fühlte sich der Papst zuletzt nicht mehr sicher; er flüchtete sich in das Kloster S. Gregorio, hinter die Thürme der Frangipani. Hier hauchte er den letzten Athem aus, und sein Tod war das Signal zu einem neuen kirchlichen Schisma, welches bei der weltbeherrschenden Stellung, welche Rom im Investiturstreite gewonnen, eine viel weiter greifende Bedeutung hatte, als alle früheren. Diese Kirchenspaltung bedrohte den ganzen Zusammenhang der abendländischen Welt mit Auflösung.

Das Schisma Anaklets II.

Während der Papst im Sterben lag, hatte der Streit um die Tiara bereits begonnen. Die mächtigen Söhne des Pierleone*) hatten für den apostolischen Stuhl ihren Bruder Petrus, den Cardinalpriester von S. Maria in Trastevere, bestimmt und waren entschlossen dessen Wahl unter allen Umständen durchzusetzen. Vieles konnte auch den Cardinal Petrus selbst den Männern der strengsten Kirchlichkeit empfehlen: er hatte seine Studien in Frankreich gemacht und sich dort den Cluniacensern angeschlossen, hatte später, von Paschalis II. unter die Cardinäle aufgenommen, Gelasius in das Exil begleitet und war mit dem siegreichen Calixt nach Rom zurückgekehrt, dann war er öfters mit wichtigen Legationen, namentlich in Frankreich und England, betraut gewesen. Seine Rechtgläubigkeit, seine Hingabe an die Interessen des apostolischen Stuhls schienen über allen Zweifel erhaben, und zugleich besaß er eine selbst unter den Cardinälen seltene Weltkenntniß; sein Reichthum und die angesehene Stellung seines Hauses empfahlen ihn dem römischen Volke. Aber die Wahl hatte doch auch sehr entschiedene Gegner; einmal sahen die Frangipani in ihr den Ruin der Macht, welche sie unter dem letzten Papste besessen, und dann begriffen jene Männer, welche in der letzten Zeit hauptsächlich die Angelegenheiten

*) Der alte Pierleone, der im Investiturstreite eine so wichtige Rolle gespielt hatte, war am 2. Juni 1128 gestorben.

der Curie geleitet hatten, der Kanzler Aimerich, der Cardinal Johann von Crema und der mit den deutschen Verhältnissen vielbeschäftigte Cardinal Gerhard von Bologna, daß man in der Gefahr stand, ein römisches Adelspapstthum herzustellen, wie das der Crescentier und Tusculaner gewesen war, und damit alle Früchte der unter so vielen Kämpfen durchgesetzten Reform zu verlieren.

Um ärgerlichen Auftritten vorzubeugen, war noch in den letzten Lebenstagen des Papstes von den Parteien, welche sich im Cardinalcollegium gegenüberstanden, ein Compromiß getroffen worden, wonach acht Cardinälen die Vorwahl überlassen werden sollte; unter diesen acht war auch Petrus selbst. Da aber unter den Wählern kein gegenseitiges Vertrauen herrschte, ließ sich auf diesem Wege nichts erreichen; noch ehe der Papst starb, hatte der Compromiß bereits seine Bedeutung verloren. Sobald in der Frühe des 14. Februar der Papst in S. Gregorio verschieden war, eilten deshalb der Kanzler Aimerich und die ihn gerade umgebenden Cardinäle — unter ihnen waren fünf jener Wähler — die Leiche vorläufig im Kloster beizusetzen und wählten dann mit ungebührlicher Hast gleich zur Stelle einen aus ihrer Mitte; es war der Cardinaldiakon Gregor von S. Angelo, dem sie den Namen Innocenz II. beilegten. Unverzüglich stürmten sie dann nach dem Lateran, um dort zugleich die Leiche zu beerdigen und ihren Erwählten in den Besitz des römischen Bisthums zu setzen. Es war nur die Minderheit der Cardinäle, welche bei dieser hastigen Wahl und Besitzergreifung des neuen Papstes mitwirkten, doch legte man Gewicht darauf, daß unter ihnen die Mehrzahl der Cardinalbischöfe war; noch einmal brachte man das Privilegium in Erinnerung, welches diesen Bischöfen das Wahldecret Nicolaus II. eingeräumt hatte.

Wie aber hätten die Pierleoni eine so dreiste Ueberraschung ruhig hinnehmen sollen? Schon in der Mittagsstunde desselben Tags versammelten sich die Cardinäle, welche an der Wahl in S. Gregorio nicht Antheil genommen hatten, in S. Marco und erhoben den Cardinal Petrus, den Sohn des Pierleone, unter dem Namen Anaklet II. auf den apostolischen Stuhl. Waren seine Wahl und Erhebung auch später, so waren sie doch durch die Mehrheit der berechtigten Wähler erfolgt und unter dem Vortritt des Decans der Cardinäle, des Bischofs von Porto. Wie Innocenz und Anaklet an einem Tage gewählt waren, erhielten sie auch an demselben Tage die Weihe

(23. März); Innocenz in S. Maria nuova, Anaklet in der Kirche des h. Petrus.

Inzwischen war aber der innere Krieg in Rom bereits entbrannt. Der größere Theil des Adels hatte für Anaklet die Waffen ergriffen; nur die Frangipani und Corsi standen für Innocenz ein, und bald zeigte sich, wie wenig sie ihren Gegnern gewachsen waren. Innocenz, der sich zuerst im Palladium, zwischen den Burgen der Frangipani am Palatin, zu bergen suchte, mußte sich alsbald nach Trastevere zurückziehen; auch hier nicht sicher, schiffte er sich um die Mitte des Mai heimlich auf dem Tiber ein und begab sich nach Pisa; die ihm ergebenen Cardinäle begleiteten seine Flucht. Er räumte vorläufig Rom, wo Anaklet, dem Flüchtlinge Bannflüche nachsendend, die feindlichen Cardinäle absetzte und durch andere ergänzte. Die Frangipani sahen sich schon nach kurzer Zeit mit den Pierleoni ein Abkommen zu treffen genöthigt. Anaklet herrschte in Rom; aber Innocenz und sein Anhang waren deshalb nicht vernichtet.

So war ein bedenkliches Schisma in der Kirche ausgebrochen; um so bedenklicher, weil nicht eine heretische Partei sich von der Einheit gelöst, sondern die reformirte Kirche selbst sich gespalten hatte. Der Streit schien sich zwar zunächst nur um persönliche Interessen zu drehen, aber er konnte doch das Abendland politisch und kirchlich völlig zerreißen, wenn einzelne Nationen den einen, andre den andren Papst anerkennen sollten. Auf die Dauer hing, wie jedem klar sein mußte, mehr von dieser Anerkennung der Völker ab, als von dem Kampf der römischen Factionen: deshalb hatten sich auch wetteifernd beide Päpste sofort nach ihrer Erhebung die staatlichen und kirchlichen Gewalten des Abendlandes für sich zu gewinnen bemüht.

Vor Allem war von Bedeutung, auf welche Seite König Lothar sich stellen würde. Gerade in den letzten Lebenstagen des Honorius hatte er noch mit der päpstlichen Curie lebhafte Verhandlungen gepflogen. Er hatte sich für die Aufhebung der Amtssuspension des Kölners und die Wiedereinsetzung Ottos von Halberstadt verwendet; Erzbischof Adalbero von Bremen befand sich überdies selbst in Rom, um sich die nordische Legation zu sichern. Der alte Papst hatte bereits angeordnet, daß Cardinal Gerhard in diesen Angelegenheiten wieder nach Deutschland gehen solle, als ihn der Tod ereilte, und es war eine der ersten Sorgen des Innocenz gewesen, diese Anordnung seines Vorgängers auszuführen und zugleich Lothars Beistand zu beanspruchen. Schon am 18. Februar verließ Gerhard Rom und nahm Schreiben an den König und die deutschen Bischöfe mit sich, in welchen sie dringend zur Romfahrt für den nächsten Winter aufgefordert wurden: mit solcher Heeresmacht solle der König kommen, daß er den Frieden Italiens herstellen und alle Feinde der Kirche und des Reichs unterwerfen könne. Innocenz erklärte zugleich, daß er in Bezug auf die deutschen Verhältnisse ganz in die Fußstapfen seines Vorgängers treten werde, und dies mußte um so mehr Glauben erwecken, als er selbst einst, wie der verstorbene Papst, an dem Wormser Vertrage mitgearbeitet hatte*), und als er denselben Legaten jetzt nach Deutschland schickte, welcher bei Lothars Wahl thätig gewesen war. Die Suspension des Erzbischofs von Köln erklärte Innocenz, wie es Lothar wünschte, für aufgehoben; die Entscheidung der Sache Ottos von Halberstadt überließ er dem Ermessen des Legaten.

Inzwischen hatte Anaklet jedoch den Erzbischof von Bremen, indem er ihm sofort alle seine alten Privilegien zu bestätigen versprach, für sich zu gewinnen gewußt; durch ihn hoffte er den deutschen Hof zu beeinflussen. Am Tage nach seiner Weihe (24. Februar) gab er dem heimkehrenden Erzbischof ein Schreiben an die deutschen Bischöfe und ein andres an den König und seine Gemahlin mit; in diesen Schreiben zeigte er seine Wahl an, der er mit Unrecht die größte Einhelligkeit nachrühmte. Auch er erklärte die Suspension des Kölner Erzbischofs für aufgehoben und versprach demnächst einen Legaten nach Deutschland zu schicken, um die Halberstädter Sache, wie alle andren für die deutsche Krone wichtigen Angelegenheiten im Einverständniß mit dem Könige und dem Erzbischof von Mainz zu ordnen. Auch er bat um die Unterstützung Lothars, ohne jedoch die Romfahrt zu berühren, und verhieß nach dem Beispiele seines Vorgängers alle Freunde und Feinde des Königs als seine eigenen anzusehen. In der That sprach er am 27. März feierlich nach dem Vorgange des Honorius das Anathem über den Gegenkönig Konrad aus und verrichtete am folgenden Tage öffentlich Gebete für das Wohl König Lothars und seiner Getreuen.

Bald aber gelangten sehr ungünstige Nachrichten über Anaklet

---

*) Vergl. Bd. III. S. 936.

nach Deutschland. Mehrere Bischöfe des nördlichen Italiens hatten sogleich Partei gegen ihn ergriffen, vor Allen der Erzbischof Walter von Ravenna, ein Mann von hervorragender Bedeutung. Dieser war es, der dann zuerst an Erzbischof Konrad von Salzburg über das in Rom ausgebrochene Schisma nähere Mittheilungen machte, die Wahl Anaklets als eine durch tyrannische und simonistische Mittel erschlichene darstellte und ihm besonders zum Vorwurf machte, daß er den angemaßten Pontificat mit Kirchenplünderung begonnen habe. Sobald Erzbischof Norbert hiervon Kunde erhielt, nahm er sich mit gewohntem Eifer der Sache an und verlangte Berichte von dem ihm persönlich unbekannten Walter von Ravenna und dem Bischof Hubert von Lucca, mit dem er aus früherer Zeit freundschaftliche Beziehungen hatte. Die Berichte gaben übereinstimmend Anaklet Schuld, daß er mit verwerflichen Mitteln seine Wahl betrieben und sein Regiment mit Gewaltthaten eröffnet habe; auch die jüdische Abkunft seines Geschlechts wurde als ein unerträgliches Aergerniß bezeichnet. Auf das Dringendste forderte man von Norbert, dahin zu wirken, daß in kürzester Frist der König mit Heeresmacht über die Alpen komme, damit die Heresie jüdischer Bosheit, wie Walter sich ausdrückte, möglichst bald von Grund aus vertilgt werde.

Kirchenfürsten, wie Konrad und Norbert, waren nicht mehr zweifelhaft, welche Partei sie zu wählen hatten; zuwartender verhielt sich der König selbst. Auf das vom Bremer Erzbischof überbrachte Schreiben gab er keine Antwort, aber eben so wenig konnte der Cardinal Gerhard bestimmte Erklärungen gewinnen. Aber nur um so ungestümer wurden die Forderungen der beiden Päpste.

Am 1. Mai wandte sich Anaklet mit einem neuen Schreiben, welches ein Straßburger Kleriker überbringen sollte, an Lothar, meldete ihm seinen vollständigen Sieg in der Stadt und verlangte die Anerkennung des Königs, wofür er ihm bereitwillig Gegendienste verhieß. Ein noch dringenderes Schreiben erging bereits wieder am 15. Mai. Der Papst beanspruchte hier Entgelt für die über den Gegenkönig verhängte Excommunication, indem er zugleich Lothar jetzt bestimmt die Kaiserkrone in Aussicht stellte; in einem besonderen Schreiben nahm er auch die Fürsprache der Königin in Anspruch. Am 18. Mai erließ dann der römische Adel an Lothar wegen seiner Zurückhaltung einen sehr empfindlichen und hochfahrenden Brief, indem er sogar, wenn der

König noch länger die Anerkennung verzögere, mit Abfall drohte. „Bisher," schrieben die römischen Herren, „hatten wir dich nicht so herzlich geliebt und so wenig von den Wohlthaten deines Regiments empfunden, daß wir deine Kaiserkrönung hätten wünschen können; erst seit wir die innige Liebe des Herrn Papstes zu dir kennen, hängen wir dir von Herzen an und sehnen uns, alsbald deinen Purpur mit würdigen Ehren zu schmücken." In gleicher Weise schrieb der römische Klerus an Lothar. Ausführlich suchte er die Rechtmäßigkeit der Wahl Anaklets zu begründen und fuhr dann fort: „Erkenne also ihn, den wir einstimmig gewählt, als den katholischen Papst an und erweise ihm nach der Weise deiner Vorfahren alle schuldige Liebe. Solltest du diese unsre Bitte nicht erhören wollen, so sei Gott uns gnädig; denn du wirst uns ohne unsre Schuld von deiner Seite entfernen." Diese letzten Schreiben überbrachte der Magdeburger Eticho, der mit Klagen gegen Norbert in Rom erschienen war; er führte zugleich ein besonderes Schreiben Anaklets an Norbert mit sich, welches zwar die unzufriedenen Magdeburger Kleriker in Schutz nahm, doch auch zugleich dem Erzbischofe alles Gute verhieß, wenn er nicht selbst seinem Glücke im Wege stehen würde. Die Folge zeigte, wie geringen Eindruck die Erlasse Anaklets auf den König und Norbert machten: der Letztere, nach Rom beschieden, dachte nicht daran, sich dort zu stellen.

Innocenz, der Hülfe weit bedürftiger als Anaklet, war noch inständiger in seinen Gesuchen. Von Trastevere aus, wohl ehe der Cardinal Gerhard noch zurückgekehrt war, hatte er bereits am 11. Mai ein neues Schreiben an Lothar, mit der Bitte erlassen, daß er seinem Widersacher entgegentreten und im nächsten Winter mit einem Heere nach Italien kommen möchte: die Innocenz anhängenden Cardinäle hatten diese Bitte noch besonders unterstützt. Der Erzbischof von Ravenna sollte diese Schreiben überbringen, aber scheint seinen Auftrag nicht sogleich haben ausführen zu können. Bald darauf mußte sich Innocenz, wie schon erwähnt, nach Pisa zurückziehen, und von dort richtet er schon unter dem 20. Juni abermals ein Hülfsgesuch an die deutschen Fürsten, mit dessen Uebermittelung derselbe Erzbischof und der inzwischen heimgekehrte Cardinal Gerhard beauftragt wurden. Der Cardinal und der Erzbischof kamen nach Deutschland und wurden von Lothar freundlich empfangen, die Entscheidung über das Schisma aber den Fürsten anheimgestellt. Wir kennen die weiteren Verhandlungen nicht, müssen aber annehmen, daß eine nahe Hülfe Innocenz auch jetzt noch nicht in Aussicht gestellt worden ist; denn im Anfange des September entschloß er sich auch Pisa zu verlassen, um in Frankreich selbst Unterstützung zu suchen; es wird nicht ohne Einfluß auf diesen Entschluß gewesen sein, daß sich inzwischen Mailand offen für Anaklet erklärt hatte, welcher dann auch den zu Honorius Zeit gebannten Erzbischof absolvirte und ihm das Pallium sandte. Man erkannte also in Mailand so wenig Innocenz, wie Lothars Autorität an; die Interessen Beider begannen sich so enger zu verbinden.

Dieselbe Straße, wie unter sehr ähnlichen Verhältnissen einst der flüchtige Gelasius, zog jetzt Innocenz, und auch er fand in den gallischen Gegenden unerwartet die günstigste Aufnahme. Obwohl Anaklet seine alten Verbindungen am französischen Hofe erneuert, obwohl er besonders den Beistand seiner Ordensbrüder in Cluny in Anspruch genommen hatte, fiel doch der größte Theil Galliens alsbald seinem Widersacher zu. Besonders wichtig war, daß sich der heilige Bernhard, bereits die größte Autorität Frankreichs in allen geistlichen Dingen, sofort mit voller Entschiedenheit für Innocenz erklärt hatte: nicht nur alle geistlichen Brüderschaften zog er nach sich, sondern gewann auch die Mehrzahl der Bischöfe und selbst König Ludwig. Auf einer Versammlung zu Etampes, noch ehe Innocenz an der gallischen Küste gelandet, brachte es der Abt von Clairvaux dahin, daß fast der ganze nordfranzösische Klerus Innocenz anerkannte, obgleich sich im Süden besonders durch den klugen und angesehenen Legaten Gerard von Angoulême*) eine starke Partei für Anaklet gebildet hatte, die sich auf die Macht des Herzogs Wilhelm von Aquitanien stützte. Es machte einen außerordentlichen Eindruck, als man dann Innocenz in Cluny auf das feierlichste empfing, als ihm der hochverehrte Abt Petrus dort die größten Huldigungen darbrachte und der Papst am 25. October die neue Peterskirche im Kloster feierlich weihte. Wer sollte sich noch mit Vertrauen Anaklet zuwenden, wenn sich Cluny selbst von seinem eigenen Jünger lossagte?

In denselben Tagen wurde eine für Innocenz günstige Entscheidung auch in Deutschland getroffen. Es war im October hier

*) Vergl. Bd. III. S. 889.

abermals Walter von Ravenna als päpstlicher Legat in Begleitung des Bischofs Jacob von Faenza erschienen, und alsbald trat eine Synode in Würzburg zusammen, um über das Schisma zu berathen. Sechszehn Bischöfe und mit ihnen viele weltliche Fürsten waren zugegen. In Gegenwart des Königs und des päpstlichen Legaten verhandelten sie über die brennendste Frage der Zeit, und sie wurde dahin entschieden, daß man Innocenz für den wahren Nachfolger Petri erklärte. Den größten Einfluß auf den Beschluß hatten außer dem päpstlichen Legaten unfraglich die Erzbischöfe Norbert und Konrad geübt: der Letztere, begleitet vom Bischof Ekbert von Münster und dem Abt von Gorze, überbrachte dann sogleich die frohe Botschaft dem Papste. Er fand Innocenz zu Clermont, wo er gerade damals (18. November) sein erstes feierliches Concil hielt.

Die Beschlüsse dieses Concils ließen darüber keinen Zweifel, daß Innocenz ganz in die Fußtapfen Gregors VII. und Urbans II. treten würde. In den erhaltenen Kanones, die damals promulgirt wurden, werden der Cölibat der Priester und die Unantastbarkeit alles Kirchenguts stark betont; es wurde dann im Besonderen die Hinterlassenschaft der Bischöfe anzugreifen verboten, welche unverkürzt den Kirchen erhalten bleiben sollte. Bemerkenswerth ist auch die Erneuerung des Gottesfriedens, das Verbot des Studiums des weltlichen Rechts und der Medicin für die Mönche und regulirten Chorherren, die Verurtheilung der gefährlichen Ritterturniere.

Der Papst beeilte sich, die Gesandtschaft König Lothars durch eine neue Gesandtschaft zu erwidern; es waren die Cardinäle Gerhard und Anselm, die er an den deutschen Hof entsendete. Die Legaten trafen zur Zeit des Weihnachtsfestes, welches der König zu Gandersheim beging, am Hofe ein; sie gaben vor Allem dem lebhaften Wunsch des Papstes Ausdruck, demnächst persönlich mit dem König zusammenzukommen. Nach längeren Verhandlungen wurde bestimmt, daß die Zusammenkunft im März zu Lüttich stattfinden solle. Inzwischen nahm Innocenz die Huldigungen der Könige von Frankreich und England entgegen. König Ludwig empfing ihn zu Kloster Fleury an der Loire, küßte die Füße des heiligen Vaters und geleitete ihn nach Orleans; wenig später erschien auch König Heinrich von England, ebenfalls durch Bernhard von Clairvaux gewonnen, mit vielen Bischöfen und Großen seines Reichs vor dem Papste zu Chartres und brachte ihm reiche Geschenke dar. Glänzende Erfolge, welche den Muth des Papstes gewaltig hoben, und noch ein größerer stand ihm bevor. „Wir eilen," so schrieb er einem seiner Anhänger, „nach Lüttich; denn dort will unser glorreicher Sohn König Lothar, vereint mit den Erzbischöfen, Bischöfen und Fürsten seines Landes, über den Frieden der Kirche und die Wohlfahrt des Reichs mit uns verhandeln."

Anaklet sah, wie sich Frankreich, England, Deutschland seinem Widersacher anschloß; um so mehr mußte er da in Italien um sich zu sammeln suchen, was sich irgend gewinnen ließ. Nichts war ihm aber wichtiger, als Roger von Sicilien auf das Engste an sich zu fesseln. Deshalb war er schon im Sommer 1130 nach Unteritalien gezogen und hatte eine persönliche Zusammenkunft mit dem Herzog in Avellino gehabt. Durch eine am 27. September zu Benevent ausgestellte Urkunde hatte er Roger und seinen Erben nicht nur alle königlichen Rechte gewährt und Sicilien zum Sitz des neuen Königreichs bestimmt, sondern auch zugestanden, daß sich der Normanne von den Erzbischöfen seines Reichs nach seiner eigenen Wahl selber krönen lassen könne; er hatte überdies Capua und Neapel in Rogers Hand gegeben und ihm selbst die Streitkräfte Benevents gegen alle seine Feinde zu Gebot gestellt; keine andere Bedingung war gemacht, als daß Roger und seine Nachfolger sich als Vasallen des Papstes bekennen und ihm einen jährlichen Zins von 600 Goldgulden zahlen mußten. Es war die gefährlichste und eine allen Ueberlieferungen der Curie widerstrebende Politik, welche Anaklet einschlug, und nur die äußerste Noth konnte ihn zu derselben treiben*). Er selbst wollte sich dann gegen Ende des Jahrs nach Mailand begeben; offenbar um auch hier und in der Lombardei Kräfte zu gewinnen, mit denen sich Lothar begegnen ließe. Denn schon damals scheint er ein deutsches Heer erwartet zu haben, und wohl nur weil er erfuhr, daß seine Besorgniß vorzeitig war, wurde diese Mailänder Reise aufgegeben.

Anaklet wußte, daß er von Lothar fortan nur Feindseligkeiten zu

*) Der heilige Bernhard sagte: „Um den lächerlichen Preis einer unrechtmäßigen Krone hat sich Roger gewinnen lassen." Roger kannte seinen Vortheil besser; freilich hat man es bald vergessen machen wollen, daß er die Krone Siciliens zunächst einem Gegenpapste zu danken hatte.

erwarten hatte, und es war ihm auch nicht unbekannt, daß vornehmlich Erzbischof Norbert das Feuer gegen ihn in Deutschland geschürt. In einem Schreiben vom 29. Januar 1131 an Norbert selbst bezeichnet er ihn als einen Sohn des Belial, der ihn mit seinen giftigen Reden überall verleumdet habe; er macht ihm besonders zum Vorwurf, daß er mit den Lügen des Kanzlers Aimerich den König, dessen Vertrauen er über die Maßen mißbrauche, bekannt gemacht, ihn dadurch getäuscht habe und nun im Vertrauen auf dessen Beistand triumphire. „Wir staunen fürwahr," sagt er, „daß ein ausgezeichneter Fürst solche Lügen unter seinen Schutz nimmt, aber noch mehr darüber, daß ein so frommer König dir gestattet, gleich dem unverschämtesten Hunde die Höhe unsrer apostolischen Stellung anzubellen." Anaklet sah in Norberts Verfahren zugleich persönliche Undankbarkeit, da er sich ihm früher als Freund gezeigt und namentlich als Legat in Frankreich die Anfänge des Prämonstratenserordens begünstigt haben wollte. Norbert und alle seine Anhänger entsetzte er aller ihrer geistlichen und weltlichen Würden und schloß sie auf ewig von der Kirchengemeinschaft aus.

Kam es für das Schisma vor Allem darauf an, welche Entschließung König Lothar faßte, so ist es richtig, wenn Anaklet in Norbert seinen gefährlichsten Widersacher sah. Aber Norbert hatte seinen Erfolg doch nur im Zusammenwirken mit Walter von Ravenna und dem heiligen Bernhard gewonnen; dieser Triumvirat brachte es dahin, daß die geistige Niederlage Anaklets noch vor Jahresfrist entschieden war, welche äußeren Mittel ihm auch noch der Reichthum seines Hauses, der neue König von Sicilien, der sich Weihnachten 1130 zu Palermo krönen ließ, und eine ergebene Partei in Mailand zu Gebot stellen mochte. Innocenz galt bereits im Beginn des Jahrs 1131 fast im ganzen Abendlande als der wahre Papst, Anaklet hatte fortan nur die traurige Rolle eines Gegenpapstes zu spielen.

Lothar und Innocenz II.

Nachdem Lothar die ersten Monate des Jahrs 1131 in Sachsen, meist in Goslar, verlebt hatte, begab er sich im März nach Lüttich, um nach der Verabredung hier mit Papst Innocenz zusammenzutreffen. Eine ungemein zahlreiche und glänzende Versammlung umgab Lothars Thron: fast alle deutschen Erzbischöfe und Bischöfe, wie viele weltliche

Fürsten Sachsens, Lothringens und Baierns. Am 22. März, einem Sonntage, traf auch Innocenz ein, in seiner Begleitung drei Cardinalbischöfe, zwölf Cardinäle, der Erzbischof von Reims und eine endlose Schaar niederer Kleriker; auch der hochgefeierte Abt von Clairvaux war in dem Gefolge des Papstes.

Auf das Feierlichste empfing der König den Papst; er führte den Zelter, auf dem dieser einritt, am Zaume und hielt beim Absteigen am Dome ihm den Bügel; demüthig, wie einst der junge Konrad dem siegreichen Urban II. zu Cremona, leistete der alte Kriegsheld jetzt dem flüchtigen Pontifer die Dienste des Marschalks. Ueberaus glänzende Geschenke wurden Innocenz zu Füßen gelegt, zu dessen Ehren sich dann Fest an Fest in Lüttich reihte. Am Sonntag Lätare (25. März) zog der Papst in feierlicher Procession, wie sie in Rom Sitte war, von der Kirche des h. Martin zu der des h. Lambert, las dort die Messe und setzte selbst dem König und der Königin die Kronen auf, in denen sie an den festlichen Tagen zu erscheinen pflegten.

Neben diesen Festlichkeiten gingen sehr ernste Verhandlungen her. Der Papst verlangte vom König die Zurückführung nach Rom und versprach ihm dagegen aufs Neue die Kaiserkrönung und die Vollgewalt des Kaiserthums. Lothar sagte eidlich ihm die Hülfe zu, und schon für den nächstfolgenden Winter wurde eine Heerfahrt nach Italien in Aussicht genommen. Eine völlig bindende Zusage in Betreff der Zeit hat der König schwerlich ertheilt, da die Lage des Reichs eine solche kaum möglich machte; denn noch hatten sich die Staufer nicht unterworfen, noch war Sachsen nicht völlig beruhigt, wie sich in der Enthebung Albrechts von der Ostmark zeigte, welche gerade damals zu Lüttich erfolgte, und schon war Lothars Aufmerksamkeit auch auf einen Dänenkrieg gerichtet. Man beschloß aber, den Bischof Egbert von Münster nach Italien zu senden, um die bevorstehende Ankunft eines deutschen Heers anzukündigen und die gebeugten Anhänger des Papstes dort aufzurichten.*)

*) Ob Egbert nach Italien gelangte, ist zweifelhaft. Da er Nachstellungen des Gegenkönigs fürchtete, verließ er, wahrscheinlich in Ostfranken, die nächste Straße und ging nach Böhmen. Am 3. Mai 1131 finden wir ihn in Prag, am 17. Juli dann aber zu Salzburg und bald darauf in Steiermark, endlich gegen Ende des Jahrs in Köln, wo er am 9. Januar 1132 starb. Vergl. v. Meillers Regesten zur Geschichte der Salzburger Erzbischöfe S. 23 und 431.

Es lag in der Natur der Dinge, wenn der Papst unter solchen Umständen in alle billigen Wünsche des Königs willigte. Otto von Halberstadt, von Rom abgesetzt und excommunicirt, wurde nicht nur vom Bann gelöst, sondern auch in seinem Bisthum wieder hergestellt. Liutard, ein Kapellan des Königs und kürzlich auf dessen Betrieb zum Bischof von Cambrai erwählt, erhielt die Anerkennung des Papstes trotz der entschiedenen Abneigung, welche dieser gegen ihn empfand. Der Erzbischof Adalbero von Bremen, der gegenwärtig war und sich demnach von Anaklet bereits losgesagt haben mußte, wird ohne Zweifel zu Lüttich nicht minder günstige Aussichten für seine nordische Legation erhalten haben, wie sie ihm in Rom eröffnet waren. Der König hielt sogar den Moment für günstig, um das Investiturrecht wieder in Anspruch zu nehmen, wie es seine Vorgänger geübt. Indem er hervorhob, welche Einbuße die königliche Gewalt durch den Wormser Vertrag erlitten, bat er den Papst, ihm den früheren Einfluß der Krone auf die Besetzung der Bisthümer von Neuem zuzugestehen. Der Papst und die Cardinäle erschraken auf das Heftigste. Denn sie waren in der Gewalt des Königs, welcher mit der ihm eigenen Entschiedenheit seine Forderung stellte, und sie mochten an Heinrich V. und Papst Paschalis erinnert werden. Aber der König ließ sich bewegen, die Sache nicht weiter zu verfolgen. Man hat dem heiligen Bernhard es als besonderes Verdienst beigemessen, daß er die Kirche in diesem gefährlichen Augenblick geschützt habe; Bernhard selbst rühmt dagegen die Festigkeit des Papstes. Das Verlangen des Königs ist aber sicher auch bei den deutschen Kirchenfürsten auf Widerstand gestoßen. Wir wissen, daß Männer, wie Adalbert von Mainz, Friedrich von Köln und Konrad von Salzburg, selbst in dem Wormser Vertrage noch eine hemmende Fessel der Kirche sahen: wie hätten sie in Lüttich zu der weiter gehenden Forderung des Königs schweigen sollen? Selbst Norbert, so nahe er sonst Lothar stand, wird damals eben so gut Worte gefunden haben, wie später, als der König mit seinem Anspruche aufs Neue hervortrat. Nicht einmal eine bestimmte Bestätigung der ihm nach dem Wormser Vertrage zustehenden Rechte hat Lothar damals zu Lüttich erreicht; er hat sie erst später in Rom gewonnen.

Die Eintracht zwischen dem König und dem Papst störte jedoch dieser Zwischenfall mit Nichten. Die Synodalverhandlungen, welche sich an die Reichsgeschäfte anschlossen, zeigten vielmehr, wie innig sich

Reich und Kirche gerade jetzt verbunden fühlten. Die Kanones gegen die verehelichten Priester wurden erneuert, ihre Messen dem Volke verboten und gegen sie selbst mit dem Anathem eingeschritten; der Bann wurde dann zugleich wider Anaklet und seine Anhänger, wie wider den Gegenkönig Konrad und Alle, die es mit den Staufern hielten, feierlich verkündigt. Lothar und Innocenz schienen dieselben Freunde und Feinde zu haben.

Im Anfange des April verließ der Papst Lüttich und kehrte nach Frankreich zurück. Aber am Hofe des Königs blieb der Cardinalbischof Matthäus von Albano; dieser begleitete auch den König, als er sich über Stablo und Epternach nach Trier begab, wo er das Osterfest (19. April) feierte.

Das Trierer Erzbisthum war zu jener Zeit erledigt. Als Erzbischof Meginher am 1. Oktober 1130 im Kerker zu Parma gestorben war, war die Wahl zunächst auf den Propst Bruno von Coblenz aus dem Geschlecht der Grafen von Berg gefallen; aber dieser hatte sich vom Papste die Erlaubniß erwirkt, die Wahl ablehnen zu dürfen; ohne Zweifel nur, weil er damals bereits das reichere Erzbisthum Köln im Auge hatte. Eine neue Wahl war in Trier nöthig und sollte nun in Gegenwart des Königs stattfinden. Aber unter den Wählern herrschte, wie gewöhnlich, Zwietracht. Der Adel und die Bürgerschaft waren für jenen Gebhard von Henneberg, dem man das Würzburger Bisthum entzogen; der Klerus war Gebhard dagegen abgeneigt und hatte drei andere Candidaten aufgestellt, mit denen er jedoch auch nicht durchdringen konnte. Die Geistlichkeit wandte sich darauf an den Cardinalbischof von Albano und den Bischof Stephan von Metz mit der Bitte, ihnen einen Mann zu bezeichnen, welcher dem Papste genehm sei und dem auch der König die Investitur nicht versagen werde. Beide bezeichneten als die geeignetste Persönlichkeit den Primicerius der Metzer Kirche Albero von Montreuil, einen Mann von festem Charakter und ganz befähigt, um das unter den letzten Erzbischöfen jämmerlich herabgekommene und unter der Tyrannei seiner eigenen Vasallen schmachtende Erzstift zu restauriren.

Albero, der in der Geschichte des deutschen Reichs noch eine sehr bemerkenswerthe Rolle spielen sollte, war aus einem vornehmen, aber verarmten Geschlecht in der Diöcese Toul geboren; er verlebte seine Jugend in Gegenden, wo sich die deutsche und französische Mundart damals begegneten, und französisch nach seiner ganzen Bildung war er nicht einmal der deutschen Sprache völlig mächtig. Früh hatte er mehrere bedeutende Pfründen in den Bisthümern von Toul, Verdun und Metz gewonnen und sich unter der kirchlichen Partei dort durch die kampflustige Energie, mit welcher er den kaiserlich gesinnten Bischof von Metz verfolgte*), schon zur Zeit Heinrichs V. einen Namen gemacht. Unter vielen Gefahren hatte er damals den Weg nach Rom gefunden, dort Strafurtheile gegen den Bischof und die Stadt Metz erwirkt, dann auf eigene Hand einen kleinen Krieg gegen die Metzer geführt und endlich wesentlich dazu beigetragen, daß in Stephan, einem Bruder des Grafen Reginald von Bar und Mousson und Neffen Papst Calixts II., Metz wieder einen Bischof erhielt, welcher den römisch Gesinnten genehm war. Albero galt seitdem als eine Säule der Reform; er stand in hohem Ansehen in Rom, und man hatte vollen Grund ihn dort hoch zu halten, da er jeden Anspruch des Papstthums mit allen Mitteln, die ihm sein erfinderischer Geist darbot, bereitwillig unterstützte. Der herrschenden Richtung auf klösterliche Stiftungen huldigte auch er und errichtete für reguläre Chorherren das Kloster Belchamp auf seinem eigenen Grund und Boden. Mit allen durch kirchlichen Eifer und Gelehrsamkeit in Deutschland und Frankreich ausgezeichneten Männern trat er in Verbindung und suchte sie an sich zu ziehen. Gegen sie war er die Freigebigkeit selbst, und mit gleich offenen Händen spendete er den Armen.

Im Uebrigen war Albero für seine Person keineswegs ein Spiegel jenes enthaltsamen Lebens, welches die heiligen Männer der Zeit forderten. Er hielt ein glänzendes Haus und liebte die Freuden der Tafel, die er bis in die Nacht ausdehnte; durch seine heitere und witzige Unterhaltung wußte er seine zahlreichen Gastfreunde über die Stunden zu täuschen. Da erzählte er wohl jene wunderbaren Geschichten, wie er sich als Pilgerin verkleidet durch die Feinde geschlichen und den Metzern das päpstliche Interdict in die Stadt getragen und auf dem Altar des Doms niedergelegt, oder wie er, von Heinrich V. verfolgt, unter den mannigfachsten Verkleidungen doch den Weg nach Rom gefunden, ja sogar als ein lahmer Bettler eine Zeit lang den Hof des Kaisers begleitet und unter dem Tisch gesessen, als sich der

*) Bd. III. S. 891. Der dort genannte Archidiakon Alberius ist dieser Albero.

Kaiser mit seiner Gemahlin gerade über die gegen ihn zu treffenden Maßregeln berathen habe. Unglaubliche Dinge, aber die Lust an Gefahren und Abenteuern, die aus allen diesen Geschichten hervorleuchtet, saß ihm tief im Herzen, und er wußte sie zu befriedigen. Er liebte offenen Streit, aber noch lieber verlegte er sich auf listige Anschläge; seine Widersacher wußten davon zu sagen, wie böse Streiche er ihnen gespielt. Er bedachte lange, was er unternahm, aber sobald er die Sache angriff, war er des Erfolgs sicher; wenn sich der Gegner geborgen glaubte, gerade dann war er ihm in das Garn gegangen und verloren. Albero wünschte, daß alle Welt von ihm sprach, und tausend Sonderbarkeiten des klugen Mannes sollten vielleicht nur dazu dienen, seinen Namen in dem Munde der Leute herumzutragen.

Ein wundersamer Heiliger, bald an einen Hildebrand, bald an einen Robert Guiscard erinnernd, aber man sah zunächst nur auf die Eigenschaften in ihm, welche auf Hildebrand hinwiesen, seinen Eifer für die Freiheit der Kirche und die Herrschaft Roms. Schon mehrmals hatte man daran gedacht, ihm ein Bisthum zu übertragen. So war auch Magdeburg, ehe es Norbert erhielt, ihm zugedacht worden. Die sächsischen Verhältnisse scheinen aber Albero wenig angezogen zu haben; dagegen war er das Erzbisthum Trier zu übernehmen nicht abgeneigt. Fraglich war allerdings, ob der König in die Wahl willigen werde. Als der Legat und Bischof Stephan ihn deshalb befragten, äußerte er zwar, daß er die Wahl, wenn einhellig, anerkennen wolle, aber offenbar wünschte er sie wenig, sei es daß er in Albero einen zweiten Adalbert von Mainz sah, oder daß ihn die Feindseligkeiten bedenklich machten, in denen sein Stiefbruder Herzog Simon seit längerer Zeit mit dem Metzer Primicerius stand. Dennoch betrieben die Freunde Alberos die Wahl. Aber nur ein Theil des Trierer Klerus war für dieselbe zu gewinnen, und der Adel und die Bürger waren gegen diesen Candidaten noch entschiedener, als gegen die früheren. Bis gegen Ende April verweilte Lothar in Trier, ohne daß die Wahl zu Stande kam, und der König beschied endlich die Trierer zu sich auf einen bestimmten Termin nach Mainz, um dort die Sache zum Abschluß zu bringen.

Am 2. Mai war der König zu Neuß und begab sich bald nachher nach dem Elsaß. Herzog Friedrich hatte hier wieder Fortschritte gemacht und mit seinen Anhängern viele Kirchengüter verwüstet. Der König zog ihm mit einem Heere entgegen, brachte es aber nicht dahin, daß sich Friedrich ihm im offenen Kampfe stellte; Lothar begnügte sich deshalb einige Burgen des Staufers belagern und brechen zu lassen. Das Pfingstfest (7. Juni) feierte er zu Straßburg und war dann nach kurzer Abwesenheit am 24. Juni abermals in der Stadt. Die Treue derselben war für ihn von der größten Bedeutung, aber durch die Rückführung des Bischofs Bruno, der mit der Bürgerschaft und der Geistlichkeit in stetem Unfrieden lebte, war sie auf eine harte Probe gestellt. Der König selbst mußte wünschen, daß der Bischof wieder entfernt würde, und auf einer Provincialsynode, die zu Mainz bald nachher in Gegenwart des Königs und des Cardinals von Albano gehalten wurde, entsagte endlich auch Bruno selbst der bischöflichen Würde; zu seinem Nachfolger wurde ein gewisser Gebhard bestellt, der sich besser zu behaupten wußte. Zu Mainz fanden sich damals auch Gesandte von Trier ein, um die inzwischen wirklich durchgesetzte Wahl Alberos dem Könige anzuzeigen und die Investitur für den Gewählten zu erbitten. Aber die Wahl war nur von einem Theil des Klerus erfolgt: die beanspruchte Einhelligkeit fehlte, und Lothar fühlte sich deshalb nicht bewogen die Bitte der Trierer zu erfüllen. Unverrichteter Sache kehrten die Gesandten heim: um dieselbe Zeit wird sich auch der Cardinal von Albano zum Papste nach Frankreich zurückbegeben haben.

Schon hatte der König die Romfahrt im Auge, zunächst aber war er eine blutige That zu rächen gewillt, durch welche ein dänischer Königssohn, der ihm eng verbunden, das Leben eingebüßt hatte. Es war Knud, ein Sohn jenes Königs Erich, der im Jahre 1103 auf der Kreuzfahrt gestorben war. Beim Tode seines Vaters war Knud noch unmündig gewesen, und die Krone Dänemarks hatte sein Oheim Niels an sich gerissen: als er dann zu männlichen Jahren kam, war er vor den Nachstellungen, die ihm sein Oheim und dessen Sohn Magnus bereiteten, zu Lothar geflüchtet und erst nach längerer Zeit zurückgekehrt, als ihm das Herzogthum Schleswig als ein dänisches Lehen zugesagt wurde. Die Vermittelung Lothars mag hierbei wirksam gewesen sein; unzweifelhaft aber verdankte er es diesem allein, wenn ihm später auch das Reich des Abodritenkönigs Heinrich zufiel, nachdem dessen unmittelbare Nachkommenschaft in den Wirren Slawiens untergegangen war. Knud galt seitdem als König in Slawien, wie Heinrich zuvor; er hatte seine Königskrone von Lothar erhalten, von dem er auch seine wendischen Länder zu Lehen trug. Wenn Lothar, wie außer Zweifel steht, an eine Herstellung der alten sächsischen Macht im ganzen Norden dachte, so wird er dabei große Hoffnungen auf diesen jungen, ihm ganz ergebenen Dänenfürsten gesetzt haben. Bei Niels und Magnus erregten dagegen die vermehrte Macht Knuds und sein Königsname immer wachsende Besorgnisse, und als Knud auf einem Reichstage zu Schleswig in der Krone vor seinem Oheim erschien und ihm die gewohnten Ehren verweigerte, sannen dieser und sein Sohn auf den Untergang des lästigen Nebenbuhlers. Dem Gedanken folgte rasch die That. Am 7. Januar 1131 wurde Knud bei Harrestedt, nördlich von Ringstedt auf Seeland, aus einem Hinterhalte überfallen und erschlagen; Magnus, der Königssohn, war selbst unter den Mördern.

Knuds Tod brachte den ganzen Norden in gewaltige Bewegung. In den slawischen Ländern, welche er beherrscht, erhoben sich zwei einheimische Herren, Pribislaw und Niklot, der erstere ein Vetter des Wendenkönigs Heinrich, und riefen das Volk auf, um die deutsche Herrschaft abzuschütteln: sie theilten die Länder Heinrichs unter sich, indem Niklot die Herrschaft über die Abodriten, Pribislaw über die Wagrier und Polaber ergriff. Gegen Lothar mochten sie auf die Unterstützung des Dänenkönigs rechnen; aber schon war dieser seiner eigenen Krone nicht mehr sicher. Eine Empörung brach gegen ihn und seinen Sohn auf Seeland und in Schonen aus, und man bot Erich Emund, einem Halbbruder Knuds, die dänische Krone an. Erich nahm sie an; aber nur mit den Waffen ließ sie sich behaupten, da Niels und Magnus sich im Besitz von Jütland und Schleswig befanden und willig zu weichen keineswegs gesonnen waren. Erich rief deshalb sofort König Lothar zu Hülfe, und es bedurfte kaum dieses Rufs; denn Lothar war durch den Mord seines Vasallen und Günstlings persönlich verletzt, und es lag ihm überdies die Behauptung und Befestigung der sächsischen Macht im Norden am Herzen.

Mit 6000 Rittern drang im Spätsommer 1131 Lothar über die dänische Grenze vor. Bei der Stadt Schleswig, wo das deutsche Heer am Danewirk ein Lager bezog, stieß auch Erich Emund mit einer Flotte zu ihm. Die Thore des Danewirk hatte inzwischen Magnus besetzt, und bald führte König Niels selbst ein starkes Heer aus Jütland hier dem Sohne zu. Dennoch kam es nicht zum offenen Kampfe, sondern man knüpfte alsbald Unterhandlungen an. Das Ergebniß war, daß Magnus demüthig in Lothars Lager erschien, ihm eine Summe von 4000 Mark zahlte und sich als seinen Vasallen bekannte. Die Dänen sollen sogar verlangt haben, daß auch König Niels persönlich Lothar huldige und sein Reich von ihm zu Lehen nehme, Lothar selbst aber dies zurückgewiesen haben, um seinen Bundesgenossen Erich nicht zu sehr zu verletzen. Ohnehin war das Abkommen, welches er mit den Dänen getroffen, ihm eben so günstig, als Erich nachtheilig. Denn Lothar hatte seinen Einfluß im Norden gefestigt, Erich blieb seinem Schicksal überlassen und seines Bruders Mord ungerächt. Nachdem der Friede mit den Dänen geschlossen, wandte sich Lothar gegen die slawischen Häuptlinge Niklot und Pribislaw; ohne große Mühe wurden sie bewältigt und mußten sich als Vasallen des deutschen Königs bekennen.

Während Lothar sich dieser schnellen Erfolge freute, feierte der Papst in Frankreich neue Triumphe. Am 18. Oktober 1131 eröffnete er ein großes Concil zu Reims, auf dem etwa dreihundert Bischöfe und Aebte anwesend waren. Auch König Ludwig, der wenige Tage zuvor durch einen unglücklichen Zufall seinen ältesten Sohn Philipp verloren hatte, kam nach Reims und fand einen Trost darin, daß der Papst seinen zweiten Sohn Ludwig, einen zehnjährigen Knaben, jetzt krönte. In den Beschlüssen des Concils wurden zum großen Theil nur die Satzungen von Clermont wiederholt und eingeschärft. Am Schlusse der Sitzungen wurden, wie in Lüttich, abermals feierlich bei brennenden Kerzen die Anatheme gegen Anaklet und Konrad von Staufen nebst allen ihren Anhängern verkündet und dann die Kerzen gelöscht.

Auf dem Concil hatte sich auch Erzbischof Norbert eingefunden; er überbrachte dem Papste ein Schreiben König Lothars, worin dieser die Absicht kundgab, sein Versprechen getreulich zu erfüllen, und ihm ankündigte, daß er bereits die Rüstungen zur Romfahrt begonnen habe. Norbert benützte zugleich die Gelegenheit, um sich die alten Privilegien seiner Kirche vom Papst bestätigen zu lassen; er soll sogar im Geheimen damals die Erlaubniß nachgesucht und erhalten haben, auch das Domstift in Magdeburg nach den Satzungen der Prämonstratenser umzugestalten.

Obschon Lothar sich mit Rüstungen zur Romfahrt bereits beschäftigte, waren diese doch keineswegs schon so weit vorgeschritten, daß er noch in diesem Jahre hätte über die Alpen gehen können. Er begab sich vielmehr gegen Ende desselben in die rheinischen Gegenden und feierte das Weihnachtsfest zu Köln. Hier war am 25. Oktober Erzbischof Friedrich gestorben, und die Wahl seines Nachfolgers sollte in Gegenwart des Königs stattfinden. Auch päpstliche Legaten erschienen in Köln; es waren der Bischof Wilhelm von Palestrina, die Cardinäle Johann von Crema und Guido. Ihr Hauptgeschäft wird gewesen sein, die Rüstungen des Königs zu beschleunigen, doch nahmen sie auch an den Wahlverhandlungen Antheil. Abermals waren die Wähler uneinig, doch hatte sich die Mehrzahl für den Propst Gottfried von Xanten entschieden. Der König erklärte indessen, angeblich durch Geld gewonnen, die Wahl Gottfrieds für ungültig und begünstigte dann in Gemeinschaft mit den Legaten und den Fürsten die Wünsche jenes Bruno von Berg, welcher vor Kurzem das Erzbisthum Trier zurückgewiesen hatte und als Propst von S. Gereon auch der Kölner Kirche angehörte. Der Einfluß, welchen Lothar auf Brunos Erhebung geübt, hatte er bald zu bereuen; denn dieser zeigte sich kaum dienstwilliger, als sein Vorgänger. Kein geringer Verlust für den König war es, daß damals Bischof Elbert von Münster, der in hohem Maße sein Vertrauen besaß, aus der Zeitlichkeit abschied.

Nach einem nur kurzen Aufenthalt in Ostfranken, bei dem er im Februar 1132 mit dem Böhmenherzog zusammentraf, und in Sachsen, wo er mehrere Hoftage mit den Fürsten hielt, kehrte der König in der Fastenzeit nach Köln zurück und feierte dann das Osterfest in Aachen (10. April). An seinem Hofe waren nicht nur die bereits erwähnten päpstlichen Legaten, sondern auch der Bischof Matthäus von Albano. Letzterer hatte zu melden, daß der Papst bereits Frankreich verlassen und die Alpen überschritten habe; das Osterfest feierte er zu Asti. Um so mehr werden die Legaten auf die Beschleunigung der deutschen Rüstungen gedrungen haben.

Viele lothringische Fürsten umgaben den Thron des Königs in Aachen, und es mußte ihm von Wichtigkeit sein, ihre Streitigkeiten auszutragen, um das Land dauernd zu beruhigen. Der Streit um das Herzogthum Niederlothringen war schon vorher zu einem vorläufigen Abschluß gekommen. Im Jahre 1131 hatten sich die Herren, welche sich bei Duras geschlagen, in Lüttich zu Friedensverhandlungen zusammengefunden und wirklich ihre Händel ausgetragen. Indem Walram von Limburg die herzogliche Würde und den herzoglichen Namen behauptete, scheint Beides zugleich doch auch Gottfried von Löwen stillschweigend zugestanden zu sein: so gab er sich zur Ruhe und ist nachher selbst mit dem Könige wieder in freundschaftliche Beziehungen getreten. Aber ob dieser traurige Streit endlich beseitigt war, fehlte es doch unter den unruhigen Großen des Landes kaum je an Anlaß zu neuen Händeln, und es ist leider Lothar nie geglückt, diese ganz zu beseitigen und einen gesicherten Rechtszustand herzustellen. Nirgends hat sich seine Autorität weniger befestigen können, als in den niederrheinischen Gegenden.

In Aachen wurde endlich mindestens die Trierer Wahlangelegenheit, welche den König so lange beschäftigt, durch seine Nachgiebigkeit zum Abschluß gebracht. Die Trierer Geistlichkeit hatte sich nach der von Lothar verweigerten Anerkennung ihrer Wahl an den Papst mit der Bitte gewandt, sich des schon so lange verwaisten Bisthums anzunehmen, und der Papst, dem Albero die erwünschteste Persönlichkeit war, hatte die Wahl nicht nur genehmigt, sondern auch den Metzer Primicerius zur Annahme derselben bewogen und ihn im März 1132 zu Vienne trotz des Mangels der königlichen Investitur selbst geweiht. Gleich nach seiner Rückkehr von Vienne hatte dann Albero, der sich den Genuß seiner vielen bisherigen Pfründen in Lothringen noch auf drei Jahre vom Papste hatte bestätigen lassen, seine Autorität in Trier mit aller Entschiedenheit geltend gemacht. Mit einer starken bewaffneten Schaar zog er gegen die Stadt, um von ihr Besitz zu ergreifen; der Klerus kam ihm in Procession entgegen, und selbst der Burggraf Ludwig, bisher der ärgste Bedränger des Erzstifts, hielt für gerathen sich dem neuen Herrn zu fügen, obgleich er ihm noch vor Kurzem den Tod gedroht, wenn er in Trier einziehen sollte. Dies war kurz vorher geschehen, ehe sich Albero zum König nach Aachen begab, um die Investitur zu erlangen. Der König verweigerte sie erst sehr bestimmt, da er die Wahl nicht anerkannt und sich Albero überdies gegen die Bestimmungen des Wormser Vertrags vor der Investitur die Weihe hatte ertheilen lassen; dann begnügte er sich aber doch mit der Entschuldigung des Erzbischofs, daß er nur gezwungen die Weihe angenommen und die Rechte des Reichs dadurch nicht habe beeinträchtigen wollen. „Der König würde sich gewiß,“ sagt Alberos Biograph, „dem Erzbischof hartnäckiger widersetzt haben, wenn er nicht gewußt hätte, daß dieser fähig wäre das ganze Reich gegen ihn in Aufstand zu bringen.“ So erhielt Albero die Investitur. Aber kaum war dies geschehen, so trat er seinem alten Widersacher, dem Herzog Simon, dem Halbbruder des Königs, mit der größten Rücksichtslosigkeit entgegen. Dieser hatte sich Eingriffe in die Gerechtsame der Kirche des heiligen Deodat zu Thionville erlaubt*); am Osterfest selbst erhob sich nun Albero im Aachener Münster vor dem König und dem ganzen Hofe gegen Simon, verkündete gegen ihn als einen Tempelräuber die Excommunication und nöthigte ihn während der Vorlesung des Evangeliums den Gottesdienst zu verlassen. In der That brachte er es auf diese Weise dahin, daß ihm der Herzog Genugthuung leistete. Binnen Kurzem war der neue Erzbischof in Trier und im ganzen oberen Lothringen ein überaus gefürchteter Herr.

Als Lothar das Pfingstfest (29. Mai) zu Fulda feierte, war es ohne Zweifel schon beschlossene Sache, mit der Romfahrt nicht länger zu zögern. Der alte König war in rastloser Thätigkeit, um die Rüstungen zu beschleunigen, aber in Wahrheit fand er Wenige, die seinen Eifer theilten, und auch die Verhältnisse waren einem großen kriegerischen Unternehmen in der Ferne noch wenig günstig. Die Staufer waren noch nicht unterworfen, und ihre Angriffe richteten sich jetzt vorzugsweise gegen die welfischen Besitzungen in Schwaben. Herzog Friedrich hatte im Jahre 1131 Altdorf und Ravensburg mit bewaffneten Schaaren überfallen, die Ortschaften umher und auch Memmingen eingeäschert. Um Rache zu üben fiel Herzog Heinrich im folgenden Jahre in Schwaben ein und verwüstete von Daugendorf an der Donau bis über Burg Staufen hin Alles mit Feuer und Schwert. Ulm mied er nur deshalb, weil er kurz zuvor schon die ganze Umgegend verheert hatte. Und zugleich erhoben sich auch in Baiern von Neuem innere Streitigkeiten. Am 19. Mai 1132 starb nach kurzer Amtsführung Bischof Kuno von Regensburg, und Friedrich von Bogen, der Vogt der Kirche, der alte Widersacher des jungen Herzogs, bewirkte, daß ein Regensburger Kleriker aus dem mächtigen Geschlechte der Grafen

*) Simon war sonst keineswegs ein Feind der Kirche; er stand in nahen Beziehungen zum heiligen Bernhard.

von Diessen und Wolfrathshausen, Heinrich mit Namen, zu Kunos Nachfolger gewählt wurde. Der Herzog, wohl wissend, daß diese Wahl einer neuen Rebellion der Regensburger fast gleichbedeutend war, that Alles, um sie rückgängig zu machen; dennoch gelang es dem neuen Bischof, von dem Salzburger Erzbischof ohne vorgängige Investitur des Königs die Weihe zu erlangen.

Unter solchen Umständen konnten der Baiernherzog und seine Vasallen freilich den König nicht über die Alpen begleiten. Aber auch in den rheinischen Gegenden hielt man sich vom Zuge fern; vor Allem selbst die Bischöfe, welche an der Zurückführung des von ihnen anerkannten Papstes doch das nächste Interesse hatten. Albero von Trier mochten die eigenthümlichen Verhältnisse seines Bisthums entschuldigen; aber auch Adalbert von Mainz blieb zurück, und selbst Bruno von Köln, der in seinem Amte als Erzkanzler Italiens einen besonderen Sporn hätte finden sollen und dem deshalb der König auch die Säumniß besonders verargt zu haben scheint. Der hohe deutsche Klerus zeigte damals nur geringe Opferfreudigkeit für den apostolischen Stuhl*); noch geringere die weltlichen Fürsten.

Außer einer böhmischen Schaar — 300 Ritter unter Jaromir, einem Neffen Herzog Sobeslaws — stellten sich unsres Wissens nur Sachsen zur Romfahrt: von den geistlichen Fürsten die Erzbischöfe von Magdeburg und Bremen, die Bischöfe von Osnabrück, Paderborn, Halberstadt und Havelberg, die Aebte von Nienburg und Lüneburg, von den weltlichen Fürsten der Markgraf Konrad von Plötzke und Graf Albrecht von Ballenstedt, der sich die Gunst des Königs durch diesen Dienst wieder gewinnen wollte. Von Fürsten außerhalb Sachsens wird allein der Abt von Fulda als Theilnehmer des Zugs erwähnt. Das ganze Heer des Königs bestand nur aus 1500 Rittern. Es mußte fast als ein tollkühnes Abenteuer gelten, daß sich der alte König mit so geringer Streitmacht**) Mailand, den Pierleoni und König

*) Sehr bezeichnend ist es, daß man im Kloster Grafenrath bei Aachen es sehr übel empfand, daß der Propst Friedrich dem Könige nach Rom folgte, und dies die Hauptveranlassung war, weshalb der Propst später zurücktreten mußte.

**) Friedrich I. unternahm 22 Jahre später seine Romfahrt mit 1800 Rittern und that sich nicht wenig darauf zu gut, sie mit so schwacher Macht glücklich durchgeführt zu haben. Wenn er meinte: nie sei Aehnliches gehört worden, so irrte er, wie der Vorgang Lothars zeigt.

Roger entgegenwarf; einen leuchtenderen Beweis seiner Hingabe an die Kirche hätte er fürwahr kaum zu geben vermocht.

Das Fest der Himmelfahrt Mariä (15. August) feierte Lothar in Würzburg; wenige Tage später brach er in Begleitung seiner Gemahlin zur Romfahrt auf. Wie er, indem er außen neuen Gefahren entgegenging, zugleich daheim bedenkliche Zustände zurückließ, zeigte sich bereits, als er am 28. August nach Augsburg kam. Er hegte Verdacht gegen den alten Bischof Hermann und die Einwohnerschaft, zumal einige Augsburger nicht lange zuvor den Bischof Azzo von Acqui, der vom Papst an den kaiserlichen Hof geschickt war, in der Nähe der Stadt überfallen und ausgeplündert hatten. Indessen fand er in Augsburg die beste Aufnahme. Der Klerus und die Bürgerschaften empfingen ihn mit allen Ehrenbezeugungen; Bischof Hermann brachte selbst sofort jenen üblen Handel vor dem König und den Fürsten zur Sprache und drang auf die Bestrafung der Uebelthäter. Während man aber noch hierüber verhandelte, entspann sich auf dem Markt in der Vorstadt bei einem Kaufgeschäft ein Streit, bei welchem Kriegsknechte des Königs betheiligt waren, und aus einer geringfügigen Ursache erwuchs furchtbares Unheil.

Tumult erfüllte nicht nur die Vorstadt, sondern bald alle Straßen Augsburgs: die Glocken wurden angeschlagen, die Bürger und die Krieger des Königs liefen in Waffen zusammen, und doch wußte Niemand den Grund der allgemeinen Bestürzung. Auch der König erschien mit großem kriegerischen Gefolge; er argwöhnte Verrath und bestärkte sich in diesem Argwohn, als er die Vasallen und Ministerialen des Bisthums sich vor dem Dome wie in Schlachtreihe ordnen sah. Diese, ebenfalls Verrath befürchtend, waren herbeigeeilt, um den Dom und den Klerus zu schützen. Vergebens sucht der Bischof, der sich mit dem Kreuze in der Hand zwischen die Kriegsschaaren warf, das Blutvergießen zu hindern: der König rückte wuthentbrannt mit seinen Rittern auf den Dom los. An den Pforten desselben richteten sie unter den Vasallen des Stifts und den Klerikern ein furchtbares Gemetzel an; vom Mittag bis zum Abend wurde gekämpft. Nur unter den größten Gefahren entkam der Bischof selbst; an Händen und Füßen wurde er von den Seinen in die Sakristei gezogen. Inzwischen war auch in der Vorstadt zwischen den Königlichen und dem Volke mit Erbitterung gekämpft und auch hier viel Blut vergossen worden.

Feuer und Schwert wütheten innerhalb und außerhalb der Stadtmauern; die Kirchen und Klöster wurden erbrochen, geplündert, in Schutthaufen verwandelt, die Mönche und Nonnen mißhandelt, Männer und Weiber bis auf die Haut ausgezogen, die Kinder getödtet oder fortgeschleppt. Die größten Gräuel sollen die Böhmen verübt haben, welche der König am Kampf theilnehmen ließ, und die Polowzer, die damals zuerst als böhmische Söldner in Deutschland gesehen wurden und welche die Deutschen zu jener Zeit Valwen nannten*).

Die Nacht hatte dem Kampfe ein Ende gemacht, aber auch während derselben blieb der Dom vom Heere des Königs umstellt, so daß der Bischof nicht von dort in seine Wohnung gelangen konnte. Er lag verlassen und weinend auf der Straße, bis sich endlich Erzbischof Norbert seiner annahm und ihn in seine Herberge brachte. Am andren Morgen fiel auch der Dom in die Hand des Königs, und von den Klerikern und Dienstleuten des Hochstifts schleppte er darauf, so viele er wollte, in Gefangenschaft fort. Er bezog an diesem Tage ein Lager auf dem Lechfeld, kehrte aber schon am folgenden Morgen zurück, um Augsburg auch für die Folge unschädlich zu machen. Er begann die Befestigungen der Stadt abzutragen und setzte dieses Werk der Zerstörung bis zum 2. September fort. An diesem Tage verließ er, seines Erfolges froh, wie Bischof Hermann an Otto von Bamberg schrieb, endlich die unglückliche Stadt. Vergebens hatten ihn die Bischöfe an seiner Seite zur Milde gemahnt; die Versöhnlichkeit, welche er gegen Speier und Nürnberg erwiesen hatte, verleugnete er hier völlig, und nicht eher legte sich sein Zorn, als bis Augsburg so gut wie vernichtet war. Man muß glauben, er wollte den Schrecken als Wächter seines Throns in Deutschland zurücklassen.

Eine alte, wohlhabende und durch viele Heiligthümer berühmte Stadt war zu kläglicher Dürftigkeit herabgebracht**), und dieser Verlust machte sich um so mehr fühlbar, als fast gleichzeitig mehrere andere Städte durch ein eigenthümliches Verhängniß von furchtbaren Feuers-

---

*) Die Polowzer oder Kumanen, ein Volk türkischer Abstammung, machten sich damals durch Raubzüge weithin furchtbar; ihre Wohnsitze waren an der Wolga und der Nordküste des schwarzen Meeres.

**) Desolata est civitas nostra, civitas sancta et antiqua, civitas hactenus dicta Augusta, sed nunc dicenda potius Angusta vel Angustia. So schrieb Bischof Hermann an Otto von Bamberg.

brünsten heimgesucht waren. Am 11. April 1132 brach ein Brand in Regensburg aus, nach welchem von der ersten Stadt Baierns kaum mehr als vierzig Häuser stehen blieben. Auch Passau, Eichstedt und Brixen litten durch Feuersnoth schwer zu derselben Zeit, und im Jahre zuvor war Utrecht fast bis auf den Grund eingeäschert worden.

Nichts weniger als erfreuliche Zustände ließ Lothar in Deutschland zurück, als er an die Alpen zog, um das Versprechen, welches er in Lüttich dem Papste gegeben, zu lösen. War er der römischen Kirche verschuldet, so zahlte er die Schuld nun mit Zinsen zurück.

4.

Lothars Romfahrt.

Die Rückkehr Innocenz II. nach Italien, nachdem er die Anerkennung Deutschlands, Frankreichs und Englands gewonnen, hatte dort günstig für ihn gewirkt. Walter von Ravenna hatte immer einige Bischöfe der Lombardei und der Romagna in der Treue zu erhalten gewußt, und zu diesen alten Anhängern des Papstes fanden sich nun neue. Nachdem Innocenz das Osterfest in Asti gefeiert, durchzog er die ihm geneigten lombardischen Städte im Norden des Po und nahm dann einen längeren Aufenthalt in Piacenza, wo er in der Mitte des Juni sein drittes großes Concil hielt. Die Verhandlungen sind nicht überliefert; wir hören nur, daß es von vielen Bischöfen der Lombardei, der Romagna und der Mark Ancona besucht war. Zwar hielt Mailand noch fest zu Anaklet und mit Mailand einige andre Städte, aber im Ganzen war das nördliche Italien bereits für Innocenz gewonnen, der dann im Juli und August in Cremona und Brescia residirte.

Und inzwischen hatte sich auch in Rom selbst wieder eine Partei für ihn erhoben; an ihrer Spitze standen Leo Frangipane und Petrus Latro, letzterer aus dem Geschlecht der Corsen. In Rom oder doch mindestens im Römischen waren zugleich als Legaten des Papstes der Cardinalbischof Konrad von der Sabina und der Cardinal Gerhard wiederum thätig. Eine nicht geringe Ermuthigung für diese Partei war, daß König Roger, auf dem offenen Schlachtfeld am wenigsten glücklich, im Sommer des Jahres 1132 eine große Niederlage erlitt.

Als er seine königlichen Rechte in Apulien mit Nachdruck geltend machen wollte, erhob sich dort ein Aufstand unter den Baronen; darauf griffen auch der Fürst Robert von Capua und der Graf Rainulf von Alife, Rogers eigener Schwager, gegen ihn zu den Waffen und jagten ihn und sein Heer unweit Nocera am Sarno am 24. Juli in wilde Flucht. Roger mußte nach Salerno, später nach Sicilien zurückkehren, und Anaklet war seines Beistandes, auf welchen er am meisten gerechnet, vorläufig so gut wie beraubt.

Aber nicht Alle, die sich in Italien Innocenz zugewandt, sahen deshalb der Ankunft des deutschen Königs mit Freude entgegen. Die Lombarden hatten sich gegen die Herrschaft des Staufers gesträubt, und noch geringere Neigung hegten sie für Lothar. In Pavia, Placenza und Cremona war Innocenz anerkannt, und doch tauchte gerade in diesen Städten der Gedanke auf, sich mit dem feindlichen Mailand zu vertragen, um gemeinsam der deutschen Herrschaft zu begegnen. „Niemals vergesse man," schreibt ein Italiener jener Zeit, „die Fabel von den vier Stieren, vor denen der Löwe floh, als sie zusammen standen, die aber zerfleischt wurden, sobald sie sich trennten." Zum Glück Lothars ist ein solcher Bund nicht zu Stande gekommen, vielmehr schloß sich gerade Cremona bald auf das Engste ihm an.

Wenige Tage nach dem Zerstörungswerk in Augsburg überschritt Lothar die Alpen und stieg in das Etschthal hinab. In den letzten Tagen des September und im Anfange des October lagerte er bei Gardesana an der Ostseite des Gardasees. Der Eindruck, den sein kleines Heer machte, war ihm nicht günstig; an vielen Orten spottete man seiner und mißachtete seine Befehle. So schloß ihm Verona die Thore, und Lothar unterließ es, sie mit Gewalt zu öffnen. Besonderen Diensteifer für ihn zeigte nur Cremona; mit den Cremonesen belagerte er im October und Anfange des November das widerspänstige Crema, mußte aber nach einer Woche abziehen, ohne die kleine, aber vortrefflich befestigte Stadt genommen zu haben *). Grund genug, nicht auch das große und mächtige Mailand, obschon es den König und den Papst bitter gereizt, mit unzureichenden Mitteln anzugreifen.

Der Papst war um dieselbe Zeit, als Lothar die Alpen überstieg,

*) Noch nach einem Menschenalter sangen die Weiber von Crema Spottlieder auf Lothar.

über den Po gegangen und hatte zu Nonantula einen längeren Aufenthalt gemacht. Er war im Mittelpunkt der Mathildischen Hausgüter, und er scheint von demselben damals förmlich Besitz ergriffen zu haben, wie denn auch erst zu jener Zeit Rom mit seinen Ansprüchen an die Erbschaft der großen Gräfin offen und bestimmt hervorgetreten ist. Im Anfange des November begab sich Innocenz nach Piacenza zurück, um in den Roncalischen Feldern, wohin der König eine Reichsversammlung berufen hatte, mit ihm zusammenzutreffen und vereint die Angelegenheiten der Kirche und des Reichs zu berathen. Ueber die Beschlüsse des Roncalischen Tags ist Nichts bekannt. Nach dem Schlusse der Versammlung zogen Lothar und der Papst zusammen mit dem Heere nach den Ländern, die einst die große Gräfin beherrscht hatte. Hier sollte Lothars Heer überwintern. Aber es fand dort nicht die beste Aufnahme; Reggio verschloß dem Könige die Thore, ebenso Bologna, obwohl man hier doch den Papst mit seinen Cardinälen beherbergte. In kleinen Orten im Bolognesischen mußte das deutsche Heer während des Decembers und Januars lagern; in Medicina feierte der König das Weihnachtsfest. Wenige Tage nach demselben fand der treffliche Konrad von Plötzke den Tod; auf einem im Auftrage des Königs unternommenen Ritt traf ihn der Pfeil eines Meuchelmörders. Die sächsische Nordmark erhielt darauf Albrecht von Ballenstedt, der sich durch treue Dienste auf diesem Zuge die königliche Gunst in vollem Maße wiedergewonnen hatte.

Es war Lothars Absicht, sobald die bessere Jahreszeit einträte, vom Bolognesischen aus den Apennin zu überschreiten und das Heer durch Tuscien gegen Rom zu führen. Der Papst eilte dem Könige voran, um ihm die Wege zu bereiten. Ueber Pontremoli ging er nach Pisa, wo wir ihn bereits am 23. Januar finden. Er kam nach der Stadt, die ihm in seinen Bedrängnissen am treusten beigestanden hatte und auf deren Unterstützung er am sichersten rechnen konnte. Schon früher hatte er sich die langandauernden Streitigkeiten der Stadt mit Genua zu schlichten bemüht; er verdoppelte jetzt seinen Eifer, und es gelang ihm nicht allein den äußeren Frieden herzustellen, sondern auch die kirchlichen Wirren zu beseitigen, welche so oft der Gegenstand drängender Sorgen für die früheren Päpste gewesen waren. Pisa behielt den Primat über Sardinien, und es wurden ihm überdies das Bisthum Piombino und drei Bisthümer in Corsica zugetheilt.

Genua, bisher unter Mailand stehend, wurde zu einem eigenen Erzbisthum erhoben und ihm Bobbio und das neueingerichtete Bisthum Brunato, wie ebenfalls drei Bisthümer in Corsica unterstellt. Zum Dank für diese Entscheidungen versprachen die Genuesen und Pisaner, den Papst mit allen ihren Kräften zu unterstützen und ihre Flotten, wenn er gegen Rom zöge, an die Küsten des Kirchenstaats zu entsenden. Der heilige Bernhard, damals wieder im Gefolge des Papsts, war besonders auch bei den Verhandlungen mit Genua thätig gewesen*).

Gegen Ende des Februar überstieg Lothar mit seinem Heere den Apennin. In den ersten Tagen des März hatte er dann mit dem Papste zu Calcinaja, südöstlich von Pisa, eine Zusammenkunft. Sie beschlossen sofort gegen Rom vorzudringen; der Papst sollte den Weg an der Meeresküste nehmen, während der König die große Heeresstraße im Inneren verfolgte; zu Viterbo wollten sie wieder zusammentreffen. Nach dieser Verabredung trennten sie sich noch einmal auf kurze Zeit. Der Papst ging über Grosseto und Corneto nach Viterbo, wo er nach Ostern wieder zu dem Könige und dem Heere stieß. Lothar hatte das Osterfest (26. März) in einem kleinen Orte, der St. Flavianus genannt wird, gefeiert und in dem nahen Valentano Rast gemacht; dem Heere hatten sich inzwischen die Bischöfe von Parma, Cremona, Alba, Asti und Ivrea, wie einige italienische Vasallen angeschlossen, so daß man es auf 2000 Ritter schätzte. Auf einem großen Umwege rückte Lothar nach der Vereinigung mit dem Papste dann gegen Rom vor. Bei Orta ging man über den Tiber, nahm den Marsch durch die Sabina von Narni aus, zog Farfa vorüber und gelangte so endlich, wohl der alten Nomentanischen Straße folgend, in die Nähe der Stadt. Bei S. Agnese vor dem Nomentanischen Thore schlug man das erste Lager auf. Es war gegen Ende des April, als Lothar und der Papst Rom erreichten.

„Wir stehen am Eingange der Stadt," schrieb damals der heilige Bernhard an König Heinrich von England, „das Heil steht vor der Thür, und die Gerechtigkeit ist auf unsrer Seite; danach fragt aber der römische Adel wenig. Daher versöhnen wir Gott mit der Gerechtigkeit, treten aber mit Kriegsmacht unsren Feinden entgegen; nur fehlt

*) Bernhard war selbst in Genua und rühmt die Aufnahme, welche er dort fand. Erst im März zu Corneto kam der Friede zum förmlichen Abschluß.

es uns an dem Nöthigsten für die, die wir nöthig haben." Bernhard verlangt, was er nicht ausspricht, vom englischen König Geldunterstützung für die Kriegsschaaren, welche Innocenz vertheidigten. Aber Innocenz hatte noch Anhänger in Rom, die sich auch ohne baren Lohn für ihn erhoben. Der Präfect Thebald, Petrus Latro und andre Herren aus der alten Stadt und Trastevere erschienen im Lager und versprachen dem Papste und dem Könige die Thore zu öffnen.

Ohne Widerstand zu begegnen, zogen Papst und König so am Sonntag Rogate (30. April) in die alte Stadt ein. Der Papst nahm wieder Wohnung im Lateran, Lothar bezog den Palast auf dem Aventin, wo einst Otto III. residirt hatte. Der größere Theil des Heers blieb außerhalb der Stadt bei St. Paul; denn auch diese Hauptkirche war den Deutschen sogleich übergeben. Das Pfingstfest (14. Mai) feierte der König im Lateran und zog in feierlicher Procession, mit der Krone geschmückt, von dort nach S. Sabina auf dem Aventin.

Innocenz hatte wieder Eingang in Rom gefunden, aber damit war Anaklet keineswegs besiegt; noch behauptete er manche Burgen in der alten Stadt, überdies die Leostadt mit der Engelsburg und dem Vatican. Aber ohne Aussicht auf normannische Unterstützung, rings von Gefahren umgeben, glaubte er doch einen offenen Kampf vermeiden zu müssen und suchte vielmehr durch Unterhandlungen den Feind aufzuhalten. Schon gleich nach Ostern, als der König noch zu Valentano verweilte, hatte er Gesandte an ihn geschickt und eine Untersuchung der Wahlvorgänge verlangt, zu welcher er sich selbst stellen wollte; der König hatte die Sache damals den Cardinälen in seiner Begleitung zur Entscheidung vorgelegt, diese sich aber dahin erklärt — besonders auf Norberts Antrieb soll es geschehen sein — daß allgemeine Synoden bereits Innocenz anerkannt und Anaklet verworfen hätten und Einzelne nicht wieder untersuchen könnten, worüber die Gesammtheit bereits entschieden. Obwohl auf spätere Botschaften Anaklet keinen anderen Bescheid erhalten hatte, schickte er jetzt doch abermals einige seiner Anhänger an den König und verlangte aufs Neue eine Untersuchung der Wahl; die Unterhändler verpflichteten sich endlich Bürgen zu stellen und ihre Thürme als Pfand dafür zu übergeben, daß Anaklet sich jedem richterlichen Spruche fügen würde.

Um Blutvergießen zu vermeiden, entschloß sich der König jetzt auf das Verlangen der Pierleoni einzugehen und vermochte auch die

Anhänger des Innocenz zu Rom in eine neue Untersuchung zu willigen. Des günstigen Ausgangs sicher, stellten sie dem Könige nicht allein Bürgen, sondern übergaben ihm auch die Thürme der Frangipani und des Petrus Latro. Dennoch erfüllten die Anakletianer jetzt die gegebenen Versprechungen nicht, zogen vielmehr absichtlich die Untersuchung hin; es war klar, daß sie mit allen Unterhandlungen nur die Entscheidung aufhalten wollten. Der König klagte deshalb jene Unterhändler vor einem Fürstengericht an; als Meineidige, als Feinde Gottes und der königlichen Majestät wurden sie mit Anaklet und allen seinen Mitschuldigen geächtet.

Inzwischen kam von mehreren Seiten Lothar und Innocenz Hülfe. Robert von Capua und Rainulf von Alife, die eine Anzahl normannischer Barone gegen Roger in die Waffen gebracht hatten, erschienen im Lateran und führten 300 Ritter mit sich. Gleichzeitig stellte sich Cardinal Gerhard, der in Benevent Eingang gefunden, mit angesehenen Beneventanern ein. An der Meeresküste zeigten sich die Schiffe der Pisaner und Genuesen*) und besetzten Civita vecchia. Man drang in Lothar unverzüglich in Rogers Reich einzufallen. Aber er ließ sich um so weniger dazu bewegen, als er sich nicht einmal stark genug fühlte, in Rom mit den Pierleoni einen entscheidenden Kampf aufzunehmen. Auch mochte er gerechte Bedenken tragen, das Schisma im Blute der Römer zu ersticken. So blieb der Gegenpapst unüberwunden, und da die Peterskirche in seinen Händen war, wurde auch die Kaiserkrönung von Tag zu Tag verzögert.

Schon stand man im Anfange des Juni; die in Rom so verderbliche heiße Jahreszeit brach an, und die Deutschen verlangten nach der Heimath. Der König wollte aber nicht ohne die Kaiserkrone zurückkehren. Endlich entschloß er sich auf den Wunsch der Fürsten, den besonders Norbert befürwortete, an ungewohnter Stelle, im Lateran sich krönen zu lassen. Am Sonntag den 4. Juni 1134 ertheilte hier Innocenz Lothar und seiner Gemahlin die kaiserlichen Weihen und setzte ihnen die Kronen auf. Nie hatte noch ein deutscher Fürst in so hohem Alter die kaiserlichen Ehren empfangen**).

*) Genua schickte acht Schiffe; die Zahl der pisanischen Schiffe ist unbekannt.

**) Auch unter Lothars Nachfolgern hat nur der neue deutsche Kaiser in vorgerückterem Alter den Kaisertitel erlangt.

Wenn auch an ungewöhnlicher Stelle, fand die Feierlichkeit doch sonst unsres Wissens nach altem Brauche statt. An der Pforte der Kirche gelobte Lothar dem Papste und seinen Nachfolgern Sicherheit für Leib und Leben, Amt und Freiheit, ferner Erhaltung oder Wiederherstellung aller Regalien des h. Petrus. Cencius Frangipane sprach die Formel vor, sein Neffe Otto und andre vornehme Römer dienten als Zeugen der Handlung. Der Eid, der erhalten ist, unterscheidet sich in den wesentlichen Bestimmungen wenig von denen, die früher der junge Konrad in Cremona Urban II., dann Heinrich V. in Sutri Paschalis II. geleistet hatten*); er enthielt weder ein bestimmtes Gelöbniß der Mannschaft oder Treue, noch wurde er in die Hand des Papstes geschworen. In Allem findet sich Nichts, was zu jener anstößigen Darstellung Anlaß bot, welche man später im Audienzsaal des Lateran anbrachte und durch die Unterschrift erläuterte:

> Erst vor der Pforte beschwört Roms Rechte und Ehren der König,
> Wird dann des Papstes Vasall und erhält von diesem die Krone.

Nach der Krönung kehrten in feierlicher Procession, vom Papste begleitet, Kaiser und Kaiserin vom Lateran nach dem Aventin zurück.

Aber nicht allein um die Kaiserkrone war es Lothar zu thun, sondern er verlangte vom Papste noch anderen Lohn für die geleisteten Dienste. Es ist überliefert, daß er damals noch einmal, wie in Lüttich, die Zurückgabe des alten Investiturrechts beansprucht habe. Nach dieser Ueberlieferung soll der Papst Anfangs zur Nachgiebigkeit geneigt gewesen sein und allein Norbert den Gräuel verhindert haben, indem er das Andringen des Kaisers und die Schwachherzigkeit des Papstes zugleich bekämpfte; es ist freilich schwer zu glauben, daß Innocenz in Rom weichmüthiger als in Lüttich gewesen sei, und mehr als Norbert mußte die Erinnerung an das Mißgeschick Paschalis II. ihn antreiben dem Willen des Kaisers zu widerstehen. Jedenfalls wurde die von Lothar beanspruchte Aenderung des Wormser Vertrags vom Papste zurückgewiesen. Indem er aber dies that, bestätigte er jetzt ausdrücklich die bisher geübten Rechte dem neuen Kaiser und vereitelte damit die Hoffnungen aller derer, die auf volle Freiheit bei den Kirchenwahlen seit Lothars Erhebung hingearbeitet hatten.

Die wichtige Urkunde, in welcher der Papst am 8. Juni diese

*) Vergl. Bd. III. S. 662. 809. 810. 819.

Vergünstigung dem Kaiser verbriefte, ist erst neuerdings bekannt geworden, und in der einzigen bisher aufgefundenen Abschrift sind leider einige nicht lesbare Stellen. In der Einleitung betont der Papst die Verpflichtung des apostolischen Stuhls für die Erhaltung der kaiserlichen Macht zu sorgen, und wie Lothar dies um so mehr verdient habe, als als er seit langen Jahren Werken der Frömmigkeit obgelegen und zuletzt die härtesten Beschwerden auf sich genommen habe, um die Schismatiker zu vernichten: deshalb und weil er, der Papst, von Lothars Erhebung großen Gewinn für die katholische Kirche und die Christenheit erwarte, habe er auf den Wunsch und Rath der Bischöfe, der Cardinäle und vornehmen Römer den König, den christlichsten Fürsten und den vornehmlichsten Vertheidiger der Kirche unter den bevorzugten Söhnen des heiligen Petrus, auf den Gipfel des Kaiserthums unter Anrufung des heiligen Geistes erhoben. Er verleihe demnach, indem er die Macht des Reichs nicht mindern, sondern vielmehr mehren wolle, ihm die kaiserliche Vollgewalt und bestätige ihm durch diese Urkunde die derselben zustehenden kanonischen Gewohnheitsrechte. „Wir verbieten aber," schließt die Urkunde, „daß irgend Jemand, der im deutschen Reiche zur bischöflichen Würde oder zur Leitung einer Abtei gewählt wird, die Regalien in Besitz zu nehmen wage, ehe er sie nicht von dir begehrt und dir geleistet hat, was er nach dem Rechte schuldig ist*)."

An demselben Tage stellte der Papst dem Kaiser noch eine andre werthvolle Urkunde aus, durch welche er ihm das große Hausgut der Gräfin Mathilde überließ. Auch hier rühmt er im Eingange, nachdem die heilsamen Folgen der Eintracht zwischen Kirche und Reich hervorgehoben, die Gesinnung des Kaisers, der sich schon von früher Jugend an als ein Freund der Religion und Jünger der Gerechtigkeit gezeigt und besonders in den letzten Zeiten im Dienste des heiligen Petrus viele Anstrengungen und unermeßliche Gefahren, ohne seine Person und sein Vermögen zu schonen, bestanden habe. Deshalb gebühre es sich, sagt der Papst, daß er nicht nur nach seinem kirchlichen Amte, sondern auch in weltlicher Beziehung die kaiserliche Gewalt mehre. „In dieser Erwägung," heißt es dann weiter, „übertragen wir dir

*) Wie man die wohl absichtlich unklar gefaßten Ausdrücke auch deuten möge, so viel ist doch sicher, daß der Papst dem Kaiser jedes Recht einräumte, welches Heinrich V. nach dem Wormser Vertrage ausgeübt hatte.

das Allodium der seligen Gräfin, welches bekanntlich von ihr dem heiligen Petrus geschenkt ist, und ertheilen dir in Gegenwart von Erzbischöfen, Bischöfen, Aebten, Baronen und Fürsten mit dem Ring die Investitur, jedoch nur unter der Bedingung, daß du alljährlich einen Zins von 100 Pfund Silber uns und unsren Nachfolgern zahlest und daß nach deinem Tode wieder das Allodium in das volle Eigenthumsrecht der römischen Kirche unverkürzt und unverweilt zurückkehre. Wenn wir oder unsre Nachfolger in das Land kommen sollten, so muß die Aufnahme, die Verpflegung und das Geleit mit solchen Ehren geschehen, wie sie der apostolische Stuhl bestimmen wird; auch müssen die Burgvögte und der Statthalter des Landes uns und unsren Nachfolgern den Eid der Treue leisten." In einem Zusatz, welchen die Urkunde erst im Jahre 1137 erhalten haben wird, gesteht der Papst aus Liebe zu Lothar auch seinem Schwiegersohn Herzog Heinrich von Baiern und dessen Gemahlin das Land der Mathilde unter den gleichen Bedingungen zu; neu ist hier aber die wichtige Bestimmung, daß der Herzog Mannschaft und Treue dem Papst und seinen Nachfolgern zu schwören habe. Ausdrücklich wird abermals hervorgehoben, daß auch nach Heinrichs und seiner Gemahlin Tode das Land wieder in das volle Eigenthum der römischen Kirche unverkürzt, wie vorher ausbedungen, zurückkehren müsse, wie denn am Schluß noch einmal mit ganzer Schwere betont wird, daß bei allen diesen Bestimmungen das volle Eigenthumsrecht der römischen Kirche gewahrt bleibe.

Unverkennbar boten diese Urkunden dem Kaiser außerordentliche Vortheile. Die eine bestätigte ihm allerdings nur Rechte, die er längst übte, aber sie waren ihm mehrfach bestritten und vom Papst selbst bei der letzten Besetzung des Trierer Erzbisthums nicht geachtet worden; die andre gab eines der reichsten Fürstenthümer Italiens in seine Hand, ohne dessen Besitz eine feste Stellung für die Krone jenseits der Alpen kaum noch zu behaupten war. Aber diese Zugeständnisse empfing Lothar doch in einer Form, welche seinen Vorgängern schwere und gerechte Bedenken erregt haben würde. Leistete er auch für das Land der Mathilde keinen Lehnseid, so war es doch ganz unerhört, daß er sich dasselbe durch Investitur vom Papste übertragen ließ; überdies erkannte er erst durch diesen Akt die Schenkung der Mathilde als rechtsgültig an und sanctionirte damit Ansprüche des Papstthums, welche ihm eine politische Stellung im nördlichen Italien von unberechenbarer Bedeutung in Aussicht stellten. Allerdings gab es kaum ein andres Mittel für Lothar, sich und die Seinen in den Besitz des Mathildischen Allodiums zu bringen: denn ließ er die Schenkung nicht als zu Recht bestehend gelten, so gehörte jenes Allodium unbestritten zu der großen salischen Erbschaft, auf welche Agnes und ihre Nachkommenschaft allein Ansprüche erheben konnten. Jedenfalls gewann aber der Papst, indem er Lothar jenes Zugeständniß machte, sich ein Anrecht auf das Hausgut der großen Gräfin, welches kaum noch anzufechten war, und Lothar hat durch die Annahme der Verleihung zu endlosen Wirren den Anlaß gegeben.

Und noch gefährlicher war, daß Lothar sich Rechte, die nach seiner eigenen bisherigen Auffassung vertragsmäßig dem Reiche zustanden, jetzt persönlich vom Papste bestätigen ließ, daß er ferner auf die Vorstellung einging, als ob es von der Gunst des Papstes abhinge, die kaiserliche Gewalt dem deutschen Könige zu verleihen oder vorzuenthalten. So hatten wahrlich die Ottonen und Heinriche das Imperium nicht verstanden, und die mühevolle Arbeit des ersten Friedrichs war es in der Folge, die alte Idee des Kaiserthums wieder in Erinnerung zu bringen. Lothars ganzes Regiment war aber nun einmal von dem Gedanken getragen, daß das Kaiserthum, indem es, um seine Aufgabe zu lösen, factisch alle Macht an sich zu ziehen habe, doch zugleich stets seine ideale Abhängigkeit von dem apostolischen Stuhl und der Kirche anerkennen müsse.

Der Papst lohnte nicht allein dem Kaiser, sondern auch den sächsischen Bischöfen ihre aufopfernden Dienste. Keinem war er mehr verpflichtet, als Erzbischof Norbert, der in der That die eigentliche Seele des ganzen Unternehmens gewesen war. Er am meisten hatte Lothar zur Romfahrt angefeuert, trotz seiner körperlichen Schwäche hatte er dann alle Anstrengungen des Zugs auf sich genommen und eine außerordentliche Thätigkeit entfaltet, vornehmlich als Mittelsperson zwischen Lothar und dem Papste. Eine glänzende Anerkennung hatte er dafür schon vor der Kaiserkrönung gewonnen; denn Lothar, voll Unmuth über die Säumigkeit des neuen Erzbischofs von Köln, hatte diesem das Erzkanzleramt für Italien entzogen und dem so dienstbeflissenen Magdeburger Erzbischof übertragen. Am Tage der Kaiserkrönung selbst erhielt Norbert dann eine noch wichtigere Vergünstigung, indem ihm der Papst die Metropolitanrechte über alle Bischöfe Polens und Pommerns verlieh und damit der Magdeburger Kirchenprovinz wieder die Ausdehnung gab, welche sie einst in den Zeiten Ottos des Großen gehabt hatte. Zehn neue Suffragane sollten nach der hierüber für Norbert ausgestellten Bulle Magdeburg untergeben werden und das Erzbisthum Gnesen seine ganze Bedeutung als Metropole Polens verlieren. In dem Eingange der Bulle rühmt der Papst mit Recht, daß sich durch keine Drangsale, keine Verlockungen oder Drohungen Norbert habe abhalten lassen, seine Person als eine feste Mauer der Tyrannei des Gegenpapstes entgegenzustellen und unablässig dahin zu arbeiten, daß die Herzen des Königs und der Fürsten für den Gehorsam gegen den heiligen Petrus gewonnen würden.

Schon einige Tage zuvor (27. Mai) hatte der Papst auch dem Erzbischof von Bremen eine Urkunde ausgestellt, in welcher er ihm alle Metropolitanrechte, welche Bremen einst im Norden geübt, wieder zuerkannte und damit die Selbstständigkeit des Lunder Erzbisthums vernichtete; es geschah das, wie ausdrücklich ausgesprochen wird, auf Verlangen Lothars, und zugleich erließ der Papst Schreiben an die Könige von Dänemark und Schweden, wie an den Bischof von Lund und die schwedischen Bischöfe mit der bestimmten Mahnung, sich der Bremer Kirche wieder zu unterwerfen. Die vom Papste den sächsischen Erzbischöfen ausgestellten Bullen schlossen eine völlige Revolution der kirchlichen Verhältnisse in den nordischen Ländern in sich. Es war darauf abgesehen, noch einmal nicht allein die Wendenländer, sondern auch Polen und ganz Scandinavien von der sächsischen Kirche abhängig zu machen. Freilich zeigte sich bald, daß dazu mehr gehörte, als ein Paar Pergamentblätter und ein Paar Siegel. Die anderen geistlichen Herren, welche den Papst nach Rom geleitet hatten, wurden auf andre Weise belohnt. Der Bischof von Paderborn erhielt z. B. einen besonderen Ehrenschmuck, der Abt von Fulda die Erneuerung der alten Priviligien seines Klosters.

Um die Mitte des Juni verließ Lothar mit seinem Heere Rom. Der Papst blieb unter dem Schutze der Frangipani zurück, in deren Gewalt der größte Theil der alten Stadt war, während die Pierleoni auch ferner die Leostadt und St. Peter behaupteten. Der Kaiser scheint seinen Rückzug auf demselben Wege genommen zu haben, auf dem er gekommen. Am 15. Juli war er am Flusse Taro bei Parma und bestätigte durch eine Urkunde die Schenkungen der großen Gräfin und des Grafen Albert dem Kloster Polirone; am 30. Juli erneuerte er zu S. Leonardo im Gebiet von Mantua den Bürgern dieser Stadt unter Belobung ihrer Treue die Privilegien Heinrichs V. Beide Urkunden zeigen, wie er von dem Lande der Mathilde sofort Besitz ergriff.

Im Anfange des August stand Lothar mit seinem Heere am Fuße der Alpen. Er umging auch diesmal Verona und verfolgte jene Straße, die an dem rings von Bergen umschlossenen Idro-See vorüber durch die Judicarien von Brescia in das Etschthal führt. Ueber dem engen Thal des Caffaro sieht man hier jetzt die Ruinen der alten Burg Lodrone; damals war sie eine stattliche Feste, welche den Engpaß am Caffaro beherrschte. Als Lothar heranzog, war sie in der Hand eines Albert, vielleicht desselben, der sonst als Graf von Verona genannt wird und aus dem Lande der Mathilde verdrängt war. Mit seinen Mannen verlegte Albert dem Kaiser den Paß; aber das deutsche Heer brach sich Bahn und stürmte dann Lodrone, wohin sich Albert zurückgezogen hatte. Albert selbst fiel in die Hand seiner Feinde und wurde als Gefangener fortgeführt.

Ohne weitere Hemmnisse erreichte der Kaiser den deutschen Boden. Am 23. August war er bereits in Freising, wo er durch eine Urkunde dem Kloster Benedictbeuern seine alten Freiheiten zurückgab; es war dies gleichsam eine Strafe für das Bisthum Augsburg, dem in letzter Zeit das Kloster unterworfen gewesen war, und erneuerte noch einmal das Andenken an jenes traurige Zerstörungswerk, mit welchem Lothar seine Romfahrt begonnen hatte. Bischof Hermann war inzwischen am 19. März nach einem langen unheilvollen Pontifikat gestorben; zu seinem Nachfolger war, wie es scheint, einhellig ein Augsburger Domherr, mit Namen Walter, gewählt worden.

Das Fest der Geburt Mariä (8. September) feierte Lothar zu Würzburg und eine große Zahl geistlicher und weltlicher Fürsten eilten herbei, um den neuen Kaiser zu begrüßen. Besonders waren es kirchliche Angelegenheiten, welche Lothar hier beschäftigten. Er ertheilte die Investitur nicht nur Walter von Augsburg, sondern auch Heinrich von Regensburg, indem er die Unregelmäßigkeit der Weihe des Letzteren um des Friedens in Baiern willen übersah. Wichtiger war, wie das Bisthum Basel damals von Neuem besetzt wurde. Nach dem Tode Bischof Bertholds war hier ein gewisser Heinrich gewählt worden, der aber früher kirchliche Strafen auf sich gezogen und manchen Anstoß geboten hatte; diesem verweigerte Lothar die Investitur, und unter seinem Einfluß wurde dann der Abt Adalbert von Nienburg, welcher die Romfahrt mitgemacht hatte, zum Bischof von Basel gewählt und erhielt sofort die Regalien. Von den ihm vom Papste bestätigten kirchlichen Rechten machte Lothar hierbei den ausgiebigsten Gebrauch, zum nicht geringen Verdruß des Erzbischofs Adalbert von Mainz und seiner Gesinnungsgenossen.

Am 23. Oktober befand sich der Kaiser mit vielen Fürsten in Mainz. Hier stellte sich auch Cardinal Gerhard, der alte Unterhändler des Papstes, unerwartet wieder am Hofe ein; er brachte üble Nachrichten mit. Die Parteikämpfe in Rom waren gleich nach dem Abzuge des deutschen Heers aufs Neue ausgebrochen und hatten bald eine solche Wendung genommen, daß sich Innocenz nicht mehr in der Stadt für sicher hielt. Von den getreuen Cardinälen und Robert von Capua begleitet, hatte er sich in der Mitte des September zu Schiff nach Pisa begeben. Wäre Lothars Zug nur in der Absicht unternommen worden, Anaklets Macht in Rom zu vernichten, so wären alle Mühen desselben vergeblich gewesen. Auch hat es nicht an Zeitgenossen gefehlt, welche das Unternehmen schlechtweg als ein verfehltes bezeichneten, während Andere dagegen die Waffenerfolge des Kaisers jenseits der Alpen in hohem Maße übertrieben.

In Wahrheit waren es keine Triumphe, welche Lothar in Italien davongetragen, mit wie großem Rechte man auch den Muth, die Standhaftigkeit und Umsicht des alten Königs inmitten endloser Gefahren feiern mochte. Mit ganz unzureichenden Streitkräften war er ausgezogen und hatte auch in der Lombardei nur geringe Unterstützung gefunden. Mühsam und langsam wand er sich gleichsam verstohlen mit seinem kleinen Heere durch die Länder auf beiden Seiten des Apennin, bis er endlich vor Rom gelangte. Keine einzige größere Stadt hat er auf diesem Wege unsres Wissens betreten; er vermied es wohl aus Besorgniß vor Streitigkeiten mit den Bürgerschaften, die ihm verderblicher geworden wären, als ihnen. Nur selten hat er sich in einen Kampf eingelassen gegen die kleinen Städte, die ihm die Thore sperrten. Die einzige Waffenthat, die uns bekannt ist, war die Belagerung Cremas, und auch von dem winzigen Crema zog er nach vier Wochen ab, ohne es zu bezwingen. Auch in Rom selbst gelang es ihm nicht, den Gegenpapst und die Pierleoni zu vernichten: nur ein Theil der Stadt fiel in seine Hand, und lieber ließ er sich im Lateran krönen, als daß er sich mit Blut den Weg nach St. Peter bahnte. Ohne Mailand entgegengetreten zu sein, wo man noch immer den Gegenkönig anerkannte, ohne nur die Grenzen Rogers berührt zu haben, der sich ihm zum Hohne König von Sicilien nannte, hatte er den Rückweg angetreten.

Wahrlich nicht gerade eine ruhmvolle Romfahrt, aber man darf den Gewinn derselben doch nicht unterschätzen. Nichts Geringes war es, daß Lothar durch das Mathildische Land festen Fuß in Italien gewonnen hatte, daß ihm seine kirchlichen Rechte im deutschen Reiche, bisher nicht ohne Erfolg angetastet, jetzt von Neuem gesichert waren. Aber noch mehr hatte er vielleicht in den Augen der Zeitgenossen, die überwiegend von kirchlichen Interessen bewegt wurden, dadurch gewonnen, daß er sich wegen des apostolischen Stuhls so vieler Mühen unterzogen; so erst erschien er jener Zeit als der christlichste Kaiser, als der wahre Schutzvogt der römischen Kirche. Von der Romfahrt an wuchsen Lothars Macht und Ruhm von Tage zu Tage und erfüllten weithin das Abendland. Und auch in den inneren Angelegenheiten Deutschlands zeigte es sich von Neuem, daß die Kaiserkrone noch immer mehr war, als ein goldener Reif.

5.

Lothars Glücksjahre.

Wachsende Macht des Kaisers.

Während der Abwesenheit Lothars von den deutschen Ländern hatten die Staufer zwar kaum an Boden gewonnen, sich aber doch zu behaupten gewußt. Es war ihnen günstig, daß die Welfen, denen hauptsächlich ihre Bekämpfung oblag, in andre Verwickelungen gerathen waren und deshalb gegen sie nicht frei die Hände gebrauchen konnten.

Wie es der Baiernherzog erwartet hatte, war die Erhebung Heinrichs von Dießen auf den bischöflichen Stuhl von Regensburg das Signal zu neuen inneren Kämpfen in Baiern gewesen. Der

Bischof, der wider den Willen des Königs und des Herzogs gewählt und geweiht war, dachte sich im Vertrauen auf seine mächtige Verwandtschaft und auf den Vogt Friedrich, den alten Widersacher des Herzogs, mit Gewalt im Amte zu behaupten und rüstete sich in Regensburg zum Widerstand gegen jeden Angriff. Bald erschien auch der Herzog vor der Stadt mit bewaffneten Schaaren, verwüstete die Umgegend, nahm die nahe bischöfliche Feste Donaustauf*) und legte seine Leute als Besatzung hinein. Die Stadt selbst blieb aber unbezwungen, und der Herzog mußte sich alsbald gegen Otto von Wolfrathshausen, einen Neffen des Bischofs, wenden, der inzwischen die Waffen für seinen Oheim erhoben und bei einem Ueberfall dem Herzog selbst nach dem Leben gestellt hatte. Im Anfange des Februar 1133 fiel Heinrich in das Gebiet des Grafen ein, welches sich weithin durch das bairische Gebirge vom Würmsee und der oberen Isar bis zum Innthal ausdehnte; mit Feuer und Schwert wurde dasselbe verheert und die Burg Ambras**) niedergebrannt. Einen Angriff auf Wolfrathshausen selbst gab der Herzog wegen der eintretenden Fastenzeit auf, zog aber wenig später mit seinem Bruder Welf, der ihm eine Vasallenschaar von der schwäbischen Alp zuführte, aufs Neue gegen Regensburg, entsetzte seine Leute in Donaustauf, welche seither von den Regensburgern unablässig bedrängt waren, führte sie fort und steckte die Feste in Brand. Gleich nach Ostern zog er dann mit einem starken Heere wieder auf Wolfrathshausen zu. Der Bischof hatte aber die Fastenzeit benutzt, um alle seine Verwandten und Freunde zu seinem Beistande aufzurufen. Sie leisteten bereitwillig seinem Rufe Folge, und zu ihnen zählten die ersten und tapfersten Männer des Baiernlandes; nur Pfalzgraf Otto von Wittelsbach weigerte sich dem inneren Kriege seinen Arm zu leihen, obwohl er der Schwiegervater Ottos von Wolfrathshausen und ein naher Verwandter des Vogts Friedrich war. Mit einem großen Heere, dem sich auch Markgraf Liutpold von Oestreich, der Stiefvater der Staufer, angeschlossen hatte, zog der Bischof zum Entsatz von Wolfrathshausen heran und schlug an dem nahen Isarufer sein Lager auf. Herzog

*) Neben den Ruinen von Donaustauf erhebt sich jetzt die von König Ludwig I. von Baiern errichtete Walhalla.

**) Die bekannte Burg bei Innsbruck.

Heinrich rüstete sich nun zur Schlacht, und sie wäre unvermeidlich gewesen, wenn sich nicht Pfalzgraf Otto als Friedensvermittler zwischen die kampfbereiten Heere geworfen hätte. Er vermochte zuerst den Vogt Friedrich sich dem Herzog zu unterwerfen; Friedrich fiel dem jungen Heinrich zu Füßen und erhielt Verzeihung. Darauf sah sich auch Graf Otto genöthigt die Gnade des Welfen anzuflehen. Ihn traf ein strengerer Spruch: er wurde vom bairischen Boden verbannt und nach Ravensburg in das Elend gesandt: seine Gemahlin kehrte unter die Obhut ihres Vaters zurück, und Wolfrathshausen wurde, nachdem es ausgeplündert, den Flammen übergeben. So wurde der Friede in Baiern hergestellt, und man hat es dem Wittelsbacher nicht vergessen, daß er seine eigenen Verwandten nicht schonte, um die unselige Zwietracht zu ersticken. Auch der Bischof von Regensburg verglich sich bald darauf mit dem Herzog und erkaufte sich Verzeihung für das Geschehene, indem er ihm die um den Inn gelegene der Regensburger Kirche gehörende Grafschaft*) zu Lehen gab.

Inzwischen war auch Heinrichs jüngerer Bruder Welf in andere bedenkliche Streitigkeiten gerathen. Der Pfalzgraf Gottfried von Calw, einer der reichsten Herren Frankens und Schwabens, war gestorben**), ohne männliche Erben zu hinterlassen. Die Pfalzgrafschaft am Rheine, so weit er sie nach der Theilung in den letzten Jahren neben dem Ballenstedter Wilhelm innegehabt hatte, fiel Otto von Rineck zu, einem Sohne jenes Hermann von Luxemburg, der einst Heinrich IV. als Gegenkönig zur Seite gestellt war, einem Schwager der Kaiserin Richinza***). Die großen Allodien und Lehen Gottfrieds erhielt der junge Welf, der erst vor Kurzem Uta, die einzige Tochter Gottfrieds geheirathet hatte. Graf Albert von Löwenstein, ein Neffe Gottfrieds, der sich so von der großen, längst erhofften Erbschaft ganz ausgeschlossen sah, warf sich aber gegen Welf alsbald in den Kampf, bemächtigte sich mit List der Burg Calw und ließ dort eine Besatzung zurück; dann überfiel er Sindolfingen, legte es in Asche und brachte

*) Diese Grafschaft umfaßte die Gegenden am Rattenberg, Hopfgarten und Kufstein, besonders am rechten Innufer.

**) Gottfried starb am 6. Februar 1131 oder 1132.

***) Otto von Rineck war mit Gertrud, Richinzas Schwester, vermählt, der Wittwe des Ballenstedter Siegfried und Mutter jenes Wilhelm, der neben ihm den pfalzgräflichen Namen führte reiche Beute von dort nach seiner Burg Wartenberg*). Ungesäumt sammelte darauf Welf seine Schaaren, zog gegen Wartenberg und belagerte die Burg. Wie zu erwarten stand, schloß sich Albert jetzt eng an die Staufer an; er trat ihnen sogar eins seiner Hausgüter ab, um sie zu schleuniger Hülfeleistung zu bewegen. Aber ehe sie noch erschienen, nahm Welf Wartenberg und übergab es der Plünderung und dem Feuer. Indessen war ihm jedoch noch ein anderer mächtiger Gegner entstanden in dem Herzog Konrad von Zähringen, einem Schwager des verstorbenen Pfalzgrafen**). Konrad zog gegen die Schauenburg bei Oberkirch im Badenschen an und schloß sie von allen Seiten ein; denn auch diese Burg, welche wohl aus der Mitgift der zähringischen Mutter Ulas stammte, hatte Welf in Besitz genommen und wußte sie schließlich auch durch die Unterstützung Kaiser Lothars zu behaupten.

Konrad von Zähringen war beim Kaiser, als derselbe im Oktober 1133 in Mainz residirte; er begleitete ihn dann im November nach Basel, wo sich auch mehrere Herren aus den burgundischen und oberlothringischen Gegenden am Hofe einstellten. In dieser Zeit wird der Kaiser den Frieden zwischen Herzog Konrad und den jungen Welf hergestellt und sich selbst zugleich die Zähringer wieder enger verbunden haben. Die Staufer hielten sich in Schwaben zwar noch immer aufrecht, aber nicht nur die Welfen und Zähringer, sondern auch alle Bischöfe des Landes waren ihnen entgegen und der Elsaß ihnen schon völlig verloren. Der Kampf zwischen den Grafen Albert und Welf dauerte in Schwaben noch einige Zeit fort, gewann jedoch bald eine für den letzteren günstige Wendung. Welf nahm Löwenstein ein und rückte darauf gegen Calw, um es Albert wieder zu entreißen. Da fügte sich endlich Albert und gewann dadurch mehr, als er mit den Waffen hatte erreichen können. Welf gab ihm Calw und einige andre Ortschaften zu Lehen und setzte dadurch der langen Fehde ein Ziel.

Der Kaiser ging gegen Ende des Jahres in die Gegenden am Unterrhein und feierte das Weihnachtsfest in Köln. Ihn beschäftigten besonders Händel in den friesischen Gegenden, die seine eigene Familie

*) Bei Cannstatt.

**) Pfalzgraf Gottfried war mit Herzog Konrads Schwester Liutgard vermählt gewesen.

nahe berührten. Gertrud, die Stiefschwester des Kaisers, welche für ihre unmündigen Söhne Theoderich und Florentius längere Zeit die Grafschaft Holland verwaltete, hatte die einst dem Markgrafen Ekbert angehörigen, dann dem Bisthume Utrecht übergebenen friesischen Gaue von Ostrachien und Westrachien von ihrem Bruder zugewiesen erhalten. Aber die Friesen wollten sich ihr nicht unterwerfen und zeigten sich dann noch widerspänstiger gegen den jungen Grafen Theoderich, der sie mit launischer Härte behandelte. Deshalb boten sie dem Florentius, als er mit Mutter und Bruder zerfiel, eine Zuflucht in ihren Marschen und unterstützten ihn, als er mit gewaffneter Hand in Holland einfiel. Der Kaiser gebot den hadernden Brüdern die Waffen niederzulegen. Florentius fügte sich, aber nach kürzester Frist warf er sich in andere ihm verderbliche Händel. Er hatte die Hand einer reichen Erbin, Heilwiva mit Namen, der Nichte Gottfrieds und Hermanns von Kuik, aus einem mächtigen Grafengeschlecht am Niederrhein, umworben, die Oheime waren jedoch seiner Werbung entgegengetreten: daraus erwuchsen gehässige Zerwürfnisse und endlich eine Fehde, in welche auch der Bischof Andreas von Utrecht, ein Verwandter der Kuiker Herren, hineingezogen wurde. Aber der Bischof stand mit den Bürgern seiner Stadt in üblem Vernehmen, und diese öffneten deshalb Florentius gern ihre Thore, so oft er Einlaß begehrte. Als er einstmals wieder in die Stadt eingekehrt war und sie sorglos nur mit geringer Begleitung verließ, stieß er unfern derselben zu seinem Entsetzen auf die Herren von Kuik mit großem bewaffneten Gefolge. Wider ritterliche Sitte wurde er von ihnen überfallen und fand ein klägliches Ende (26. Oktober 1133).

Im höchsten Zorn über diesen Vorgang war der Kaiser nach Köln gekommen. Er zürnte dem Bischofe, obwohl dieser unbetheiligt am Morde selbst war, und lieh den Klagen, welche einige dem Anathem verfallene Ministerialen der Utrechter Kirche gegen ihn vorbrachten, willig sein Ohr, ruhte auch nicht eher, als bis sie der Bischof ohne alle Genugthuung lossprach; erst dann hörte er die Rechtfertigung des Bischofs an. Die Brüder, welchen der Mord besonders zur Last fiel, wurden vor ein Fürstengericht beschieden und mußten zwölf Bürgen stellen, daß sie sich der Strafe nicht entziehen würden.

Während des Aufenthalts des Kaisers in Köln war ein Tumult in der Stadt ausgebrochen, und er verließ dieselbe, ehe die Ruhe noch hergestellt war. Wir wissen nicht, weshalb die Kölner mit dem Kaiser unzufrieden waren. Zürnten sie ihm noch wegen der Einsetzung des Erzbischofs Bruno? Oder ergriffen sie gerade Partei für Bruno, dem der Kaiser das Erzkanzleramt Italiens entzogen hatte und auf dessen Betrieb ihm das Pallium vorenthalten wurde? Gewiß ist, daß auch Bruno selbst zu den Mißvergnügten gehörte, und noch erbitterter, als er und die Kölner, war Erzbischof Adalbert von Mainz. Die Entschiedenheit, mit welcher der Kaiser in die kirchlichen Angelegenheiten eingriff, schien dem Mainzer ganz unerträglich; in den schwersten Klagen ergoß er sich gegen Otto von Bamberg und andre Bischöfe über die Unterdrückung der kirchlichen Freiheit und forderte sie zu gemeinsamen Handeln auf. „Besser," schrieb er, „das Aeußerste dulden, als eine so schmachvolle Erniedrigung und Beschimpfung der Kirche ruhig ansehen." Aber es waren nicht mehr die Tage, wo das Papstthum mit dem Reiche in unversöhnlichem Hader lag, und Adalberts Zornausbrüche waren jetzt minder gefahrvoll; auch der Groll eines Kölner Erzbischofs und ein Tumult der Kölner Bürger hatten geringere Bedeutung, als in den Tagen Heinrichs V. Das Epiphaniasfest feierte der Kaiser gleich darauf mit dem größten Glanze in Aachen; eine große Zahl der deutschen Fürsten verherrlichten seinen Hof, fast alle Bischöfe waren anwesend und sahen den Legaten des Papstes, Cardinal Gerhard, zur Seite des neuen Kaises thronen.

Mitten im Winter kehrte Lothar darauf in seine sächsische Heimath zurück. Am 25. Januar (1134) war er in Goslar und hatte wenig später mit dem getreuen Böhmenherzog Sobeslaw in einer benachbarten Burg — wahrscheinlich Plesse bei Göttingen — eine Zusammenkunft. Den Herzog begleitete ein ungarischer Bischof, Peter mit Namen, der Geschenke für den Kaiser brachte und seine Hülfe gegen den Polenherzog beanspruchte. In Ungarn war im Jahre 1131 König Stephan II., Kolomans Sohn, ohne Leibeserben gestorben. Seine Absicht war früher gewesen, die Nachfolge im Reiche seinem Halbbruder Boris, dem Sohne einer russischen Fürstin, zuzuwenden, und er hatte deshalb denselben mit Judith, einer Tochter des Polenherzogs Boleslaw, vermählt. Aber wenige Jahre vor seinem Tode hatte er seinen Willen geändert, den geblendeten Bela, des Almus Sohn*), aus der Verborgenheit an das

*) Vergl. Bd. III. S. 796.

Licht gezogen und für den Thron bestimmt. Bela II. kam so an das Regiment; die Hauptstütze seiner Macht war der Böhmenherzog, der Gemahl seiner Schwester Adelheid. Aber Boris, der sich nach Rußland zurückgezogen, warf sich alsbald in den Kampf um die ihm früher verheißene Krone. Mit russischen Schaaren, unterstützt auch von dem alternden, aber noch immer rührigen und kampflustigen Polenherzog, fiel er in Ungarn ein, und König Belas Lage wurde in hohem Grade gefährdet. Einfälle des Böhmenherzogs in Schlesien genügten nicht, um den Polen dauernd von dem Kriege in Ungarn abzuziehen. Bela hatte sich deshalb auch um deutsche Unterstützung bemüht, zunächst um die des Markgrafen Liutpold von Oesterreich, mit dem die Ungarn erst wenige Jahre zuvor*) unter Vermittelung des Erzbischofs Konrad von Salzburg einen Frieden abgeschlossen hatten. Mit deutschen Rittern zog Liutpolds Sohn Adalbert, mit Belas Schwester Hedwig vermählt, seinem Schwager zur Hülfe, und die Oesterreicher trugen das Meiste dazu bei, daß am 22. Juli 1133 der Pole in Ungarn eine schwere Niederlage erlitt und des blinden Königs Macht sich zu befestigen anfing. Aber stets befürchtete Bela neue Einfälle Boleslaws und wünschte deshalb auch die Meinung des Kaisers für sich zu gewinnen. Der ungarische Bischof erhob vor Lothar und den Fürsten die schwersten Anschuldigungen gegen den Polen, und die mächtige Fürsprache des Böhmenherzogs stand ihm zur Seite; der Kaiser versprach die Angelegenheiten Ungarns nach den Wünschen Sobeslaws und Belas zu ordnen und entließ den ungarischen Gesandten mit reichen Geschenken.

Wie sehr diese ungarisch-polnischen Händel den ganzen Osten Europas bewegten, unmittelbarer berührten doch den Kaiser selbst die noch immer höchst verworrenen Verhältnisse des dänischen Reichs. Erich, Knuds Bruder, hatte trotz des zwischen Magnus und Lothar geschlossenen Friedens den Kampf um die Krone fortgesetzt, aber mit sehr ungünstigem Erfolge. Er sah sich zuletzt fast allein auf Schleswig beschränkt; die Stadt, in der sein Bruder viele Freunde gehabt, bot ihm noch im Unglück eine Zufluchtsstätte. Aber auch hier wurde er alsbald von Magnus angegriffen, welcher die Stadt von allen Seiten umschloß. Die Hülfe des Grafen Adolf von Holstein, welche sich Erich mit Geld erkauft, blieb erfolglos, da die Nordelbinger, ehe sie noch

*) Zwischen 1125 und 1127.

den Entsatz leisten konnten, von Magnus vollständig geschlagen wurden. Erich mußte endlich auch Schleswig räumen und irrte nun unstät umher; schon verließ ihn auch sein eigener Bruder Harald und ergriff offen für König Niels und Magnus Partei. Um den Verrath zu züchtigen, schloß Erich darauf seinen Bruder in eine Burg ein, die derselbe nahe bei Roeskilde auf Seeland besaß. Die Kolonie deutscher Kaufleute und Handwerker in Roeskilde unterstützte Erich bei diesem Unternehmen, und Harald sah sich dadurch genöthigt die Burg zu räumen. Er eilte nach Jütland, gewann sich die Hülfe des Königs Niels und kehrte dann unverzüglich nach Seeland zurück. Erich wurde aus der Insel verjagt und in Roeskilde dann an den Deutschen, die ihn begünstigt hatten, die grausamste Rache genommen. Manche wurden ermordet, Andere gräßlich verstümmelt, die Uebrigen aus dem Lande getrieben. Als der Kaiser von diesen Vorgängen hörte, erfaßte ihn gewaltiger Zorn, und er beschloß sofort aufs Neue gegen die Dänen zu rüsten, um das Blut der Deutschen zu rächen. Aber König Niels wollte das deutsche Heer nicht wieder an seinen Grenzen sehen und sandte Magnus nach Sachsen, um den Kaiser zu begütigen.

Als Lothar das Osterfest (15. April) in Halberstadt, von zahlreichen Fürsten umgeben, feierlich beging, stellte sich Magnus vor ihm ein, um jede verlangte Genugthuung zu leisten. Er brachte große Summen Geldes mit sich, bekannte sich abermals als Vasall des Kaisers und gelobte eidlich, daß weder er noch seine Nachfolger ohne Zustimmung desselben jemals die Regierung Dänemarks antreten würden; als Bürgschaft für diese Versprechungen erbot er sich Geiseln zu stellen. Der Kaiser legte zuletzt doch mehr Werth auf die Unterwerfung Dänemarks, als auf die Ansprüche Erichs und eine Vergeltung für das in Roeskilde vergossene Blut; er nahm nicht nur die Worte des Magnus gnädig auf, sondern gab ihm auch sogleich das Königreich Dänemark feierlich zu Lehen, indem er ihm eine Krone aufs Haupt setzte.

Im königlichen Schmucke trug Magnus dem gekrönten Kaiser das Schwert in der Osterprocession vor. Es war ein imponirender Anblick für die Festgäste; denn man meinte, daß sich Dänemark noch nie so tief vor einem Kaiser gebeugt habe. Auch der Bremer Erzbischof war gegenwärtig, und wenn jemals, konnte er damals hoffen sich bald wieder alle jene Suffragane, von welchen das päpstliche Privilegium sprach, unterworfen zu sehen. Und wie viele andere Hoffnungen ließen sich noch an eine Herstellung der deutschen Herrschaft im scandinavischen Norden knüpfen! Wir wissen, daß Kaiser Lothar den Gothländern, welche nach Sachsen handelten, gewisse Privilegien verbriefte*); Gothland war Magnus gleichsam als Erbtheil seiner Mutter zugefallen, und wahrscheinlich hat er damals vom Kaiser jene Urkunde erwirkt.

In Sachsen herrschte seit mehr als Jahresfrist ein ungewohnter Zustand der Ruhe. Hermann von Winzenburg hatte sich in sein Geschick ergeben und erwartete ruhig bessere Tage. Albrecht von Ballenstedt hatte bereits den Lohn für seine treuen Dienste in Italien erhalten; im Anfange des Jahrs, wahrscheinlich in Aachen, wurde er mit der Nordmark belehnt. Seine Blicke wandten sich jetzt auf die wendischen Gegenden; aber kaum minder wichtig für die Herstellung der deutschen Herrschaft im Wendenlande, als Albrechts Erhebung, war die Verbindung, in welche der Kaiser um diese Zeit mit dem glaubenseifrigen Priester zu Faldera trat. Als er im Mai unter Begleitung seiner Tochter und des Baiernherzogs Lüneburg, das alte Besitzthum der Billinger, und das nahe Bardewik besuchte, erschien vor ihm Vicelin und legte ihm die Mission unter den Wenden dringend an das Herz: zugleich rieth er ihm, um das Christenthum und die deutsche Herrschaft im Wagrierlande für alle Folge zu sichern, den hart an der Trave sich erhebenden Aelberg zu befestigen und eine Besatzung auf denselben zu legen, wie Aehnliches bereits früher Knud versucht hatte.

Die Erkundigungen, welche der Kaiser einzog, erwiesen, daß dieser Rath nicht zu verachten sei. Deshalb ging er alsbald selbst über die Elbe und entbot die Nordelbinger zum Bau der Burg auf dem Aelberg. Auch die Wendenfürsten Pribislaw und Niklot mußten dabei hülfreiche Hand leisten. Sie thaten es widerstrebend; denn sie fühlten, daß sie an ihrem eigenen Verderben mitarbeiteten. Der eine soll zu dem andren gesagt haben: „Dieser Bau, prophezeihe ich dir, wird eine Zwingburg werden für das ganze Land. Von hier wird man zuerst Plön, Aldenburg und Lübeck unterwerfen, dann über die Trave gehen und auch Ratzeburg mit dem ganzen Polaberland erobern; schließlich wird dann das gesammte Land der Abodriten in die Hände der

*) Sie wurden den Gothländern durch eine Urkunde Heinrichs des Löwen vom 18. Oktober 1163 erneuert.

Deutschen fallen. Jener kleine Mann mit dem kahlen Scheitel, der dort beim Kaiser steht, hat uns alles dieses Unglück bereitet." Der Bau der Burg wurde schnell vollendet und eine starke Besatzung unter Hermann, einem Getreuen des Kaisers, hineingelegt. Man nannte die Burg Sigeberg (jetzt Segeberg); bei derselben ließ Lothar ein Kloster anlegen, zu dessen Unterhalt er mehrere Ortschaften anwies. Dieses Kloster und die Lübecker Kirche wurden Vicelin übergeben, und der Kaiser befahl Pribislaw bei dem Verlust seiner Gnade alle Bemühungen des Priesters für die Ausbreitung des Christenthums kräftig zu unterstützen. Es war seine Absicht, wie er selbst äußerte, das ganze Volk der Wenden wieder dem christlichen Glauben zu unterwerfen und dann aus Vicelin einen mächtigen Bischof zu machen.

Nach kurzem Aufenthalt kehrte Lothar über die Elbe zurück: am 26. Mai war er in Braunschweig, wenige Tage darauf in Merseburg, wo er das Pfingstfest (3. Juni) feierte. Außer den Fürsten Sachsens und Thüringens waren auch der Cardinal Gerhard, Erzbischof Adalbert von Mainz, Herzog Heinrich von Baiern und Markgraf Dietbold von Vohburg am Hofe. Den Umständen nach mußte die Frage, wie die Staufer endlich völlig zu unterwerfen seien, im Fürstenrath damals in den Vordergrund treten.

Der Cardinallegat und Erzbischof Adalbert werden, wenn auch aus sehr verschiedenen Gründen, für einen gütlichen Austrag des langen Haders gewesen sein. Wahrscheinlich fällt in diese Zeit ein merkwürdiges Schreiben Adalberts an Otto von Bamberg, dessen wir schon früher gedachten*): „Wir erinnern dich daran," schreibt hier der Erzbischof, „wie wir mit der größten Anstrengung und allem Fleiße in deiner und anderer Fürsten Gegenwart uns bemüht haben dieses allgemeine Leiden durch einen ehrenvollen Austrag zu beseitigen**). Aber es gefiel dem Kaiser nicht irgendwie unsren Rath zu hören oder ihn zu befolgen. Was Gott nun hierin beabsichtigt hat, kann der menschliche Verstand nicht ergründen. Jedoch fürchten wir mit dir, daß nach dieser wiederholten unbesonnenen Ueberhebung ein um so härterer und schmählicher Fall eintreten wird. Wenn es dem Kaiser

---

*) Vergl. oben S. 61.

**) Adalbert umgab mit Otto und vielen andren Fürsten im October 1133 zu Mainz den Kaiser und scheint schon damals Ausgleichungsversuche gemacht zu haben.

noch belieben sollte einen verständigen Rath anzunehmen, so werden wir gern mit dir nach unsren Kräften dahin arbeiten, Alles zum Wohl des Vaterlandes und zur Ehre des Reichs beizulegen; andrenfalls werden wir thun, was uns allein möglich ist*). Indessen werden wir nach Kräften deine Kirche, unsre andren Mitbrüder und unsre Freunde zu schützen bemüht sein."

Wie aber Adalbert und Andre auch gesonnen sein mochten, der Kaiser entschied sich dafür, aufs Neue die Waffen gegen die Staufer zu gebrauchen. In Schwaben, wo sich diese allein noch behaupteten, wollte er sie selbst jetzt von Franken her angreifen, während gleichzeitig Herzog Heinrich von der Donau her vordringen sollte.

Unterwerfung der Staufer und Reichsfriede.

Am 15. August stand Lothar mit einem Heere bei Würzburg, bereit auf die schwäbischen Grenzen loszugehen. Vorher schon hatte sich Herzog Heinrich gegen Ulm gewandt, wohin sich die staufenschen Brüder selbst geworfen und die Bürger in die Waffen gerufen hatten. Allein die Brüder hielten es bald für gerathen den Platz zu verlassen; beim Abrücken führten sie zwölf der angesehensten Bürger mit sich, die ihnen als Geiseln für die Treue der Stadt dienen sollten. Dennoch ergab sich Ulm schon nach kurzer Frist, als Heinrich die Belagerung begann, entging aber dadurch nicht dem traurigsten Schicksal. Es wurde dem Heere des Baiernherzogs zur Plünderung preisgegeben und mit Ausnahme der Kirchen fast Alles mit Feuer zerstört. Ulm bot jetzt dasselbe Bild der Verwüstung, wie zwei Jahre früher das unglückliche Augsburg.

Inzwischen durchzog der Kaiser, ohne einem Widerstande zu begegnen, verheerend das Schwabenland; eine Burg der Staufer nach der andren wurde genommen und gebrochen und eine solche Verheerung über das Land gebracht, daß man dort meinte, nie Aehnliches von einem früheren König erlitten zu haben. In dieser Bedrängniß verließ die Mehrzahl ihrer alten Anhänger die Staufer und suchte beim Kaiser Verzeihung zu gewinnen, die ihnen auch bereitwillig gewährt wurde. Nachdem Lothar den größten Theil Schwabens durchzogen,

*) Adalbert meint: er werde Alles Gott anheimstellen und sich zurückziehen.

räumte er das schonungslos verwüstete Land und kehrte noch im Herbst nach Franken zurück.

Herzog Friedrich sah jetzt, daß weiterer Widerstand unmöglich sei; seine Kräfte waren erschöpft und die wenigen ihm noch treuen Freunde in verzweifelter Lage. Er beschloß sich also zu unterwerfen und begab sich selbst nach Fulda, wo in den letzten Tagen des Oktober der Kaiser mit seiner Gemahlin verweilte. Barfuß warf er sich der Kaiserin, die seine Verwandte war*), zu Füßen und bat sie um Verzeihung, indem er durch sie auch die Gnade des Kaisers wieder zu erlangen hoffte. Richinza hörte auf seine Bitten und erwirkte, daß ihn der anwesende Legat vorläufig vom Bann löste und daß der Kaiser ihm in Aussicht stellte nach Anhörung der Fürsten auf dem nächsten Reichstag wieder zu Gnaden angenommen zu werden; mit den feierlichsten Eiden gelobte Friedrich dem Kaiser ewige Treue und versprach sich auf dem Reichstag zu stellen.

Der Erfolg des Kaisers in Schwaben wirkte auch auf den Niederrhein zurück. Als Lothar das Weihnachtsfest zu Aachen inmitten eines reichen Kranzes geistlicher und weltlicher Fürsten und zur Seite des päpstlichen Legaten Dietwin, des Cardinalbischofs von St. Rufina, mit großem Glanze feierte, erschienen auch Kölner Bürger vor ihm, erbaten und erhielten Verzeihung für ihre Stadt. Dagegen kam es hier, wir wissen nicht, aus welchem Grunde, zwischen dem Kaiser und Erzbischof Bruno von Köln zum offenen Bruch; freilich mußte sich der Erzbischof bald genug zur Nachgiebigkeit entschließen und an sich erfahren, wie schwer es sei, einem Kaiser, dem stets der Legat zur Hand war, Widerstand zu bereiten.

Nach einem kurzen Besuch Sachsens in den ersten Monaten des Jahrs 1135 begab sich der Kaiser nach Bamberg, wohin er auf Mittfasten (17. März) jenen großen Reichstag berufen hatte, auf dem sich Friedrich stellen und unterwerfen sollte. Die zahlreichste und glänzendste Versammlung fand er hier, die noch jemals seinen Thron umgeben; fast sämmtliche Fürsten des Reichs hatten sich eingestellt. Der Cardinalbischof von St. Rufina und alle deutschen Erzbischöfe mit ihren meisten Suffraganen sah damals Bamberg in seinen Mauern; aus dem ganzen

*) Richinza und Friedrich stammten beide von der Kaiserin Gisela, Heinrichs III. Gemahlin: Richinza gehörte zu Giselas Nachkommenschaft aus der ersten Ehe, Friedrich zu der aus dritter Ehe.

Gebiete des deutschen Reichs trafen die Herzöge, Grafen und Herren zusammen; der Kaiser selbst erschien mit seinen stattlichsten Vasallen, mit einem großen ritterlichen Gefolge in strahlenden Waffen. Die ganze Autorität, welche Lothar gewonnen, sprach aus dieser überaus imponirenden Versammlung. Erzbischof Bruno gab inmitten derselben den letzten Gedanken an Widersetzlichkeit auf und näherte sich wieder seinem mächtigen Gebieter. Auch Herzog Friedrich erschien, obwohl er noch eine Zeit lang von Neuem geschwankt hatte, mit den Seinigen, warf sich öffentlich dem Kaiser zu Füßen und bat demüthig um dessen Gnade. Lothar gewährte nach dem Rath der Fürsten dem Staufer unter der Bedingung volle Verzeihung, daß er vom Papste selbst die vollständige Lösung vom Banne gewinne und zur Befreiung der Kirche das kaiserliche Heer im nächsten Jahre nach Italien zu begleiten gelobe. Es blieben ihm sein Herzogthum, seine Güter und Lehen; auch sogar die salische Erbschaft, so weit sie nicht streitig gewesen oder bereits über dieselbe anderweitig verfügt war. Lothar zeigte sich als ein großmüthiger Sieger.

Die Bedingung, welche Friedrich auferlegt wurde, zeigt deutlich, daß der Kaiser schon damals mit einem neuen Kriegszug nach Italien umging. Wiederholentlich hatte der Papst wieder Lothars Hülfe in Anspruch genommen, und dieser hatte sie ihm für die Zeit zugesagt, wo der innere Friede in Deutschland völlig hergestellt wäre. Deshalb lag auch dem Papst jetzt Nichts mehr als die Aussöhnung des Kaisers mit den Staufern am Herzen, und es geschah unzweifelhaft auf seinen Betrieb, wenn sich der heilige Bernhard selbst nach Deutschland begeben und sich auf dem Bamberger Tage für die Staufer thätig erwiesen hatte. Wie sehr aber auch der Abt von Clairvaux in Lothar dringen mochte sofort persönlich dem Papste zu Hülfe zu kommen, der Kaiser begnügte sich für den Augenblick damit, den in Bamberg anwesenden Markgrafen Engelbert von Istrien, den Sohn des gleichnamigen Herzogs von Kärnthen, einen jungen und muthigen Ritter, zur Unterstützung des Papstes nach Pisa zu schicken; Engelbert wurde zugleich die erledigte Markgrafschaft Tuscien übertragen.

Lothar hegte zunächst keinen anderen Gedanken, als die völlige Herstellung des inneren Friedens in Deutschland. Noch auf dem Reichstage zu Bamberg legte er den Grund zu einem Friedenswerke von den heilsamsten Folgen. Nach dem Willen des Kaisers und unter allgemeiner Zustimmung der Fürsten wurde wirklich ein allgemeiner Friede auf zehn Jahre verkündigt und beschworen. Da dieser allmählich in allen Theilen des Reichs zur Geltung kam und in Folge desselben, wenn auch nur auf einige Jahre, die Fehden aufhörten*), erreichte der alte Kaiser mehr, als seit den Zeiten Heinrichs III. irgend einem seiner Vorgänger geglückt war. Noch nach einem Menschenalter hat man dieser glücklichen Friedenszeit gedacht. „Zur Zeit Lothars," schrieb da ein sächsischer Priester, „begann ein neues Licht zu scheinen; nicht in Sachsen allein, sondern im ganzen Deutschland herrschte Ruhe, Ueberfluß und Friede zwischen Reich und Kirche."

Alles drängte sich jetzt zum Hofe des siegreichen, friedfertigen Kaisers. Eine glänzende Versammlung umgab ihn Ostern (7. April) zu Quedlinburg, eine noch glänzendere Pfingsten (26. Mai) zu Magdeburg, wo der Landfriede vom Kaiser persönlich in Sachsen eingeführt wurde. Die Fürsten beeidigten ihn zuerst, dann das Volk. Gleichzeitig wurde der Friede auch in den anderen Theilen des Reichs verkündigt und beschworen; in Schwaben geschah es durch Herzog Friedrich. Für die Sicherung der inneren Ruhe war es nicht ohne Bedeutung, daß selbst Gottfried von Löwen damals Boten an den Kaiser nach Magdeburg sandte. Auch von den umwohnenden Völkern hatten sich zahlreiche Gesandte hier eingestellt, um ihre Angelegenheiten der Entscheidung des Kaisers anheimzugeben.

Noch immer verwirrten die Thronstreitigkeiten in Ungarn alle Länder des Ostens. Der alte Polenherzog Boleslaw war abermals in Ungarn eingefallen, hatte aber eine neue Niederlage erlitten; um so fühlbarer wurde ihm ein verheerender Beutezug gegen sein Land, welchen der Böhmenherzog nach gewohnter Weise ausgeführt hatte. Boleslaw entschloß sich deshalb schweren Herzens Gesandte an den Kaiser zu schicken und die Vermittelung desselben in Anspruch zu nehmen. Die Gesandten, welche auch den Böhmenherzog am Hofe des Kaisers trafen, werden keine tröstliche Antwort erhalten haben; aber der Bescheid erreichte, daß sich der Polenfürst alsbald in Person, was er noch nie gethan hatte, vor dem deutschen Herrscher auf dessen Vorladung stellte und damit auch die Thronwirren in Ungarn ihrem Ende entgegengingen. Auch von den Dänen waren Gesandte in Magdeburg

*) Nur im unteren Lothringen scheint die Ruhe nie ganz hergestellt zu sein.

erschienen; sie meldeten von dem Ausgange des langen inneren Kriegs. Magnus hatte ein unglückliches jähes Ende gefunden. Nachdem er sich die Gunst des Kaisers erworben, hatte er Erich Emund aufs Neue in Schonen angegriffen, aber Pfingsten 1134 bei Lund eine vollständige Niederlage erlitten, in deren Folge er selbst mit der zahlreichen Geistlichkeit, die ihn umgab, das Leben einbüßte. Erich verdankte seinen Sieg vornehmlich dreihundert Deutschen, die an Magnus die Roeskilder Gräuelthaten rächen wollten und rächten. Wenig später nahm auch Magnus Vater König Niels ein trauriges Ende. Er suchte eine Zuflucht in Schleswig und fand zuerst dort bei den Bürgern eine scheinbar freundliche Aufnahme; aber kaum hatte er die Stadt betreten, so wurde er überfallen und mit seinen Begleitern erschlagen. Erich Emund, der sich bald auch seines treulosen Bruders Harald zu entledigen wußte, trug nun unbestritten die mit so vielem Blut gewonnene Krone. Es ist im hohen Grade wahrscheinlich, daß die dänischen Gesandten in Magdeburg dem Kaiser, Erichs früherem Bundesgenossen, nur die Unterwürfigkeit ihres Königs versichern sollten. Zu keinem andren Zwecke werden auch die wendischen Gesandten gekommen sein, die in Magdeburg gleichzeitig vor dem Kaiser erschienen.

Von größter Bedeutung für die Verhältnisse des Ostens war es, daß sich der Polenherzog selbst auf dem nächsten Reichstage einfand, welchen der Kaiser zu Mariä Himmelfahrt (15. August) in Merseburg hielt. Auch der Böhmenherzog hatte sich, der Ladung des Kaisers folgend, wiederum eingestellt und der Ungarnkönig Gesandte geschickt, durch welche er Lothar seine Bereitwilligkeit melden ließ, sich mit seinem ganzen Reiche der kaiserlichen Entscheidung zu unterwerfen. Boleslaw war vom Kaiser, welchen der Böhmenherzog aufgeregt hatte, übel empfangen worden, dennoch wollte er jetzt den Frieden um jeden Preis. Er erbot sich deshalb nicht nur den rückständigen Tribut für zwölf Jahre — er betrug jährlich 500 Pfund — zu zahlen, sondern auch unverbrüchliche Treue dem Kaiser eidlich zu geloben und Pommern nebst Rügen von ihm zu Lehen zu nehmen. Auf diese Erbietungen wurde er zu Gnaden angenommen, leistete dann den Vasalleneid und trug in der feierlichen Procession dem Kaiser das Schwert vor, wie einst Boleslaw Chrobri an derselben Stelle Kaiser Heinrich II.*)

*) Vergl. Bd. II. S. 117.

Keine leichte Arbeit war es, so erbitterte Widersacher, wie der Polen- und Böhmenherzog waren, zu versöhnen; aber wenigstens ein Waffenstillstand wurde zwischen ihnen zu Stande gebracht, dem dann zwei Jahre später ein fester Friede folgte. Erst indem sich Boleslaw jetzt von Boris zurückzog, wurde Belas Herrschaft in Ungarn völlig gesichert; der blinde König verdankte es dem Einschreiten des Kaisers und war sich dessen bewußt. Seit mehr als einem Jahrhundert hatte die kaiserliche Autorität im Osten nicht eine gleiche Geltung gehabt, wie in diesen Tagen. Durch umsichtige Benutzung der Verhältnisse hatte Lothar ohne Waffengewalt erreicht, was Heinrich V., sich von Kampf in Kampf stürzend, niemals gewinnen konnte.

Besondere Aufmerksamkeit erregten in Merseburg ein hoher Hofbeamter und ein Bischof, welche der Kaiser von Constantinopel geschickt hatte und mit denen auch Gesandte des Dogen von Venedig erschienen waren. Sie erhoben die schwersten Klagen gegen Roger von Sicilien, der nicht nur ganz Apulien und Calabrien an sich gerissen, sondern sich auch der Besitzungen des Kaisers in Africa bemächtigt und durch Piraterie der Stadt Venedig einen Schaden von 40,000 Pfunden zugefügt hatte. Die kaiserlichen Gesandten forderten Lothar auf, die Verwegenheit des Normannen, der sich den königlichen Namen beilege, zu züchtigen und versprachen ihm, wenn er denselben angreife, von Constantinopel Unterstützung durch zahlreiche Schiffe, große Heeresschaaren und bedeutende Geldsummen. Ihre Worte unterstützten sie durch die kostbarsten Geschenke: Gold, Edelsteine, Purpurkleider und bis dahin in Deutschland unbekannte Specereien; Gaben, welche die werthvollen Spenden der Böhmen, Polen und Ungarn verdunkelten, selbst das sonst von den Deutschen so hoch geschätzte Pelzwerk. Lothar, dessen Gedanken schon ohnehin mit einem neuen Zug über die Alpen beschäftigt, war über die Gesandtschaft der Griechen hocherfreut; er erwies ihr die größten Ehren und sandte mit ihr den gelehrten Bischof Anselm von Havelberg, den Jünger Norberts, nach Constantinopel.

In der besten Stimmung gingen die deutschen Fürsten von Merseburg; es hatte sich ihnen die Macht des Reichs wieder einmal recht deutlich vor Augen gestellt, und sie alle waren mit Geschenken fast überladen worden. Mit schwerem Herzen schied dagegen der alte Polenherzog; er nahm seinen Weg zunächst nach Hildesheim zum Grabe Bischof Godehards, welcher erst vor wenigen Jahren auf der Reimser

Synode vom Papste heilig gesprochen war und dessen Verehrung schnell eine außerordentliche Verbreitung fand. Auf dem Rückwege besuchte der Herzog dann auch Magdeburg, wo ihm der Kaiser eine ungewöhnlich feierliche Aufnahme bereiten ließ: es wurden beim Einzug des Polen die Glocken geläutet. Bei einem ungekrönten Manne war das nicht geschehen seit jenem Tage, wo Hermann Billing zum großen Verdruß Kaiser Ottos so empfangen wurde. „Kaum hat sich darüber," sagt ein gleichzeitiger Annalist, „Kaiser Otto beruhigen können, und doch war der Sachsenherzog ein viel höher stehender Mann, als dieser Slawe."

In Lothars Seele mochte damals der Gedanke noch fortleben, alle Bisthümer Polens dem Erzbisthum Magdeburg zu unterstellen, aber der Mann, der mit seiner rastlosen Thätigkeit allein diesem Gedanken Leben zu geben vermocht hätte, war bereits aus der Zeitlichkeit geschieden. Am 6. Juni 1134 war Norbert in Magdeburg gestorben und nach dem Wunsch des Kaisers im Marienkloster beigesetzt worden. Ohne Frage hatte Norbert zu den einflußreichsten Persönlichkeiten der Zeit gehört, und sein Tod ließ mehr als eine Lücke: die Prämonstratenser verloren in ihm ihren Stifter und Vater, Papst Innocenz II. den tapfersten Vorkämpfer, der Kaiser den Mann seines vollsten Vertrauens, die Magdeburger Kirche einen Bischof, der kein altes Privilegium ungenützt schlummern ließ. Auf die erhoffte Ausdehnung der Magdeburger Provinz bis in den fernen Osten war, wie sich bald zeigte, trotz Boleslaws Unterwerfung kaum noch zu rechnen; schon im Jahre 1136 bestätigte der Papst die Privilegien des Erzbisthums Gnesen, und damit war eine Abhängigkeit der polnischen Kirchen von Magdeburg nicht weiter vereinbar. Nicht von seinem Erzstift hatte Norbert die östlichen Länder wieder abhängig gemacht, aber durch seinen Orden hat er doch auf dieselben lange fortgewirkt: bald verbreiteten sich die Prämonstratenser weithin über die slawischen Gegenden jenseits der Elbe, und sie haben zu deren völliger Christianisirung mit den Cisterciensern wohl am meisten beigetragen. Der Nachfolger Norberts im Erzbisthum Magdeburg wurde Konrad von Querfurt, jener Vetter des Kaisers, dessen Wahl er früher zurückgewiesen hatte; von Konrads geistlicher Wirksamkeit verlautet wenig, mehr wird von seinen Kriegsthaten berichtet.

Die Hoffnungen, welche sich an Lothars Regiment im Magdeburger

Erzbisthum geknüpft, hatten sich nicht erfüllt, und auch die des Erzbischofs von Bremen in Bezug auf die Legation im Norden zerrannen schnell genug. Ein deutscher Kleriker aus der Aachener Gegend, Hermann mit Namen, der nach manchen Irrfahrten nach Dänemark kam, war es, der dem Erzbischof von Lund die Hand bot, um die verlornen Rechte in Rom wieder zu gewinnen; zum Dank dafür erhielt Hermann das Bisthum Schleswig. Schon im Jahre 1139 konnte der Erzbischof von Lund eine Synode aller Bischöfe der skandinavischen Länder nach seinem Sitze berufen und mit ihnen in Gegenwart eines päpstlichen Legaten berathen. Noch durch mehrere Jahrzehnte haben die Hamburger Erzbischöfe die eingebüßte Legation im Norden wieder zu gewinnen gesucht, aber immer vergeblich.

Von dauernderem Erfolge waren die Bemühungen Lothars für die Hebung mehrerer sächsischer Klöster. So begünstigte er das von seiner Schwiegermutter gegründete Aegidienkloster in Braunschweig und das Michaelskloster zu Lüneburg, die Stiftung der Billinger; er selbst weilte gern, wie in den alten Kaiserpfalzen zu Goslar, Quedlinburg und Merseburg, so auch in den heimathlichen Sitzen der Brunonen und Billinger zu Braunschweig, Lüneburg und Bardewik, wo er den Welfen die Stätte bereitete. Am meisten aber hat sich das Andenken des Kaisers an das Kloster Königslutter zwischen Braunschweig und Helmstedt gekettet. Hier auf seinem ererbten Grund und Boden bestand ein Nonnenkloster, von seinen Vorfahren begründet, im Laufe der Jahre aber sehr in Verfall gekommen. Der Kaiser beschloß es in ein Mönchskloster umzuwandeln und dann für dasselbe einen stattlichen Münster zu errichten. Am 15. Juli 1135 legte er selbst den Grundstein zu dem Bau; durch eine Urkunde vom 1. August desselben Jahrs gab er dem Kloster große Freiheiten und bestimmte die Rechte des Abts und der Mönche. Der erste Abt wurde aus dem Kloster Bergen bei Magdeburg geholt, welches Norbert besonders geliebt und gepflegt hatte.

Noch immer hatte sich der Gegenkönig nicht unterworfen, aber er konnte nichts Anderes mehr bedenken, als wie er sich am sichersten in Lothar einen gnädigen Herrn gewinne. Als der Kaiser nach Michaelis nach Mühlhausen kam, um dort einen Hoftag zu halten, erschien endlich vor ihm auch Konrad. Nachdem ihn der Salzburger Erzbischof vorläufig vom Banne gelöst, nahte er sich unter Vermittelung der

Kaiserin dem Kaiser, fiel ihm zu Füßen und bat um Verzeihung; er erhielt sie unter ähnlichen Bedingungen, wie sein Bruder. Auch er sollte die volle Absolution beim Papste nachsuchen, auch er dem Kaiser nach Italien folgen, und gleich Friedrich erhielt auch er alle seine Güter und Lehen zurück. Der Kaiser ehrte ihn sogar durch reiche Geschenke und gewann bald solches Vertrauen zu ihm, daß er ihn zu seinem Bannerträger wählte und ihm die erste Stelle unter den Fürsten anwies.

Um dieselbe Zeit vermählte sich Konrad, der bereits das 40. Lebensjahr überschritten hatte, mit der jungen Gertrud, einer Schwester des in Baiern und Franken reichbegüterten Grafen Gebhard von Sulzbach. Durch ihre Mitgift vergrößerte sich der bereits so ausgedehnte Besitz Konrads in Franken. Gertrud war eine fromme Frau und hegte eine besondere Verehrung gegen den Abt Adam von Ebrach, einen Schüler des heiligen Bernhard. Das Kloster Ebrach, unfern von Bamberg, war erst kürzlich nach der Ordnung der Cistercienser von den Brüdern Richwin und Berno, staufenschen Ministerialen, begründet worden; um die Ausstattung der armen Abtei erwarben sich Konrad und Gertrud so große Verdienste, daß sie als die Mitstifter derselben angesehen wurden.

Vorbereitungen zum Kriege gegen Roger.

Endlich war erreicht, was der Papst, der heilige Bernhard und alle ihre Gesinnungsgenossen längst gewünscht hatten. Denn von Tag zu Tage steigerte sich ihr Verlangen, ein deutsches Heer wieder die Alpen übersteigen zu sehen, um dem noch immer andauernden Schisma ein Ende zu machen und die Macht Rogers, durch welche es hauptsächlich erhalten wurde, zu vernichten; sie wußten aber, daß Lothar Deutschland nicht eher wieder verlassen würde, als bis sich die Staufer ihm völlig unterworfen. Da dies jetzt erreicht war, standen ihre Hoffnungen in voller Blüthe.

In der That faßte der Kaiser jetzt einen neuen Heereszug über die Alpen fest in das Auge. Bald nach dem Mühlhauser Tage meldete er dem Papste die Unterwerfung der Staufer und seine Absicht, mit den Fürsten Weihnachten zu Speier über den Kriegszug zu berathen;

er verlangte, daß der Papst Legaten dorthin sende und ein Ausschreiben erlasse, in welchem er unter ernsten Drohungen die Bischöfe und Aebte zum Dienst der Kirche und des Reichs antreibe.

Vor Allem war es eine Sache, welche Lothar noch vor seinem Auszuge erledigt wissen wollte. Aufs Neue waren die alten Streitigkeiten zwischen Otto von Halberstadt und seinem Klerus ausgebrochen; Otto war abermals beim Papste verklagt worden, und dieser hatte ihn trotz der Verwendung des Kaisers im Mai 1132 für immer des Amts entsetzt. Der Papst hatte darauf eine Neuwahl angeordnet; diese verzögerte sich aber ungebührlich lange, fiel dann zwiespältig aus und gab zu einer neuen Appellation der Minderheit an den Papst Anlaß. Für Lothar war es von der größten Wichtigkeit, daß das Bisthum an einen ihm ergebenen Mann kam; denn das kaiserliche Ansehen in Sachsen beruhte, wie er selbst in einem Schreiben an den Papst sagt, besonders auf der Halberstädter Kirche, und die Geschichte der Bischöfe Burchard und Rudolf zeigt hinreichend, was er damit meinte. Er war der lästigen Verwicklungen müde und verlangte deshalb, daß ihm der Papst die Besetzung des Bisthums unter Beirath des Erzbischofs von Mainz und der Mainzer Suffragane gestatte und einen Cardinal sende, dessen Rath er sich zur Beilegung dieser Wirren bedienen könne.

Der Reichstag zu Speier wurde zu Weihnachten gehalten und auf demselben die Romfahrt berathen. Unter anderen Fürsten des Reichs hatte sich auch Erzbischof Albero von Trier eingestellt, der diesmal einen besonderen Eifer für den kaiserlichen Dienst an den Tag legte. Ob ein päpstlicher Legat in Speier zugegen war, wissen wir nicht, aber wenig später befand sich der Cardinal Gerhard, der alte Unterhändler des Papstes, wieder am kaiserlichen Hofe, und mit ihm waren der vertriebene Fürst Robert von Capua und Richard, der Bruder des Grafen Rainulf von Alife, nach Deutschland gekommen, um die Hülfe des Kaisers zu erbitten. Der Kaiser versprach noch im Laufe des Jahres mit Heeresmacht in Italien zu erscheinen.

Unter der Beihülfe des Cardinals wurde nun endlich auch die Halberstädter Angelegenheit erledigt. Die beiden frühern Wahlen wurden für ungültig erklärt und am 1. März 1136 zu Goslar in Gegenwart des Kaisers, des Legaten, des Erzbischofs von Mainz und des Bischofs von Hildesheim eine neue Wahl getroffen; sie fiel auf

Rudolf, den Vicedom der Halberstädter Kirche, der am 12. April dann zu Erfurt vom Mainzer Erzbischof consecrirt wurde.

So waren Streitigkeiten, welche den Kaiser und das Sachsenland lange beschäftigt hatten, endlich glücklich beseitigt, aber noch wichtiger für die Folge war, wie der Kaiser um dieselbe Zeit über die großen Reichslehen des Heinrich von Groitsch verfügte, der auf dem Wege nach Speier erkrankt und am 31. December zu Mainz gestorben war. Die Ostmark erhielt Konrad von Wettin, so daß sie mit der Mark Meißen nun dauernd vereinigt wurde; die Burggrafschaft Magdeburg kam an Burchard, einen Vetter des Kaisers, den Bruder des Erzbischofs Konrad. Die Eigengüter des Verstorbenen — es gehörte dazu namentlich Bautzen — fielen nach seiner Bestimmung großentheils an den Böhmenherzog und dessen Sohn; der Herzog kaufte dazu im Jahre 1139 noch einige Burgen von Heinrichs Wittwe um 700 Mark Silber.

Das Osterfest (22. März) feierte der Kaiser zu Aachen. An seinem Hofe war der kürzlich erwählte Bischof Albero von Lüttich, der unverzüglich Investitur und Weihe empfing. Er war der Nachfolger jenes Alexander, der dem Kaiser gegen Gottfried von Löwen so gute Dienste geleistet, den er aber dann vergebens gegen erneute Anklagen seines Klerus zu schützen versucht hatte. Wie Otto von Halberstadt und zu derselben Zeit war auch Alexander seines Bisthums abermals entsetzt worden; er starb nicht lange nach dem Verluste desselben. Die Herren von Kuik hatten sich dem Gericht der Fürsten nicht, wie sie versprochen, gestellt, deshalb gaben sich jetzt die zwölf Bürgen derselben in die Hand des Kaisers, der glimpflich mit ihnen verfuhr, aber strenges Recht an den Mördern seines Neffen übte. Auf fränkischem Boden sprach er über sie als Franken die Acht aus und übergab dann die Vollstreckung derselben seinem Neffen Theodorich, dem Bruder des Ermordeten. Die Kuiker wurden von Haus, Hof und Land vertrieben, kehrten aber nach Jahr und Tag heim und gewannen sich endlich Friede mit Theodorich, indem sie sich als seine Vasallen bekannten.

Der Kaiser ging nach Sachsen zurück und hielt zu Pfingsten (10. Mai) zu Merseburg eine Fürstenversammlung, bei welcher auch der Erzbischof von Salzburg und Pfalzgraf Otto von Wittelsbach zugegen waren. Lothar war schon ganz mit der Heerfahrt beschäftigt, und die Berathungen der um ihn vereinigten Fürsten werden sich abermals besonders auf dieselbe bezogen haben. Er eröffnete damals, wie es scheint, dem Papste die Aussicht, schon am 25. Mai mit ihm zusammenzutreffen. Aber der Auszug verzögerte sich länger, als er glaubte. Erst als der Kaiser Peter und Paul (29. Juni) zu Goslar feierte, kehrte Anselm von Havelberg aus Constantinopel zurück, und es war um so wichtiger, seine Botschaft abzuwarten, als der Kaiser es diesmal hauptsächlich auf einen Angriff gegen Roger abgesehen hatte und bei demselben auf die Mitwirkung der Griechen rechnete. Anselm scheint die besten Versprechungen von Constantinopel gebracht zu haben. Der Aufbruch wurde nun auf Mariä Himmelfahrt (15. August) fest bestimmt; an diesem Tage hatten sich Alle, die mit dem Kaiser selbst ausziehen wollten, in Würzburg einzufinden. Zu Michaelis (29. September) sollte dann die Heerschau auf der roncalischen Ebene gehalten werden; dorthin war der Erzbischof von Arles und wohl auch die anderen burgundischen Großen beschieden.

Mit dem größten Kraftaufwande hatte der Kaiser gerüstet und selbst das Kircheneigenthum für die Ausstattung seines Heers anzugreifen sich nicht gescheut; 600 Mark Silber, welche der kürzlich verstorbene Graf Friedrich von Stade dem Kloster Rosenfeld geschenkt, nahm er, wie wir hören, für die Rüstungen dort vom Altare. Auch die andern Fürsten hatten große Anstrengungen gemacht: Herzog Heinrich stellte allein 1500 Ritter, der Erzbischof von Trier der Angabe nach 100, aber in Wahrheit nur 67 Reisige. Viele Bischöfe und Reichsäbte waren gewillt in Person dem kaiserlichen Heere zu folgen und hatten die Mittel ihrer Kirchen zu einer stattlichen Ausrüstung nicht gespart.

Zur bestimmten Zeit erschien der Kaiser in Würzburg und verweilte hier mehrere Tage. Eine große Zahl geistlicher und weltlicher Fürsten stellten sich hier am Hofe ein: die Erzbischöfe von Mainz, Köln, Trier, Hamburg und Magdeburg, die Bischöfe von Worms, Speier, Straßburg, Constanz, Basel, Eichstädt, Regensburg, Bamberg, Würzburg, Zeitz, Merseburg, Havelberg, Utrecht, der gelehrte Abt Wibald von Stablo, die Aebte von Fulda und Lüneburg, der Herzog Heinrich von Baiern, die Markgrafen Konrad von Meißen und Albrecht von der Nordmark, Landgraf Ludwig von Thüringen, Pfalzgraf Otto von Rineck, die Grafen Siegfried von Bomeneburg, Widukind von

Schwalenberg, Ernst von Gleichen, Christian von Rotenburg u. s. w. Sie waren fast alle gerüstet sofort mit dem Heere auszuziehen. Auch Konrad von Staufen erschien, um sein Wort zu lösen. Sein Bruder, Herzog Friedrich, wollte daheim bleiben, ohne Zweifel vom Kaiser selbst seines Versprechens entbunden.

Der Kaiser ordnete in Würzburg die Reichsgeschäfte für die Dauer seiner Abwesenheit in uns nicht näher bekannter Weise. Noch einmal wandte er seinen Blick hier auch auf die wendischen Gegenden zurück, wohin er ihn so oft in seinem langen Leben gerichtet. Vor Kurzem hatten sich die Wenden wieder geregt und die Havelberger Kirche zerstört; an ihrer Spitze standen die Söhne des Wirikind, eines wendischen Häuptlings, der sich in Havelberg gegen Otto von Bamberg auf seiner zweiten Missionsreise sehr freundlich erwiesen hatte. Der verheerende Zug der Wenden hatte sich dann über die Elbe ergossen; Sachsen war arg von ihnen heimgesucht worden, bis sie Markgraf Albrecht endlich zurückwies und selbst in ihrem Lande angriff. Bis in die Gegenden an der unteren Peene ist Albrecht damals und vielleicht schon früher vorgedrungen. Auf Albrechts Verwendung verlieh der Kaiser nun in Würzburg an Otto von Bamberg den Tribut von vier wendischen Gauen an der Peene, die zur Nordmark gehörten, und fügte noch den eines nördlich angrenzenden, ihm selbst unmittelbar untergebenen Gaues hinzu. Es waren Gegenden, in denen Otto und seine Begleiter zuerst das Christenthum angepflanzt, die ersten Kirchen gegründet hatten: diese Kirchen selbst wurden ihm und Bamberg nun für ewige Zeiten übergeben, und der Tribut war ohne Zweifel zum Unterhalte derselben bestimmt. Eine wichtige Vergünstigung erwirkte Markgraf Albrecht gleichzeitig auch den Magdeburger Kaufleuten, die nach den wendischen Gegenden handelten, indem die drückenden Elbzölle zu Elbey, Mellingen und Tangermünde für sie ermäßigt und nach der Entscheidung der Fürsten fixirt wurden. Albrecht war es auch gewesen, der schon zwei Jahre zuvor den Quedlinburger Kaufleuten vom Kaiser eine Bestätigung und Erweiterung ihrer Privilegien verschafft hatte.

Als die nothwendigsten Reichsgeschäfte erledigt waren, verabschiedete der Kaiser die zurückbleibenden Fürsten, wie Adalbert von Mainz, Adalbero von Bremen, Otto von Bamberg und Andere. Er selbst rückte mit dem Heere weiter vor, sorgsam jeder Gewaltthätigkeit desselden wehrend. Ein ärgerlicher Streit entstand jedoch bald zwischen den Kölner und Magdeburger Stiftsvasallen. Ihre Fahnenträger geriethen in Streit, wem der Platz zur Rechten neben dem kaiserlichen Bannerführer gebühre, und an dem Hader der Fahnenträger nahm sofort auch die ganze Vasallenschaft Theil. Mit gezückten Schwertern gingen die Kölner und Magdeburger auf einander los, und es wäre zu einem Blutbad gekommen, wenn nicht der Kaiser in den Waffen herbeigeeilt und mit rascher That unter strengen Drohungen die erhitzten Ritter getrennt hätte. Wahrscheinlich hing der Streit mit dem Erzkanzleramt in Italien zusammen, welches Norbert bekleidet hatte und jetzt an Bruno von Köln, da er dem kaiserlichen Heere folgte, zurückgegeben wurde. Ob den Kölnern oder Magdeburgern der beanspruchte Ehrenplatz damals vom Kaiser zugesprochen wurde, erhellt nicht aus den Quellen. Ohne weitere Schwierigkeiten gelangte das Heer etwa um den 1. September bis an den Brenner und stieg im Etschthal nach der lombardischen Ebene hinab.

Vier Jahre waren es, seit Lothar dieselbe Straße gezogen war, aber wie viel hatte sich in dieser kurzen Zeit verändert! Damals ließ Lothar hinter sich den innern Krieg, seine Romfahrt konnte als ein verwegenes Abenteuer gelten. Jetzt verließ er Deutschland, wo man ihn als den großen Friedensbringer pries; er hatte seine Widersacher gedemüthigt und im Norden und Osten dem Kaiserthume das lang entbehrte Ansehen zurückgegeben. Damals führte er ein schwaches, fast nur aus Sachsen eilig zusammengerafftes Heer mit sich; jetzt folgten ihm zahlreiche und wohlgerüstete Schaaren aus allen Theilen des Reichs, und sein Bannerführer war jener Staufer, der damals ihm zum Hohn die Krone Deutschlands und Italiens trug.

Abermals kam Lothar von der Kirche gerufen und um sein dem Papste gegebenes Wort zu lösen, aber jetzt so wenig wie früher lag ihm allein die Beendigung des Schisma am Herzen. Wenn ihm auf dem ersten Zug auch die Kaiserkrone und die Erbschaft der großen Gräfin vor Augen schwebten, so galt der jetzige zugleich der Herstellung des kaiserlichen Ansehens in Italien, vor Allem der Zerstörung jenes großen Normannenreichs im Süden, wo sich der Nachkomme eines Tancred von Hauteville mit einer angemaßten Königskrone schmückte und über Gegenden gebot, welche einst den deutschen Königen unterworfen waren. Nahezu hundert Jahre waren es, daß Kaiser Heinrich III. zuletzt über Salerno, Capua und Apulien verfügt hatte, und dem Gedächtniß war noch nicht entschwunden, wie Otto der Große und sein Sohn sächsische Heere bis in die südlichsten Gegenden Italiens geführt und sie unterworfen hatten. Auch hier war das Werk Ottos des Großen aufzunehmen, der kaiserliche und sächsische Namen wieder zu den alten Ehren zu bringen. Ein Preis, welcher dem greisen Helden kostbar genug schien, um nach den Kämpfen eines halben Jahrhunderts noch einmal den Waffenruf zu erheben und mit Heeresmacht in weite Ferne zu ziehen. Der Greis verließ den Boden der Heimath, und nur noch einmal hat er ihn sterbend berührt.

6.

Kaiser Lothars letzte Kämpfe.

König Roger und der heilige Bernhard.

Auch in Italien waren in dem kurzen Zeitraume, seit der Kaiser das Land verlassen, große Veränderungen eingetreten. Neue Mächte rangen hier nach freier Existenz, und das Schisma, welches für die anderen Theile des Abendlandes nur noch von geringer Bedeutung schien, war gerade auf die Entwickelung dieser Mächte von sehr erheblichem Einfluß.

Roger von Sicilien hatte durch den Gegenpapst die Königskrone gewonnen, aber mehr noch, als an der eitlen Ehre, lag ihm an der Gründung eines festgeordneten Normannenreiches auf beiden Seiten des Pharus. Was Robert Guiscard begonnen, wollte er vollenden, und als Vorbild mochte ihm vorschweben, was den normannischen Königen in England gelungen war. Mit jenem Heinrich von England, der eben damals mit starker Hand die Barone seines Reichs niederhielt und den man als den „Löwen der Gerechtigkeit" feierte, zeigt Roger eine unverkennbare Geistesverwandtschaft. Außerordentliche Herrschergaben hat man nicht mit Unrecht dem Sicilier nachgerühmt. So groß sein Ehrgeiz, so lebhaft sein Geist war, handelte er doch nie planlos und unüberlegt; ein trefflicher Haushalter und kluger Rechner, fand er leicht auch die äußeren Mittel, um seine Absichten auszuführen.

Sein Regiment war streng bis zur Härte, aber nur um Ordnung und Recht in seinem Reiche herzustellen. Er vermied es gern, im Waffenspiel alles auf einen Wurf zu setzen, zumal ihm in diesem hohen Spiel das Glück selten hold war, aber nie fehlte er auf dem Platz, wo rasches Einschreiten etwas entscheiden konnte. Rastlos thätig, bis zur Erschöpfung seiner Körperkräfte, wußte er jeden Verlust, den er erlitt, schnell wieder auszugleichen und schließlich doch sich zu behaupten.

Eine überaus schwierige Aufgabe hatte sich Roger in der Unterwerfung Süditaliens gesetzt. Robert von Capua, ein leicht erhitzter, doch etwas weichmüthiger Fürst, mochte nicht sonderlich zu fürchten sein; um so mehr war es der tapfere Graf Rainulf von Alife, der selbst nach dem Herzogthum Apulien trachtete. Er hatte sich mit einer Schwester Rogers vermählt, aber diese Ehe war die Veranlassung zu den bittersten Zerwürfnissen geworden und Rainulfs Gemahlin endlich zu ihrem Bruder nach Sicilien zurückgekehrt. In vielen Dingen stand Rainulf unzweifelhaft dem Könige nach, aber gerade die Eigenschaften besaß er, die Roger fehlten: ritterlichen Sinn, Leutseligkeit und vor Allem Kriegsglück. Rainulf war es vornehmlich gewesen, der Roger die Niederlage am Sarno beibrachte, dann die Empörung der Barone Apuliens erregte. Aber es waren nicht allein die Barone, die jubelnd das Joch des Siciliers abschüttelten; auch die Städte an der apulischen Küste, durch Handel bereichert und voll Freiheitstrotz, — Bari vor allen — erhoben sich einmüthig gegen Roger, der ihnen zur Seite feste Zwingburgen errichtet und diese mit sarazenischem Kriegsvolk besetzt hatte. Noch einmal regte sich auch Neapel, um seine alte Freiheit wiederzugewinnen; der Magister militum Sergius, der Letzte des alten Herrscherhauses, war auf das Engste mit Rainulf verbündet. Und schon hatten sich auch Pisa und Genua entschieden für Innocenz erklärt, ihre Flotten gegen Anaklet gesendet und damit auch gegen Roger offen Partei ergriffen. So vielen Widersachern gegenüber, stand der König von Sicilien in um so bedenklicherer Lage, als er zu einem Gegenpapst hielt, in dem fast das ganze Abendland bereits den Antichrist sehen wollte, und er selbst seine Kriege zum größten Theile mit den Sarazenen Siciliens führen mußte: man schmähte ihn nicht allein als einen blutdürstigen Tyrannen, sondern auch als einen Abtrünnigen und Ungläubigen.

Kein geringes Glück war es für Roger gewesen, daß Lothar im Jahre 1133 nicht dem Rathe Rainulfs folgte, sondern einem Kriege in Süditalien damals geflissentlich auswich. Denn kaum hatte der Kaiser Rom verlassen, so erlahmte der Aufstand und binnen Kurzem war fast ganz Apulien wieder in Rogers Hand; mit gewohnter Strenge strafte er die Aufständigen und vermehrte die Zwingburgen im Lande. Alle Hoffnungen Rainulfs, Roberts und Sergius waren vernichtet, wenn sie nicht neue energische Unterstützung von Pisa gewannen. Robert ging selbst dorthin, um die Bürger der mächtigen Seestadt in die Waffen zu bringen; seine Werbungen unterstützte Innocenz, der gleichzeitig hier abermals ein gesichertes Asyl suchte und fand. Mit einem großen Unternehmen ging Pisa um: hundert Schiffe wollte es im März 1134 gegen Roger auslaufen lassen; auch Genua hatte Unterstützung zugesagt, und selbst auf den Beistand Venedigs wurde gerechnet. Aber die Bundesgenossen blieben aus, und auch die Ausrüstung Pisas entsprach nicht der ursprünglichen Absicht. So scheiterte Alles, und im Laufe des Jahrs 1134 wurden Rainulf und Sergius so geschwächt, daß sie sich Roger wieder unterwerfen mußten. Um einem gleichen Schicksal zu entgehen, verließ Robert Campanien und suchte dort eine Zuflucht, wo sie der Papst gefunden hatte. Roger beherrschte Italien nun bis an die Grenzen des Kirchenstaats, und in Rom saß ein Gegenpapst auf dem apostolischen Stuhle, der sich nur durch die Macht des Siciliers behaupten konnte und ganz in seine Hand gegeben war.

Da durchzuckte wie ein Blitz im Frühjahr 1135 Italien die Kunde, daß Roger zu Palermo von einer tödtlichen Krankheit ergriffen sei, und auf dem Fuße folgte die falsche Nachricht von seinem Tode. Sofort eilte Robert mit zwanzig Schiffen Pisas und 8000 Mann wieder an die Küste Campaniens; zugleich erhoben sich Rainulf und Sergius aufs Neue und boten Robert die Hand. Aber unerwartet erschien der Todtgeglaubte im Juni mit Heeresmacht in Salerno und wußte Campanien zu schützen. Bald gehorchte ihm hier Alles wieder. Nur den Widerstand Neapels vermochte er nicht zu brechen; denn die Stadt wurde von Pisa unterstützt, welches alsbald zwanzig neue Schiffe der bedrängten Bundesgenossin zur Hülfe sandte.

Inzwischen war gegen Roger ein Mann in die Schranken getreten, dessen Feindschaft er am wenigsten fürchten mochte und der doch einer seiner gefährlichsten Gegner wurde. Es war der heilige Bernhard. Ein gewaltiger Zorn hatte ihn gegen den Sicilier ergriffen, in dem er mit Recht die einzige Stütze des verhaßten Gegenpapstes sah, und aller Orten trat er ihm mit der ganzen Energie seines rastlosen Geistes entgegen. Im Jahre 1133 hatte Bernhard den Frieden zwischen Genua und Pisa vermittelt; ein Jahr später, als er hörte, daß Roger die Genuesen an sich ziehen wolle, richtete er an diese ein eindringliches Schreiben und mahnte sie von dem verderblichen Bunde und von Feindseligkeiten gegen Pisa ab. „Säet, pflanzet und handelt,“ rief er seinen alten Freunden zu, „und wollt ihr ja im Kriege eure Tapferkeit zeigen, so thut es nur nicht gegen eure Nachbarn, sondern gegen die Feinde der Kirche. Vertheidigt die Krone eures Reichs gegen Sicilien; dort werdet ihr gerechtere Eroberungen machen.“ An Kaiser Lothar schrieb er um dieselbe Zeit: „Es ist freilich nicht meine Sache, Kampfruf zu erheben, aber es ist — dessen bin ich sicher — die Sache des Vogts der Kirche, gegen die Wuth der Schismatiker die Kirche zu schützen, und es ist die Sache des Kaisers, seine eigene Krone gegen den sicilischen Usurpator zu vertheidigen. Denn wie es klar ist, daß zur Schmach Christi ein Judenkind jetzt den Stuhl Petri eingenommen hat, so verhöhnt den Kaiser ohne Zweifel der Mann, der sich zum König von Sicilien zu machen gewagt hat.“ Nicht viel später ging Bernhard, wie bereits erwähnt ist, selbst nach Deutschland, um dort den inneren Krieg beizulegen und den Kaiser zu vermögen, zum Schutz der Kirche über die Alpen zu ziehen. Er erreichte jedoch, wie wir wissen, damals nicht mehr, als daß der junge Engelbert von Istrien dem Papst und den Pisanern zur Hülfe gesandt wurde; der Kaiser selbst konnte nur Versicherungen wiederholen, wie er sie schon früher gegeben hatte.

Bernhard begab sich darauf selbst nach Pisa, wohin der Papst eine große Synode berufen hatte. In den Tagen vom 30. Mai bis 6. Juni 1135 wurde sie abgehalten, und 56 Bischöfe aus fast allen Ländern des Abendlandes hatten sich eingefunden; namentlich war der französische Klerus zahlreich vertreten, obwohl König Ludwig die Theilnahme desselben wegen mancher Eingriffe des Papstes in die Angelegenheiten seines Reichs ungern sah und sogar ganz verhindert hätte, wenn er nicht durch Bernhard begütigt wäre. Mit großer Entschiedenheit trat der Papst trotz seiner bedrängten Lage auf der Synode auf, welche weniger in neuen Kirchengesetzen, als in einer Reihe von Straferkenntnissen ihre Thätigkeit erwies. Es war freilich selbstverständlich, daß gegen Anaklet und seine Anhänger von Neuem Anatheme geschleudert wurden: aber auch solche, die nicht als Schismatiker galten, fühlten damals die ganze Strenge des Papstes. So wurden Otto von Halberstadt und Alexander von Lüttich definitiv ihres Amtes entsetzt und eine größere Zahl italienischer Bischöfe ihrer Würden entkleidet. Bemerkenswerth ist ein Schreiben des Papstes von diesem Concil an die deutschen Bischöfe, in welchem er mit Ernst darauf dringt, daß ferner den Appellationen an ihn keinerlei Hinderniß in den Weg gelegt werde. Auch an die Bischöfe Frankreichs muß ein ähnliches Schreiben ergangen sein, da der heilige Bernhard alsbald bittere Klagen darüber verlauten ließ, daß durch die Erleichterung der Appellationen an den Papst alles Ansehen des französischen Episcopats untergraben werde.

Nicht minder wichtig, als diese Maßregeln des Concils, war es, daß sich auf demselben mehrere angesehene Geistliche Mailands Innocenz unterwarfen. Allmählich hatte sich gegen Erzbischof Anselm, der mit Zähigkeit noch immer an dem Gegenpapst und Gegenkönig festhielt, doch eine starke Partei in der Stadt gebildet und sich mit dem heiligen Bernhard in Verbindung gesetzt. Obwohl der Erzbischof endlich für gerathen hielt die Stadt zu verlassen, war die Bürgerschaft noch gespalten, und es erschien deshalb auch jetzt noch fast als ein Wagniß, daß jene Geistliche nach Pisa gingen, um sich offen vom Schisma loszusagen. Sie verlangten, daß der Papst zu ihrem Schutze und zu ihrer Rechtfertigung mit ihnen Gesandte nach Mailand schicke, welche die Absetzung Anselms dort förmlich verkündigten, die Krönung des Staufers für ungültig erklärten und die Stadt wieder völlig in die Gemeinschaft der Kirche und des Reichs aufnähmen. Der Papst schickte hierauf den Cardinalbischof Matthäus von Albano und den Cardinalpriester Guido von Pisa nach Mailand; in ihrer Begleitung kam auch der heilige Bernhard, den die Bürger schon früher in ihre Stadt eingeladen hatten, dorthin.

Der Abt von Clairvaux, so dürftig seine äußere Erscheinung war, stellte doch die Legaten ganz in den Schatten; die Mailänder verehrten ihn wie einen Propheten, wie einen Engel Gottes. Was er that, erschien dem aufgeregten Volke als Wunder; nichts galt in der Gegenwart eines solchen Gottesmannes für unmöglich. Wasser verwandelte sich in Wein, die Gichtbrüchigen richteten sich auf, die Kranken fühlten sich plötzlich gesund, die bösen Geister wurden vertrieben. Der Heilige hatte die Mailänder ganz in seiner Gewalt: er machte, wie ein Zeitgenosse sagt, aus der Stadt, was er wollte. Ganz Mailand hüllte sich nun in Sack und Asche, aller Schmuck aus den Kirchen verschwand, alle Lustbarkeiten verstummten. Als so der Buße genug gethan, reichte Bernhard dem Volke das Abendmahl, und Alle gelobten fortan treu zu Innocenz und dem Kaiser zu halten; der schismatische Erzbischof wurde entsetzt und alle Spuren des Schisma in der Stadt verwischt.

Kein größeres Glück schien es für die Mailänder zu geben, als wenn sie den Heiligen immer bei sich zu fesseln vermöchten. Sie stürmten nach der Kirche S. Lorenzo, wo er wohnte, und drangen in ihn das Erzbisthum in ihrer Stadt selbst zu übernehmen. Aber sie erwirkten damit nur, daß er schon am andren Tage die Stadt verließ. In Mailand wurde kurz darauf Robald, Bischof von Alba, auf den erzbischöflichen Stuhl erhoben; die Schwierigkeiten, welche der Vertauschung seines alten Bisthums mit dem neuen im Wege standen, gelang es unter Bernhards Vermittelung zu beseitigen. Der entsetzte Anselm suchte zu Anaklet zu entkommen, wurde aber bei Ferrara gefangen genommen und Innocenz ausgeliefert, der ihn, wahrscheinlich als ein deutliches Zeugniß seines Sieges, seinen Anhängern nach Rom sandte; dort ist jener Anselm, welcher den ersten Staufer in Italien gekrönt, in der Gewalt des Petrus Latro am 14. August 1136 gestorben.

Bernhard hatte sich von Mailand nach Pavia, Piacenza und Cremona begeben, und überall wirkte seine Erscheinung auf die gleiche Weise; überall meinte man Zeichen und Wunder des Heiligen zu sehen. Unzweifelhaft war seine Absicht bei dieser Reise vornehmlich, die feindlichen Städte Lombardiens auszusöhnen und im Interesse der Kirche zu vereinigen. Die Mailänder hatten auf seinen Betrieb die kranken lombardischen Gefangenen aus den Kerkern entlassen, und mindestens in Piacenza brachte es Bernhard dahin, daß man dagegen die gefangenen Mailänder freigab. Aber die ewig sich befehdenden Städte Lombardiens zu verbinden war eine Aufgabe, die selbst die Kraft dieses großen Wunderthäters überstieg. Die alten Kämpfe dauerten, obwohl nicht mehr wie früher durch das Schisma genährt, dennoch ununterbrochen fort und wurden von Mailand zunächst unglücklich geführt;

wiederholentlich erlitt die Stadt von Cremona, Piacenza und Pavia schwere Niederlagen. Besonders trugen die Cremonesen trotz vielfacher Bedrängniß — denn auch mit Crema, Parma und Mantua lagen sie gleichzeitig in Fehde — damals den Kopf hoch; sie trotzten auf ihr Glück und die wachsende Macht des Kaisers, ihres alten Bundesgenossen.

Bei der engen Verbindung des Kaisers mit Cremona war selbst Bernhard nicht ohne Bedenken, ob die durch ihn herbeigeführte Unterwerfung Mailands am kaiserlichen Hofe so aufgenommen werden würde, wie er es wünschen mußte. Er wandte sich deshalb brieflich an die Kaiserin und stellte ihr vor, wie er ganz nach ihren Anweisungen in der Sache gehandelt, wie die Mailänder vollständig Konrad abgesagt und Lothar anerkannt, auch auf den Wunsch des Papstes sich zu jeder Genugthuung erboten hätten, welche der Kaiser beanspruchen könne; Bernhard bat die Kaiserin sich den Mailändern gnädig zu erweisen und nicht die Aussichten, die er ihnen deshalb eröffnet, zu vereiteln. Die Kaiserin scheint diesen Bitten ein geneigtes Ohr geliehen zu haben.

Wie sehr sich Bernhard auf gütlichem Wege einen geordneten Zustand im nördlichen Italien herzustellen bemühte, zeigt sich auch darin, daß er sich für Dalfinus, einen Sohn des Markgrafen Pallavicini, damals eifrig beim Papste verwandte: und doch war dieser bei einer Gräuelthat betheiligt gewesen, welche das größte Aufsehen erregt und den Papst selbst empfindlich verletzt hatte. Unweit von Pontremoli waren nämlich viele von Pisa heimkehrende französische Bischöfe und Aebte, unter ihnen auch der Abt von Cluny, von bewaffneten Schaaren überfallen, ausgeplündert und nach Pontremoli in Haft gebracht worden; erst das Einschreiten des Papstes hatte ihnen die Freiheit zurückgegeben. Ueber die Bestrafung der Schuldigen sind wir nicht unterrichtet.

Während Bernhard unermüdlich für Innocenz und Lothar, gegen Anaklet und Roger in der Lombardei arbeitete, hatten auch die Pisaner den Kampf in Unteritalien fortgesetzt und im Sommer 1135 ihre Flotte dort durch 20 Schiffe verstärkt. Die Stadt Amalfi, obwohl bereits seit längerer Zeit unter normannischer Herrschaft, war noch immer durch ihren ausgebreiteten Handel für Pisa eine gefährliche Nebenbuhlerin: deshalb benutzten jetzt die Pisaner den Krieg, um einen tödtlichen Streich gegen dieselbe zu führen. Als sie wußten, daß die

Stadt unvertheidigt war, brachen sie mit Waffenmacht ein. Es war am 4. August 1135. An diesem und an den folgenden Tagen richteten sie in Amalfi und in den umliegenden Ortschaften ein entsetzliches Werk der Zerstörung an. Die reiche Stadt wurde völlig ausgeplündert, ihre Schiffe zum Theil verbrannt, ihr Glanz für immer vernichtet. Es half Amalfi wenig, daß König Roger schleunigst herbeieilte und den Pisanern am 6. August bei Fratta eine empfindliche Niederlage beibrachte, so wichtig dieser Erfolg auch für Roger selbst wurde. Denn in hohem Maße geschwächt, kehrten Heer und Flotte Pisas bald darauf in die Heimath zurück. Auch Robert von Capua, mit dessen Fürstenthum König Roger jetzt seinen Sohn Alfonso belehnte, suchte flüchtig wieder Pisa zu erreichen, während Rainulf und Sergius in Neapel zurückblieben, um dieses letzte Bollwerk im Süden gegen Rogers Macht auch ferner zu vertheidigen.

Zu sehr ungelegener Zeit geriethen die Pisaner damals in neue Streitigkeiten mit ihrer Nachbarstadt Lucca. Markgraf Engelbert, der zu der Zeit der großen Synode in Pisa eingetroffen war, scheint den Rathschlägen des heiligen Bernhard, sich auf das Engste an die Pisaner anzuschließen, nur zu willig gefolgt zu sein: so geschah es, daß er mit Lucca, Pisas Erbfeindin, die Lothar auf seinem ersten Zuge durch die Bestätigung ihrer Privilegien ausgezeichnet hatte, alsbald in offenen Kampf gerieth und im Anfange des Jahrs 1136 bei Fucecchio eine vollständige Niederlage erlitt, wofür er sich auch in der Folge durch den Beistand der Pisaner kaum einige Genugthuung verschaffen konnte. Der Kaiser war über die Feindseligkeiten zwischen Pisa und Lucca höchlich erzürnt und scheint hauptsächlich den Pisanern die Schuld derselben aufgebürdet zu haben: der heilige Bernhard wandte sich deshalb brieflich an ihn und trat für Pisa ein, welches vielmehr Gnade als Ungnade verdient habe. „Welche Stadt unter allen," schreibt er, „ist gleich treu, wie Pisa, welches auszieht und heimzieht und wieder aufbricht, wie es der Kaiser befiehlt. Waren es nicht die Pisaner, welche jüngst den einzigen mächtigen Feind des Reichs von Neapel verjagt haben, welche im ersten Ansturme Amalfi, Ravello, Scala und Atrani, so reiche, feste und bisher unbezwingliche Städte, eingenommen haben?"

Als Bernhard dies schrieb, war er nicht mehr in Italien, sondern weilte wieder in Frankreich, aber auch hier unablässig thätig, um die letzten Reste des Schisma zu beseitigen*). Er hinterließ in Italien den Ruf eines großen Propheten, mächtig in Worten und Werken, wenn es ihm auch noch nicht gelungen war, die heillose Kirchenspaltung ganz zu heben, die Gegner des Papstes und des Kaisers völlig zu überwältigen und den gehaßten Sicilier zu verderben. Schon aber rüstete sich ein Anderer für ihn einzutreten, dem gerade die Macht zur Seite stand, welche dem geistlichen Mann fehlte: die Macht des Schwertes.

Es waren, wie wir wissen, nicht allein der Papst und Bernhard, nicht allein Robert von Capua und der Bruder Rainulfs, die Lothar gegen Roger in die Waffen gerufen hatten; auch der Kaiser von Constantinopel und die Republik Venedig hatten den mächtigen Gebieter jenseits der Alpen zur Hülfe aufgefordert gegen den Sicilier, dessen wachsende Macht eine Gefahr für Alle wurde. Diese Macht zu zerstören, diese allgemeine Gefahr zu beseitigen war vor Allem jetzt die Absicht des Kaisers, aber um dieselbe zu erreichen, mußte er zunächst seine Herrschaft im nördlichen Italien gegen alle Anfechtungen sicher zu stellen suchen. Niemand wußte besser, als er selbst, wie wenig dies auf seinem ersten Zuge erreicht war.

Unterwerfung Italiens durch Lothar und Herzog Heinrich.

Schon als der Kaiser in das Etschthal hinabstieg, zeigte sich, daß er in Italien noch andren Feinden, als dem Sicilier, zu begegnen hatte. Bereits bei Trient stieß er auf Widerstand: die Brücken über den Fluß waren abgetragen, und man suchte dem Heere den Uebergang zu wehren. Aber es fand sich eine Fuhrt, und nachdem der Uebergang bewirkt, wurden schnell die Feinde zersprengt. An der Veroneser Klause erfolgte ein neuer Versuch, dem deutschen Heere den Weg zu verlegen. Die umwohnende Bevölkerung sperrte die Klause, ergriff jedoch beim ersten Angriff die Flucht; darauf nahm man im Sturm die Burg über der Klause ein, deren Besatzung in Gefangenschaft fiel und zum Theil getödtet wurde. Verona selbst, welches auf dem ersten Zuge dem Kaiser die Thore geschlossen, zeigte sich diesmal

*) Namentlich in Aquitanien.

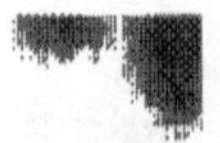

weniger hartnäckig: es empfing vielmehr Lothar mit den ihm gebührenden Ehren.

Von der Etsch wandte sich der Kaiser zum Mincio und schlug am Südrande des Gardasees ein Lager auf. Hier feierte er mit großem Glanze das Fest des heiligen Mauritius (22. September). Viele lombardische Große stellten sich zur Huldigung ein: auch der Bischof von Mantua, der früher sich nicht hatte beugen wollen, suchte jetzt demüthig die Gnade des Kaisers. Die nahe Burg Garda unterwarf sich, und Lothar gab sie seinem Schwiegersohn Heinrich zu Lehen.

Am 25. September befand sich der Kaiser zu Pozzolo am Mincio und zog dann mit dem Heere zum Po, auf dessen linkem Ufer bei Correggio-Verde, Guastalla gegenüber, er ein Lager bezog. Hier empfing er Gesandte des Dogen von Venedig und erneuerte am 3. Oktober die von seinen Vorgängern mit der Republik abgeschlossenen Verträge. Es wird ihm damals ohne Zweifel auch eine Unterstützung gegen Roger vom Dogen versprochen sein, doch verlautet in der Folge wenig von einer thatkräftigen Mitwirkung Venedigs. Die Lombarden, welche sich im Heere des Kaisers befanden, erhielten den Befehl das störrige Guastalla zu berennen. Die Stadt ergab sich sogleich, aber die Burg über der Stadt fiel erst Tags darauf, als sie von 500 lombardischen Rittern angegriffen wurde. Auch Guastalla wurde Herzog Heinrich zu Lehen gegeben, dessen Macht auf diesem Zuge sich Schritt für Schritt erweitern sollte.

Eine schwierige Aufgabe erwuchs dem Kaiser, als die feindlichen Bürgerschaften von Mailand und Cremona mit den schwersten gegenseitigen Beschuldigungen damals vor seinem Richterstuhl erschienen. Der Kaiser verlangte zunächst die Auslieferung der gefangenen Mailänder von den Cremonesen und empfand es sehr übel, als sie dieselbe ihm trotzig verweigerten. Ein Fürstengericht sprach darauf über sie, die alten Bundesgenossen des Kaisers, als Feinde des Reichs die Acht aus, und der Erzbischof von Mailand mit mehreren seiner Suffragane, die sich im Lager befanden, verhängte in sehr formloser Weise mitten unter den Waffen über Cremona auch die Strafe des Interdicts.

Von Correggio-Verde sandte der Kaiser seine Gemahlin in Begleitung des Bischofs Anselm von Havelberg nach Reggio, und diese Stadt, welche früher ihm selbst die Thore geschlossen, nahm jetzt dienstwillig seine Gemahlin auf. An seiner Statt übte Richinza dann in

Reggio die Rechte des Reiches aus; an ihrer Seite erschienen die Markgrafen Werner und Friedrich, denen die Küstenlandschaften von Rimini bis an die Grenzen der Normannen untergeben waren*). Lothar setzte indessen seinen Weg durch das Gebiet von Cremona fort; die Stadt selbst griff er nicht an, brach aber mehrere Festen in der Umgebung und verwüstete weithin die Besitzungen der Bürger. Am 9. Oktober war er bei Casal Maggiore und nöthigte diese Burg sich ihm zu unterwerfen. Er eilte dann nach der roncalischen Ebene, wo ihm ein Heer von 40,000 Mailändern erwartete, bereit ihm gegen Cremona zu dienen. Der Kaiser führte es zunächst gegen St. Bassano, eine sehr feste Burg der Cremonesen in unmittelbarer Nähe Roncalias; nach sehr tapferer Gegenwehr ergab sich die Burg und wurde zerstört. Dasselbe Schicksal hatten Soncino und einige andre feste Plätze Cremonas auf der Westseite seines Gebiets. Darauf kehrte der größere Theil des mailändischen Heers heim; der Erzbischof aber und eine zahlreiche Ritterschaft begleitete den Kaiser nach der roncalischen Ebene zurück, wo er ein Lager aufschlug und bis in den November verweilte, theils um sein Heer völlig zu sammeln, theils um als Richter und Gesetzgeber Italiens seine Kaiserpflichten zu üben.

Wir kennen nicht die Höhe der Streitkräfte, die sich um Lothar hier zusammenfanden und die er zum Kriege gegen Roger verwendete. Wir wissen nur, daß ihm auf seinem weiteren Zuge folgten der Patriarch von Aquileja, die Erzbischöfe von Köln, Trier und Magdeburg, die Bischöfe von Basel, Constanz, Toul, Utrecht, Lüttich, Regensburg und Merseburg, die Aebte von Fulda, Lorsch, Reichenau, Murbach, Stablo und Lüneburg, die Herzöge Heinrich von Baiern, Konrad der Staufer und Ulrich von Kärnthen, der Markgraf Konrad von Meißen, die Pfalzgrafen Otto von Wittelsbach und Otto bei Rhein, der Graf Poppo von Andechs und sein Bruder Bertulf, der Graf Otto von Wolfrathshausen, der Graf Gebhard von Burghausen in Baiern, ein Verwandter des Kaisers von Seiten seiner Mutter, die Grafen Werner und Udalrich von Lenzburg, ihr Verwandter Graf Rudolf von Baden, der

*) Die beiden Markgrafen waren Brüder, die Söhne jenes Werner, der von Heinrich IV. eingesetzt war und zuletzt im Jahre 1120 genannt wird. Vergl. Bd. III. S. 746. 925. Beide nannten sich auch Herzöge von Spoleto; ob sie aber je eine factische Gewalt im Herzogthum ausgeübt haben, ist fraglich.

hessische Graf Giso, Graf Adolf von Holstein und ein Graf Siegfried. Von italienischen Herren werden genannt der Markgraf Manfred von Saluzzo, der Graf Guido von Biandrate und der Graf Malaspina, wahrscheinlich ein Seitenverwandter der Estes; später schlossen sich auch die Markgrafen Friedrich und Werner dem Zuge des Kaisers an. Von Burgund scheint Lothar nur geringe Unterstützung erhalten zu haben. Jedenfalls war es das stattlichste Heer, welches seit langer Zeit einem Kaiser in Italien gefolgt war.

Die Quellen berichten von der gesetzgebenden Thätigkeit Lothars auf diesem ronkalischen Tage. Uns ist nur ein Gesetz Lothars erhalten, durch welches den Aftervasallen untersagt wurde, Lehen ohne Erlaubniß ihrer Lehnsherren auf irgend eine Weise zu veräußern, wie dies auch nach Konrads Verbot noch geschehen war, und zwar zum nicht geringen Schaden für das Reich, da die großen Reichsvasallen so nicht mehr die erforderliche Mannschaft zum kaiserlichen Heere zu stellen vermochten. Dieses Gesetz wurde am 6. November erlassen, und am Tage darauf ließ der Kaiser das Lager abbrechen.

Er wandte sich zunächst gegen Pavia, wo man, seitdem er Mailand nahe getreten, eine feindliche Haltung gegen ihn angenommen hatte. Schon am Abend des 7. November lag er bei Lardilago an der Olona in unmittelbarer Nähe Pavias. Am folgenden Tage — es war ein Sonntag — kamen bewaffnete Schaaren aus den Thoren der Stadt und forderten einen Angriff heraus. Herzog Konrad ging sogleich gegen sie vor, warf sie zurück und machte zahlreiche Gefangene; zugleich wütheten rings um Pavia die kaiserlichen Schaaren mit Feuer und Schwert. Die Pavesen geriethen darüber in um so größere Besorgniß, als sie den alten Haß der mailändischen Ritterschaft gegen ihre Stadt kannten. Sie schickten deshalb ihren Klerus in das Lager des Kaisers, um dessen Gnade zu erflehen. Die Bitten des Klerus fanden Gehör, und der Kaiser bestand nur darauf, daß Pavia die Mailänder, welche es noch in Haft hielt, sofort frei gebe. Es geschah in der Frühe des 9. November, und noch an demselben Tage gab auch der Kaiser den Pavesen, welche Herzog Konrad zu Gefangenen gemacht hatte, die Freiheit wieder. Zum Unglück zeigte sich andern Tags Graf Otto von Wolfrathshausen mit einigen Rittern vor der Stadt, die Bürger übermüthig zum Kampfe herausfordernd. Man schloß zur Sicherung der Stadt das Thor, aber Otto und seine Genossen stürmten heran und suchten es mit Beilen zu erbrechen. Der Gewalt setzten die Bürger nun Gewalt entgegen, und im hitzigen Kampf am Thore fiel durch einen Pfeilschuß Graf Otto selbst und mit ihm Adalbert, ein vornehmer Sachse. Sobald der Kaiser ihren Fall vernahm, rückte er, Allen in der Stadt Tod und Verderben drohend, mit seinem ganzen Heere gegen die Mauern an. Die Bürger bemühten sich ihre Unschuld zu erhärten und brachten es mindestens dahin, daß er gegen eine Zahlung von 20,000 Talenten der Stadt Schonung versprach. Noch an demselben Tage zog Lothar von Pavia ab und nahm seinen Weg durch mailändisches Gebiet nach Abbiate grasso, von wo die mailändischen Ritter mit ihren gelösten Gefangenen nach Hause zurückkehrten.

In den nächsten Wochen durchzog der Kaiser die Gegenden auf beiden Seiten des oberen Po bis zu den Alpen hin. Vercelli, Turin und Gamundio*) ergaben sich ihm nur widerstrebend; der Graf Amadeus von Maurienne unterwarf sich erst, nachdem der Kaiser mehrere Burgen desselben zerstört hatte. Es mochte im Anfange des December sein, als der Kaiser dann in die Gegend von Piacenza zurückkehrte. Die Stadt, welche ihm bisher noch nicht ihre Thore geöffnet, gab jeden Widerstand auf, sobald er zum Angriff gegen sie vorschritt. Parma, eine alte Gegnerin Cremonas, empfing sofort freudig den Kaiser; er überließ den Bürgern eine benachbarte Burg mit ihrer Besatzung, damit sie besser fortan den Cremonesen Stand zu halten vermöchten. Auch die Mailänder führten, obwohl der Papst das Interdict ihres Erzbischofs aufgehoben hatte, den Kampf gegen Cremona unverdrossen fort, nahmen Genivolta und andere Burgen und verwüsteten mehr als einmal das Gebiet der feindlichen Nachbarstadt. Es gelang ihnen sogar den Bischof derselben in ihre Gewalt zu bekommen, dem aber nach einigen Monaten aus der Haft zu entfliehen glückte.

Der Kaiser nahm an den Kämpfen gegen Cremona unmittelbar keinen weiteren Antheil. Am 17. December war er im bischöflichen Sprengel von Reggio und nahm dieses Bisthum in seinen besonderen Schutz; es geschah auf Bitten seiner Gemahlin, mit welcher er hier wieder zusammentraf und in der Folge vereinigt blieb. Das Weihnachts-

*) Gamundio war der bedeutendste der Orte, aus denen später Alessandria am Tanaro erwuchs.

fest feierte er zu Vigheria, das Epiphaniasfest zu Tradacianum, zwei kleinen Orten im Gebiete von Piacenza. Am 10. Januar 1137 lagerte er bei Fontana procca im Gebiete von Reggio, am 21. desselben Monats im Gebiete von Modena und zog darauf gegen Bologna, welches seinen Geboten auch jetzt noch Trotz bot. Der Kaiser schlug ein Lager vor der Stadt auf und ließ eine nahe gelegene Burg, in welcher viele Bolognesen Zuflucht gesucht hatten, sofort angreifen. Der erste Sturm scheiterte, aber der zweite mit verstärkter Mannschaft hatte besseren Erfolg; die Burg wurde genommen, und 300 Bolognesen verloren im Kampfe das Leben. Bald darauf ergab sich Bologna, die Vergeblichkeit längeren Widerstandes erkennend. Der Kaiser zog mit dem Heere dann südlich weiter und feierte Mariä Reinigung (2. Februar) zu St. Casciano am Montone, einem damals bedeutenden Orte, wo Gesandte von Ravenna zu ihm kamen, um ihm die Ergebenheit auch ihrer Stadt zu bezeigen.

Obwohl der Kaiser nicht in Mailand die Krone empfangen, Pavia nicht betreten und in Piacenza den Einzug nur erzwungen hatte, obwohl Cremona noch immer im Widerstande beharrte, konnte er sich doch bereits als Herrn der Lombardei und der Romagna ansehen. Er beschloß jetzt zur Fortsetzung seines Unternehmens das Heer zu theilen. Herzog Heinrich sollte mit 3000 Rittern nach Tuscien gehen und dort zunächst das kaiserliche Ansehen herstellen; denn die Auflehnung gegen Engelbert war hier so allgemein geworden, daß dieser das Land hatte räumen müssen. Nach der Absicht des Kaisers sollte Herzog Heinrich dann mit dem Papste durch den Kirchenstaat und Campanien vordringen und zu ihm erst wieder in Apulien stoßen. Mit dem Hauptheere wollte er selbst indessen durch die Marken vorgehen; bei der Ergebenheit der Markgrafen schien der Weg bis an die Grenzen der Normannen hier kaum große Gefahren mehr zu bieten. So trennten sich Lothar und Heinrich; der letztere überstieg vom Thale des Montone aus auf einer der Hauptstraßen jener Zeit den Apennin und führte seine Schaaren in das Mugello; der Kaiser ging zunächst nach Ravenna, wo er von der Geistlichkeit und dem Adel ehrenvoll eingeholt wurde. Nach einem etwas längeren Aufenthalt in dieser Stadt verfolgte er dann seinen Weg durch die Marken, auf welchem er in Wahrheit mehr Hindernisse zu überwinden fand, als sich erwarten ließen.

Zuerst stieß das Heer bei einer Felsburg, welche schon früheren Kaisern tapfere Gegenwehr geleistet haben soll, auf Widerstand. Sie wird Lutizan genannt; wahrscheinlich ist Lonzano, unweit von Rimini, damit gemeint. Indessen wurde schon beim ersten Sturm diese Burg genommen. Auch Fano und Sinigaglia ergaben sich nach einigem Sträuben. Weiter rückte der Kaiser gegen Ancona, wurde aber bald inne, daß er hier eine hartnäckigere Gegenwehr zu bestehen haben würde. Als Erzbischof Konrad von Magdeburg und Markgraf Konrad von Meißen den Vortrab des kaiserlichen Heeres heranführten, wurden sie mit Hitze von den wohlgerüsteten Bürgern angegriffen und nur dadurch gerettet, daß der Kaiser ihnen rechtzeitig zur Hülfe kam; erst nach großen Verlusten — 2000 der Ihrigen sollen auf dem Platze geblieben sein — zogen sich die Anconitaner in ihre Stadt zurück. Lothar umschloß Ancona darauf von der Land- und Seeseite*), und schon nach kurzer Zeit unterwarf sich die Stadt; die Stellung von hundert Lastschiffen mit Kriegsbedarf wurde ihr als Strafe auferlegt.

Im Anfange des April war der Kaiser in Fermo, wo er auch das Osterfest (11. April) feierte. Nach dem Feste rückte er gegen eine benachbarte Burg, welche Firini**) genannt wird, deren Besatzung sich feindlich erwies, aber alsbald zum Abzug genöthigt wurde. Ein Streit, der damals zwischen den Sachsen und Baiern im kaiserlichen Heere ausbrach und bei dem der Erzbischof Konrad von Magdeburg mit seinen Vasallen von den Baiern überfallen und ausgeplündert wurde, gewann durch den herbeieilenden Markgraf Konrad von Meißen eine für die Baiern üble Wendung; sie wurden auseinandergetrieben und mußten ihre Beute zurückgeben; ein vornehmer Baier, Nithard mit Namen, verlor bei diesem Handel sein Leben. Spoleto unterwarf sich dem Kaiser, ohne, wie es scheint, einen Widerstand nur versucht zu haben.

Indem der Kaiser darauf den Tronto überschritt, betrat er das von den Normannen besetzte Grenzgebiet, welches die Mark von Teate bildete; es stand unter zwei Markgrafen Thomas und Matthäus, Vasallen eines in diesen Gegenden sehr mächtigen Herrn, des Palatinus

---

*) Die Venetianer oder Ravennaten müssen den Kaiser mit Schiffen unterstützt haben.

**) Der Name ist offenbar entstellt und schwer zu deuten.

Wilhelm. Als der Kaiser am Tronto Hof hielt, erschien Wilhelm selbst mit seinen Vasallen vor ihm, unterwarf sich und leistete den Lehnseid. Auch die Mönche des Casaurischen Klosters an der Pescara stellten sich ein und erhoben gegen einen gewissen Guido über schwere Bedrückungen Klage. Der Kaiser nöthigte Guido durch einen Eid von weiteren Belästigungen des Klosters abzustehen. Er versprach damals selbst mit seiner Gemahlin das berühmte Kloster zu besuchen, vermied aber nachher den Umweg und ging auf gerader Straße nach Termoli, wo die Herren der Umgegend sich ihm zu huldigen beeilten.

Ungehindert überschritt Lothar die alten Grenzen Apuliens und rückte bis Castel Pagano vor, nordwestlich von Monte Gargano. Die Einnahme des auf steiler Höhe belegenen Ortes schien überaus schwierig, zumal Roger eine starke Besatzung in die gut befestigte Burg bei der Stadt gelegt hatte. Aber diese Besatzung war bereits zu einer harten Plage der Einwohnerschaft geworden, die Lothar deshalb als ihren Befreier begrüßte und ihm sofort die Thore der Stadt öffnete. Auch die Besatzung der Burg mußte sich alsbald ergeben; der Befehlshaber derselben entkam zu Roger, aber nur um für seine Lässigkeit durch Blendung bestraft zu werden. Der von Lothar damals eingesetzte Befehlshaber, der Normanne Richard, wurde später von Roger durch Geld gewonnen ihm wieder die Burg zu überliefern, erfreute sich aber seines Lohnes nicht lange; denn Roger ließ ihn wegen seines früheren Abfalls zum Kaiser in Bälde aufknüpfen.

Von Castel Pagano aus schickte der Kaiser Herzog Konrad gegen die Burg Ragnano vor; sie unterwarf sich, sobald die Deutschen mit Sturmruf anrückten. Unmittelbar darauf zog Konrad gegen den Monte Gargano mit seinem damals durch eine stattliche Burg geschützten Heiligthume. Drei Tage lang hielt Konrad die Burg umlagert: erst am vierten Tage, als der Kaiser nachrückte und sofort zum Angriff schritt, ergab sie sich, und noch an demselben Tage unterwarf sich auch das benachbarte Siponto (8. Mai). Der Kaiser zog den Berg hinauf und verrichtete seine Andacht in dem Tempel des h. Michael, einem der gefeiertesten Wahlfahrtsorte jener Zeit; sein Heer entdeckte indessen einen großen Schatz, welchen der Herzog Simon von Dalmatien im Heiligthum niedergelegt hatte und der in der Burg und in einer Capelle am Fuße des Bergs geborgen war, und schleppte ihn als gute Beute fort.

Bei Troja, Cannae und Barletta zog der Kaiser mit dem Heere vorbei, ohne die Städte selbst zu betreten. Angriffe der Einwohner wurden abgeschlagen und zahlreiche Gefangene gemacht, die man theils tödtete, theils grausam verstümmelte. Es verbreitete dies solchen Schrecken, daß als der Kaiser später auf dem Zuge nach Melfi noch einmal in diese Gegend kam, die Bürger ihre Städte verließen und in die Berge flohen. Das deutsche Heer ging eilend auf Trani los und wurde hier von den Einwohnern jubelnd empfangen. Auch diese Stadt hatte lang und schwer von der Besatzung Rogers in der neben den Mauern errichteten Zwingburg gelitten: gleich bei der Ankunft des deutschen Heers erhoben sich deshalb die Bürger und zerstörten die Burg. Von den 33 Schiffen, welche Roger zum Entsatz gesandt hatte, wurden acht in den Grund gebohrt, worauf die anderen das Weite suchten. In den letzten Tagen des Mai zog der Kaiser von Trani nach Bari, damals der Hauptstadt Apuliens. Jubelnd wurde er auch hier empfangen; denn die reiche und immer unruhige Bürgerschaft wünschte nichts sehnlicher, als das Joch des Siciliers abzuschütteln. Zur Seite ihrer Stadt hatte Roger seine stärkste Feste gebaut und eine sehr zahlreiche, meist aus Sarazenen bestehende Mannschaft hineingelegt; schon vor der Ankunft des Kaisers hatten die Bürger die Belagerung dieser Burg begonnen und begrüßten nun freudig die Unterstützung des deutschen Heeres bei dem schwierigen Unternehmen.

Man stand unmittelbar vor dem Pfingstfeste (30. Mai), als der Kaiser in Bari einzog, und er hatte beschlossen die Festtage hier zu verweilen. Es waren zugleich Tage frohen Wiedersehens: denn zu gleicher Zeit mit ihm traf sein Tochtermann Herzog Heinrich ein, und auch ihm war inzwischen nicht Geringes gelungen.

Schon im Mugello hatte Herzog Heinrich das Schwert gebrauchen müssen. Der hier mächtige Graf Guido hatte sich gegen den Markgrafen Engelbert, wie fast alle Herren Tusciens, aufgelehnt und erst, nachdem Heinrich mehrere seiner Burgen gebrochen, entschloß er sich zum Gehorsam zurückzukehren und folgte dann dem deutschen Heere gegen Florenz. Auch in Florenz mußte Heinrich den Gehorsam erst mit bewaffneter Hand erzwingen; nur so gelang es ihm den vertriebenen Bischof in die Stadt zurückzuführen. Die in der Nähe auf beiden Seiten des Arno belegenen Burgen S. Genesio und Fucecchio wurden darauf

9*

überwältigt und der Thurm von Cajano, ein Räuberversteck bei Fucecchio, von Grund aus zerstört. Auf einem mühevollen Wege unter vielen Verlusten zog Heinrich dann gegen das rebellische Lucca und begann gleich nach seiner Ankunft die Stadt zu belagern. Die Bürger schienen zu hartnäckigem Widerstand entschlossen. Aber einige Bischöfe und mit ihnen der heilige Bernhard, der wieder nach Italien geeilt, um das deutsche Heer zu begleiten, legten sich in das Mittel; die Luchesen streckten die Waffen und gewannen gegen die Zahlung einer großen Geldbuße Verzeihung. Ihre Unterwerfung wurde durch die Besorgniß beschleunigt, daß die erbitterten Pisaner den Herzog vermögen könnten Lucca dem Erdboden gleich zu machen. Der Herzog wandte sich darauf südlich, brach auf seinem Wege noch mehrere Burgen und lagerte sich endlich am Ombrone vor Grosseto, welches sich nach kurzer Einschließung unterwarf. Die kaiserliche Autorität war damit in der Markgrafschaft Tuscien hergestellt.

Zu Grosseto stieß Papst Innocenz, der im Anfange des März Pisa verlassen, zu Herzog Heinrich und begleitete fortan, wie der heilige Bernhard, das deutsche Heer. Man zog gegen Viterbo, wo die Bürgerschaft in Parteien gespalten war und gerade der bisher einflußreichere Theil derselben dem Gegenpapst anhing; diese herrschende Partei hatte bereits das kaiserliche Valentano zerstört*) und machte Miene sich jetzt auch den Deutschen zu widersetzen. Aber die Vorstellungen des Papstes brachten die Bürger von Viterbo bald zur Nachgiebigkeit. Ueber die Buße von 3000 Pfund, welche sie zahlen mußten, entspann sich jedoch ein heftiger Streit zwischen dem Papst und dem Herzog; jener beanspruchte sie als Landesherr, dieser als Führer des Heers und wußte sie sich schließlich zu sichern. Der Papst sah seitdem die Deutschen, obwohl er selbst sie gerufen, mit nicht geringem Mißtrauen an; es wurde ihm deutlich, daß sie nicht nur in seinem, sondern auch im eigenen Interesse die Waffen ergriffen hatten und daß Herzog Heinrich noch ganz andre Absichten hegte, als die Herstellung der Kircheneinheit.

Um Ostern lag das deutsche Heer noch bei Viterbo, von wo es dann seinen Marsch nach Sutri nahm. Der Bischof dieser Stadt, ein

*) Zugleich einen andern benachbarten Ort, der Forum imperatoris genannt wird.

Anhänger Anaklets, wurde vertrieben und an seine Stelle ein gewisser Johannes, ein Kaplan des Abts von Fulda, eingesetzt. Man kam beim weiteren Vorrücken in die Nähe Roms, aber umging die Stadt aus Besorgniß, dort durch Einmischung in die inneren Kämpfe der Factionen zu lange aufgehalten zu werden. Der Tiber wurde überschritten; Albano ergab sich, nachdem die Vorstadt zerstört war, und mit Albano fast die ganze Campagna. Am 6. Mai war man in Anagni und überschritt gleich darauf die Grenzen des Fürstenthums Capua; das vom Sicilier beanspruchte Gebiet war nun auch von Herzog Heinrich betreten. Ohne Widerstand rückte das deutsche Heer bis S. Germano vor, wo ein Lager bezogen wurde. Die Deutschen standen am Fuße des Berges von Monte Cassino.

Widerwärtige Streitigkeiten im Kloster hielten hier längere Zeit den Herzog auf. Vor einigen Monaten war der Abt Senioreetus gestorben und bei der Wahl seines Nachfolgers eine Spaltung eingetreten. Ein Theil der Mönche hatte einen gewissen Rainald aus Toscana gewählt, der zu Roger und Anaklet hielt; die Uebrigen einen andren Rainald, gebürtig von dem nahen Collemezzo und den Grafen des Marserlandes entstammt, für den sie die Anerkennung des Kaisers zu erwirken suchten. Indessen behauptete sich für den Anfang der Toscaner und meinte selbst dem anrückenden deutschen Heere mit Hülfe eines gewissen Gregor, den er mit seinen Leuten in Sold genommen, begegnen zu können. Als Innocenz von S. Germano aus Gesandte in die Abtei schickte, um die Unterwerfung der Mönche zu fordern, wurden jene dort von bewaffneten Schaaren in die Flucht gejagt, und zugleich verwüsteten die Leute Gregors alle Fluren am Garigliano, um Heinrichs Heer ein längeres Verweilen unmöglich zu machen. Der Herzog ließ darauf alle Zugänge zu der Höhe von M. Cassino sperren, doch vergingen elf Tage, ohne daß sich diese Maßregel als erfolgreich bewährte. Um größeren Zeitverlust zu vermeiden, knüpfte der Herzog endlich mit dem Toscaner Unterhandlungen an und versprach ihm die Abtei zu belassen, wenn er sich dem Kaiser unterwerfe; dieser ging darauf ein und gab überdies dem Herzog einen goldenen Kelch als Geschenk, zugleich Geiseln für die Zahlung einer Summe von 400 Pfund. So wurde zum nicht geringen Aergerniß des Papstes die Sache geordnet, ohne daß seine Autorität gesichert war, und bald wehte von M. Cassino das kaiserliche Banner.

Der Papst und der Baiernherzog brachen darauf gegen Capua auf. Der Herzog hatte dieser Stadt eine strenge Züchtigung zugedacht, aber Fürst Robert, welcher dem deutschen Heere folgte, war mehr auf die Erhaltung als das Verderben seiner Hauptstadt, so wenig sie ihm auch Treue bewiesen, bedacht: er zahlte selbst 4000 Pfund, um den Herzog zu befriedigen. Als er unter dem Schutz der deutschen Waffen in sein Land und seine Stadt zurückkehrte, eilte Alles ihm zu; denn auch in Capua war Rogers Herrschaft wenig beliebt gewesen, und die normannischen und langobardischen Herren hatten sich längst gewöhnt die Partei mit dem Winde zu wechseln. Schnell war Robert wieder Herr in dem ganzen Fürstenthum, welches er aus der Hand des Herzogs und des Papstes zurückempfing und ihnen dann nach Benevent folgte.

Am 21. Mai traf das deutsche Heer vor Benevent ein. In der Stadt herrschte der Anhang Anaklets und des Siciliers, geleitet vom Cardinal Crescentius und dem Erzbischof Rossemannus; die entschiedensten Anhänger der Gegenpartei hatte man vorlängst verjagt, und sie hatten in Neapel ein Asyl gefunden. Sobald die Deutschen ihr Lager hinter dem Berge S. Felice aufgeschlagen, schickte der Papst den Cardinal Gerhard ab, um Unterhandlungen mit den Bürgern anzuknüpfen, und diese Botschaft versprach den besten Erfolg. Aber am folgenden Tage änderte plötzlich der Herzog die Stellung seines Lagers, welches er in die Ebene am Sabbato, der sich bei Benevent in den Calore ergießt, verlegte und fast bis an die Mauern der Stadt vorrückte. Hierüber erschreckt und Verrath fürchtend, entschlossen sich die Beneventaner zu einem Ausfall, an dem sie sich auch durch die erneuten Bemühungen des Cardinals Gerhard um einen gütlichen Ausgleich nicht hindern ließen. Der Herzog trieb aber die Städter ohne Mühe zurück und nahm eine größere Anzahl derselben gefangen. Dieser Mißerfolg brach den Muth der Städter. Schon am folgenden Tage — es war ein Sonntag — erschien eine Gesandtschaft der Bürger vor dem Papst, gelobte Unterwerfung und erwirkte dagegen die Freigebung der Gefangenen.

Inzwischen suchte ein rachedurstender Beneventaner, Jaquintus mit Namen, der aus dem Exil heimkehrte, die Deutschen zu überreden, daß die Stadt erstürmt und geplündert werden müßte. Beutelust, vielleicht auch Unzufriedenheit mit dem schonenden Verfahren des Papstes machte die Deutschen dem Jaquintus willfährig; sie rückten sofort gegen das nächstgelegene Thor an und rüsteten sich, da sie es verrammelt fanden, zum Sturme. In größter Bestürzung unterließ der Papst Nichts, um den Herzog zu vermögen das Heer von der Stadt zurückzurufen. Er erreichte seine Absicht, und Benevent entging dadurch einem traurigen Schicksal. Jaquintus aber ließ die Rachgier auch jetzt nicht ruhen. Durch einen Abzugskanal gelang es ihm mit einigen verwegenen Genossen noch an demselben Tage in die Stadt zu dringen und im Palast sich des Cardinals Crescentius zu bemächtigen. Als sie den Cardinal dann durch die Straßen schleppen, um ihn in das Lager des Papstes zu bringen*), begegnet ihnen Bernard, ein Hofbeamter Anaklets, hoch zu Roß und mit zahlreichem Gefolge. Dennoch wagt Jaquintus Hand an Bernard zu legen. Es entspinnt sich ein hitziger Kampf, in dem Bernard entkommt, Jaquintus aber eine tödtliche Wunde erhält. Seine Rachgier war nicht befriedigt worden, aber die Stadt war dem Gegenpapst und dem Sicilier entrissen. Schon in der folgenden Nacht verließ Erzbischof Rossemannus heimlich die Stadt. Tags darauf kehrten die Exilirten zurück, und alle Bürger schwuren in die Hand des Cardinals Gerhard dem Papste Innocenz Gehorsam und Treue. Er selbst betrat die Stadt nicht, legte aber den Bürgern vor seiner Abreise noch ihre Pflichten an das Herz und verhieß seine baldige Rückkehr.

Mit Herzog Heinrich und dem deutschen Heere zog Innocenz am 25. Mai weiter, um den Kaiser noch vor Pfingsten zu erreichen. Nur bei Troja scheint man noch auf Widerstand gestoßen zu sein; denn Herzog Heinrich ließ diese Stadt von seinem Heere plündern. Verwüstungen und Brandschatzungen hatten seinen Weg bezeichnet, aber sein Auftrag war glücklich erfüllt.

Mit außerordentlichem Glanze feierte der Kaiser das Pfingstfest in Bari. In der berühmten Kirche des heiligen Nicolaus hielt der Papst selbst vor dem Kaiser und seinen Fürsten das Hochamt. Während des Gottesdienstes glaubte man zu sehen, wie sich aus der Luft eine goldene Krone senke, über ihr eine Taube schwebe, unter ihr ein Weihrauchfaß dampfe und brennende Kerzen strahlten: man deutete

*) Innocenz schickte den Cardinal Crescentius später in ein Kloster.

diese Erscheinung auf den Bund der Kirche und des Reichs und ihren gemeinsamen Triumph. In die Festfreuden mischten sich aber auch Trauerklänge. Am Pfingstheiligenabend war Erzbischof Bruno von Köln nach kurzer Krankheit gestorben. In der Kirche des heiligen Nicolaus fand er seine Ruhestätte. In seine Stelle wurde sogleich Hugo, der Dekan des Kölner Domstifts, eingesetzt, der aber schon nach Monatsfrist Bruno in das Grab folgte*).

Nach dem Pfingstfeste wurde vom Kaiser die Belagerung von Rogers Burg bei der Stadt mit dem größten Eifer angegriffen. Man schlug vor derselben ein Lager auf und berannte die Mauern mit gewaltigen Maschinen. Lange trotzte jedoch die Burg den vereinten Angriffen der Deutschen und der Baresen. Die Besatzung wehrte sich überaus tapfer, und mancher Deutsche fand vor der Burg den Tod; unter Andren fiel hier der Graf Siegfried. Erst als die untergrabenen Mauern zusammenbrachen, gab die Besatzung den Widerstand auf. Bis auf den Grund wurde dann die Burg zerstört, die Mannschaft, größeren Theils aus Sarazenen bestehend, theils niedergemetzelt, theils in das Meer gestürzt. Von den Gefangenen sollen fünfhundert rings um einen ausgebrannten Thurm im Kranze aufgeknüpft sein, nur wenigen ließ man das Leben. Die unmenschliche Kriegsführung der Normannen war verrufen, aber die deutsche gab ihr an Grausamkeit hier kaum etwas nach.

Der Fall der großen Feste bei Bari wirkte wie ein Donnerschlag auf die normannische Welt; Rogers Herrschaft schien, im tiefsten Grunde erschüttert, in Trümmer zu sinken. „Ganz Italien," sagt ein Beneventaner jener Zeit, „Calabrien und Sicilien hallten von Siegesfreude wieder und jubelte dem Rachen des grausamen Tyrannen entrissen zu sein. Die ganze Meeresküste bis nach Tarent, wie auch Calabrien trachtete nur danach dem Kaiser so bald wie möglich zu huldigen." Roger selbst, der sich nirgends bisher den Deutschen gezeigt hatte und nach seiner Art den günstigen Moment zur Ueberraschung des siegestrunkenen Feindes abzuwarten schien, verlor jetzt den Muth und suchte ein Abkommen mit dem unaufhaltsam vordringenden Kaiser zu treffen. Er versprach, wenn Lothar seinen Sohn mit Apulien belehnte, große Geldsummen und zugleich die sichersten Bürgschaften für

*) Hugo starb am 30. Juni zu Melfi.

dessen Treue zu geben. Aber der Kaiser wies solche Anerbietungen mit Entschiedenheit zurück; er wollte, wie versichert wird, nicht das christliche Land in der Gewalt eines halben Heiden belassen.

Nach monatlichem Aufenthalt in Bari brach Lothar, vom Papste begleitet, nach Trani auf. Er gedachte von dort nach Melfi zu ziehen, wohin er zum Peter- und Paulstag die Barone Apuliens beschieden hatte, um über die Zukunft ihres Landes mit ihnen zu berathen. Unerwartet stieß er aber, als er gegen Melfi anrückte, noch einmal auf Widerstand. Vierzig Bewaffnete waren von der Stadt auf Kundschaft ausgeschickt; sie geriethen mit dem deutschen Heere in Streit und mehrere von ihnen wurden getödtet. Kampfgerüstet rückten darauf die Melfitaner zu Hauf gegen das kaiserliche Heer aus, wurden aber mit einem Verlust von mehr als dreihundert Todten zurückgeworfen. Sofort schickte sich nun der Kaiser an die Stadt eng zu umschließen. Doch der Muth der Einwohnerschaft brach schnell zusammen. Man öffnete die Thore, und Kaiser und Papst zogen in die Stadt ein, während das deutsche Heer auf den Höhen um die Stadt ein Lager aufschlug.

Die Häupter der Christenheit feierten das Fest der Apostelfürsten (29. Juni), wie sie beabsichtigt hatten, in Melfi. Von den Verhandlungen mit den Baronen, die dort gepflogen, ist Nichts bekannt; jedenfalls kam es nicht zur Bestellung eines neuen Herzogs von Apulien, die Lothar schon damals in Aussicht gestellt haben soll. Welchen Gang aber auch die Verhandlungen nahmen, es mußte sich bereits in ihnen zeigen, wie wenig Papst und Kaiser ungeachtet der Bundesgenossenschaft in ihren Ansichten über die Angelegenheiten Italiens übereinstimmten, welche Kluft zwischen dem deutschen Reich und der päpstlichen Curie, zwischen dem kaiserlichen Heer und den römischen Cardinälen bestand.

Wenig später schrieb der Papst an den Abt Peter von Cluny: so habe ihn Gott gesegnet, daß es von Rom bis Bari kaum eine Stadt oder Burg gebe, welche jetzt nicht dem heiligen Petrus und ihm unterworfen sei. Aber so wenig, wie vorher Herzog Heinrich, sah sich der Kaiser lediglich als einen Dienstmann des Papstes an, dem er mit deutscher Kraft und deutschem Blut Italien zu unterwerfen habe, vielmehr meinte er mit gutem Recht, daß er und das Reich über die gewonnenen Länder auch mit zu verfügen habe. Die Mißstimmung des deutschen Heers gegen den Papst und die Römlinge steigerte sich von

Tag zu Tage: man maß es ihnen und dem Erzbischofe von Trier, ihrem unzertrennlichen Genossen, vornehmlich bei, wenn sich troß des Einbruchs der heißen Jahreszeit die Rückkehr verzögerte, wenn der Krieg nicht zum raschen Abschluß gebracht wurde. Grade damals im Lager bei Melfi kam die lange verhaltene Wuth zu gewaltsamem Ausbruch. Die deutschen Krieger griffen zu den Waffen, um das Blut des Papstes, der Cardinäle und des Trierers zu vergießen. Nur die Dazwischenkunft des alten Kaisers wehrte einer Gräuelthat ohne Gleichen: er warf sich aufs Roß, sprengte unter die Wüthenden und unterdrückte durch die Wucht seines persönlichen Ansehens den Aufstand.

Unmittelbar nachher brach Lothar von Melfi auf und verlegte sein Lager in die frischen Gegenden am Lago Pesole, einem kleinen Gebirgssee, der seinen Abfluß zum Brandano hat. Hier an den Grenzen Apuliens und Calabriens im Gebiet von Potenza ließen Kaiser und Papst die heißesten Wochen des Sommers vorübergehen. Obwohl in einem Lager, lebten die Häupter der Christenheit doch auch hier keineswegs in völliger Eintracht, und vor Allem gaben die Angelegenheiten des Klosters M. Cassino zu neuen Zwistigkeiten Anlaß. Auf den Befehl des Kaisers war der Abt mit einigen Mönchen im Lager erschienen; zum großen Aergerniß des Papstes, welcher die Cassinesen, weil sie dem Gegenpapst noch nicht abgesagt, excommunicirt hatte. Der Papst verlangte jetzt, daß sich der Abt mit seinen Begleitern von Anaklet in aller Form lossage und ihm selbst nicht nur den Eid des Gehorsams, sondern auch Lehnstreue schwören solle. Als sie sich dessen weigerten, drang er auf die Entsetzung des Abts und erhob selbst gegen den Kaiser wegen des Empfangs von Gebannten bittere Vorwürfe. Aber er brachte es damit nur dahin, daß der Kaiser eingehende Verhandlungen darüber eröffnen ließ, ob die Cassinesen die verlangten Eide zu schwören verpflichtet seien. Diese Verhandlungen zogen sich vom 9. bis 18. Juli hin, da der Papst mit großer Hartnäckigkeit die vollständige Unterwerfung des Klosters beanspruchte, der Kaiser aber die Freiheit der von Alters her dem Reiche untergebenen Abtei zu schützen bestrebt war. Die Sache kam endlich dadurch zum Austrag, daß der Papst von der Entsetzung des Abts und dem Eid der Lehnstreue Abstand nahm, dagegen mußten die Cassinesen Anaklet eidlich absagen, wie Innocenz und seinen kanonisch gewählten Nachfolgern Gehorsam schwören.

Etwa zu derselben Zeit mit den Cassinesen trafen im deutschen Lager am Lago Pesole Gesandte des Kaisers von Constantinopel ein. Sie überbrachten Lothar prächtige Geschenke und beglückwünschten ihn wegen der glänzenden Fortschritte seiner Waffen. Aber Nichts verlautet von einer thatsächlichen Hülfe, welche Constantinopel ihm zur Fortsetzung des Kampfs und weiterem Vordringen geboten hätte. Und wenn es je die Absicht Lothars gewesen sein sollte, Rogers Macht auch in Calabrien und Sicilien anzugreifen, so war sie bereits aufgegeben. Seine Blicke richteten sich vielmehr jetzt auf Neapel und Salerno, wo inzwischen die Pisaner, geleitet von dem Abt Wibald von Stablo als kaiserlichem Gesandten und unterstützt von den Genuesen, kräftig den Kampf begonnen hatten.

Etwa im Juni waren nach dem Wunsche des Kaisers die Pisaner mit hundert Schiffen aufgebrochen und vor Neapel erschienen, wo Sergius und die Bürger, längst von Roger umschlossen und hart bedrängt, der Befreiung harrten. Als die pisanische Flotte erschien, gab Roger die Umlagerung Neapels auf und ging nach Salerno zurück, um vor Allem diese seine Hauptstadt auf dem Festlande gegen einen feindlichen Angriff zu sichern. Die Pisaner zogen darauf zunächst abermals gegen Amalfi, wo man sich ihnen in Erinnerung der früheren Leiden sogleich unterwarf, ihnen alle Schiffe zur Verfügung stellte und große Geldsummen zahlte, Ravello und Scala wurden zerstört und die Einwohner fortgeschleppt: in drei Tagen (13—15. Juli) hatte sich das ganze Gebiet von Amalfi unterworfen. Es war die Absicht des Kaisers, daß darauf sogleich mit aller Macht und von allen Seiten die Belagerung von Salerno begonnen werden sollte. Deshalb hatte er vom Lager am Lago Pesole Herzog Heinrich mit tausend Deutschen nach Campanien entsendet, mit ihnen auch den tapferen Grafen Rainulf, der schon in Apulien zu ihm gekommen war und seine besondere Gunst gewonnen hatte. Aber Herzog Heinrich hatte an einem Engpaß, der durch Rogers Bogenschützen vertheidigt war, Schwierigkeiten gefunden; erst als ihm die Pisaner 500 Schützen zur Hülfe sandten, gelang es ihm durchzubrechen. Unverzüglich bezog er dann ein Lager vor Salerno, vor welche Stadt gleichzeitig auch Robert von Capua und Sergius von Neapel rückten, während die hundert Schiffe Pisas mit 80 genuesischen und 300 amalfitanischen Fahrzeugen den Hafen sperrten.

König Roger hatte selbst inzwischen die Stadt verlassen und seinem

Kanzler Robert die Vertheidigung derselben übertragen. Der Kanzler gebot über etwas mehr als 400 Ritter des königlichen Dienstes, eine Anzahl dienstwilliger Barone und die Kräfte der Bürgerschaft, außerdem 40 Galeeren. Mit Umsicht benutzte er die ihm gebotenen unzulänglichen Hülfsmittel, und die Salernitaner wußten sich mit Heldenmuth der Uebermacht zu erwehren, die sie bedrängte. Wiederholentlich brachten sie den Belagerern, namentlich den Pisanern, sehr harte Verluste durch Ausfälle bei.

Die Belagerung Salernos hatte am 24. Juli begonnen und wurde besonders von den Pisanern mit rühmlicher Ausdauer und vollem Kraftaufwand betrieben; sie bauten einen gewaltigen hölzernen Thurm an den Mauern, der sich zum Schrecken der Salernitaner hoch über dieselben erhob. Inzwischen brach auch der Kaiser selbst mit dem Papst und dem Heer nach Salerno auf. Um den 1. August verließen sie den Lago Pesole, nahmen die Straße über Avellino und S. Severino — letztere Burg mußte erst zur Unterwerfung mit Gewalt gezwungen werden — und erschienen nach wenigen Tagen vor Salerno. Jetzt gaben die Einwohner die Hoffnung auf wirksame Vertheidigung auf; der Kanzler Rogers rieth ihnen selbst zur Uebergabe. Schon am folgenden Tage nach des Kaisers Ankunft — wahrscheinlich am 8. August — traten sie mit ihm in Unterhandlung und unterwarfen ihm ihre Stadt; gegen Zahlung einer großen Geldsumme versprach er Schonung derselben und gewährte den 400 Rittern Rogers freien Abzug. Der Kanzler hatte sich schon vorher mit den Baronen, welche für Roger die Waffen ergriffen, in eine feste Burg über der Stadt zurückgezogen.

Die Pisaner waren über den Friedensschluß, der ohne sie zu Stande gebracht war und nur dem Kaiser Vortheile bot, gewaltig entrüstet. Sie verbrannten den von ihnen errichteten Thurm und wollten sogleich nach Hause zurückkehren; nur die Vorstellungen des Papstes hielten sie zurück, ohne jedoch so viel zu erreichen, daß sie noch zur Belagerung jener Feste, in welche sich der Kanzler zurückgezogen, die Hand geboten hätten. Vielmehr traten sie, als Kaiser und Papst bald nach Mariä Himmelfahrt (15. August) Salerno verließen, durch den Kanzler mit König Roger selbst in Verhandlungen und schlossen mit ihm ihren Frieden. Am 19. September kehrten sie dann mit großer Beute nach ihrer Vaterstadt zurück; ausgezogen als

Bundesgenossen des Kaisers und Papstes, kamen sie als Freunde des Siciliers heim. Der Abfall der Stadt, die so wacker für Kirche und Reich gefochten und welche Bernhard einst als die treuste der treuen gerühmt hatte, schien auf einen völligen Umschwung der Verhältnisse Italiens hinzuweisen.

Lothars Anordnungen in Italien.

Von Stadt zu Stadt, von Eroberung zu Eroberung war der Kaiser geeilt; bis zu der Linie, welche im Süden durch Salerno, das Gebiet von Potenza und Bari bezeichnet ist, war ihm ganz Italien mit Ausnahme von Rom und Cremona unterthänig geworden. Er hatte sich etwa dieselben Länder, die seine Vorfahren einst für das Reich in Anspruch genommen, aufs Neue mit dem Schwerte gewonnen. Er beabsichtigte nicht weiter vorzudringen, aber es kam ihm darauf an, diese Länder dauernd dem Reiche zu sichern. Doch gerade hier zeigte sich, wie die Verhältnisse seit Hildebrands Zeit verändert waren; der Süden Italiens, einst dem Reich unterworfen, war seither dem römischen Bisthum lehnspflichtig geworden, und Papst Innocenz schien nicht gewillt irgend ein Recht des apostolischen Stuhls hier aufzugeben. Dadurch gerieth der alte Kaiser in Verwickelungen, die ihm bei seiner Stellung zur Kirche am schärfsten an das Herz greifen mußten und ihn fast unvorbereitet trafen. Zum Kampfe gegen Roger hatte er sich gerüstet, nicht zu Streitigkeiten mit dem Papste, seinem Schützling.

Schon gleich nach der Abreise von Salerno, als Kaiser und Papst miteinander in S. Severino verweilten, gab die Besetzung des Herzogthums Apulien, welche jetzt dringend wurde, zu heftigen Auftritten zwischen ihnen Anlaß. Sie galten nicht der Person des neuen Herzogs, die sich in dem Grafen Rainulf von selbst darbot. Ein tüchtigerer Mann war nicht zu finden, und er besaß in gleicher Weise die Gunst Lothars und des Papstes; auch hätte sich Niemand neben ihm behaupten können. Aber die große Frage war, ob Kaiser oder Papst den neuen Herzog zu belehnen habe, und diese Frage blieb, so heftig sie erörtert wurde, dennoch unentschieden. Die endliche Lösung wurde späterer Zeit vorbehalten, wo die betreffenden Urkunden eingesehen werden könnten, die aber in der That auch keinen neuen Aufschluß zu bieten vermochten. Man traf nur eine vorläufige Abkunft in einer gemeinsamen Belehnung, welche die Unklarheit der Verhältnisse erst recht einem Jeden zum Bewußtsein bringen mußte. Als Kaiser und Papst gemeinsam die herzogliche Fahne Rainulf übergaben, indem der Kaiser sie am Schaft, der Papst an der Spitze hielt, da mochten die Italiener, welche in Rainulf den besten Schutz gegen den Sicilier sahen, in lauten Jubel ausbrechen; für das deutsche Heer mußte es ein überaus kläglicher Anblick sein, welcher zum Hohn herausforderte, wenn man den Thränen gebieten konnte.

Nach dieser seltsamen Belehnung kehrten Kaiser und Papst nach Benevent zurück und schlugen am 30. August außerhalb der Stadt am Calore bei der Kirche des heiligen Stephanus ihr Lager auf. Am 1. September ging die Kaiserin in die Stadt, um ihre Andacht in der Hauptkirche zu verrichten und Geschenke den Heiligen darzubringen. Bei Menschengedenken hatte man keine Kaiserin in der Stadt gesehen und empfing Richinza deshalb mit den ausgesuchtesten Ehrenbezeugungen; seit Kaiser Heinrich III. im Jahre 1047 vor Benevent erschien, hatte sich, wie man sieht, die Stimmung der Bürgerschaft gründlich geändert*). Am 3. September hielt dann der Papst mit großem Glanze seinen Einzug. Am folgenden Tage versammelte er Klerus und Volk. Er gab ihnen bekannt, daß er einem gewissen Gregor das Erzbisthum zu übertragen beabsichtige, und befragte sie, ob sie Einwendungen gegen diese Wahl zu erheben hätten; da solche nicht erfolgten, weihte er selbst am nächsten Sonntag (5. September) in Gegenwart des Patriarchen von Aquileja und vieler deutscher Bischöfe den Erwählten. Obwohl Lothar selbst die Stadt nicht betrat und keinerlei Regierungsrechte dort in Anspruch nahm, nöthigte er doch auf die Bitten der Bürger und die Fürsprache des Papstes die umwohnenden Barone lästigen Abgaben, welche sie bisher von den Beneventanern erpreßt, zu entsagen.

Von Benevent aus traf der Kaiser auch Verfügungen, um Rainulf in seinem neuen Herzogthum zu sichern; denn schon war König Roger selbst in Apulien erschienen und suchte die verlorenen Plätze wiederzugewinnen. Der Kaiser überließ deshalb 800 deutsche Ritter dem neuen Herzog, die dann auch sofort unter der Führung seiner Brüder Richard und Alexander in Gegenden vordrangen, welche der Zug des Kaisers nicht berührt hatte. Alexander nahm durch List Acerenza;

*) Vergl. Bd. II. S. 429.

mit Hülfe der Bürger von Bari und von anderen Städten entsetzten die Brüder das von Roger belagerte Monopoli und gewannen kurz darauf auch Brindisi. So wurden Rainulfs Brüder für den Augenblick des ganzen Apuliens mächtig, während er selbst zunächst noch an der Seite des Kaisers blieb.

Am 9. September verließen Kaiser und Papst Benevent und begaben sich nach Capua, wo Fürst Robert sich wieder auf kurze Zeit seiner ererbten Herrschaft erfreute. Den Kaiser beschäftigten damals aufs Neue lebhaft die Angelegenheiten von M. Cassino; denn der Abt hatte sich, sobald er in sein Kloster zurückgekehrt war, aufs Neue in Verbindungen mit dem Sicilier eingelassen, und die Entsetzung des treulosen Mannes schien nun zur Nothwendigkeit geworden. Lothar schickte deshalb sogleich einige Ritter in das Kloster, um den Abt zu überwachen, und kam mit dem Papste am 13. September selbst nach S. Germano, wo ihn der Abt, obwohl kaum noch ein freier Mann, in feierlicher Procession empfing.

Schon in der Frühe des andren Tags stieg die Kaiserin den Berg zum Kloster hinauf; der Kaiser blieb zurück, um sich nach Festessitte — es war Kreuzerhöhung — erst krönen zu lassen, folgte aber noch im Laufe des Tags seiner Gemahlin. Er brachte mit ihr die kostbarsten Geschenke dem h. Benedict dar, gab aber zugleich seine Absichten gegen den Abt zu erkennen. Auch der Papst, der selbst in S. Germano zurückgeblieben war, doch Bernhard von Clairvaux und einige Cardinäle in die Abtei gesendet hatte, drang von Neuem jetzt auf die Entfernung des Abts; nur war er sehr unzufrieden, als er vernahm, daß der Kaiser selbst die Untersuchung gegen denselben in die Hand genommen habe. Der Papst bestritt das Recht dazu dem Kaiser, und dieser stellte nachgiebig alsbald anheim, mehrere Cardinäle mit der Untersuchung zu betrauen. Dies geschah, und die Cardinäle erklärten feierlich am 18. September die Absetzung Rainalds; er selbst legte Ring, Stab und die Ordensregel auf die Gebeine des h. Benedict nieder.

Lebhafteren Streit, als Rainalds Absetzung, rief die Bestellung seines Nachfolgers hervor. Der Papst beanspruchte auch diese als sein Recht; die Mönche beriefen sich dagegen auf die ihnen durch Privilegien verbürgte Wahlfreiheit, und der Kaiser wußte sie in ihren Privilegien zu schützen. Als die Mönche aber dann auf einen Fremden, einen Mann des kaiserlichen Vertrauens, die Wahl zu lenken beschlossen, machte der Papst aufs Neue die größten Schwierigkeiten. Damals soll der Kaiser dem apostolischen Vater gedroht haben, daß, wenn er die Wahlfreiheit der Cassinesen antastete, ein unheilbarer Bruch zwischen Kirche und Reich die Folge sein werde. Nothgedrungen wich endlich der Papst, und nun ließ der Kaiser sogleich den Abt Wibald von Stablo zu sich bescheiden, auf welchen die Mönche von Anfang an ihre Blicke gerichtet hatten.

Wibald, ein Lothringer von Geburt, hatte als Jüngling im Kloster Vasor an der Maas das Gewand des heiligen Benedict genommen; durch ungewöhnliche Begabung und große Kenntnisse zog er bald die Aufmerksamkeit auf sich und wurde in die kaiserliche Kanzlei aufgenommen; nach längeren Diensten in derselben war er in einem Alter von dreiunddreißig Jahren im Jahre 1130 zum Abt des großen Klosters Stablo gewählt worden. Dem Kaiser auf seinem zweiten Zuge nach Italien folgend, hatte Wibald wichtige Aufträge mit Geschick durchgeführt, namentlich die pisanische Flotte nach Neapel und Salerno geleitet. Vor Kurzem war er auch in M. Cassino gewesen und hatte dort die Stimmung in dem Maße für sich gewonnen, daß sich die Wünsche des Kaisers und der Cassinesen jetzt darin begegneten, ihm die Leitung des großen Mutterklosters zu übergeben. Am 19. September in Wibalds Abwesenheit fand die Wahl statt; schon am folgenden Tage erschien er selbst in der Abtei und wurde vom Kaiser sogleich mit dem Scepter belehnt. Am 21. September stieg dann Lothar mit dem Erwählten nach S. Germano hinab, um ihn dem Papst zu empfehlen und dessen Bestätigung zu erwirken.

Acht Tage lang hatte der Kaiser in M. Cassino geweilt, und die Cassinesen wußten nicht genug seine Frömmigkeit und seinen Lebenswandel zu rühmen. Der junge Diakon Petrus, ein Mönch des Klosters aus dem Geschlecht der Grafen von Tusculum, der öfters in der Umgebung des Kaisers war und sich seines besonderen Vertrauens berühmte, erzählt in der Chronik des Klosters: „Stets hörte der Kaiser, wenn ich im Lager bei ihm war, schon beim Grauen des Morgens eine Messe für die Verstorbenen, dann eine zweite für sein Heer und zum dritten die gewöhnliche Tagesmesse. Darauf wusch er mit der Kaiserin den Wittwen und Waisen die Füße, trocknete sie mit seinen Haaren und küßte sie, und alsdann speiste er in eigner Person die

Armen. Nach solchen Liebeswerken hörte er zunächst die Klagen über die Bedrängnisse der Kirche an, und erst dann wandte er sich zu den weltlichen Geschäften des Reichs. So lange er aber in unsrem Kloster war, ging er alle Nächte durch die Zellen und Wirthschaftsgebäude umher, wie der Abt oder Dekan zu thun pflegen, und untersuchte, ob jeder nach der Regel lebe; in der Frühe besuchte er dann zuerst barfuß alle Kirchen in der Abtei. Immer sah man ihn von Bischöfen und Aebten umgeben, um sich von ihnen Rath zu erholen. Er war der Stab der Blinden, die Speise der Hungrigen, der Trost der Trauernden, die Hoffnung der Gebeugten, und jede einzelne Tugend leuchtete in ihm so stark hervor, daß daneben die andren kaum noch Raum zu haben schienen. Die Priester ehrte er wie seine Väter, die Kleriker wie seine Herren, die Armen wie seine Kinder und die Wittwen wie seine Mütter. Anhaltend im Gebet, ausdauernd in Nachtwachen, opferte er seine Thränen Gott, nicht den Menschen." Obwohl im Kaiserornat, meint Petrus, habe Lothar doch gezeigt, daß er auch die Waffen geistlicher Ritterschaft führe, und besonders preist dieser sein Lobredner, wie er oft vom Morgen bis zum Abend dringenden Geschäften obgelegen, ohne irgend etwas zu genießen, ja sich selbst in der Nacht kaum Ruhe gegönnt habe. Der Diakon Petrus war ein eiteler Mann und ziemlich leichtfertiger Schriftsteller, und manche Züge des von ihm entworfenen Kaiserbildes mögen geflissentlich zu stark gezogen sein, aber im Großen wird dasselbe dem alten, dem Grabe zuwankenden Kaiser gleichen.

Von S. Germano brachen Kaiser und Papst, begleitet von Abt Wibald und mehreren Cassinesen, sogleich nach Aquino auf, wo sie eine große Versammlung der Barone Campaniens erwartete. Hier leisteten Herzog Rainulf, Fürst Robert und die andren Herren, welche Lehen von M. Cassino trugen, auf den Befehl des Kaisers dem neuen Abte den Lehnseid. Der Kaiser bestätigte hier am 22. September noch durch ein großes Privilegium alle Besitzungen und Rechte der von Wibald neugewonnenen Abtei und fertigte zugleich auch für Stablo, welches jener nicht aufgab, an demselben Tage eine Urkunde aus.

Keine Frage ist, daß Wibald einen wichtigen Platz in dem Vertheidigungssystem einnahm, welches Lothar für diese südlichen Gegenden gewählt hatte. Man gedachte daran, wie hundert Jahre früher Konrad II. den Richer von Altaich zum Abt in Monte Cassino eingesetzt hatte. Was damals jener bairische Mönch in Gemeinschaft mit Walmar von Salerno und Rainulf von Aversa leisten sollte*), war jetzt Wibald in Gemeinschaft mit einem andren Rainulf und dem Fürsten Robert von Capua zur Aufgabe gestellt.

Vor Allem glaubte aber Lothar für die Sicherung Italiens dadurch zu sorgen, daß er Herzog Heinrich, seinem Schwiegersohne, eine möglichst ausgedehnte Macht in dem Lande überließ. Herzog Heinrich erscheint in jener Zeit urkundlich als Markgraf von Tuscien, während Engelbert nicht mehr als solcher genannt wird. Der Markgraf Engelbert, der später meist in Baiern lebte, muß also seine Amtsgewalt in Tuscien aufgegeben haben, und diese auf den Schwiegersohn des Kaisers übertragen sein. Um dieselbe Zeit scheint auch der Papst auf den Wunsch des Kaisers Herzog Heinrich das Land der Mathilde zu Lehen gegeben zu haben. Im Besitz eines Theils der Estensischen Herrschaft, des Mathildischen Hausguts und der Markgrafschaft Tuscien besaß Heinrich allerdings eine Macht in der Halbinsel des Apennin, mit welcher er selbst dem König von Sicilien gefährlich werden konnte. Es war sicher nicht ohne Zusammenhang mit der Herzog Heinrich angewiesenen Stellung, wenn der Kaiser damals gegen alle Gewohnheit einen bairischen Bischof, Heinrich von Regensburg, zum Erzkanzler Italiens machte.

Nachdem der alte Kaiser diese Anordnungen, um das unterworfene Italien dem Reiche zu sichern, getroffen hatte, trat er den Rückweg an. Die Heimkehr nach Deutschland war ihm zugleich der Gang zum Grabe.

Heimkehr und Ende Lothars.

Als Abt Wibald zu Aquino des Kaisers Gast war, sagte dieser über Tische zu ihm, dem Manne seines Vertrauens: „Heute wird es das letzte Mal sein, daß ich mit dir speise.“ Das Wort war prophetisch, und Beide schieden unter trüben Ahnungen. Wibald kehrte nach Monte Cassino zurück, wo er nur wenige ruhige Tage noch verleben sollte: denn schon regte sich Rogers Anhang wieder in der Nähe der Abtei, welcher ihn bald ganz aus derselben verdrängte.

Kaiser und Papst verließen unmittelbar darauf Aquino und das

*) Vergl. Bd. II. S. 386.

Gebiet der Normannen. Vereint durchzogen sie die römische Campagna, wo es an willigem Gehorsam gegen Innocenz noch immer fehlte. Als sie nach Palestrina kamen, ließen sie eine benachbarte Burg, ein verrufenes Räubernest, erstürmen und dem Erdboden gleich machen; hier fand der hessische Graf Gifo den Tod und in fremder Erde das Grab. Von Palestrina aus verfolgten sie die Straße nach Tivoli, wo der Graf Ptolemäus von Tusculum vor dem Kaiser erschien und ihm den Lehnseid leistete; dann ging es weiter nach der Abtei Farfa. Mehrere derselben von Anaklet entzogene Güter wurden ihr jetzt zurückgestellt, und ein Ort der Umgegend, der sich widerspänstig zeigte, dem Feuer übergeben; in den Flammen fanden viele Einwohner den Tod. Es waren die letzten Maßregeln des Kaisers, um die Autorität des Papstes zu befestigen. Nach Rom ihn zurückzuführen, konnte er sich nicht entschließen. Im Vorgefühl des nahen Todes, wollte er sich nicht noch einmal in die traurigen Streitigkeiten des römischen Adels verwickeln, die ihm schon früher qualvolle Tage bereitet hatten. Auch Herzog Heinrich scheint nicht danach gelüstet zu haben, ferner als Vorkämpfer des Papstes aufzutreten.

Zu Farfa trennte sich der Papst vom Kaiser und vom deutschen Heere. Manche in demselben trugen werthvolle Anerkennungen für die der Kirche geleisteten Dienste davon, aber Niemand wurde reicher belohnt, als der Erzbischof Albero von Trier. Durch eine Bulle vom 1. Oktober 1137 ernannte ihn der Papst zum Legaten des apostolischen Stuhls in Deutschland und bestellte ihn damit zum Nachfolger Adalberts von Mainz, der am 23. Juni dieses Jahres gestorben war; der Trierer zeigte bald, daß er die Legation nicht schlechter auszunutzen wußte, als vor ihm der Mainzer Erzbischof. Konrad von Magdeburg, der sich als rüstiger Kriegsmann in Italien bewährt hatte, erhielt auf seine Bitte am 2. Oktober eine Urkunde, welche die Grenzen zwischen dem Magdeburger und dem Meißener-Sprengel regelte; von dem alten Missionssprengel Magdeburgs in Pommern und Polen scheint nicht mehr die Rede gewesen zu sein.

Den Kaiser verlangte nicht minder sehnlich, als sein Heer, nach Deutschland. Er nahm seinen Weg zunächst von Farfa auf Narni und Amelia — beide Orte mußten erst zum Gehorsam gezwungen werden — ging dann über den Tiber und zog bei Orvieto vorüber nach Arezzo. Hier starb Bischof Adalbert von Basel und wurde hier auch bestattet. Man wird einst den Rückweg des deutschen Heeres an Epitaphien haben verfolgen können. Nach Ueberschreitung des Arno zog es durch das Mugello nach der Romagna. Im Mugello wurde der Nachtrab von den Bewohnern des Gebirgs überfallen; man fing die Vermessenen ein, schnitt ihnen die Nasen ab oder verstümmelte sie auf andre Weise und gab ihnen dann wieder die Freiheit. Es war die letzte Gräuelthat in diesem Kriege, in dem nur zu viele Opfer der Rachlust und Grausamkeit gebracht waren. Als der Kaiser gegen Ende des Oktober nach Bologna kam, entließ er den größten Theil seines Heeres. Am 6. November war er bereits über den Po gegangen; er befand sich an diesem Tage in Begleitung seiner Gemahlin, der Herzöge Heinrich von Baiern, Konrad von Staufen und Ulrich von Kärnthen, des Patriarchen von Aquileja und des Erzbischofs von Magdeburg zu Ceneselli bei Massa. Klagen des Domstifts von Verona, welche hier an ihn gebracht wurden, ließ er durch seine Gemahlin entscheiden.

Das Martinsfest (11. November) feierte der Kaiser, obwohl ihn die Kräfte schon mehr und mehr verließen, doch noch mit allem Glanze in Trient. Nur langsam scheint man mit dem Hinsterbenden die Reise haben fortsetzen zu können, aber er kam noch über den Brenner und erreichte den deutschen Boden. Als man dann dem Lechthal zuzog, um nach Augsburg zu gelangen, nahte lange gefürchtet und doch überraschend die letzte Stunde des Kaisers. Er starb am 3. December in einem schlichten Bauernhause zu Breitenwang auf Tiroler Erde, nahe bei Reutte. Rechts vom Haupteingange der Breitenwanger Kirche sieht man jetzt an der Außenwand derselben eine eiserne Gedenktafel für Lothar eingemauert; sie hat Herzog Leopold Friedrich von Anhalt 1867 im Jahre seines eigenen Regierungsjubiläums gestiftet*). Nach alter Ueberlieferung zeigte man noch bis vor einem Menschenalter ein verfallenes Holzgebäude am Ende des Orts als den Raum, wo der siegreiche Kaiser seinen letzten Athem ausgehaucht. Im Jahre 1836**)

*) Gegenüber auf der linken Seite des Eingangs hat der Kaiser von Oesterreich im Jahre 1868 eine ähnliche Gedenktafel für Kaiser Maximilian I. anbringen lassen, welche die Verdienste des jagdlustigen Herrn um die dortige Gegend rühmt.

**) Dieses Jahr gab mir, als ich Breitenwang besuchte, der dortige Decan und Pfarrer Herr Joseph Schneller an, der sich um die Aufrichtung der erwähnten Gedenktafeln nicht geringe Verdienste erworben.

mußte das Gebälk abgetragen werden, und an seiner Stelle steht jetzt ein schlichtes Steinhaus, welches sich durch Nichts von andren des Ortes auszeichnet.

Als ein getreuer Sohn der Kirche, wie er hienieden gelebt hatte war der Kaiser in das Jenseits hinübergegangen. Die sein Todeslager umstehenden Bischöfe hatten ihn mit den Sterbesacramenten versehen. Auch des Reichs hatte er noch in seinen letzten Augenblicken gedacht. Die Reichsinsignien hat er da seinem Schwiegersohne, dem Herzog von Baiern übergeben, und ihn damit, so viel an ihm, als seinen Nachfolger im Reiche bezeichnet. Ob er ihm auch das Herzogthum Sachsen, welches ihm lange zugesagt war, sterbend übergeben, ist zweifelhaft. Aber keine Frage ist, daß Lothar Alles, was er besaß, dem Welfen, dem Gemahl seiner einzigen Tochter, bestimmt hatte. Wenige Tage nach dem Kaiser (20. December) starb in Schwaben einer seiner treusten Gefährten auf diesem letzten Zuge, der Bischof Meingot von Merseburg; auch er war krank aus Italien heimgekehrt und erreichte die Heimath nicht mehr.

Die zurückgebliebenen deutschen Fürsten hatten sich zu Würzburg versammelt, um den Kaiser festlich zu empfangen. Statt seiner kam die Todesnachricht, und bald zog die Kaiserin mit der Leiche ihres Gemahls durch Ostfranken nach Sachsen, um sie im Kloster Lutter beizusetzen. Hier in seiner eigenen Stiftung, auf sächsischem Boden, wurde Lothar am letzten Tage des Jahres 1137 in Gegenwart der Fürsten Sachsens und Thüringens feierlich bestattet; das Todtenamt hielt der Bischof Rudolf von Halberstadt.

Zwischen Braunschweig und Helmstedt am Fuße des reichbewaldeten Elms liegt jetzt das Städtchen Königslutter. Von der alten Abtei ist die mit drei Thürmen gezierte Kirche noch wohl erhalten, umschattet von uralten mächtigen Linden. Sie ist eine dreischiffige Pfeilerbasilica, welche ebenso durch ihre Größe wie durch die Vollendung ihrer Formen zu den herrlichsten Baudenkmalen Niedersachsens aus alter Zeit zählt. In der Mitte der Kirche ist das Kaisergrab. Die Platte, welche früher dasselbe bedeckte, ist im Jahre 1708 durch den Einsturz der Kirchendecke zertrümmert worden und durch einen Sarkophag von blauem Marmor, mit den Bildern des Kaisers, seiner Gemahlin und seines welfischen Eidams, ersetzt worden. An dem Pfeiler rechts vom Grabe ließ Abt Johann Fabricius eine steinerne Gedenktafel für den Kaiser mit lateinischer Inschrift anbringen; an dem gegenüberstehenden Pfeiler hängt ein aus dem sechszehnten Jahrhundert stammendes Oelbild, welches den Kaiser in Waffen und in der Krone darstellt. Als man das Grab im Jahre 1618 öffnete, fand man in demselben ein Schwert, einen goldenen Reichsapfel, eine silberne Schale und eine in drei Stücke zerbrochene Bleitafel mit der Inschrift:

„Lothar von Gottes Gnaden römischer Kaiser, des Reiches Mehrer, regierte 12 Jahre, 3 Monate und 3 Tage; ein in Christo allzeit getreuer, wahrhafter, beständiger, friedfertiger Mann und ein unerschrockener Krieger, starb er am 3. December auf der Heimkehr von Apulien, nach Niederwerfung und Verjagung der Sarazenen."

7.

Die Ergebnisse der Regierung Lothars.

Lothar hat der Nachwelt einen hochgeachteten Namen hinterlassen. Mißgünstige Stimmen, die gegen den Lebenden laut geworden, verstummten bald, und einhellig hat man nach seinem Tode gepriesen, wie er den inneren Krieg niedergekämpft, den Landfrieden hergestellt, das Ansehen des Reichs nach außen gewahrt und die Eintracht mit der Kirche erhalten habe. Gerade dadurch, daß die nächstfolgende Zeit trübselig war, trat seine Regierung in ein um so helleres Licht.

Welche Ziele Lothar auch in früheren Jahren verfolgt, im Besitze der höchsten Gewalt hat er die Herstellung der deutschen Kaisermacht fest im Auge gehabt. Wie sie einst von Sachsen aus begründet war, so wollte er sie auch von dort aus wieder erneuern, um die Christenheit zu einigen, die Kirche zu schützen, den allgemeinen Frieden durch Recht und Gesetz zu sichern. Das Kaiserthum Ottos des Großen in seiner vollen Kraft wieder aufzurichten: in dem Gedanken faßte sich Alles zusammen, was ihn als König und Kaiser beschäftigt hat. Dahin zielte es, wenn er den sächsischen Erzbisthümern ihre Missionssprengel im Norden und Osten wiederzugewinnen strebte, wenn er den Dänen und Wenden mit den Waffen entgegentrat, wenn er den Polenherzog ihm das Schwert vorzutragen nöthigte, wenn er den Landfrieden in den deutschen Ländern durch rücksichtslose Strenge sicherte, jedem selbstherrlichen Gebahren im Reiche — auch dem des hohen Klerus — sich widersetzte; dahin zielte es nicht minder, wenn er als Schutzherr der römischen Kirche in Italien einschritt, seine Rechte als König Italiens im weitesten Sinne faßte und auf Gegenden ausdehnte, in welchen seit mehr als zwei Menschenaltern die deutsche Herrschaft nicht mehr gefühlt war. Wie bei Otto, verbanden sich auch bei Lothar alle Bestrebungen für das Reich auf das Engste zugleich mit den Sorgen für das eigene Haus. Dauernd wollte er diesseits und jenseits der Alpen die Macht seines Geschlechts feststellen, dem Gemahl seiner Tochter einen Besitz hinterlassen, der ihn und dessen Nachkommenschaft hoch über jede andre weltliche Gewalt erhöbe.

Lothar selbst hat erfahren, wie schwer die von ihm ergriffene Aufgabe zu lösen war, wie besonders in den neuen Rechten und Ansprüchen der römischen Kirche früher ungekannte Schwierigkeiten bestanden, aber er mochte hoffen, daß die frische Kraft seines Eidams ein Werk vollenden werde, was er erst in späteren Jahren hatte beginnen können. Daß in der Stellung, welche er halb freiwillig, halb gezwungen gegen das Papstthum einnahm, indem er sich der idealen Obermacht desselben unterordnete, an sich ein unlösbarer Widerspruch lag gegen seine Absicht, das Kaiserthum in alter Macht und Herrlichkeit herzustellen, ist ihm schwerlich jemals zum vollen Bewußtsein gekommen.

Wie dem auch sei, der kaiserliche Name stand bei seinem Tode wieder in Ehren; man pries die Erfolge des alten Kaisers: ja schon begann man wieder eine Uebermacht der deutschen Krone zu fürchten, wenn sie auf das Haupt seines stolzen Schwiegersohnes käme. Man fürchtete zu viel; denn es zeigte sich nur zu bald, daß die Kaisermacht von Lothar nicht so gefestigt war, als man wähnte. Aber sehr würde man irren, wenn man deshalb meinte, daß Nichts in den Kämpfen, Mühen und Sorgen dieses langen vielbewegten Lebens erreicht, alle seine Spuren schnell verwischt worden seien. Es lohnt sich im Einzelnen zu erwägen, wie viel und wie wenig von dem, was Lothar vollbracht, seinen Tod überdauert und fortgewirkt hat.

Der letzte Kriegszug Lothars nach Italien ist von den Zeitgenossen besonders verherrlicht worden: mit hellem Scheine umleuchtete er das schon dem Grabe zugeneigte Haupt des greisen Helden, wie die sinkende

Sonne die Bergesspitzen noch einmal, ehe das Dunkel einbricht, in rosiges Licht taucht. Wenn es aber die Absichten des Kaisers bei diesem Zuge gewesen waren, die normannische Macht in Italien zu brechen, die letzten Reste des Schisma mit deutscher Macht zu vernichten und seinen Erben dauernd eine gebietende Stellung auch jenseits der Alpen zu sichern, so wurde dies Alles mit Nichten erreicht, vielmehr nahmen bald die Dinge in Italien eine Wendung, bei welcher der kaiserliche Einfluß dort mehr als je geschädigt wurde.

Noch ehe Lothar den Boden Italiens verlassen, hatte Roger bereits das Meiste, was er verloren, wiedergewonnen. Sobald er den Abzug des Kaisers aus Campanien erfuhr, erschien er vor Salerno, welches ihm ohne Verzug die Thore öffnete, nahm Nocera ein und überfiel Capua, wo er schonungslos hauste. Sein Auftreten erregte in Benevent und Neapel die größte Bestürzung. Herzog Sergius traf mit dem Sicilier ein Abkommen und leistete ihm Heeresfolge; auch die Beneventaner sagten aufs Neue Papst Innocenz ab und schlossen sich Roger und dem Gegenpapst an. Am 15. Oktober zog der König bei Benevent vorüber nach Monte Sarchio, um in Apulien einzudringen. Herzog Rainulf rüstete sich zur Gegenwehr. Die Bürger von Bari, Trani, Troja und Melfi bildeten mit einer Schaar von 1500 Rittern das Heer, mit dem er dem Könige entgegentrat. Vergebens bemühte sich der heilige Bernhard Blutvergießen zu hindern; am 30. Oktober kam es bei Ragnano unweit Siponto zu einem blutigen Kampf. Der König erlitt eine vollständige Niederlage; dreitausend der Seinigen fielen, unter ihnen auch der Herzog von Neapel. Sofort mußte Roger Apulien räumen. Dennoch blieb ganz Campanien auch ferner in seiner Gewalt. Der Fürst von Capua hatte schon aufs Neue das Weite gesucht. Am 2. November verließ auch Abt Wibald bei Nacht Monte Cassino: er gab in aller Form seine Stellung auf und überließ den Mönchen seinen Nachfolger zu bestimmen. Einmüthig wählten sie jetzt den früher zurückgedrängten Rainald von Collemezzo, der sich alsbald mit Roger verständigte. Die Vertheidigungsmaßregeln, welche Lothar für Campanien getroffen, hatten sich schon nach wenigen Wochen als völlig unzureichend gezeigt.

Aber in Apulien wußte Herzog Rainulf, von den Seestädten gut unterstützt, sich seine Stellung zu sichern. Er rückte mit einem Heere sogar gegen Benevent, welches auch nach Rogers Niederlage auf dessen

Seite blieb. Am 1. December lagerte Rainulf bei Padula unfern Benevent, doch gelang es ihm nicht die Stadt zu unterwerfen. Inzwischen war Papst Innocenz nach Rom zurückgekehrt. Mit Hülfe der Frangipani konnte er sich jetzt hier behaupten. Das Schisma war bereits im Ersterben, und der heilige Bernhard, noch immer an der Seite des Papsts, war ganz der Mann, der abtrünnigen Partei mehr und mehr die Lebenskräfte zu entziehen.

Der Abt von Clairvaux glaubte jetzt die Stunde gekommen, wo sich auch Roger für die kirchliche Einheit gewinnen ließe. Er begab sich selbst nach Salerno, um ihn von Anaklet zu trennen. Aber der König verlangte, daß drei Vertreter von jedem der beiden in Rom streitenden Päpste vor ihm erschienen und ihre Anrechte ihm darlegten; dann erst werde er sich darüber entscheiden können, ob er für Anaklet auch ferner einzutreten habe. Die Vertreter beider Päpste erschienen — für Innocenz sein Kanzler Aimerich, der Cardinal Gerhard und der heilige Bernhard selbst; für Anaklet sein Kanzler Matthäus, der gelehrte Cardinal Petrus von Pisa und der Cardinal Gregor — acht Tage lang dauerten die Verhandlungen, doch auch nach Abschluß derselben verweigerte der Sicilier eine bestimmte Erklärung. Er beabsichtigte sich zum nahen Weihnachtsfeste nach Palermo zu begeben: dort, meinte er, müsse er erst die Bischöfe Siciliens über die Sache hören, und verlangte deshalb, daß ihm je ein Cardinal beider Obedienzen folge. So geschah es; aber auch in Palermo verzögerte sich die Entscheidung, und ehe sie noch getroffen war, starb unerwartet am 25. Januar 1138 der Gegenpapst selbst in Rom.

Die Pierleoni schwankten, ob sie im Schisma weiter beharren sollten, und verlangten von Roger Anweisung, ob ein neuer Gegenpapst aufzuwerfen sei. Der Sicilier ermuthigte sie dazu, und in der Mitte des März erhoben die schismatischen Cardinäle aus ihrer Mitte den Cardinal Gregor auf den päpstlichen Stuhl, dem sie den Namen Victor IV. beilegten. Aber in der Stadt selbst wollte man von einem neuen Gegenpapste Nichts wissen. Mehr, als früher die deutschen Heere, wirkte jetzt der Eifer und die Beredsamkeit des Abts von Clairvaux. Bernhard brachte es dahin, daß selbst die Pierleoni nach kurzer Zeit den Widerstand aufgaben, ihr Erwählter die päpstlichen Insignien ablegte und sich Innocenz unterwarf; ihm folgte der ganze schismatische Klerus. Ganz Rom huldigte wieder einem Bischof; die ganze abendländische Kirche stand wieder unter einem Oberhaupte. Es war am 29. Mai 1138, acht Tage nach Pfingsten, daß so das achtjährige Schisma ein Ende nahm. Der heilige Bernhard, wie er sich zuerst für Innocenz erhoben, hat ihm auch zuletzt den Sieg gesichert. So wichtig es war, daß sich der deutsche König gegen die Pierleoni erklärt hatte, der eigentliche Ueberwältiger des Schisma war doch nicht er, sondern der französische Mönch, der nun, als Retter der Kirche mit Recht hoch gefeiert, in die Stille seines Klosters zurückkehrte.

Selbst der Sicilier mußte Innocenz jetzt in seiner geistlichen Würde anerkennen, aber daran fehlte viel, daß er deshalb auch sogleich seinen Frieden mit ihm gemacht hätte. Im Sommer 1138 erschien er abermals mit einem Heere auf dem Festlande; abermals griff er Apulien an, wurde aber von Rainulf zurückgewiesen, der ihm bei seinem Rückzuge bis nach Campanien folgte. Der Papst selbst wollte Rainulf damals mit einem Heere zuziehen, erkrankte jedoch zu Albano und mußte das Unternehmen aufgeben. Um einzelne Burgen in Campanien und im Beneventanischen hat sich dann der Kampf bis in den Winter gedreht; einer offenen Feldschlacht wußte der König diesmal auszuweichen. Als Roger nach Sicilien heimkehrte, war Rainulfs Macht in Apulien ungebrochen, in Campanien begann man seine Waffen zu fürchten, und die Autorität des Papstes stand ihm zur Seite.

Am 4. April 1139 hielt Innocenz eine große Synode in Rom, auf welcher er die Ordinationen des Anaklet und seines Nachfolgers für nichtig erklärte und König Roger mit allen seinen Anhängern aufs Neue mit dem Banne belegte. Der Papst mochte sich durch seine und Rainulfs Erfolge ermuthigt fühlen. Aber gleich darauf traf ihn ein furchtbarer Schlag. Am 30. April starb Herzog Rainulf zu Troja im kräftigsten Alter an einem hitzigen Fieber. Er hinterließ das Andenken eines unüberwindlichen Kriegsmannes, und selbst alte Widersacher sollen sein Ende betrauert haben. Nie hat es aber für den König von Sicilien eine freudigere Nachricht gegeben, als die vom Tode seines Schwestermannes. Am 25. Mai verließ er Palermo, eilte nach Salerno und fiel dann unverzüglich mit Heeresmacht in die Capitanata ein, während sein Sohn Roger die Seestädte Apuliens angriff. Mit Ausnahme von Bari, Troja, Arriano und einigen kleineren Plätzen war bald die ganze Capitanata und ganz Apulien in seiner Gewalt.

Inzwischen hatte aber der Papst selbst gegen den Sicilier die

Waffen ergriffen. Begleitet von dem vertriebenen Fürsten von Capua und Richard von Rupecanina, einem Bruder Rainulfs, brach er in Campanien ein; es folgte ihm ein Heer von tausend Rittern und zahlreichem Fußvolk. Als er nach S. Germano kam, begegneten ihm Boten des Siciliers, um Friedensverhandlungen anzuknüpfen. Der Papst wies sie nicht zurück, doch verlangte er eine persönliche Zusammenkunft mit dem Könige. Roger kam in der That mit seinem Sohne und kriegerischem Gefolge nach S. Germano; acht Tage wurde hier verhandelt, ohne jedoch eine Einigung zu erreichen. Sie scheiterte vornehmlich daran, daß der Papst die Herstellung des Fürsten von Capua beanspruchte, in welche Roger unter keiner Bedingung willigen wollte. Die Unterhandlungen wurden endlich abgebrochen, und der König verließ S. Germano; er wandte sich in die Berge, wo er seine ganze Streitmacht sammelte, um, wie er vorgab, dort einige Burgen der Borelli zu belagern. Das Heer des Papstes aber war unvorsichtig genug sich auf der Straße nach Capua in gelöster Ordnung weiter vorzuwagen. Man legte Feuer in einige Orte bei S. Germano; die Burg Gallucio wurde eingenommen und vom Papste besetzt. Da vernahm man, daß der König plötzlich mit stattlicher Macht in die Gegend von S. Germano zurückgekehrt sei und in der Nähe bei Mignano lagere. Diese Nachricht versetzte den Papst und die Seinen in die größte Bestürzung; nur darauf waren sie noch bedacht, wie sie schleunigst den Rückzug antreten könnten. Aber kaum waren sie aufgebrochen, so überfiel sie aus einem Hinterhalt der jüngere Roger mit tausend Rittern. Robert von Capua, Richard von Rupecanina und die meisten Römer entflohen; Viele fanden den Tod in den Wellen des nahen Flusses; Andre geriethen in Gefangenschaft, unter ihnen der Papst selbst, sein Kanzler Aimerich und mehrere Cardinäle. Sie wurden zu dem König nach Mignano geführt, der von den Gefangenen nun den Frieden erzwingen konnte.

Es war am 22. Juli 1139, als der Papst so in die Hand seines alten Widersachers fiel. Drei Tage darauf wurde der Friede im Lager von Mignano geschlossen, in welchem der Papst dem Sicilier, wie dieser verlangte, ganz Campanien vom oberen Liris an überließ. Der Papst stellte ihm überdies eine Urkunde aus, welche im Wesentlichen die Zugeständnisse des Anaklet wiederholt, doch in einer Form, welche mit Verleugnung der unzweifelhaftesten Thatsachen glauben macht, daß jene Zugeständnisse an den König nicht vom Gegenpapste, sondern bereits von Honorius II. herrührten; die Verhältnisse in Neapel und Benevent wurden in der Urkunde nicht besonders berührt. Darauf erschien der König mit seinen beiden Söhnen Roger und Alphons vor dem Papste; sie fielen ihm zu Füßen, erhielten die Absolution und leisteten ihm den üblichen Lehnseid. Mit drei Fahnen verlieh der Papst dem älteren Roger das Königreich Sicilien, das Herzogthum Apulien und das Fürstenthum Capua; Apulien hatte der König bereits seinem ersten Sohne Roger, Capua dem zweiten Alphons überlassen. Der Papst hielt dann ein feierliches Hochamt — es war das Fest des heiligen Jakobus — und pries den Frieden, dem er Dauer versprach. Wie sehr er ihm Bestand wünschen mochte, mehr noch verlangte man danach in den vom Kriege schwer heimgesuchten Gegenden Süditaliens.

Vereint zogen darauf der Papst und der König nach Benevent, um auch dort die Verhältnisse zu ordnen. Die letzten Schismatiker mußten hier weichen; als seinen Statthalter setzte der Papst den römischen Subdiakon Johannes ein. Zu Benevent empfing der König eine Gesandtschaft Neapels, welche ihm die völlige Unterwerfung der Republik anzeigte. Die Stadt, welche durch so viele Jahrhunderte ihre Selbstständigkeit bewahrt hatte, wurde nun mit ihrem Gebiete ein Theil des Normannenreichs. Dann brach Roger von Benevent auf, um auch den letzten Widerstand in Apulien zu brechen. Troja wagte keine Gegenwehr weiter gegen den Sicilier; auf seinen Befehl grub man sogar die Leiche des tapferen Rainulf aus dem geweihten Grabe aus. Um so hartnäckigeren Widerstand leisteten auch jetzt noch die Bürger von Bari, obschon sie der Papst selbst zur Unterwerfung aufforderte. Unter Führung eines gewissen Jaquintus vertheidigte sich die Stadt fast zwei Monate gegen den König; erst im Anfange des Oktober fiel sie, und an Jaquintus und seinen Anhängern übte dann Roger die grausamste Rache.

Nach Salerno zurückgekehrt, hielt der König über alle seine Widersacher strenges Gericht und ließ die gefährlichsten derselben nach Palermo bringen; auch er selbst ging im Anfange des November nach seiner Hauptstadt zurück. Er hatte den ganzen Süden Italiens bis an das römische Gebiet sich unterworfen; Länder unter seinem Scepter vereinigt, welche seit den Zeiten der Gothen und Langobarden aus einander gerissen waren. Was er durch Gewalt gewonnen, suchte er fortan durch die Strenge des Gesetzes zu erhalten und zu verbinden. Ein scharfer und strenger Wille erhielt fortan den Frieden in Gegenden, welche seit Jahrhunderten unter den stätigen Befehdung kleiner Mächte Unsägliches gelitten hatten. „Jetzt ruhte," wie ein Mann jener Zeit sagt, „schweigend das Land vor Rogers Angesicht." Das große Normannenreich im Süden war geschaffen, und zwei Jahre nach Lothars Tode war hier Alles vereitelt, was er mit seinem letzten Zuge nach Italien zu erreichen gehofft hatte.

Wir wissen, wie Lothars Stellung zum großen Theile auf seine engen Beziehungen zur römischen Curie beruht hatte. Aber seitdem der Papst seinen Frieden mit dem Sicilier gemacht, mußte auch Roms Verhältniß zur deutschen Krone ein andres werden. Ob sich der Sicilier als Lehnsmann des Papstes bekannte, in Wahrheit stand doch der römische Bischof in der Abhängigkeit von seinem mächtigen Vasallen, und so lange er willig dieses Verhältniß ertrug, bedurfte er kaum noch des Schutzvogts jenseits der Alpen. Innocenz war aber gewillt, den Frieden, der ihm abgezwungen war, unter allen Umständen zu halten. Als er nach längerem Aufenthalt in Benevent zu Anfang des Oktober 1139 wieder in Rom eintraf, fehlte es nicht an solchen, die ihm begreiflich zu machen suchten, daß ihn jener erzwungene Friede zu Nichts verpflichte; dennoch erklärte er sich bestimmt für die Aufrechthaltung des Vertrags. Der Sicilier selbst prüfte im nächsten Jahre hart des Papstes Gesinnung, als er seinen Söhnen Auftrag gab, die Gegenden in den Abruzzen zu besetzen, und als die normannischen Heere bis an den oberen Liris rückten. Der König kam damals selbst nach S. Germano und wünschte eine neue Zusammenkunft mit dem Papste, aber dieser entzog sich derselben und verlangte einzig und allein die Achtung seines Gebiets; Roger entließ darauf das Heer, um den Papst zu beruhigen. Aufs Neue wurde dieser nicht viel später in Aufregung versetzt, als er vernahm, daß Roger die Einführung seiner neuen nicht vollwichtigen Silbermünzen auch in Benevent verlangte. Er beschwerte sich darüber, aber hat mit seinen Beschwerden unsres Wissens wenig erreicht.

Es war Innocenz genug, daß er nach so vielen Irrfahrten und Kämpfen nun wieder ruhig in Rom residiren und die Verhältnisse der Stadt und ihres Gebiets ordnen konnte. Die Römer boten ihm damals die Hand, um das widerspänstige Tivoli zu bezwingen, geriethen aber in den gewaltigsten Zorn, als er dann ohne sie mit den Tivolesen ein Abkommen traf, welches jeden Vortheil für ihre Commune ausschloß. So entstanden Wirren, welche noch die letzten Tage des Papstes trübten und welche auch seinen Nachfolgern die schwersten Kämpfe bereiteten, in denen sie weder bei Sicilien noch bei den deutschen Königen eine so bereitwillige Hülfe fanden, wie Lothar der bedrängten Curie geleistet hatte.

Von Allem, was den alten Kaiser in Italien beschäftigt, hat kaum Anderes merklich nachgewirkt, als sein Lehnsgesetz und seine Bemühungen, das große Hausgut Mathildens in die Hand der Welfen zu bringen. Bei weitem mehr hat Lothars Regiment die spätere Entwickelung der deutschen Verhältnisse beeinflußt.

Ueber dreißig Jahre hat Sachsen unter der Herrschaft Lothars gestanden. Die im Investiturstreite aufgelöste Ordnung des Landes hat er erst als Herzog, dann als König und Kaiser hergestellt; denn auch in der Krone blieb er immer noch in vollem Sinne der Sachsenherzog. Seit den Tagen Heinrichs und Ottos I. hatte das sächsische Herzogthum nie wieder eine ähnliche Macht erreicht, wie unter Lothar. Nicht allein auf die inneren Zustände wirkte dies, sondern nicht minder nach außen. Die gebietende Haltung, welche Lothar in seinen letzten Lebensjahren gegen Dänemark, Polen und Böhmen einnahm, beruhte doch vor Allem auf der Kraft, welche er aus dem sächsischen Herzogthum schöpfte. Wie weit er auch nach dem Süden vordrang, am festesten waren seine Blicke doch immer nach dem Norden gerichtet. Es ist bezeichnend, daß er sich seine Ruhestätte weiter nach dem Norden wählte, als irgend einer seiner Vorgänger. Die nördlichsten unsrer Kaisergräber sind die Lothars und seines Urenkels Ottos IV.

An nicht Geringeres hat, wie wir wissen, Lothar gedacht, als die Herrschaft der Sachsen in demselben Umfange herzustellen, den sie unter Otto dem Großen gewonnen hatte. Es stand damit im Zusammenhange, daß er den sächsischen Erzbisthümern ihre alten Missionssprengel wiederzugewinnen bemüht war. Eine so umfassende kirchliche Restauration war nicht an der Zeit und konnte nicht glücken, aber ganz ohne Erfolg sind die Bestrebungen Lothars im Norden keineswegs gewesen. Wenn die Wendenvölker, seit mehr als einem Jahrhundert der Christenheit und dem deutschen Reiche entfremdet, bald wieder in den Verband der deutschen Kirche gezogen und der deutschen Herrschaft unterworfen wurden, so ist das zum nicht geringen Theil Lothar beizumessen. Wiederholentlich hat er als Herzog und König selbst das Schwert gegen die Wendenstämme gezogen und dem sächsischen Namen bei ihnen mehr Achtung verschafft, als er seit geraumer Zeit besessen. Aber auch an den Eroberungen Albrechts des Bären jenseits der Elbe, wie an den Missionsbestrebungen Ottos von Bamberg und der Männer von Neumünster hat Lothar Antheil genommen, und so faßt sich zuletzt doch Alles, wodurch in dieser Zeit die Christianisirung und Germanisirung des Wendenlandes angebahnt wurde, in seiner Person zusammen.

Noch einmal muß hier Ottos von Bamberg und seiner Missionsarbeit gedacht werden.

Mit den in Pommern gestifteten Gemeinden war der Bischof nach seiner Rückkehr von der ersten Reise in Verbindung geblieben, aber nur zu bald hatte er von dort die übelsten Nachrichten erhalten. Die Götzenpriester hatten auf das Volk den alten Einfluß wiedergewonnen und benutzten ihn, um Ottos Stiftungen zu vernichten oder doch zu gefährden; bald lagen die Adalbertskirchen in Stettin und Julin in Trümmern. Mit der kirchlichen Reaction ging die politische Hand in Hand. Im ganzen Lande regte sich eine lebhafte Opposition gegen die polnische Herrschaft; man entzog sich nicht nur den gegen Herzog Boleslaw eingegangenen Verpflichtungen, sondern setzte auch die alten Burgen wieder in Stand, um ihm begegnen zu können, ja man scheute sich nicht sein eigenes Gebiet anzugreifen. Der Pommernherzog Wratislaw sah sich in diese Bewegung wider seinen Willen hineingerissen, und seine Lage wurde eine sehr bedenkliche, als zu derselben Zeit, wo ihn Polen mit einem Kriege bedrohte, auch seine Besitzungen am linken Oderufer von den heidnischen Liutizen angegriffen wurden, während ihm Stettin und Julin wegen seiner christenfreundlichen Gesinnung den Gehorsam verweigerten. In solcher Bedrängniß verlangte er Ottos Hülfe, und der Bischof entschloß sich trotz seines Alters noch einmal die Beschwerden der langen Reise auf sich zu nehmen, um Pommerns Herzog und der gefährdeten Mission am baltischen Meere beizustehen. Nicht nur die Erlaubniß des Papstes holte er zu der neuen Reise ein, sondern auch König Lothars, dessen Oberhoheit der Pommernherzog damals anerkannt zu haben scheint. Lothar begünstigte auf alle Weise Ottos Unternehmen, welches seinen eigenen Plänen im Wendenlande förderlich war.

Es lag in den feindlichen Verhältnissen, welche zur Zeit zwischen Pommern und Polen bestanden, wenn Otto diesmal seinen Weg nicht durch Boleslaws Land nahm und auf die Unterstützung verzichtete, welche er dort früher gefunden hatte. Von Sachsen aus wollte er den Durchgang gewinnen zu jenen dem Pommernherzog unterworfenen Ländern am linken Oderufer, welche er auf der ersten Reise noch nicht hatte betreten können; hier sollte ihn Wratislaw erwarten und dann weiter geleiten. Die ganzen Kosten der Reiseausrüstung übernahm der Bischof selbst; zu seiner Begleitung hatte er sich den Priester Udalrich von der Aegidienkirche und einige andere Priester und Kleriker erwählt.

Am grünen Donnerstag (31. März) 1127 brach Otto gleich nach der Messe von Bamberg auf und gelangte bis Gralz, einem Hofe der Bamberger Kirche, wo er das Fest des folgenden Tags beging und dann sofort nach Kirchberg bei Jena eilte, um hier Ostern zu halten. Am Ostermontag ging er nach Rainersdorf an der Unstrut, wo er vor Kurzem eine Abtei nach den Cluniacenser Ordnungen eingerichtet hatte und am andren Tage die neuerbaute Kirche weihte. Die nächsten Tage brachte er auf den Besitzungen der Bamberger Kirche in Scheidungen und Mücheln zu, große Reisevorräthe beschaffend, welche er dann auf der Saale zu Halle verladen ließ, um sie zu Schiff nach Havelberg zu bringen; auch kostbare Geschenke wurden zu Halle eingekauft, wie er sie schon auf der ersten Reise mit sich geführt und mit großem Vortheil verwendet hatte. Auf der weiteren Reise berührte er auch Magdeburg, wo er von Erzbischof Norbert zwar mit den größten Ehren aufgenommen wurde, aber doch bald erkennen mußte, wie wenig dieser einer fremden Missionsthätigkeit im Osten neben der eigenen gewogen war. Norbert ließ Nichts unversucht, um den Bamberger von der Reise abzubringen, doch waren alle seine Bemühungen vergeblich; schon am Tage nach seiner Ankunft setzte Otto die Reise wieder nach Havelberg fort.

In Havelberg, wo fast alle christlichen Ordnungen untergegangen waren, feierte man gerade das Fest des Götzen Gerovit. Der Bischof scheute sich deshalb die Stadt zu betreten und ließ Wirikind, in dessen

Gewalt der Ort war, zu sich vor das Thor bescheiden. Als dieser kam, machte der Bischof ihm Vorwürfe, daß er als Christ solche Gräuel dulde. Wirikind, der bereits vorher auf einem Tage zu Merseburg in Gegenwart Lothars dem Bischofe sicheres Geleit durch sein Gebiet versprochen hatte, entschuldigte die heidnischen Bräuche des Volks und den Abfall desselben von Christus mit der Härte Norberts, unter dessen beschwerliches Joch man sich durchaus nicht beugen wolle; wenn aber Otto in seiner Milde dem Volke Vorstellungen machen wolle, meinte Wirikind, werde dasselbe sich willig fügen. In der That predigte Otto darauf vor dem Thore dem Volke und brachte es mindestens dahin, daß man das heidnische Fest abzustellen versprach. Der Bischof beschenkte Wirikind und dessen Gemahlin reichlich, erstand noch mehrere Reisebedürfnisse und vor Allem dreißig Lastwagen, da er seine Vorräthe nun zu Lande fortschaffen mußte. Weiteres Geleit, welches er von Wirikind beanspruchte, verweigerte dieser, da der Weg alsbald durch das Gebiet ihm feindlicher Stämme führte.

So zogen die Bamberger auf eigene Gefahr weiter. Zunächst kamen sie an einen dichten Wald, nach fünf Tagen dann an einen großen See, die Müritz. Das anwohnende Volk zeigte heißes Verlangen die Taufe zu empfangen, aber Otto glaubte sie an den Magdeburger Erzbischof verweisen zu müssen, zu dessen Missionssprengel die Gegend gehörte. Doch von Norbert wollten die Müritzer nichts hören und beruhigten sich nur, als Otto später zu ihnen zurückzukehren versprach, wenn der Papst und ihr Erzbischof es ihm verstatteten. Ohne Gefährdung gelangte Otto weiter bis Demmin, die erste Burg Herzog Wratislaws gegen das Liutizenland; hier wollten der Bischof und der Herzog zusammentreffen.

Demmin war gerade damals durch einen Angriff der Liutizen bedroht, und der Bischof kam mitten in das Kriegsgetümmel hinein. Dennoch fand er bei den Demminern freundliche Aufnahme; nicht minder bei dem Herzoge, der nach zwei Tagen sich einstellte. Unverzüglich unternahm Wratislaw einen verheerenden Streifzug durch das Liutizenland, kehrte aber schon in wenigen Tagen nach Demmin zurück und geleitete nun mit großen Ehren den Bischof nach Usedom. Um auch das Gepäck desselben dorthin auf der Peene zu schaffen, bedurfte es dreier Tage.

Zu Usedom war der Boden für das Christenthum schon vorher durch einige Priester bereitet worden, welche Otto auf seiner ersten

Reise in Pommern zurückgelassen hatte. Er begegnete daher keinem Widerstand in der Stadt und hielt sich dort längere Zeit auf. Zur Pfingstzeit (22. Mai) berief der Pommernherzog hierher auch die Häuptlinge aus den benachbarten Städten. Er empfahl ihnen Otto, den man mit allen Ehren aufnehmen müsse; denn er sei ein Abgesandter des Papstes und König Lothars und stehe bei allen Fürsten des deutschen Reichs in hohem Ansehen; geschähe ihm irgend ein Leid, so würde Lothar mit Heeresmacht in Pommern einfallen und Alles zu Grunde richten. Der Herzog forderte zugleich die Häuptlinge auf das Christenthum anzunehmen, und diese entschlossen sich auch alsobald zur Taufe.

Otto schickte darauf je zwei von seinen Priestern zur Predigt in die benachbarten Orte. Nach der reichen Handelsstadt Wolgast gingen die beiden Priester Udalrich und Albwin, denen er selbst mit dem Herzog unmittelbar folgen wollte. Jene Priester fanden aber zuerst die Stimmung in Wolgast so feindlich, daß sie sich glaubten verbergen zu müssen; erst als am andren Tage der Herzog und der Bischof erschienen, gewann der dem Christenthum geneigte Theil der Einwohnerschaft die Oberhand. Acht Tage lang predigte und taufte nun Otto zu Wolgast und brachte es dahin, daß die Heidentempel hier zerstört und der Grund zu einer Kirche gelegt wurde, zu deren Dienst er einen seiner Priester zurückließ. Der Herzog trennte sich darauf vom Bischofe, der sich zunächst nach Gützkow begab. Hier hatten die Einwohner erst vor Kurzem einen sehr stattlichen Götzentempel errichtet. Sie wünschten ihn erhalten zu sehen und wären es zufrieden gewesen, wenn man ihn in ein christliches Gotteshaus verwandelt hätte. Aber Otto bestand darauf, daß das Gebäude abgebrochen und die Götzenbilder verbrannt wurden. Die ganze Einwohnerschaft empfing dann die Taufe, und es wurde sogleich mit dem Bau einer Kirche begonnen. Als Sanctuarium und Altar fertig waren, erfolgte die Einweihung, zu deren Feier der Befehlshaber in der Stadt, der bereits in Demmin getauft war, alle seine christlichen und heidnischen Gefangenen freigab. Damals kamen zu Otto Boten von Mücheln und Scheidungen, welche ihm Geld, Silber, kostbare Gewande und manche Reisebedürfnisse nach seinem Auftrage von dort zuführten; mit ihnen erschienen aber auch Gesandte des Markgrafen Albrecht und der sächsischen Fürsten, welche erforschen sollten, ob der Bischof nicht ihrer Unterstützung bedürfe.

Unfraglich hingen Albrechts und der Sachsen Besorgnisse mit einem wichtigen Geschäft zusammen, welchem sich der Bischof in der nächsten Zeit zu unterziehen hatte.

Gewaltige Furcht herrschte in ganz Pommern, da der Polenherzog mit großer Heeresmacht bereits an und über die Grenzen des Landes gerückt war. Herzog Wratislaw und alle pommerschen Herren wandten sich deshalb mit den dringendsten Bitten an Otto, das drohende Unwetter abzuwehren. Sie baten nicht umsonst; der Bischof entschloß sich, während er den Priester Udalrich in Usedom zurückließ, sich selbst in das Lager des Polenherzogs, seines Freundes, zu begeben. Mit einigen Begleitern und mit Gesandten der Pommern machte er sich auf den Weg; sein ganzes Gepäck ließ er bei Udalrich in Usedom zurück. Otto fand den Polenherzog über die Bundbrüchigkeit Herzog Wratislaws und der Pommern gewaltig entrüstet; bitter beschwerte er sich zugleich über den Rückfall in das Heidenthum, wie er namentlich in Stettin eingetreten war. Der Bischof suchte dagegen Wratislaw zu entschuldigen, berichtete über die neuen Erfolge der Mission und wie sie besonders durch Wratislaw ermöglicht seien; er erklärte, daß er selbst Willens sei, jedes Schicksal mit dem Pommernherzoge und dem Pommernlande zu theilen. Boleslaw wurde dadurch milder gestimmt und äußerte endlich: um des Bischofs Willen wolle er thun, was selbst König Lothar nie von ihm erreicht haben würde; wenn der Herzog persönlich vor ihm erscheine und ihn um Verzeihung bitte, werde er vom Kriege abstehen und sich bei dem früheren Vertrag beruhigen. Der Pommernherzog selbst wurde nun beschieden und erschien in Begleitung des Priesters Udalrich. Zwei Tage wurde dann noch vergeblich verhandelt, aber am dritten drang die versöhnliche Stimmung durch. Die Herzöge küßten sich und erneuerten den alten Vertrag im Angesicht ihrer Getreuen; dann zog der Pole mit seinem Heere ab. Die Herstellung des Friedens war Ottos Werk, der darauf mit dem Herzoge nach Usedom zurückging; erst jetzt, nachdem alle Gefahr beseitigt, kehrten die Gesandten der sächsischen Fürsten in die Heimath zurück.

Otto blieb; denn er war noch auf die weitere Ausdehnung der Mission bedacht. Ueber das Haff wohnte an der Ucker bis zu ihrer Mündung der trotzige Stamm der Ukraner. Je hartnäckiger dieser bisher dem Christenthume widerstrebt hatte, desto mehr verlangte Otto auch ihn zu besuchen. Der Herzog suchte vergebens ihn zurückzuhalten.

Als aber Udalrich, welcher dem Bischofe den Weg bereiten wollte, durch einen Sturm an dem Gestade der Ukraner zu landen verhindert wurde, sah Otto darin ein Zeichen, daß Gott selbst die Mission unter diesem Volke jetzt nicht wolle, und gab sie auf. Nun erst entschloß er sich die Gemeinden wieder aufzusuchen, welche er auf der ersten Reise begründet hatte.

Vor Allem schien es dem Bischofe dringend, nach Stettin zu gehen, wo nicht nur der größere Theil der Einwohnerschaft in das Heidenthum zurückgefallen war, sondern wo man sich auch, gestützt auf einen Bund mit den heidnischen Bewohnern der Insel Rügen, der Herrschaft Wratislaws entzogen hatte. Alle Bemühungen der Begleiter des Bischofs, ihn von dem gefährlichen Unternehmen abzuhalten, waren fruchtlos. Die Aufnahme, welche er zuerst in Stettin fand, war allerdings wenig ermuthigend; wiederholentlich wurden sogar Anschläge gegen sein Leben gemacht. Aber eine Minderheit unter den Stettinern war doch dem Christenthume treu geblieben, und mit Hülfe derselben wurde allmählich der Widerstand der Götzenpriester und ihres Anhangs gebrochen. Die zerstörte Adalbertskirche erhob sich wieder, die letzten heidnischen Heiligthümer fielen, der Sieg des Christenthums war entschieden. Nun verlangte man auch von Otto, daß er der Stadt wieder die Gnade des Herzogs gewinne. Auch dazu erklärte sich Otto bereit und machte sich, von einer Gesandtschaft von Stettinern begleitet, im Anfange des August auf den Weg nach Kammin, wo der Herzog sich damals aufhielt.

Auf dieser Reise gerieth Otto durch den Ueberfall einer bewaffneten Schaar, welche zwei Götzenpriester in einen Hinterhalt gelegt, in große Gefahr, entging ihr aber glücklich durch die Herzhaftigkeit der ihn begleitenden Stettiner. Er berührte damals auch Wollin, wo er aber kaum noch Widerstand fand; die Wolliner folgten wie immer willig dem Beispiele Stettins. Auch in Kammin erreichte Otto leicht seinen Zweck. Der Herzog nahm gern die Unterwerfung Stettins an, und die Gesandten der Stadt kehrten freudig zu ihren Mitbürgern zurück. Aber bald bedrohte diese eine neue Gefahr. Die Rugianer, über den Abfall der Stettiner entrüstet, griffen diese an und gaben erst nach mehreren unglücklichen Kämpfen ihre Rachepläne auf.

Auch an die Bekehrung dieses heidnischen Volks, welches der pommerschen Mission so gefährlich war, dachte Otto, und als er vernahm, daß nach päpstlicher Bestimmung die Insel zum Missionssprengel des Erzbischofs von Lund gehöre, schickte er einen gewissen Iwan mit kostbaren Geschenken an den Erzbischof, um die Erlaubniß zur Mission von ihm zu erwirken. Erst nach sechs Wochen kam Iwan nach Wollin, wo Otto einen längeren Aufenthalt genommen hatte, mit dem Bescheide zurück, der Erzbischof müsse die Sache erst auf der nächsten Versammlung mit den Großen seines Landes berathen. Darauf konnte Otto nicht warten, zumal er schon auf das Aeußerste vom Könige, den sächsischen Fürsten und von den Bambergern zur Rückkehr gedrängt wurde. Er besuchte nur noch mehrere ältere Gemeinden, dann verließ er — etwa gegen Ende Oktober — den pommerschen Boden, um ihn nie wieder zu betreten. Den Rückweg nahm er durch Polen, wo er bei Herzog Boleslaw acht Tage in Gnesen verweilte. Am 20. December 1127 zog er wieder in Bamberg ein.

Bald nach seiner Rückkehr schickte Otto dem Papste einen Ring und bat ihn denselben zu weihen und zurückzusenden, damit er mit demselben den ersten Bischof in Pommern investire. Der geweihte Ring kam von Rom zurück, aber Otto hat ihn nie zu dem angegebenen Zweck, so viel wir wissen, benutzen können. Niemand wird dies mehr gehindert haben, als Erzbischof Norbert, der so eifrig bemüht war seinen alten Missionssprengel in Osten herzustellen. Wir wissen, wie er im Jahre 1133 eine Bulle erwirkte, in welcher ihm alle Kirchen Polens und Pommerns unterstellt wurden. Es werden in der Urkunde ein Bisthum Pommern und ein Bisthum Stettin genannt, und es müssen hiernach bald nach Ottos zweiter Reise zwei Bischöfe für Pommern und das Liutizenland bestellt sein. Als der erste Bischof von Pommern wird später Adalbert, Ottos Gefährte, genannt, der seinen Sitz erst in Wollin, dann in Kammin nahm; von einem Bisthum Stettin ist in der Folge nicht weiter die Rede.

Norberts kühne Entwürfe gingen mit ihm unter; so scheinen auch jene beiden neu gegründeten Bisthümer keinen Bestand gewonnen zu haben. Fast zu derselben Zeit mit dem Magdeburger Erzbischof endete der Pommernherzog Wratislaw. Er fiel durch Meuchelmord, und es folgte ihm im Herzogthume sein Bruder Ratibor. Weder die deutsche noch die polnische Oberhoheit scheint dieser anerkannt, auch die Mission wenig begünstigt zu haben. Wir wissen, wie Lothar im Jahre 1135, als ihm der Polenherzog huldigte, denselben mit Pommern und Rügen belehnte. Wie weit der Pole seine Herrschaft dort zur Geltung gebracht hat, steht freilich dahin. Von einer bischöflichen Wirksamkeit Adalberts in Pommern findet sich in dieser Zeit keine Spur, dagegen ist sicher, daß die pommersche Mission immer noch mit Bamberg in Verbindung stand und von dort aus unterhalten wurde.

Einen eifrigen Förderer besaß die deutsche Mission im Osten damals an dem Markgrafen Albrecht. Es ist bekannt, wie dieser ruhmbegierige und kriegslustige Fürst, seitdem er in den Besitz der Nordmark gelangt war (1134), die Ausbreitung seiner Herrschaft im Wendenlande fest im Auge hatte. Schon im Jahre 1136 trug er seine Waffen tief in das Wendenland, im Winter 1137 setzte er den Kampf mit einem stattlichen Heere fort und gewann so dauernd die ganze Priegnitz wieder den Deutschen. Unter seinem Schutz konnten sich auch die zerstreuten und eingeschüchterten Christen in dem Havelberger Sprengel wieder sammeln und erheben. Während Bischof Anselm, der gelehrte Schüler Norberts, bald am kaiserlichen Hofe, bald in Rom oder Constantinopel weilte, regte sich in seinem Bisthum, weniger von ihm, als von dem Markgrafen gefördert, neues kirchliches Leben.

Und auch im Brandenburger Sprengel zeigten sich neue Aussichten für den Sieg des Christenthums. In Brandenburg herrschte zu dieser Zeit ein wendischer Fürst, Pribislaw von seinem Volke, Heinrich von den Deutschen genannt. Während sein Volk dem dreiköpfigen Triglav auf dem Harlunger Berge opferte, bekannte er sich selbst mit seiner Gemahlin Petrussa zum christlichen Glauben und war ein Freund der benachbarten deutschen Fürsten. Vor Allen stand er zu Markgraf Albrecht in nahen Beziehungen; er hatte dessen ersten Sohn Otto aus der Taufe gehoben und dem Knaben das Land Zauche*) zum Pathengeschenk gegeben; und als er selbst ohne Leibeserben blieb, bestimmte er dem Markgrafen die Nachfolge in seiner ganzen Herrschaft. Unter solchen Verhältnissen gewannen die Prämonstratenser, Norberts Jünger, in die überelbischen Gegenden Eingang. Im Jahre 1136 ertheilte bereits Bischof Ludolf den Chorherren von Marienkloster in Magdeburg bedeutende Privilegien für ihre Besitzungen in der Brandenburger Diöcese; um dieselbe Zeit gründeten sie in Leitzkau, wo schon 1114

*) So hieß das Land südlich von der Havel bis zu den Nordabfällen des Fläming.

Bischof Harbert eine kleinere Kirche zu Ehren des heiligen Petrus erbaut hatte, damals hart an der Grenze deutscher Herrschaft*), eine stattlichen Convent, und als wenig später (1138) Wigger, der Probst des Marienklosters, zum Bischof von Brandenburg erhoben wurde, nahm er seinen Sitz in diesem Convent und wußte von hier aus mit namhaftem Erfolg die Mission im Brandenburgischen neu zu beleben.

Wenn Markgraf Albrecht besonders die Missionsarbeiten der Prämonstratenser, Kaiser Lothar die der Chorherren in Neumünster begünstigte**), so haben beide doch auch Ottos Werk in Pommern kräftig gefördert. Beweis dafür ist die merkwürdige, bereits erwähnte***) Schenkung des Tributs von fünf nordischen Provinzen, welche der Kaiser im Jahre 1136 mit Einwilligung des Markgrafen an den Bamberger Bischof machte. Hand in Hand gingen alle diese kirchlichen Bestrebungen mit der Ausbreitung der deutschen Herrschaft in den überelbischen Gegenden, und die Resultate, die hier gewonnen wurden, haben trotz eines Rückschlags, der sie auf kurze Zeit wieder in Frage stellte, doch eine ganz andere Bedeutung gehabt, als die Thaten Lothars jenseits der Alpen, welche seine Grabschrift preist.

Die Bedeutung der Wirksamkeit Lothars im Wendenlande ist von den Zeitgenossen kaum ganz erfaßt worden. Um so mehr sprang ihnen in die Augen, was er für die Erhebung seines Tochtermannes gethan hatte. Zu dem großen Besitz, den Heinrich der Stolze von seinen Vorfahren in Italien, in Baiern und Schwaben überkommen hatte, fiel ihm jetzt als Gemahl der kaiserlichen Tochter die Hauptmasse der billingschen, brunonischen und supplinburgischen Erbschaft zu; überdies war ihm die Nutznießung des reichen mathildischen Hausgutes übertragen worden. Mit einem unermeßlichen Besitz verband er eine politische Macht, wie sie noch nie ein Fürst des Reiches besessen. Das mächtigste Herzogthum Deutschlands hatte Heinrich von seinen Vorfahren ererbt, und er stand jetzt im Begriff, mit Baiern Sachsen, wo

---

*) Leitzkau war der Hauptort des Landes Morzani, der Gegend zwischen Elbe und Ihle. Dieses Land war bereits seit dem Anfange des zwölften Jahrhunderts von den Deutschen wieder gewonnen worden und gehörte zum größeren Theile dem Erzbisthum Magdeburg, der Rest den Grafen von Ballenstedt.

**) Vergl. oben S. 99. 100.

***) Vergl. oben S. 116.

der herzogliche Name unter Lothar eine weit größere Bedeutung als früher gewonnen hatte, dauernd zu verbinden; in der Markgrafschaft Tuscien hatte er bereits auch das erste Lehen Italiens erhalten. So beherrschte er mit seinem Ansehen nicht allein das obere und niedere Deutschland, sondern auch Italien, und nicht mit Unrecht konnte er sich rühmen, daß seine Macht von Meer zu Meer, von Dänemark bis nach Sicilien reiche.

Lothar hatte dem Welfen eine Stellung geschaffen, welche weit diejenige überragte, welche die Salier einst den Staufern hinterlassen. Er ist der Begründer jener Welfenmacht gewesen, vor der Kaiser und Päpste lange erzittert und welche den Welfennamen über den ganzen Erdkreis verbreitete. Der alte Kaiser konnte, wenn er nicht die Auflösung des Reiches wollte, keinen andern Gedanken hegen, als daß dieser sein mächtiger Schwiegersohn auch die Krone nach ihm tragen würde, und so hat er sterbend ihm auch die Reichsinsignien übergeben. Gewann der Welfe wirklich das Scepter, so standen ihm alle Mittel zu Gebote, Deutschland und Italien ganz von sich abhängig zu machen, auf das ganze Abendland gebietend zu wirken. Dann ließ sich das Kaiserthum Ottos des Großen, Lothars Ideal, herstellen, und es stand nur in dem Willen des Imperators, in wie weit er sich von der römischen Kirche noch abhängig machen wollte.

Die Zeiten hätten andere sein müssen, als sie waren, wenn man nicht in dieser neu sich erhebenden Macht die größte Gefahr für Kirche und Reich hätte sehen und sich von hüben und drüben die Hände reichen sollen, um dem Erben Lothars den Weg zu den Stufen des Kaiserthrones zu verlegen.

8.

König Konrad III. und Heinrich der Stolze.

Als die Leiche Lothars in die Gruft gesenkt wurde, beraumten die anwesenden Fürsten einen Tag nach Mainz auf Pfingsten 1138 (22. Mai) zur Königswahl an. So wenig die Absicht des alten Kaisers zweifelhaft gewesen war, daß ihm sein Schwiegersohn Heinrich, wie in Sachsen, so auch im Reiche folgen sollte, ebenso wenig bestanden darüber Zweifel, daß Heinrich selbst mit ganzer Seele nach der höchsten Gewalt strebte. Wie Großes ihm das Glück auch bisher gewährt, er erhoffte noch dessen letzte Gunst. Die außerordentliche Macht, die ihm in jungen Jahren zugefallen, hatte sein Selbstgefühl und seinen Ehrgeiz auf das Höchste gesteigert.

Es wird nicht an Solchen gefehlt haben, die in der Hoffnung frohlockten, daß der Welfe das Reich wieder in seinem alten Glanze herstellen würde und die an diese Hoffnung tausend Wünsche und Pläne knüpften, aber weit größer war ohne Zweifel die Zahl derer, welche das Uebermaß des welfischen Glückes fürchteten. Vor Allem erwachte in Rom und in dem deutschen Klerus, der sich schon fest an Rom gekettet fühlte, die Besorgniß, daß bei einem so mächtigen Kaiserthum, wie es in Aussicht stand, der ganze Gewinn des Investiturstreits eingebüßt werden könne, und dies um so mehr, als Heinrich bisher weder gegen den Papst noch gegen die Geistlichkeit sonderliche Ergebenheit gezeigt hatte. Aber auch unter den deutschen weltlichen Fürsten waren viele, in deren Wünschen eine Herstellung der alten Kraft des Reiches am wenigsten lag. Manche hatte überdies das hochfahrende Wesen des Welfen auf dem letzten Zuge durch Italien verletzt und fast alle empfanden es übel, daß er es nicht einmal der Mühe werth zu halten schien, um ihre Stimmen zu werben. Vor Allem waren die staufenschen Brüder, die so oft in den Waffen gegen Heinrich gestanden, seiner Erhebung entgegen; sie hielten noch immer an den Ansprüchen fest, die sie als Erben der Salier an die Krone zu haben meinten.

Ehe noch über diese Ansprüche der Staufer eine Entscheidung getroffen war, wurde Heinrich bereits von anderer Seite das Herzogthum Sachsen bestritten. Markgraf Albrecht, an Ehrgeiz dem jungen Welfen gleich, an Tüchtigkeit und Verdienst ihn überragend, glaubte wenn nicht bessere, so doch gleiche Ansprüche auf Sachsen zu haben. Auch er war der Sohn einer Billingerin, und schon sein Vater hatte einst, wenn auch auf kurze Zeit, das Herzogthum verwaltet. Das entschiedene Auftreten der klugen Kaiserin für die Rechte ihres Schwiegersohnes beirrte ihn nicht; mit der größten Rücksichtslosigkeit trat er ihr entgegen. Sie hatte eine Versammlung der sächsischen Fürsten zum 2. Februar nach Quedlinburg berufen: er bemächtigte sich des Platzes und wehrte ihr selbst den Eingang. So vereitelte er ihr Vorhaben und zugleich fiel er über ihre Güter her und verheerte sie, so weit er es vermochte, mit Feuer und Schwert.

Und schon hatte sich auch der Mann gefunden, der Mittel wußte, Heinrichs Königswahl zu vereiteln. Es war Erzbischof Albero von Trier. Von jeher ein eifriger Papist, war er auf dem letzten Heereszuge in das engste Verhältniß zu Rom getreten; zum Lohne dafür hatte er die Stellung eines Legaten des apostolischen Stuhls in Deutschland erhalten, und um so mehr konnte er als solcher sich jetzt geltend machen, als das Erzbisthum Mainz seit Adalberts Tod unbesetzt war und der neugewählte Erzbischof Arnold von Köln, bisher Probst zu St. Andreas, noch nicht das Pallium erhalten hatte. Seine Stimme fiel so bei der Wahl am schwersten in das Gewicht, und er war bald entschlossen sein ganzes Ansehen gegen Heinrich zu benutzen. Er hatte in Italien persönliche Zerwürfnisse mit dem Welfen gehabt, aber unfehlbar waren es doch die allgemeinen Interessen der Kirche, welche besonders sein Verfahren bestimmten. Leicht verständigte er sich deshalb mit dem päpstlichen Legaten, der damals nach Deutschland kam, dem Cardinalbischof Dietwin von S. Rufina, einem Schwaben von Geburt; nicht minder leicht mit den staufenschen Brüdern, da er nichts anderes beabsichtigte, als dem früher von der Kirche bekämpften Gegenkönig jetzt durch die Kirche wieder zum Regimente zu verhelfen.

Albero hatte auf dem Heereszuge nach Italien hinreichend Gelegenheit gehabt, nicht nur die Tapferkeit und die ritterliche Gesinnung Konrads, sondern auch sein bestimmbares Gemüth, seinen lenksamen Charakter kennen zu lernen: er wußte, daß dieser Mann im Herzen nichts weniger als der Kirche feindlich war. Ueberdies konnte dem übermächtigen Welfen nur ein Staufer entgegengestellt werden; nur in diesem Namen war es möglich, Heere zu sammeln, wie man sie zweifellos gegen den getäuschten Erben Lothars bedurfte. So war denn bald Alles vergessen, was man einst von der Drachenbrut der Heinriche gesagt hatte, alle jene Verwünschungen und Anatheme, die gegen die Staufer geschleudert waren. Wie man früher Lothar gegen sie gebraucht, als ihre Macht zu fürchten war, so sollten sie nun benutzt werden, um die von Lothar geschaffene, so große Besorgniß erweckende Macht zu vernichten. Man versteht solches Verfahren bei denen, die alle Gefahr für die Kirche in einem kräftigen Kaiserthum sahen, aber ehrenvoll für die Staufer war es nicht, sich zum Werkzeug derer zu machen, welche der Krone nur den Schein der Autorität lassen wollten und um sie zu schwächen neue innere Kriege heraufzubeschwören sich nicht scheuten. Leider ist es zu allen Zeiten so gewesen, daß der Glanz des Diadems die Augen blendet.

Mit der ihm eigenen List und Keckheit ging Albero an die Ausführung seiner Absicht. Nach seiner Stadt Coblenz berief er um den Anfang des März eine Versammlung mehrerer ihm vertrauter Fürsten. Es erschienen dort außer dem Cardinalbischofe, dem Erzbischof Arnold von Köln, Bischof Burchard von Worms, den beiden Staufern nur noch einige lothringische Fürsten; fast nur die rheinischen Gegenden, in denen Lothars Name immer am wenigsten gegolten hatte, waren hier vertreten; keine Sachsen, keine Baiern sah man unter den versammelten Fürsten. Trotzdem bewog sie Albero, ohne den angesetzten Wahltermin abzuwarten, sofort zur Kur zu schreiten. Von besonderer Wirkung wird gewesen sein, daß der Cardinal die Zustimmung des Papstes, des römischen Volkes und der Städte Italiens verhieß, wenn man Konrad erhebe. So wurde denn von den anwesenden Fürsten einstimmig am Montag den 7. März zu Coblenz Herzog Konrad zum König gewählt. Man eilte mit der Krönung, die schon am nächsten Sonntag (13. März) zu Aachen erfolgte. Der Consecrator war gegen alles Herkommen der römische Cardinal. Man begründete dieses ungewöhnliche Verfahren damit, daß dem Kölner Erzbischof das Pallium fehlte; doch assistirte Arnold dem Cardinal und mit ihm der Erzbischof von Trier, der eigentliche Königsmacher.

Die Wahl war im Winkel geschehen, ohne daß die Mehrzahl der deutschen Fürsten nur von derselben wußte. Sie war ein förmlicher Hohn gegen alles Recht und Herkommen. Albero und der Cardinal konnten das Unerhörte nur wagen, indem sie in der Ueberzeugung standen, daß die meisten Wähler willig ihr Stimmrecht preiszugeben geneigt seien, wenn ihnen nur der Druck des Welfen von der Schulter genommen und durch ein abermaliges Abgehen von der Erbfolge ihr freies Wahlrecht für die Folge noch besser gesichert würde. Der Cardinal und der Erzbischof wußten überdies, daß nach der herrschenden Stimmung der gesammte deutsche Klerus der von Rom gebilligten Wahl keinen Widerstand bereiten würde und daß sie ein Zeichen war, auf welches sich sofort die eingeschüchterte staufensche Partei im Reiche wieder erheben mußte. Was sie thaten, war im Grunde kaum etwas Anderes, als was die Gegner der Pierleoni in Rom mit so viel Glück vor zehn Jahren versucht hatten: gleich jenen hatten auch sie den ersten günstigen Moment ergriffen, um mit einer entschlossenen Minderheit einer Wahl zuvorzukommen, für welche die Mehrheit der Stimmen gesichert schien, und wie Innocenz jetzt allgemein als das Oberhaupt der Kirche anerkannt war, so mochten sie hoffen, daß auch die Winkelwahl in Coblenz bald allseitige Zustimmung gewinnen werde und der hochfahrende Welfe kein besseres Schicksal als Anaklet zu erwarten habe.

Diese Berechnung war nicht unrichtig. Aber die Wahl Konrads war doch ein unseliges Ereigniß; sie ist von den traurigsten Folgen für das deutsche Reich gewesen, und auch Konrad hat sich ihrer nicht zu freuen gehabt. Ob er an den Erbansprüchen seines Hauses festhielt, in Wahrheit verdankte er seine Krone allein jener in der Kirche zur Herrschaft gekommenen Partei, welche seinen Vorfahren das Reich bestritten, und rückhaltslos mußte er von vornherein jene gregorianischen Ideen anerkennen, welche sie einst bekämpft hatten. Seine Wahl war noch viel mehr, als die Lothars, unter römischem Einfluß erfolgt, und noch weit schwerer konnte er eine freie Stellung gegen die päpstliche Curie und die deutschen Fürsten gewinnen. Schon deshalb fiel es ihm unmöglich, weil er wie das erste Mal, so auch jetzt nur von einem kleinen Theile der Fürsten erhoben war und seine Regierung demzufolge stets das Gepräge einer Factionsherrschaft behielt. Sein ganzes Regiment ist erfüllt von Streitigkeiten ohne Schlichtung, von Kämpfen ohne Siege.

Nichtsdestoweniger waren die Anfänge des neuen Regiments glücklicher, als man erwarten mochte. Schon am Osterfest (13. April), welches der König zu Köln mit großer Pracht feierte, zeigte sich, daß es ihm an Anhang nicht fehle. Fast alle geistlichen und weltlichen Fürsten Lothringens waren erschienen; auch mehrere Bischöfe jenseits des Rheines hatten sich eingestellt, wie Embriko von Würzburg, Werner von Münster, Udo von Osnabrück und Rudolf von Halberstadt. Sogleich machte sich hier bemerklich, wie sich die neue Regierung im Gegensatze gegen Lothars Regiment bewege. Manche Anordnungen des Vorgängers wurden rückgängig gemacht, alte Formen der Reichsverwaltung hergestellt. Hatte Lothar ohne Kanzler regiert, so finden wir jetzt sogleich wieder einen Kanzler an der Spitze der Geschäfte; fast während der ganzen Regierung Konrads hat der Kölner Domprobst Arnold diese wichtige Stellung bekleidet. Von einem italienischen Erzkanzleramte des Erzbischofs von Magdeburg oder des Regensburger Bischofs war nicht mehr die Rede; der Erzbischof von Köln erscheint wieder nach alter Weise als Erzkanzler Italiens, obgleich die meisten italienischen Urkunden Konrads in der deutschen Kanzlei, also im Namen des Mainzer Erzbischofs ausgestellt sind. Auch von der doppelten Pfalzgrafschaft am Rhein, die unter Lothar so auffällig ist, verlautet nichts mehr. Fortan erscheint der Ballenstedter Wilhelm wieder allein als rheinischer Pfalzgraf. Er ergriff sogleich die Sache Konrads, obwohl er ein Neffe der Kaiserin Richinza und bisher ein persönlicher Gegner des Erzbischofs von Trier war; er mochte damit gewonnen sein, daß Otto von Rineck freiwillig der pfalzgräflichen Würde entsagte. Ein freiwilliger Verzicht wird dadurch wahrscheinlich, daß auch der Rinecker sogleich im Gefolge Konrads erscheint; da Pfalzgraf Wilhelm, sein Stiefsohn, kinderlos war, mochten seiner eigenen Nachkommenschaft Aussichten auf die Nachfolge in der ganzen Pfalzgrafschaft eröffnet sein. Dem Bischof Andreas von Utrecht wurden die Grafschaften Ost- und Westrachlen, von Lothar seinem Bisthum entzogen, jetzt wieder zurückgegeben. Der Abt Wibald von Stablo erhielt nicht nur die Privilegien seines Klosters bestätigt, sondern auch die Rückgabe des Ortes Tornines, welchen Graf Gottfried von Namur dem Kloster entrissen hatte. Es erweckt eigenthümliche Gedanken, wenn in der damals Wibald ausgestellten Urkunde die treuen und ergebenen Dienste gerühmt werden, welche dieser Günstling Lothars bei der Erhebung des neuen Königs geleistet hatte.

Bis gegen die Mitte des April verweilte Konrad in Köln und

begab sich dann nach Mainz, wo er von Klerus und Volk mit großem Jubel empfangen wurde. Noch immer stand der erzbischöfliche Stuhl in der Stadt leer, und die Besetzung desselben war für den König eine Sache von dem höchsten Interesse. Schon glaubte aber Herzog Friedrich den rechten Mann gefunden zu haben. Es war ein Bruder seiner zweiten Gemahlin, ein andrer Adalbert, der Neffe des ersten. Klerus und Volk hatte der Schwabenherzog bereits für seinen Candidaten gewonnen, und in Gegenwart des Königs erfolgte nun die Wahlhandlung. Der Gewählte, welchem sein Oheim einst die Propstei in Erfurt übertragen, war ein junger Mann, der seine in Hildesheim, Reims, Paris und Montpellier gemachten Studien kaum vollendet hatte und erst kurz vor dem Tode des Oheims nach Mainz zurückgekehrt war; noch hatte er nicht einmal die priesterliche Weihe erhalten. Er verdankte seine Erhebung nicht Verdiensten, sondern allein der Gunst der Staufer, aber den Dank dafür ist er ihnen schuldig geblieben. Unter den vielen Fürsten, die in Mainz den König umgaben und ihm dann nach Bamberg folgten, wohin er einen Reichstag auf Pfingsten (22. Mai) ausgeschrieben hatte, war auch der Erwählte von Mainz; er erhielt dort am 28. Mai die Priesterweihe und wurde am folgenden Tage von dem alten Pommernapostel zum Bischof geweiht.

Konrad hatte verlangt, daß alle Fürsten, die ihm noch nicht gehuldigt, sich in Bamberg einstellen sollten, um ihm den Eid zu leisten und ihre Lehen aus seiner Hand zu empfangen; auch Herzog Heinrich war zu erscheinen aufgefordert und die Auslieferung der Reichsinsignien von ihm beansprucht worden. In der That folgten die meisten Fürsten dem Rufe des neuen Königs. Es erschienen Markgraf Leopold von Oesterreich, ein Halbbruder des Königs, erst seit Kurzem dem Vater in der Markgrafschaft gefolgt, die Herzöge Konrad von Zähringen und Ulrich von Kärnthen und viele angesehene Herren aus dem oberen Deutschland. Noch wichtiger war, daß auch die sächsischen Fürsten sich vollzählig eingestellt hatten, unfraglich eine Folge des entschiedenen Auftretens des Markgrafen Albrecht. Wenn selbst die Kaiserin kam, so zeigte dies, daß auch sie die Thronansprüche ihres Schwiegersohnes bereits aufgegeben hatte und nur noch darauf bedacht war ihm eine möglichst günstige Machtstellung im Reiche zu sichern.

Aber Herzog Heinrich selbst stellte sich in Bamberg nicht ein, und mit ihm fehlten die meisten seiner Anhänger in Baiern. Besonders entbehrte man die Abwesenheit zweier geistlicher Herren. Es waren Erzbischof Konrad von Salzburg, eines in Kirche und Reich, wie wir wissen, hochangesehenen Mannes, und der Abt von Tegernsee. Der König beschied Beide zu einem neuen Reichstage, der am Peter- und Paulstage in Regensburg abgehalten werden sollte. Der Cardinal, Erzbischof Albero und Otto von Bamberg luden den Salzburger noch besonders ein, indem sie ihm vorstellten, daß die Wahl nur deshalb ohne seine Mitwirkung in solcher Eile erfolgt sei, weil es sich um Ruhe und Frieden, um Wohl und Wehe des Reiches und der Kirche, um die Vereitelung großer Aergernisse und geheimer Ränke gehandelt habe.

Nicht ohne Wichtigkeit für die Stellung des neuen Königs war, daß auch Herzog Sobeslaw von Böhmen in Bamberg erschienen war und sich äußerst dienstwillig zeigte. Er wünschte, daß der König seinem Sohne, der noch im Knabenalter stand, durch sofortige Belehnung die Nachfolge in Böhmen zusichere, und der König entsprach gern diesem Wunsche; alle böhmischen Großen, die anwesend waren, mußten eidlich den Knaben als Nachfolger des Vaters anerkennen.

Wie sich Konrad bereits sogar Baierns für sicher hielt, zeigt die Wahl Regensburgs für den nächsten Reichstag: hierhin wurde auch Heinrich abermals beschieden, um die Reichsinsignien auszuliefern. Wir haben eine vereinzelte Nachricht, daß sich der Herzog damals in Nürnberg befunden, der König ihn hier belagert und die Herausgabe der Insignien verlangt habe. Die Nachricht verdient vielleicht Glauben, aber sicher ist, daß der König noch nicht im Besitze der Insignien war, als er zur bestimmten Zeit nach Regensburg kam. Hier wurde nun sofort klar, wie mißlich Heinrichs Sache selbst in seinem angestammten Herzogthume stand.

Erzbischof Konrad erschien in Regensburg und war zur Unterwerfung bereit; er besorgte, daß man sonst die ganze Schuld eines inneren Kampfes auf sein Haupt wälzen würde. Als der Erzbischof vor den König trat, verlangte Herzog Konrad von Zähringen, daß er dem neuen Herrn auch den Lehnseid leiste. Aber der Erzbischof sagte zu dem übereifrigen Fürsten: „Ich sehe, Herr Herzog, wäret ihr der Wagen, ihr liefet den Ochsen voran; zwischen mir und dem Herrn König wird sich Alles so ordnen, daß eure Sorge überflüssig ist.“ Damit sich das Gespräch nicht erhitze, hielt der König dem Zähringer die Hand vor den Mund: ihm genüge, sagte er, die Ergebenheit des Erzbischofs und Weiteres verlange er nicht. Die Unterwerfung des Salzburgers war für den ganzen Klerus Baierns entscheidend.

Wir wissen, daß der König damals auch die Reichsinsignien erhielt und zwar durch Gesandte, die er an den Herzog Heinrich geschickt hatte. Der Welfe gab damit selbst seine Absichten auf die Krone auf, aber er wird sein kostbares Pfand nicht aus den Händen gelassen haben, ohne bestimmte Zusicherungen für das Herzogthum Sachsen und die großen Reichslehen, welche er bereits in Händen hatte, verlangt und erhalten zu haben. Im Besitz zweier deutscher Herzogthümer und der Markgrafschaft Tuscien blieb er auch ohne die Krone der mächtigste Mann im Reiche. Indessen sah er nur zu bald, daß man ein falsches Spiel mit ihm getrieben; ob den König selbst oder seine Unterhändler die Schuld trifft, läßt sich nicht mehr entscheiden. Als Heinrich, der sich durch sein Opfer mindestens die Gunst des Königs gewonnen zu haben hoffen durfte, nach Regensburg kam, konnte er nicht einmal den Zugang zu ihm gewinnen; wie ein Feind wurde er behandelt und vom Hofe ausgeschlossen.

Es ist dann in der nächsten Zeit zwischen dem König und Herzog Heinrich noch mehrfach verhandelt worden; bei dem Widerspruche der Quellen ist es indessen unmöglich, von diesen Verhandlungen ein klares Bild zu gewinnen. Otto von Freising, des Königs Halbbruder, berichtet in seiner Chronik: Heinrich, völlig erniedrigt, habe das Mitleid des Königs zu erregen gesucht, aber seinen Zweck nicht erreicht. Dagegen giebt die alte Welfenchronik, obwohl sie sich sonst an das Buch des Freisinger Bischofs anschließt, hier andere, mit dessen Mittheilungen unvereinbare Nachrichten. Der König, berichtet sie, habe zu Regensburg bestimmt, daß die Verhandlungen mit Heinrich auf einem demnächst zu Augsburg zu haltenden Tage abgeschlossen werden sollten; hier sei auch der Herzog erschienen, von einem nicht unbedeutenden Heere begleitet, mit dem er am Lech gelagert, während der König seinen Aufenthalt in der Stadt selbst genommen habe; drei Tage sei dann durch Mittelspersonen verhandelt worden, aber vergeblich; denn der König habe verlangt, daß Heinrich Manches von dem aufgebe, was er von Lothar erlangt, der Herzog dies aber entschieden verweigert; als nach dem Scheitern der Verhandlungen den König die Furcht beschlich, daß seine Gegner ihm Nachstellungen bereiten könnten, habe er den Entschluß zu eiliger Flucht gefaßt; nach dem Mahle habe er sich scheinbar zur Ruhe begeben, heimlich aber Rosse herbeischaffen lassen und sei dann mit wenigen Begleitern fortgeeilt, ohne sich von den Fürsten nur zu verabschieden; seine übrigen Getreuen seien in nicht geringer Gefahr zurückgelassen worden.

Dieser welfische Bericht trägt in den Einzelnheiten die deutlichsten Spuren parteiischer Fälschung der Thatsachen; er stellt sowohl Konrads Lage wie seinen Charakter in ein falsches Licht. Indessen waren auch Heinrichs Verhältnisse keineswegs der Art, daß er sich, wie der Freisinger Bischof berichtet, lediglich auf demüthige Bitten hätte verlegen müssen. Wir haben vielmehr allen Grund anzunehmen, daß wirklich Verhandlungen zu Augsburg gepflogen sind und daß sie sich daran zerschlugen, daß der König Sachsen und Nürnberg nicht in den Händen des Welfen belassen wollte. Der König, sagt der Chronist Helmold, hielt es für unrecht, daß zwei Herzogthümer in der Hand eines Fürsten seien. Es war das allerdings nicht ohne Vorgang, aber unfraglich waren Baiern und Sachsen in einer Hand eine stete Gefahr für Krone und Reich.

Nachdem die Verhandlungen erfolglos gewesen, zögerte der König nicht Heinrich mit aller Entschiedenheit entgegenzutreten. Auf einem Reichstage, der im Juli oder Anfang August zu Würzburg gehalten wurde, erging gegen Heinrich die Acht; zugleich wurde auch über das Herzogthum Sachsen verfügt und ohne Zuziehung der sächsischen Fürsten dasselbe dem Markgrafen Albrecht ertheilt. Dem Welfen blieb nun kaum noch eine andere Wahl, als an das Schwert zu greifen.

Konrad mußte sich auf den Kampf mit Heinrich gefaßt machen. Während der noch übrigen Monate des Jahres scheint er sich meist in Ostfranken aufgehalten zu haben, vornehmlich in Nürnberg, welches damals, wenn nicht früher, wieder in seinen Besitz kam. Indem er alte Verbindungen hier wieder anknüpfte, trat er zugleich seinen alten Anhängern in Italien aufs Neue nahe. Im December ertheilte er der Stadt Genua von Nürnberg aus das Privilegium, eigene Münzen zu prägen, und die Genuesen schlugen diese Vergünstigung so hoch an, daß sie König Konrads Namen Jahrhunderte lang auf ihre Münzen setzten. Der Kanzler Arnold ging selbst damals nach Genua, gewiß nicht allein um die Urkunde des Königs zu überbringen, sondern auch um ihm Freunde in Italien zu gewinnen und Heinrichs Macht jenseits der Alpen zu untergraben.

Während der König zum Kampfe im oberen Deutschland die Vorbereitungen traf, war der innere Krieg bereits in Sachsen ausgebrochen. Die sächsischen Fürsten waren nicht gewillt die Verfügung, welche der König ohne sie über ihr Herzogthum getroffen, ruhig hinzunehmen, am wenigsten die alten Widersacher und Nebenbuhler des Ballenstedters. Wenn sie der Aufreizung bedurften, so ließ es daran die Kaiserin nicht fehlen, welche seit dem offenen Bruch zwischen dem Könige und ihrem Schwiegersohne die Sache des Letzteren, die ihre eigene war, mit Feuereifer ergriff. Sie brachte Markgraf Konrad von Meißen, den Pfalzgrafen Friedrich, die Grafen Rudolf von Stade, Siegfried von Bomeneburg und Andere gegen Albrecht in die Waffen; mit vereinter Macht wollten sie dem Markgrafen begegnen. Aber dieser kam ihnen zuvor. Ehe sie völlig gerüstet, überfiel er sie bei einem Orte, der Mimirberg genannt wird, zerstreute ihre Schaaren und machte mehrere seiner Widersacher zu Gefangenen. Darauf fiel er sogleich in die welfischen Besitzungen in Sachsen ein, eroberte Lüneburg und Bardewieck, besetzte Bremen, und da die Nordelbinger den Grafen Adolf II. von Holstein, einen Anhänger der Kaiserin, vertrieben hatten, sprach er ihm jetzt die Grafschaft ab und übertrug sie dem Heinrich von Badwide, einem ihm durchaus ergebenen Manne. Demselben wurde aufgetragen die Burg Segeberg in Wagrien, da der von Lothar dort eingesetzte Befehlshaber inzwischen gestorben und die Besatzung verjagt war, wieder in Besitz zu nehmen.

Denn sogleich nach Lothars Tode hatten sich die Wenden in Wagrien und im Abodritenlande wieder im Aufstande erhoben. Pribislaw war mit einer Schaar von Lübeck aufgebrochen, hatte das verhaßte Segeberg genommen, abgebrochen und alle deutschen Niederlassungen umher zerstört. Das Kloster daselbst war in Flammen aufgegangen, und die Bewohner desselben hatten sich zu Vicelin nach Neumünster geflüchtet. Während Pribislaw mit seinem Zerstörungswerk noch beschäftigt war, fiel jedoch Lübeck, seine eigene Stadt, unvertheidigt wie sie war, in die Hand eines alten Feindes. Race, ein Nachkomme jenes Cruco, dem einst der Abodrite Heinrich die Herrschaft entrissen, ein Mann kriegerischer Abenteuer, landete unerwartet mit einer Flotte bei Lübeck, zerstörte die Burg und verwüstete die Umgegend. Die christlichen Priester mußten sich auch aus Lübeck nach Neumünster flüchten. Schon sah man von hier die Verwüstung aller Orten, schon litt man selbst Noth; denn der Wendensturm brach auch über die Grenzen Holsteins. Da wurde Heinrich von Badwide der Retter des Landes. Mit einem Heere von Holsteinern und Stormarn fiel er zur Winterszeit in Wagrien ein, durchzog das ganze Land bis zur Trave und dem Meere, ohne sich bei der Belagerung der festen Plätze aufzuhalten, und trieb so die wendischen Schaaren zurück.

Während sich Albrecht in dem alten Herzogslande und in den Besitzungen seiner Vorfahren von mütterlicher Seite festzusetzen suchte, war auch in seinen eigenen Erblanden der Kampf bereits ausgebrochen. Seiner alten Mutter Eilika, die mit gewohnter Energie in die Welthändel eingriff, hatte man ihre Feste Bernburg in Brand gesteckt. Dem Grafen Bernhard von Plötzke, der trotz seiner nahen Verwandtschaft mit der Kaiserin für Albrecht Partei ergriff, war Erzbischof Konrad von Magdeburg mit den Waffen entgegengetreten. Dennoch hatte der neue Herzog für den Augenblick entschieden das Uebergewicht in Sachsen, als der König selbst um Weihnachten nach Goslar kam.

Ohne Heer erschien der König, denn er glaubte eines solchen hier nicht mehr zu bedürfen. Wie sich aber diejenigen geirrt, welche auf seine Nachgiebigkeit gerechnet hatten, so täuschte er sich andererseits, wenn er die welfische Partei in Sachsen für überwunden hielt. Nur in dieser Täuschung geschah es wohl, daß er nun Heinrich nach dem Urtheile der Fürsten auch das Herzogthum Baiern wegen Treubruchs entzog. Diese Maßregel mußte die Erbitterung der welfischen Partei auf das Höchste steigern, und nur zu bald zeigte sich, wie sie in Sachsen keineswegs niedergeworfen war. Manche Fürsten, welche der König nach Goslar berufen hatte, wie Erzbischof Konrad von Magdeburg, stellten sich nicht und erhielten deshalb eine neue Ladung zum 2. Februar nach Quedlinburg. Aber auch solche, die sich am Hofe eingefunden hatten, entfernten sich alsbald wieder, da sie meinten, daß von diesem Könige doch nichts Heilsames zu erwarten sei. So konnte, obwohl er einen vollen Monat in Goslar verweilte, doch dort für die Ordnung der sächsischen Verhältnisse wenig geschehen. Mehr erwartete man von dem Quedlinburger Tage. In der That stellten sich Erzbischof Konrad und mehrere seiner Parteigenossen, aber sie kamen mit bewaffneten Schaaren, die in der Nähe der Burg lagerten. Ihre Ankunft erregte so mehr Besorgniß als Beruhigung, und plötzlich verließ der König Quedlinburg, ehe die Verhandlungen mit seinen und Albrechts Gegnern noch begonnen hatten. Er hielt sich in Sachsen nicht mehr sicher, da er eben damals die Nachricht erhielt: Heinrich selbst habe dahin den Weg gefunden und sei schon in der Nähe.

In der That hatte sich Herzog Heinrich, nachdem er die Vertheidigung Baierns seinem Bruder Welf übertragen, mit geringer Begleitung heimlich durch Franken geschlichen und war unerwartet inmitten seiner sächsischen Anhänger erschienen. Es kam ihm zunächst darauf an, alle Kräfte des Widerstandes im nördlichen Deutschland gegen den König und Albrecht zusammenzufassen. Obwohl der König vor seinem Abzuge noch eine Heerfahrt zur Unterwerfung des Rebellen auf den nächsten Sommer angekündigt hatte, machte seine Entfernung aus dem Lande doch den übelsten Eindruck. Sie sah einer Flucht gleich, und es ist nicht zu verwundern, wenn der Anhang Heinrichs in Sachsen nun mit jedem Tage wuchs, wenn er bald überall Albrecht und seinen Feinden siegreich begegnen konnte.

„Wie ein Löwe," sagt ein Zeitgenosse, „stürzte sich jetzt Heinrich auf die Städte und Burgen aller seiner Widersacher im Sachsenlande; er zerstörte sie und suchte die Verbrecher auf, welche den Frieden störten." Nach Ostern belagerte er, unterstützt vom Erzbischof Konrad von Magdeburg und anderen sächsischen Fürsten Plötzke, die Burg des Grafen Bernhard; sie wurde erobert und niedergerissen. Mit Hülfe des Grafen Rudolf von Stade eroberte er dann auch die Lüneburg wieder. Zugleich kehrte Graf Adolf nach Holstein zurück, und Heinrich von Badwide mußte weichen; doch verließ Heinrich nicht eher das Land, als bis er Segeberg und eine andere Feste Adolfs bei Hamburg eingeäschert hatte. Nicht besser als Heinrich erging es dem Grafen Hermann von Winzenburg, der sich gegen die welfische Partei erhoben und zum Lohne dafür von dem Könige die Reichslehen Siegfrieds von Bomeneburg und wahrscheinlich auch die Konrad abgesprochene Markgrafschaft Meißen erhalten hatte; auch er mußte nach mehreren Kämpfen mit Siegfried das Land verlassen. Vor Allem wurden die Burgen Albrechts selbst überfallen und zum Theil zerstört. „Heinrich zwang," sagt der Zeitgenosse, dessen Worte wir oben anführten, „den Markgrafen seinem Könige in das Exil zu folgen.“ In kurzer Zeit war der Welfe Herr im ganzen Sachsenlande. Schon am 23. Mai finden wir Albrecht, Bernhard von Plötzke und Hermann von Winzenburg flüchtig zu Rusteberg auf dem Eichsfelde bei Erzbischof Adalbert von Mainz; auch Albrechts Mutter hatte Sachsen verlassen müssen.

Der König hatte sich von Sachsen nach Baiern begeben und hier das Herzogthum seinem Halbbruder, dem Markgrafen Leopold, übertragen. Einen namhaften Widerstand scheint er dabei kaum gefunden zu haben, da das durchgreifende Regiment des Welfen im Lande wenig beliebt war. Schon nach kurzer Zeit wandte er dann wieder Baiern den Rücken und ging nach den rheinischen Gegenden. Am 20. Mai war er zu Weißenburg im Elsaß, acht Tage später in Straßburg, wo viele Fürsten sich an seinem Hofe einstellten. Besonders zahlreich waren die Bischöfe erschienen; unter den weltlichen Fürsten leuchteten hervor die Herzöge Friedrich von Schwaben, Konrad von Zähringen, Matthäus von Oberlothringen, der erst vor Kurzem seinem Vater Simon gefolgt war, und der Markgraf Hermann von Baden. Der König, schon ganz mit den Rüstungen zum Sachsenkriege beschäftigt, verpflichtete die anwesenden Fürsten eidlich zur Theilnahme an demselben. Im Anfange des Juni hielt er sodann zu Würzburg Hof, wo er mit dem flüchtigen Herzog Albrecht und dessen alter Mutter zusammentraf. Auch hier wird er die Rüstungen fortgesetzt haben; zugleich bot er den Böhmenherzog Sobeslaw zur Theilnahme am Feldzuge auf. Ehe er aber diesen eröffnete, begab er sich noch mit seinem Bruder Herzog Friedrich in die Niederlande, wo wir ihm am 22. Juni in Mastricht, bald darauf in Lüttich begegnen.

Schon im Jahre 1138 war Walram von Limburg gestorben und bald*) nach ihm auch Gottfried von Löwen. Walram hatte die herzogliche Fahne von Niederlothringen geführt und sein Sohn Heinrich, der schon bei Lebzeiten des Vaters den Namen eines Herzogs trug, hegte um so mehr die Hoffnung, nun zur vollen Gewalt seines Vaters zu gelangen, als er von Anfang an mit demselben die Sache des neuen Königs ergriffen hatte. Dennoch verlieh dieser das erledigte Herzogthum an den Sohn Gottfrieds von Löwen, an Gottfried den Jüngeren. Es empfahl diesen, einen Neffen des Bischofs Albero von Lüttich,

*) Am 25. Januar 1139.

besonders, daß er mit Liutgarde von Sulzbach, einer Schwester der Königin, vermählt war. Der König folgte auch hier der Hauspolitik, welche ihn bereits bei der Besetzung des baierischen Herzogthums geleitet hatte. Der Limburger, der den herzoglichen Titel beibehielt, soll durch große Versprechungen beschwichtigt worden sein; trotzdem griff er bald gegen Gottfried zu den Waffen, und der Friede der Niederlande wurde so aufs Neue gestört. Nicht minder bedenkliche Streitigkeiten waren in Köln zwischen dem neuen Erzbischof und den Bürgern ausgebrochen; es kam dahin, daß jener seine eigene Stadt belagern mußte. Nur mit Mühe konnte die Eintracht in Köln hergestellt werden. Wie weit der König unmittelbar dazu beigetragen hat, wissen wir nicht*).

Am 19. Juli war der König in Nürnberg, schon zum Auszuge gegen die Sachsen bereit. Sein Heer sammelte sich um den 25. Juli bei Hersfeld. In demselben befanden sich die Erzbischöfe von Mainz und Trier, die Bischöfe von Worms und Speier, der Böhmenherzog Sobeslaw, die Herzöge Leopold von Baiern und Albrecht von Sachsen, der Landgraf Ludwig von Thüringen, die Grafen Adolf von Berg, Udalrich von Lenzburg, Hermann von Winzenburg, Gebhard von Sulzbach und viele andere vornehme Herren; die meisten waren mit großem Gefolge gekommen. Besonderes Aufsehen erregte der Erzbischof von Trier, der statt der zwanzig Ritter, zu denen er verpflichtet, fünfhundert zum Heere gestellt hatte; zugleich aber schleppte er dreißig Fuder Wein mit sich und Lebensmittel in unsäglicher Fülle.

Der König war wohl gerüstet, aber noch weit besser hatte sich Heinrich zum Kampfe bereitet. In seinem Heere waren der kriegerische Erzbischof von Magdeburg und die meisten sächsischen Herren; sie alle in der stattlichsten Ausrüstung. Im Anfange des August überschritt Heinrich die Grenzen Sachsens und bezog an der Werra ein Lager. Um den 15. August lagen sich beide Heere bei Kreuzburg gegenüber. Angesichts des Feindes muß den König selbst die größte Besorgniß beschlichen haben, ob seine Streitkräfte ausreichend seien; denn er ging mit den Fürsten zu Rathe, ob er es auf eine blutige Entscheidung ankommen lassen dürfe.

*) Erst damals scheint die Gemahlin Konrads — wohl in Köln — gekrönt zu sein. In den ersten Urkunden des Königs wird sie nur als seine Gattin bezeichnet, dagegen in einer Urkunde vom 19. Juli 1139 als Genossin seines Reichs und Ruhms und später regelmäßig als Königin.

Erzbischof Adalbert, dessen Gesinnung bereits verdächtig war, wünschte einen Zusammenstoß und rieth zur Schlacht; aber die anderen Fürsten, und unter ihnen besonders die Bischöfe, hielten dem überlegenen Feinde gegenüber den Kampf für höchst bedenklich und glaubten, daß man den Weg der Unterhandlungen mit den Sachsen einschlagen müsse. In der That wurden Unterhandlungen eröffnet und bald zum Abschluß gebracht; der Erzbischof von Trier und der Böhmenherzog sollen sich bei demselben besonders thätig erwiesen haben. Indem die Sachsen in dem Vertrage ausdrücklich Konrad als ihren König anerkannten, wurde ihnen Abhülfe ihrer besonderen Beschwerden zugesagt; auf Lichtmeß nächsten Jahres sollte zu diesem Zwecke ein Reichstag zu Worms gehalten und bis dahin der augenblickliche Zustand erhalten werden, die Waffen aber jedenfalls bis zum Pfingstfeste ruhen. Die Verhandlungen wurden mit den Sachsen, nicht mit Heinrich gepflogen, aber die Sachsen verfuhren dabei ganz in seinem Interesse, ohne ihn zu verpflichten. Dem Abschluß des Vertrages folgten fröhliche Feste, bei denen der Trierer reichlich seinen Wein spendete, der nun auch den Sachsen zu gut kam. Dann trennte man sich; die unblutige Heeresfahrt war mit einer Lustbarkeit beendigt. Niemand trug einen reicheren Gewinn davon, als Albero, der für seine Ausrüstung die reiche königliche Abtei St. Maximin erhalten hatte, schon lange das Ziel seiner Wünsche.

Der Ausgang des Unternehmens, für welches der König so viele Vorbereitungen getroffen, war für ihn wenig rühmlich gewesen. Der Welfe blieb Herr in Sachsen, und schon suchten die Grafen, welche sich dort Albrecht und dem Könige zuerst angeschlossen hatten, ihren Frieden mit Lothars Wittwe und ihrem Tochtermanne zu machen. Bernhard von Plötzke wußte sich wieder in Sachsen eine Heimath zu gewinnen, indem er sich bittend an die Kaiserin, seine Verwandte, wandte und ihre Verzeihung gewann. Hermann von Winzenburg gab die Lehen des Grafen Siegfried, welche ihm der König übertragen, freiwillig wieder auf und vertrug sich mit Graf Siegfried und Herzog Heinrich. Auch Erzbischof Adalbero von Bremen hatte sich der Partei des Ballenstedters angeschlossen: seine Abwesenheit — er war auf einer Reise nach Rom begriffen — benutzten jetzt der Pfalzgraf Friedrich und der Graf Rudolf von Stade, um über Bremen herzufallen und es auszuplündern.

Während Albrecht das Herzogthum, welches ihm der König verliehen, aus der Hand verlor, hatte sich der Babenberger Leopold mit Glück in Baiern behauptet. Eine Stütze suchte und fand er in seinem Bruder Otto, der erst vor Kurzem zum Bischof von Freising erhoben war. Otto, früh von seinen Eltern für den geistlichen Stand bestimmt, hatte zu seiner Ausbildung in der theologischen Wissenschaft zweimal eine Reise nach Paris unternommen. Auf der Rückkehr von der zweiten Reise war er mit mehreren Gefährten unerwartet in dem großen Cisterciensferkloster Morimond in den Mönchsstand getreten und wenige Jahre darauf selbst Abt dieses Klosters geworden. Aber nur kurze Zeit verweilte er in der Abtei; bald wurde er nach Deutschland zurückgerufen, um das Bisthum Freising zu übernehmen. Niemand schien mehr geeignet, als dieser junge Fürst — er zählte etwa 25 Jahre —, der Halbbruder des Königs und der Bruder des Herzogs, das sehr herabgekommene Bisthum wieder zu erheben. Es empfahl ihn überdies eine entschieden kirchliche Gesinnung und ungewöhnliche Gelehrsamkeit. Dem Studium der scholastischen Philosophie, wie es damals in Frankreich blühte und wie er es mit Lebhaftigkeit ergriffen, hat er zuerst auch in Deutschland Geltung zu geben gewußt. Mitten in die großen Ereignisse seiner Zeit hineingerissen, bemühte er sich auch den Zusammenhang der Weltbegebenheiten denkend zu erfassen; die Chronik, in welcher er seine Anschauungen niederlegte, bezeichnet eine neue Periode in der Geschichte der deutschen Historiographie und ist zugleich eine der wichtigsten Quellen für die Vorgänge, von denen wir hier berichten.

Den neuen Herzog hatte nicht allein das trotzige Regensburg anerkannt, sondern ganz Baiern. Als er mit bewaffneten Schaaren das Land durchzog und dann auf dem Lechfelde bei Augsburg drei Tage als Landesherzog Gericht hielt, schien jeder Widerspruch verstummt: was Graf Welf auch im Schilde führen mochte, für den Augenblick war der Babenberger Herr im Baiernlande. Nichtsdestoweniger behielt Herzog Heinrich sein altes Herzogthum fest im Auge. Kaum fühlte er sich sicher in Sachsen, so begann er aufs Neue gegen den König zu rüsten, und seine Absicht war keine andere, als demnächst nach Baiern zu gehen, um auch dort sich wieder festzusetzen. Noch weniger als Sachsen konnte er das Herzogthum seiner Vorfahren in fremder Hand lassen. Da ereilte ihn, als er sich eben vom Fall zu neuer Macht und zu neuen Hoffnungen emporraffte, das aller Menschenkraft überlegene Verhängniß. Als er im Herbst mit den Fürsten Sachse zu Quedlinburg eine Zusammenkunft hatte, befiel ihn eine hitzige Krankheit, welche ihn am 20. October in der Blüthe frischester Männlichkeit — er war kaum 35 Jahre alt — von der Welt abrief. Er hinterließ Kaiser Lothars Tochter als eine junge Wittwe und ihr einen zehnjährigen Sohn, den Erben seines Namens und seines Ruhmes, seiner Besitzungen und unermeßlicher Ansprüche. Sterbend hatte er den Knaben dem Schutze der Sachsen empfohlen; der kräftigste Schutz desselben war zunächst seine alte Großmutter, die Kaiserin Richinza. Zu der Seite Kaiser Lothars wurde Heinrich der Stolze in Königslutter beerdigt.

Bei den Zeitgenossen war der Glaube verbreitet, daß Heinrich durch Gift beseitigt; aber der Verdacht scheint keinen andern Grund gehabt zu haben, als daß die Meisten ein so plötzlich die ganze Lage veränderndes und alle Berechnungen durchkreuzendes Ereigniß nicht mit dem natürlichen Laufe der Dinge zu vereinbaren wußten. Freilich gab es auch Manche, die in den wunderbaren Schicksalen Heinrichs und Konrads unmittelbar die Gerichte Gottes erkennen wollten, welcher die Niedrigen erhebt, aber die Stolzen verwirft; sie glaubten in Heinrichs Ausgang recht deutlich die trostlose Hinfälligkeit der menschlichen Dinge zu erkennen und fanden in demselben eine Mahnung, den Blick unverwandt auf das unvergängliche himmlische Reich zu richten.

In der That haben wenige Sterbliche in gleichem Grade die Launen des Glücks empfunden, als dieser Heinrich. Wie hatte es ihn mit der Fülle seiner Gaben so lange überschüttet! Noch waren es nicht zwei Jahre, als alle Macht der Welt in seinen Händen zu ruhen schien: da wandte es ihm treulos den Rücken, und er sank in die Tiefe des Elends. Durch Mannhaftigkeit suchte er nun die Gunst des Glückes sich neu zu gewinnen, und es gelang ihm. Abermals stand er da, ein geachteter und gefürchteter Mann; vor ihm schienen offen die Wege zu liegen, auf denen jeder erlittene Verlust zu vergüten. Aber es waren die Pfade, welche den tapfern Mann abwärts in jenes Reich führten, wo die Macht des Glücks aufhört und mit der Kraft des Armes Nichts zu gewinnen. Der Knabe, der seine letzte Sorge in Anspruch nahm, in Tugenden und Fehlern dem Vater nur zu ähnlich, sollte die Veränderlichkeit des Glückes nicht minder fühlen; ein längeres Leben war ihm gegönnt, aber nur um desto länger in allen Wechselfällen menschlichen Geschicks herumgeschleudert zu werden.

9.

Konrads schwankendes Regiment.

Die inneren Kämpfe bis zum Frankfurter Frieden.

Etwa um dieselbe Zeit, als Herzog Heinrich starb, begründete König Konrad mit seinem Halbbruder Leopold die berühmte Benedictinerabtei zu Zwetl. Im Stiftungsbriefe bezeichnet er sie als Weihgeschenk für des Reiches Bestand und bewidmet reichlich das Kloster, damit die Mönche desselben desto eifriger für das Glück des Reiches zu beten vermöchten. Aber welches größere Glück konnte er je erwarten, als der Tod seines Nebenbuhlers gerade in diesem Moment war? Jetzt erst schien die Krone fest auf seinem Haupte zu sitzen, und man konnte es nur noch für eine Frage der Zeit halten, wann er seinen Willen auch in Sachsen zur Geltung brächte.

Niemand beeilte sich mehr diesen Zeitpunkt herbeizuführen, als der Ballenstedter. Sobald er den Tod des Welfen erfuhr, eilte er nach Sachsen. Bald sah man ihn in Bremen, wo am Fest aller Heiligen zu einem großen Markte Leute aus ganz Sachsen zusammenzukommen pflegten; hier wollte er eine große Tagfahrt halten und sich aller Welt als den rechtmäßigen Herzog des Landes zeigen. Aber statt des erwarteten Erfolges fand er eine neue Demüthigung. Rings sah er sich von Nachstellungen der Kaiserin und ihrer Anhänger umgeben, Niemand erhob sich für ihn, und in kläglicher Weise ergriff er, nur von wenigen Freunden begleitet, aufs Neue die Flucht.

Und nun fielen auch die letzten Burgen im Lande, die noch in Albrechts Händen gewesen waren, in die Gewalt seiner Feinde. Pfalzgraf Friedrich nahm nach siebentägiger Belagerung Gröningen an der Bode und machte es dem Erdboden gleich. Die benachbarte Burg Witecke an der Holzemme wurde in einen Schutthaufen verwandelt. Erzbischof Konrad bemächtigte sich einer Feste, die Jabilinze genannt wird, und zerstörte sie. Selbst Albrechts Stammburg Anhalt, über dem Selkethal auf steiler Höhe gelegen, entging nicht dem Verderben; nach kurzer Gegenwehr fiel sie in die Hände der Sachsen, welche sie einäscherten und von Grund aus zerstörten. In der Nordmark setzte sich Rudolf von Stade, Albrechts alter Widersacher, fest. Als Herzog Sachsens wurde der junge Heinrich anerkannt, für den seine Großmutter, die Kaiserin-Wittwe, zunächst die Geschäfte leitete. An den Kreuzburger Vertrag fühlten sich die Sachsen, nachdem Albrecht ihn gebrochen, nicht mehr gebunden; sie erkannten kaum noch Konrad als ihren König an. So zeigte sich nur zu deutlich, daß mit Heinrichs Tod die welfische Partei nicht erstorben, der innere Krieg nicht beseitigt war. Wenn die Kirche den alten Haß gegen die Nachkommenschaft Heinrichs IV. vergessen hatte, in Sachsen schien er unsterblich und übertrug sich auch auf den Ballenstedter, welcher den Staufern sich angeschlossen hatte.

Unter solchen Verhältnissen kam die Zeit heran, wo zu Worms über das Schicksal Sachsens entschieden werden sollte. Der König begab sich im Anfange des Februar, nachdem er unseres Wissens in den letzten Monaten die heimischen Gegenden Schwabens und des Elsasses nicht verlassen hatte, zu dem anberaumten Reichstage. Aber die Sachsen stellten sich nicht; bereits wieder in offener Empörung, hatten sie sicheres Geleit beansprucht, der König es ihnen aber verweigert. Nur die Bischöfe von Paderborn, Osnabrück und Naumburg gingen nach Worms. Unter den anderen zahlreichen Fürsten, welche zum Reichstage erschienen, war auch der junge Landgraf Ludwig von Thüringen, der vor Kurzem erst seinem Vater*) gefolgt war: fast noch ein Knabe, hatte er doch durch die Gunst des Königs und die Geneigtheit der thüringischen Herren die Landgrafschaft, welche sein Vater zuerst bekleidet, sich gewonnen. In dieser Zeit (13. Februar) starb der rheinische Pfalzgraf Wilhelm ohne Leibeserben, aber mit Hinterlassung einer großen Erbschaft. Die Besitzungen in den rheinischen Gegenden, welche ihm einst durch die Adoption in das Geschlecht der Pfalzgrafen von Laach zugefallen waren, zog der König für das Reich ein. Die Güter, welche aus der Weimar-Orlamündischen Erbschaft stammten, erhielt Albrecht, des Verstorbenen Vetter; es waren die

*) Landgraf Ludwig I. war am 12. Januar 1140 gestorben.

Grafschaften Weimar und Orlamünde, Burg Rudolstadt an der Saale und viele andere in Franken, Thüringen und dem Voiglande belegene Ortschaften. Mit der Pfalzgrafschaft am Rhein belehnte der König seinen Halbbruder Heinrich. Indem er auch hier seiner Politik, das babenbergische Haus auf alle Weise zu erhöhen, getreu blieb, verletzte er auf das schärfste die Interessen jenes Otto von Rineck, der einst schon den Namen des Pfalzgrafen geführt und der ihm bisher treue Dienste geleistet hatte.

Von den Beschlüssen des Wormser Tages ist Nichts weiter bekannt, als daß den Sachsen ein neuer Termin auf vierzehn Tage nach Ostern zu Frankfurt gestellt wurde. Der König, der das Osterfest (7. April) zu Würzburg feierte, besuchte um diese Zeit auch Bamberg. Hier war am 30. Juni 1139 Bischof Otto gestorben, der in seinem sechsunddreißigjährigen Pontificat sich die größten Verdienste um die Stadt und das Bisthum, zugleich auch um die ganze deutsche Kirche und das deutsche Reich erworben und einen unvergänglichen Namen gewonnen hatte. Die Amtsverwaltung seines Nachfolgers Eglibert war von kurzer Dauer*) und nur dadurch ausgezeichnet, daß er die Heiligsprechung Kaiser Heinrichs II. in Rom erwirkte**). Bald wurde auch Bischof Otto in Bamberg wie ein Heiliger verehrt, doch erfolgte die feierliche Canonisation des Pommernapostels erst im Jahre 1189.

Zur bestimmten Zeit (21. April) fand sich der König in Frankfurt ein. Aber die Mehrzahl der sächsischen Fürsten stellten sich auch hier nicht; denn sie hatten abermals sicheres Geleit verlangt und abermals war es ihnen verweigert worden. Nur von dem Markgrafen Konrad von Meißen wissen wir, daß er zu Frankfurt gegenwärtig war; er muß also damals oder vielleicht schon früher seinen Frieden mit dem Könige geschlossen haben. Man mochte hoffen, daß bald Andere dem Beispiele dieses angesehenen Fürsten folgen würden, und deshalb von Zwangsmaßregeln abstehen; denn von Rüstungen, die gegen die Sachsen beschlossen wurden, erhalten wir keine Kunde.

Um so weniger mochte der König zu einem entschiedenen Vorgehen gegen Sachsen geneigt sein, als sich inzwischen im obern Deutschland auch Graf Welf wieder zu regen anfing und sich nun in Baiern ein

*) Eglibert starb am 29. Mai 1146.

**) Vergl. Bd. II. S. 96 Anmerkung.

ähnlicher Widerstand gegen Leopold erhob, wie früher gegen Albrecht in Sachsen. Die Führer der Opposition in Baiern waren zwei Brüder aus dem Geschlecht der Grafen von Vallei, nahe Verwandte des Pfalzgrafen Otto von Wittelsbach. Als Herzog Leopold endlich diese in ihrer alten Stammburg über dem Mangfallthale belagerte, erschien zu ihrem Beistande plötzlich Graf Welf mit zahlreichen Reisigen und nöthigte nach heißem Kampfe (13. August 1140) den Herzog flüchtig vor der Burg abzuziehen. Der Babenberger erlitt eine Demüthigung, die seine ganze Stellung in dem neugewonnenen Fürstenthum zu erschüttern drohte; denn es konnte nicht fehlen, daß der streitbare und siegreiche Welf einen großen Anhang alsbald in dem Herzogthume seiner Vorfahren gewann.

Der König, der sich in den letzten Monaten stets im östlichen Franken aufgehalten zu haben scheint, glaubte einen Angriff auf Welf nicht länger verschieben zu dürfen. Mit einem Heere wandte er sich im Anfange des November gegen die Welf gehörige Stadt Weinsberg; bereits am 15. November war sie von allen Seiten vom königlichen Heere umschlossen. Beim König waren damals der Erzbischof Adalbert von Mainz, der kurz zuvor von Rom, wo er eine gute Aufnahme gefunden, zurückgekehrt war, der Cardinalbischof Dietwin als päpstlicher Legat, die Bischöfe von Würzburg, Speier und Worms, Herzog Friedrich von Schwaben, Markgraf Hermann von Baden, Graf Adalbert von Calw und der Burggraf Gottfried von Nürnberg. Die Stadt vertheidigte sich mit großer Tapferkeit, und gegen Weihnachten machte Welf einen Versuch, sie zu entsetzen. Er hoffte den König zu überraschen, der in der That kurz zuvor seinen Bruder Friedrich entlassen hatte. Aber noch rechtzeitig erhielt der König von dem Anrücken Welfs Kunde, rief seinen Bruder zurück und raffte alle ihm zu Gebote stehenden Streitkräfte zusammen. In der Frühe des 21. December steckte er sein Lager vor Weinsberg in Brand und zog Welf entgegen. Trotz seiner Uebermacht erlitt dieser eine vollständige Niederlage. Eine große Zahl der Seinigen fiel im Kampfe, Andere fanden auf der Flucht im Neckar den Tod; nur mit geringer Begleitung entrann er selbst dem Verderben. Bald darauf mußte sich auch Weinsberg ergeben.

Bekanntlich wird erzählt, und es ist schon zu jener Zeit geschehen, daß die Frauen von Weinsberg, als ihnen der König das Leben schenkte und ihnen zu retten erlaubte, was sie tragen könnten, ihre Männer auf ihren Schultern davon getragen, und daß, als Herzog Friedrich ihnen dies habe wehren wollen, der König es ihnen dennoch gestattet und gesagt habe: „Ein Königswort darf nicht verdreht werden." Ob sich die Sache so zugetragen, ist schwer zu verbürgen, aber klar zeigt die Erzählung, was die Zeitgenossen von den treuen Frauen von Weinsberg und der Ehrenhaftigkeit des Königs gehalten haben. Keinen Anhalt hat es dagegen in den Zeitgeschichten, wenn man später berichtete: hier bei Weinsberg habe zuerst ein welfisches Heer mit dem Schlachtrufe: „Hie Welf!" angegriffen und die staufenschen Gegner darauf mit dem Rufe: „Hie Gibelingen!" ihnen geantwortet. Nicht ein Waiblinger allein stand damals dem Welfen gegenüber, sondern es waren König und Reich.

Der Sieg des Königs machte nicht geringen Eindruck. Er befestigte die Stellung desselben im oberen Deutschland und hielt Welf vorläufig in Schranken. Auch Herzog Leopold mußte davon Vortheil ziehen, obwohl er auch ferner noch in Baiern auf hartnäckigen Widerstand stieß. So brach im Anfange des Jahres 1141 in Regensburg ein Aufstand der Bürgerschaft gegen ihn aus, als er gerade in der Stadt einen Gerichtstag hielt*). Es kam zum Straßenkampf, ein Theil der Stadt wurde in Brand gesteckt, und nur mit Mühe entkam der Herzog aus den Thoren. Aber sofort sammelte er ein Heer, verwüstete die Umgegend und schlug dann ein Lager bei der Stadt auf. Die Bürger, die Schrecken einer Belagerung fürchtend, unterwarfen sich aber nach kurzer Zeit und büßten mit Geld ihre Frevel.

Der König, welcher den Anfang des Jahres in Schwaben zugebracht hatte, feierte das Osterfest (30. März) in Straßburg und verweilte dort bis in die Mitte des April. In dem großen Gefolge, welches ihn umgab, war außer dem römischen Legaten Cardinal Dietwin auch der Erzbischof Albero von Trier. Von unbegrenztem Einfluß in den ersten Jahren des Königs, den er erhoben, hatte der ehrgeizige, vielgeschäftige Mann, unablässig dem Hofe folgend und als der apostolische Legat besonders geehrt, Vortheil über Vortheil gewonnen; doch schon war die Zeit, wo es für ihn kein Hinderniß zu

---

*) Besonders das Ungestüm des Pfalzgrafen Otto von Wittelsbach soll den Aufstand veranlaßt haben.

geben schien, vorüber. Das herrlichste Geschenk, welches er der königlichen Gunst verdankte, war die Abtei St. Maximin gewesen, aber gerade dies war ihm der Anlaß vielen Kummers geworden. Die Mönche waren nicht gewillt sich widerstandslos dem Erzbischof zu unterwerfen; sie verhinderten die Besitzergreifung des Klosters mit Gewalt und wurden dabei unterstützt von dem Grafen Heinrich von Namur und Luxemburg, der nicht lange zuvor vom Könige zum Klostervogt bestellt war. Da gerade die Stelle des Abtes erledigt wurde, wählten sie überdies ohne Wissen des Erzbischofs sich in einem Lütticher, Sicher mit Namen, einen neuen Abt und sandten ihn trotz des Anathems, welches der Erzbischof gegen ihn schleuderte, mit vielem Gelde nach Rom, um die Freiheit der Abtei und die Anerkennung seiner Würde dort durchzusetzen. Inzwischen hatte Graf Heinrich die Abwesenheit des Erzbischofs, der damals am Hofe weilte, benutzt, um Trier selbst zu überfallen. Nur die Vorstellungen des gerade dort befindlichen Grafen Friedrich von Vianden hielten Heinrich ab, mit Feuer und Schwert in der Stadt zu wüthen, doch verheerte er, als er auf die Bitten des Grafen endlich abzog, weithin die Güter des Erzbisthums mit seinen Schaaren. Und zugleich trat man auch von anderer Seite dem stolzen Erzbischof entgegen. Wider seine Absichten wählten die Kanoniker in Coblenz einen Mainzer Kleriker von vornehmer Familie, Ludwig von Isenburg, zu ihrem Propst und wandten sich um die Bestätigung ihrer Wahl, welche der Erzbischof nicht anerkennen wollte, an den Papst.

Die Vorstellungen und das Geld der Mönche von St. Maximin wirkten in Rom. Am 6. Mai 1140 erließ der Papst eine Bulle, nach welcher die Abtei nur der römischen Kirche und dem Reiche unterstehen sollte, und am 8. Mai ein Schreiben an den Erzbischof, in welchem er ihm meldete, daß er den über Sicher ausgesprochenen Bann aufgehoben habe und erwarte, daß der Erzbischof seinem Hader mit dem Grafen Heinrich alsbald ein Ziel setze. Die Wahl der Coblenzer mißbilligte zwar der Papst, ohne sie jedoch, wie es scheint, für ungiltig zu erklären. Als das Schreiben des Papstes dem Erzbischofe vor dem versammelten Klerus übergeben wurde, gerieth dieser in solchen Zorn, daß er es auf den Boden warf; offen verweigerte er dem Papste den Gehorsam. Deshalb in Rom verklagt, wurde er zu seiner Verantwortung dorthin beschieden und, als er der Ladung nicht Folge leistete, in aller Form die Suspension vom Amte über ihn verhängt. Es ist schwerlich ohne Zusammenhang mit diesen Dingen, wenn gleichzeitig auch der junge Erzbischof von Mainz nach Rom beschieden wurde und bei seinem Eintreffen dort die freundlichste Aufnahme fand. Die apostolische Legation, auf welche der Trierer so großes Gewicht legte, mußte den Mainzer am meisten drücken, da sie noch vor Kurzem in den Händen seines Vorgängers gewesen war, und es ist nicht zu verwundern, wenn er und sein geistlicher Bruder in Trier selten gleichen Sinnes waren.

Albero war in seiner ganzen Stellung bedroht, wenn er nicht den Papst umzustimmen wußte. In der That entschloß er sich nun nach Rom zu gehen, und er gewann sich zugleich einen Fürsprecher, der dort Alles zu erwirken vermochte. Der heilige Bernhard, welcher die Bedeutung Alberos für die kirchliche Sache zu würdigen wußte und sich deshalb schon bei früheren Streitigkeiten desselben mit den Bischöfen von Metz und Toul seiner dringend angenommen hatte, wandte sich jetzt wiederholt schriftlich an den Papst und rieth ihm, unzweideutig dessen bisheriges Verfahren mißbilligend, zur Nachgiebigkeit. Als Schützling des heiligen Bernhard erreichte Albero in Rom, was er wollte: es wurde nicht nur seine Suspension aufgehoben, sondern auch die Wahl in Coblenz vernichtet und unter dem 20. December 1140 eine Bulle ausgestellt, welche ihm und seinen Nachfolgern den Besitz von St. Maximin zugestand. Aber die Mönche wollten nun die neue Entscheidung des Papstes nicht anerkennen, und ebenso wenig Graf Heinrich, mit dem sich der Erzbischof vergebens einen Ausgleich zu treffen bemühte.

Als sich Albero im April 1141 am Hofe des Königs befand, waren seine Streitigkeiten mit Rom allerdings bereits ausgeglichen, aber daran fehlte doch viel, daß seine frühere Autorität in seinem Erzbisthum und im Reiche ganz hergestellt wäre. Der König selbst war nicht geneigt unmittelbar in die Trierer Angelegenheiten damals einzugreifen; er hatte seinen Blick zunächst auf die Verhältnisse Baierns gerichtet, wo es noch immer den Babenberger gegen die Angriffe Welfs und seiner Anhänger zu sichern galt. Er begab sich deshalb selbst nach Baiern, wo wir ihn alsbald zu Regensburg gleichsam im Kreise seiner Familie finden. Es waren bei ihm seine drei Brüder, Herzog Leopold, Pfalzgraf Heinrich und Bischof Otto von Freising, auch sein Schwager

Graf Gebhard von Sulzbach, der fast immer den Hof begleitete. Außerdem sah man noch an demselben den päpstlichen Legaten Cardinal Dietwin, die Markgrafen Diethold von Vohburg und Otokar von Steiermark, Pfalzgraf Otto von Wittelsbach und viele mächtige Herren des Baiernlandes.

Der König wird Nichts unterlassen haben, um Leopolds Stellung zu befestigen, und seine Bemühungen scheinen nicht erfolglos gewesen zu sein. Noch im Sommer dieses Jahres brach der Herzog mit einem Heere auf, um das Land von allen Anhängern Welfs zu reinigen. Er durchzog es bis an den Lech, brach die Burgen seiner Widersacher und kehrte dann unter furchtbaren Verwüstungen heim, bei denen selbst das Kirchengut nicht geschont wurde. So glaubte er die Schmach, die er bei Vallei erlitten, gerächt und sein und des Königs Ansehen im Lande hergestellt zu haben.

Inzwischen waren endlich neue Verhandlungen mit den Sachsen eröffnet worden. Der König hatte nach Würzburg, wo er das Pfingstfest (18. Mai) feierte, eine große Reichsversammlung berufen, wo über die Herstellung des Friedens berathen werden sollte. Eine stattliche Zahl von Fürsten fand sich ein, und unter ihnen, was das Wichtigste war, auch mehrere sächsische Herren, selbst jener Bernhard von Plötzke, der in so schmählicher Weise den König verlassen hatte. Aber wie viel man auch verhandelte, eine Verständigung erzielte man nicht; vielmehr wurden die Sachsen nach dem Spruch der Fürsten öffentlich als Feinde des Reichs erklärt und ein neuer Heereszug gegen sie beschlossen. An dem Scheitern der Verhandlungen scheint besonders Adalbert von Mainz die Schuld getragen zu haben; denn wir hören, daß er gleich darauf sich in eine Verschwörung mit den Sachsen einließ, welche gegen den König gerichtet war.

Aber zum Kriege kam es nicht. Es war von großer Bedeutung, daß schon wenige Tage nach den Würzburger Verhandlungen die Kaiserin Richinza starb, welche bisher besonders den Widerstand angeregt hatte. Als sie neben ihrem kaiserlichen Gemahl und ihrem Schwiegersohne in Königslutter beigesetzt wurde, da schienen die stolzen Pläne welfischen Ehrgeizes, welche in der letzten Zeit die Welt so in Aufregung versetzt hatten, völlig vereitelt. In noch nicht vier Jahren waren jene drei, welche der staufenschen Macht Hinderniß auf Hinderniß bereitet, in das Grab gesunken.

Wenige Wochen nachher (17. Juli) starb auch Erzbischof Adalbert von Mainz. Als er gerade in die verderblichen Wege seines Vorgängers im Amte und nahen Blutsfreundes einlenken und im Bunde mit den Sachsen den Kampf gegen die Krone aufs Neue beginnen wollte, wurde er in jungen Jahren aus dem Leben abgerufen. War nur etwas in diesem zweiten Adalbert von der Art des ersten, so mochte der König die Stunde segnen, die den Lebensfaden des Mainzers so früh abgeschnitten, und dies um so mehr, als ihm ein Kirchenfürst von den friedfertigsten Gesinnungen folgte. Es war Markulf, bisher Propst von Aschaffenburg, ein schon betagter Mann. Im vollsten Gegensatz gegen seinen Vorgänger ließ er sich sogleich die Herstellung des Friedens mit den Sachsen angelegen sein; unzweifelhaft war er unter den Fürsten, welche den Aufschub des Kriegszugs gegen die Sachsen veranlaßten, als sich das Heer bereits gesammelt hatte.

Im Spätsommer begab sich der König, von Herzog Albrecht begleitet, nach den lothringischen Gegenden. Als er am 14. September zu Köln seine Hofhaltung hatte, stellte sich dort auch Heinrich von Limburg ein, der im Kampfe gegen Herzog Gottfried unterlegen war. Der Letztere war bis Aachen vorgedrungen, hatte hier einen großen Gerichtstag gehalten und seine volle herzogliche Gewalt geltend gemacht. Heinrich von Limburg hatte sich dem überlegenen Gegner fügen müssen und scheint selbst den herzoglichen Titel aufgegeben zu haben. Die Ruhe des niederen Lothringens war freilich damit nicht hergestellt. Besonders blieb das Lütticher Bisthum der Schauplatz endloser Fehden. Derselbe Heinrich von Namur, welcher dem Erzbischof von Trier das Leben so schwer machte, setzte hart auch Bischof Albero von Lüttich zu, während derselbe zugleich mit Rainald von Bar über die Burg Bouillon im Streit lag. Dem König blieb nicht Zeit, diese Wirren zu beseitigen, da er alsbald alle seine Sorge wieder auf Baiern richten mußte.

Am 18. October 1141 starb unerwartet in der ersten Manneskraft zu Nieder-Altaich Herzog Leopold, ohne Nachkommenschaft zu hinterlassen. Es war ein harter Schlag für den König, der auf diesen Bruder so großes Vertrauen gesetzt, eine starke Stütze für sein Regiment in ihm zu finden geglaubt hatte. Der König ging alsbald selbst nach Baiern, wo er sich bis in den Monat Februar aufhielt. Das erledigte Herzogthum behielt er vorläufig selbst in der Hand, während die Mark Oesterreich, welche Leopold neben Baiern bis an sein Ende verwaltet hatte, auf seinen jüngeren Bruder, den Pfalzgrafen Heinrich, überging. Die rheinische Pfalzgrafschaft gab Heinrich auf, und der König verlieh sie sofort oder doch wenig später seinem Schwager, dem Grafen Hermann von Stahleck*); die Ansprüche des Otto von Rineck blieben auch jetzt unbeachtet.

Unter den vielen Fürsten, die damals in Regensburg den König umgaben, waren auch abermals der Cardinal Dietwin und Albrecht von Ballenstedt. Aber der Letztere hatte bereits damals den herzoglichen Namen abgelegt, da er die Unmöglichkeit einsah, mit demselben wieder nach Sachsen zurückzukehren. Erzbischof Markulf hatte ihm diesen weisen Entschluß eingegeben, und nicht wenig mochte er ihm dadurch erleichtert sein, daß in diesen Tagen (16. Januar 1142) seine alte Mutter Eilika starb, welche den leidenschaftlichsten Antheil an den Kämpfen ihres Sohnes mit den Welfen genommen hatte; in ihr schied die letzte Billingerin aus dem Leben. Markgraf Albrecht, wie er sich hinfort wieder nannte, begann nun mit den Fürsten Sachsens über seine Rückkehr zu unterhandeln. Die Unterwerfung Sachsens unter den König schien kaum mehr ernstlich in Frage gestellt, schon von dem nächsten Reichstage ließ sie sich erwarten.

Wenn der König im März, begleitet vom Cardinal, nach Konstanz ging und dort und in der Umgebung bis in den April verweilte, so geschah es wohl in der Absicht, Welf zu beobachten oder auch in Verhandlung mit ihm zu treten. Gegen Ostern (19. April) begab er sich dann nach Würzburg, wo er das Fest beging. Im Anfange des Mai zog er weiter nach Frankfurt, um den großen Reichstag zu eröffnen, auf welchem die Sachsen zu erscheinen versprochen hatten. Dieser Tag war bestimmt allen den Streitigkeiten, unter denen bisher das Reich des Königs immer neuen Schwankungen ausgesetzt gewesen war, endlich ein Ziel zu setzen.

Die baierischen und die sächsischen Fürsten kamen in großer Zahl nach Würzburg; mit den Letzteren auch Gertrud, die junge Wittwe

*) Die Trümmer der Burg Stahleck, welche der Hauptsitz der rheinischen Pfalzgrafen in den nächsten Jahrhunderten blieb, sind noch jetzt bei Bacharach sichtbar. Im Jahre 1689 wurde die Burg von den Franzosen zerstört. Die Gemahlin Hermanns von Stahleck war Gertrud von Staufen, unseres Wissens die einzige rechte Schwester König Konrads und Herzog Friedrichs.

Herzog Heinrichs, die Tochter Kaiser Lothars. Wir wissen nicht, wie es dem Könige gelungen war, diese Frau ganz für sich zu gewinnen; wir hören nur, daß er sich dabei der Unterstützung einiger vertrauter Fürsten bedient hatte. Gertrud gab nicht nur alle Feindschaft gegen die Staufer auf, sondern sie entschloß sich auch Heinrich, dem Bruder des Königs, ihre Hand zu geloben. Dieses Verlöbniß löste die letzten Schwierigkeiten, welche noch bei der welfischen Partei in Sachsen bestanden hatten. Die sächsischen Fürsten wetteiferten nun sich dem König zu unterwerfen, der ihnen die früher eingezogenen Reichsämter und Lehen zurückgab, auch den Knaben der Gertrud als Herzog Sachsens anerkannte. Nachdem er selbst sich so mit den Sachsen ausgesöhnt, gelang es ihm, auch Markgraf Albrecht wieder in freundliche Beziehungen mit den anderen Fürsten des Landes zu bringen; sie versprachen ihm seine Grafschaft, seine Mark und alle seine Besitzungen wieder einzuräumen. Nach jahrelangen Kämpfen wurde an einem Tage — es war der 10. Mai — Alles zwischen dem König und den Sachsen ausgeglichen. Unmittelbar an diesen Friedenstag schlossen sich die Hochzeitsfeierlichkeiten für Gertrud und Heinrich. Der König zeigte sich in der Freude seines Herzens überaus freigebig. Wenn Gertrud gleichsam als Buße für ihre Schuld ihm 300 Mark zu zahlen gelobt hatte, so erließ er ihr nicht allein sogleich am andern Tage diese Summe, sondern er bestritt selbst die Kosten der Hochzeit, die vierzehn Tage lang mit großer Pracht gefeiert wurde.

Als die sächsischen Fürsten — unter ihnen Markgraf Albrecht — bei ihrer Rückkehr nach Magdeburg kamen, fanden sie dort noch eine zahlreiche Versammlung von Geistlichen, welche den Exequien für Erzbischof Konrad beigewohnt hatte. Er war am 2. Mai gestorben, gewiß zu nicht geringer Beruhigung für Albrecht, der in ihm einen seiner erbittertsten Gegner verlor. Das Erzbisthum war auf Friedrich, den bisherigen Custos der Magdeburger Kirche, übergegangen. Mehr zu beklagen als der Tod des streitlustigen Magdeburgers war für den König und den Markgrafen, daß wenig später (9. Juni) auch Erzbischof Markulf von Mainz aus dem Leben schied, der Mann, dessen Vermittelung man zum großen Theile den Frieden verdankte; es folgte ihm der bisherige Propst des Mainzer Domstifts, Heinrich, auf dessen Gesinnung sich der König nicht so fest verlassen konnte.

Große Freude war im Reiche über die Herstellung des Friedens, und am königlichen Hofe herrschte nicht geringe Befriedigung über die glänzende Verbindung des königlichen Bruders, durch welche der verderbliche Hader zwischen Staufern und Welfen endlich beseitigt schien. Aber allgemein empfand man doch, daß Alles nur durch die Nachgiebigkeit des Königs und des Markgrafen Albrecht erreicht war. Und nicht allein persönliche Opfer waren gebracht, sondern zugleich hatte die Erblichkeit des Herzogthums eine Anerkennung gefunden, wie kaum je zuvor. Ausdrücklich wurde der junge Heinrich für den rechtmäßigen Herzog Sachsens erklärt, und nicht einmal sein Anrecht auf das Herzogthum Baiern wagte man offen zu bestreiten, obgleich es seinem Vater nach dem Spruch der Fürsten genommen war. Wenn die Erblichkeit der großen Reichslehen so unzweideutig anerkannt wurde, so lag es nur in der Consequenz, wenn der König, als noch in demselben Jahre Herzog Gottfried von Niederlothringen in frühem Lebensalter starb, dem Sohne desselben, einem einjährigen Knaben, das Herzogthum verlieh; man nannte diesen neuen Herzog der niederrheinischen Lande: „Gottfried in der Wiege“.

Und wäre mit allen solchen Opfern nur ein dauernder Friede im Reiche gewonnen worden! Aber Graf Welf, der bei dem Frankfurter Abkommen unbetheiligt war, mißbilligte den Schritt Gertruds, und es war nicht anders zu erwarten, als daß er bald wieder selbst zum Schwert greifen würde. Otto von Rineck sah mit Groll die Pfalzgrafschaft am Rheine, von welcher er einst schon den Namen geführt, in der Hand Hermanns von Stahleck, und wenn nicht er selbst, so setzte sich doch sein Sohn bald gegen den Eindringling zur Wehre. Und wie hätte Heinrich von Limburg, der sich in allen seinen Hoffnungen getäuscht fand, jetzt ohne Einrede einen Grundsatz gelten lassen sollen, den man früher ebenso bestimmt ihm gegenüber bestritten hatte, wie man ihn nun zu seinem Schaden in Anwendung brachte? Noch war in Niederlothringen keine Ruhe geschafft, und neue Stürme drohten hier und da loszubrechen, ehe noch die alten ausgetost.

Auswärtige Verhältnisse.

Wer auf der Höhe des Staufens steht, überschaut nach allen Seiten weithin das reiche Schwabenland. Das Auge kann die Fülle der Eindrücke schwer erfassen, und die Gedanken schweifen in das

Gebiet des Unermeßlichen, Grenzenlosen hinüber. Man begreift, wie hier ein Geschlecht erwuchs, welches unablässig in die Weite strebte, keine Schranken seinen Entwürfen und Unternehmungen setzte. Ein unwiderstehlicher Zug in die Ferne, der Abenteuerlust der französischen Ritter verwandt, ist in der That dem ganzen Geschlechte der Staufer eigen, und auch Konrads Gedanken waren in die engen Kreise, in denen sein Regiment sich bisher nothgedrungen bewegte, keineswegs gebannt.

Schon in seiner Jugend war Konrad nach dem Vorgange seines Oheims, des Bischofs Otto von Straßburg, eines der ersten deutschen Kreuzfahrer, nach dem gelobten Lande gezogen und hatte wohl auch damals bereits jene Verbindungen mit dem Hofe von Constantinopel angeknüpft, die er nachher so sorgsam pflegte. Als er bald nach seiner Rückkehr vom Osten in die Heimath die traurige Rolle eines Gegenkönigs spielen mußte, auch da hatte er Deutschland alsbald verlassen; er war über die Alpen gezogen, um sich in den Besitz der reichen Güter zu setzen, welche aus der Verlassenschaft der großen Gräfin Mathilde seinem Hause zugefallen waren, und die Krone Italiens, welche ihm Mailand darbot, hatte er bereitwillig angenommen. Freilich hatte er sie nicht behaupten können, und als er einige Jahre später wieder in Italien erschien, sah man ihn als Bannerträger desselben Kaisers, den er früher bekämpft. Bis in die südlichsten Theile der Halbinsel begleitete er damals die deutschen Schaaren, welche gegen Roger von Sicilien stritten. Ueberall in Italien war er längst bekannt, und im Gegensatze gegen das energische Auftreten des alten Lothars und des hochfahrenden Welfen gedachte man gern dort des milderen Regiments, welches Konrad einst in Mailand geführt hatte.

Als das Glück dem Staufer die Krone, die er hatte niederlegen müssen, wieder zurückgab, wandten sich seine Gedanken auch sogleich wieder nach dem Süden. Nicht ungern scheint man hier seine neue Erhebung gesehen zu haben, denn nirgends findet sich eine Regung des Widerstandes. Schon im Jahre 1138 traten, wie wir wissen*), die Genuesen mit ihm in Verbindung, und er seinerseits schickte den Kanzler Arnold nach Italien, um dort Heinrichs Einfluß entgegenzutreten und die königliche Macht zu sichern. Es war dies nicht ohne Erfolg. Vom

*) Vergl. oben S. 177.

Jahre 1139 an hat dauernd Ulrich von Attems, ein Vasall Konrads, die Markgrafschaft Tuscien verwaltet. Auch unterliegt es keinem Zweifel, daß Konrad damals wirklich zum Besitze der Mathildischen Hausgüter gelangte. Bereits 1140 wandten sich die Mönche von Polirone an ihn und baten ihn um die Bestätigung ihrer Güter; er bestätigte ihnen alle Schenkungen der großen Gräfin und ihrer Vorfahren, und einige Jahre später (1146) schenkte er selbst der Brüderschaft, in welche er sich hatte aufnehmen lassen, Güter zu Gonzaga, ehemalige Besitzungen der Gräfin. Alles, was Herzog Heinrich in Italien auf dem zweiten Zuge Kaiser Lothars gewonnen hatte, war schnell in die Gewalt des neuen Königs gekommen.

Man glaubte in Italien, daß Konrad sich in Bälde dort wieder zeigen würde; Viele aber warteten nicht, bis er über die Alpen stiege, sondern eilten selbst nach Deutschland, um Vergünstigungen vom königlichen Hofe zu erlangen. So erwirkte sich dort Otto Visconti von Mailand eine Schenkung, die Bischöfe von Pisa, Treviso und Feltre die Bestätigung ihrer Privilegien, die Bürger von Piacenza die Erneuerung ihres Münzrechts. Als auch die Stadt Asti im Jahre 1141 eine Gesandtschaft nach Deutschland schickte und um das Münzrecht bat, gewährte es ihr nicht nur der König, sondern versprach noch größere Belohnungen für die ihm bewiesene Treue, sobald er selbst nach Italien käme; für die nächste Zeit stellte er den Abgang einer königlichen Gesandtschaft nach der Lombardei in Aussicht.

Wohl wäre damals, wenn der König nur die Hand frei gehabt hätte, die Romfahrt an der Zeit gewesen. Denn der Sieg Rogers, seine Aussöhnung mit der Kirche, der mit Innocenz II. geschlossene Vertrag, der dem Normannen die Krone Siciliens und den ganzen Süden der Halbinsel sicherte, hatten die Verhältnisse hier völlig geändert, hatten den letzten Waffenthaten Lothars, an denen auch Konrad seinen Antheil gehabt, alle Bedeutung genommen. Der Papst war zum Bundesgenossen des Siciliers geworden, auf den er so oft die schrecklichsten Flüche der Kirche gehäuft, und ob das Verhältniß ein erzwungenes war, er schien nicht gewillt es zu lösen, ja hielt daran nicht ohne Starrsinn fest, weil er nur so sich im Besitze Roms schützen zu können meinte.

Die heiligen Männer in Frankreich sahen den Umschwung der Dinge in Italien mit Freude und Befriedigung. Bernhard von Clairvaux, einst der hitzigste Gegner Rogers, trat jetzt selbst mit ihm in brieflichen Verkehr und pries in tönenden Worten seine Erfolge. „Weit und breit," schreibt er, „hat sich eure Macht über den Erdkreis ergossen: wohin wäre der Ruhm eures Namens nicht gedrungen?" Er bedauert, daß er wegen seines schwächlichen Körpers einer Einladung des Königs nicht folgen könne, aber schickt ihm an seiner Statt einige seiner Brüder und ist entzückt, als sie im Reiche des Königs eine Stätte finden.

Und wie noch ganz anders erhebt Abt Peter von Cluny die Thaten des Siciliers, den er schon seit zwanzig Jahren vor anderen Königen und Fürsten geliebt und dessen Sache er zu allen Zeiten vertheidigt zu haben betheuert! „Sicilien, Calabrien, Apulien," schreibt er dem Könige, „vor euch Schlupfwinkel der Sarazenen und Räuberhöhlen, sind nun durch euch eine Stätte des Friedens, ein Hafen der Ruhe und das herrlichste Reich geworden, in welchem gleichsam ein zweiter friedfertiger Salomon herrscht. Möchten doch, was ich (Gott weiß es!) nicht aus Schmeichelei sage, auch das arme, unglückliche Tuscien und die umliegenden Gegenden eurer Herrschaft hinzugefügt und jene verlorenen Länder in die Grenzen eures Friedensreiches gezogen werden! Fürwahr, dann würden nicht, wie jetzt, Göttliches und Menschliches rücksichtslos verwirrt, nicht Städte, Burgen, Märkte, Dörfer, die Straßen und die Gott geweihten Kirchen Mördern und Dieben preisgegeben sein; die Büßenden, die Pilger, die Kleriker, die Mönche und Aebte, die Priester, Bischöfe, Erzbischöfe, Primaten und Patriarchen würden nicht den Händen von Verbrechern überliefert, beraubt und geplündert, geschlagen und ermordet werden. Diese und andere derartige Frevel und Gräuel würden aufhören, wenn das Schwert der königlichen Gerechtigkeit waltete. Seufzt das Land wegen seiner Sünden noch unter der Zuchtruthe Gottes, so vertraue ich doch, daß der Herr meine und vieler Anderer Gebete, die dasselbe verlangen, gnädig erhören wird." Der Abt fügt hinzu, daß er dies Alles nur geschrieben, um den König zu noch größeren Thaten zu ermuthigen und damit er wisse, was Viele von ihm dächten.

Aber am deutschen Hofe sah man Rogers Erhebung und das Verhältniß des Papstes zu ihm mit anderen Augen an. Verdankte auch Konrad seine Krone vor Allem dem Einflusse der Curie, erschienen auch immer von Neuem päpstliche Legaten — vor Allem der Cardinal Dietwin — an seinem Hofe und wurden dort hochgeehrt, so fehlte doch viel an einem vollständigen Einverständniß zwischen dem Papste und dem Könige. Der Letztere scheute sich nicht dem heiligen Bernhard zu eröffnen, zu wie vielen Beschwerden der heilige Vater ihm Anlaß biete. Bezeichnend ist Bernhards Antwort. „Die Klagen des Königs," schreibt er, „sind auch die unseren, und besonders jene, die von euch gebührend betont wird, über die Verletzung des Reichs. Eine Verunehrung des Königs und eine Minderung der königlichen Gewalt habe ich niemals gewollt und hasse die, welche sie beabsichtigen. Denn ich habe gelesen: „Jedermann sei unterthan der Obrigkeit, die Gewalt über ihn hat" und: „Wer sich wider die Obrigkeit setzet, der widerstrebet Gottes Ordnung" *). Aber ich wünsche und ermahne euch dringend, daß auch ihr dasselbe Wort beobachtet, indem ihr die Ehrerbietung dem apostolischen Stuhle und dem Statthalter Petri erweiset, die ihr von dem gesammten Reiche euch erwiesen sehen wollt. Manches glaubte ich nicht schreiben zu sollen, besser würde ich vielleicht es euch mündlich eröffnen."

Wenn auch solche Vorstellungen nur geringen Eindruck auf den König hervorbringen konnten, so machte ihm doch seine ganze Lage einen offenen Bruch mit dem Papste unmöglich. Nichtsdestoweniger beschäftigten ihn unausgesetzt Pläne, wie er den Uebermuth des Siciliers brechen und die kaiserliche Autorität in Italien herstellen könne: solche Pläne wurden durch den vertriebenen Robert von Capua und andere flüchtige Herren Unter-Italiens noch genährt, die sich, seit sie in Rom kein Asyl mehr fanden, an den deutschen Hof geflüchtet hatten. Mit diesen Plänen stand es auch in Verbindung, wenn der König alsbald in vertraute Beziehungen zu dem Hofe von Constantinopel trat. Um das Jahr 1140 kamen Gesandte des Kaisers Johannes II. nach Deutschland, um gegen Roger das Bündniß mit dem abendländischen Reiche zu erneuern, welches schon unter Lothar bestanden hatte, zugleich aber dasselbe durch ein verwandtschaftliches Verhältniß zu befestigen; der Kaiser wünschte nämlich für seinen jüngeren Sohn Emanuel eine Fürstin aus dem Geblüt der abendländischen Kaiser zur Gemahlin, so sehr eine solche Verbindung auch dem Herkommen und dem Stolze Constantinopels widersprach.

*) Römer 13, 1. 2.

Konrad ging auf die Erneuerung des Bündnisses gern ein, freute sich auch der beabsichtigten Verschwägerung, bot aber statt einer Blutsverwandten eine Schwester der Königin Gertrud, Bertha von Sulzbach, dem Kaiser zur Gemahlin seines Sohnes an. Der Kaplan Albert, ein von Konrad hochgeschätzter Mann, überbrachte, vom Grafen Alexander von Gravina begleitet, die königlichen Aufträge nach Constantinopel und wußte dort eine günstige Stimmung für sie zu erregen. Nach einiger Zeit erschien eine neue griechische Gesandtschaft in Deutschland, mit welcher ein Bündniß beider Reiche zu gegenseitigem Schutz und Trutz und der Heirathsvertrag vereinbart wurde. Im Auftrage des Königs gingen dann abermals der Kaplan Albert, diesmal von Robert von Capua begleitet, nach Constantinopel ab. Von dem, was mündlich ihnen befohlen war, wissen wir nur, daß der König als Garanten der Verträge den Dogen von Venedig Petrus Polanus in Vorschlag brachte; wir besitzen dagegen vollständig das am 12. Februar 1142 zu Regensburg ausgestellte königliche Schreiben, welches sie dem Kaiser zu überbringen hatten.

Es ist ein überaus merkwürdiges Actenstück, welches deutlich zeigt, wie tief die Achtung vor dem griechischen Reiche, seitdem man in den Kreuzfahrten die Schwäche desselben erkannt, gesunken war. Konrad, der sich unrechtmäßig den Titel eines römischen Kaisers beilegt, behandelt den Kaiser von Constantinopel, wie er Johannes nennt, nicht nur als seines Gleichen, sondern weist ihm sichtlich die zweite Stelle an, indem er mit Nachdruck hervorhebt, wie Rom als die Mutter eine Autorität über Constantinopel als Tochter zu beanspruchen habe. Dem Bunde der beiden Reiche, den er als einen natürlichen Ausfluß des zwischen Mutter und Tochter obwaltenden Pietätsverhältnisses ansieht, verspricht er die gewaltigsten Folgen. Normanne oder Sicilier, meint er, oder wer sonst die römische Macht sich fortan anzugreifen erkühne, werde bald die Rache zu fühlen haben. „Sehen und hören wird der ganze Erdkreis, wie die Räuber niedergeschmettert werden, welche sich gegen unsere Monarchien erheben; denn mit Gottes Hülfe werden wir, sobald wir nur unsere Schwingen regen, den Feind im Fluge erhaschen und ihm sein freches Herz aus dem Leibe reißen."

Nicht ohne Widerwillen liest man diese gedunsenen Phrasen, kann sie aber mit dem Tone, den Constantinopel so oft gegen das Abendland angeschlagen hatte, vielleicht entschuldigen. Nimmermehr ist dagegen zu rechtfertigen, wenn Konrad zugleich die Verhältnisse seines Reichs dem Kaiser in einem durchaus falschen Lichte darstellt. Wie hoch Konrad auch die Folgen des Weinsberger Sieges anschlagen mochte, er mußte selbst die Unwahrheit jener Darstellung erkennen, und dies ist geeignet, auf die Ehrenhaftigkeit, welche man ihm in Deutschland nachrühmte, einen dunklen Schatten zu werfen.

Konrad meldet dem Kaiser, daß er die Aufständigen völlig unterworfen und wieder zu Gnaden aufgenommen habe, so daß jetzt alle Theile seines Reichs in einem Uebermaß des Friedens schwelgten; Frankreich, Spanien, England und Dänemark und die anderen benachbarten Reiche sendeten täglich ihm Gesandtschaften, um ihre unterwürfige Gesinnung zu bezeigen: sie alle verpflichteten sich eidlich und durch Geiseln alle Befehle des Königs zu vollstrecken; der Papst, ganz Apulien, Italien und die Lombardei erwarteten von Tag zu Tag seine Romfahrt und verlangten sie auf das Sehnlichste; auch habe er bereits seinen Vertrauten, den Bischof Embriko von Würzburg, nach Rom gesandt, um sich mit dem Papste zu verständigen und nach dem glücklichen Erfolge dieser Gesandtschaft mit den Fürsten seines Reichs Rath gepflogen. Kein byzantinischer Höfling hätte dreister der Wahrheit ins das Gesicht schlagen können, als es hier ein deutscher Schreiber im Auftrage seines Königs gethan hat.

Man lächelt über die sclavische Unterthänigkeit, welche in diesem Schreiben den Königen Frankreichs, Englands, Spaniens und Dänemarks nachgesagt wird, aber mindestens so viel ist richtig, daß die Freundschaft des Königs von den verschiedensten Höfen gesucht wurde. So stand er ohne Zweifel schon damals in näheren Beziehungen mit dem tapferen König Alphons von Castilien, der sich später mit einer Nichte Konrads vermählte*). Wir wissen ferner, daß Ostern 1142 der dänische Königssohn Petrus zu Würzburg am Hofe des Königs erschien. Es war der Sohn Erich Emunds, der im Jahre 1137 durch Mörderhand gefallen war; beim Tode des Vaters war, da er selbst noch unmündig, sein Vetter Erich Lamm auf den dänischen Thron erhoben worden und hatte sich in einem blutigen Bürgerkriege zu behaupten gewußt. Wenn Erich Lamm jetzt den jungen Dänen-

*) Alphons Gemahlin war Richsa, die Tochter des Herzogs Wladislaw von Polen und der Agnes von Oesterreich, einer Halbschwester König Konrads.

fürsten nach Deutschland sandte, so mochte er sich eines Prätendenten für den Augenblick entledigen wollen, aber zugleich beabsichtigte er doch auch ohne Zweifel seine ergebene Gesinnung dem deutschen König zu zeigen. Auch sonst suchte sich der neue Dänenkönig den Deutschen anzuschließen; er vermählte später sich mit Liutgarde, einer Tochter des Markgrafen von Rudolf von Stade und der abgeschiedenen Frau des Pfalzgrafen Friedrich, einem leichtsinnigen und verschwenderischen Weibe, welches dem deutschen Namen auf Dänemarks Thron wenig Ehre gemacht hat.

In den nächsten, auch durch Verwandtschaft befestigten Beziehungen stand Konrad zu den Herrschern in Polen, Ungarn und Böhmen. Nach einer langen und thatenreichen Regierung war am 28. October 1139 Herzog Boleslaw von Polen gestorben. Die Anordnungen, die er für die Nachfolge getroffen hatte, waren aber am wenigsten geeignet ihm den Dank seines Volks zu erwerben. In ähnlicher Weise, wie einst Bretislaw von Böhmen, theilte er das Reich unter seine vier älteren Söhne, gab aber dem ältesten, Wladislaw, einen Vorrang vor den Brüdern, um so die Einheit des Reichs einigermaßen zu erhalten. Dieser älteste, durch den Namen eines Großherzogs ausgezeichnet, war der Gemahl der Agnes von Oesterreich, König Konrads Schwester, und im Vertrauen auf den Beistand der mächtigen Sippe seines Weibes ließ er alsbald die Brüder sein Uebergewicht in drückender Weise fühlen. Wladislaw bedurfte des Rückhalts am deutschen Reiche, und nicht minder der blinde König Bela in Ungarn, der schon Pfingsten 1139 seine einzige Tochter Sophie an Heinrich, den zweijährigen Sohn König Konrads, verlobt und sie mit der reichsten Ausstattung nach Deutschland gesandt hatte, wie Belas unmündiger Sohn Geisa, der im Jahre 1141 dem Vater in der Herrschaft folgte.

Wir wissen, wie eng sich Sobeslaw von Böhmen an Kaiser Lothar, sobald er von demselben die herzogliche Fahne erhalten, angeschlossen hatte. Noch fester zog sich sein Bund mit dem Reiche, als Konrad den Thron bestieg. Sobeslaw vermählte seine Tochter Marie dem Babenberger Leopold, dem Bruder des Königs, und ließ seinem ältesten Sohne Wladislaw vom Könige die Nachfolge verbürgen. Aber als der Herzog schwer erkrankte, zeigte sich sogleich, wie wenig die böhmischen Großen trotz der früher gegebenen Versprechungen geneigt waren die Herrschaft des Vaters dem Sohne zu übertragen. Schon wenige

Tage nach Sobeslaws Tod (14. Februar 1140) erhoben sie einen andern Wladislaw auf ihren Herzogsstuhl; er war ein Neffe Sobeslaws, ein Sohn seines Bruders und Vorgängers im Herzogthume. Auch der neue Herzog suchte sogleich die Freundschaft des deutschen Königs zu gewinnen, und kein besseres Mittel schien es dafür zu geben, als die Ehe mit einer Babenbergerin. Er vermählte sich mit Gertrud, einer Halbschwester des Königs, und erreichte damit seinen Zweck. Trotz der Bürgschaften, die Konrad früher dem Sohne Sobeslaws gegeben, belehnte er jetzt den von dem böhmischen Adel gewählten Wladislaw mit dem Herzogthume (im Mai 1140).

Der junge hochstrebende Böhmenherzog trat sogleich mit außerordentlicher Energie auf; er hielt strenges Gericht und schränkte die Willkür des Adels ein. Mit Rath und That stand ihm der Bischof Heinrich Zdik von Olmütz zur Seite; doch ohne das Vertrauen auf ihre mächtigen Freunde in Deutschland würden Beide kaum gewagt haben, was sie wagten. Auch so fehlte es an Widerstand nicht. Der Adel erhob sich gegen das straffe Regiment des neuen Herzogs. Der um die Herrschaft betrogene Sohn Sobeslaws, der sich zu seinem Oheim nach Ungarn begeben hatte, kehrte zurück; mit ihm verbanden sich Otto von Olmütz, ein Sohn des bei Kulm gefallenen Herzogs, so wie Ottos ehrgeiziger Vetter Konrad von Znaim und andere mißvergnügte Mitglieder des herzoglichen Geschlechts. Die Aufständigen sammelten sich in Mähren und wählten hier im Anfange des Jahres 1142, nachdem sie Wladislaw entsetzt, Konrad von Znaim zum Herzog. Diesen hielten sie für den geeignetsten Mann, ihrem gemeinsamen Widersacher die Spitze zu bieten, und in der That schien es mit Wladislaws Herrschaft ein schnelles Ende nehmen zu sollen.

Mit einem bedeutenden Heere rückten die Verschworenen in Böhmen ein. Am 25. April 1142 kam es bei Wysoka, westlich von Kuttenberg, zu einem heißen Kampfe, in dem sich Wladislaw nicht behaupten konnte. Er eilte nach Prag zurück, um es in Vertheidigungszustand zu setzen, dann aber sofort mit dem Bischof von Olmütz zu König Konrad, den er zu Nürnberg traf*), wohin derselbe sich unmittelbar nach den Frankfurter Hochzeitsfeierlichkeiten begeben hatte. Wladislaw

*) In einer am 28. Mai zu Nürnberg ausgestellten Urkunde sind Wladislaw und der Bischof von Olmütz als Zeugen angegeben.

forderte schleunigste Hülfe, und der König konnte sich den Forderungen desselben, so wenig vorbereitet er auch auf einen Krieg war, nicht entziehen. Kaum andere Streitkräfte standen ihm im Augenblicke zur Verfügung, als die ihm die zu Nürnberg versammelten ostfränkischen und baierischen Herren darboten.

Diese böhmischen Angelegenheiten gaben dem Könige die erste Veranlassung, seine Waffen nach außen zu tragen, und es geschah mit dem glücklichsten Erfolge. In größter Eile brach er auf und rückte gegen Prag vor, mit dessen Belagerung die Aufständigen bereits beschäftigt waren. Als sie vom Anrücken des deutschen Heeres vernahmen, schickten sie Kundschafter aus, und diese brachten alsbald die Nachricht zurück, daß sie bei Pilsen alle Berge von den vergoldeten Schilden, Harnischen und Helmen der Deutschen hätten im Sonnenlichte blinken sehen. Als dies der Führer des Aufstandes vernahm, verlor er den Muth, den Kampf weiter fortzusetzen; er eilte nach Mähren zurück, die Aufständigen zerstreuten sich, die Empörung war vernichtet. Ohne Kampf hatte König Konrad den vollständigsten Sieg gewonnen. Am Pfingstfest (7. Juni) zog er in das befreite Prag ein. Herzog Wladislaw, in die Macht wieder eingesetzt, zeigte sich dankbar und erstattete reichlich die Kosten, welche der Kriegszug den Deutschen veranlaßt hatte. Im Triumph kehrte der König nach Deutschland zurück; er überließ die Vollendung des Kampfes dem jungen Herzog, der auch bald Mähren wieder unterwarf und durch Entschiedenheit, mit Milde gepaart, dann selbst seine Widersacher für sich gewann.

Neue innere Wirren.

Der Frankfurter Ausgleich und der rasche Erfolg in Böhmen hatten das Ansehen des Königs unfraglich gehoben, und auch die nächste Zeit, über deren Vorgänge wir nur mangelhaft unterrichtet sind, scheint ihm manche Gunst des Glücks geboten zu haben. Wir hören, daß er Aufstände in Mainz und Straßburg mit tapfrer Hand niederschlug und eine Anzahl feindlicher Burgen brach. Auch von neuen Kämpfen wird berichtet, die er noch im Laufe des Jahres 1142 mit dem Grafen Welf führte und in denen er einige Festen desselben einnahm. Wir erfahren freilich zugleich, wie er nicht zu verhülen vermochte, daß dagegen Städte des Reichs der Plünderung und Brandstiftung Welfs und seiner Genossen anheimfielen.

Was aber der König auch im Einzelnen erreichen mochte, Welf war und blieb doch unbezwungen. Vielleicht nur um das Land gegen neue Einfälle desselben zu sichern, begab sich der König im Winter wieder nach Baiern; wir finden ihn am 15. December in Regensburg, wo er auch noch das Weihnachtsfest verlebte. Bald nach demselben trat er trotz des sehr kalten Winters die Reise nach Sachsen an, um einen Reichstag zu Goslar zu halten.

Erst hier wurden in den ersten Tagen des Jahres 1143 die Angelegenheiten Sachsens und Baierns völlig geordnet. Auf den Wunsch seiner Mutter entsagte jetzt der junge Heinrich dem baierischen Herzogthum, und der König belehnte sogleich mit demselben den Markgrafen Heinrich, den Gemahl der Gertrud. Von Goslar ging der König nach Hildesheim, wo sein jüngster Halbbruder Konrad, bereits Dompropst zu Utrecht, auch zum Propst des dortigen Domcapitels erwählt wurde. Als Konrad dann nach Braunschweig kam, bereiteten ihm Herzogin Gertrud und die Bürger den glänzendsten Empfang. Das Fest der Reinigung Mariä (2. Februar) feierte er darauf in Quedlinburg mit großer Pracht. Noch verweilte er im Sachsenlande, als er in der Fastenzeit (10. Februar bis 3. April) die Nachricht erhielt, daß Welf in Baiern eingefallen und nach der Resignation seines Neffen selbst Ansprüche auf das Herzogthum seiner Vorfahren erhebe.

Welf wurde damals von seinem Neffen, dem jungen Friedrich von Staufen, offen und thatkräftig unterstützt. Wenn dieser, der Sohn Herzog Friedrichs, gegen den König und seinen Oheim die Waffen ergriff, so konnte der Grund nur darin liegen, daß er durch die einseitige Bevorzugung der Babenberger Sippe am Hofe sich als Staufer und zugleich als Sohn einer Welfin gekränkt fühlte. Zum ersten Mal in einem Alter von zwanzig Jahren tritt Friedrich Rothbart hier in der Geschichte hervor, und bemerkenswerth ist, daß seine erste That eine Parteinahme für das welfische Haus war. Mit Welf vereint überfiel er mitten im Winter die Besitzungen des Königs in Schwaben, mit Feuer und Schwert sie verwüstend. Dann drang man in Baiern ein und durchzog plündernd einen großen Theil des Landes. Die welfische Partei erhob sich hier aufs Neue und griff zu den Waffen, unter

Andern auch der Graf Konrad von Dachau und mehrere Vasallen der Freisinger Kirche.

Der Babenberger Heinrich sammelte schleunig ein Heer und zog den Eindringlingen entgegen. Er besetzte das Freisingische, und die Güter des Bisthums litten jetzt ebenso viel von den Freunden Bischof Ottos, wie vorher von seinen Feinden; selbst die Mauern der Stadt wurden zerstört, um den Genossen des Welf keine Zuflucht zu bieten. Welf selbst hatte zuerst dem Herzoge in offener Schlacht entgegentreten wollen, als er aber vernahm, daß der König eiligst Sachsen verlassen habe und bereits zur Unterstützung seines Bruders in Baiern erschienen sei, wich er zurück und verließ den baierischen Boden. Der König und Herzog Heinrich belagerten darauf Dachau, die Burg des Grafen Konrad; nach längerer Belagerung mußte sie sich ergeben und wurde durch Feuer zerstört. Ein weiterer Widerstand der welfischen Partei war für jetzt unmöglich; nach kurzer Zeit war die Autorität Herzog Heinrichs in Baiern hergestellt.

Der König und der Herzog mochten sich dieser raschen Erfolge freuen, aber inmitten derselben hatten Beide einen unersetzlichen Verlust zu betrauern. Auf der Rückreise von Sachsen nach Baiern war am 18. April Gertrud, die Tochter Kaiser Lothars, die Gemahlin des Herzogs von Baiern, in Kindesnöthen gestorben. In Königslutter zur Seite ihrer Eltern und ihres ersten Gemahls wurde sie begraben; das ganze Sachsenvolk nahm an ihrem frühen Tode den lebhaftesten Antheil. Das Herz und die Eingeweide scheint man nach Kloster Neuburg, der Familienstiftung der Babenberger, gebracht zu haben.

Wenn die Frankfurter Vereinbarung besonders auf Gertruds Persönlichkeit beruht hatte, so war zu befürchten, daß ihr Abscheiden Alles, was der König in den letzten Jahren gewonnen, wieder in Frage stellen würde. Es fehlte ja nun der bestimmende Einfluß, den Gertrud auf ihren Sohn geübt, und es war unschwer zu vermuthen, daß dieser über kurz oder lang auf die Wege seines Vaters zurückkehren, alle Ansprüche der Welfen aufnehmen werde. Um so mehr mußte Konrad daran gelegen sein, mindestens die Eintracht in seinem eigenen Hause herzustellen, welche offenbar durch das Auftreten des jungen Friedrich gestört war. Er mußte überdies Alles aufbieten, um die Verhältnisse seines Hauses und des Schwabenlandes so zu ordnen, daß ein neues gewaltthätiges Hervorbrechen Welfs verhindert wurde.

Offenbar haben diese Gesichtspunkte die Thätigkeit des Königs im Sommer des Jahres 1143 bestimmt. Im Anfange des Juli war er in Straßburg, wo er mit seinem Bruder Friedrich und dem Herzog Konrad von Zähringen eine Zusammenkunft hatte. Am 1. August finden wir ihn zu Cochem an der Mosel, einer Burg, die früher im Besitze des Pfalzgrafen Wilhelm gewesen, nach dessen Tod aber an das Reich zurückgefallen war. Der Schwager der staufenschen Brüder, Pfalzgraf Hermann von Stahleck, war damals am Hofe, zugleich mit ihm der alte Otto von Rineck und seine Verwandten. Der König scheint hiernach die natürlichen Widersacher seines Schwagers begütigt zu haben, daß es diesem aber auch so nicht an Feinden fehlte, ist daraus ersichtlich, daß er wenig später in den Bann des Erzbischofs von Mainz verfiel. Als sich dann der König am 4. September in Ulm aufhielt, erschien an seinem Hofe nicht nur Herzog Friedrich, sondern auch dessen Sohn, der junge Friedrich von Staufen; der Friede war also im königlichen Hause hergestellt.

Kurze Zeit hierauf (29. September) starb des Königs Mutter Agnes. Von zwanzig Kindern, die sie geboren, waren die meisten ihr in das Grab vorangegangen. Die Tochter und Schwester der letzten Kaiser des salischen Hauses, war sie die Ahnfrau aller der Staufer und Babenberger, welche in dem nächsten Jahrhundert in den Vordergrund der deutschen Geschichte treten. In dem Kloster Neuburg, welches sie mit ihrem zweiten Gemahl begründet, fand sie das Grab.

An demselben Tage, wo der König die Mutter verlor, starb auch ein Mann, der vielfach bestimmend auf dessen Leben eingewirkt hatte: Papst Innocenz II. Bis zu seinem letzten Athemzuge hielt er an dem Vertrage fest, welchen ihm der Sicilier aufgezwungen, aber er starb im Unfrieden mit seinem eigenen Volke, den Römern*). Als er Frieden mit den Tivolesen machte und ihre Stadt der Rache der römischen Bürgerschaft entzog, empörte sich diese selbst, schaffte die weltliche Herrschaft des Papstes in der Stadt ab und setzte nach dem Vorbilde der lombardischen Städte sich eigene Behörden. Den von den Bürgern auf dem Capitol errichteten Stadtrath nannte man Senat und gab sich der thörigen Hoffnung hin, mit dem Namen die Würde und Kraft der alten Republik hergestellt zu haben. In der empörten Stadt endete

*) Vergl. oben S. 168.

der Papst sein Leben; die letzten Tage seines Pontificats waren ebenso unruhig, wie es die ersten gewesen. Die Macht des römischen Bisthums war auf eine unerhörte Höhe gestiegen, aber der Repräsentant desselben sah sich ohnmächtig jedem Wechsel der Verhältnisse und jeder Laune des Glücks preisgegeben. Es war das die wunderbare Ironie der phantastischen Zustände, in die man gerathen und aus denen kaum noch ein Ausgang zu finden war.

Mit großer Einigkeit gaben die Cardinäle gleich nach dem Tode des Papstes ihm einen Nachfolger in dem Cardinalpriester vom Titel des heiligen Marcus, Guido von Castello, einem durch vornehme Geburt, Gelehrsamkeit und rechtliche Gesinnung ausgezeichneten Toskaner. Der neue Papst, der sich Cölestin II. nannte, setzte sich sogleich in Gegensatz gegen die Politik seines Vorgängers, indem er den mit Roger geschlossenen Vertrag nicht anerkennen wollte. Wenn er sich aber der Abhängigkeit von dem Sicilier entziehen wollte, so mußte er Nichts dringender wünschen, als die Romfahrt König Konrads. Er wird es deshalb an Mahnungen nicht haben fehlen lassen, und auch die vertriebenen Herren Apuliens und Campaniens, die sich am königlichen Hofe sammelten, drangen immer mehr in den König seine Waffen nach Italien zu tragen. Aber weder waren die inneren Zustände Deutschlands so befestigt, daß er es sorglos hätte verlassen können, noch war damals mit Sicherheit auf den Beistand Constantinopels zu zählen, ohne welchen sich ein entscheidender Schlag gegen Roger kaum führen ließ.

Allerdings war der Bund mit Kaiser Johannes zum Abschluß gekommen, und schon hatte dieser einige Hofbeamten nach Deutschland geschickt, um die Schwägerin König Konrads nach Constantinopel zu geleiten. Aber der unerwartete Tod des Kaisers hatte Alles wieder in Frage gestellt. Bei einem Zuge, den er nach Syrien unternahm, wo ihm Raimund die Stadt Antiochia zu überliefern versprochen hatte, fand er in Cilicien am 8. April 1143 durch Unglück auf einer Jagd ein jähes Ende. Sterbend hatte er von seinen beiden ihn überlebenden Söhnen den jüngeren, Emanuel, in dem er Tapferkeit und besondere Anlagen erkannte, zu seinem Nachfolger bestimmt. In der That gelang es, die Krönung desselben in Constantinopel durchzusetzen; selbst Emanuels älterer Bruder Isaak fügte sich in das Unvermeidliche und begnügte sich mit den Ehren eines Sebastokrators. Aber mit

Emanuels Erhöhung war zugleich in Frage gestellt, ob er sich an den Vertrag, den sein Vater mit dem deutschen König geschlossen und der ihm zugleich die Gemahlin bestimmte, gebunden halten würde. Die Braut blieb vorläufig in Deutschland zurück, während die griechischen Gesandten alsbald nach Constantinopel zurückgekehrt zu sein scheinen.

Der König hielt sich während des Jahres 1144 fast immer in den ostfränkischen Gegenden auf, in denen er sich vor Allem heimisch fühlte. Wir finden ihn zu Würzburg, Bamberg und besonders zu Nürnberg, welches erst durch ihn zu einem bevorzugten Königssitz wurde. Am 17. October wohnte er der Einweihung der neuen Klosterkirche in Hersfeld bei, welche Erzbischof Heinrich von Mainz vollzog, und begab sich darauf nach Sachsen, wo er das Weihnachtsfest mit seiner Gemahlin zu Magdeburg feierte. Der Erzbischof und die Geistlichkeit hatten ihm hier nicht den gewohnten festlichen Empfang bereitet, weil ihn sein im Bann des Mainzers stehender Schwager Hermann von Stahleck begleitete; doch erreichte der Klerus damit nicht die Entfernung des Gebannten vom Hofe. Im Uebrigen zeigten die sächsischen Fürsten damals dem Staufer nichts weniger als eine abgeneigte Gesinnung; vor seinem Throne erschienen fast alle Bischöfe des Landes, der junge Herzog Heinrich, Markgraf Albrecht mit seinem Sohn Otto, Pfalzgraf Friedrich von Sommerschenburg, Graf Hermann von Winzenburg und viele andere Grafen und Herren.

Die Aufmerksamkeit der sächsischen Großen war um diese Zeit nach dem Aussterben zweier hervorragender alter Geschlechter im weltlichen Stande besonders auf die großen Erbschaften derselben gerichtet. Am 17. October dieses Jahres war Siegfried von Bomeneburg, ein Enkel Ottos von Nordheim, gestorben. Da er ohne Kinder war, seinen einzigen Bruder Heinrich in das Kloster Korvei gebracht und nicht ohne Zwang dort die Wahl desselben zum Abt durchgesetzt hatte, so kamen nicht allein die großen Reichs- und Kirchenlehen der Bomeneburger zur Erledigung, sondern auch die bedeutenden Allodien des Geschlechts waren unter Seitenverwandte zu vertheilen. Die meisten Lehen wußte sich Hermann von Winzenburg zu gewinnen, der auch die Allodien größtentheils durch Kauf an sich brachte. Siegfrieds Wittwe Richinza vermählte sich nach kurzer Frist mit Heinrich von

Able, Hermanns Bruder. Nur die Bomeneburg selbst*) fiel unseres Wissens an das Reich zurück und wurde eine kaiserliche Pfalz.

Größere Streitigkeiten verursachte die Erbschaft Rudolfs von Stade, der am 15. März dieses Jahres von den durch seine Bedrückungen gereizten Dithmarsen erschlagen war. Er hinterließ keine Kinder, und sein nächster Erbe war sein Bruder Hartwich, der längst im geistlichen Stande lebte und vom Domherrn zu Magdeburg zum Bremer Dompropst befördert war. Der größte Theil der Herrschaft, welche die Stader Grafen inne gehabt hatten, war seit geraumer Zeit Lehen der Bremer Kirche. Es lag Hartwich daran, sich im Besitz derselben zu erhalten, und er schloß deshalb mit dem Erzbischof einen Vertrag, wodurch er die im Bremer Sprengel belegenen Allodialgüter seines Hauses dem Erzbisthum überließ, diese dagegen als Lehen zurückerhielt und zugleich auch in allen jenen Lehen folgte, welche sein Bruder vom Erzbisthum gehabt hatte. Der Bremer Kirche eröffneten sich damit Aussichten, zu der so lange erstrebten vollen Herrschaft in ihrem Sprengel zu gelangen. Das Abkommen war aber sehr ungewöhnlich, und es konnte nicht daran fehlen, daß man die Giltigkeit desselben bestritt. Der geistliche Herr konnte weder die richterlichen Geschäfte des Grafen üben, noch war er geeignet mit den Waffen die aufständigen Unterthanen in den friesischen Gegenden zu bändigen. Ueberdies gab es Manche, die selbst nach den erledigten großen Lehen der Bremer Kirche trachteten; vor Allem that dies der junge Herzog Heinrich, welcher behauptete, daß der Erzbischof schon früher darauf bezügliche Versprechungen seiner Mutter gegeben habe.

In Gegenwart des Königs wurde die Sache in Magdeburg von den sächsischen Fürsten verhandelt. Hartwich wußte eine ihm günstige Entscheidung herbeizuführen: die bremischen Lehen wurden ihm zugesprochen, für die richterlichen und militärischen Geschäfte der Grafschaft wurde ihm sein Schwager, Pfalzgraf Friedrich von Sommerschenburg, der vom König den Bann erhielt, zur Seite gestellt. Dennoch fühlte sich Hartwich nicht sicher und sah sich nach mächtigen Gönnern um, die ihn in seinen Erwerbungen zu schützen vermöchten. Durch den Tod seines Bruders waren ihm auch ausgedehnte Besitzungen in den am rechten Elbufer belegenen Districten Jerichow und

*) Boyneburg zwischen Eichwege und Sontra in Hessen.

Schollene zugefallen; einen Theil derselben bestimmte er zur Einrichtung eines Prämonstratenserstifts zu Jerichow, dessen Leitung Bischof Anselm von Havelberg, die Vogtei dem Markgrafen Albrecht übertragen wurde: den Rest aber überließ er dem Erzbischof Friedrich von Magdeburg gegen nicht unbeträchtliche Geldentschädigungen und die ausdrückliche Zusage, ihn in dem Besitze seiner neuen Erwerbungen zu unterstützen. In dem für Magdeburg sehr vortheilhaften Vertrage wurden auch für Adalbert, den Sohn des Pfalzgrafen Friedrich, besondere Vortheile ausbedungen. Um dieselbe Zeit wurde Hartwichs Schwester Liutgarde, deren Ehe mit dem Pfalzgrafen wegen naher Verwandtschaft getrennt war, dem Dänenkönig Erich Lamm vermählt. In dem durch gemeinschaftliche Interessen gefestigten Bunde mit den Erzbischöfen von Bremen und Magdeburg, gestützt auf die Macht des Pfalzgrafen Friedrich, des Markgrafen Albrecht und des Dänenkönigs, mochte sich der Dompropst in seinem großen Besitz für gesichert halten.

Der König hatte den Vertrag Hartwichs mit Magdeburg ausdrücklich bestätigt und stellte am 31. December 1144 der Magdeburger Kirche über die neuerworbenen Besitzungen eine Urkunde aus. Der junge Herzog war damals als Zeuge zugegen und scheint also vorläufig nachgegeben zu haben. Aber bald genug trat er wieder mit seinen Ansprüchen hervor, erhob beim Könige Beschwerden gegen den Bremer Erzbischof und den Dompropst, scheute sich nicht ihnen Nachstellungen zu bereiten und brachte es endlich dahin, daß der König eine nochmalige Untersuchung wegen der Stader Erbschaft anordnete*). Diese sollte zu Ramesloh, nahe bei Lüneburg, stattfinden und die vornehmsten sächsischen Fürsten wurden zu derselben berufen. Der Erzbischof von Bremen, der Dompropst, der Pfalzgraf Friedrich und der Herzog selbst fanden sich ein. Aber mitten in den Verhandlungen griffen Heinrichs Leute zu den Waffen, bemächtigten sich des Erzbischofs und brachten ihn nach Lüneburg, wo er nicht eher entlassen wurde, als bis er Heinrich die Stader Erbschaft zugesichert hatte. Auch Hartwich hatte ein ähnliches Schicksal. Damals oder wenig später fiel er in die Hände des Grafen Hermann von Lüchow, eines Vasallen des Herzogs,

*) Der König hielt im August einen Hoftag zu Corvei, auf dem auch Herzog Heinrich gegenwärtig war; es ist wahrscheinlich, daß dort die neue Untersuchung angeordnet wurde.

und mußte mit einem großen Lösegeld seine Freiheit erkaufen; er flüchtete dann zu Markgraf Albrecht und wagte nicht eher nach Bremen zurückzukehren, als bis Alles zwischen dem Herzog und dem Erzbischof geordnet war. Mit List und Gewalt hatte sich der junge Welfe in den Besitz der reichen Erbschaft gesetzt und wußte sich darin zu behaupten.

Diese Vorgänge zeigten hinreichend, daß das Ansehen des Königs in Sachsen doch wenig befestigt war, sie zeigten nicht minder, wessen er sich von dem jungen Welfenfürsten, der kaum dem Knabenalter entwachsen, zu versehen habe. Es war nicht zu verwundern, wenn derselbe, nach fremdem Gute so lüstern, auch auf das Herzogthum Baiern, das Erbe seines Geschlechts, die Blicke richtete und schon in der nächsten Zeit mit Ansprüchen auf dasselbe hervortrat.

Die Zustände Sachsens mußten um so mehr Besorgniß einflößen, als auch in den überrheinischen Gegenden die Ruhe nicht herzustellen war, obschon der König wiederholt selbst hier eingriff. Nachdem er Ostern 1145 zu Würzburg verlebt, begab er sich nach Oberlothringen und feierte Pfingsten zu Echternach. Es wird berichtet, daß er mehrere Rebellen, indem er ihre Burgen nahm und zerstörte, zur Unterwerfung zwang. Aber der andauernden Trierer Fehde ein Ziel zu setzen, wollte ihm nicht gelingen; Heinrich von Namur setzte seinen Streit mit dem Trierer Erzbischof auch ferner unbehindert fort. Im Herbste ging Konrad in die niederrheinischen Gegenden; wir finden ihn am 18. October zu Utrecht und zur Weihnachtszeit in Aachen. Viele Fürsten des niederen Lothringens kamen an seinen Hof. Wir erfahren aus den zu jener Zeit ausgestellten Urkunden, daß er mit den Großen über den Landfrieden und die Lage des Reichs verhandelte; gerühmt wird besonders, wie er sich die Geistlichkeit und die Kirchen gegen die Gewaltthaten der weltlichen Herren zu schützen bemühte. Es glückte ihm auch, Heinrich von Limburg, der sich im Jahre 1144 mit seinem bisherigen Widersacher Gozwin von Falkenberg ausgeglichen und dann mit diesem eine drohende Stellung gegen den König eingenommen hatte, wieder zu begütigen. Aber dauernd wurde durch alle seine Bemühungen doch auch hier nur wenig erreicht. Die Autorität des Reichs stand in Lothringen auf so schwankem Boden, wie in Sachsen.

Bis in den Anfang des Jahres 1146 hatte der König in Aachen Hof gehalten und begab sich darauf nach Baiern. Hier erschien vor ihm, begleitet und empfohlen von Herzog Wladislaw und dessen Gemahlin Gertrud, jener Boris, Kolimans Sohn, dessen Ansprüche auf den ungarischen Thron einst Kaiser Lothar für ungiltig erklärt und beseitigt hatte. Er hatte sich jetzt die Gunst des im Osten so einflußreichen babenbergischen Geschlechts gewonnen und baute darauf neue Pläne, sich die Rückkehr und Herrschaft in Ungarn zu gewinnen. Obwohl Konrad in den engsten Beziehungen zu dem jungen Ungarnkönig stand, dessen Tochter seinem Sohne längst verlobt war, ließ er sich doch unbegreiflicher Weise bestimmen Boris Hoffnungen zu nähren; nicht allein das Fürwort Wladislaws und der Gertrud, sondern auch bedeutende Geldversprechungen des Prätendenten sollen auf ihn gewirkt haben. Und doch konnte er kaum daran denken, demselben jetzt hilfreiche Hand zu leisten, da er mehr als je seinen Blick auf Italien richten mußte, nachdem der gegen Roger gerichtete Bund mit dem neuen Kaiser von Constantinopel endlich zum völligen Abschluß gekommen war.

Sobald Kaiser Emanuel sich in der Herrschaft gesichert sah, hatte er einen Gesandten mit den kostbarsten Geschenken nach Deutschland geschickt, um den Bund seines Vaters mit Konrad zu erneuern. Der Gesandte — Nicephorus war sein Name — fand zuerst nicht die beste Aufnahme, da er die kaiserlichen Ehren, welche Konrad in Anspruch nahm, ihm verweigerte. Konrad war darüber so erzürnt, daß er drei Tage lang die Botschaft nicht hörte; er sagte, der Grieche würde, wenn er seinen einzigen Sohn vor seinen Augen getödtet, ihn nicht mehr haben aufbringen können. Endlich bequemte sich Nicephorus zu den verlangten Ehrenbezeugungen und konnte nun seinen Auftrag ausführen. Nach diesem war Emanuel bereit die Ehe mit Bertha von Sulzbach zu schließen und den mit seinem Vater abgeschlossenen Vertrag zu erneuern. Mündlich und schriftlich wurde nun, da auch Konrad einverstanden war, der frühere Bund bestätigt, und zwar in dem Umfange, daß beide Theile Freund und Feind mit einander gemeinsam haben sollten. Konrad versprach dem Kaiser in jeder Noth beizustehen und verlangte, daß auch dieser den Bund in gleicher Weise auffasse, „auf daß beide Reiche die gebührende Ehre und Frieden gewönnen und der Name Christi dadurch in der ganzen Welt verherrlicht werde“. Emanuel hatte gewünscht, daß der König ihm fünfhundert deutsche Ritter schicke; dieser erklärte, daß er ihm auch zwei- oder dreitausend nöthigenfalls senden und, ehe er seinen Bundesfreund in Noth ließe, ihm sogar in Person, wenn die kriegerische Kraft des Reichs erschöpft sein sollte, zur Hilfe eilen würde. Auf die Aufforderung Emanuels schickte er ihm besonders vertraute Personen nach Constantinopel, theils um die Braut zu geleiten, theils um die nöthigen Vereinbarungen mit dem Kaiser zu treffen. Es waren Bischof Embriko von Würzburg, die Brüder Berno und Rizwin, die Gründer des Klosters Ebrach, und ein gewisser Walter; außerdem der Fürst Robert von Capua und Graf Roger von Ariano, Männer von größter Bedeutung für das gegen König Roger beabsichtigte Unternehmen. Konrads Gesandtschaft wird im Sommer abgegangen sein. Sie scheint in Constantinopel noch einige Anstände gefunden zu haben; doch wurde endlich Alles glücklich geordnet, und in der Woche nach Epiphanias 1146 vermählte sich Kaiser Emanuel feierlichst mit Bertha von Sulzbach, dem deutschen Grafenkinde. Bischof Embriko blieb noch längere Zeit, wohl nach den Wünschen der neuen Kaiserin, in Constantinopel zurück; erst im Herbst 1146 verließ er reich beschenkt die kaiserliche Stadt und starb auf dem Heimwege am 10. November zu Aquileja. Die anderen Gesandten werden schon früher zurückgekehrt sein.

Fortan konnte es sich nur noch um den günstigen Moment zum Angriff auf Roger handeln, und es ist kaum zu bezweifeln, daß wenn König Konrad gegen Ostern den vielgewandten Wibald von Stablo, der schon zu Lothars Zeit mit den normannischen Angelegenheiten bekannt geworden war, nach Rom sandte, es sich dabei vor Allem um Vorbereitungen für den Zug nach Italien handelte.

Welche Absichten der König aber auch für die nächste Zeit hegen mochte, für den Augenblick wurde durch ein schweres Verhängniß seine Thatkraft gelähmt. Er hatte das Osterfest (31. März) auf der Pfalz Kaina bei Altenburg gefeiert und hielt dort nach dem Feste einen großen Reichstag. Während desselben starb am 14. April im Kloster Hersfeld die Königin Gertrud. Sie hatte wenig über dreißig Jahre erreicht und hinterließ dem Könige zwei Knaben: Heinrich, damals neun Jahre alt, und Friedrich, ein Kind in der Wiege. Der König war über den unerwarteten Verlust der geliebten Gemahlin tief bewegt; wir finden ihn in der nächsten Zeit, die er in Franken und besonders zu Nürnberg verlebte, mit Stiftungen für das Seelenheil der Verstorbenen viel beschäftigt. Dem Kloster Ebrach, in dem Gertrud bestattet wurde, wandte er große Schenkungen zu, ebenso den beiden Tochterklöstern Ebrachs Heilsbrunn in Franken und Rein in Steiermark. Mehrere seiner Güter übergab er dem Kloster Hersfeld, welchem auch die Königin sterbend ihre Ohrringe und ihren Brustschmuck*) vermacht hatte. Die Kapelle Grona bei Göttingen gab er an das benachbarte Kloster Fredelsloh, mehrere Grundstücke an Polirone, welches man bereits als eine staufensche Familienstiftung ansah.

Durch Gertrud waren große Ehren in das Haus der Grafen von Sulzbach gekommen. Sie erlebte noch, daß während sie selbst den ersten Thron des Abendlandes einnahm, ihre Schwester Bertha zur Kaiserin des Orients erhoben wurde, und gerade zur Zeit ihres Abscheidens erhielt auch ihr einziger Bruder Gebhard eine Standeserhöhung. Am 8. April war der alte Markgraf Dietbold von Vohburg gestorben, ein sehr reicher und mächtiger Fürst, der ein halbes Jahrhundert lang eine bemerkenswerthe Rolle in den oberdeutschen Angelegenheiten gespielt hatte. Dietbold war dreimal vermählt gewesen. Aus der ersten Ehe mit einer polnischen Fürstin war ihm ein Sohn geboren, der den Namen des Vaters führte und schon vor dem Vater starb; er war der Gemahl der welfischen Mathilde**) gewesen, die sich bald nach seinem Tode mit Gebhard von Sulzbach vermählte; eine rechte Schwester dieses Dietbold war Adela, die Gemahlin des jungen Friedrich von Staufen, des Neffen König Konrads. Aus der zweiten Ehe des alten Markgrafen mit Kunigunde von Beichlingen, einer Enkelin Ottos von Nordheim***), stammte ein Sohn, Berthold mit Namen, welcher den Vater überlebte, und zwei Töchter, von denen die ältere, Kunigunde, dem Markgrafen Ottokar III. von Steiermark zur Ehe gegeben wurde. Auch die dritte Ehe Dietbolds mit einer ungarischen Gräfin war noch mit Kindern gesegnet; aus ihr stammte ein Sohn, der nach dem Tode des älteren Bruders den Namen des Vaters erhielt und beim Abscheiden desselben noch im Knabenalter stand. Obwohl Berthold damals schon zu den Jahren der Mündigkeit gelangt sein mußte, erhielt doch Gebhard, der Schwager König Konrads, die Markgrafschaft auf dem Nordgau. Wir kennen weder den

*) Der Werth dieser Geschmeide wird auf 50 Mark angegeben.

**) Tochter Herzog Heinrichs des Schwarzen.

***) Kunigunde war in erster Ehe mit dem jung verstorbenen Wiprecht II. von Groitsch vermählt gewesen; Dietbold von Vohburg war ihr zweiter Gemahl.

Grund dieser Bevorzugung, noch seines späteren Rücktritts; denn nur wenige Jahre blieb er im Besitze der Markgrafschaft, in der bereits 1150 Berthold von Vohburg, des alten Dietbolds Sohn, bei Lebzeiten Gebhards erscheint*).

Im Juli 1146 war der König in der Regensburger Gegend. Ohne Zweifel führte ihn dorthin eine heftige Fehde, welche zwischen Bischof Heinrich von Regensburg und Herzog Heinrich, dem Babenberger, ausgebrochen war und in welcher jener bei den Regensburger Bürgern und Markgraf Ottokar von Steiermark, dieser bei dem Böhmen Unterstützung fand. Wir kennen weder die Veranlassung zu derselben, noch den weiteren Fortgang; wir hören nur, daß das Regensburgische und Oesterreich die schlimmsten Verwüstungen erlitt. Der König scheint damals eine Ausgleichung versucht zu haben, ohne daß diese jedoch dauernden Erfolg hatte.

Diese baierische Fehde erregte um so größere Befürchtungen, als auch inzwischen bedenkliche Zerwürfnisse mit Ungarn eingetreten waren. Boris hatte, auf die Versprechungen des Königs und seine Verbindungen mit den Babenbergern bauend, sich mit Geld einen Anhang in Baiern und Oesterreich gewonnen; einige seiner Anhänger, die Grafen Hermann und Liutold, waren mit mehreren Ministerialen des Herzogs Heinrich dann heimlich über die ungarische Grenze gegangen und hatten in der Osterwoche bei Nacht das schlechtbewachte Preßburg überfallen. Einige von der Besatzung daselbst waren niedergemacht, andere in Gefangenschaft gerathen, der Rest hatte sich geflüchtet. Sobald der junge König von Ungarn von diesem kecken Handstreich erfuhr, begann er sein Heer zu sammeln, um es gegen Preßburg zu führen. Ehe er aber vor der Stadt selbst erschien, schickte er einige Grafen dorthin und ließ die Deutschen um den Grund eines so schweren Friedensbruches befragen. Sie erklärten, daß sie weder im Auftrag ihres Königs noch ihres Herzogs gehandelt, sondern für Boris Preßburg genommen hätten, zeigten sich aber nicht geneigt, wie Geisa verlangte, vom Platze zu weichen. Der König rückte deshalb nun selbst vor Preßburg, und da die deutsche Besatzung keine Aussicht auf Beistand hatte, übergab sie ihm alsbald die Stadt gegen ein Lösegeld von 3000 Mark. Es ist begreiflich, daß Geisa, der nicht mit Unrecht die

---

*) Gebhard wird später wieder einfach als Graf von Sulzbach bezeichnet.

Schuld des Friedensbruchs König Konrad und dem Baiernherzog beimaß, sortan eine feindliche Stellung gegen die Babenberger und das deutsche Reich einnahm. Er begnügte sich vorläufig, das Donauufer auf beiden Seiten zu verwüsten, aber er sann auf eine glänzende Genugthuung und sollte dazu nur zu bald Gelegenheit finden.

König Konrad war von Baiern nach Schwaben gegangen; am 21. Juli war er in Ulm. Schon war auch die schwäbische Ritterschaft in die baierische Fehde zum Theil hineingezogen. Der junge Friedrich von Staufen hatte sich in den Kampf gegen den Grafen Heinrich von Wolfrathshausen, den Bruder des Bischofs von Regensburg, geworfen und mit seinen Vasallen diesen in seiner Burg überfallen, wo sich gerade eine Anzahl baierischer Herren zu einem Turnier versammelt hatte. Vor den Mauern der Burg kam es zu einem heißen Kampfe. Die Baiern mußten in die Burg zurückweichen, vor deren Thoren ein wirres Getümmel entstand; in demselben wurde der Graf Konrad von Dachau gefangen genommen. Friedrich führte den Grafen nach Schwaben, gab ihn aber bald ohne Lösegeld frei.

Zu Ulm waren beim Könige damals sein Bruder Herzog Friedrich und Herzog Konrad von Zähringen. Der letztere, ein reicher, mächtiger und angesehener Fürst des Reichs, hatte lange die königliche Macht energisch unterstützt. In der letzten Zeit hatte sich jedoch sein Verhältniß zu dem König und den Staufern gelockert, und der Grund lag ohne Zweifel in den burgundischen Verhältnissen, in welche der König vielfach nicht ohne Willkür und nicht ohne Nachtheil für das Reich eingegriffen hatte. Am 10. August 1145 hatte er den Grafen Raimund von Baur, der seit längerer Zeit mit dem Grafen Berengar Raimund von Barcelona, seinem Neffen, in Fehde gelegen, mit der von Beiden beanspruchten Provence belehnt und ihm zugleich das Münzrecht in derselben ertheilt. Aber die Belehnung des Königs nützte dem Grafen von Baur wenig; denn obgleich sein Neffe kurz darauf starb, ergriff dessen Bruder Raimund Beranger, der ohne den Königsnamen die königliche Gewalt in Aragon damals in Händen hatte, gegen Raimund die Waffen und ließ sich im Anfange des Jahres 1146 als Markgrafen der Provence von den dortigen Großen huldigen. Der Kampf des Aragoniers mit dem Grafen von Baur dauerte fort, bis dieser sich endlich völlig dem Widersacher unterwarf: damit war die Provence so gut wie vom Reiche gelöst. Inzwischen wußte sich in

Hochburgund Graf Rainald nicht allein in selbstständiger Gewalt den Zähringern gegenüber zu behaupten, sondern erlaubte sich sogar die Grafschaft Vienne seinem Bruder Wilhelm, Grafen von Macon, in eigener Vollmacht zu übertragen. Ein Versuch König Konrads, den Uebergriffen Rainalds entgegenzutreten, indem er am 6. Januar 1146 das Schirmrecht über die Stadt Vienne dem Erzbischof derselben übergab, konnte kaum irgend einen Erfolg erzielen.

Was in Ulm zwischen Konrad von Zähringen und den Staufern verhandelt wurde, wissen wir nicht. Aber gewiß ist, daß es in der nächsten Zeit zum völligen Bruch zwischen den beiden Geschlechtern kam. Der junge Friedrich von Staufen sagte Herzog Konrad Fehde an, überfiel Zürich und legte eine Besatzung in die Stadt. Bald darauf fiel er mit einer großen ritterlichen Schaar, in welcher sich auch baierische Herren befanden, in den Breisgau ein und belagerte die Burg Zähringen selbst; obwohl sie für uneinnehmbar galt, brachte er sie doch in seine Gewalt. So gewaltig trieb er den Herzog in die Enge, daß dieser sich endlich zu einem Abkommen mit den Staufern genöthigt sah. Daß die Zähringer sich unter solchen Verhältnissen den Welfen näherten, lag in der Natur der Dinge, und als eine Folge dieser Annäherung muß man es betrachten, wenn sich nach einiger Zeit (1148) der junge Herzog Heinrich von Sachsen mit Clementia, einer Tochter des Zähringers Konrad, vermählte.

Wir haben keine Nachricht, daß sich Graf Welf noch selbst nach dem Jahre 1143 an den inneren Kämpfen betheiligt habe. Aber es ist sehr glaubwürdig, was ein gut unterrichteter Zeitgenosse versichert, daß er damals im Bunde mit König Roger gestanden, der ihm tausend Mark jährlich zu geben versprochen habe, wenn er durch Nährung der inneren Streitigkeiten die Romfahrt Konrads verhindere, daß er überdies mit dem Könige von Ungarn eine Zusammenkunft gehabt und von demselben eine bedeutende Geldsumme und noch größere Versprechungen empfangen habe, wenn er die Rebellion im Gange erhalte. So soll Welf in Baiern, Schwaben und am Rheine fortwährend die Fehden geschürt haben, damit sich der König nicht in auswärtige Kriege werfen könne.

Fürwahr! es waren trostlose Zustände im deutschen Reiche. Auf dem Throne saß ein König, nicht ohne starkes Selbstgefühl, mit manchen persönlichen Vorzügen, in reifen Jahren, nicht unerfahren in den

Künsten des Regiments; keine geringe Hausmacht stand ihm zu Gebote, und das verschleuderte Reichsgut war zum guten Theil wieder beigebracht; ausgedehnte Familienverbindungen unterstützten ihn — und doch war er gleichsam nur ein Schattenbild seiner Vorgänger. Unzweifelhaft hegte er die besten Absichten, die Achtung des Reichs nach außen, den Frieden im Innern zu wahren, und an Thätigkeit hat er es niemals fehlen lassen; aber mit aller seiner Rührigkeit erreichte er wenig oder Nichts. Allgemein verbreitet war das Gefühl der Unsicherheit, des Elends, des Verfalls.

Früher pflegte man die Mißstände des Reichs den Zerwürfnissen mit der Kirche zuzuschreiben: darin konnte jetzt Niemand die Ursache finden. Denn niemals war die Eintracht zwischen Kirche und Reich größer gewesen. Ungehindert kamen und gingen die römischen Legaten am Hofe, und der König hatte für ihre Worte ein nur allzu offenes Ohr. Nie haben die Kirchen über Beeinträchtigung der Wahlfreiheit weniger geklagt, und kaum ist irgend eine Eigenschaft Konrads mehr gepriesen worden, als sein Eifer, Kirchengut und Klerus gegen die Gewaltthaten der weltlichen Herren zu schützen. Noch hatte es keinen König auf dem deutschen Thron gegeben, welcher der Kirche willfähriger gewesen wäre, als dieser erste Staufer.

Viel eher waren die Schäden des Reichs darin begründet, daß die Kirche systematisch die Achtung vor der kaiserlichen Autorität geschwächt, die selbstständige Bedeutung der Reichsgewalt angefochten und dieselbe nur zu einer Dienerin kirchlicher Zwecke herabzusetzen gesucht hatte. Je tiefer das Kaiserthum so in der öffentlichen Achtung sank, desto rücksichtsloser brachten die Fürsten — und zwischen den geistlichen und weltlichen läßt sich kaum ein Unterschied wahrnehmen — ihre besonderen Interessen zur Geltung und stießen da bei dem Mangel einer regelnden und ausgleichenden Gewalt meist hart aneinander; ihre Parteiungen waren mächtiger im Reiche, als der Wille des Königs.

Nur unter solchen Verhältnissen war es möglich, daß die Zerwürfnisse zwischen einzelnen mächtigen Häusern, wie die der Staufer, Welfen, Babenberger, Zähringer waren, Jahrzehnte hindurch die allgemeinen Interessen des Reichs zurückdrängten und in den Vordergrund der deutschen Geschichte traten. In diesen Zerwürfnissen, welche sich in dem Streit der Staufer und Welfen concentrirten, war zunächst die Schwäche der Reichsgewalt begründet, und diese Schwäche bedrohte, wie sich bald zeigte, alle Verhältnisse der abendländischen Christenheit mit Verwirrung; sie schloß selbst die größten Gefahren für die römische Kirche in sich, obschon diese als höchste Leiterin der Weltgeschicke angesehen sein wollte und mindestens bei den Völkern des Occidents, seitdem sie das Kaiserthum herabgedrückt hatte, als solche galt.

10.

Allgemeine Verwirrung.

Die Päpste im Kampfe mit dem römischen Senat.

Der Pontificat Cölestins II. ist ebenso kurz wie arm an Erfolgen gewesen. Wenn der Papst sich der Abhängigkeit von Roger entziehen wollte, so fehlte es ihm dazu an allen Mitteln. Vergebens erwartete er die Unterstützung König Konrads; umsonst bemühte er sich mit dem römischen Volke ein Abkommen zu treffen und die Beseitigung des Senats zu erwirken. Als er nach einer Amtsführung von fünf Monaten am 8. März 1144 starb, waren die Verhältnisse des römischen Bisthums in der äußersten Verwirrung; nirgends fand dasselbe, inmitten einer aufständigen Bürgerschaft und im Zerwürfniß mit dem Sicilier, einen festen Anhalt, eine sichere Stütze.

Die Cardinäle fühlten, daß ein Mann von großer Welterfahrung auf den erledigten Stuhl Petri erhoben werden müsse, und wählten am 12. März den Cardinalpriester vom Titel des h. Kreuzes Gerhard von Bologna zum Oberhaupt der Kirche. Es war derselbe Cardinal, der einst die Wahl Kaiser Lothars betrieben und dann so oft als Legat am kaiserlichen Hofe erschienen war, der auch die wichtigsten Verhandlungen Roms später mit dem Sicilier geführt hatte. Nach dem Tode Aimerichs hatte er in den letzten Jahren des Papstes Innocenz II. als Bibliothecarius der römischen Kirche die Kanzleigeschäfte der Curie geleitet und diese Stellung auch unter dem letzten Papste behauptet. Niemand war vertrauter mit allen Verhältnissen des römischen Bisthums, Niemand hatte einflußreichere Verbindungen im ganzen Abendlande als dieser Gerhard, der sich als Papst Lucius II. nannte.

König Roger äußerte, als er die Wahl erfuhr, große Freude; er stand in vertrauten Beziehungen zu dem neuen Papste und versprach sich von einem alten Freunde namhafte Vortheile für die Befestigung seines Reiches. Alsbald bat er um eine Unterredung mit ihm, und im Anfange des Juni trafen Beide in Ceperano zusammen. Aber die persönliche Begegnung zeigte bald, wie sehr sich der Sicilier in Lucius verrechnet hatte. Hocherzürnt verließ er ihn und beauftragte sogleich seinen Sohn in die römische Campagna mit einem Heere einzufallen. Dem unvorbereiteten Papste blieb keine andere Wahl, als einen Waffenstillstand auf die vom Sicilier festgestellten Bedingungen zu schließen.

Schlimmer noch erging es Lucius mit dem römischen Volke. In den Anfängen seines Pontificats war es ihm zwar mit Unterstützung des römischen Adels gelungen, den auf dem Capitol eingesetzten Senat zur Abdankung zu bewegen und sich die Stadt wieder zu unterwerfen; aber nach der unglücklichen Verhandlung mit Roger erhob sich, als der Papst bald darauf in eine schwere Krankheit verfiel, das Volk von Neuem im Aufstand, und gemeinschaftliche Sache mit ihm machte jetzt auch ein Theil des Adels, vornehmlich Jordan Pierleone, ein Bruder des schismatischen Papstes Anaklet II.*). Dieser und mit ihm ein neuer von der Bürgerschaft gewählter Senat**) rissen die Gewalt in der Stadt an sich und verlangten vom Papste, daß er alle Regalien innerhalb und außerhalb der Stadt dem Patricius — so nannte sich Jordan — überlasse und sich gleich den ersten Bischöfen mit den Zehnten und freiwilligen Gaben begnüge. Das ist „die Herstellung des heiligen Senats" im Herbste des Jahres 1144, von welcher die Römer alsbald eine eigene Zeitrechnung zu datiren anfingen.

Papst Lucius, der in die Forderungen des Senats nimmermehr willigen konnte, mußte sich zum Kampfe gegen denselben rüsten. Er forderte brieflich König Konrad zum Schutz der römischen Kirche auf, aber er erhielt von diesem höchstens Versprechungen. Thatkräftige Hülfe fand er nur unter dem römischen Adel, namentlich bei den Frangipani***). Mit unzureichenden Kräften und mit dem ungünstigsten Erfolge unternahm er dann einen Angriff auf das Capitolium.

*) Die anderen Pierleoni standen mindestens später auf Seite des Papstes.

**) Die Zahl der Senatoren hat geschwankt; gewöhnlich waren es später 56.

***) Nach einer Urkunde vom 31. Januar 1145 übergab Papst Lucius den Brüdern Oddo und Cencius Frangipani den Circus maximus.

Mitten im Kampfe mit dem Senat unter schwerer Herzensbedrängniß starb er im Kloster S. Gregorio, geschützt von den Waffen der Frangipani, unerwartet am 15. Februar 1145. Sein Pontificat war wenig länger und noch unheilvoller als das seines Vorgängers gewesen.

Die Cardinäle eilten mit der Wahl seines Nachfolgers. Noch an demselben Tage, wo Lucius gestorben und im Lateran beigesetzt war, kamen sie im Geheimen in der abgelegenen Kirche S. Cesario zusammen. Keiner der Wähler hatte Neigung, jetzt die drückende Bürde des Papstthums auf sich zu nehmen, und mit größter Einmüthigkeit beschlossen sie sofort einen unscheinbaren Mann, von milder und schlichter Sinnesart, dem weltlichen Treiben entfremdet und frei von Ehrgeiz, mit dem päpstlichen Purpur zu bekleiden. Es war der Abt Bernhard von dem nahe bei Rom gelegenen Kloster S. Anastasio bei den drei Quellen*), ein Schüler des heiligen Bernhard.

Der neue Papst, der sogleich zur Besitzergreifung nach dem Lateran geführt wurde und den Namen Eugen III. annahm, war aus einem angesehenen Geschlechte in Pisa und hatte dort früher die Stellung eines Vicedominus des Bisthums bekleidet, war aber dann dem heiligen Bernhard nach Clairvaux gefolgt, in den Cistercienserorden getreten und nach kurzer Zeit von seinem großen Lehrer und Freunde nach Rom entsendet worden, um dort dem Orden eine Stätte zu bereiten. Große Gunst hatte er in Rom gewonnen, aber doch zweifelten Viele, ob er der rechte Mann sei, in so stürmischer Zeit die römische Kirche zu regieren.

Der heilige Bernhard selbst erschrak, als er die Wahl dieses seines Schülers vernahm. „Um Gottes willen," schrieb er den Cardinälen, „was habt ihr gethan? Einen der Welt Abgeschiedenen habt ihr in die Welt zurückgerufen; ihn, der sich von den Sorgen und Geschäften zurückzog, habt ihr wieder in Sorgen und Geschäfte gestürzt! — Es scheint fürwahr eine Lächerlichkeit, einen so unansehnlichen, in Lumpen gehüllten Menschen an die Stelle zu berufen, wo er die Fürsten leiten, den Bischöfen gebieten, über Königreiche und Kaiserthümer verfügen soll — und ist es nicht eine Lächerlichkeit, so ist es ein Wunder."

*) Das Kloster liegt unweit S. Paolo an der Stelle, wo der Apostel Paulus enthauptet sein soll. Die Abbadia delle tre fontane hat jetzt bekanntlich drei Kirchen, von denen die größere den Heiligen Vincentius und Anastasius geweiht ist.

Geschichte

der

deutschen Kaiserzeit.

Von

Wilhelm v. Giesebrecht.

Vierter Band.

Staufer und Welfen.

(Zweite Abtheilung.)

Braunschweig,
C. A. Schwetschke und Sohn.
(M. Bruhn.)
1875.

Und allerdings glaubte Bernhard mehr an ein Wunder. In dem ersten Briefe, den er an seinen früheren Schüler, nun seinen Herrn, schreibt, spricht er es deutlich aus. „Es ist der Finger Gottes," heißt es da, „der den Armen aus dem Staube erhebt, daß er mit den Fürsten sitze und den Thron des Ruhms inne habe." Seit langer Zeit, meint Bernhard, sei keinem Papste ein gleiches Vertrauen entgegengebracht, die ganze Kirche frohlocke, besonders aber Clairvaux und er selbst. Mit großer Wärme ermahnt er ihn in seiner höchsten Stellung nicht auf das Seine, sondern nur auf die Interessen der Kirche zu sehen, sich vor Allem vor den Lockungen des Goldes zu hüten, mit Energie das Regiment zu führen und muthig allen Feinden der Kirche entgegenzutreten. „Deine Hände," ruft er ihm zu, „seien auf dem Nacken deiner Widersacher."

Wenn der Abt von Clairvaux schwere Kämpfe für seinen Zögling voraussah, so täuschte er sich nicht. Man wollte am nächsten Sonntag (18. Februar) die Weihe in St. Peter vornehmen, aber man erfuhr alsbald, daß sich der Senat, wenn der neue Papst nicht ihn anerkenne und in alle seine Forderungen willige, mit Gewalt widersetzen würde. So verließ Eugen in der Nacht vom 17. auf den 18. Februar mit mehreren Cardinälen die Stadt und begab sich nach der Burg Monticelli in der Sabina. Nachdem sich hier noch andre Cardinäle gesammelt hatten, ging er nach dem benachbarten Kloster Farfa, wo er sich noch an demselben Tage weihen ließ. Er nahm darauf einen längeren Aufenthalt in Narni und Civita Castellana; das Osterfest feierte er in Viterbo, wo er dann in halb freiwilligem, halb erzwungenem Exil bis zum November 1145 residirte.

Indessen war Rom ganz in den Händen des Senats, der unter Führung des Patricius die Revolution vollständig durchführte. Die Präfectur wurde abgeschafft, und alle angesehenen Bürger mußten sich dem neuen Patricius unterwerfen. Dieser und der Senat ließen neue Denare prägen mit dem Bilde der Apostelfürsten und der Umschrift: Senatus Populusque Romanus. Auch an Gewaltthaten fehlte es nicht. Die Thürme des Adels, der mit wenigen Ausnahmen zur Curie hielt, wurden gebrochen, die Paläste mehrerer Cardinäle geplündert und so eine große Beute zusammengebracht. Den Dom von St. Peter verwandelte man in eine Festung; Kriegsmaschinen standen über dem Grabe des Apostels. Die Pilger, welche dahin wallfahrteten, zwang man zu Geldzahlungen und soll, wenn sie dieselben verweigerten, sie an den heiligen Stätten mißhandelt und getödtet haben.

Nicht zufrieden mit der Herrschaft in der Stadt, suchte der Senat sich sofort auch des Patrimoniums Petri zu bemächtigen und bekriegte die Burgen und Städte, welche zu demselben gehörten. Gerade dadurch aber wurden dem Papste endlich Mittel des Widerstandes geboten, während der heilige Bernhard sich ebenso vergeblich die Römer zur Wiederunterwerfung unter den Papst zu vermögen, wie König Konrad gegen sie in die Waffen zu bringen bemühte. Die Grafen der Campagna, dann Tivoli, Viterbo und andre Landstädte liehen dem Papste Beistand gegen den Senat und die empörte Hauptstadt, und alsbald erhoben sich auch in dieser selbst die Widersacher der neuen Verhältnisse. Nun erst begann der Bann, welchen der Papst längst über Jordan und seine Anhänger verhängt hatte, sich in Rom wirksam zu zeigen.

Der Senat, in nicht geringe Bedrängniß versetzt, suchte eine Verständigung mit dem Papste zu erzielen, und auch dieser zeigte sich nicht nur geneigt den Hader beizulegen, sondern wandte für die Herstellung des Friedens sogar große Summen auf. So wurde ein Abkommen getroffen, nach welchem der neue Patriciat abgeschafft und die Präfectur hergestellt wurde; der Senat sollte als Stadtbehörde fortbestehen, aber die Investitur vom Papste erhalten. Kurz vor Weihnachten kehrte Eugen nach Rom zurück. Mit großen Festlichkeiten und nicht geringem Jubel wurde er empfangen und nach dem Lateran geführt, wo er das Fest feierlich begehen konnte.

Aber die Eintracht zwischen dem Papste und den Römern war nicht von Dauer. Der alte Haß derselben gegen Tivoli hatte sich nur geschärft, und unaufhörlich verlangten sie vom Papste die Zerstörung der feindlichen Stadt. Um ihrem Drängen zu entgehen, verließ er bereits im Januar 1146 wieder den Lateran und begab sich nach Trastevere. Er verzweifelte daran, mit den Römern friedlich zu leben; er verzweifelte überhaupt an einer würdigen Behauptung seiner Stellung; Vertrauten bekannte er, daß er des Lebens überdrüssig sei. Im März wandte er Rom, wo er sich nicht mehr für sicher hielt, abermals den Rücken und nahm zuerst einen längeren Aufenthalt in Sutri, dann wieder in Viterbo, wo er bis zum Ende des Jahres verweilte. Inzwischen hatten die Römer Tivoli überfallen, eingenommen und dort mit Feuer und Schwert gewüthet. Abermals verlangten sie vom Papste die Abtragung der Mauern, und dieser glaubte, wenn nicht ein neuer, unheilbarer Bruch herbeigeführt werden sollte, sie ihnen nicht mehr verweigern zu dürfen.

Aeußerlich hatte der zwischen dem Papst und den Römern geschlossene Vertrag noch Bestand: der Senat amtirte in Rom kraft der vom Papste empfangenen Investitur. Aber in Wahrheit besaß Eugen in der Stadt kaum den Schein einer Autorität, und kaum anders konnte er wieder in den Besitz derselben zu gelangen hoffen, als wenn der deutsche König, der Schutzvogt der römischen Kirche, die Alpen überstieg; denn mit Roger von Sicilien stand die Curie, wenn sie auch den von Lucius II. geschlossenen Waffenstillstand aufrecht erhielt, in feindlichem Verhältniß. Alle Wünsche des Papstes waren deshalb auf die Romfahrt Konrads gerichtet.

Nicht nur in Rom, aller Orten machte sich in Italien fühlbar, daß die königliche Gewalt fehlte. Im Norden der Halbinsel und in Tuscien lagen die erstarkten Städterepubliken in stätem Kampfe mit einander und führten mit einer fast persönlichen Erbitterung und großer Grausamkeit ihre Fehden. Der heilige Bernhard und Kaiser Lothar hatten sich hier nicht ohne Erfolg um die Herstellung des Friedens bemüht, aber längst stand Alles wieder in den Waffen, und fast ganz Italien war, wie ein Zeitgenosse sagt, von Blut, Raub und Brandstiftung erfüllt. Im Jahre 1142 hatten die Bürger von Verona über die Paduaner einen blutigen Sieg davongetragen. Der Kampf war aber damit nicht beendet, sondern gewann nur weitere Ausdehnung, indem auch Vicenza und Treviso hineingezogen wurden. Ueber die Burgen, Ortschaften und Länder der Trevisaner brachten 1144 Verona und Vicenza die gräulichste Verwüstung. Zu derselben Zeit lag Venedig, welches bereits eine Weltstellung gewonnen und glorreiche Siege im Orient erfochten hatte, damals das wichtige Mitglied in dem Bunde des morgen- und abendländischen Reichs gegen Roger, zu Land und zur See im Kampfe gegen Ravenna; jeden erdenklichen Schaden suchten die beiden mächtigen Städte sich einander zuzufügen, um sich gegenseitig zu schwächen. Ueble, unablässig hadernde Nachbarn waren seit langer Zeit auch Pisa und Lucca; mit Begier ergriffen sie deshalb jetzt entgegengesetzte Partei in den hitzigen im inneren Tuscien ausgebrochenen Kämpfen zwischen Florenz und Siena.

Florenz, schon gewaltig emporstrebend, war in Verbindung mit dem von Konrad eingesetzten Markgrafen Ulrich von Attems, um seine Uebermacht zu zeigen, bis vor die Thore Sienas gerückt und hatte die Vorstädte in Brand gesteckt. Siena rief in seiner Bedrängniß Luccas Hülfe an; zugleich beanspruchte diese auch Graf Guido Guerra, der mit Florenz ebenfalls in erbitterter Fehde lebte. Als nun Lucca an Florenz den Krieg erklärte, suchten und fanden die Florentiner sogleich die Bundesgenossenschaft Pisas. Mit Pisa vereinigt, überzog darauf Florenz das Gebiet Luccas mit Krieg und verwüstete weithin auch das Land Guido Guerras. Die Sanesen waren indessen mit den Pisanern in das Florentiner Gebiet eingebrochen, wurden aber in einen Hinterhalt gelockt und hier der größte Theil ihres Heeres gefangen genommen; nur Wenige retteten sich durch Flucht. Die Gefangenen, welche die Städte gegenseitig in diesen Kämpfen machten und in ihre Kerker brachten, wurden mit furchtbarer Härte behandelt; wenn sie endlich dem Kerker wieder entkamen, waren ihre Jammergestalten das lebhafte Bild des Elends, unter welchem das zerrissene Italien seufzte.

Wohl mehr noch, als alle diese Zerwürfnisse, riefen Konrad nach Italien der Krieg gegen Roger, für den er die bestimmtesten Verpflichtungen gegen Constantinopel eingegangen war, und sein eigenes Verlangen nach der schon so lange entbehrten Kaiserkrone. Allein, wie stark es ihn auch nach dem Süden ziehen mochte, fort und fort hielten ihn die widerwärtigsten Verhältnisse diesseits der Alpen zurück.

Der Jammer Deutschlands.

Nichts hat vielleicht Konrad an der Befestigung der königlichen Gewalt mehr gehindert, als daß er sich immer tiefer und fester in die Politik des babenbergischen Hauses verstricken ließ. Nicht allein daß er dadurch die Empfindlichkeit seines eigenen Geschlechts reizte und zugleich eine dauernde Aussöhnung mit den Welfen unmöglich machte: er wurde auch wider seinen Willen in alle jene Kämpfe verwickelt, durch welche die große Sippe der Babenberger ihren Einfluß nicht nur über das obere Deutschland, sondern auch weithin über die östlichen Grenzländer zu verbreiten suchte.

Noch immer tobte die Fehde in Baiern, in welche Herzog Heinrich mit dem Regensburger Bischof gerathen war, und nahm von Tag zu Tag einen bedenklicheren Charakter an. Wegen der Verwüstungen, welche die Regensburger Kirche erlitten, hatte der Bischof und mit ihm Erzbischof Konrad von Salzburg über den Baiernherzog, dessen Schwager den Böhmenherzog, dessen Schwesterkinder die Söhne des Burggrafen von Regensburg, wie über den Domvogt Friedrich, den Pfalzgrafen Otto von Wittelsbach und alle ihre Gefährten den Bann verhängt, und der Papst hatte diesen Bann im Sommer 1146 bestätigt, so schwer es ihm in Bezug auf den Böhmenherzog, dem er anderweitig vielfach verpflichtet war, auch fallen mußte.

Und ehe der König noch in Baiern den Frieden hatte herstellen können, wurde er schon durch die Babenberger wieder in einen andern üblen Handel hineingezogen, der ihn selbst die Waffen zu einem ruhmlosen Kampfe zu ergreifen nöthigte.

Im Anfange des Jahres 1146 war es in Polen zu offenen Feindseligkeiten zwischen dem Großherzog Wladislaw, dem Gemahl der babenbergischen Agnes, und seinen Brüdern Boleslaw und Mesko gekommen. Wladislaw trat mit dem Anspruch auf das ganze Reich seines Vaters hervor und begab sich um Ostern nach Deutschland, um sich durch König Konrad, seinen Schwager, diesen Anspruch bestätigen zu lassen. Nachdem er auf dem Reichstage zu Kaina (vergl. oben S. 216) die Belehnung mit Polen vom Könige erhalten, kehrte er schleunigst in sein Land zurück und setzte den Kampf gegen die Brüder fort. Mit einem geworbenen Heere, in welchem auch Russen und heidnische Völker waren, belagerte er Posen, die Hauptstadt Boleslaws. Aber die Belagerung hatte den unglücklichsten Erfolg. Wladislaws Brüder, welche Hugo, einen tüchtigen Kriegsmann, für die Führung ihres Heeres gewonnen hatten, bringen den fremden Schaaren eine entscheidende Niederlage bei. Zugleich erhebt sich der Erzbischof von Gnesen und spricht über Wladislaw und Agnes, weil sie mit Ungläubigen ein christliches Land verwüsten, den Bann aus und weiß die Bestätigung des Bannes vom Papste zu erwirken. Wladislaw, in große Bedrängniß versetzt, beeilt sich nun ein Abkommen mit den Brüdern zu treffen, bricht aber den beschworenen Frieden eben so schnell, wie er ihn geschlossen, und greift die Brüder aufs Neue an. Nirgends jedoch begünstigt das Glück seine Waffen; endlich wird seine Hauptstadt Krakau eingenommen und zerstört, er selbst muß mit Weib und Kindern in das Exil gehen.

Der flüchtige Polenherzog begab sich zunächst zu seinem Schwager, dem Böhmenherzog, auf dessen Rath aber dann unverzüglich zu König Konrad. Er verlangte den Beistand desselben, und Konrad war nur zu geneigt jetzt ebenso in Polen einzugreifen, wie er es vier Jahre zuvor in Böhmen gethan hatte. Im August 1146 eilte er nach Sachsen, berieth mit den dortigen Herren den Polenkrieg und brach ungesäumt mit einem Heere, in welchem sich auch der Böhmenherzog befand, gegen Polen auf. Aber er fand die Zugänge des Landes wohl bewahrt und sah sich an weiterem Vorgehen behindert. Langen Aufenthalt fürchtend, ließ er es geschehen, daß unter Vermittlung der Markgrafen Albrecht und Konrad alsbald Unterhandlungen mit dem Feinde eröffnet wurden. Nachdem man sich gegenseitig Geiseln gestellt, erschienen Boleslaw, der inzwischen den großherzoglichen Namen angenommen hatte, und seine Brüder vor dem König. Sie verhießen, wenn das Heer des Königs abzöge, auf seinem nächsten Hoftage zu erscheinen und seinen Forderungen zu entsprechen. Ihre Versprechungen wurden um so leichter gehört, als sie dieselben mit Geld unterstützten und ihren jüngsten Bruder als Geisel stellten. So zog der König mit Wladislaw wieder ab und wies ihm vorläufig Altenburg als Wohnsitz an, wo er ihm und den Seinen Unterhalt gewährte.

Dieser Feldzug, welcher den König im September beschäftigt hatte, blieb völlig erfolglos; denn die Polen ließen ihre Versprechungen ganz außer Acht. Wladislaw lebte fortan im Exil, und seine Brüder befestigten ihre Macht in Polen. Der deutsche Einfluß in Polen war gemindert, und inzwischen hatten sich die Verhältnisse zu Ungarn noch schlimmer gestaltet.

Um dieselbe Zeit, wo Konrad gegen die Polen ausgezogen war, hatte der junge König Geisa, der die Stunde der Rache nun gekommen glaubte, an Heinrich von Baiern den Krieg erklärt, ein Heer von etwa 70,000 Mann gesammelt und war mit demselben bis an seine Grenzen gerückt. Am 10. September zog er durch die Pässe bei Wieselburg in die Ebene, welche zwischen diesen und der Leitha liegt und damals Virfeld genannt wurde.*) Er hörte, daß sich Herzog Heinrich zur

*) Otto von Freising erklärt den Namen durch Brachfeld.

Abwehr gerüstet und mit einem Heere an der Fischa, nur etwa zwei Meilen entfernt, ein Lager bezogen habe. Der König, der seine Hoffnung hauptsächlich auf Ueberraschung des Feindes gesetzt hatte, wollte die Entscheidung des Kampfes nun möglichst beschleunigen und beschloß den Angriff schon für den folgenden Tag. Nachdem er in der Frühe des 11. September in einer benachbarten hölzernen Kirche die Ritterweihe empfangen hatte, ordnete er seine Schlachtreihe: voran zwei Haufen Leichtbewaffneter, meist Bogenschützen, dann in langgestreckter Front die Hauptmasse des Heeres, an deren Spitze er seinen Oheim Bela stellte; er selbst behielt als königliche Schaar 12,000 Ritter um sich. So rückte er gegen die Leitha vor und überschritt an einer Fuhrt, unbemerkt vom Feinde, den Grenzfluß.

Auch Herzog Heinrich hatte sich an der Fischa zum Kampfe bereit gemacht, aber er zögerte mit dem Aufbruch. Denn Uneinigkeit herrschte unter den Seinen, ob es besser sei dem Feinde entgegenzurücken oder über die Fischa zurückzuziehen und den Angriff am anderen Ufer zu erwarten; von dem Uebergange der Ungarn über die Leitha war man noch ohne Nachricht. Da sah man plötzlich Feuersäulen aufsteigen: sie rührten von Brandstiftungen her, welche die Ungarn an der Leitha verübt hatten, aber man deutete sie auf das Abbrennen des feindlichen Lagers und meinte, daß der König bereits auf dem Rückzug begriffen sei. Nicht ungestraft wollte man ihn entkommen lassen. Herzog Heinrich gab nach seiner ungestümen Art sogleich das Zeichen zum Aufbruch und rückte eilends vor; das Heer folgte ihm ohne rechte Ordnung, nicht in fest geschlossenen Reihen. Unerwartet stieß man alsbald auf den Feind. Zwar die beiden vorausziehenden Haufen desselben wurden schon beim ersten Anprall zersprengt, aber desto schlimmer und heißer wurde der Kampf, als die Deutschen zu den Schaaren Belas und des Königs vordrangen, die sie in festester Haltung empfingen. Lange schwankte hier der Kampf, und die Ungarn sollen bereits an die Räumung des Schlachtfeldes gedacht haben, als in den hinteren Reihen der Deutschen eine so große Verwirrung entstand, daß Niemand hier die Ritter zusammenzuhalten wußte und sie endlich in wilder Flucht auseinander stoben. Indessen drang der Herzog mit den vorderen Reihen noch unaufhaltsam vor; bald aber sah er sich und die Seinen überall umzingelt. Jetzt erkannte er, daß auch er nur in der Flucht noch sein Heil suchen könne. Mit tapferer Faust brach er sich Bahn durch die ihn umringenden Feinde; die das ganze Schlachtfeld bedeckenden Staubwolken entzogen ihn dann den Blicken. So entkam er glücklich den Schwertern der Ungarn, rettete sich über die Fischa und suchte Schutz in seiner benachbarten Burg zu Wien.

Die Ungarn setzten die Verfolgung bis an die Fischa fort, traten aber dann, froh des gewonnenen Siegs, den Rückzug an. Eine sehr große Zahl deutschen Kriegsvolkes war im Kampfe gefallen, und man betrauerte den Tod vieler Männer aus den edelsten Häusern. Die Deutschen suchten sich damit zu trösten, daß sie den Verlust der Ungarn noch höher anschlugen, aber sie empfanden nichtsdestoweniger tief die offenkundige Niederlage, welche sie erlitten hatten, und noch mehr, daß sie für lange Zeit ungerächt blieb.

Seitdem das früher so günstige Verhältniß Ungarns zu Konrad sich in ein entschieden feindseliges umgestaltet hatte, wurde die Lage Sophias, der einzigen Schwester Geisas, die seit sieben Jahren als Braut des Königssohns am deutschen Hofe lebte (vergl. oben S. 204), eine ganz unleidliche. Man ließ an dem unschuldigen Mädchen den Unmuth aus, den man gegen die Magyaren hegte. Endlich gelang es Sophien mit Unterstützung der Gräfin Liutgarde, der Mutter des Regensburger Domvogts Friedrich, den Hof zu verlassen und ein Asyl im Kloster Admunt zu finden. König Geisa verlangte hier später die Auslieferung der Schwester, aber sie selbst wollte den deutschen Boden und Admunts Mauern nicht mehr verlassen; als Nonne ist sie dort gestorben.

Daß durch die letzten Ereignisse der deutsche Einfluß im Osten geschwächt wurde, lag auf der Hand, aber noch schwerer war zu beklagen, daß sie auch das bereits erschütterte Ansehen des Königs und seiner Angehörigen in den deutschen Ländern völlig zu vernichten drohten. Wie wenig er seine Autorität noch geltend machen konnte, zeigte sich schon in Sachsen, als er aus dem polnischen Kriege zurückkehrte und dort im Oktober einen längeren Aufenthalt nahm. Es war eine unerhörte Erscheinung, daß sich die sächsischen Ministerialen auf eigene Hand zu gemeinsamen Tagfahrten zu versammeln anfingen und ohne Wissen und Willen ihrer Herren für Alle, die sich an sie wandten, Gericht hielten. Der König bemühte sich diese Neuerung abzustellen, überhaupt Ordnung und Recht in Sachsen zu befestigen, aber er kam damit wie alle Annalen bezeugen, nicht zum Ziele.

Bei der widerspenstigen Gesinnung der Sachsen und bei der wenig Vertrauen einflößenden Haltung des jungen welfischen Herzogs mußte dem König alles daran liegen, Männer in diesen Boden zu verpflanzen, auf deren Treue er rechnen konnte. Wenn er die große Abtei Korvei, die gerade damals erledigt wurde, unter vielen persönlichen Bemühungen in die Hand Wibalds von Stablo brachte, so bewog ihn dabei gewiß noch mehr, als die Rücksicht auf das reiche, aber durch schlechte Wirthschaft herabgekommene Stift, sein eigenes und des Reiches Interesse. Die sächsischen Angelegenheiten beschäftigten ihn noch lebhaft, als er das Land bereits verlassen und seinen Weg nach Franken genommen hatte*).

Am 6. December hielt der König einen Hoftag in Frankfurt. Nachdem er die Fürsten entlassen, machte er sich am 8. December eilig auf, um seinen Bruder Friedrich zu besuchen, welcher zu Alzey in schwerer Krankheit darniederlag. Um so mehr mußte die Krankheit das Herz des Königs bedrücken, als die Streitigkeiten seines Neffen Friedrich mit den Zähringern keineswegs ganz ausgetragen waren und noch immer die Ruhe Schwabens bedrohten. Auch Anderes, was Konrad in den rheinischen Gegenden näher trat, war wenig tröstlich. Die Trierer Fehde stand wieder in hellen Flammen und brachte ganz Lothringen in neue Aufregung.

Ein großer Reichstag war auf Weihnachten nach Speier ausgeschrieben worden. Unfraglich wollte der König dort mit den Fürsten über die Nothstände des Reichs und die Herstellung des inneren Friedens in Berathung treten. Denn Noth und Unfriede, Jammer und Elend herrschten überall in den deutschen Landen, und das Ansehen der Krone war schwer geschädigt. Ernste Männer standen rathlos den endlosen Wirren gegenüber; sie sahen nicht, woher die Hülfe für Deutschland kommen sollte. Und wie war da von Konrad für die römische Curie und die Zerwürfnisse Italiens Rettung zu hoffen? Immer heilloser verwirrten sich die Verhältnisse des Abendlandes, und zugleich liefen Nachrichten aus dem Orient ein, welche die Lage der lateinischen Christen dort als eine verzweifelte darstellten.

*) Am 21. November 1146 war König Konrad in Würzburg.

Bedrängniß der lateinischen Herrschaften im Orient.

Der größte Erfolg, welchen das reformirte Papstthum bisher gewonnen, war unzweifelhaft die Eroberung des heiligen Landes gewesen. Den Siegen, welche im fernen Orient die fränkischen Ritter unter der Fahne des heiligen Petrus erfochten, hatten die weltlichen Herren des Abendlandes Nichts an die Seite zu stellen: in diesen schien gleichsam der augenfälligste Beweis für die Nothwendigkeit jener allgemeinen Oberherrschaft zu liegen, welche die Nachfolger Petri jetzt in der Christenheit in Anspruch nahmen. Mochten die Päpste, in nächster Nähe unaufhörlich bedrängt, die Christen im Orient nicht so thatkräftig unterstützen können, wie sie es wollten, so mußte sich ihnen doch immer von Neuem aufdrängen, daß jeder Gewinn dort zugleich ein Gewinn für sie, jeder Verlust dort zugleich ein harter Schlag für ihr eigenes Ansehen war, welcher die ganze unter dem Einfluß der gregorianischen Ideen erwachsene Weltlage ändern konnte.

Seit beinahe einem halben Jahrhunderte hatten die christlichen Ritter in dem gelobten Lande festen Fuß gefaßt, und diese Zeit war ihnen unter endlosen Kämpfen, im Wechsel glorreicher Siege und empfindlicher Niederlagen verflossen. Nicht immer waren es Kämpfe gegen die Ungläubigen gewesen; oft waren auch die christlichen Herren selbst in Streit gerathen, ja sie hatten in ihren Fehden unter einander sich der Bekenner des Islams als Bundesgenossen bedient. Denn wie stark der religiöse Impuls auch bei den ersten Eroberern gewesen war, sie hatten doch meist zugleich sehr weltliche Interessen bei ihrem Zuge verfolgt, und diese traten bei dem schnellen und glänzenden Erfolge, den sie erlangten, nur immer deutlicher hervor.

Die drei lateinischen Herrschaften, im ersten Ansturm gegründet, — Jerusalem, Antiochia, Edessa — führten gleichsam eine gesonderte Existenz und verfolgten nicht selten eine eigene und eigennützige Politik im Gegensatz gegen einander. Zu ihnen war noch eine vierte Herrschaft gekommen, seitdem es Bertram, dem Sohne des reichen Grafen Raimund von S. Gilles, gelungen war durch die Eroberung von Tripolis (1109) das Werk zu vollenden, an dem sein Vater mit großer Ausdauer gearbeitet und in welchem er den Tod gefunden hatte. Freilich erfreute sich Bertram nur kurze Zeit seiner Erwerbung, aber er konnte doch bei seinem frühen Tode (1112) Tripolis als ein besonderes Fürstenthum seinem Sohne Pontius hinterlassen, während Bertrams jüngerer Bruder Alfons Jordan in den europäischen Besitzungen des Hauses folgte. Bohemund war im Abendlande bald nach den bereits erwähnten Rüstungen zu einem neuen Kreuzzuge*) gestorben, und Tancred, den er in Antiochia zurückgelassen, schien am wenigsten der Mann sich in den Willen Anderer zu fügen. Sein ungestümer Sinn verwirrte mehr, als seine Tapferkeit seinen Glaubensgenossen nützte. Bei seinem Tode im Jahre 1112 überantwortete er die Verwaltung des Fürstenthums seinem Neffen Roger, bis Bohemunds Sohn zu männlichen Jahren gediehen sein würde.

Wenn trotz der vielfach divergirenden Politik der einzelnen Herrschaften und trotz der unaufhörlichen Bemühungen Constantinopels, seine Macht in seinen alten Besitzungen herzustellen, die lateinische Colonie im Orient doch bis zum Jahre 1130 sichtlich an Ausdehnung und Festigkeit gewann, so war dies einerseits durch die Zersplitterung und Zwietracht der mohammedanischen Herrschaften in Syrien ermöglicht, war aber andererseits das unläugbare Verdienst der beiden Balduine, welche Gottfried von Bouillon in dem Königreich folgten.

Balduin I., Gottfrieds Bruder, hatte das Reich in den schwierigsten Verhältnissen übernommen, aber er wußte bald sich geltend zu machen und der Krone, die er empfangen, Bedeutung zu geben. Nicht allein daß er sich von der Vormundschaft des Patriarchen befreite, es gelang ihm auch das Reich zu erweitern und die einzelnen Herrschaften in eine größere Abhängigkeit von der Krone zu bringen. Er leistete bei der Eroberung von Tripolis Hülfe, nahm Accon, Berytus, Sidon; an der syrischen Meeresküste blieb nur Tyrus noch in den Händen der Moslems. Bei diesen Unternehmungen unterstützte ihn meist Genua mit seiner Flotte, bei der Eroberung Sidons besonders auch dänische und norwegische Kreuzfahrer. Auch gegen die Angriffe Aegyptens wußte Balduin sein Reich zu schützen, obwohl seine Angriffe auf Ascalon scheiterten. An den Zügen, welche zu seiner Zeit die Herren von Antiochia und Edessa gegen die benachbarten türkischen Emire unternahmen, betheiligte er sich nicht, aber er lieh seinen Beistand, sobald die lateinischen Herrschaften selbst von den Ungläubigen bedroht wurden. Im Jahre 1118 starb Balduin I. auf einem Streifzuge nach

*) Vergl. Bd. III. S. 803.

Aegypten, ohne Erben zu hinterlassen; es folgte ihm durch die Wahl der Großen des Reichs ein Verwandter, der Graf Balduin von Edessa. In Folge dieser Wahl kam Edessa an Balduins Vetter Joscelin von Courtenay, der im Jahre 1101 nach dem Orient gekommen war und dort Tell Baschir als Lehen von Edessa erworben hatte.

Der neue König kannte zu gut die von Aleppo und Damascus drohenden Gefahren, als daß er nicht vorzugsweise nach dieser Seite seine Waffen hätte richten sollen, wie sehr man darüber auch in Jerusalem murren mochte. Er focht gegen Damascus, umschloß Aleppo, begegnete den Angriffen der Emire Mesopotamiens, unterstützte den Grafen von Tripolis bei der Ausdehnung seines Gebiets und rettete Antiochia, als Roger 1112 im Kampfe fiel, aus der größten Gefahr, indem er selbst die Regierung des Fürstenthums übernahm, bis der junge Bohemund endlich im Jahre 1126 erschien und seine Herrschaft antrat. Dabei übersah König Balduin die andern Aufgaben seines Regiments mit Nichten. Mit Hülfe der Venetianer nahm er 1124 Tyrus, das letzte Bollwerk des Islams an der syrischen Küste. Nicht minder wichtig war, wie er die königliche Autorität in allen lateinischen Herrschaften zu wahren wußte. Als er Antiochia an Bohemund II. übergab, mußte dieser sich mit Elise, der zweiten Tochter des Königs vermählen, und nach dem frühen Ende des jungen Fürsten (1131), mit dem der normannische Mannsstamm in Antiochia ausstarb, gelang es Balduin gegen die ehrgeizigen Umtriebe seiner eigenen Tochter das Fürstenthum seiner Enkelin Constantia, Bohemunds Tochter, zu sichern. Eine jüngere Schwester Elisens verlobte er Raimund, dem noch im Knabenalter stehenden Sohn des Grafen Pontius von Tripolis.

Noch immer war der Zuzug aus dem Abendlande sehr bedeutend; hatte doch Papst Calixt II., als er 1123 im Lateran den großen Sieg der Kirche feierte, den Enthusiasmus für die Kreuzfahrten nach dem Orient und nach Spanien aufs Neue anzufachen gesucht. Waren auch nach dem Mißgeschick des großen Auszugs von 1101 nicht mehr gleiche Massen in Bewegung zu setzen, waren es namentlich aus Deutschland immer nur Einzelne, welche sich auf die große Fahrt machten, so sah man doch Jahr für Jahr, namentlich um die Osterzeit, große Schaaren von Pilgern in den syrischen Seestädten landen, und Viele von ihnen wollten nicht allein die heiligen Tage am Grabe des Herrn feiern, sondern auch für dasselbe ihr Schwert zücken. Die Meisten waren Franzosen, aber bei dem regen Verkehr, welchen Venedig, Genua und Pisa mit den lateinischen Herrschaften in der Levante unterhielten, schickte auch Italien neue Colonisten hinüber. Wie sehr Abenteuerlust oder Gewinnsucht diese Ankömmlinge oft auch beherrschen mochten, daß die religiöse Begeisterung doch noch keineswegs erloschen war, zeigt die Stiftung der ersten Ritterorden, an welcher König Balduin II. einen sehr erheblichen Antheil hatte.

Es war um das Jahr 1118, als die Ritter Hugo von Payens und Gottfried von St. Omer auf den Gedanken verfielen, eine religiöse Genossenschaft zum Schutz der Pilger gegen Räuber und Wegelagerer zu begründen; sie glaubten so ihre Waffen am nützlichsten im Dienste des Herrn zu gebrauchen. Sie gewannen sechs andere Ritter und legten mit ihnen den Grund zu dem neuen Orden, der zunächst nach dem Vorbilde der regulirten Chorherren eingerichtet wurde; zu ihrem ersten Oberen wählten sie Hugo von Payens. In die Hände des Patriarchen von Jerusalem legten sie zu den Gelübden der Keuschheit, Armuth und des Gehorsams auch das des Kampfes für die Pilger und die heiligen Stätten ab; der König bestritt anfangs zum großen Theil ihren Unterhalt und räumte ihnen sogar einen Theil seines Palastes an der Stelle des alten Tempels ein, wovon sie alsbald den Namen der Miliz des Tempels erhielten. Trotz der königlichen Unterstützung blieb der Orden arm und dürftig, bis Balduin Hugo von Payens nach dem Abendlande sandte, theils um neuen Zuzug nach dem Orient herbeizuführen, theils um im Interesse des Ordens selbst dort zu wirken.

Auf der Synode von Troyes im Januar 1128 empfahl Hugo seinen Orden den dort versammelten Vätern und bat um die Feststellung der Regel. Von größter Bedeutung war es, daß er dem Orden auch die Gunst des heiligen Bernhard zu gewinnen wußte, der selbst an der Entwerfung der an die Klostersatzungen des heiligen Benedict sich anschließenden Regel theilnahm, später auch auf wiederholten Wunsch Hugos die Feder ergriff, um in einer kleinen Schrift die Verdienstlichkeit dieser neuen geistlichen Ritterschaft gegenüber der weltlichen zu erheben. Eine bessere Empfehlung, als die des Abtes von Clairvaux, konnte Hugos Schöpfung nicht finden, zumal sie in ihrer Verbindung von Waffendienst und religiöser Uebung so recht dem Zeitgeiste entsprach. Bald stand der Tempelorden im ganzen Abendlande in höchster Gunst, namentlich in den ritterlichen Kreisen der romanischen Völker. Als Hugo Frankreich, England und Spanien durchzog, drängten Männer aus den edelsten Geschlechtern zur Aufnahme. In kurzer Zeit kamen die Templer auch in den Genuß reicher Besitzungen. Ueberall wurden ihnen Schenkungen gemacht; auch Kaiser Lothar überließ ihnen einen Theil seines Hausbesitzes in der Graffschaft Supplinburg. Aus dem armen Orden wurde schnell einer der reichsten, und auch Rom unterstützte, nachdem es die Regel bestätigt, durch mancherlei Vergünstigungen das Emporkommen der Templer.

Das Eigenthümliche des Ordens war, daß trotz seines geistlichen Charakters vollberechtigte Mitglieder doch nur Ritter von adliger Herkunft und erprobter Waffentüchtigkeit werden konnten. Ihnen zunächst an Rechten standen die Ritter, welche sich nur zeitweise dem Orden als Waffengenossen anschlossen. Die Geistlichen und Kaplane des Ordens standen in einem untergeordneten Verhältniß, durften auch den weißen Ordensmantel mit dem rothen Kreuze nicht tragen. Eine geradezu dienende Klasse waren die Waffenknechte und Hausleute. Die Verfassung gab dem Ordensmeister ausgedehnte Befugnisse, doch war er in den wichtigsten Angelegenheiten an die Beschlüsse des Ordensraths und des Kapitels gebunden.

Das wunderbar schnelle Emporkommen des Templerordens führte auch in einer älteren religiösen Verbrüderung zu Jerusalem eine völlige Umgestaltung herbei. Schon geraume Zeit vor dem ersten Kreuzzuge hatten Kaufleute von Amalfi bei der Kirche des heiligen Grabes ein Kloster errichtet, welches zugleich als Hospiz und Krankenhaus den abendländischen Pilgern diente. Als die Räume zu eng wurden, trennte man vom Kloster das Hospiz; es wurde für letzteres in der Nähe ein besonderes Gebäude mit einem dem heiligen Johannes geweihten Bethause errichtet und der Obhut eines besonderen Guardians übergeben. Zu der Zeit, wo Jerusalem von den Lateinern erobert wurde, war dies ein Provencale, Gerhard mit Namen, ein frommer und äußerst thätiger Mann, dessen große Dienste Gottfried von Bouillon dadurch anerkannte, daß er dem Spital die Herrschaft Monboire in Brabant schenkte und ihm zugleich gewisse Einkünfte in allen eroberten und noch zu erobernden Ländern zuwies, namentlich die vacanten Erbschaften. Nicht geringere Gunst wandten Gottfrieds Nachfolger und die Päpste dem Spitale zu, welches nun sich stattlich erweitern und Zweiganstalten einrichten konnte. Als Gerhard im Jahre 1118 starb, hatte das Johannisspital bereits Tochterhäuser an sieben Plätzen im Abendlande, welche die Pilger nach dem heiligem Grabe zu berühren pflegten.

Gerhards Nachfolger in der Leitung des Hospiz wurde Raimund Dupuis, der im Gefolge Gottfrieds nach Jerusalem gekommen war, aber hier den Panzer mit dem Linnenkleide des Krankenwärters vertauscht hatte. Er gab der Brüderschaft des Hospiz erst eine festere Gestalt, indem er sie zu den drei gewöhnlichen Gelübden des geistlichen Standes verpflichtete, zugleich gab er ihr in dem weißen Kreuz das unterscheidende Ordenszeichen. Aber bald ging Raimund weiter. Nach dem Vorbilde der Templer zog auch er den Kampf gegen die Ungläubigen in die Aufgaben des Ordens und unterschied in demselben die kämpfenden, geistlichen und dienenden Brüder. Allmählich erhielt die ganze Organisation auch dieses Ordens einen völlig militärischen Charakter; an die Spitze desselben trat ein Meister, wie bei den Templern. Die Ritter der beiden Orden bildeten gleichsam stehende Heere im gelobten Lande, welche sich durch Soldtruppen alsbald zu verstärken begannen. Ohne Zweifel waren in ihnen kriegerische Kräfte gegeben, über welche das Königthum leichter verfügen konnte, als über die Schaaren der großen Vasallen. Kein Wunder daher, wenn die Meister der Tempelherren und Johanniter am Königshofe zu Jerusalem großes Ansehen gewannen und den ersten Großen des Reichs beigezählt wurden.

Es waren besonders französische Herren, welche sich im Orient festgesetzt hatten; aus der Eroberung der abendländischen Christenheit im Morgenlande war im Wesentlichen eine große französische Colonie geworden. So finden sich denn auch hier alle die Erscheinungen wieder, welche zu jener Zeit das Leben des französischen Volkes kennzeichneten, nur daß in der heißeren Zone das rasche Blut noch rascher wallte und in dieser fremden Welt sich alle Verhältnisse der Heimath noch bunter gestalteten. Das kampflustige Ritterthum fand hier an jedem Tage Gelegenheit zu neuen Kämpfen und neuen Abenteuern; dabei gab es kaum irgendwo damals glänzendere Höfe mit üppigeren Festen und reizenderen Frauen, als im gelobten Lande und an der syrischen Küste. Derselbe Ritter, der heute muthig sein Leben im Glaubenskampfe einsetzte, verschwamm morgen in den weichlichsten Genüssen. Dem Ehrgeiz und der theologischen Streitlust des Klerus war hier zugleich der weiteste Spielraum geboten; bald haderten die Prälaten mit den weltlichen Herren, bald unter einander, bald mit den ketzerischen Eingeborenen, deren kirchliche Verhältnisse ihnen ein Gräuel waren. Das Königthum, welches dieser vielgestaltigen Welt Zusammenhalt und Schutz gewähren sollte, wurde nichtsdestoweniger in seinen Prärogativen von den eigenen Vasallen unaufhörlich bestritten. Die feudalen Ordnungen, auf denen das Reich ruhte, gaben dem König nicht von fern eine gleiche Macht, wie die normannischen Herrscher in England und Süditalien gewonnen hatten. Zersplitterung, Willkür, Zuchtlosigkeit aller Orten, aber zugleich frisches Leben, Thatkraft, — und Opferfreudigkeit deshalb bei allen Mißständen doch ein unverkennbares Gedeihen der Colonie. Sie erweitert ihr Gebiet, die Städte füllen sich, und es beginnt ein eigener Bürgerstand sich aus abendländischen Elementen zu bilden; zugleich wird der Anbau des Landes besser und in größerem Umfange von den Eingeborenen betrieben.

Wie sehr damals die Moslems von den abendländischen Christen litten und mit welcher Besorgniß sie die Ausbreitung des christlichen Reichs ansahen, schildert Ibn-Alatir, ein arabischer Schriftsteller, der dieser Zeit nahe stand, mit den lebhaftesten Farben. „Die Glückssterne des Islams," sagt er, „hatten sich unter den Horizont gesenkt und die Sonne seiner Geschicke sich hinter Wolken verborgen. Die Fahnen der Ungläubigen wehten über den Ländern der Muselmänner, und die Siege der Ungerechten überwältigten die Gläubigen. Das Reich der Franken erstreckte sich damals von Maridin und Schaikeian in Mesopotamien bis El Arisch an den Grenzen Aegyptens; von ganz Syrien blieben nur Aleppo, Emessa, Hama und Damascus von ihrer Herrschaft frei. Ihre Heere rückten in Diabekr bis Amida vor, in Dschesiras bis Ras-al-Ain und Nisibis. Die Muselmänner von Racca und Haran fanden keinen Schutz gegen ihre Grausamkeit. Außer Rahaba und der Wüste waren alle Straßen nach Damascus von ihnen besetzt. Damascus selbst mußte ihnen seine Christensclaven ausliefern, und Aleppo war ihnen zinsbar." Man sieht, wie die Macht der Christen sich schon weit über den Euphrat erstreckte und den Sultanat in Mosul unmittelbar bedrohte. Da trat plötzlich ein völliger Umschwung der Dinge ein; die Glückssterne des Islams stiegen wieder empor, und die Sonne der Christen barg ihren Schein. In den letzten Lebensjahren Balduins II. bildete sich an den Ostgrenzen der Franken, unzweifelhaft der verwundbarsten Stelle des Reichs, eine Macht, welche eben so sehr die Mittel gewann, wie den Willen hatte, nicht nur dem weiteren Vordringen der Franken Halt zu gebieten, sondern sie selbst aus ihrem längst verjährten Besitz zu verdrängen. Der Gründer dieser Macht war Emadeddin Zenki, der Sohn des Emirs Aksankar von Aleppo, der im Streite der Nachkommen Malek Schahs um den Sultanat im Jahre 1095 seine Herrschaft verloren und den Tod durch Henkershand gefunden hatte. Nur seine Jugend rettete Zenki — er war damals erst zehn Jahre alt — vor einem gleichen Ende. Kriegslustig und kriegstüchtig, herrschsüchtig und voll Herrschtalent, führte er dann seine Waffen an verschiedenen Orten für verschiedene Herren und stieg im Dienste empor, bis er endlich an den Stufen eines Thrones anlangte. Im Jahre 1127 setzte Sultan Mahmud ihn zum Athabeken, d. h. Stellvertreter und Vormund, seines jungen Sohnes Alp Arslan ein und übertrug ihm damit die Regierung von Mosul und allen angrenzenden Ländern. Nachdem Zenki sich hier festgesetzt hatte, brachte er im Jahre 1128 Aleppo, im folgenden Jahre Hama an sich. Wenn auch seine Angriffe auf Damascus scheiterten, so beherrschte er doch bereits 1130 den größten Theil jener östlichen Grenzgebiete der Franken, deren Zersplitterung bisher so sehr ihre Unternehmungen gefördert hatte. Es war ein Glück für die Christen, daß Zenki darauf in die Streitigkeiten um den Sultanat von Bagdad so tief verwickelt wurde, daß er in den nächsten fünf Jahren seine Unternehmungen in Syrien nicht fortsetzen konnte.

Indessen war König Balduin II. gestorben (1131) und ihm in der Regierung Graf Fulco von Anjou gefolgt, der sich einige Jahre zuvor mit Balduins ältester Tochter Melisende vermählt und seine großen Besitzungen in der Heimath seinem aus einer früheren Ehe stammenden Sohne Gottfried Plantagenet, dem Gemahl der Wittwe Kaiser Heinrichs V., überlassen hatte. Fulco war ein alter Jerusalemsfahrer, mit allen Verhältnissen im heiligen Lande vertraut, eine Zeit lang war er sogar den Templern affiliirt gewesen: trotzdem stieß sein Regiment auf manche Schwierigkeiten, und die größten lagen in der königlichen Familie selbst. Elise, die Schwester der Königin Melisende, erneuerte ihre ehrgeizigen Umtriebe und verband sich mit Pontius von Tripolis und dem jüngeren Joscelin von Edessa, der eben damals in der Grafschaft seinem Vater gefolgt war, um die Gewalt in Antiochien an sich zu bringen. Aber Fulco wußte Elisens Pläne zu vereiteln und bestimmte zum Gemahl der jungen Constantia, der Erbin des Fürstenthums, den Grafen Raimund von Poitou, einen Sohn jenes leichtfertigen Wilhelms von Aquitanien, der an dem Unglück des Kreuzzugs von 1101 so vielen Antheil gehabt hatte.*) Raimund kam, da in dem Herzogthum seines Vaters sein älterer Bruder Wilhelm gefolgt war, nach dem Orient, um hier eine hervorragende Stellung zu gewinnen, zu der er durch Geburt und glänzende persönliche Vorzüge berufen schien. Als er 1136 die Regierung Antiochiens antrat, schien sich dem altberühmten und hochgefeierten Geschlecht der Grafen von Poitou im Osten eine neue herrliche Zukunft zu erschließen.

Es war eine Zeit, wo sich ein tüchtiger Mann in Antiochia um die Christenheit unvergeßliche Verdienste hätte erwerben können. Denn eben damals begann Zenki seine Angriffe auf die Franken. Schon 1136 unternahm er von Aleppo aus einen verwegenen Streifzug durch das antiochenische Gebiet, im folgenden Jahre ging er gegen Barin vor, eine Grenzfeste des Grafen Raimund von Tripolis, der erst vor Kurzem von seinem Vater Pontius die Grafschaft ererbt hatte. Der junge Graf verlangte Hülfe von Jerusalem. König Fulko eilte mit einem Heere herbei, wurde aber vollständig geschlagen und konnte sich nur mit einer kleinen Schaar hinter die Mauern von Barin retten. Die Noth des Königs vermochte die Franken in Jerusalem, Antiochia und Edessa zu eifrigen Rüstungen, doch hatte Fulko, in Barin rings umschlossen, ehe noch die Hilfe erschien, bereits die Burg übergeben müssen; genug, daß er für sich und seine Waffenbrüder freien Abzug gewonnen hatte. Die gleiche Bedrängniß trieb die Franken jetzt gegen Zenki zusammenzuhalten, und sie fanden Bundesgenossen auch in den Muselmännern von Damascus, welche vor dem Athabeken eben so wenig gesichert waren. Als im Jahre 1139 Zenki einen neuen Angriff auf Damascus machte, unterstützten die Christen den Vezir Anar, den tapferen Vertheidiger der Stadt, und erhielten dagegen den Beistand der Damascener, um Paneas, die Grenzfestung Jerusalems im Quellgebiete des Jordan, die in Zenkis Hände gefallen war, ihm wieder zu entreißen.

Noch schwerer, als von dem Athabeken, war um dieselbe Zeit

*) Vgl. Bd. III. Seite 709—711.

Antiochia von den Griechen bedrängt. Kaiser Johannes hatte mit nicht geringem Glück sich um die Erweiterung seines Gebiets in Klein-Asien bemüht, die Seeplätze Ciliciens gewonnen und auch die Erwerbung Syriens bereits fest in das Auge gefaßt. Er hatte eine Zeit lang die Vermählung seines jüngeren Sohnes Emanuel mit der Erbin von Antiochia betrieben. Als dieser Plan scheiterte, ging er zum offenen Krieg gegen die Franken über. Schon im Jahre 1137 rückte sein Heer bis vor die Mauern von Antiochia, und Raimund mußte sich mindestens dazu bequemen, Constantinopel den Lehnseid zu leisten. Aber die Absichten des Kaisers gingen weiter: er wollte Antiochia für seinen Sohn Emanuel gewinnen und Raimund mit Aleppo, Schaizar, Emessa und Hama entschädigen, nachdem er diese Städte mit der Hülfe der Franken den Türken entrissen hätte. Ein gemeinsames Vorgehen gegen den mächtigen Athabeken schien damals im gleichen Interesse aller Christen zu liegen. In der That warf sich der Kaiser 1138 in den Kampf gegen Zenki, zog aber in demselben, von Antiochia und Edessa nur widerwillig und lahm unterstützt, den Kürzeren und verließ endlich mißmuthig den Kampfplatz und Antiochia.

Im Frühjahre 1142 erschien der Kaiser in Cilicien mit einem neuen Heere, angeblich zum Kriege gegen die Ungläubigen, aber nicht mit Unrecht fürchteten die Franken, daß die Rüstung vorzüglich ihnen gelte. Es erregte ihre Besorgniß, daß der Kaiser selbst zu Ostern nach dem heiligen Grabe ziehen wollte, daß er unerwartet vor Tell Baschir erschien und Joscelin nöthigte ihm seine Tochter als Unterpfand seiner Treue zu übergeben, vor Allem aber, daß er die Auslieferung Antiochias verlangte, um es als Waffenplatz gegen die Türken zu gebrauchen. Raimund wagte nicht die Forderung des Kaisers abzuschlagen, doch die Großen des Fürstenthums weigerten sich die Stadt den Griechen auszuliefern. Der Kaiser kehrte, nachdem er die Umgegend der Stadt verwüstet hatte, unmuthig über das abermalige Fehlschlagen seines Plans, ohne den Kampf gegen die Türken nur begonnen zu haben, nach Cilicien zurück. Hier überwinterte er und bereitete einen großen Angriffsplan auf Antiochia vor. Mitten in den Rüstungen überraschte ihn der Tod. Es ist bereits berichtet worden (S. 210), wie nach seinem Wunsche ihm sein jüngerer Sohn Emanuel folgte. Wenig über 20 Jahre alt, hatte der neue Kaiser schon viele Beweise kriegerischer Tüchtigkeit und hohen Strebens bewiesen; er schien ganz geeignet und gewillt, die auf die Erweiterung des Reichs gerichtete Politik seines Vaters fortzusetzen. In der That schickte er alsbald ein Heer und eine Flotte unter erprobten Feldherren nach Antiochia, und in solche Bedrängniß gerieth Raimund, daß er selbst nach Constantinopel ging, um seinen Lehnseid zu erneuern und dem jungen Kaiser seiner Treue zu versichern; nur dadurch scheint Antiochia damals von dem Schicksal gerettet zu sein, eine griechische Besatzung aufnehmen zu müssen. Großer Erfolge konnte sich der stolze Graf von Poitou in seinem syrischen Fürstenthum nicht berühmen.

Indessen war im November 1143 König Fulco gestorben; er hinterließ das Reich, von allen Seiten von Gefahren bedroht und in seinem Zusammenhang bereits gelockert, seinem dreizehnjährigen Sohne Balduin, für welchen die Königin Melisende die Regierung zu führen hatte. Die Anfänge des neuen Regiments wurden durch den schmerzlichsten Verlust, welchen die Franken im Orient noch erlitten hatten, in überaus trauriger Weise bezeichnet.

Während Antiochia vor den Griechen darniederlag, in Jerusalem die königliche Macht noch unbefestigt war, griff Zenki, der sich in der letzten Zeit ruhiger gehalten, aufs Neue mit einem großen Heere im Jahre 1144 die Franken an und wandte sich alsbald gegen Edessa, wohin er schon lange seine Blicke gerichtet hatte. Noch im November erschien er vor der Stadt und begann sogleich die Belagerung. Joscelin, der sich in Tell Baschir befand, rüstete eilends zum Entsatz Edessas und verlangte zugleich Unterstützung von Jerusalem und Antiochia. Aber ehe noch ein ausreichendes Heer sich gesammelt hatte, wurde Edessa im December 1144 erobert. Obwohl Zenki, sobald er seines Sieges gewiß war, dem Blutvergießen Einhalt zu thun suchte, fanden doch eine große Zahl von Christen den Tod, unter ihnen auch der Erzbischof der Stadt. Die Burg wurde noch zwei Tage von den Franken vertheidigt, mußte dann aber auch den Ungläubigen übergeben werden. Die Kreuze wurden darauf überall in der Stadt gestürzt, die Kirchen in Moscheen verwandelt.

Die Moslems sahen in Edessa die Vormauer der christlichen Herrschaft in Syrien gebrochen; in überschwänglicher Weise feierten sie Zenki, so oft er auch gegen die Bekenner des Islams selbst seine Waffen gewendet, jetzt als den Vorfechter der Lehre des Propheten. Die ganze muhammedanische Welt jubelte auf, und ihr Jubel war nicht ohne Grund. Denn nach den Worten jenes arabischen Schriftstellers, dessen Klagen über den Verfall der Herrschaft der Gläubigen in Syrien mitgetheilt wurden, erhob seit jener Eroberung der Islam wieder sein Haupt in dem syrischen Lande und entfaltete sein Siegeszeichen nach den Verheißungen, welche im Koran den Frommen gegeben.

Wie hätten nicht auch die Franken selbst empfinden sollen, daß ihrer Macht eine tödtliche Wunde geschlagen? War doch ihnen eine ihrer glänzendsten und reichsten Städte — man rechnete sie zu den ersten der gesammten Christenheit — schmählich entrissen; knüpfte sich doch an dieselbe eine besondere Verehrung, da in ihr die Gebeine des Apostels Thomas ruhten; drohte doch auch ihren andern Herrschaften über kurz oder lang ein ähnliches Schicksal. Dennoch hat das Unglück Edessas weder Antiochia noch Jerusalem in die Waffen gebracht; sie haben keinen Versuch gemacht, Zenki seinen Raub zu entreißen. In Antiochia fürchtete man die Griechen mehr, als die Türken, und Melisende mochte für ihre eigene Gewalt in Jerusalem besorgt sein, wenn sie in die nordsyrischen Angelegenheiten eingriffe, da man ihrem Vater über nichts mehr gegrollt, als daß er sich derselben so bereitwillig angenommen hatte. Ueberdies fühlte man sich zu schwach, gegen die erstarkte Macht des Islams, während zugleich die Griechen drohten, einen Kampf zu bestehen, und deshalb entschloß man sich zunächst Hülferufe an die abendländische Welt ergehen zu lassen.

Als ein nicht geringes Glück mußte es den Franken erscheinen, daß eben damals, als Zenki seine große Eroberung gemacht hatte, seine Stellung in Mosul selbst ernstlich bedroht wurde. Der Sultan suchte sich des übermächtigen Atabeken zu entledigen und stellte sich selbst an die Spitze einer gegen denselben gerichteten Revolution. Zenki eilte nach Mosul, es gelang ihm seiner Feinde mächtig zu werden und die Revolution zu ersticken. Aber bald darauf (14. Sept. 1146) fand er, als er das Schloß eines kurdischen Emirs belagerte, durch Meuchelmörder sein Ende. In Aleppo folgte ihm sein Sohn Nureddin, während sein anderer Sohn Seifeddin sich in Mosul zu behaupten wußte.

Der Tod Zenkis fachte noch einmal die Hoffnung in Joscelin an, sich Edessas wieder zu bemächtigen. Als er erfuhr, daß die Stadt von Nureddins Truppen verlassen sei, brach er mit einer eilig zusammengerafften Schaar gegen sie auf. Armenische Christen öffneten ihm und seinen Rittern die Thore. Sogleich machte er sich dann an die

Einschließung der Burg, in welcher noch einige Türken zurückgelassen waren. Aber schon nach einigen Tagen erschien Nureddin selbst mit einem großen Heere. Nur kurze Zeit konnten die Christen Widerstand leisten, bald fielen die fränkischen Ritter und die Stadt in die Hände des Emirs, welcher die grausamste Rache nahm. Die Schaar Joscelins wurde fast ganz vernichtet; in dem elendesten Zustand entkam er selbst dem Verderben. Die griechischen und armenischen Einwohner von Edessa wurden massenweise hingeschlachtet, die dem Tode Entronnenen in die Sklaverei verkauft. Stadt und Burg wurden zerstört. Es blieb von Edessa Nichts als ein wüster Trümmerhaufen, in dem eine spärliche und dürftige Bevölkerung, die Nureddin zurückließ, mühsam das Leben fristete.

Damals rüstete man schon im Abendlande, um die hochgefeierte Stadt wieder den Ungläubigen zu entreißen. Aber Edessa selbst war nur noch ein Name; seine Geschicke hatten sich erfüllt, ehe noch die abendländische Christenheit gewaffnet ausziehen konnte.

11.

Die Kreuzpredigt des heiligen Bernhard.

Wunderbar genug, daß es die Wirren des Orients waren, welche dem Occident eine Aussicht öffneten, für seine traurigen Zustände Heilung zu finden, aus der Zersplitterung sich zu sammeln.

Die Hülfegesuche der lateinischen Christen im Orient ergingen, wie zu erwarten war, zunächst an den Papst. Als er im November 1145 zu Viterbo und Vetralla sich aufhielt, erschien vor ihm der Bischof Hugo von Gabala, um den Beistand der occidentalischen Christenheit für die Brüder im heiligen Lande in Anspruch zu nehmen. Hugo war längst als ein eifriger Kämpfer für die Vollgewalt der römischen Kirche im Osten bekannt; er vor Allen hatte es dahin gebracht, daß das antiochenische Patriarchat dem Papste wieder ganz unterworfen wurde. Die Griechen hatten keinen entschiedeneren Gegner als ihn, der sich persönlich Kaiser Johannes bei seinen Angriffen auf Antiochia entgegengesetzt und sich dabei auf den römischen Papst und den Kaiser des Westens als Schutzherren Antiochias berufen hatte. Jetzt beklagte er sich schwer vor dem Throne des Papstes über seinen Patriarchen und die von seiner Kirche erlittenen Schäden, vor Allem aber schilderte er in brennenden Farben die Drangsale der lateinischen Christen im Osten seit dem Falle von Edessa. Nicht genug, daß er den Papst um Beistand anrief; er gab auch die Absicht kund, über die Alpen zu gehen, um vor den Königen Deutschlands und Frankreichs den Ruf nach Hülfe erschallen zu lassen. Er erzählte zugleich von einem mächtigen christlichen Priesterkönig im fernen Osten, Johannes mit Namen, auf dessen Unterstützung um so sicherer zu rechnen sei, als er schon einmal der Kirche zu Jerusalem habe beistehen wollen und nur durch die Unmöglichkeit, sein Heer über den Tigris zu setzen, an der Ausführung seines Vorhabens verhindert sei.

Der Papst mußte um so geneigter sein, den Hülfsgesuchen aus dem Orient Gehör zu schenken, als er damals auch eine Gesandtschaft der armenischen Kirche empfing, die ihm die Obedienz derselben in Aussicht stellte und einen Ausgleich zwischen dem römischen und dem armenischen Ritual anzubahnen suchte. In der That erließ der Papst von Vetralla aus am 1. December 1145 ein Ausschreiben an König Ludwig von Frankreich, die französischen Großen und das französische Volk, worin er, an den großen Kreuzzug Urbans II. erinnernd und lauten Weheruf über den Fall Edessas erhebend, die Nachkommen der ersten Kreuzfahrer aufforderte, sich ihrer Väter würdig zu zeigen und die Waffen für die heiligen Stätten zu ergreifen; zugleich ertheilte er Allen, die seinem Rufe folgten, dieselben Indulgenzen und Vergünstigungen, die einst Urban den Kreuzfahrern gegeben hatte.

Ob der Bischof von Gabala selbst, wie er beabsichtigte, über die Alpen gegangen ist, wissen wir nicht, aber wir hören, daß verschiedene Gesandtschaften von Jerusalem an den Höfen der abendländischen Fürsten, bei dem heiligen Bernhard und den Bischöfen erschienen, um das Mitleiden und die Hülfe der christlichen Brüder in Anspruch zu nehmen; besonders sollen nach Frankreich von den Großen Antiochiens und Jerusalems solche Botschaften abgesendet sein.

Nach der Natur der Verhältnisse mußte die traurige Lage der Christen im Orient vor Allem in Frankreich Theilnahme erwecken, und eigenthümliche Umstände trugen dazu bei, daß sie gerade den jungen

König selbst im Tiefsten erregte. König Ludwig trug sich bereits seit längerer Zeit mit Kreuzzugsgedanken; er glaubte ein Gelübde erfüllen zu müssen, welches sein Bruder Philipp einst auf sich genommen, und bei seinem frühen Tode nicht hatte erfüllen können; überdies suchte er, ein ängstlich religiöses Gemüth, Erleichterung von schwerer Gewissensnoth. Gleich in den ersten Jahren seiner Regierung war er mit der römischen Curie wegen der Besitzung des Erzbisthums Bourges in ärgerliche Streitigkeiten und dadurch in eine Fehde mit dem mächtigen Grafen Theobald von der Champagne gerathen. Als er 1143 Vitry, einen der festesten Plätze Theobalds, eroberte, war die Kirche dort eingeäschert worden und mehr als tausend Menschen hatten bei dem Brande den Untergang gefunden. Bald darauf war freilich unter Vermittelung des heiligen Bernhard eine Aussöhnung mit der Curie erfolgt, aber man stand immer noch unter den Nachwehen des ärgerlichen Streites und besonders der König selbst fühlte sich dadurch schwer im Herzen bedrängt.

Weihnachten 1145 hatte Ludwig zu Bourges alle seine Großen versammelt; er ließ sich feierlich in ihrer Mitte krönen. Die Versammlung war berufen, um über die Noth der Brüder im gelobten Lande zu berathen; sei es, wie es das Wahrscheinlichere ist, in Folge des päpstlichen Schreibens, sei es auf eigenen Antrieb der französischen Großen. Unerwartet war es, als hier der König die Absicht aussprach, selbst das Kreuz zu nehmen. Obgleich der feurige, kampflustige Bischof Gottfried von Langres, ein Jünger des Klosters Clairvaux, die Gefahren des heiligen Landes und die Pflicht ihm zu helfen in ergreifender Rede ausführend, den Entschluß des Königs mit Jubel begrüßte, tauchten doch schwere Bedenken gegen denselben auf. Sie sollen besonders von dem Abt Suger erhoben sein, welcher die Lage Frankreichs am besten übersah und bei der Absicht des Königs gefährdet glaubte. Vornehmlich durch seine Mitwirkung hatte das Königthum unter dem Vater Ludwigs sich zu einer Bedeutung erhoben, die es unter den Capetingern noch nie zuvor erreicht hatte. Der junge König Ludwig VII. war in dem Alter von 16 Jahren 1137 seinem Vater Ludwig VI. gefolgt, hatte dann der Krone noch die ausgedehnten Besitzungen seiner Gemahlin Eleonore, der Erbtochter Herzog Wilhelms X. von Aquitanien, zugebracht, welche einen großen Theil des südlichen Frankreichs umfaßten. So ließ sich an den Ausbau einer französischen Monarchie denken, welche der englischen zur Seite gestellt werden konnte. Aber die wachsende Macht der Krone hatte zugleich die Besorgnisse und den Widerstand der Großen erregt, und Niemand vermochte vorauszusehen, welche Wendung die Dinge bei einer längeren Abwesenheit des Königs nehmen würden.

Bei dem Widerstreit der Meinungen in der Versammlung, wurde der heilige Bernhard, längst das Orakel Frankreichs in allen kirchlichen Fragen, in die Versammlung berufen und zu Rath gezogen. Aber auch er mochte eine so folgenschwere Entscheidung nicht auf sich nehmen, sondern rieth sie dem Papste anheimzustellen, den man ja in allen Dingen als die höchste Autorität ansah. Man beschloß darauf eine Gesandtschaft an den Papst zu schicken und zu Ostern in Vezelay zu weiteren Beschlüssen wieder zusammenzukommen.

Wie zu erwarten stand, ging der Papst auf Ludwigs Wunsch bereitwillig ein, ja er wäre gern selbst sofort nach Frankreich geeilt, um gleich Urban II. das große Unternehmen dort in Gang zu bringen. Da er aber durch seine Streitigkeiten mit den Römern zurückgehalten war, übertrug er die Kreuzpredigt dem heiligen Bernhard; zugleich erneuerte er unter dem 1. März 1146 seinen früheren Aufruf an die französische Nation und befahl die Verbreitung desselben seinem alten Lehrer und Abte. Mochte dieser die Absichten des Königs anfangs nicht ohne Bedenken angesehen haben, sobald er Roms Auftrag erhalten, unterzog er sich demselben mit seinem gewohnten Eifer und mit einem Erfolg, der alle Erwartungen weit hinter sich ließ.

Wie bestimmt war, kamen der König und die französischen Großen Ostern zu Vezelay bei Nevers zusammen. Hier nahm der König sogleich das ihm vom Papste übersandte Kreuz, und gleich ihm bekreuzten sich viele vornehme Ritter Frankreichs. In der Erwartung der Kreuzpredigt Bernhards war eine so große Menge herbeigeströmt, daß kein Gebäude sie fassen konnte. Es wurde deshalb im Freien eine Tribüne für den Abt errichtet; er bestieg sie mit dem König, der schon das Kreuz trug. Bernhards Worte rissen mehr als je die Gemüther hin. Alles rief nach Kreuzen; er mußte seine Kleider zerschneiden, um jedes Verlangen zu befriedigen. Die Tage von Clermont waren zurückgekehrt; wie einst Papst Urban, umbrauste jetzt den Abt von Clairvaux die Kreuzfahrtsbegeisterung.

Als die Versammlung aus einander gegangen war, zog Bernhard

predigend überall in Frankreich umher. Schon nach wenigen Wochen schrieb er dem Papste: „Ihr habt befohlen und ich gehorcht, und den Gehorsam hat das Ansehen des Befehlenden gesegnet. Wenn ich verkündete und redete, wuchs die Zahl ohne Maßen. Es leeren sich die Burgen und Städte, und kaum finden sieben Weiber einen Mann, den sie ergreifen*); überall bleiben Wittwen zurück bei Lebzeiten ihrer Männer".

Und auch die Frauen blieben nicht zurück. Schon war selbst die junge Königin zur Kreuzfahrt entschlossen und mit ihr andre Damen des königlichen Hauses. Die Weiber griffen nach den Kreuzen gleich den Männern. Mit jener grenzenlosen Begierde, mit welcher die Franzosen von jeher die weltbewegenden Gedanken erfaßt haben, warfen sie sich jetzt abermals auf die Pilgerfahrt. Es kam alsbald eine Prophezeiung in Umlauf, nach welcher König Ludwig nicht allein Constantinopel gewinnen, das heilige Land retten, sondern bis Babylon vordringen sollte, ein neuer Hercules und Cyrus. Mit den kirchlichen Interessen verbanden sich, wie man sieht, auch sehr weltliche; man dachte an eine Ausbreitung der französischen Herrschaft bis in die fernsten Regionen.

Binnen Kurzem ergriff die fieberhafte Bewegung Frankreichs auch die rheinischen Gegenden. Im Sommer 1146 kam dorthin als Kreuzprediger ein fanatischer Mönch, Radulf mit Namen, welcher Clairvaux angehört, sich dann aber aus der Klosterzucht gelöst hatte. Einen außerordentlichen Erfolg erzielte auch er bei den Massen; fast der zehnte Theil der Bevölkerung Unter-Lothringens soll von ihm das Kreuz genommen haben. Die Wirkung seiner Rede war um so größer, als er zugleich zur Verfolgung der verhaßten Juden aufforderte. Im August brach eine furchtbare Hetze gegen die unglücklichen Israeliten in den rheinischen Städten aus, welche sich alsbald auch über Franken und Baiern erstreckte. Die Verfolgten nahmen den Schutz des Königs in Anspruch, und dieser gewährte ihnen bereitwillig Nürnberg und andre seiner festen Plätze als Zufluchtsstätten. Auch andere Herren suchten die Bedrängten zu retten, erreichten aber damit meist nichts Anderes, als daß sich die städtischen Bevölkerungen nun auch gegen sie selbst im Aufstande erhoben. Man erlebte ähnliche Gräuel, wie jene, mit denen sich die ersten Kreuzfahrer im Jahre 1097 befleckt hatten,**) und noch Schlimmeres ließ sich befürchten.

*) Anspielung auf Jesaias 4, 1.

**) Vergl. Bd. III. S. 675.

An den heiligen Bernhard gelangten über Radulfs Verfahren sehr gerechtfertigte Beschwerden. Der Abt erschrak, als er die Bewegung, die er im besten Gange glaubte, in solcher Weise ausarten sah. Auf das Entschiedenste verwarf er deshalb in einem Briefe an den Erzbischof Heinrich von Mainz die Anmaßungen des unberufenen Kreuzpredigers. Zugleich sandte er Briefe und Boten an den Rhein, um der Judenverfolgung Einhalt zu thun. Aber zugleich ergriff er die Gelegenheit, nun auch seinerseits in einem großen, mit aller stilistischen Kunst abgefaßten Manifeste die Begeisterung der Deutschen für die Kreuzfahrt anzufachen; nur warnte er davor, daß sich nicht vereinzelte Schaaren voreilig auf den Weg machten. Er rieth kriegstüchtige Führer zu wählen und das Heer zusammenzuhalten, indem er auf das Mißgeschick der zerstreuten Haufen des Eremiten Peter, der Priester Gottschalk und Follmar hinwies.

Damals dachte Bernhard noch kaum daran, selbst nach Deutschland zu gehen. Aber nicht lange nachher entschloß er sich die rheinischen Gegenden aufzusuchen. Es lag ihm daran, dem Treiben Radulfs persönlich entgegenzutreten, der Trierer Fehde, welche der Kreuzpredigt hinderlich war, ein Ende zu machen, und unzweifelhaft vor Allem, König Konrad selbst für die Wallfahrt zu gewinnen.

In Mainz traf Bernhard den unbotmäßigen Mönch an; er wußte ihn zum Schweigen zu bringen und nöthigte ihn sich nach Clairvaux zurückzuziehen. Das Volk, bei dem Radulf großes Ansehen gewonnen hatte, war damit unzufrieden, und würde einen Aufstand erregt haben, wenn nicht die Scheu vor einem Manne, der schon bei Lebzeiten für das Muster aller Heiligkeit galt, es zurückgehalten hätte. Von Mainz ging der Abt nach Frankfurt, wo er gegen Ende des November mit König Konrad zusammentraf. Der König, schon längst mit Bernhard bekannt und ihm vielfach verpflichtet, empfing ihn mit den höchsten Ehren und unterließ kein Zeichen aufrichtiger Ergebenheit. Als eines Tages in dem Dome das Gedränge um den Gottesmann so groß wurde, daß dieser fast erstickte, warf Konrad den Königsmantel ab und trug ihn auf seinem Arm durch die heranstürmende Menge. Bernhard zeigte sich bemüht um die Herstellung des Landfriedens, namentlich um die Beilegung der endlosen Fehde zwischen Albero von Trier und dem Grafen Heinrich, aber er unterließ auch nicht im Geheimen König Konrad anzugehen, daß er selbst für die heiligen Stätten gleich

König Ludwig die Waffen ergreife. Als Konrad erklärte: ein Kreuzzug liege durchaus nicht in seiner Absicht, erwiederte Bernhard zurückhaltend: seine Niedrigkeit zieme nicht in die königliche Majestät zu dringen, und versank in Schweigen.

Aber Bernhard schwieg nur, um zur rechten Zeit wieder zu reden. Einer Einladung des Bischofs Hermann von Konstanz folgend, begab er sich zunächst in die alemanischen Gegenden, um auch dort zur Kreuzfahrt aufzufordern. Seine Predigt hatte hier den gleichen Erfolg, wie aller Orten, und man suchte ihn länger zu fesseln. Aber es war von Anfang an seine Absicht gewesen, den großen Reichstag zu besuchen, welchen der König zum Weihnachtsfeste nach Speier berufen hatte, und deshalb kehrte er rechtzeitig dorthin zurück. Am 24. December traf er in Speier ein und fand dort eine sehr zahlreiche Versammlung von geistlichen und weltlichen Fürsten. Er predigte vor denselben am Weihnachtstage mit der vollen Begeisterung seiner Seele und forderte dabei auch den König namentlich auf, sich dem heilsamen Werke nicht zu entziehen. Konrad, mit ganz anderen Dingen beschäftigt, mit der Beilegung der inneren Wirren, mit dem Kriege gegen Roger und seinen Verpflichtungen gegen Constantinopel — ein Gesandter des griechischen Kaisers war gerade damals am Hofe — ließ die Worte des eifrigen Predigers wirkungslos verhallen. Dennoch machte dieser in der Frühe des 27. December, am Tage des Evangelisten Johannes, bei einem Zwiegespräch mit dem König noch einmal einen Versuch ihn zu erweichen, und Konrads Sinn wurde in der That jetzt schwankend. Der König erklärte die Sache in Betracht ziehen, mit den Fürsten berathen und am andern Tage Antwort geben zu wollen. Doch den Heiligen ließ es nun auch nicht so lange mehr Ruhe; noch an demselben Tage trieb er den König zur Entscheidung, und zwar öffentlich, vor allem Volk.

Während der Messe, als Alles im Dome versammelt war, glaubte Bernhard die Stimme des heiligen Geistes plötzlich in sich zu vernehmen und verlangte dann gegen seine Gewohnheit, ohne zur Rede aufgefordert zu sein, das Wort; der Festtag, sagte er, dürfe nicht ohne Predigt vorübergehen. Und nun begann er vor der versammelten Menge eine Ansprache an den König, wie man eine ähnliche niemals gehört hatte. Ohne Konrads hohe Würde zu achten, stellte er ihm alle Schrecken des jüngsten Gerichts vor die Seele, wie er vor dem

Richterstuhle Christi erscheine und der Heiland zu ihm spräche: „Mensch, was habe ich dir Gutes thun können und habe es nicht gethan?“ Dann zählte er ihm alle Gaben auf, die er dem Herrn verdanke: Macht und Reich, Fülle äußerer und geistiger Gaben, Manneswürde und Körperkraft, und richtete endlich die große Frage in seiner Seele auf, was er dem Herrn einst über den Gebrauch dieser Gaben antworten könne. Unter Thränen rief der König aus: „Ich erkenne die Gaben der göttlichen Gnade und will nicht ferner undankbar erfunden werden. Ich bin bereit dem Herrn zu dienen, da ich von ihm selbst dazu aufgefordert werde.“ Später schrieb er dem Papste: der heilige Geist habe ihn so plötzlich erfaßt, daß er Niemandes Rath habe einholen können; so gewaltig habe Gott ihn mit wunderbarem Finger berührt, daß alle Regungen seiner Seele im Moment von ihm ergriffen seien.

Als der König gesprochen hatte, folgte seinen Worten der durch die Hallen des Doms donnernde Freudenruf der versammelten Menge. Derselbe wiederholte sich, als der König sogleich das Kreuz empfing und der Heilige die Fahne vom Altar nahm und sie ihm überreichte, um sie dem Heere des Herrn vorzutragen. Gleich nach dem Könige bekreuzten sich viele andre Fürsten; unter ihnen auch der junge Friedrich von Schwaben, des Königs Neffe.

Sehr befriedigt verließ Bernhard am 3. Januar Speier. Er nahm seinen Weg nach dem niederen Lothringen und hielt auch hier, wo Radulf bereits mit Erfolg vorgearbeitet, eine reiche Ernte. Auf Schritt und Tritt folgten jetzt dem heiligen Mann Wunder und Zeichen. Schon in Frankreich war seine Predigt von ungewöhnlichen Erscheinungen begleitet gewesen; aber was wollten sie besagen, gegen die Fülle göttlicher Gnadenerweisungen, welche man in den deutschen Ländern zu sehen meinte, wo Bernhard sich zeigte? Ueberall wurden Blinde sehend, Taube hörend, die Krüppel bekamen den Gebrauch ihrer Glieder wieder, und immer von Neuem stimmte das Volk begeistert das Wunderlied an: „Christ uns genade.“ Bernhards Gefährten versuchten die Wunder sorgfältig aufzuzeichnen, aber sie sahen bald die Unmöglichkeit ein, alle aufzufassen und niederzuschreiben. So allgemein der Glaube an diese Wunder damals war, so hat er doch selbst bei den Zeitgenossen nicht recht Bestand gehabt; Viele meinten bald, daß jene Heilungen mehr in psychischen als physischen Gründen beruht hätten und die Gebrechen sich in kürzester Frist wieder gezeigt hätten. Bernhard selbst schien die Zeichen, die Alle sahen, nicht zu sehen; während Alle davon sprachen, vermied er ihrer zu erwähnen. Nur Eines hob er selbst hervor und bezeichnete es als das Wunder der Wunder; es war die Kreuznahme König Konrads.

Nichts hat mehr den Glauben Bernhards, daß die neue Kreuzfahrt ein wahrhaft gottgefälliges Werk sei, gehoben, als dieses Ereigniß. Von nun an verbreitete er die beiden großen Manifeste des Unternehmens — das erwähnte Schreiben des Papstes an die Franzosen und sein eigenes an die Deutschen — nach allen Seiten: nach Böhmen, nach Polen, nach Ungarn, nach Italien, nach England, nach den scandinavischen Ländern, und an allen Orten, wo diese Manifeste bekannt wurden, sammelten sich neue Kreuzfahrer. Aus einem französischen Auszuge nach dem heiligen Grabe, wie man ihn öfters gesehen hatte, wurde eine allgemeine Waffenerhebung des Abendlandes gegen die Ungläubigen, wie eine ähnliche noch nie erlebt war, und schon knüpften sich an dieselbe die ausschweifendsten Hoffnungen von einem vollständigen Siege der abendländischen Kirche im ganzen Osten. Aber nicht der Papst, obwohl er das Unternehmen zuerst angeregt, nicht König Ludwig, obwohl er es zuerst begeistert ergriffen, am wenigsten König Konrad, der nur gezwungen sich angeschlossen, waren es gewesen, welche der Bewegung diesen universalen Charakter gegeben hatten; vielmehr war es, sehr bezeichnend für die Zeit, ein Mönch, der Aller Gedanken auf einen Punkt gerichtet, das ganze Abendland mit einer Idee erfüllt und ein Glaubensheer zusammengebracht hatte, wie es noch nie zuvor gesehen war und das sich noch Tag für Tag vermehrte.

Die Welt schien gleichsam aus den Fugen gerissen; was gestern noch Bedeutung hatte, schien heute sie völlig zu verlieren. Alle Pläne, mit denen man sich lange getragen, waren durchkreuzt, und man stand einer unberechenbaren Zukunft gegenüber. Die Mehrzahl malte sich dieselbe in süßer Trunkenheit mit den glänzendsten Bildern aus. Der Geist des Pilgergottes — man erfand damals diesen wunderbaren Ausdruck — hatte Alles ergriffen; Unzählige fühlten sich wie neugeboren, daß sie endlich alle Sündenschuld abwerfen und sich unerträglichen Verhältnissen entziehen konnten.

Aber es fehlten auch nicht Männer, welche mit Besorgniß den

mächtigen Umschwung der Dinge sahen. Selbst des Königs eigener Bruder Friedrich war mit dem Entschlusse desselben unzufrieden, und noch mehr zürnte er darüber, daß er seinem einzigen Sohne erster Ehe die Erlaubniß zur Kreuzfahrt ertheilt hatte. Denn im Angesicht seines nahen Endes hatte der alte Schwabenherzog diesem Sohne bereits die Verwaltung seines Landes übertragen und ihm den Schutz seiner zweiten Gemahlin und ihrer Kinder anvertraut. Trotz seiner schweren Krankheit war er selbst nach Speier gekommen; aber mit Unmuth sah er die immer wachsende Bewegung, und selbst ein Besuch des heiligen Bernhard änderte nicht seine Stimmung. In tiefer Bekümmerniß starb er nicht lange nachher und wurde in der Abtei S. Walpurgis beerdigt, welche einst sein Vater mit dem Grafen Peter von Luxemburg begründet hatte*). Er selbst war Vogt dieses Klosters gewesen; den benachbarten Ort Hagenau hatte er erst begründet. Wie weit lagen die Zeiten zurück, wo er die alten Rechte des Kaiserthums gegen das emancipirte Papstthum mit dem Schwerte verfochten hatte!

Wunderbar genug, selbst der Papst, der zu der Kreuzpredigt doch den ersten Anstoß gegeben hatte, in dessen Namen sie weiter und weiter erging, war mit dem Umfange, welchen die Bewegung bereits angenommen hatte, nicht zufrieden. Schon in dem Rigorismus, welchen er im Jahre 1146 gegen mehrere der vornehmsten französischen Bischöfe wegen Uebertretung kirchlicher Formen zeigte, sah der heilige Bernhard ein Hemmniß des Unternehmens; der Papst mochte damals ein solches nicht beabsichtigt haben, aber gewiß ist, daß er König Konrads Kreuzfahrt, wenn er es vermocht hätte, ganz verhindert haben würde. Alle seine Hoffnungen auf die Wiederherstellung seiner Macht in der Stadt hatten schon seit längerer Zeit darauf beruht, daß Konrad demnächst über die Alpen käme, und in diesen Hoffnungen sah er sich schmerzlich enttäuscht. Sobald er die Kunde von den Speirer Vorgängen erhielt, verließ er die Nähe Roms und Italien; er nahm seinen Weg nach Frankreich, schickte aber zugleich den Cardinalbischof Dietwin nach Deutschland mit einem Schreiben an König Konrad, in welchem er sich beschwerte, daß dieser den Entschluß zu einem so schwierigen und weitaussehenden Unternehmen ohne Berathung mit dem apostolischen

*) Am 6. April 1147. Der Ort des Todes ist unbekannt; vielleicht war es Hagenau.

Stuhl gefaßt habe. Wir wissen, wie sich der König dem gegenüber auf die Eingebung des heiligen Geistes berief, und der Papst konnte einem solchen Einwand schwer entgegentreten. Dennoch fehlte viel daran, daß er seine Enttäuschung vergessen hätte. Der König ersuchte den heiligen Vater um eine Zusammenkunft am 18. April in Straßburg, damit sie dort gemeinsam für Kirche und Reich die erforderlichen Anordnungen träfen: der Papst schlug die Bitte ab.

Der heilige Bernhard war es, welcher die Mißklänge zwischen den beiden Häuptern des Abendlandes zu lösen hatte, und wie viele andere Schwierigkeiten sollte er außerdem noch beseitigen! Auf seinen Schultern schienen gleichsam die Geschicke des Orients und des Occidents zu ruhen — und mochte sein Genie sich nie glänzender offenbart, seine Rede nie gewaltiger gewirkt, seine Person nie mehr die Massen gefesselt, sein Selbstbewußtsein sich nie mehr bethätigt haben, es waren doch die Schultern eines gebrechlichen Mannes, der schon auf mehr als ein halbes Jahrhundert zurücksah.

Wenn zu irgend einer Zeit, hatte sich in den letzten Jahren der allgemeinen Verwirrung gezeigt, daß diese Welt aus harten Stoffen gebildet ist und sich im Zusammenstoße derselben namenloses Elend entwickelt. Sollte nun wirklich ein Mönch, der schon früh dem trostlosen Welttreiben den Rücken gewendet hatte und in den himmlischen Dingen lebte, das rechte Wort gefunden haben, um das Chaos zu ordnen? Sollte der heilige Krieg gegen die Ungläubigen das rechte Mittel sein, um allen den ziel- und maßlosen Streitigkeiten unter den Gläubigen selbst ein Ende zu bereiten?

12.

Rüstungen und Aufbruch zur Kreuzfahrt.

Ein Jahr zuvor hatte Otto von Freising seine Chronik mit dem Geständniß geschlossen: die Erinnerung an die letztvergangenen Zeiten, die Bedrängniß der Gegenwart und die Besorgniß vor der Zukunft erfüllten ihn mit Lebensüberdruß, und er würde glauben, daß bei so viel Sündenschuld und einem solchen Geiste allgemeiner Auflehnung die Welt nicht mehr lange würde bestehen können, wenn die Verdienste jener heiligen Männer nicht wären, deren klösterliche Verbindungen auf dem ganzen Erdkreise gerade in höchster Blüthe ständen. Aber wir wissen von Otto selbst, daß er schon wenige Monate nachher, als der Ruf zur Kreuzfahrt erschollen war, sein Werk wieder aufnehmen und in ganz anderem Sinne fortführen wollte; denn es schien ihm plötzlich ein ganz neuer Geist über die Welt gekommen, der Friede statt Streit, Glück statt Elend über die Menschheit bringe. Dem guten Bischof, bald selbst in die Bewegung hineingerissen, fehlte die Zeit sein Vorhaben auszuführen, und bald sah er die Zeitereignisse abermals in verändertem Lichte; dennoch dachte er noch nach Jahren an die wunderbare Veränderung, welche die Kreuzpredigt in den deutschen Verhältnissen hervorgebracht hatte.

Der König hatte sich im Februar 1147 nach Baiern begeben, um einen großen Hoftag in Regensburg abzuhalten. In seinem Gefolge war der Abt Adam von Ebrach, welchem der heilige Bernhard die Kreuzpredigt in Ostfranken und Baiern übertragen hatte. Vor den zu Regensburg Versammelten verlas Adam die bekannten Manifeste des Papstes und des Abtes von Clairvaux, und es bedurfte kaum mehr, um fast alle Anwesenden zur Annahme des Kreuzes zu bewegen. In derselben Stunde geschah es von den Bischöfen Otto von Freising, Reginbert von Passau, Heinrich von Regensburg, dem erbittertsten Feinde des Babenbergers Herzog Heinrich, von diesem selbst und unzähligen Grafen, Herren und Rittern Baierns. Und in derselben Stunde hatte auch die gräuliche Fehde, welche so lange das Land verwüstet, ihr Ende erreicht. Viele, die sich seit Jahren im Bürgerkriege vom Raube genährt, widmeten ihr Schwert jetzt der heiligen Sache. Nicht für die Ruhe Baierns allein, sondern für die des ganzen Reichs war es von größter Bedeutung, daß auch Graf Welf schon vorher am Weihnachtsfeste auf seiner Burg Pelting, unweit des welfischen Klosters Steingaden, das Kreuz genommen hatte.

Und immer weiter ging die Kreuzpredigt nun von Baiern aus nach dem Osten. Markgraf Ottokar von Steiermark, Graf Bernhard vom Lavantthal, ein hochangesehener Herr in Kärnthen, dann der Böhmenherzog Wladislaw mit seinem Bruder Heinrich und seinem Vetter Spitigneus, der Bischof Heinrich von Olmütz und viele andre Große Böhmens wurden für den heiligen Kampf gewonnen. Auch in Sachsen und den angrenzenden

Ländern machte sich die Bewegung bereits aller Orten bemerklich und griff weiter und weiter um sich.

Indessen war König Konrad mit dem französischen Hofe in Verbindung getreten, um über den nach dem Orient einzuschlagenden Weg zu verhandeln; denn ein Auszug des ganzen Heeres nach einem gemeinsam festgestellten Plane war von Anfang an in Aussicht genommen, um die Unfälle früherer Kreuzfahrten zu vermeiden. Schon im Laufe des vorigen Jahres hatte König Ludwig über den Durchzug des Heeres mit dem griechischen Kaiser, mit dem König von Ungarn und mit Roger von Sicilien Unterhandlungen gepflogen und von allen Seiten günstige Antworten erhalten; namentlich hatte sich König Roger erboten Lebensmittel, Schiffe und alle Erfordernisse dem Heere zu stellen, welches er selbst oder sein Sohn begleiten wollte. Die Franzosen scheinen geneigt gewesen zu sein, auf die Anerbietungen Rogers einzugehen; dennoch machte man sich auf einer Versammlung, die zu Chalons am 2. Februar 1147 gehalten wurde und auf welcher König Ludwig, Abt Bernhard, Gesandte König Konrads und Welfs mit vielen französischen und deutschen Herren gegenwärtig waren, mindestens darüber schlüssig, daß der deutsche Theil des Heeres den Weg durch Ungarn nehmen solle, während man über den Weg des französischen Heeres noch keinen festen Entschluß faßte; die Zeit des Aufbruchs wurde vorläufig auf Ostern bestimmt. Bald darauf erschienen Gesandte von König Roger und dem griechischen Kaiser am französischen Hofe; Beide machten aufs Neue die günstigsten Anerbietungen, wenn das französische Heer durch ihre Länder ziehen würde. Mit den Gesandten wurde auf einer Reichsversammlung zu Etampes am 16. Februar verhandelt. So sehr hier Rogers Gesandten auf den Seeweg drangen, gewann dennoch endlich die Meinung die Oberhand: man dürfe sich von dem deutschen Heere nicht völlig trennen, sondern müsse gleich demselben den Landweg durch Ungarn und das byzantinische Reich nehmen, denselben Weg, welchen auch die ersten Kreuzfahrer eingeschlagen hatten. Der Aufbruch der Franzosen wurde jetzt endgültig auf Pfingsten (8. Juni) festgestellt; acht Tage nach dem Feste sollte das gesammte Heer sich zu Metz um den König sammeln. Zum Reichsverweser für die Zeit der Abwesenheit Ludwigs wurde Abt Suger bestellt und ihm der Erzbischof Samson von Reims und Graf Rudolf von Vermandois zur Seite gesetzt.

Um ähnliche Anordnungen für den deutschen Auszug und das deutsche Reich zu treffen, berief König Konrad einen Reichstag auf den 19. März nach Frankfurt. Sehr zahlreich erschienen die Fürsten aus allen Theilen des Reichs; bei der Wichtigkeit der Berathungen hatte sich auch Abt Bernhard abermals eingestellt. Der Zug durch Ungarn stand trotz des feindlichen Verhältnisses zu König Geisa fest; man beschloß aber nicht den Auszug des französischen Heeres abzuwarten, sondern ihm voranzugehen und erst in Constantinopel die Vereinigung mit demselben zu bewerkstelligen. Zum Sammelplatz wurde Regensburg gewählt; wie es scheint, setzte man die Mitte des Mai jetzt als Termin des Ausmarsches fest, wo man dann einen Vorsprung von etwa vier Wochen vor den Franzosen gewann.

Aber schon waren die sächsischen Herren, welche in großer Zahl das Kreuz genommen hatten, von dem Gedanken zurückgekommen, sich dem großen nach Osten ziehenden Heere anzuschließen; wenn sie einen Glaubenskrieg führen sollten, glaubten sie ihre Schwerter besser gegen die ihnen benachbarten heidnischen Wenden, als gegen die Ungläubigen in weiter Ferne, zu gebrauchen. So sehr Bernhard jeder Zersplitterung des Heeres abgeneigt war, meinte er doch auf den Gedanken der Sachsen eingehen zu müssen und erklärte nach der ihm ertheilten allgemeinen Vollmacht, daß Alle, die auszögen, um die Feinde Christi jenseits der Elbe entweder zu vernichten oder vollständig der Kirche zu unterwerfen, desselben Ablasses theilhaftig sein würden, welcher den Kämpfern für das heilige Grab gewährt sei. Nicht Wenige, die bereits das Kreuz trugen, erklärten sich nun für die Fahrt gegen die Wenden; unter ihnen war auch Bischof Heinrich von Olmütz. Andre, die noch schwankend gewesen waren, entschlossen sich jetzt rasch zu dem Gelübde und empfingen das auf einem Kreise stehende Kreuz*), das besondere Abzeichen für die Wendenfahrt. Um die Theilnahme für dieselbe in noch weiteren Kreisen zu erregen, erließ Bernhard ein besonderes Manifest; man beschloß es nach allen Seiten zu verbreiten und durch die Bischöfe und Priester dem Volke bekannt zu geben. Sehr bemerkenswerth ist, daß in diesem Manifeste der Ablaß an die ausdrückliche Bedingung geknüpft wurde, daß die Kreuzfahrer ausdauerten, bis das ganze Wendenvolk vernichtet oder dem Christen-

*) Der Kreis bedeutete die Welt, über welche das Kreuz erhöhet war.

ihum unterworfen wäre; jede besondere Abkunft Einzelner mit Einzelnen wurde streng untersagt und den Erzbischöfen und Bischöfen zur besonderen Pflicht gemacht eine solche unter keiner Bedingung zu dulden. Um den Peter- und Paulstag (29. Juni) sollte sich das Heer der Wendenfahrer bei Magdeburg sammeln.

Eine große Wohlthat für das Reich war, daß zu Frankfurt ein allgemeiner, vollständiger Friede für den ganzen Umfang desselben hergestellt, daß alle Fehden beigelegt wurden. Die Stellvertretung des Königs für die Zeit seiner Abwesenheit wurde seinem etwa zehnjährigen Sohne Heinrich übertragen und dieser einmüthig zugleich zum König erwählt. Die Pflegerschaft über denselben nahm, auf frühere Vorgänge gestützt, der Erzbischof Heinrich von Mainz in Anspruch, und man gestand sie ihm zu; in Wahrheit aber ging die Besorgung der Reichsangelegenheiten wesentlich auf den Abt Wibald von Stablo und den Notar Heinrich über, auf deren unmittelbare Dienstleistungen der junge König verwiesen wurde.

Bei der Königswahl scheint der Herzog Heinrich von Sachsen Schwierigkeiten erhoben und ein Entgelt für seine Zustimmung in Anspruch genommen zu haben. Denn wir wissen, daß er auf diesem Reichstage zuerst mit der Forderung hervortrat, daß ihm das seinem Vater angeblich mit Unrecht entzogene Herzogthum Baiern zurückgegeben werde. Mit großer Geschicklichkeit wußte der König jedoch den jungen Fürsten zu bestimmen, diesen Anspruch mindestens bis nach beendeter Kreuzfahrt ruhen zu lassen.

Während der König mit seinem Sohne nach Aachen zog, wo er Mittfasten (23. März) denselben feierlich krönen ließ, unterrichtete er den Papst von den zu Frankfurt gefaßten Beschlüssen durch Bischof Bucco von Worms, Bischof Anselm von Havelberg und Abt Wibald von Stablo. Diese fanden den Papst am 30. März zu Dijon, wohin ihm König Ludwig entgegengekommen war, um ihn mit den ausschweifendsten Ehren zu empfangen. Der Papst willigte in die Heerfahrt gegen die Wenden und machte die Betheiligung an derselben dem Abte von Stablo zur Pflicht; zugleich ernannte er zu seinem Legaten für diesen Zug Anselm von Havelberg, damit er die Eintracht zwischen den ausziehenden Fürsten erhalte und dafür sorge, daß die Aufgabe des Heeres vollständig erfüllt werde. Durch ein Schreiben, am 11. April im Gebiet von Troyes erlassen, gab er dies bekannt. Er war damals auf dem Wege nach Paris; denn er hatte die Einladung König Konrads nach Straßburg, wie bereits erwähnt, abgelehnt und beabsichtigte mit König Ludwig das Osterfest zu St. Denis zu feiern.

König Konrad feierte das Fest (20. April) zu Bamberg. Zu derselben Zeit begannen sich aller Orten die Pilgerschaaren zu sammeln; dabei kam es leider abermals zu Judenverfolgungen. So hatten die Pilger in Würzburg, wo die Juden bis dahin nicht beunruhigt worden waren, am 24. Februar einen Aufstand veranlaßt, bei dem viele Israeliten in der grausamsten Weise niedergemetzelt wurden.

Am 24. April hielt der König einen Hoftag in Nürnberg; er traf hier die letzten Bestimmungen für die Zeit seiner Abwesenheit und verabschiedete sich von den Fürsten, welche an dem Zug nicht Antheil nahmen. Mit Herzog Friedrich von Schwaben und allen denen, die ihm folgen wollten, begab er sich dann nach Regensburg. Hier traf er mit Herzog Heinrich von Baiern, den Bischöfen von Freising, Passau und Regensburg, dem Grafen Welf und vielen andern Herren zusammen. Sie alle führten zahlreiche bewaffnete Schaaren mit sich. Aus Franken, Baiern und Schwaben bestand hauptsächlich das Heer, mit welchem der König bald nach der Mitte des Mai aufbrach. Er selbst fuhr mit einem Theil der Ritter zu Schiff die Donau herab; der Rest des Heeres folgte am Ufer. Das Himmelfahrtsfest (29. Mai) feierte Konrad zu Ardaker, unterhalb Linz, und verweilte hier einige Tage, weil noch neue Schaaren von allen Seiten herbeiströmten. Hart an der Grenze Ungarns, unweit der Fischa, beging man Pfingsten (8. Juni) und verließ gleich nachher den deutschen Boden.

Um dieselbe Zeit schickte sich König Ludwig, nachdem er Pfingsten mit dem Papste zu St. Denis gehalten, zur Kreuzfahrt an. Am 11. Juni nahm er dort vom Altar die Pilgertasche und die Oriflamme, das Banner Frankreichs; der Papst ertheilte dem Könige in feierlicher Weise den Segen zum heiligen Kampfe. Am folgenden Tage reiste Ludwig ab, begleitet von seinem Bruder, dem jungen Grafen Robert von Perche, von seiner Gemahlin, der schönen Eleonore, und andren fürstlichen Frauen. Viele der vornehmsten Barone und stattlichsten Ritter Frankreichs folgten dem königlichen Zuge; auch mehrere Bischöfe schlossen sich an, unter ihnen der hitzige Gottfried von Langres. Ohne Aufenthalt ging man nach Metz, wo sich von allen Seiten die Schaaren der französischen Kreuzfahrer sammelten. Auch die oberlothringischen Herren trafen hier ein, um gemeinsam mit den Franzosen auszuziehen: an ihrer Spitze Bischof Stephan von Metz und sein Bruder Graf Reginald von Mousson, Bischof Heinrich von Toul und Graf Hugo von Vaudremont. Graf Amadeus von Maurienne und sein Stiefbruder Markgraf Wilhelm von Montferrat, beiden Königen verwandt, hatten sich ebenfalls in Metz mit ihren Schaaren eingestellt, um sich dem französischen Heere anzuschließen. Aber sie gaben, da man schon um die Verpflegung der stets wachsenden Heereshaufen besorgt war, ihre Absicht auf und nahmen einen andern Weg durch Norditalien.

Um den 20. Juni brach das französische Heer von Metz auf und kam am 29. Juni an den Rhein bei Worms. Bei der Ueberfahrt geriethen die Franzosen in Händel mit den Wormser Bürgern; dann setzten sie ohne weitere Behinderung ihren Weg über Würzburg und Regensburg fort. Sie folgten von hier bis an die Grenzen Ungarns derselben Straße, welche Konrads Heer genommen hatte. Alles war wohl vorbereitet, die Brücken im Stande, auch an Zufuhr fehlte es nicht; es schien eine Lustfahrt mehr, als ein Abenteuer. Um die Mitte des Juli hatten die Letzten dieser Kreuzfahrer den deutschen Boden verlassen: da krochen die Juden aus ihren Verstecken hervor und suchten ihre alten Wohnungen und ihre Habe wieder auf.

Mit scheuen Blicken hatten die Juden auf diese unermeßlichen Kriegsschaaren geblickt, aber die Christen erfüllte der Anblick der Kreuzheere mit freudigen Hoffnungen. Der Propst Gerhoh von Reichersberg gehörte nicht zu denen, welche Alles bei diesem Unternehmen im hellsten Lichte sahen, aber doch hob sich seine Brust höher, wenn er der allgemeinen Begeisterung und des glänzenden Auszugs gedachte. „Wetteifernd," schrieb er „stürzen sie sich in den Kampf, um das Schwert gegen die Ungläubigen zu führen, die sich gegen das Grab des Herrn erhoben haben: viele tausend Deutsche, voran ihr König, viele tausend Franzosen und an ihrer Spitze gleichfalls ihr König; und sie führen alle das Zeichen des Kreuzes, welches einst die Welt überwunden, an Helm, Schild und Fahne, und außer und neben ihnen noch unzählige Schaaren aus allen Nationen."

Schwer ist es, auch nur in runder Zahl die Größe des Heers zu bezeichnen. Einige Schriftsteller melden, daß der griechische Kaiser später beim Uebergange über den Bosporus eine Zählung der deutschen

Schaaren habe veranstalten lassen und man da über 900,000 Kreuzfahrer gefunden habe; bestimmter geben Andere an, man habe 70,000 Mann in voller Rüstung gezählt, ohne die Leichtbewaffneten und den wehrlosen Troß in Anschlag zu bringen. Ueber die Zahl des französischen Heers fehlen alle weiteren Angaben, als daß König Ludwig fast 60,000 Mann auf dem Zuge verloren haben soll. Die ganze Masse der nach dem Orient ausziehenden Kreuzfahrer wird von dem eben genannten Propst Gerhoh auf 7 Millionen unfehlbar mit großer Uebertreibung geschätzt, aber man wird kaum irren, wenn man etwa eine Million Pilger annimmt, die sich damals mit den Königen dem gelobten Lande zuwandten.

Die Heere der Könige umfaßten jedoch bei Weitem nicht Alle, welche das Kreuz genommen hatten. Noch später sind besondere Schaaren französischer Herren, wie die des Grafen Alfons Jordan von St. Gilles, in den syrischen Häfen gelandet; und in Deutschland blieben alle diejenigen zurück, welche die Fahrt gegen die Wenden vorzogen. Eine größere Zahl Kreuzfahrer niederen Standes, meist aus der Gegend von Köln, aus Niederlothringen und Westfalen, war bereits früher unter der Leitung des Grafen Arnulf von Arschot, eines Verwandten des Herzogs Gottfried, aufgebrochen. Sie hatten sich schon vor Ostern in Köln gesammelt, hier eingeschifft und dann sich einer Flotte von 164 Schiffen angeschlossen, welche flandrische und englische Wallfahrer nach dem gelobten Lande führen sollte und am 23. Mai bei Dartmouth in See ging. In der Nacht vor Himmelfahrt war diese Flotte auf dem Ocean von einem Sturme überfallen und die Schiffe an die asturische Küste verschlagen worden. Langsam fuhren sie an den Küsten Galliziens und Portugals weiter, bis sie am 16. Juni bei Oporto an die Mündung des Duero kamen, wo sie ruhten, um die zerstreuten Schiffe zu sammeln. König Alfons sah in den Pilgerschaaren eine ihm wie von Gott selbst gesandte Hülfe, um Lissabon den Händen der Ungläubigen zu entreißen, und die Pilger boten gern ihre Dienste zu einem Unternehmen, welches ihrem Gelübde so wohl zu entsprechen schien. In derselben Zeit, wo die französischen Kreuzheere in Worms eintrafen, stießen die englischen, flandrischen und lothringischen Wallbrüder zu den Portugiesen, welche die Belagerung Lissabons bereits begonnen hatten. Nach monatelangen Mühen wurde Lissabon glücklich von den Christen genommen.

Offenbar hatte die Kreuzpredigt eine so weit und so tief greifende kriegerische Bewegung im Abendlande erregt, wie man seit den Tagen der Völkerwanderung nie eine ähnliche gesehen hatte. Weniger auffallend ist diese Wirkung in Frankreich; denn hier hatten noch alle die Motive des ersten Kreuzzugs ihre frühere Kraft, und hierzu kam die Theilnahme, welche die Bedrängnisse der großen französischen Colonie im Orient naturgemäß im Mutterlande erwecken mußten. Befremdlicher ist auf den ersten Blick die Erregung in den deutschen Ländern, wo die Kreuzpredigten bisher niemals so gewaltig die Massen fortgerissen hatten. Aber es hatten eben jene Ideen und Lebensverhältnisse, welche einst das Unternehmen Urbans II. in Frankreich begünstigt hatten, inzwischen auch bei uns immer breiteren Boden gewonnen. Wenn die deutschen Könige sich den Geboten der Päpste und ihrer Legaten willig fügten, wenn die Großen wetteiferten Cistercienser- und Prämonstratenser-Klöster auf ihrem Grund und Boden zu errichten und reichlich auszustatten: wie hätten da nicht jene kirchlichen und geistlichen Anschauungen, welche die romanischen Nationen beherrschten, auch in Deutschland zur Macht gelangen sollen? Und zugleich hatte das französische Ritterwesen mit allen seinem Glanze, seinem phantastischen Zauber, seiner Leichtfertigkeit und Gewaltthätigkeit weithin in den deutschen Ländern Verbreitung gefunden. Unter dem Einflusse desselben arbeitete sich der Stand der Ministerialen mächtig empor; auf ihre Waffenehre und ihr Waffenrecht pochend, traten diese Männer unfreier Geburt keck schon als Herren den Herren zur Seite; die Fehde und das Abenteuer boten recht eigentlich den nährenden Boden für ihr Gedeihen.

Die Masse derer, die im Ritterhandwerk lebten, stieg von Jahr zu Jahr, und da sie in äußeren Kriegen keine hinreichende Beschäftigung fand, hatte sie sich in der letzten Zeit durch jene endlosen Fehden genährt, welche die Regierung Konrads erfüllten. Nun aber bot sich ein neues glänzendes Unternehmen dar, welches tausend Hoffnungen erregte, die Phantasie mit den reizendsten Bildern erfüllte; je stattlicheren Gewinn, je reicheren Wechsel an Abenteuern es verhieß, desto begieriger wurde es ergriffen. Aber noch größer war dennoch die Zahl derer, namentlich in den niederen Ständen, welche die bittere Noth auf die Wanderung trieb. Welcher Antrieb, den Pilgerstab zu ergreifen, lag nicht für alle Verschuldeten schon darin, daß der Papst ihnen die Zahlung aller Zinsen erließ? Und viele Tausende entflohen geradezu dem Hungertode, indem sie den heimischen Boden verließen. In den niederlothringischen und friesischen Gegenden war die überaus dichte Bevölkerung schon seit Jahren durch Ueberschwemmungen und Mißwachs in so furchtbare Armuth gerathen, daß sich immer von Neuem ganze Schaaren von Bauern zur Auswanderung in die Weser- und Elbländer oder in noch weitere Ferne entschlossen hatten.

Welche weltlichen Beweggründe aber auch auf die Einzelnen wirken mochten, Alle glaubten doch zugleich ein Gotteswerk zu thun, indem sie den Kampf gegen die Ungläubigen auf sich nahmen, und Viele meinten, daß sie nur so eine ihre Herzen schwer drückende Last abschütteln konnten. Es hatte in Deutschland in der letzten Zeit Anatheme gleichsam geregnet; denn jede Antastung des Klerus oder geistlichen Güter galt als ein fluchwürdiges Verbrechen, und doch war in den inneren Fehden Nichts gewöhnlicher gewesen. Selbst über die nächsten Angehörigen der Könige war der Bann der Bischöfe und des Papstes verhängt worden. Der Kreuzzug bot ein Mittel, sich leicht vom Anathem zu lösen, und nicht gering ist die Zahl derer gewesen, welche aus diesem Grunde zum Kreuze griffen.

Wir wissen, daß viele Ausziehende, die nie zurückzukehren gedachten, ihre Güter verkauften und diese dann größtentheils von den Kirchen und Klöstern erstanden wurden. Andere vermachten für den Fall, daß sie in dem Kriege den Tod fänden, bedeutende Besitzungen den geistlichen Stiftungen, wie z. B. der junge Regensburger Domvogt Friedrich dem Kloster Admunt. Da nun auch der Papst die Verpfändung von Besitzungen, die nicht in freiem Eigenthum standen, an die Kirchen in aller Weise erleichtert hatte, so zog die Kirche aus dem Unternehmen mindestens einen großen materiellen Gewinn, wie wenig sie auch die sonst von dem Gotteskriege erhofften Vortheile erlangte, deren sie freilich zum großen Theile durch eigene Schuld verlustig ging.

Man konnte keine buntere und verworrenere Massen sehen, als wie sie damals auszogen. „Ungeschieden liefen durch einander Männer und Weiber", sagt ein Zeitgenosse, „Arme und Reiche, Fürsten und Herren mit ihren Rittern, Kleriker und Mönche mit ihren Bischöfen und Aebten". Das Mitziehen der Frauen erregte besonderes Aergerniß, und man hat später das ganze Mißlingen des Unternehmens darauf zurückführen wollen. Von vornehmen deutschen Frauen, die sich gleich den Damen Frankreichs der Wanderung angeschlossen, wird allerdings Nichts berichtet; dennoch unterliegt es kaum einem Zweifel, daß auch unter die deutschen Schaaren sich viele Weiber gemischt hatten. Nichts war in der Folge den Griechen auffälliger, als diese weiblichen Kreuzfahrer, wie sie rittlings auf ihren Pferden saßen, mit Speer und Schild gewaffnet, mit martialischer Miene zum Kampfe herausfordernd. Sie glaubten neue Amazonen zu sehen und selbst eine andere Penthesilea in einer stattlichen Dame zu erkennen, welche sie nach dem reichen Goldsaum ihres Gewandes „Goldfuß" nannten.

Bei so ungleichartigen Massen, die überdies durch Sprachen und Sitten getrennt waren und in welchen sich die nationalen Gegensätze in jedem Augenblick geltend machten, hätte es vor Allem einer kräftigen Oberleitung bedurft; aber an einer solchen fehlte es ganz. König Konrad, so gern er sonst den Vorrang seiner Stellung hervorhob, hat die militärische Leitung des Zugs nie in ihrem ganzen Umfange in Anspruch genommen, und König Ludwig, so willfährig er auch dem älteren und erfahreneren Konrad war, blieb durchaus selbstständig in der Führung der Schaaren, die ihm gefolgt waren. Zwei gesonderte Heere operiren so neben einander, und nicht selten geschieht es, daß sich einzelne Haufen von dem einen Heere trennen und dem anderen anschließen. Von einer das Ganze zusammenhaltenden Autorität läßt sich auch nicht eine Spur entdecken.

Nach der ganzen Natur des Unternehmens hätte die oberste Leitung auch nur von Rom selbst geübt werden können; wenn nicht der Papst selbst, mußte mindestens ein Legat als sein Stellvertreter die Heere zusammenhalten, wie es im ersten Kreuzzuge geschehen war. Niemand wäre unfraglich hierzu geeigneter gewesen als der heilige Bernhard. Und wie hätten auf ihn sich nicht schon damals die Blicke richten sollen, da man ihn noch später für eine ähnliche Stellung ins Auge faßte? Und wie hätte er sich einem Unternehmen entziehen können, welches er vor Allen in das Leben gerufen, sobald man nur ihn verlangte? Aber der Papst, ohnehin von argwöhnischer Natur, scheint den Uebereifer und die Uebermacht des Abts von Clairvaux bereits gefürchtet zu haben. Nicht in Bernhards und überhaupt nicht eine Hand legte er die Legation, sondern bestellte beim Heere zwei apostolische Legaten, den Cardinalbischof Dietwin und den Cardinalpriester Guido von Florenz; Beide sollten besonders darauf Bedacht nehmen, die Könige im Einverständniß zu erhalten, und in allen geistlichen und weltlichen Dingen sie unterstützen. Der Papst knüpfte anfangs an den Kreuzzug noch besondere Hoffnungen für eine Wiedervereinigung der morgen- und abendländischen Kirche und beauftragte deshalb den Bischof Heinrich von Olmütz, der in hohem Grade das Vertrauen König Konrads genoß, diesen für seine Unionspläne zu gewinnen. Als der Olmützer dann nicht mit nach dem Orient zog, gab Eugen sogleich jene Hoffnungen auf. Auch sonst hat er dem Kreuzzuge kaum mehr thätige Theilnahme zugewendet; er folgte dem Gange der Dinge nicht ohne Mißtrauen, namentlich gegen den deutschen König.

Die Legaten des Papstes haben in den königlichen Heeren eine sehr untergeordnete Rolle gespielt. Der Schwabe Dietwin galt den Franzosen, da er ihre Sprache nicht verstand, als ein Barbar. Der Florentiner verkehrte leichter mit ihnen, mied aber, ein Freund der Bücher und philosophischer Disputationen, gern das Getümmel des Kriegs. Weit überflügelten den Einfluß der apostolischen Legaten zwei französische Bischöfe, die sich mit Unrecht besonderer Vollmachten des Papstes berühmten: Gottfried von Langres und Arnulf von Lisieur, beide beredt, von glänzenden Gaben und bestechender Erscheinung, aber doch von Grund aus verschiedene Naturen. Gottfried, früher Prior von Clairvaur und nach seinen Worten der Vertraute des heiligen Bernhard, der ihm die Sorge für den König besonders empfohlen habe, war ein vorstürmender, kampflustiger Geist, der keine Gefahren achtete und in flammender Rede zu jedem Wagniß drängte; Arnulf war ein witziger Kopf, ein gewandter Hof- und Geschäftsmann, der nüchtern die Lage der Dinge in Betracht zog und jeden Enthusiasmus zu dämpfen wußte. Niemals dachten und nie thaten diese beiden Männer dasselbe; was der Eine sagte, dem widersprach der Andere, und doch wußten sie gleichmäßig ihren Einfluß zu behaupten. Nichts, meint ein Zeitgenosse, sei verderblicher gewesen, als dieser Zwiespalt, und er mißt es ihm hauptsächlich bei, wenn sich die Anfangs rühmliche Zucht im französischen Heere mit der Zeit völlig auflöste.

In diesen persönlichen Zwiespalt traten nun, ihn schärfend, alle die Gegensätze hinein, die sich mit Nothwendigkeit aus dem Unternehmen selbst und aus den politischen Verhältnissen, in die es eingriff, entwickeln mußten. Ob sich König Ludwig auch um die Erhaltung des guten Einvernehmens mit den Deutschen redlich bemühte; schon auf europäischem Boden zeigte sich, wie schwer ein gemeinsames Handeln beider Heere zu erreichen sei. Vielfach traten Spannungen und Spaltungen ein, und in ihnen neigten die Lothringer meist auf die französische Seite. Wichtiger noch war, daß der gleichzeitig ausbrechende Kampf zwischen Roger und Constantinopel nicht nur bei den Deutschen und Franzosen eine sehr verschiedene Stimmung hervorrief, sondern auch unter den Franzosen selbst Parteiungen erregte.

Wiederholt hatte König Roger Versuche gemacht, die Gefahr zu beschwören, welche ihm aus dem Bunde Constantinopels mit dem deutschen Reiche und Venedig drohte. Noch in den letzten Zeiten des Kaisers Johannes hatte er mit diesem Verhandlungen wegen einer Verbindung seines Sohnes mit einer Fürstin aus kaiserlichem Geblüt angeknüpft. Ehe diese Verhandlungen noch zu einem Resultat gediehen waren, starb Johannes; sie wurden aber von Emanuel alsbald wieder aufgenommen, welcher den Basilius Xerus nach Sicilien sandte, um Vereinbarungen mit dem Normannen zu treffen. Hierbei soll der Gesandte seine Vollmachten überschritten haben; der Kaiser verläugnete ihn und ließ sogar die Gesandten Rogers, welche sich über den Treubruch der Griechen beschwerten, in den Kerker werfen. Gerade damals brachte Emanuel durch die Vermählung mit Bertha von Sulzbach seinen Bund mit Konrad zu völligem Abschluß, und Roger sah sich nur der Frage gegenüber, ob er den Krieg selbst beginnen oder den Angriff abwarten solle. Er lag zu jener Zeit im Kampfe mit den Ungläubigen an der nordafrikanischen Küste und hatte namhafte Erfolge errungen. Susa, Bona, Gabes, Sfax waren in die Hände der Normannen gefallen, zuletzt auch Tripolis; zu derselben Zeit entriß Roger dem Islam diesen wichtigen Platz, wo Edessa den Christen verloren ging. Dennoch machte er jetzt mit den Bekennern des Islams Frieden, um gegen Constantinopel und die griechische Christenheit freie Hand zu gewinnen; er rüstete sich zum Kampfe gegen Constantinopel.

Mitten in Rogers Vorbereitungen für ein ähnliches Unternehmen im Osten, wie es einst von Robert Guiscard und Bohemund ausgegangen, war die neue Kreuzpredigt getreten. Wir kennen seine Bemühungen, um die Heere der Kreuzfahrer nach Italien zu ziehen; seine Absicht konnte dabei keine andere sein, als diese Heere gegen Constantinopel zu gebrauchen. Er hatte am französischen Hofe warme Freunde —

zu ihnen gehörte besonders Bischof Gottfried — dennoch waren alle seine Bemühungen vergeblich; Rücksichten auf König Konrad, auch wohl auf den Papst nöthigten die Kreuzfahrer jede Verbindung mit dem Sicilier abzubrechen. Nichtsdestoweniger hielt Roger den Moment, wo die Kreuzheere auf dem Marsche waren, wo Konrad sich in ein anderes weitaussehendes Unternehmen verwickelt hatte, für den günstigsten, um gegen Constantinopel loszubrechen.

Kaiser Emanuel waren die Sympathien, welche unter den Franzosen für Roger herrschten, nicht unbekannt, und sehr begreiflich erscheint deshalb sein Mißtrauen gegen die von König Ludwig geführten Schaaren. Er hatte Gesandte den anrückenden Heeren entgegengeschickt. Demetrius Macrembolites und der Graf Alexander von Gravina erschienen vor König Konrad, als er an der ungarischen Grenze stand, und verlangten Zusicherungen, daß die Deutschen sich jeder feindlichen Handlung gegen die Griechen enthalten würden. Schon die Person des Alexander von Gravina, eines alten Unterhändlers zwischen Constantinopel und König Konrad, weist darauf hin, daß die ganze Verhandlung freundlicher Natur war, und die verlangten Zusicherungen wurden auch ohne Bedenken gegeben. Mit ganz anderen Forderungen traten zwei kaiserliche Gesandte — Maurus und ein anderer Demetrius — hervor, welche König Ludwig in Regensburg erwarteten. Sie beanspruchten ein eidliches Versprechen der französischen Großen, daß ihr König erstens keine Stadt oder Burg des griechischen Reichs selbst in Besitz nehmen, und zweitens, wenn die Franzosen frühere Besitzungen des Reichs den Türken entreißen sollten, diese dem Kaiser ausliefern werde; sie drohten damit, daß die Verpflegung dem Heere nicht gewährt werden würde, wenn man den Schwur verweigere. Diese Forderungen brachten große Aufregung unter den französischen Herren hervor; man hielt einen großen Kriegsrath und beschloß den ersten Punkt zu gewähren, den anderen aber mündlicher Verhandlung mit dem Kaiser selbst vorzubehalten.

Und inzwischen war auch der ungarische Prätendent Boris wieder in lebhafter Thätigkeit. Auch er hoffte für seine Zwecke den Kreuzzug ausnützen zu können und hatte brieflich bereits König Ludwig um die Unterstützung seiner Ansprüche gebeten. Als er sich dann selbst aufmachte, um dem französischen Heere zu begegnen, stieß er unterwegs auf König Konrad, der seine Schaaren gegen die ungarische Grenze führte; er gab die weitere Reise auf und schloß sich um so lieber Konrad an, als ein Zusammenstoß des deutschen Heers mit der Macht König Geisas ohnehin nicht außer Berechnung lag.

Wenn die Kreuzfahrer gewähnt hatten, daß sie, die ganze Christenheit hinter sich, den Kampf gegen die Ungläubigen aufnehmen würden — wie sehr hatten sie sich darin getäuscht! Die gespaltenen und widerstrebenden Interessen in der Christenheit selbst machten sich schon in demselben Augenblick fühlbar, wo man zu den Waffen griff. Der religiöse Enthusiasmus, in dem man das Kreuz genommen hatte, verflog mehr und mehr; dagegen traten Schritt für Schritt Schwierigkeiten hervor, die man im Sturm der Begeisterung nicht sah oder nicht sehen wollte. Alle, die nach dem Orient zogen, hatten Edessa als Ziel vor Augen, aber Keiner von ihnen hat Edessa gesehen und sein Schwert nur für Edessa gezogen. So geschah Nichts, was man gehofft, und Alles entwickelte sich anders, als man beabsichtigt hatte.

13.

Der zweite Kreuzzug.

König Konrad hatte Ungarn wie ein feindliches Land und in feindlicher Haltung betreten. Mit einem zahlreichen Ritterheere kampfbereit fuhr er die Donau hinab; die auf der Flotte nicht Raum fanden, zogen in geringer Entfernung am rechten Ufer des Flusses entlang. So kam man bis unterhalb Belgrad und der Morawamündung an einen unansehnlichen Ort, damals Brandiz genannt, an den Ruinen des alten Viminacium, von wo seit undenklichen Zeiten die große Heerstraße nach Constantinopel führte; man betrat hier den bulgarischen Boden und damit das Machtgebiet des griechischen Kaisers.

Sonderliche Hindernisse scheinen den Deutschen auf dem Wege durch Ungarn nicht aufgestoßen zu sein; wir hören nur, daß beim Uebergange über die Drau durch plötzliches Austreten des Flusses das Heer einige Verluste erlitt. Boris sah bald, daß er sich in seinen Hoffnungen auf einen Conflict zwischen Geisa und dem deutschen Heere getäuscht hatte. Wenn auch Konrad einmal gegen einen ungarischen Magnaten — wir kennen den Grund nicht — die Waffen gebrauchte, so wollte er doch nicht durch einen Kampf mit Geisa selbst sich aufhalten lassen, und auch dieser trug Bedenken sich einer solchen Heeresmacht, wie sie jetzt sein Land überschwemmte, entgegenzustellen. Boris verließ deshalb das deutsche Heer und wartete auf die nachrückenden Franzosen, von denen er bereitwilligere Unterstützung hoffte.

Bei Brandiz ließ Konrad die Flotte zurück und setzte nun mit seiner ganzen Heeresmacht den Weg nach Constantinopel fort. Man glaubte in Freundesland zu sein und wurde in der That freundlich aufgenommen. Ueberall wurden auf Veranstaltung des Kaisers die erforderlichen Lebensmittel bereit gehalten und für die Bedürfnisse des Heeres gesorgt. Aber trotz solcher Willfährigkeit sah der Kaiser das Heranrücken der zahllosen Schaaren des Abendlandes nicht ohne Besorgniß und traf Vorkehrungen für alle Fälle. Mit dem Sultan von Iconium, mit dem er in Krieg gerathen und den Kampf nicht ohne glückliche Erfolge bis dahin geführt hatte, fing er an über einen längeren Waffenstillstand zu verhandeln; aus Griechenland und dem Peloponnes zog er alle bereiten Streitkräfte an sich und sammelte ein Heer, welches er unter der Führung des Prosuch, eines Türken, der schon geraume Zeit in kaiserlichen Diensten stand, zur Beobachtung der Ankömmlinge nach dem Norden sandte; gleichzeitig ließ er die zerfallenen Mauern Constantinopels herstellen und die Stadt, so viel die Eile zuließ, in Vertheidigungszustand setzen.

Nicht ohne große Beschwerden, aber doch ohne schwerere Unglücksfälle zogen inzwischen die Deutschen durch das waldige und gebirgige Land der Bulgaren über Nissa und Sardica (das jetzige Sofia) bis an die Grenzen Thraciens. Zu Philippopolis kam es dann zu den ersten Händeln mit den Griechen; die Vorstadt, in welcher besonders die Abendländer wohnten, wurde in Folge derselben von den Deutschen zerstört. Die Zuchtlosigkeit, welche in den inneren Verhältnissen Deutschlands eingerissen war, zeigte sich nur zu bald auch im Heere Konrads. Dasselbe setzte dann den Weg bis Adrianopel fort, aber unter fortwährenden Feindseligkeiten gegen die Einwohner des Landes, zu deren Schutz inzwischen Prosuch mit seinem Heere herangerückt war. Er war es, der durch seine Besonnenheit einem blutigen Kampfe zu Adrianopel vorzubeugen wußte, zu dem diesmal griechische Zuchtlosigkeit den Anlaß gegeben hatte. Ein vornehmer Deutscher war krank in ein Kloster bei der Stadt gebracht worden: da er viele Schätze bei sich führte, reizten diese die Habgier einiger gemeiner Kriegsleute im griechischen Heere. Sie steckten das Hospital des Klosters in Brand und plünderten die Schätze des Deutschen, der seinen Tod in den Flammen fand. Sobald der junge Friedrich von Schwaben dies erfuhr — er hatte mit seiner Schaar bereits die Stadt verlassen — kehrte er eilends um, zerstörte das Kloster mit Feuer und Schwert und bemächtigte sich der Urheber des Verbrechens, die er zum Tode verurtheilte. Die Griechen griffen nun, um ihre Gefährten zu rächen, zu den Waffen, und es kam zu einem Handgemenge. Prosuch aber machte demselben ein schnelles Ende; er eilte selbst zu Friedrich und wußte ihn zu begütigen.

Um dieselbe Zeit kam ein Gesandter des Kaisers in das deutsche Lager und stellte den Fürsten vor, daß sie am besten mit dem Heere den Weg auf Sestos nähmen, um dort dasselbe über den Hellespont zu führen. Der Kaiser wollte offenbar die Deutschen von Constantinopel fern halten, und nach Allem, was man bereits erfahren, wäre es im Interesse des Heers selbst gewesen, diesem Rathe zu folgen. Aber man wies denselben mit Empfindlichkeit zurück und rückte weiter gegen Constantinopel vor. Am 7. September gelangte man in die schöne vom Melas durchströmte Ebene von Chörobacchi, nur wenige Meilen von Constantinopel entfernt. Hier wollten die Deutschen rasten, um das Fest der Geburt Mariä (8. September) froh zu begehen. Die Festfreude sollte ihnen vergällt werden; denn in der Nacht schwoll der Fluß plötzlich höher und höher, unermeßliche Wasserfluthen überschwemmten die ganze Ebene und rissen das deutsche Lager fort. Viele fanden in den Wellen den Tod, und an Pferden und Waffen wurde ein unersetzlicher Schaden den Deutschen zugefügt, namentlich den Baiern und Franken; die Schwaben, die unter Herzog Friedrich und Graf Welf an einem Bergabhange lagerten, hatten weniger zu leiden. Der Kaiser ließ König Konrad sein Beileid über dies Mißgeschick ausdrücken; aber noch mehr als das Unglück der Deutschen bekümmerte ihn seine eigene Lage, als er in den nächsten Tagen die endlosen Heereshaufen vor den Mauern seiner Hauptstadt erscheinen sah.

Um den 10. September standen die Deutschen bei Constantinopel. Drei Monate waren verflossen, seit sie die Heimath verlassen, und sie mochten hoffen, hier freundliche Aufnahme zu finden und nach so manchen Beschwerden erwünschter Ruhe pflegen zu können. Als sie gegen das goldene Thor auf der Südostseite der Stadt anrückten, stießen sie zuerst auf den Philopation genannten kaiserlichen Palast mit seinen sehr ausgedehnten und schönen Gartenanlagen. Die Deutschen erlaubten sich hier manche Unordnungen, welche unter den Griechen Erbitterung erregten. Um so mehr war es geboten, ihnen schnell ihre Quartiere anzuweisen. Sie erhielten sie in der durch den Bathyssus abgetrennten Vorstadt Pera, wo auch einst Gottfried von Bouillon mit seinen Schaaren gerastet hatte.

Nichts lag dem Kaiser mehr am Herzen, als die Deutschen möglichst bald von seiner Hauptstadt wieder zu entfernen. Er wünschte deshalb eine Zusammenkunft mit König Konrad, aber trotz ihres engen Bundes und ihrer Verschwägerung kam es nicht zu derselben. Wir wissen, wie fest Konrad stets daran hielt, als ein Gleicher des Kaisers angesehen zu werden, und so ist es nicht zu verwundern, wenn er sich dem griechischen ihm die zweite Stelle anweisenden Ceremoniell nicht fügen wollte, während Emanuel auch seinem Schwager gegenüber von der Strenge desselben entweder nicht abgehen wollte oder nicht konnte. Aber wenn auch nicht Auge im Auge, die beiden Herrscher, die sich ohnehin so nahe standen, traten doch bald in freundliche Beziehungen zu einander.

Auf die ersten Mahnungen des Kaisers zum Abzug hatte Konrad ausweichende Antworten ertheilt; denn nicht allein, daß er gern seinem Heere längere Ruhe gönnte, er hatte auch das Versprechen König Ludwig gegeben, nicht vor Ankunft des französischen Heeres über den Bosporus zu gehen. Aber nach kurzer Zeit wurde Konrad nachgiebiger; die Bitten des Kaisers und der eigene Wunsch, den Kampf nicht länger zu verzögern, wirkten zusammen. Sobald die Lothringer, welche dem Heere Ludwigs vorangezogen, in Constantinopel eingetroffen waren, entschloß er sich sein Heer über die Meerenge zu führen. Alle Schiffe, deren man irgend habhaft werden konnte, wurden zum Transport der ungeheuren Menschenmasse verwendet, welcher dann ohne erhebliche Störungen vor sich ging. Die Lothringer hatten gewünscht diesseits der Meerenge die Franzosen abzuwarten, um nicht auf die Dauer von ihnen getrennt zu werden; doch mußten auch sie den

Deutschen folgen, nur daß man ihnen ein besonderes Lager und einen besonderen Markt verwilligte.

Gegen Ende des September betraten die deutschen Schaaren den asiatischen Boden, und wenige Tage, nachdem sie Constantinopel geräumt, rückte auch bereits König Ludwig mit den Franzosen an.

Das Heer Ludwigs war durch Ungarn derselben Straße gefolgt, welche kurz vorher die Deutschen gezogen waren. Boris hatte sich dem Heere angeschlossen, aber für die Sache des Prätendenten herrschte im französischen Lager noch weniger Neigung, als im deutschen. Ludwig hatte sogar mit König Geisa eine persönliche Zusammenkunft, bei der es an Freundschaftsversicherungen nicht fehlte. Als aber Geisa, auf diese gestützt, die Auslieferung des Prätendenten verlangte, glaubte Ludwig eine so unritterliche Zumuthung doch zurückweisen zu müssen. Das französische Heer schützte vielmehr Boris gegen die Verfolgungen Geisas, so daß er die freie Rückkehr nach Constantinopel gewann. Als die Franzosen die Grenzen des griechischen Reichs betraten, hatten sie unter der noch vom Durchzuge der Deutschen erbitterten Stimmung der Einwohner Vieles zu leiden. Man empfing sie mißtrauisch, versagte ihnen ausreichende Zufuhr, und sie erfuhren beim Wechseln des Geldes große Verluste. Aber König Ludwig bemühte sich alle Mißhelligkeiten im Keime zu ersticken, und dies gelang ihm um so leichter, als in seinem Heere damals noch eine strengere Zucht waltete, als im deutschen.

Das französische Heer rückte in sehr großen Zwischenräumen vor. Der Vortrab desselben, besonders aus den Lothringern bestehend, berührte sich öfters mit den letzten Nachzüglern der Deutschen. Als der König etwa in der Mitte des September in Philippopolis eintraf, stand sein Vortrab bereits bei Constantinopel. Bald erhielt er von dort beunruhigende Nachrichten. Einige französische Herren hatten Leute in die Stadt gesendet, um Waffen und Vorräthe einzukaufen; diese waren aber auf dem Rückwege überfallen und ausgeplündert worden; ein und der andere hatte im Handgemenge den Tod gefunden. Zugleich erfuhr man, daß König Konrad bereits über den Hellespont gegangen, daß die Lothringer ihm hätten folgen müssen und daß man die sie begleitenden französischen Schaaren ebenfalls zum Abzuge, selbst mit Gewalt, habe nöthigen wollen; als sie sich weigerten, waren sie, wie man vernahm, von kaiserlichen Söldnern überfallen, förmlich belagert und nur durch das energische Eintreten der französischen Gesandten, welche in der Stadt sich befanden, befreit und ihnen dann ein sicherer Lagerplatz in der Nähe des kaiserlichen Palastes angewiesen worden. Besondere Erbitterung erregte noch die Nachricht, daß der Kaiser inzwischen einen Waffenstillstand auf zwölf Jahre mit dem Sultan von Iconium abgeschlossen habe, obwohl er früher dem Könige im Bunde mit den Franzosen die Ungläubigen bekämpfen zu wollen versprochen hatte.

Schon vorher waren wiederholentlich Boten und Briefe vom Kaiser selbst an Ludwig gekommen, um ihn zu bestimmen von Adrianopel unmittelbar nach dem Hellespont zu ziehen und dort sein Heer nach Asien überzusetzen. Aber Ludwig hatte sich eben so wenig, wie früher Konrad, dazu entschließen können; er hatte vielmehr seinen Marsch unbeirrt gegen Constantinopel fortgesetzt und stand nur noch eine Tagereise von der Stadt, als er jene bedrohlichen Nachrichten erhielt. Sie brachten eine um so größere Aufregung in seinem Heere hervor, als indessen auch bekannt geworden war, daß König Roger die Waffen gegen den Kaiser ergriffen und außerordentliche Erfolge erreicht hatte. Zunächst war Korfu von Roger eingenommen und besetzt worden, dann hatte er Cephalonia verheert, verwüstend das griechische Festland durchzogen, Theben und Korinth zerstört und bis Malvasia und Negroponte seinen Kriegszug ausgedehnt; eine unermeßliche Beute brachte er zusammen und führte viele angesehene Personen aus den griechischen Städten mit sich fort. Wie hätten sich nun die Männer im französischen Heere, die es immer mit dem Sicilier gehalten hatten, nicht regen sollen? Und war man wirklich noch durch die früheren Versprechungen gebunden, nachdem der Kaiser mit den Ungläubigen Frieden gemacht und König Konrad seinen Zusagen entgegen allein nach Asien hinübergegangen war, ohne seine Bundesgenossen abzuwarten?

In der That wurde die Meinung laut, König Ludwig müsse jetzt nicht weiter vorgehen, sondern solle sich in die fruchtbaren Gegenden Thraciens zurückziehen, sich mit Roger in Verbindung setzen und dann mit Unterstützung der sicilischen Flotte Constantinopel angreifen, welches einem solchen Angriffe unzweifelhaft erliegen würde. Aber man hätte damit die Richtung, in welcher das ganze Unternehmen begonnen war, doch völlig aufgegeben, und dazu konnte sich die Mehrzahl, vor Allen

König Ludwig selbst, nicht entschließen. Er führte also sein Heer weiter gegen Constantinopel auf; am 4. October erschien er vor den Thoren der Stadt.

Kein Zweifel wird darüber obwalten, daß dem Kaiser diese neuen Gäste noch viel unwillkommener waren als diejenigen, deren er sich soeben entledigt hatte. Mit ausgesuchter Zuvorkommenheit hoffte er sie am leichtesten gewinnen zu können. Eine festliche Procession von Klerikern und Laien schickte er dem Könige entgegen; in der feierlichsten Weise wurde Ludwig empfangen und sogleich zum Kaiser eingeladen. Ludwig begab sich mit einem größeren Gefolge ohne Verzug in den Palast. Die beiden jungen Herrscher begrüßten sich hier sehr freundlich; der Kaiser versprach für das französische Heer auf das Beste zu sorgen und geleitete selbst den König nach dem Philopation, welches ihm zur Residenz angewiesen wurde. In der Nähe desselben lagerte Ludwigs Heer. Obwohl es an Zufuhr nicht fehlte, kamen doch einige Gewaltthätigkeiten der Franzosen vor, blieben aber ohne schwerere Folgen.

Der Kaiser wünschte Nichts sehnlicher, als die möglichst schnelle Entfernung der Franzosen. König Ludwig wollte dagegen jene Kreuzritter, welche den Weg durch Italien genommen, in Constantinopel erwarten, und noch andere Gedanken regten sich in seiner Nähe, denen endlich Gottfried von Langres in seiner vorstürmenden Art Ausdruck gab. In einem Kriegsrath, der vor den Thoren der Stadt gehalten wurde, sprach er sich dahin aus: man müsse nicht abziehen, sondern vielmehr die Macht, über die man gebiete, sofort gegen Constantinopel gebrauchen. Die Mauern, erklärte er, seien morsch, das Volk schlaff, das Wasser könne man der Stadt leicht durch Zerstörung der Aquäducte abschneiden; so müsse sie in Kürze sich ergeben, und mit der einen Stadt falle auch das ganze Reich; der Kaiser verdiene keine Rücksicht, denn gleich seinem Vater sei er ein Feind der christlichen Religion, wie er durch sein Verfahren gegen Antiochien hinreichend gezeigt habe; durch die Zerstörung seines Reichs würden auch die Christen im gelobten Lande für immer gesichert sein, während sie sonst doch in steter Gefahr schweben blieben. Die Gegner Gottfrieds haben, so viel wir wissen, nicht so sehr die Unausführbarkeit seines Planes behauptet, als darauf hingewiesen, daß die Absichten des Papstes offenbar nicht gegen Constantinopel gerichtet seien, daß er als Ziel der Wallfahrt ausdrücklich Edessa und das heilige Grab bezeichnet, auch den Ablaß nur für den Kampf gegen die Sarazenen bewilligt habe.

Noch war im französischen Kriegsrath kein fester Entschluß über den Abmarsch gefaßt, als die Griechen geflissentlich verschiedene Nachrichten über glückliche Erfolge der Deutschen in Kleinasien zu verbreiten anfingen. Bald sprach man von einem glänzenden Siege über die Türken, bald von dem Einzuge der Deutschen in Iconium selbst. Ehrgeiz und Neid ließen nun die Franzosen nicht mehr ruhen; sie bestürmten den König sie gegen die Feinde zu führen, damit den Deutschen nicht aller Ruhm zufiele, und er mußte in die Ueberfahrt willigen, obwohl die von ihm erwarteten Schaaren noch immer nicht eingetroffen waren. Der Kaiser, der seinen lebhaftesten Wunsch erreicht sah, stellte sofort alle Mittel zur Ueberfahrt zu Gebote; gleich nach der Mitte des October setzte König Ludwig über den Bosporus und schlug dann auf der andern Seite der Meerenge sein Lager auf.

Hatte der Kaiser bisher Nichts unversucht gelassen, um den Abmarsch der Franzosen zu beschleunigen, so bemühte er sich jetzt sie noch so lange am Bosporus festzuhalten, bis er die schon in Regensburg beanspruchten Sicherheiten in aller Form erhielte. Verhandlungen wegen der Verpflegung boten ihm Gelegenheit eine persönliche Zusammenkunft mit dem Könige zu verlangen. Da man sich über den Ort nicht einigen konnte, schickte der Kaiser endlich Gesandte, welche mit dem Entwurfe eines Vertrags hervortraten, wonach die Franzosen sich verpflichten sollten, jede Burg oder Stadt des Kaisers, die in ihre Gewalt fiele, ihm zurückzugeben und ihm vorweg den Lehnseid zu leisten für alle Eroberungen, welche sie in den Ländern der Ungläubigen machen sollten. Dagegen versprach der Kaiser für Zufuhr zu sorgen und Führer zu stellen; wenn es an Verpflegung fehle, sollte den Franzosen Selbsthülfe, auch die Besetzung fester Plätze gestattet sein, nur daß sie dieselben sogleich nach ihrer Befriedigung wieder zurückgäben. Der Kaiser sprach überdies das Verlangen aus, daß eine Verwandte des Königs, welche diesen begleitete, einem Prinzen seines Hauses zur Ehe gegeben würde. Die Forderungen der Griechen brachten den jungen Grafen von Perche, den Bruder des Königs, so auf, daß er mit der ihm verwandten Dame sogleich das Lager verließ und sie nach Nicomedia in Sicherheit brachte; er wollte damit zugleich sich und einige andere Barone, die sich ihm anschlossen, dem verlangten

Eide entziehen. Auch Andere im Heere des Königs nahmen an der Beeidigung großen Anstoß, aber die Mehrzahl der französischen Herren sah in ihr Nichts, was dem Herkommen widerspräche und ihren Adel beeinträchtige; sie meinten, wenn sie nur Land und Leute erhielten, auch den Lehnseid in den Kauf nehmen zu können.

Ehe die Verhandlungen noch zum völligen Abschluß gebracht waren, trafen der Markgraf von Montferrat, der Graf von Maurienne und Alle, die sich ihnen angeschlossen hatten, beim Heere Ludwigs ein. Der langen Verzögerung müde — man lag fast schon vierzehn Tage am Bosporus — gab der König den Befehl zum Abbruch des Lagers. Aber um keinen Preis wollte der Kaiser die Franzosen ziehen lassen, ehe der Vertrag zum Abschluß gebracht: deshalb ging er noch in der letzten Stunde selbst über den Bosporus und lud den König zu einer Zusammenkunft in einem Schlosse am Strande ein. Der König begab sich mit seinen Großen dorthin, während sein Heer schon im Vormarsch war. Wirklich wurde hier der Vertrag, ganz wie der Kaiser ihn wünschte, zum Abschluß gebracht; nur von der Verschwägerung scheint nicht mehr die Rede gewesen zu sein. Die französischen Großen leisteten in Gegenwart ihres Königs dem Kaiser den Lehnseid. Die größten Versprechungen machte der Kaiser dem König, wenn er mit ihm einen Bund gegen Roger eingehen wollte, aber dafür war Ludwig auf keine Weise zu gewinnen. Uebrigens schied man in aller Freundschaft: der König und seine Großen trugen reiche Geschenke des Kaisers davon. Sobald sie der Kaiser entlassen hatte, eilten sie dem voranrückenden Heere nach.

Am 26. October 1147 wurde der Vertrag geschlossen, und man sah ein übles Vorzeichen darin, daß um Mittag eine Sonnenfinsterniß eintrat. In der That war dieser Tag einer der verhängnißvollsten für die ganze Kreuzfahrt. Es bezeichnete ihn das schwere Mißgeschick des deutschen Heeres, von dem die Franzosen nur zu bald die Kunde erhielten.

Das deutsche Heer war, nachdem es sich in Chalcedon gesammelt, ohne Aufenthalt nach Nicomedia und dann weiter nach Nicaea vorgerückt. Von den Wegen, die von hier durch Kleinasien führen, beschloß König Konrad, ungeduldig den Kampf zu beginnen, den kürzesten über Dorylaeum und Iconium einzuschlagen, obwohl dieser zugleich der beschwerlichste war und ihn unmittelbar in das Gebiet der Ungläubigen führte. Es mochte ihn ermuthigen, daß auf demselben Wege die ersten Kreuzfahrer sich glücklich durchgeschlagen hatten.

Aber es konnte dem Könige nicht entgehen, daß die Verpflegung eines so gewaltigen Heeres in dem feindlichen, unwirthlichen Lande fast unüberwindliche Schwierigkeiten bot. Bereits auf dem Wege durch Thracien hatte er hinreichend erfahren, wie schwer dieses Heer bei mangelhafter Verpflegung in Zucht zu halten sei, und wir hören, daß er deshalb zu Constantinopel gern das zuchtlosere und schlechtbewaffnete Fußvolk vom Heere entlassen hätte; er erbot sich den Einzelnen die Mittel zu geben, einzeln die Reise nach den heiligen Stätten fortzusetzen. Aber der König hatte seine Absicht aufgeben müssen, weil jenes Fußvolk durchaus mit dem ritterlichen Heere zusammenbleiben wollte; sie drohten sogar sich offen vom König loszusagen und einem gewissen Bernhard die Führung über ihre Schaaren zu übertragen. Wenn nun ein großer Theil des Fußvolks — es sollen etwa 15,000 Mann gewesen sein — unter Führung des Bischofs Otto von Freising, des eigenen Bruders des Königs, von Nicaea aus einen andern Weg, der an der Küste entlang weithin durch das griechische Gebiet führte, einschlug, so hat man darin wohl nicht so sehr eine Auflehnung gegen den König, als vielmehr eine Vertheilung des Heeres zu sehen, welche er selbst veranlaßt hatte. Otto von Freising und seinem Zuge schlossen sich Bischof Udo von Zeitz, ein vom Könige hochgeachteter Kirchenfürst, der Graf Bernhard vom Lavantthal, ohne Frage eine Person mit jenem Bernhard, der bei dem niederen Kriegsvolk in so hoher Gunst stand, und einige andere Herren an. Graf Bernhard war nächst Otto besonders die Leitung dieser Schaaren übertragen.

Nach einer späteren Nachricht von zweifelhaftem Werthe soll der Kaiser zu Nicaea noch einen Versuch gemacht haben, einen Theil der deutschen Streitkräfte für seinen Dienst zu gewinnen, dabei aber entschiedenem Widerstand Konrads begegnet sein. Im Uebrigen stand er offenbar im besten Vernehmen mit dem Könige; er gab dem deutschen Heere sogar Wegweiser durch das Gebiet des Sultans von Iconium, obwohl er erst kurz zuvor mit diesem Fürsten den Waffenstillstand geschlossen hatte.

Nachdem Konrads Heer so viele Lebensmittel zusammengebracht, als nur fortzuschaffen waren, brach es am 15. October von Nicaea auf. Man hatte bis Iconium einen Marsch von etwa zwanzig Tagen. Der Heereszug bewegte sich bei dem großen Troß sehr langsam, und schon nach zehn Tagen fehlten fast alle Lebensmittel, selbst das Futter für die Pferde. Man war erst bis in die Gegend von Dorylaeum an den Fluß Bathys gekommen; doch war das Heer bereits erschöpft, die Stimmung tief herabgedrückt. Bis dahin hatten die Feinde den Zug wenig belästigt; nun aber zeigten sich plötzlich im Rücken desselben gut berittene Bogenschützen in großer Zahl, welche den nachbleibenden Troß der Deutschen angriffen und Vielen tödtliche Wunden beibrachten, ohne daß nur Gegenwehr möglich war. Die Entmuthigung erreichte in dem völlig erschlafften Heere einen solchen Grad, daß der König ein weiteres Vorgehen für unmöglich hielt. Am 26. October beschloß er, ohne daß es eigentlich zu einer offenen Schlacht gekommen war, sofort den Rückweg nach Nicaea anzutreten.

Das abziehende Heer wurde vom Feinde verfolgt und konnte nur in unablässigen Kämpfen sich mühsam Bahn brechen. Der tapfere Graf Bernhard von Plötzke*) fiel gleich am ersten Tage, als er sich den nachdrängenden Türken entgegenstellte; er wurde auf einem Hügel von ihnen umzingelt und endete sein Leben im Kampfe. Auf diesem elenden Rückzuge sollen 30,000 Deutsche gefallen sein, Viele wurden schwer verwundet, unter ihnen der König selbst, und eine große Zahl gerieth in Gefangenschaft. Der Hunger vermehrte die Leiden der flüchtigen Schaaren; man lebte zuletzt nur von dem Fleische der geschlachteten Pferde. Fortwährend überdies von den Türken verfolgt, stürmten die Reste des königlichen Heers in wildester Unordnung nach Nicaea zurück, ein Bild des entsetzlichsten Jammers.

Das französische Heer stand noch am See von Nicaea, als die ersten Schreckensnachrichten von Konrad eintrafen. Ludwig ging, im Tiefsten erschüttert, sogleich Konrad nach Nicaea entgegen. Als sich die beiden Könige hier begegneten, sanken sie sich unter Thränen in die Arme; sie beschlossen fortan ungetrennt ihren Weg fortzusetzen, Glück und Mißgeschick mit einander zu theilen. Ludwig, der bereits eine Straße näher der Küste durch griechisches Gebiet einzuschlagen beschlossen und den Befehl zum Aufbruch seines Heeres nach Lopadium

---

*) Er war der Letzte seines Geschlechts; über seine Besitzungen entstand ein hitziger Streit zwischen Heinrich dem Löwen und Albrecht dem Bären.

gegeben hatte, folgte zwar sogleich seinem vorrückenden Heere, versprach aber zu Lopadium Konrad zu erwarten.

Konrad blieb in Nicaea zurück, um die Reste seines Heeres zu sammeln. Nur den geringsten Theil derer, die dem Verderben entronnen waren, behielt er bei sich; die Meisten entließ er, und sie kehrten alsbald über Constantinopel in die Heimath zurück, welche sie mit ihren Klagen erfüllten. Unter den damals Heimkehrenden wird auch Bischof Heinrich von Regensburg gewesen sein, welchem der unbegründete Vorwurf gemacht wurde, das deutsche Heer verrathen zu haben; während Andere alle Schuld, wahrscheinlich mit gleichem Unrecht, den griechischen Führern beimaßen. Nachdem Konrad die Heimkehrenden verabschiedet, brach er mit seinen nächsten Angehörigen und einem nur mäßigen Gefolge nach Lopadium auf.

Auch dieser Marsch war nicht ohne Mühseligkeiten und Gefahren. Die Franzosen, welche vom Kaiser keinen Führer und nur mäßige Zufuhr erhalten hatten, waren mit den griechischen Einwohnern bereits mehrfach wieder in Streit gerathen und hatten sich manche Gewaltthaten erlaubt, welche nun die nachziehende kleine deutsche Schaar büßen sollte. Nur mit Hülfe der Franzosen brachen sich endlich die Deutschen nach Lopadium Bahn, um nun mit Ludwigs Heer zusammen den Marsch weiter fortzusetzen. Damit es König Konrad doch nicht an allem königlichen Glanze fehle, übergab Ludwig ihm die Lothringer, die sich am Bosporus wieder den Franzosen angeschlossen hatten, wie auch die unter dem Grafen von Maurienne und dem Markgrafen von Montferrat aus Burgund und Italien zuletzt eingetroffenen Schaaren. Auch sonst zeigte Ludwig, der mit großer Pietät an dem älteren Herrscher hing, sich auf alle Weise bemüht ihn sein trauriges Loos vergessen zu machen; er pflegte mit ihm auf dem Marsche dieselbe Herberge zu theilen.

Man verfolgte zunächst die Straße nach Esseron, wo man um die Mitte des November eintraf. Die Absicht war zuerst, von hier tiefer landeinwärts nach Philadelphia zu ziehen; aber man gab diese auf und bog bald zur Meeresküste ab, so daß man den Spuren jener deutschen Schaaren folgte, welche hier kurz zuvor unter der Leitung Ottos von Freising vorgedrungen waren. Der Marsch ging langsam und unter vielfachen Beschwerden über Adramyttium, Pergamum und Smyrna nach Ephesus; hier wollte man Rast machen und das Weihnachtsfest feiern. Um diese Zeit kamen Boten vom Kaiser zu den Königen und warnten sie vor einem Angriff der Türken. In der That zeigten sich am Vorabend des Festes einzelne feindliche Schaaren in der Nähe des Lagers, welches in einem schönen Thale bei Ephesus aufgeschlagen war. Die Türken wurden aber ohne Mühe zurückgetrieben; man feierte ruhig das Fest und setzte nach wenigen Tagen den Marsch unbesorgt weiter fort.

König Konrad war mit seinen nächsten Angehörigen in Ephesus zurückgeblieben, da ihn eine schwere Krankheit befallen hatte. Er hoffte anfangs noch dem Heere folgen zu können, mußte dies aber bald aufgeben und folgte darauf einer Einladung an den Hof des Kaisers; es begleiteten ihn die bei ihm zurückgebliebenen Fürsten. Als er an der thracischen Küste landete, kamen ihm der Kaiser und seine Gemahlin selbst entgegen und geleiteten ihn nach Constantinopel, wo er die sorgsamste Pflege fand.

König Ludwig war indessen mit dem Heere gegen den Mäander gezogen, um diesen zu überschreiten und dann in der Richtung auf Laodicea zu marschiren. Aber sobald man an den Fluß gekommen war, stieß man in der Nähe der kleinen Stadt Antiochia auf ein Heer der Türken. Beim Uebergange über den Fluß griffen sie auf griechischem Gebiet die Kreuzfahrer an und es entspann sich ein blutiger Kampf, in welchem die Ungläubigen große Verluste erlitten. Es war der einzige namhafte Waffenerfolg, welchen dieses Kreuzheer gewann. Ungehindert setzte es dann seinen Weg bis Laodicea am Lykus fort. Schon nach wenigen Tagen wurde diese Stadt erreicht; aber man fand sie von den Einwohnern verlassen und konnte deshalb die Vorräthe nicht ergänzen. Indem man in südöstlicher Richtung weiter zog, kam man in das Kadmosgebirge, die Grenze des türkischen Gebiets, und bald auch an die Stelle, an welche sich die traurigsten Erinnerungen dieses Krieges knüpfen sollten.

Hier waren nicht lange zuvor jene deutschen Schaaren, die unter der Führung des Bischofs Otto von Freising und des Grafen Bernhard ausgezogen waren, von den Türken überfallen und gänzlich zersprengt worden. Ein entsetzliches Blutbad hatten die türkischen Säbel unter dem schlechtbewaffneten Volke angerichtet. Graf Bernhard selbst fiel in rühmlichem Kampfe; mit ihm die Meisten der Seinen. Was flüchten konnte, flüchtete. Auf verschiedenen Wegen eilten die Flüchtlinge nach den nächsten griechischen Hafenstädten; unter ihnen waren auch die Bischöfe Otto von Freising und Udo von Zeitz.

Die Franzosen fanden, als sie in die Gebirgspässe einrückten, dort noch die Spuren des deutschen Blutes. Sie sahen in ihnen üble Vorzeichen, und nur zu bald sollte sie ein ähnliches Schicksal ereilen, wie ihre deutschen Wallfahrtsbrüder. Sie stießen auf einen steilen Berg, der nicht zu umgehen war, und der König hatte den Befehl gegeben bis zum Anbruch des folgenden Tages zu warten, um in Ruhe den Uebergang zu bewirken. Aber gegen den Befehl stiegen die Grafen Gottfried von Rancon und Amadeus von Maurienne, welche die Vorhut führten, als sie schon um Mittag an den Fuß des Berges gelangten, die Höhe hinauf und lagerten an dem jenseitigen Abhange. Ihr Beispiel riß die nachfolgenden Reihen fort, und ohne rechte Ordnung zogen sie die rauhen und abschüssigen Pfade hinan. Plötzlich aber wurden die nachrückenden Schaaren und zugleich die Nachhut, bei welcher der König selbst war, von den Türken überfallen; diese durchbrachen die Reihen des französischen Heeres und richteten unter demselben ein furchtbares Gemetzel an. Der König selbst gerieth in die größte Gefahr; um ihn fielen etwa vierzig vornehme französische Ritter. Erst die Nacht machte dem gräßlichen Kampfe ein Ende. Wenn sich die Reste des Heeres denn doch wieder zu sammeln vermochten, so dankte man es besonders der Umsicht der Templer im Heere. Der König beschloß deshalb, ihnen, um ähnlichen Unfällen für die Folge vorzubeugen, die Leitung des Heeres zu überlassen; sie sollten demselben die Form einer Waffenbrüderschaft nach Art ihres Ordens geben. Die Templer bestimmten darauf den Ritter Gilbert als Heermeister, und die von ihm für den Weitermarsch eingeführte Ordnung bewährte sich vortrefflich.

Man hatte bei dem Ueberfall die meisten Lebensmittel eingebüßt, und bis zur griechischen Hafenstadt Attalia, wohin man nun den Marsch richtete, waren noch mindestens zwölf Tagemärsche. So gerieth man bald in die höchste Noth; auch die Franzosen mußten sich jetzt, wie früher die Deutschen, mit Pferdefleisch begnügen. Glück genug, daß man nicht gleich hitzigen Ueberfällen der Türken ausgesetzt war. In der äußersten Erschöpfung gelangte König Ludwig mit seinem Heere endlich nach Attalia; es war um Mariä Reinigung (2. Februar). Im Lager bei der Stadt konnten die Reste des Heeres das Fest begehen*). Man fand eine Fülle von Lebensmitteln, und ein kaiserlicher Gesandter, der sich einstellte, trug für die Herstellung des hart heimgesuchten Heeres Sorge; nur fehlte es an Futter, um selbst die wenigen noch erhaltenen Pferde zu ernähren.

Ueber die Fortsetzung des Weges berieth wiederholt der König mit seinen Baronen. Das Kriegsvolk verlangte, daß der König das ganze Heer einschiffe; man hatte von den Griechen gehört, daß in drei Tagen von Attalia der Hafen von Antiochia zu erreichen sei. Der König wünschte dagegen mit den Rittern den Landweg fortzusetzen und nur die schlechtbewaffnete Menge einzuschiffen. Aber seine Ansicht fand auch bei den Baronen Widerspruch, und er mußte sich endlich entschließen der allgemeineren Meinung nachzugeben. Der kaiserliche Gesandte und der Befehlshaber in der Stadt versprachen die erforderlichen Schiffe zu stellen. Es vergingen aber etwa fünf Wochen, ehe günstiger Wind eintrat, und die Zahl der Schiffe, die dann bereit standen, reichten für das gesammte Heer nicht aus. Die Masse, welche jetzt die Unmöglichkeit gemeinsamer Ueberfahrt einsah, drang nun in den König mit den Rittern die Schiffe zu benutzen, während sie selbst sich nach Tarsus durchzuschlagen versuchen wollte. Nothgedrungen willigt der König endlich ein und schließt mit den griechischen Beamten einen Vertrag, wonach sie gegen eine große Geldentschädigung seine Leute sicher nach Tarsus geleiten sollten; er selbst verließ dann mit seinen Großen und Rittern um den 1. März den Hafen von Attalia. Nach einer stürmischen Seefahrt, reich an Gefahren, landete man erst in der dritten Woche am Simeonshafen an der Mündung des Orontes. Der König begab sich mit seinem Gefolge, empfangen und geleitet vom Fürsten Raimund, dem Oheim der Königin, sogleich nach Antiochia (19. März 1148).

Die Schaaren, welche den Landweg nach Tarsus eingeschlagen, hatten das traurigste Schicksal. Die Griechen erfüllten den Vertrag nicht, und ohne Geleit zog das schlechtbewaffnete Volk durch das feindliche Gebiet. Immer neuen Angriffen der Türken ausgesetzt, wurde es endlich ganz auseinander getrieben. Die Meisten fanden unter den Säbeln der Türken, Andere durch Krankheit oder Hunger

*) Der Kampf bei Laodicea hatte in der Mitte des Januar stattgefunden; genau läßt sich der Tag nicht bestimmen.

den Tod; nicht Wenige geriethen in Gefangenschaft, aus der sie nie wieder erlöst wurden.

Alle jene unermeßlichen Heeresschaaren, welche vor einem halben Jahre über den Bosporus gegangen, waren jetzt vernichtet oder zerstreut. Ein Unternehmen, in welches sich die abendländische Christenheit mit einer Begeisterung ohne Gleichen und den überschwänglichsten Hoffnungen geworfen hatte, war durch eine Reihe von Unfällen, wie sie in der Summe geradezu unerhört, völlig gescheitert. Die Frage, wie diese unbezwinglich erscheinende Kriegsmacht in so kurzer Frist von der Erde fortgefegt werden konnte, beschäftigte den ganzen Occident.

Es lag in der Richtung der Zeit, daß man in dem großen Mißgeschick vor Allem eine Strafe Gottes sah, welcher die Zuchtlosigkeit, Unordnung und Gewaltthätigkeit der Kreuzfahrer gerächt habe. Dagegen ist vielfach auch darauf hingewiesen worden, wie die ritterlichen Schaaren in den Massen des schlechtgerüsteten oder gar nicht bewaffneten Fußvolks eine Last nachgeschleppt hätten, an welcher sie schließlich zu Grunde gingen; ebenso hat man in dem Mangel einer einheitlichen Leitung einen Hauptgrund des Uebels erkennen wollen. Aber wenn man sich einmal auf solche, mehr weltliche Reflectionen einließ, dann haben sich doch die Hauptbeschuldigungen gegen Kaiser Emanuel und die Griechen gerichtet, welche durch Falschheit und Verrath die christlichen Heere geflissentlich in das Verderben geführt hätten. Es war dies die allgemeine Meinung besonders unter den Franzosen, welche auf die gesammte Griechenheit die furchtbarsten Verwünschungen häuften. Leicht begreift sich diese Stimmung; denn unläugbar hatte der Kaiser die Bedingungen, welche er gegen die französischen Kreuzfahrer eingegangen war, nicht in ihrem ganzen Umfange erfüllt, und noch schwerer fällt in das Gewicht, daß auf seinem Gebiet die Kreuzfahrer von den Türken überfallen werden konnten, ohne daß sie irgend eine Unterstützung bei ihm und seinen Beamten fanden.

Wir werden auch heute nicht anders urtheilen, als daß zunächst durch die mangelnde Beihülfe der Griechen das gewaltige Unternehmen des Occidents ein so schmähliches Ende nahm und ein solcher Ausgang auch unvermeidlich war, wenn es nicht mit allen Mitteln der morgenländischen Christenheit gefördert wurde. Aber wir werden doch gerechter das Verfahren des griechischen Kaisers beurtheilen, als es damals geschah. Als Emanuel die ersten Verpflichtungen gegen die

Kreuzfahrer einging, lag er selbst im Kriege gegen die Ungläubigen und hoffte in den abendländischen Heeren Bundesgenossen zu finden. Daß die Kreuzpredigt eine wahre Völkerwanderung in sein Reich führen würde, stand außer aller Berechnung. Als dann aber die abendländischen Christen in unübersehbaren Massen halb wie Freunde, halb wie Feinde gegen seine Hauptstadt anrückten, als gleichzeitig ein mächtiger Fürst der römischen Christenheit seine westlichen Länder mit Feuer und Schwert verwüstete und man im französischen Lager vor Constantinopel zu Rathe ging, ob man nicht mit dem Sicilier gemeinschaftliche Sache machen und dem griechischen Reiche ein Ende bereiten sollte, mußte sich seine ganze politische Stellung verändern. Es lag nur in der Natur der Verhältnisse, wenn er mit dem Sultan von Iconium Waffenstillstand schloß, um sich vor den weit gefährlicheren Feinden zu schützen, welche ihn in nächster Nähe bedrängten. Seine Politik konnte keine andere sein, als sich der abendländischen Christen in seinem eigenen Reiche möglichst schnell zu entledigen, und diese Politik hat er mit nicht geringer Umsicht verfolgt.

Die früher eingegangenen Verbindlichkeiten wegen der Zufuhr hätte der Kaiser bei den riesig angewachsenen Heeren, die oft plötzlich ihren Marsch wechselten, wohl nie nach dem Wortlaut erfüllen können, und nicht ohne Gefahr war es für ihn, den Kreuzfahrern Führer in das Gebiet von Iconium zu geben, nachdem er mit dem Sultan den Waffenstillstand geschlossen hatte. Den Angriffen der Türken konnte er auf seinem Gebiete kaum wehren, wenn er nicht sogleich den Kampf mit denselben wieder aufnehmen wollte. Daß er selbst diese Angriffe hervorgerufen und Griechen mit den Türken gegen die Kreuzfahrer gefochten, ist von den Franzosen vielfach behauptet worden, aber unzweideutige Beweise sind niemals gegeben worden. Unverkennbar ist übrigens, daß des Kaisers Verhalten gegen die Deutschen weit zuvorkommender war, als gegen die Franzosen, und dieses erklärt sich aus der Stellung Emanuels zu König Konrad und dem zwischen Beiden gegen Roger geschlossenen Bunde.

König Roger, der sich der Kreuzfahrt nicht nach seinen Absichten bedienen konnte, hielt es für gerathen, den günstigen Augenblick zu benutzen, um der ihm gefährlichen Macht der Griechen einen schweren Schlag zu versetzen. Es ist ihm dies geglückt, aber er bereitete damit zugleich der abendländischen Kirche eine der fürchterlichsten Niederlagen, einen weit schwereren Schaden, als einstmals, da er das kirchliche Schisma begünstigte. Wieder standen in gewissem Sinne er und der heilige Bernhard sich gegenüber, und diesmal war es der Letztere, welcher unterlag. Auffälliger Weise scheint im blinden Griechenhaß weder der Abt von Clairvaux noch sonst die französische Welt es erkannt zu haben, wie ein Fürst der abendländischen Christenheit selbst es war, durch welchen das große Werk zu Grunde gerichtet wurde: sie haben in Roger nur den glorreichen Sieger über die Griechen gefeiert. In Italien und in Deutschland hat man in diesem Punkte klarer gesehen.

Immer hat der Enthusiasmus mit der Realität der Dinge im schweren Kampfe gelegen, aber vielleicht nie hat er sich siegesgewiß höher aufgeschwungen und ist dann, im Fluge ermattend, tiefer herabgesunken, als es damals geschah.

Leider war man noch nicht am Ende der Täuschungen. Der entsetzlichen Tragödie sollte ein nicht minder trauriges Nachspiel folgen. Beide Könige, so entmuthigt sie waren, hofften doch noch durch irgend eine Gunst des Glücks ihr Mißgeschick in Vergessenheit bringen zu können; sie scheuten sich mit der Schmach dieser Niederlagen in die Heimath zurückzukehren. Aber aus Elend geriethen sie in nur noch tieferes Elend.

Sobald König Ludwig nach Antiochia gekommen war, schrieb er an Abt Suger: niemals werde ihn Frankreich wiedererblicken, wenn er nicht zuvor seine Waffen siegreich zum Ruhme Gottes geführt habe; vor Allem bedürfe er jetzt große Geldsummen, ohne welche sich für die heilige Sache Nichts thun ließe. Er verlangte von Suger Geld und nahm zugleich von den Tempelherren bedeutende Summen auf, um ein neues Heer zu werben.

Indessen hatte auch König Konrad die Fortsetzung des Kampfes schon in das Auge gefaßt. Um den 10. März hatte er auf kaiserlichen Schiffen Constantinopel verlassen; in der Osterwoche (11—17. April) landete er bei Accon. Es begleiteten ihn sein Bruder Herzog Heinrich von Baiern, der sich inzwischen mit Theodora, einer Nichte des Kaisers, vermählt hatte, sein Neffe Friedrich von Schwaben, Graf Welf, Bischof Ortlieb von Basel, der Kanzler Arnold und andere vornehme Herren.

Seine Absicht war, unverzüglich nach Jerusalem zu gehen und dort ein neues Heer zu sammeln, mit dem er dann gegen Edessa ausbrechen und es den Ungläubigen entreißen wollte.

Als Konrad gegen Jerusalem kam, zogen ihm König Balduin, der Patriarch Fulcher, der Klerus und das Volk in großer Procession entgegen. Auf das Feierlichste wurde er empfangen und in die Stadt geleitet, wo er in dem Palast der Tempelherren Wohnung nahm. Auf dem Kirchhofe derselben wurde der junge Domvogt Friedrich von Regensburg beerdigt, der eben damals das Zeitliche segnete.

Konrad fand eine große Zahl von Deutschen in Jerusalem vor. Die zersprengten Reste des Heeres, welches unter dem Bischof von Freising gestanden, hatten sich, so weit sie nicht unmittelbar nach der Heimath zurückgekehrt waren, ebenfalls in einem griechischen Hafen nach Jerusalem in der Fastenzeit eingeschifft. Auf der See waren sie in neue Gefahren gerathen; der Sturm hatte sie zerstreut und mehreren Schiffen den Untergang bereitet. Im Schiffbruch hatten Viele, unter ihnen Bischof Udo von Zeitz, das Leben eingebüßt; Andere retteten nur das nackte Leben. An den Häfen von Accon, Tyros und Sarepta wie der Zufall sie einzeln verschlug, landeten die letzten Ueberbleibsel dieses Heeres und begaben sich alsbald nach Jerusalem, wo sie um Palmsonntag eintrafen und dann Ostern an den heiligen Stätten mit großer Andacht feierten. Unter ihnen fand König Konrad seinen Bruder Otto nach langer Trennung wieder. Auch große Schaaren jener lothringischen und flandrischen Pilger, welche die Belagerung Lissabons fortgesetzt hatten, bis am 22. October die Stadt von den Ungläubigen geräumt wurde, waren damals in Jerusalem versammelt; sie hatten bei Lissabon überwintert, waren am 1. Februar in See gegangen und hatten trotz mancher Fährlichkeiten doch glücklich die Küsten des gelobten Landes erreicht. So war die Möglichkeit für Konrad gegeben, die Grundlage für ein neues Heer zu gewinnen. Nachdem er die heiligen Stätten in der Stadt, dann auch in Samaria und Galiläa besucht, begab er sich persönlich nach Accon, um unter den frisch ankommenden Pilgern Werbungen zu machen und so seine Kriegsmacht zu verstärken.

Inzwischen war es den Jerusalemiten gelungen, den Plan des Königs zu ändern und ihn für einen Zug gegen Damascus zu gewinnen. Die Christen im Orient hatten Edessa, jetzt nur noch einen wüsten Platz, bereits fast ganz aus den Augen verloren. Graf Joscelin, ohne alle Unterstützung von Jerusalem und Antiochia, konnte neue Unternehmungen auf Edessa nicht wagen; Raimund von Antiochia richtete seine Angriffe gegen Aleppo und Hama, von wo ihn Nureddin unablässig bedrängte, während die Jerusalemiten mit dem Sultan von Damascus in Streit gerathen waren und in nicht geringer Besorgniß schwebten, da dieser bei Nureddin Unterstützung nachgesucht hatte. Wie sie die Deutschen für ihre Sache zu gewinnen wußten, so hoffte Raimund dagegen die Franzosen für seine Unternehmungen benutzen zu können.

Aber das gute Vernehmen, welches zuerst zwischen dem Fürsten von Antiochia und König Ludwig bestanden hatte, trübte sich bald. Die Königin fand an dem Umgange mit ihrem Oheim, einem Ritter von der stattlichsten Erscheinung — man verglich ihn dem Herkules — und der glänzendsten Lebensart, eben so viel Gefallen, wie ihre Abneigung gegen ihren Gemahl wuchs, der ihr mehr einem Beibruder als einem königlichen Herrn zu gleichen schien. Raimund wollte offenbar die Zuneigung seiner schönen Nichte benutzen, um den König, der in schwächlicher Abhängigkeit von ihr stand, in Antiochia zu fesseln und für seine Pläne zu benutzen. Aber gerade die Vertraulichkeit des Fürsten mit der Königin ließ Ludwig an schleunigen Aufbruch denken. Als er dann der Königin von der Abreise sprach, gerieth diese in die heftigste Leidenschaft; sie ließ sogar den Wunsch der Scheidung verlauten, indem sie auf ihre Verwandtschaft mit dem Könige hinwies, ein Ehehinderniß, welches man bisher geflissentlich verhüllt hatte. Der König wußte sich in den Gedanken der Trennung nicht zu finden, aber er würde in seiner Schwäche sich doch vielleicht dem Willen Eleonorens gefügt haben, wenn ihm nicht die Schmach vergegenwärtigt wäre, welche Frankreich auf ihn häufen werde, wenn zu seinen anderen Verlusten im Orient auch noch der seiner Gemahlin käme. So brauchte er endlich Ernst und verließ mit der Königin und seinem ganzen Gefolge etwa im Anfange des Juni Antiochia und begab sich nach Tripolis.

Hier war Alles damals in größter Bewegung. Der Graf Alfons Jordan von S. Gilles, der jüngere Sohn jenes Raimund, der unter den ersten Kreuzfahrern eine so hervorragende Rolle gespielt hatte, war mit einem zahlreichen Gefolge in Accon gelandet und dann sogleich nach Jerusalem aufgebrochen, aber schon auf dem Wege zu Caesarea starb er plötzlich, und nach einer weit verbreiteten Meinung durch Gift. Ein Sohn des Grafen Alfons besetzte darauf eine Burg in der Nähe von Tripolis, wurde aber hier auf Veranstaltung seines Vetters, des Grafen Raimund von Tripolis, von den Türken überfallen und in Gefangenschaft geführt. Den Tod des Grafen Alfons und die Gefangenschaft seines Sohns maß man dem Einfluß der Königin Melisende bei, und es mochte in ihrem Interesse liegen, daß König Ludwig in die schlimmen Angelegenheiten von Tripolis keinen tieferen Einblick gewann. Der Patriarch von Jerusalem erschien deshalb hier sofort vor dem König, bemühte sich ihn von Tripolis zu entfernen und wußte auch ihn für das Unternehmen gegen Damascus zu gewinnen. Nach kurzer Zeit verließ der König die Stadt und bezog darauf ein Lager bei Tyrus; auch er war bereits lebhaft mit der Anwerbung eines neuen Heeres beschäftigt.

An einem Orte bei Accon, Palma genannt, kamen dann die beiden Könige um Johannis (24. Juni) zusammen. Sie waren von allen ihren Großen begleitet, und auch die Königin Melisende, der junge König Balduin, der Patriarch von Jerusalem und die anderen Bischöfe des heiligen Landes mit den Meistern des Johanniter- und Templerordens waren zugegen. Der Kriegsplan gegen Damascus wurde hier festgestellt; um der Mitte des Juli sollten die Heere sich bei Tiberias sammeln. Die Könige hofften durch dieses Unternehmen alle erlittene Schmach in Vergessenheit zu bringen.

Am bestimmten Tage und an der bestimmten Stelle trafen die Heere zusammen; die Gesammtzahl derselben wird von morgenländischen Schriftstellern auf 50,000 Mann geschätzt. Sie zogen zunächst nordwärts gegen Paneas, wo noch einmal Kriegsrath gehalten wurde, dann unmittelbar auf Damascus. Voran schritt der Patriarch mit dem heiligen Kreuze, dann das Heer von Jerusalem mit seinem Könige, ihm folgten die Franzosen und den Schluß bildeten die Deutschen. So kamen die drei Könige mit ihren Heeren am Sonnabend den 24. Juli in der Frühe vor der Stadt an.

Damascus war nach der Abendseite, wo der Barrady reichlich die Ebene bewässert, weithin von großen, mit hohen Mauern eingefaßten, terrassenförmig sich erhebenden Gärten umgeben. Inmitten dieser Gärten entspann sich sogleich der Kampf und wurde besonders durch die Tapferkeit der Deutschen zu Gunsten der Christen entschieden. Am meisten zeichnete sich im Kampf der alte König selbst aus; man erzählte, daß er mit einem Hiebe einem gepanzerten Sarazenen Kopf, Hals, die linke Schulter und den Arm vom Leibe getrennt habe. Weithin in der Welt kannte man die Wucht seines Schwertes; hier bei Damascus hat er es unseres Wissens zum letzten Male geschwungen, und kaum jemals mit festerer Faust. Es war die Sitte der deutschen Ritter, wenn sich der Kampf erhitzte, von den Rossen zu springen und zu Fuß mit blankem Schwert in den Feind zu bringen. Diese Kampfesart schien den Franzosen unritterlich, und sie liebten sie zu verhöhnen; aber gerade sie scheint damals zu dem glänzenden Erfolge am meisten beigetragen zu haben.

Von allen Seiten flüchteten die Türken in die Stadt zurück; die Gärten waren den Christen preisgegeben, und sie schlugen hier in der Nähe des Flusses ihr Lager auf. Sie rechneten darauf, in höchstens vierzehn Tagen das Banner des Kreuzes auf den Mauern von Damascus aufpflanzen zu können, und die Damascener selbst gaben schon ihre Sache verloren. In der allgemeinen Verzweiflung behielt allein Anar, der tüchtige Vezir des ganz unfähigen Sultans, die Besonnenheit und wurde dadurch der Retter der Stadt.

Durch religiöse Mittel wußte Anar den Muth der Moslems neu zu beleben, zugleich sandte er nach allen Seiten an die Glaubensgenossen Hülfegesuche und unterließ auch nicht mit den Jerusalemiten, unter denen er zahlreiche Verbindungen hatte, heimlich Verhandlungen anzuknüpfen. Schon am folgenden Tage (25. Juli) wagten sich die Türken wieder vor die Stadt, behaupteten sich in einigen kleineren Gefechten und bezogen ein Lager gegenüber den Christen. Als in der nächsten Nacht dann die Städter Zuzug von ihren Glaubensgenossen in der Umgegend erhielten, rückten sie sogar gegen das christliche Lager in der Frühe vor (26. Juli), doch es kam zu keinem entscheidenden Kampfe. Am vierten Tage der Belagerung (27. Juli) rückten aufs Neue die Türken in geschlossener Reihe gegen das Lager der Christen an; diese wichen aber geflissentlich jedem Kampfe aus. Die Lage der Dinge hatte sich in wenigen Tagen völlig geändert.

Uneinigkeit und Verrath herrschten in den christlichen Heeren. Anar hatte den Jerusalemiten vorgestellt, daß er bei Fortsetzung des Kampfes die Stadt den Söhnen Zenkis, die nur wenige Tagemärsche von Damascus mit bereiten Heeren standen, zu übergeben genöthigt sein würde und auch Jerusalem dadurch in die größten Gefahren gerathen müßte. Diese Vorstellungen wurden ohne Zweifel durch Geld unterstützt; wenigstens ist der Vorwurf der Bestechung gegen Balduin und die Templer schon in der nächsten Zeit unverhohlen ausgesprochen worden. Anar erreichte seinen Zweck: die Jerusalemiten beschlossen von der Fortsetzung des Kampfes abzustehen. Wie die Sachen lagen, zeigte sich schon in dem Kriegsrath, der in der nächsten Nacht gehalten wurde. Die Jerusalemiten drangen darauf, das Lager in den Gärten abzubrechen und die Belagerung an der südöstlichen Seite der Stadt zu beginnen, und setzten ihre Meinung durch. In der Frühe des 28. Juli wurde das Lager aufgehoben, und man zog nach der andern Stadtseite hinüber. Aber der erste Blick belehrte, daß Damascus von dieser Seite uneinnehmbar sei und das Heer wegen Wassermangels hier auch nicht einen Tag ausdauern könne. Was die Jerusalemiten beabsichtigt hatten, war klarer als das Sonnenlicht.

König Konrad, über den Verrath auf das Höchste empört, wollte sogleich mit seinem Heere aufbrechen. König Ludwig hätte gern länger vor Damascus ausgeharrt; er rechnete noch immer auf irgend ein ruhmwürdiges Unternehmen, und es ermuthigte ihn der auch jetzt noch kampfschnaubende Gottfried von Langres. Das französische Heer war indessen weniger streitbegierig als der Bischof, und besonders fand er an einem Manne Widerstand, der damals eine sehr einflußreiche und eigenthümliche Stellung einnahm. Es war der Graf Theoderich von Flandern, einer der ersten französischen Barone, aber von deutscher Abkunft*) und wegen mancher in dieser Unglückszeit geleisteten Dienste dem König Konrad besonders werth, zugleich in Jerusalem eine der geachtetsten Persönlichkeiten, da er mit einer Stiefschwester König Balduins vermählt war.

Wenn Theoderich in dem Kriegsrath, der sofort nach dem Umzuge gehalten wurde, dem Bischof entschieden entgegentrat, so leitete ihn wohl nicht allein, wie berichtet wird, Sehnsucht nach der Heimath und den Seinen, sondern die Vermuthung liegt nahe, daß er im Einverständniß mit den Jerusalemiten stand. Im Kriegsrath sagte er in deutscher Sprache zu König Konrad: unerträglich sei es, daß um eines

*) Vgl. oben S. 30.

unbesonnenen Priesters willen das ganze Heer aufgehalten werde; listig wußte er es darauf dahin zu bringen, daß der Bischof mit einigen Rittern ausgeschickt wurde, um einen Lagerplatz zu ermitteln, und während der Abwesenheit desselben stellte er dann König Ludwig vor, wie er schon aus Achtung vor Konrad sich den Wünschen desselben nicht widersetzen könne. Ludwig gab Theoderichs Vorstellungen Gehör, und noch an demselben Tage (28. Juli) traten die christlichen Heere den Rückzug von Damascus an.

Auch dieses Unternehmen war schmählich gescheitert, und Niemand konnte diesmal den treulosen Griechen die Schuld beimessen. Es zeigte sich schon hier deutlich, wie den Lateinern im Orient trotz des heiligen Kreuzes, welches sie ihren Schaaren vortrugen, doch die religiösen Interessen im Hintergrund standen, und bald sollte dies noch klarer hervortreten.

Die von den Königen geworbenen Heere waren ohne einen neuen Kampf nicht zusammenzuhalten, und auf dem Rückzuge faßte man deshalb bereits ein anderes Unternehmen in das Auge. Man wollte Ascalon, welches noch immer unter der Herrschaft der Fatimiden stand und eine fortwährende Bedrohung der christlichen Herrschaften war, den Moslems gemeinsam entreißen. Es wurde der Tag bestimmt, an dem sich die Heere in Joppe von Neuem sammeln sollten. Konrad und Ludwig stellten sich rechtzeitig ein; aber sie harrten acht Tage lang vergeblich auf das Heer von Jerusalem und sahen sich gezwungen den Feldzug aufzugeben, ehe er noch angetreten war. Die Christen im Orient wollten offenbar mit ihren Glaubensbrüdern aus dem Abendlande nicht mehr gemeinsam handeln; sie bereuten ihren Beistand beansprucht zu haben und reichten lieber den Ungläubigen die Hand, ehe sie den neuen Ankömmlingen aus dem Occidente Erfolge und Triumphe gönnten.

Auch das neugeworbene Heer Konrads war bereits wieder in der Auflösung begriffen. Ueberall begegneten dem Könige unmuthige Mienen, und er selbst war enttäuscht und verbittert. So entschloß er sich das gelobte Land, wo sich ihm Alles nur zum Fluch wandte, möglichst bald zu verlassen. Am 8. September schiffte er sich in Accon ein; mit ihm die Herzoge von Baiern und Schwaben und einige geistliche Herren; Graf Welf war schon vor dem Zuge gegen Damascus krank heimgekehrt und hatte seinen Weg durch die Länder Rogers genommen und bei dem Könige von Sicilien die beste Aufnahme gefunden. Aber jede Begegnung mit dem Sicilier hatte König Konrad besonders zu fürchten: auf den Rath des Fürsten Robert von Capua beschloß er deshalb seinen Weg nach der macedonischen Küste zu nehmen und von dort den Landweg einzuschlagen. Als er aber zu Thessalonich landete, traf er dort Kaiser Emanuel, der ihn und sein Gefolge dringend nach Constantinopel einlud, um dort in Ruhe zu überwintern und sich zu erholen. König Konrad gab den Bitten seines Schwagers nach und nahm so zum dritten Male seinen Weg nach der Kaiserstadt, wo er dann bis zum Frühjahr verweilte.

Während dieser Zeit wurde der zwischen dem griechischen und deutschen Reiche schon lange bestehende Bund gegen Roger auf das Festeste angezogen. Man verabredete einen gemeinsamen Feldzug für die nächste Zeit. Sobald Konrad zurückgekehrt, sollte er den Sicilier angreifen, welchen auch der Kaiser gleichzeitig mit Krieg überziehen sollte; nur schwere Krankheit oder drohender Verlust des Reichs wurden als Gründe des Aufschubs gelten gelassen, aber alle Verpflichtungen aufrecht behalten, sobald die Anstände beseitigt. Besonders wurde auch die Unterstützung der italienischen Seestädte in das Auge gefaßt; nach Venedig und Pisa sollten demnächst kaiserliche Gesandte abgehen. Es ist kein Zweifel, daß der Vertrag in den bindendsten Formen geschlossen wurde. Ein byzantinischer Schriftsteller berichtet, daß Konrad auch Besitzungen in Italien dem Kaiser zugesagt habe, und es ist nicht unwahrscheinlich, daß für den Fall eines günstigen Ausgangs des Kriegs die Zurückgabe früherer griechischer Besitzungen in Italien an den Kaiser stipulirt wurde: wir wissen, wie sehr man sogar am päpstlichen Hofe in Furcht schwebte, daß der Vertrag auch Rom beeinträchtigende Bedingungen in sich schließe. Wie weit die von Konrad den Griechen gemachten Zugeständnisse gingen und wie weit sie bindende Kraft hatten, darüber fehlen freilich alle bestimmten Nachrichten.

Zur Sicherung des Bundes schienen die bestehenden verwandtschaftlichen Verhältnisse noch nicht stark genug; auch die Vermählung des jungen Königs Heinrich mit einer Nichte des Kaisers wurde in Aussicht genommen und die weiteren Verhandlungen in der Sache dem von Roger vertriebenen Grafen Alexander von Gravina, einer Vertrauensperson beider Höfe, übertragen.

Beim Herannahen des Frühjahrs verließ Konrads Neffe, Herzog Friedrich, Constantinopel. Er nahm seinen Weg durch Thracien, das Bulgarenland und Ungarn, wie er gekommen war; ohne sonderliche Fährlichkeiten gelangte er im Monat April in die schwäbische Heimath. Wenig später verabschiedete sich auch König Konrad von dem Kaiser. Mit einem nicht geringen Gefolge, in welchem sich Herzog Heinrich von Baiern, Markgraf Hermann von Baden, Markgraf Wilhelm von Montferrat, Bischof Ortlieb aus Basel und der Kanzler Arnold befanden, brach er auf; er scheint auf dem Landwege bis Durazzo gezogen zu sein und sich dort nach Italien eingeschifft zu haben. Um den 1. Mai landete er in seinem Reiche bei Aquileja. Seine Absicht war, sofort in Italien ein Heer zu sammeln, um den Krieg gegen Roger zu beginnen; Herzog Friedrich sollte ohne Zweifel indessen alle Kriegskräfte, die in den deutschen Ländern aufzubringen waren, dort sammeln und ihm zuführen. War das Glück jetzt mit seinen Waffen, so konnte er nach Deutschland mindestens ohne das Gefühl der Schmach zurückkehren, welches nur allzu sehr ihn bedrückte. Er verlangte zunächst nach einem neuen Kampfplatze, nicht nach der deutschen Heimath.

Auch König Ludwig trug wenig Verlangen sich wieder der Heimath zu zeigen, obwohl ihn Abt Suger wiederholt auf das Dringendste zur Rückkehr mahnte und auch sein Heer sich bereits völlig wieder aufgelöst hatte. Die meisten französischen Herren, auch der Bruder des Königs, waren schon früher heimgekehrt, und Manche unter ihnen suchten die Abwesenheit des Königs zu benutzen, um neue Wirren in Frankreich hervorzurufen. Erst nach Ostern 1149 verließ Ludwig das gelobte Land, und mit ihm wohl auch der päpstliche Legat Dietwin, während Cardinal Guido im Orient zurückblieb. Einst hatte Ludwig geschrieben: nie werde er nach Frankreich heimkehren, wenn er nicht zum Ruhme Gottes Großes vollführt habe; er hatte das vorschnelle Wort zu bereuen, denn noch tiefer gedemüthigt, als Konrad, sollte er wieder unter sein Volk treten. Die Schuld seiner Leiden maß er, wie wir wissen, vor Allem den treulosen und ketzerischen Griechen bei, und als ein ebenso erbitterter Feind des griechischen Kaisers kehrte er heim, wie Konrad als dessen engster Bundesfreund. Die beiden Könige waren einst zusammen ausgezogen, eines Herzens, eines Sinnes, zu einem großen Unternehmen, in gleichem Glaubenseifer.

Sie lehrten nicht nur auf verschiedenen Wegen zurück, sondern auch völlig getrennt in allen ihren Ansichten, durch die Politik in verschiedene Kriegslager getrieben, durch die kirchlichen Interessen kaum noch zusammen gehalten.

Aus Besorgniß vor den Griechen nahm Ludwig den unmittelbaren Seeweg von der syrischen an die italienische Küste; aber es fehlte nicht viel, so wäre er doch in die Hände der Griechen gefallen; nur die Flotte Rogers rettete ihn. Am 29. Juli landete er an der Küste Calabriens. Indessen war das Schiff, welches seine Gemahlin führte, nach Palermo verschlagen worden, und er mußte längere Zeit warten, ehe er wieder mit ihr zusammentreffen konnte. Im Anfange des October hatte er dann noch zu Potenza eine persönliche Zusammenkunft mit Roger. Sie schieden in herzlicher Freundschaft. Keine Frage ist, daß Ludwig dem Siciller damals Aussichten auf Beistand in seinen Bedrängnissen eröffnete; nur darüber bleiben wir im Ungewissen, wie bindende Verpflichtungen er gegen Roger einging.

Das traurige Ergebniß jenes Kreuzzugs, der vom Papst und dem heiligen Bernhard als ein großes Gotteswerk verkündigt war, beschloß sich nicht allein in dem Verlust unzähliger Menschenleben ohne irgend einen Gewinn für die lateinische Kirche im Orient; noch schwerer fiel in das Gewicht, daß die einzigen Autoritäten, welche die gespaltene und verworrene abendländische Welt noch zusammenzuhalten schienen, tief herabgedrückt waren und daß der Kreuzzug selbst einen Bruch zwischen den beiden ersten Königen der römisch-katholischen Christenheit herbeigeführt hatte, von dem man die verderblichsten Folgen für dieselbe befürchten mußte.

14.

Der Kreuzzug gegen die Wenden und seine Folgen.

Die Kreuzfahrer im Wendenlande.

Lange zuvor, ehe die Reste der königlichen Heere aus dem Orient zurückkehrten, war die Kreuzfahrt im Wendenlande beendet worden. Auch durch sie waren die hochgespannten Erwartungen nicht befriedigt worden, und die Zeitgenossen haben auch sie als ein verfehltes Unternehmen bezeichnet: dennoch ist sie für die Befestigung der deutschen Herrschaft und der christlichen Kirche im Wendenlande von nicht geringer Bedeutung gewesen.

Alles, was hier in den Tagen Lothars erreicht, war allerdings während der inneren Kämpfe Sachsens nach dem Tode des Kaisers wieder in Frage gestellt worden.*) Heinrich der Stolze und Albrecht der Bär hatten, in ihrer ganzen Stellung bedroht, die Wenden sich selbst überlassen müssen. Dennoch wurde das Verlorene bald wieder gewonnen, die deutsche Herrschaft in ihrem früheren Bestande hergestellt. Man verdankte dies vor Allem der Thätigkeit des Grafen Adolf von Holstein. Nachdem dieser noch eine Zeit lang mit dem tapferen Heinrich von Badwide in Streit gelegen, hatten sie sich endlich im Jahre 1142 friedlich auseinander gesetzt; Heinrich war mit Ratzeburg und dem Polaberlande**) entschädigt worden. Indessen hatte Adolf ganz Wagrien wiedergewonnen; Fürst Pribislaw, einst der hitzigste Feind der deutschen Herrschaft, hatte den Kampf und das Regiment aufgegeben und sich in die Gegend von Oldenburg zurückgezogen, wo er im Schutz des Grafen Adolf ein stilles Dasein führte.

Um Wagrien, den Boden immer neuer Aufstände, besser für die Folge zu sichern, stellte Adolf nicht nur die zerstörte Feste Segeberg her, sondern begann auch das verödete Land mit deutschen Kolonisten zu besetzen. Holsteiner und Stormarn ließen sich in den westlich von Segeberg belegenen Gegenden an der oberen Trave nieder. In die östlichen Striche bis zum Meere hin wurden Bauern aus Westfalen, Holland und Friesland geführt. Die Westfalen besetzten das

*) Vergl. oben S. 178. 180.

**) Im Wesentlichen das spätere Herzogthum Lauenburg.

Darguner Land*), die Holländer nördlich davon die Gegend um Eutin, die Friesen östlich das Land Süssel bis an die See. Das Plönerland blieb unbebaut; in den von dort nördlich bis zur See sich ausbreitenden Strichen um Lützenburg und Oldenburg wohnten zinspflichtige Wenden. Auch eine deutsche Stadt legte Adolf in Wagrien an. Nicht weit von der Stelle des alten, seit Jahren zerstörten**) Wendenortes Lübeck ließ er sie auf einem geräumigen von den Flüssen Trave und Wecknitz eingeschlossenen Werder erbauen; der Name Lübeck ging auf die neue Stadt über, welche, durch die unmittelbare Nähe eines guten Hafens begünstigt, schnell emporkam.

Unter Adolfs Schutz lebte auch die Mission in Wagrien wieder auf. Vicelin und seine Genossen in Neumünster stellten die zerstörten Kirchen her und bildeten neue Gemeinden, die sie mit Priestern versahen. Da der Wiederaufbau des Klosters bei Segeberg Bedenken erregte, errichteten sie in einiger Entfernung auf der andern Seite der Trave an einem Orte, der wendisch Cuzalina, deutsch Högersdorf genannt wird, ihren neuen Convent.

Nicht wenig zur Förderung der Kolonien und der Mission trug bei, daß sich Adolf mit dem Abodritenfürsten Niklot in das beste Vernehmen zu setzen wußte. Durch große Geschenke gewonnen, war Niklot aus einem bald offenen, bald versteckten Widersacher der Deutschen ein guter Nachbar derselben geworden und hatte mit Adolf ein förmliches Freundschaftsbündniß geschlossen.

Wie aber ließ sich Freundschaft zwischen den Sachsen und Wenden erhalten, wenn sich jene durch die Kreuznahme zur Ausrottung des Glaubens oder des ganzen Geschlechts der Wenden verpflichteten? Sobald Niklot von den Rüstungen der Kreuzfahrer und ihren Absichten erfuhr, traf er seine Anstalten zur Gegenwehr. Er begann am nordöstlichen Ende des Schweriner Sees die starke Feste Dobin herzustellen, sammelte ein Heer und rüstete eine Flotte. Gern hätte er dennoch das Bündniß mit Adolf erhalten, aber dieser glaubte selbst es lösen zu müssen, um sich nicht bei seinen Landsleuten verdächtig zu machen. Der Graf verhehlte sich freilich nicht, was nun ihm und den Seinen von den Wenden drohte. Er warnte die deutschen Kolonisten vor einem Ueberfall — aber schon war es zu spät.

---

*) Die Gegend um Ahrensboek.

**) Vergl. oben S. 178.

Niklot hatte sich mit zahlreichem Gefolge eingeschifft und segelte über die See bis zur Travemündung. Am Morgen des 26. Juni 1147 überfiel er Lübeck; die im Hafen liegenden Schiffe wurden mit ihren Waaren verbrannt, mehr als dreihundert Männer bei ihnen erschlagen, die Burg der Stadt belagert und zwei Tage bestürmt. Inzwischen jagten zwei wendische Reiterschwärme durch das Land bis Segeberg hin und verwüsteten die Felder der deutschen Kolonisten. Nur Eutin wurde durch seine feste Lage geschützt, und in Süsel leistete eine kleine Schaar tapferer Friesen den Wenden herzhafte Gegenwehr, bis diese auf die Nachricht, daß Adolf mit einem starken Heere anrücke, den Rückzug antraten und zu ihren Schiffen zurückeilten. Eine große Beute und viele Gefangene brachte Niklot über die See in sein Land zurück.

So hatten die Wenden selbst den Krieg begonnen, und der Anfang desselben war beklagenswerth genug für die Deutschen. Alles, was in den letzten Jahren gewonnen, war vernichtet oder doch in seiner Entwickelung gehemmt worden.

Der Auszug der Kreuzfahrer war auf den 29. Juni bestimmt gewesen; das ganze Heer sollte sich dann bei Magdeburg sammeln. Aber nach gewohnter Weise waren Viele so säumig, daß die Schaaren, welche sich um den jungen Sachsenherzog, um Herzog Konrad von Zähringen, Erzbischof Adalbero von Bremen, dem Domprobst Hartwich von Stade und Bischof Thietmar von Verden an der Elbe gesammelt hatten, endlich nicht länger warten wollten; sie brannten darauf, Niklot die Rache der Deutschen fühlen zu lassen. Um die Mitte des Juli gingen sie, angeblich 40,000 Mann, über die untere Elbe und rückten unaufhaltsam bis vor Dobin. Diese Burg war von einem starken wendischen Heere besetzt und mußte von den Kreuzfahrern belagert werden.

Die Deutschen fanden bei der Belagerung Dobins bald eine unerwartete Unterstützung. Auch die Dänen hatte die Kreuzzugsbegeisterung ergriffen, und an der Fahrt gegen die Wenden betheiligten sie sich um so lieber, als sie in der letzten Zeit von ihnen viel Schlimmes erlitten hatten. Seit die Wenden den deutschen Waffen sich nicht mehr gewachsen fühlten, hatten sie sich auf den Seeraub noch mehr als früher gelegt und besonders die dänischen Küsten unaufhörlich verheert.

So stark war deshalb der Haß in Dänemark gegen die Wenden, daß man darüber sogar den inneren Krieg vergaß, der sich abermals um die Krone entzündet hatte. Erich Lamm war am 27. August 1146 gestorben und gleich nach seinem Tode Sven, Erich Emunds Sohn, und Knud, der Sohn des im Jahre 1134 erschlagenen Magnus, in Streit um die Herrschaft gerathen. Aber Beide ließen jetzt ihren Streit ungeschlichtet ruhen und rüsteten vereint eine große Flotte gegen die Wenden aus; die Bemannung derselben wird — gewiß nicht ohne Uebertreibung — auf 100,000 Mann angegeben. Nachdem die Flotte an der wendischen Küste gelandet war, ließen die Dänen ihre Schiffe zurück und zogen gegen Dobin, wo sie zur Umschließung der Burg sich mit den Deutschen verbanden.

Trotz der Uebermacht der Feinde verzagte Niklot nicht, und bald wußte er sich mindestens der Dänen zu entledigen. Er machte einen glücklichen Ausfall gegen ihre Schaaren, denen die Deutschen nicht rechtzeitig zur Hülfe kommen konnten. Zahlreiche Dänen geriethen in die Gefangenschaft der Abodriten und wurden nach Dobin geschleppt. Schlimmeres noch erfuhren die Dänen, indem ihre zurückgelassene Flotte von den mit Niklot verbündeten Ranen überfallen und großentheils zerstört wurde (31. Juli). Als sie von diesem Unheil hörten, kehrten sie eilends an die See zurück, nöthigten die Ranen zum Abzug und retteten so von ihrer Flotte, was noch zu retten war. Ohne Zögern fuhren sie dann wieder in die Heimath zurück, wo der Thronstreit alsbald von Neuem entbrannte.

Die Deutschen setzten die Belagerung Dobins fort, aber ohne rechten Ernst. Die sächsischen Herren kamen nach kurzer Zeit zu der Einsicht, daß es kaum in ihrem Interesse läge, ein Land zu verheeren, welches sie als ihr Steuergut ansahen, und ein Volk auszurotten, über welches sich ihre Herrschaft mehr und mehr auszudehnen begann. Wiederholentlich wurde Waffenstillstand und endlich ein Friede geschlossen, in welchem sich die Wenden die gefangenen Dänen auszuliefern und dem Götzendienst zu entsagen verpflichteten. Damit glaubte man dem Papste und den dänischen Bundesgenossen genügt zu haben. Freilich wurden von den Wenden diese Verpflichtungen schlecht erfüllt; weder erfolgte die vollständige Auslieferung der Gefangenen, noch hörte die Abgötterei bei den Abodriten auf, wenn sie sich auch zum Scheine mit dem Taufwasser besprengen ließen. Wichtiger war, daß Niklot in seine frühere Abhängigkeit von dem sächsischen Herzoge zurückkehrte und ihm fortan regelmäßig Tribut zahlte. Auch sein früheres Freundschaftsverhältniß mit Graf Adolf erneuerte der Abodrite, fortan mehr ein Bundesfreund der Deutschen, als ihr Gegner. So war mindestens für die Befestigung der deutschen Herrschaft im Abodritenlande dieser Zug nicht ohne Erfolg gewesen.

Inzwischen hatte sich um den 1. August auch das Hauptheer der Kreuzfahrer bei Magdeburg gesammelt. Bei demselben befanden sich der Legat des Papstes Bischof Anselm von Havelberg, Erzbischof Friedrich von Magdeburg, die Bischöfe von Halberstadt, Merseburg, Brandenburg und Münster, Abt Wibald von Korvei, Markgraf Konrad von Meißen, Markgraf Albrecht der Bär mit seinen Söhnen Otto und Hermann, Pfalzgraf Friedrich von Sommerschenburg und Pfalzgraf Hermann bei Rhein. Auf 60,000 Krieger wurde das deutsche Heer geschätzt. Zu demselben stießen noch die mährischen Herzöge Otto, Svantopulk und Wratislaw mit Bischof Heinrich von Olmütz. Auch einer der Brüder des Polenherzogs Boleslaw zog mit etwa 20,000 Mann dem deutschen Heere zu, während Boleslaw selbst mit großer Kriegsmacht zur Ausrottung der heidnischen Preußen ausgerückt war und auf diesem Kriegszuge bei den Russen Unterstützung fand. Selbst diese waren, obwohl sie außerhalb der römischen Kirche standen, in die große Kreuzzugsbewegung hineingezogen worden.

Der Angriff des deutschen Heeres, wohl des stattlichsten, welches je im Wendenlande erschienen war, sollte sich besonders gegen die heidnischen Liutizen richten. Als es über die Elbe gekommen war, machte es zuerst in Havelberg Rast; dann stürmte es unter großen Verheerungen in das feindliche Land hinein. Die Ortschaften, auf welche man stieß, wurden niedergebrannt. Dieses Schicksal traf auch Malchow unweit des Müritzsees und den bei der Stadt belegenen Götzentempel. Die Wenden verkrochen sich scheu in ihre Wälder und Sümpfe; einem Widerstand scheint das Kreuzfahrerheer kaum begegnet zu sein, bis es vor die Burg Demmin kam, welche wieder in den Händen der Liutizen gewesen sein muß*). Demmin wurde von den Kreuzfahrern belagert. Ueber den Ausgang der Belagerung und des Zugs gegen die Liutizen erfahren wir Nichts. Vielleicht daß auch sie sich

*) Vergl. oben S. 161.

zur Annahme des Christenthums verpflichteten; thaten sie es, so hielten sie ihr Versprechen noch weniger, als die Abodriten.

Auch vor Stettin erschienen dann die Kreuzfahrer. Aber als die Pommern Kreuze auf ihre Wälle stellten und Bischof Adalbert, der Schüler des heiligen Otto, sich in das Lager der Feinde begab und den deutschen Bischöfen vorstellte, daß die Waffen das ungeeignetste Mittel seien, um das Werk Ottos im Pommerlande zu erhalten, machten seine Vorstellungen Eindruck. Es kam zu friedlichen Verhandlungen zwischen dem Pommerherzog Ratibor und den Kreuzfahrern, bei denen jener offenbar sich der christlichen Sache fortan mit allem Ernste anzunehmen versprach. Das Kreuzheer verließ alsbald Stettin und das Wendenland; schon im Anfange des September scheint es wieder über die Elbe zurückgekehrt zu sein*).

In wenigen Wochen hatten sich die Fürsten der Pflichten entledigt, welche sie mit dem Kreuze übernommen. Glänzende Thaten hatten sie nicht vollführt, und viel fehlte daran, daß sie das ganze Wendenland dem Christenthum gewonnen hätten. Aber einen nicht geringen Schrecken hatten sie doch mit ihrer Heeresmacht unter den Wenden verbreitet. Dies zeigte sich wie in des Abodriten Niklot, so in Herzog Ratibors Verhalten nach dem Zuge. Im Sommer 1148 kam der Pommernherzog selbst nach Havelberg und besprach sich mit den sächsischen Fürsten; er bekannte sich hier, nachdem er schon früher von Otto die Taufe empfangen hatte, mit aller Entschiedenheit zum katholischen Glauben und gelobte für die Ausbreitung der christlichen Kirche mit allen seinen Kräften einzustehen.

Ratibor hat sein Wort gehalten. Mit seiner Gemahlin Pribislawa gründete er alsbald einen Convent der Prämonstratenser in Grobe auf der Insel Usedom und stattete ihn reichlich aus. Auch für die Benedictiner gründete er ein Kloster zu Stolpe an der Peene. Hier war einst Fürst Wratislaw, der Freund des heiligen Otto, erschlagen worden**), und zur Sühne jener Frevelthat wurde das neue Kloster errichtet, welches seine ersten Mönche aus Kloster Bergen bei Magdeburg erhielt. Nicht ohne Wichtigkeit für die Consolidirung der kirchlichen Verhältnisse Pommerns war es auch, daß sich im Kreuzzuge

*) Wibald war, wie wir wissen, schon am 8. September wieder in Korvei.
**) Vergl. oben S. 166.

zwischen den sächsischen Fürsten und den Polen ein befreundetes Verhältniß entwickelt halte. In Folge davon hatten bereits am 6. Januar 1148 Erzbischof Friedrich von Magdeburg, Markgraf Albrecht und andere sächsische Herren zu Kruschwitz bei Bromberg mit den Polenherzogen Boleslaw und Mesco eine Zusammenkunft gehabt; Markgraf Albrecht halte damals mit Judith, einer Schwester der polnischen Herzoge, seinen ältesten Sohn Otto verlobt.

Heinrich der Löwe und Albrecht der Bär.

Der junge Heinrich der Löwe, der Enkel Kaisers Lothars, hatte sich im Kreuzzuge gegen die Abodriten zuerst in kriegerischen Thaten versucht, und Keiner der sächsischen Fürsten trug aus dem Unternehmen größeren Gewinn davon. Wenn auch die Abodriten nach wie vor ihren Götzen opferten und den Seeraub gegen die Dänen fortsetzten, so zahlten sie ihm doch Tribut und Niklot beugte sich vor dem Herzog als seinem Herrn. Die Verbindungen, in welche ihn der Krieg mit vielen tapferen sächsischen Herren gebracht hatte, benutzte er dann sogleich zu einer neuen Erwerbung. Im Sommer 1148 führte er ein großes Heer, bei welchem sich der Erzbischof von Bremen, der Dompropst Hartwich, Markgraf Albrecht, die Grafen Adolf von Holstein und Heinrich von Badwide befanden, gegen die Ditmarsen, um den Tod des Grafen Rudolf von Stade an ihnen zu rächen*). Das Unternehmen glückte, und Herzog Heinrich behielt das Land der Ditmarsen in der Hand; er sah es als ein Zubehör der Stader Erbschaft an, die er sich bereits gesichert hatte.

Aber der Zug gegen die Ditmarsen hatte traurige Folgen für die Holsteiner Grafen. Ein angesehener kriegslustiger und kriegskundiger Ditmarse, Etheler mit Namen, hatte flüchtig die Heimath verlassen müssen und sich nach Dänemark gewendet; hier warf er sich in den Thronstreit, welcher das Land bewegte, und wurde einer der hitzigsten Vorkämpfer für Sven, während Graf Adolf für Knud, dem besonders Schleswig und Jütland anhing, Partei ergriffen hatte. Svens Sache gewann jedoch alsbald auch in Schleswig das Uebergewicht, und nun griff Etheler Holstein an, um sich an Adolf zu rächen und sein Land

*) Vergl. oben S. 212.

dem dänischen Könige zu gewinnen. Da zugleich Sven selbst Wagrien überfiel und hier Alles mit Feuer und Schwert verwüstete, wurde Adolfs Lage eine höchst gefahrvolle. In der Noth schwankte die Treue der Seinen; bald war er genöthigt das Land zu verlassen und beim Herzog Beistand zu suchen.

Das mannhafte Auftreten des jungen Herzogs stellte schnell die Autorität des Grafen in Holstein her; dieser kehrte nicht allein zurück, sondern er konnte auch nach kurzer Frist ein Heer gegen Schleswig führen, bei welcher Stadt Sven und Etheler damals lagerten. Da zugleich auch Knud mit Streitkräften anrückte, gerieth Sven in nicht geringe Bedrängniß, aus welcher ihn nur die listigen Anschläge des Ditmarsen retteten. Graf Adolf zog sein Heer an die Eider zurück, wurde aber hier von Etheler und den Dänen überfallen. Mit rühmlicher Tapferkeit bestand er gegen sie den Kampf; Etheler selbst fand in dem heißen Streite den Tod. Aber obwohl Knud in ihm seinen furchtbarsten Gegner verlor, konnte er sich doch in Dänemark nicht behaupten. Flüchtig kam er alsbald nach Bremen und suchte dort eine Zufluchtsstätte (1150). Sven, in der Herrschaft gesichert, schloß um dieselbe Zeit Frieden mit dem Grafen Adolf, der nun endlich Ruhe gewann, so daß er die Ordnung in Holstein herstellen und die Kolonisation Wagriens aufnehmen konnte: das schöne Werk des Grafen nahm jetzt den besten Fortgang.

Indessen war Erzbischof Adalbero von Bremen am 25. August 1148 gestorben. Seine lange Amtsführung war nur reich an Enttäuschungen gewesen. Unablässig hatte er sich bemüht die Legation Bremens im Norden herzustellen, aber gerade in seiner Zeit hatte das Erzbisthum Lund festen Bestand gewonnen und alle scandinavischen Bisthümer waren der neuen Metropole des Nordens unterworfen worden. Auch alle Bemühungen des eifrigen Vicelin, in dem wendischen Theil der Bremer Kirchenprovinz kirchliche Ordnungen zu erneuern, hatten bisher zu nicht viel mehr geführt, als daß mehrere Missionsstationen in dem Lande der Wagrier errichtet waren. In Wahrheit hatte Bremen damals keinen einzigen Suffraganen; der erzbischöfliche Name war fast zu einem leeren Titel herabgesunken. Auch die Hoffnung, welche sich Adalbero in seiner letzten Lebenszeit eröffnete, durch die Stader Erbschaft die weltliche Macht seines Erzstifts zu erhöhen, war schmählich gescheitert; der junge Herzog hatte die Erbschaft an sich gebracht und dadurch einen Machtzuwachs gewonnen, der ihn der Bremer Kirche gefährlicher machte, als es jemals die Billinger gewesen waren.

Auf die damalige Lage der Bremer Kirche wendet Abt Wibald die Worte des Jeremias an: „Sie, die früher eine Fürstin unter den Heiden und eine Königin in den Ländern war, ist nun wie eine Wittwe und muß dienen *)“. Man dachte damals daran, diesen vielgewandten und am königlichen Hofe so angesehenen Abt auf den erzbischöflichen Stuhl von Bremen zu erheben, aber so begehrlich dieser sonst war, mag es doch aufrichtig gewesen sein, wenn er versicherte, daß er nicht die Kraft in sich spüre, eine so schwere Last zu tragen. Die Wahl fiel auf den Dompropst Hartwich von Stade, und Wibald selbst billigte diese Wahl als die einzige, durch welche dem Erzstifte aufgeholfen werden könne. Allerdings mußte sie dem jungen Herzoge im höchsten Grade mißfällig sein; denn auf eine willfährige Gesinnung konnte er bei dem Manne nimmermehr rechnen, dem er die Besitzungen seiner Vorfahren entrissen hatte. Auch Hartwich konnte sich nicht verhehlen, daß ihm mancher Strauß mit diesem ehrgeizigen und herrschsüchtigen Jüngling bevorstand, aber er fühlte etwas in sich von der Mannhaftigkeit seiner Ahnen und wich dem Kampfe nicht aus. Vor Allem beseelte ihn das brennende Verlangen, sein Erzstift wieder auf die frühere Höhe zu erheben, der verwaisten Mutterkirche wieder Töchter zu geben, und zunächst forderte ihn die Lage der wendischen Länder auf, die Herstellung der dort untergegangenen Bisthümer zu betreiben.

Im Anfange des Jahrs 1149 begab sich Hartwich in Gemeinschaft mit Bischof Anselm von Havelberg nach Italien zum Papste. Seine nächste Absicht war, sich das Pallium zu holen, aber zugleich hoffte er auch seiner Kirche die alten Gerechtsame wieder zu gewinnen. Seine Bemühungen um die Legation in ihrem ganzen Umfange mußten völlig scheitern, da man in der Curie so wenig daran dachte, das frühere Kirchensystem im Norden zu erneuern, daß man vielmehr alsbald einen Versuch machte, neben dem Erzbisthum Lund noch ein besonderes Erzbisthum für Norwegen und Schweden zu errichten, also das Kirchenthum des Nordens mehr und mehr zu decentralisiren. Dagegen scheint Hartwich wegen der Herstellung der wendischen Bisthümer günstigere

*) Klagelieder 1, 1.

Aussichten gewonnen zu haben. Denn schon hatte der Papst selbst diese in das Auge gefaßt und den Cardinal Guido, den er im September 1148 nach Polen sandte, um die Zurückführung des verbannten Polenherzogs zu erwirken, auch mit der Errichtung von Bisthümern im Wendenlande beauftragt. Der Cardinal fand in Polen so hartnäckigen Widerstand, daß er über das ganze Land das Interdict aussprach. Als seine Anwesenheit dort keinen Erfolg mehr versprach, begab er sich im Juni 1149 nach Sachsen, um die kirchlichen Verhältnisse des Wendenlandes zu ordnen.

Der Cardinal scheint in Königslutter mit Herzog Heinrich zusammengetroffen zu sein. Erzbischof Hartwich und Bischof Anselm waren von ihrer italienischen Reise noch nicht zurückgekehrt; Abt Wibald, der an den Verhandlungen theilzunehmen vom Cardinal aufgefordert war, entschuldigte sein Ausbleiben. Was der Legat in Betreff der neuen Bisthümer bestimmt hat, wissen wir nicht; es scheint aber, als sei dem Herzoge auf die Einrichtung derselben ein großer Einfluß eingeräumt worden. Doch dies Alles verlor zunächst seine Bedeutung, da Erzbischof Hartwich, auf die alten Privilegien Bremens gestützt, bald nach seiner Rückkehr selbstständig, ohne den Herzog oder den Grafen Adolf nur zu befragen, die Herstellung der wendischen Kirche angriff. Seine Absicht war, die Bisthümer von Oldenburg, Meklenburg und Ratzeburg in derselben Weise herzustellen, wie sie unter Erzbischof Adalbert bestanden hatten, und am 11. October 1149 ordinirte er im Kloster Rosenfeld den alten Vicelin zum Bischof von Oldenburg und einen gewissen Emmehard zum Bischof von Meklenburg. Jenem wurde Wagrien, diesem das Abodritenland als Sprengel zugewiesen, und Beide begaben sich dann in ihre Diöcesen. Aber sie fanden dort keine Kirchen, keine Priester, keine Stelle, wo sie ihren Bischofsstuhl aufschlagen konnten; nicht einmal der dürftigste Unterhalt wurde ihnen gewährt. Sie meinten in das Land des Elends, in die Sitze des Satans und aller unreinen Geister, gekommen zu sein.

Die traurige Lage der neuen Bischöfe rührte besonders daher, daß Herzog Heinrich ihnen jede Anerkennung versagte; die Zehnten, welche der Kirche gebührten, erhoben er und seine Vasallen im Wendenlande. Vicelin wandte sich deshalb mit Beschwerden an den jungen Herzog, aber er wurde hart angelassen, daß er ohne Wissen desselben das Bisthum übernommen habe. „Mir stand es zu“, sagte der Herzog,

„diese Sachen zu ordnen in einem Lande, welches meine Väter durch Gottes Gnade erobert und mir als Erbe hinterlassen haben". Nur dann versprach er seine Gunst dem Bischofe zuzuwenden, wenn er aus seiner Hand die bischöfliche Investitur empfangen würde. Heinrich von Witha, ein Vicelin befreundeter Vasall des Herzogs, rieth ihm sich einem Willen zu fügen, dem er doch nicht widerstreben könne; denn kein Kaiser oder Erzbischof werde ihm gegen den Herzog, dem Gott einmal das ganze Land untergeben habe, zu helfen vermögen. Aber die bischöfliche Investitur durch den Herzog schien im Widerspruche mit den Kirchengesetzen und war mindestens so ungewöhnlich, daß Vicelin sich nicht dazu entschließen konnte. Er kehrte nach Neumünster zurück, wo er alt, krank, verlassen, traurige Tage verlebte. Hartwich und die Bremer suchten ihn im Widerstande gegen die Forderung des Herzogs zu erhalten, aber bereitwillige Unterstützung fand er auch weder bei ihnen noch bei seinem alten Freunde, dem Grafen von Holstein, welcher die Abneigung des Herzogs gegen die neuen Bisthümer theilte. So konnte Vicelin nicht mehr thun, als ab und zu eine Missionsreise in seinen Sprengel zu unternehmen und einzelne dürftige Kapellen zu bauen. Noch weniger scheint Bischof Emmehard in seinem Sprengel erreicht zu haben, wenn er überhaupt je längeren Aufenthalt in demselben nahm. Von Bekehrungen der Wenden war wenig zu sagen.

Vicelins Lage wurde auf die Dauer unerträglich, und so entschloß er sich endlich doch nach Lüneburg zu gehen, um sich dem Willen des Herzogs zu fügen. Mit dem Stabe, wie die anderen Bischöfe vom Könige, empfing er aus der Hand des Herzogs sein Bisthum, und zugleich verlieh ihm dieser das Dorf Bujoe auf einem Werder im Plöner See, welches schon früher zum Bisthum Oldenburg gehört hatte. Graf Adolf willigte in die Abtretung des Dorfes, welches in seinem Besitz war, und überließ dem frommen Manne auch die Hälfte der Zehnten, welche er bis dahin aus Wagrien erhoben hatte. So trat Vicelin wenigstens nun in einen Theil seiner bischöflichen Rechte ein, was Emmehard nie geglückt zu sein scheint.

Alle diese Vorgänge zeigten, wie gesunken die Macht des Bremer Erzbisthums im Wendenlande war und wie alle Gewalt sich hier bereits in der Hand des jungen Herzogs vereinigte. Es konnte auch nur als ein Zuwachs derselben erscheinen, wenn um diese Zeit Niklot, sein Vasall, sich die liutizischen Stämme der Kissinen und Zirzipaner unterwarf und so seine Herrschaft bis zur Peene ausdehnte. Es war eine wichtige, freilich nicht beabsichtigte Folge des Kreuzzugs im Wendenlande, daß der junge welfische Fürst in den Gegenden an der Ostsee eine gleich gebietende Stellung gewann, wie sie einst sein Großvater Kaiser Lothar hier besessen hatte.

Aber zu derselben Zeit fiel auch seinem bedeutendsten Gegner, Markgraf Albrecht, eine Erbschaft zu, welche ihm lange in Aussicht stand und seine Macht im Wendenlande wesentlich stärkte. Schon seit Jahren nannte er sich Markgraf von Brandenburg*), und es muß deshalb auch wohl längst die Burg der Stadt in seinen Händen gewesen sein. Das christenfreundliche Herrscherpaar, Pribislaw und Petrussa**), werden inmitten des heidnischen Volkes den Schutz der Deutschen bedurft haben. Im Jahre 1150 starb Pribislaw, und seine Gemahlin verheimlichte den Tod so lange, bis Albrecht selbst von der Erbschaft Besitz nehmen konnte. Nach drei Tagen erschien der Markgraf mit einem Heere und besetzte die Stadt mit dem ganzen Lande, ohne auf Widerstand zu stoßen. Diejenigen, deren Haß gegen die Deutschen und das Christenthum er besonders zu fürchten hatte, vertrieb er aus Brandenburg und übergab die Stadt deutschen und slawischen Männern, auf deren Treue er sich glaubte verlassen zu können.

Brandenburg schien so dem Christenthum völlig wiedergewonnen. Schon kurz vor seinem Tode hatte Pribislaw auf den Rath des Bischofs Wigger Prämonstratenser von Leitzkau nach Brandenburg kommen lassen und ihnen eine dem h. Godehard geweihte Kirche in der Vorstadt Parduin übergeben. Jetzt fanden die Prämonstratenser unter Albrechts Schutz Raum zu weiterer Thätigkeit, aber den Sitz des Bisthums nach Brandenburg zurückzuverlegen nahm Wigger doch noch Anstand. Er blieb mit seinem Kapitel in Leitzkau, wo er die neue Marienkirche damals baute, die am 8. September 1155 eingeweiht wurde und in welcher er sich selbst die Grabstätte erwählt hatte.***)

---

*) Schon seit 1136 kommt der Titel vereinzelt vor, dann aber häufig vom Jahre 1144 an.

**) Vergl. oben S. 166.

***) Wigger starb am 31. December 1160. Sein Nachfolger Wilmar, bis dahin Propst in Leitzkau, übertrug schon 1161 die Rechte des Domkapitels dem St. Gotthardsstift und verlegte dann 1165 das Stift nach der Burg. Hier nahm

Er befürchtete wohl, daß Brandenburg Albrecht noch nicht hinreichend gesichert sei, und die Folge zeigte, daß dies in der That nicht der Fall war.

Während der Brandenburger Bischof in Leitzkau weilte, war Anselm von Havelberg, dem bereits seit Jahren sein Bischofssitz offen stand, dort für die Herstellung des Kirchenthums ungemein thätig. Gleich seinem Lehrer Norbert zu weltlichen Geschäften geschickt, war er vom König und vom Papste vielfach zu Gesandtschaften benutzt worden; er hatte, fern von seinem Sprengel, meist ein unruhiges, vielbewegtes Leben auf Reisen und am Hofe geführt. Müde des Hofdienstes, der ihm nicht einmal immer Dank gewann, hatte er sich nach seiner letzten Reise nach Italien (1149) nach Havelberg zurückgezogen. In einem Schreiben an Wibald schildert er das Glück, welches er in dem „armen Havelberg" findet, welches er der Krippe vergleicht, in welcher das Christkind gelegen. „In meiner Krippe Havelberg", sagt er, „weile ich Armer Christi mit meinen Brüdern, der Armen Christi". Mit diesen Namen pflegten sich die Prämonstratenser gern zu bezeichnen. „Einige von uns arbeiten an den Befestigungen im Angesicht der Feinde, Andere stehen auf der Wacht gegen Angriffe der Heiden, Andere sehen im Dienste des Herrn täglich dem Märtyrertode in das Auge, Andere reinigen durch Fasten und Gebet ihre Seele, wieder Andere beschäftigen sich mit dem Lesen heiliger Schriften und mit Meditationen, um sich zu der Nachfolge der Heiligen vorzubereiten; wir alle aber, nackt und arm, sind nach unserem Vermögen Nachfolger des armen und nackten Christus. Der Eitelkeiten habe ich genug getrieben; fortan soll mein Leben nur ernsten Dingen geweiht sein. Christus ist in der Krippe und im Richthause, aber anders hier, als dort. In der Krippe haben ihm die Engel Lobgesänge angestimmt; als er im Richthause vor den Fürsten stand, riefen die Juden: „Laßt ihn kreuzigen!""

Bei seinen neuen kirchlichen Anordnungen im Wendenlande war es für Anselm von größter Wichtigkeit, die alten Privilegien seiner Kirche zu sichern. In der That erwirkte er am 3. December 1150 eine königliche Urkunde, in welcher alle alten Besitzungen und Rechte

seitdem auch der Bischof seinen Sitz, und noch in demselben Jahre wurde der Grundstein zu dem neuen Petersdome gelegt.

Havelberg bestätigt und dem Bischof überdies gestattet wurde in die verödeten Dörfer der Kirche Kolonisten einzuführen, die keinem Anderen, als ihm selbst und seinen Beamten, pflichtig sein sollten; auch Schenkungen sollte die Kirche annehmen und Kaufverträge abschließen können, ohne deshalb an ein königliches Gericht zu gehen.

Besonders förderlich für Havelberg war, daß wenig später Markgraf Albrecht und sein Sohn Otto, um die Herstellung der Kirche zu unterstützen, urkundlich jedem Rechte derselben entsagten, welches die früheren Markgrafen an sich gerissen hatten, daß sie die Zugeständnisse des Königs ausdrücklich anerkannten, überdies für ihr Gebiet volle Zollfreiheit bewilligten und zum besseren Unterhalt des Bischofs und seines Kapitels große Schenkungen machten. Markgraf Albrecht erwies sich hier, wie in anderen Dingen, als eine feste Stütze der Prämonstratenser; sie verglichen ihn wohl der Ceder auf dem Libanon, unter deren Zweige die Vögel, die Armen Christi, ihr Nest bauten. Ohne Zweifel war die Kirche im Wendenlande mehr dem Markgrafen Albrecht, als dem jungen Herzog, zu Dank verpflichtet; aber was Albrecht für sie that, diente doch zugleich auch seinem eigenen Interesse und half seine Herrschaft befestigen.

Wie Heinrich der Löwe das Wendenland jenseits der unteren Elbe bis zur Tollense und Peene als einen von den Vätern ererbten und mit dem Schwerte wiedergewonnenen freien Besitz ansah, so fühlte sich Albrecht dagegen jetzt als freier Herr in den Gegenden an der Havel, und erst durch sie schien ihm auch der Besitz der Altmark völlig gesichert. Wie er sein Gebiet diesseits und jenseits der Elbe schon als ein zusammengehöriges ansah, zeigt die interessante, um das Jahr 1150 ausgestellte Urkunde, durch welche er sein Dorf Stendal mit einem Markte und dem Magdeburger Stadtrecht begabte; er befreit durch dieselbe die Bewohner von Stendal von den Zollabgaben in allen Städten seines Gebiets, und als solche bezeichnet er namentlich Brandenburg, Havelberg, Werben, Arneburg, Tangermünde, Osterburg und Salzwedel.

Unmittelbar nach dem Kreuzzuge gegen die Wenden hatten so zwei deutsche Fürsten ausgedehnte Herrschaften an der mittleren und unteren Elbe gegründet, die nur in loserem Zusammenhange mit dem Reiche standen. Ein immer wachsender Strom von Auswanderern begann sich aus dem westlichen Deutschland über diese Länder zu ergießen, und die Kolonisten standen auf dem Boden, den sie von den Fürsten zuertheilt erhielten, in ebenso nahen Beziehungen zu diesen und ihren Vasallen, wie in entfernten zum Könige. Zugleich fing man an, ein christliches Kirchenwesen im Wendenlande herzustellen: die Grenzen der bischöflichen Sprengel waren von Neuem gezogen, die Bischöfe nahmen die Arbeit der Mission wieder auf. Aber sollte das Werk der Missionare Frucht bringen, so bedurften sie der Unterstützung der Fürsten, welchen diese Länder gehörten; hier konnte ihnen weder König noch Erzbischof helfen. Der Gang der Dinge hatte hier zu einer bemerkenswerthen Erweiterung der fürstlichen Befugnisse geführt. Heinrich der Löwe und Albrecht der Bär hatten in ihren Marken bereits eine landesherrliche Stellung gewonnen.

15.

Das Papstthum während des zweiten Kreuzzugs.

Eugen III. in Frankreich und Deutschland.

Weder im Orient, noch im Wendenlande hatte der Papst die Ziele erreicht, welche er sich mit der Kreuzpredigt gesetzt hatte. Seine Legaten hatten die Heere der Kreuzfahrer begleitet, aber hier wie dort war ihr Ansehen gering gewesen, und weder das furchtbare Mißgeschick in Asien noch die halben Erfolge des Wendenkriegs konnten ihnen beigemessen werden. Dennoch war es natürlich, daß man die Enttäuschung der überspannten Hoffnungen gerade der Macht zur Last legte, welche dieselben zuerst erregt hatte. Mit Nothwendigkeit wirkte der Verlauf und Ausgang des Kreuzzugs auf die Stellung des Papstes zurück.

Während die Begeisterung für den Gotteskrieg noch Alles fortriß, war der Papst nach Frankreich gekommen, und die enthusiastische Bewegung hatte auch ihn gehoben. Als König Ludwig den Boden Galliens verließ, stellte der Statthalter Petri, der über seine eigene Stadt nicht gebot, hier gleichsam den Beherrscher des Landes dar; der päpstliche Hof trat in Frankreich an die Stelle des königlichen, und der Reichsverweser Abt Suger nahm vom Papste, gleich als ob er ihm auch in den weltlichen Dingen unterstellt sei, Befehle entgegen.

Bald dachte Eugen III. daran, sich auch Deutschland in seiner Vollgewalt zu zeigen. Schon gleich nach dem Abzuge der Kreuzheere hatte der junge König Heinrich eine Botschaft und ein demüthiges Schreiben an den Papst gerichtet, worin er sich nach dem Willen seines Vaters zu jedem Gehorsam gegen den apostolischen Stuhl bereit erklärte. So konnte Eugen glauben, daß er den Boden des deutschen Reichs, welchen seine Vorgänger meist als Bittende betreten hatten, jetzt als Gebieter beschreiten würde. Er gedachte die nächsten Monate in Deutschland zu verleben und in der Fastenzeit nach Frankreich zurückzukehren; denn schon hatte er nach Troyes ein allgemeines Concil aus dem ganzen Abendlande berufen, welches dort am 21. März eröffnet werden sollte. In den ersten Tagen des November 1147 verließ er Frankreich und begab sich über Verdun nach Trier.

Es waren Auflagen in den lothringischen Bisthümern erhoben worden, um den Unterhalt des päpstlichen Hofs zu bestreiten. Viele murrten darüber, so daß Abt Wibald es sich als ein besonderes Verdienst anrechnen konnte, daß er schnell und reichlich beigesteuert habe. Aber vor Allem suchte der alte Albero seine Ergebenheit gegen den heiligen Vater jetzt klar an den Tag zu legen. Er hatte alle Vorkehrungen zu einer glänzenden Aufnahme desselben getroffen. Am 30. November hielt der Papst seinen Einzug in Trier; zu seiner Rechten ging Albero selbst, zur Linken Erzbischof Arnold von Köln, hinter diesen siebzehn Cardinäle und ein gewaltiger Hofstaat. Den Römern folgte eine große Zahl von italienischen, deutschen, französischen und englischen Bischöfen, dann in feierlicher Procession die ganze Geistlichkeit und die Bürgerschaft der Stadt.

Selten hat Trier größeren Glanz gesehen. Albero gefiel sich darin, den gewonnenen Reichthum der Welt zu zeigen; freilich meinte einer seiner Freunde alsbald, daß es überflüssig gewesen, das „Heer der Römer" zu mästen, da es nicht viel anders sei, als Wasser in das Meer und Holz in den Wald tragen. Der Papst nahm gern die Dienstwilligkeit des mächtigen Kirchenfürsten entgegen. Die Zahl derer, die sich um ihn schaarten, wurde immer größer, und unter ihnen sah man die ersten Männer der Zeit. Auch Erzbischof Heinrich von Mainz und Abt Wibald, denen die Regentschaft des Reichs aufgetragen war, erschienen vor dem Throne des Papstes, und an der Seite desselben fehlte auch der heilige Bernhard nicht, noch im hellsten Ruhmesglanz strahlend. Feste reihten sich an Feste, und mit besonderer Pracht wurde die Weihnachtsfeier begangen.

Aber man lebte nicht nur in Festlichkeiten, sondern auch in ernsten Geschäften, und der Papst scheute sich dabei nicht, tief in die weltlichen Angelegenheiten des Reichs einzugreifen. Der beschworene allgemeine Frieden war nur kurze Zeit gehalten worden; namentlich war bereits Lothringen wieder der Schauplatz blutiger Fehden. Graf Heinrich von Namur stand von Neuem in Kampf mit dem Bischofe von Verdun, Herzog Matthaeus von Lothringen mit dem Bischofe von Toul. Wir wissen, daß es der Papst dahin brachte, daß unter Vermittelung des heiligen Bernhard die Verduner Fehde beigelegt wurde, und auch sonst wird er für die Herstellung des Friedens thätig gewesen sein; freilich ein dauernder Gewinn wurde damit nicht erzielt. Und zugleich erwuchsen langwierige ärgerliche Streitigkeiten aus der Weise, wie die Verhältnisse der deutschen Kirche behandelt wurden.

Wegen verschiedener Fahrlässigkeiten entsetzte der Papst den Abt Alolf von Fulda seines Amtes. Wenn auch die Fuldaer Mönche damit nicht unzufrieden waren und sogar die Anhänger Aloifs aus dem Kloster verjagten, so sahen sie es doch als eine Schädigung ihrer alten Rechte an, wenn ihnen der Papst gebot, nicht aus ihrer Mitte, sondern aus einem anderen Kloster den neuen Abt zu wählen. Sie wählten deshalb im Widerspruch mit dem päpstlichen Befehl einen ihrer Brüder, einen gewissen Rogger, nicht ohne Einfluß des Hofes und sogar, wie es scheint, des Erzbischofs Heinrich selbst, des Reichsregenten.

Denn trotz des Entgegenkommens des Erzbischofs bestand zwischen ihm und dem Papste keineswegs ein freundliches Verhältniß. Eugen hatte zwar auf den Wunsch des Mainzers sich der Aebtissin Hildegard vom Rupertsklofter bei Bingen, welche in den rheinischen Gegenden als eine Heilige und Prophetin verehrt wurde, angenommen, ihre Stiftung bestätigt, ihre tiefsinnigen Visionen in Trier verlesen lassen und sie zu weiteren Aufzeichnungen ermuntert; aber es fehlte viel, daß er in anderen Dingen dem Erzbischofe gleich willig gewesen wäre.

Vielmehr lieh er den Anklagen, die gegen denselben wegen Verschleuderung des Kirchenguts erhoben wurden, offenes Ohr, und noch besonders erzürnte ihn, daß sich der Mainzer gegen den Bischof Eberhard von Bamberg*), der von ihm selbst die Weihe gesucht und empfangen hatte, deshalb Bedrückungen erlaubt haben sollte. Wie mit Heinrich von Mainz, war auch der Papst mit Arnold von Köln in Kürze völlig zerfallen; es verlauteten Klagen über Simonie und nachlässige Amtsführung des Kölner Erzbischofs, die nur zu begründet waren und welche der Papst eher begierig aufgriff, als zurückwies.

Außer Frage ist, daß die Anwesenheit des Papstes in Deutschland je länger sie dauerte, desto weniger willkommen war und ihm den deutschen Klerus mehr entfremdete, als gewann. Er selbst fühlte, wie sehr das Wesen dieser Nation dem römischen Kirchenthum widerstrebe; noch später hat er geäußert, daß sie vor allen anderen undankbar gegen Rom, stets ihm feindlich gesinnt, bei jeder Veranlassung zur Auflehnung geneigt sei und man sie deshalb mit großer Vorsicht behandeln müsse. Im Februar 1148 verließ er Trier und kehrte, ohne den Rhein überschritten zu haben, nach Frankreich zurück; er begab sich über Metz und Verdun nach Reims, wohin er das zuerst nach Troyes berufene Concil verlegt hatte.

Am 21. März wurde das Concil in der feierlichsten Weise vom Papste eröffnet. Mehr als tausend hohe kirchliche Würdenträger sollen gegenwärtig gewesen sein, und man bezeichnete das Concil als ein allgemeines, da fast aus allen Ländern des Abendlandes Bischöfe zugegen waren. Die Synode beschäftigte sich zunächst mit der Verurtheilung eines wahnwitzigen Schwärmers aus der Bretagne, Eon mit Namen, welcher sich für den Sohn Gottes ausgab; er wurde in sicheren Gewahrsam gebracht und ist als Gefangener bald darauf gestorben. Von verschiedenen Metropoliten wurden darauf die ausschweifendsten Ansprüche auf Primatialrechte über andere Diöcesen erhoben. So verlangte Albero von Trier den Primat über ganz Belgien, Gallien und

---

*) Eberhard II. von Bamberg nahm in der deutschen Kirche jener Zeit eine sehr hervorragende Stellung ein. Er war im Juni 1146 auf Egilbert gefolgt und hatte im December die Weihe vom Papst in Viterbo erhalten. Es erfolgte dann im Juli 1147 die Erhebung der Gebeine Kaiser Heinrichs II., ein für Bamberg sehr wichtiger Act.

Germanien, selbst über das Erzbisthum von Reims, an dessen Sitz man tagte. Es entstand ein furchtbarer Tumult in der Versammlung über die Verwegenheit des Mannes, der sich gleichsam zu einem Unterpapst für das französische und deutsche Reich aufwerfen wollte. Obwohl der Papst diese, wie alle ähnlichen Ansprüche entschieden zurückwies, hatte die Sache doch blutige Folgen. Der Streit der Herren ging auf ihre Diener über; wie jene mit Reden, geriethen diese mit den Waffen an einander, und in einem Handgemenge wurden mehrere Trierer schwer verwundet. Erzbischof Albero drohte im Zorn, daß er bei Ivois seine Mannen versammeln und gegen Reims vorrücken lassen werde; nur dadurch ließ er sich beschwichtigen, daß ihm die Leute, welche sich an den Trierern vergriffen hatten, ausgeliefert wurden.

Eine lange Reihe kirchlicher Satzungen berieth alsdann das Concil. Sie enthielten weniger Neues, als kleinliche und ängstliche Auslegungen bereits auf früheren Synoden festgestellter Kanones. Sie konnten deshalb, obschon man das Gewicht schwerer Strafen an sie hängte, doch nur geringe Geltung gewinnen, und manche waren schon nach wenigen Jahren vergessen. Auch in der Versammlung selbst fehlte es nicht an Opposition gegen diese lästigen Bestimmungen. So ist Rainald von Dassel, damals Propst von Hildesheim, der später Rom noch einen ganz anderen Widerstand bereiten sollte, beim Verbote des Pelztragens für die Kleriker schon auf jenem Concil den Römern entgegengetreten.

Wichtiger waren die Strafurtheile, welche das Concil erließ und welche zum großen Theile die deutsche Kirche trafen. Die Erzbischöfe von Mainz und Köln waren nach Reims beschieden worden, aber nicht erschienen: Beide wurden suspendirt, obwohl mindestens Heinrich von Mainz darin eine Entschuldigung hatte, daß seine Geschäfte als Reichsverweser die Entfernung aus dem Reiche nicht zuließen und der junge König selbst sich derselben widersetzt hatte. Die Wahl des neuen Abts von Fulda wurde, wie vorauszusehen war, cassirt und eine neue angeordnet unter Zuziehung mehrerer Aebte, die das besondere Vertrauen des Papstes genossen; unter diesen war auch Abt Wibald, der auf dem Concil erschienen war und alle Vergünstigungen erhielt, die er zur Befestigung seiner Stellung in Korvei beanspruchte. Den besonderen Zorn des Papstes hatte König Stephan von England erregt, der nicht ohne Zuthun Roms die Herrschaft gewonnen*); und doch seiner Geistlichkeit den Besuch des Concils verwehrt hatte. Einem Theile des englichen Klerus galt aber Papstgebot mehr als königlicher Befehl, und so fehlte es trotz desselben nicht an einer Vertretung der englischen Kirche in Reims; auch Erzbischof Theobald von Canterbury war zugegen und erhob laute Klagen gegen den König. Der Papst war entschlossen über Stephan den Bann auszusprechen, und schon waren die Kerzen angezündet zur Verkündigung desselben, als Erzbischof Theobald selbst Fürbitte für seinen König einlegte und erwirkte, daß ihm zu seiner Rechtfertigung eine dreimonatliche Frist gewährt wurde.

Nachdem die neuen Kirchengesetze und die verhängten Strafen verkündigt waren, löste der Papst das Concil auf. Die Väter trennten sich nicht in so freudiger Stimmung, als sie zusammengetreten waren; denn gerade in diesen Tagen verlautete die erste Kunde von dem großen Mißgeschicke der Könige im Orient, und Manchen mochte das Gefühl beschleichen, daß die römische Kirche dort weit mehr an Ansehen verloren, als in Reims gewonnen hatte.

Der Papst hatte eine größere Anzahl französischer Bischöfe und Aebte nach dem Schluß des Concils zurückbehalten, um mit ihnen über die schon lange verhandelte Sache des Bischofs von Poitiers Gilbert de la Porrée Entscheidung zu treffen. Dieser berühmte Gelehrte hatte mit seinen Bestimmungen des göttlichen Wesens, wie sie namentlich in seinem Commentar des Buchs des Boethius über die Dreifaltigkeit enthalten waren, den heftigsten Widerspruch des heiligen Bernhard erregt, welcher in Gilberts Lehren eine nicht geringere Gefahr für den christlichen Glauben sah, als vorher in Abaelards Vorträgen. Bernhard verständigte sich jetzt mit den französischen Bischöfen und Aebten über ein Glaubensbekenntniß, welches im Namen der Kirche den Ausstellungen Gilberts entgegengestellt werden sollte. Die Car-

*) Nach dem Tode Heinrichs I. von England (1135) hatte seine Tochter Mathilde, die frühere Gemahlin Kaiser Heinrichs V., für ihren Sohn Heinrich aus ihrer zweiten Ehe mit Gottfried von Anjou Ansprüche auf den englischen Thron erhoben. Aber die Engländer erklärten sich für Stephan von Blois, einen Schwestersohn des letzten Königs, der auch alsbald die Krone gewann. Ein langer innerer Krieg zwischen der Kaiserin und König Stephan folgte, der sich im Jahre 1147 vorläufig zu Gunsten des Letzteren entschied; Mathilde mußte England verlassen.

dinäle brachten dies in Erfahrung und empfanden es sehr übel, daß die Gallikaner sich Glaubensentscheidungen anmaßen wollten, welche allein der römischen Kirche gebührten. Es war eine neue Erscheinung, daß der Heilige von Clairvaux mit der römischen Kirche in Conflict gerieth; um die Cardinäle zu beruhigen, mußte sich Bernhard zu der Erklärung bequemen, daß er und seine Freunde mit jenem Glaubensbekenntniß lediglich ihre persönliche Ansicht den Lehrsätzen Gilberts hätten entgegenstellen wollen. Dennoch gelang es Bernhard den Papst, seinen früheren Schüler, persönlich für sein Glaubensbekenntniß zu gewinnen, und er entging so einer empfindlichen Niederlage.

Aber die Verhandlungen mit Gilbert nahmen doch nicht den Ausgang, den Bernhard gehofft hatte. Am ersten Tage des Verhörs mußte Gilbert sehr vorsichtig seine Lehren zu vertheidigen und gewann damit die allgemeine Beistimmung der Cardinäle. Am andern Tage erbot er sich, wenn er Irriges in der angegriffenen Schrift gelehrt habe, dies zu verbessern. Der Papst verlangte darauf die Auslieferung des Buchs, um die nothwendigen Correcturen vornehmen zu lassen. Gilbert beanspruchte, daß ihm selbst die Correctur überlassen werde, und die Cardinäle fanden diesen seinen Anspruch gerecht. Der Papst fügte sich und übergab nun an Gilbert Bernhards Glaubensbekenntniß, um nach demselben alle Anstöße zu beheben, doch ist dies unseres Wissens nie geschehen. Die ärgerliche Sache hatte damit ihr Ende erreicht — ein Ende, dessen sich der gefeierte Heilige von Clairvaux wohl noch weniger freute, als der gelehrte Bischof von Poitiers.

Der Gegensatz, welcher sich bei dieser Gelegenheit zwischen Bernhard, dem muthigen und ruhmreichen Vertheidiger der römischen Kirche, und den Cardinälen zeigte, trat in der nächsten Zeit noch deutlicher an den Tag. Um die Mitte des April verließ der Papst Reims und nahm seinen Weg nach Clairvaux, um durch seine Gegenwart sein altes Kloster zu ehren. Bernhard und seine Brüder hielten den Zeitpunkt für günstig, um für einen ihnen angehörigen Mann, den entsetzten Bischof Philipp von Tours, wenigstens Milderung seiner Strafe zu erwirken. Aber so inständig ihre Verwendung war, sie konnten Nichts erreichen, da die Cardinäle ihnen hartnäckig widerstrebten.

Es ist nicht zu verkennen, daß in dem heiligen Bernhard, der so viel für die römische Kirche gethan hatte, seit dieser Zeit eine Mißstimmung gegen die Römer eintrat. In den nächsten Jahren hat er sein berühmtes Werk „über die Betrachtung“ für Papst Eugen geschrieben, und auf den Charakter dieser Schrift ist sicherlich nicht ohne Einfluß geblieben, was Bernhard von der römischen Curie in Frankreich erfahren hatte. Wie ein rother Faden zieht sich durch die ganze Schrift die Ermahnung an den Papst, sich den schlimmen Einflüssen seiner Umgebung zu entziehen. Der Unmuth, dem Bernhard verfiel, mußte sich noch dadurch steigern, daß immer traurigere Nachrichten aus dem Orient kamen. Sie bedrückten schwer Bernhards Seele, aber nicht minder schwer die des Papstes. Schon glaubte der Letztere unter den Franzosen, die besonders durch die Verluste betroffen waren, nicht länger verweilen zu dürfen; er meinte überall finstere Mienen zu sehen.

Gleich nach dem Besuche in Clairvaux (24.—26. April) eilte der Papst Frankreich zu verlassen. Er nahm zunächst seinen Weg nach Burgund, wo er dann längere Zeit in Lausanne verweilte. Gegen die Mitte des Juni überschritt er wieder die Alpen. Mehr als ein Jahr war verflossen, seit er den Boden Italiens verlassen hatte, und in diesem Jahre hatte das Ansehen seiner Person und seiner Stellung mehr eingebüßt, als gewonnen. Urban II. geleitete einst von Frankreich nach Italien zurück die frische Begeisterung des Abendlands für den von ihm verkündigten Gotteskrieg; Eugen III. folgten auf den Fersen die Trauernachrichten über das Fehlschlagen eines Unternehmens, an welches man die größten Hoffnungen für die römische Kirche geknüpft hatte und dessen klägliches Mißlingen schwer auf sie selbst zurückfallen mußte.

Die Augen des Papstes waren wieder auf Rom gerichtet, aber er konnte nicht hoffen auf friedlichem Wege dahin zurückzukehren; die Revolution hatte dort während seiner Abwesenheit neue Nahrung gewonnen. Längere Zeit hielt er sich in der Lombardei auf. Im Anfange des Juli präsidirte er einer Synode zu Cremona, wohin er die Bischöfe Italiens berufen hatte. Der alte Rangstreit zwischen Ravenna und Mailand kam hier aufs Neue zum Ausbruch und wurde vom Papste vorläufig beigelegt. Anderen Rangstreitigkeiten zwischen italienischen Bischöfen stellte er seine Autorität entgegen. Modena, welches sich Gewaltthätigkeiten gegen die Abtei Nonantula erlaubt hatte, wurde seines Bisthums beraubt und der Sprengel desselben unter die vier benachbarten Diöcesen vertheilt. Durch diese Maßregel erhitzte sich nur der Streit zwischen Modena und Nonantula; es kam zum offenen

Kampf, in welchem Bologna Nonantula unterstützte, während der Papst Parma und Reggio abhielt für Modena, wie sie beabsichtigten, Partei zu ergreifen. Uebrigens hatte die Aufhebung des Bisthums Modena eben so wenig Bestand, als viele andere Maßregeln dieses Papstes, au dem starre Consequenz am wenigsten zu tadeln war.

Von Cremona begab sich Eugen nach Brescia, wo er bis in den September verweilte. Während er in Brescia residirte, beherrschte ein Brescianer mit seinem Ansehen Rom und war in einen Kampf gegen die römische Kirche getreten, in dem er alle weltliche Macht derselben zu vernichten entschlossen war.

Arnold von Brescia.

Nächst dem heiligen Bernhard war unstreitig Magister Arnold von Brescia die bedeutsamste Persönlichkeit in dem Klerus dieser Zeit. Beide sahen in gleicher Weise die Schäden ihres Jahrhunderts in der Verweltlichung der Kirche, aber die Beseitigung der Schäden wollten sie mit den verschiedenartigsten Mitteln erreichen. Bernhard suchte die Kirche aus der Welt herauszureißen, um sie als beherrschende Macht hoch über dieselbe zu erheben; Arnolds Meinung war, daß die Kirche aller weltlichen Herrschaft entkleidet werden und allein auf das geistliche Gebiet beschränkt werden müsse. Bernhard geht von den Ideen Gregors VII. aus, Arnold ist der entschiedenste Gegner derselben. Wie ihre Ansichten in schroffem Widerspruch standen, so sind sie auch im Leben hart an einander gerathen.

Arnold war um die Wende des Jahrhunderts geboren. Wir kennen nicht den Stand, dem er durch Geburt anhörte; schon früh hat er sich in den Dienst der Kirche gestellt, ihr sein ganzes Leben gewidmet. Nachdem er die unteren Weihen empfangen, begab er sich, wie es Sitte der Zeit war, nach Frankreich, um philosophische und theologische Studien zu treiben. Mit vielen Tausenden war er dort der Schüler Abaelards, und es knüpfte sich zwischen ihm und seinem gefeierten Lehrer ein engeres Verhältniß, welches noch später nicht ohne Einfluß auf seinen Lebensgang blieb. Als Arnold in sein Vaterland zurückgekehrt war, erhielt er die priesterliche Weihe; er trat in einen

Convent von Augustiner-Chorherren und wurde bald zum Vorstand desselben erhoben.

Ein Mann lebhaften Geistes und scharfen Verstandes, liebte Arnold nicht in den breitgetretenen Wegen Anderer zu wandeln. Ein ausdauerndes Studium der heiligen Schrift überzeugte ihn von dem gewaltigen Abstande zwischen der armen Kirche der apostolischen Zeit und der mit weltlicher Macht und unermeßlichem Reichthume ausgestatteten Kirche, in welcher er selbst lebte. Er befestigte sich in der Ansicht, daß die Kirche zu ihrer ursprünglichen Armuth zurückgeführt und aller weltlichen Macht entkleidet werden müsse. Nachklänge der Pataria, die einst einen ihrer Hauptsitze in Brescia gehabt hatte und deren Nachwirkungen noch nicht ganz dort erstorben sein konnten, scheinen Wiederhall in seiner Seele gefunden zu haben; auch das damals überall in der Lombardei verbreitete Studium des römischen Rechts mußte ihn belehren, daß das Verhältniß der Kirche zur weltlichen Gewalt in früheren Zeiten ein ganz anderes gewesen sei, als es sich nun gestaltet hatte. Er begann in Brescia zu lehren, daß die Kleriker kein Vermögen, die Bischöfe keine Regalien, die Mönche keinen Besitz haben müßten, daß vielmehr alle weltliche Macht und aller weltlicher Besitz den Laien gebühre.

Aber Arnold lehrte nicht nur, sondern suchte auch seine Lehre in das Leben zu führen. Er entsagte zunächst für sich selbst den weltlichen Genüssen, kasteiete sein Fleisch und lebte in Armuth; ein feuriger Prediger der Weltentsagung, gewann er dann Andere für seine Ansichten, auch Viele aus dem Laienstande, denen die weltliche Macht des Klerus ein Aergerniß war. Die Pataria schien in Brescia wieder aufzuleben, freilich nicht, wie in den Tagen Gregors VII., im Anschluß an Rom, welches seit der Demüthigung der hochmüthigen lombardischen Bischöfe von patarenischen Lehren Nichts mehr wissen wollte. Mit Nothwendigkeit mußten Arnold und sein Anhang alsbald mit dem Bischofe und dem ganzen Klerus, der sich von den bestehenden Verhältnissen nicht losreißen wollte, in die erbittertsten Streitigkeiten gerathen. Die Stadt war von kirchlichen Wirren erfüllt, und nicht mit Unrecht galt Arnold als Urheber derselben.

Als Bischof Mainfred von Brescia, von Papst Innocenz II. selbst im Jahre 1132 dort eingesetzt, einst nach Rom gegangen war, gewann Arnold die Stimmung in der Stadt so für sich, daß der Bischof nur mit Mühe wieder Eingang in dieselbe gewann. Dies gab die Veranlassung, daß Mainfred mit mehreren Klerikern aus Brescia auf dem großen Laterenconcil von 1139 gegen Arnold als Schismatiker die schwersten Anklagen erhob. Wie es scheint, war Arnold selbst auf dem Concil zugegen und wurde in Verhör genommen. Das Urtheil des Papstes fiel gegen ihn aus. Er wurde seines Amtes entsetzt, aus seiner Vaterstadt und Italien verwiesen und ihm ein Eid abgenommen, daß er ohne ausdrückliche Erlaubniß des Papstes nie wieder den Boden Italiens betreten würde.

Nach der Verurtheilung Arnolds scheint seine Partei in Brescia eine vollständigste Niederlage erlitten zu haben; die weltliche Macht des Bischofs wurde dort nicht weiter angefochten. Arnold begab sich in das Exil nach Frankreich und suchte seinen alten Lehrer auf, der damals wieder, wie in den Tagen der Jugend, auf dem Berge der heiligen Genovefa zu Paris einen großen Schülerkreis um sich versammelt hatte. Es war gerade zu dieser Zeit Abaelard in die hitzigsten Streitigkeiten mit dem heiligen Bernhard gerathen, und in denselben nahm der Brescianer sogleich auf das Eifrigste für Abaelard Partei. Bernhard selbst bezeichnet in einem Schreiben an den Papst Arnold als den Schildträger des neuen Goliath: Beide hätten sich gegen den Herrn und seinen Gesalbten verbündet. Er verlangte, daß der Papst Beide unschädlich mache, und in der That erließ dieser einen Befehl, sie als Urheber verderblicher Dogmen und Feinde des katholischen Glaubens getrennt in Klöster einzusperren und ihre Bücher zu verbrennen.

Der Befehl des Papstes hatte keine Wirkung. Des alten Abaelard Kraft war gebrochen; er begab sich freiwillig in das Kloster Clugny und machte dort seinen Frieden mit der Kirche. An Arnold wagte Niemand die Hand zu legen, vielmehr begann er jetzt öffentlich auf dem Berge der heiligen Genovefa Vorträge zu halten und ungescheut dieselben Lehren zu verbreiten, die ihm in Brescia Verfolgung zugezogen hatten. Er würzte sie mit Invectiven gegen den heiligen Bernhard, den er der Ruhmsucht und des Neides gegen Alle, die ohne sich ihm unterzuordnen in der Wissenschaft emporkämen, anschuldigte, wie gegen die Bischöfe, denen er Geiz, Habgier, schlechten Lebenswandel, Förderung von Blutvergießen vorwarf. „Was er lehrte", sagt ein gleichzeitig in Paris lebender Mann, „stimmte sehr wohl mit dem Evangelium überein, stand aber mit allen Lebensverhältnissen im härtesten Widerspruche". Es ist sehr begreiflich, daß er so nur wenige und arme Schüler fand, die für sich und ihren Lehrer das Brod vor den Thüren erbetteln mußten; denn die jungen Kleriker kamen meist nach Paris, um mit der dort erworbenen Bildung Geld und Ehren zu gewinnen, während Arnolds Lehren vor Allem Hinweisungen auf die Armuth und Demuth der ersten Christen waren.

Nicht der Befehl des Papstes, sondern königliches Gebot setzte der Lehrthätigkeit Arnolds zu Paris bald ein Ziel. Der heilige Bernhard erwirkte es beim Könige, daß Arnold auch von dem Boden Frankreichs verwiesen wurde. Er suchte darauf eine Zufluchtsstätte in Deutschland und fand sie in Zürich, wo er nun seinen Lehrstuhl aufschlug. Seine Vorträge blieben nicht ohne Wirkung; namentlich gewannen seine Angriffe auf den verweltlichten Klerus ihm mächtige Freunde im Laienstande. Der heilige Bernhard säumte nicht auch hier seinen Widersacher zu verfolgen; er forderte brieflich den Bischof von Konstanz, in dessen Sprengel Zürich lag, auf entweder Arnold zu vertreiben oder lieber noch nach dem Willen des Papstes einzukerkern. Der Brescianer verließ in der That, freiwillig oder gezwungen, nach einiger Zeit auch Zürich wieder und fand eine Unterkunft im Dienste eines Cardinaldiaconen Guido, der damals nach Deutschland kam. Es ist dies aller Wahrscheinlichkeit nach derselbe Guido, den Innocenz II. in seiner letzten Lebenszeit als Legaten nach Böhmen und Mähren schickte und der erst im Jahre 1145 nach einer sehr erfolgreichen Thätigkeit nach Italien zurückkehrte.

Als Guido seine Legation beendigt hatte, war Papst Innocenz II. bereits verstorben; auf dem Stuhle Petri saß Eugen III. Der heimkehrende Legat fand den Papst im Exil zu Viterbo, und hier erschien auch Arnold, wohl im Gefolge des Cardinals, reumüthig vor dem Haupt der Kirche und versprach Gehorsam und Unterwerfung. Der neue Papst war milder gestimmt gegen Arnold, als Innocenz. Er nahm ihn wieder in die Kirchengemeinschaft auf, doch mußte Arnold durch einen feierlichen Eid Gehorsam gegen die Kirche geloben und sich zu kirchlichen Bußhandlungen an den heiligen Stätten Roms verpflichten. Nach dem mit dem Senat getroffenen Abkommen kehrte der Papst im December 1145 nach Rom zurück*); um dieselbe Zeit betrat

*) Vergl. oben S. 226.

auch Arnold wieder die ewige Stadt, in deren Geschichte er dann eine so denkwürdige Rolle spielen sollte.

Zunächst leistete Arnold zu Rom in Fasten, Nachtwachen und Gebeten die übernommenen Bußen. Seine eifrigen Bußübungen und seine Sittenstrenge gewannen ihm Gunst in der Stadt, aber an den politischen Bewegungen in derselben scheint er vorerst keinen Antheil genommen zu haben, auf seine früheren Lehren nicht öffentlich zurückgekehrt zu sein. Es ist ganz irrig, wenn man Arnold als den Hersteller des römischen Senats, als den Urheber der gegen den Papst gerichteten Stadtrevolution bezeichnet hat; der Senat bestand lange und die Revolution war in vollem Gange, ehe Arnold nach Rom zurückkehrte.

Erst als der Papst Italien verließ, während seines Aufenthalts auf deutschem und französischem Boden (März 1147 bis April 1148), begann Arnold in Rom öffentlich zu predigen, seine Lehren von der evangelischen Armuth zu verkündigen und einen Anhang um sich zu sammeln, der seiner strengen Lebensweise folgte. Seine Anhänger, die man die Secte der Lombarden nannte, fanden großen Beifall bei dem Volke, namentlich bei frommen Frauen, welche sie bereitwillig unterstützten. Ihre Zahl wuchs zusehends, selbst römische Kleriker schlossen sich ihnen an. Während die Revolution der Stadt gegen das Stadtregiment des Papstes wieder in voller Kraft stand, griff zugleich eine geistliche Bewegung dort um sich, welche das Papstthum und die Kirche in ihrem ganzen Besitzstand bedrohte.

Sobald der Papst wieder Italien betrat, konnte er zu Arnolds Wirksamkeit in Rom nicht länger schweigen. Wahrscheinlich ist bereits auf der Synode zu Cremona über Arnold verhandelt und sein Urtheil gesprochen worden. Denn schon in den nächsten Tagen, am 15. Juli 1148, erließ der Papst von Brescia aus ein Schreiben an den römischen Klerus, worin er denselben vor den Irrlehren und der Secte des Schismatikers Arnold warnte, und Allen, die sich ihm anschlössen, den Verlust ihrer kirchlichen Aemter und Beneficien androhte; er sagt, daß er nicht länger mehr schweigen könne, damit Arnolds Anhang nicht weiter Raum gewinne. Schon in der nächsten Zeit wurde dann auch der große Bann der Kirche über den Brescianer als Häretiker ausgesprochen und jeder Verkehr mit ihm untersagt. So war Arnold aufs Neue dem Verderben preisgegeben, wenn er nicht mächtige Gönner fand, die ihn zu schützen vermochten.

Gerade das entschiedene Vorgehen des Papstes scheint die nächste Veranlassung gegeben zu haben, daß sich nun zwischen Arnold und dem römischen Senat ein fester Bund schloß. Arnold verpflichtete sich eidlich zum Dienste der römischen Republik, der Senat gelobte ihm dagegen Beistand mit Rath und That gegen alle seine Feinde, besonders gegen den Papst. Seitdem gingen Arnold und der Senat, die kirchliche und die politische Revolution in Rom Hand in Hand.

Häufig sprach Arnold auf dem Capitol und in andern öffentlichen Orten, und seine Reden waren voll der heftigsten Ausfälle gegen den Papst und die Cardinäle. Das Collegium der Cardinäle, sagte er, sei ein Kaufhaus und eine Räuberhöhle; sie selbst spielten die Rolle der Schriftgelehrten und Pharisäer in der Christenheit; der Papst selbst sei nicht, wie man vorgäbe, ein Hirt der Seelen, sondern ein Mann des Bluts, der Mordthaten und Brandstiftungen begünstige, ein Folterknecht der Kirchen, ein Unterdrücker der Unschuld; da er nicht der Lehre und dem Leben der Apostel nachfolge, schulde man ihm weder Gehorsam noch Ehrfurcht; überdies seien Menschen nicht zu dulden, welche die Stadt Rom, den Sitz des Kaiserthums, den Born der Freiheit, die Herrin der Welt, der Knechtschaft unterwerfen wollten. Mit aller Wärme der Ueberzeugung vorgetragen, rissen solche Reden das Volk fort und gossen Oel in den revolutionären Brand. Bald stand Arnold an der Spitze der Revolution; er beherrschte die Stadt mit seinem Ansehen. Wenn der Papst jetzt über die Vertreibung Arnolds und seine eigene Rückkehr mit dem Senate noch verhandelte, so war es vergebliche Mühe. Nur mit den Waffen konnte er Rom wiedergewinnen, Arnold dort verjagen.

Im September verließ der Papst Brescia und nahm dann im October und November einen längeren Aufenthalt in seiner Vaterstadt Pisa. Damals oder schon früher muß er den Beistand Pisas für seine Sache gewonnen haben; denn in der nächsten Zeit stand die seemächtige Stadt mit dem römischen Senate im Kriegszustand. Gegen Ende des November kehrte der Papst nach Viterbo zurück, verweilte hier bis zum April 1140 und verlegte dann seine Residenz in die unmittelbare Nähe Roms nach Tusculum. Er hatte mit großem Geldaufwand ein Heer geworben, welches er unter den Befehl des Cardinals Guido

Puella stellte. Es war eine neue Erscheinung, daß ein Cardinal bewaffnete Schaaren gegen Rom führte, daß ein Papst ein Heer gegen seine eigene Stadt unterhielt. Weder der heilige Bernhard noch Gerhoh von Reichersberg waren von diesem Schauspiel erbaut. Als sich gegen den Letzteren der Papst damit zu rechtfertigen suchte, daß er früher um hohe Summen doch nur einen elenden Frieden erkauft habe, erhielt er zur Antwort: auch ein elender und erkaufter Friede sei mehr werth, als ein neuer Krieg. „Denn" — fügte Gerhoh hinzu — „wenn sich der Papst mit Söldnern zum Kriege rüstet, so glaube ich Petrus mit gezücktem Schwert zu sehen, und in dem übelen Ausgang des Kampfes höre ich den Herrn ihm zurufen: „Stecke dein Schwert in die Scheide.""

Keine geringe Macht stand dem Papste gegen Rom zu Gebote. Nicht allein, daß ihn der größte Theil der römischen Barone, vornehmlich Cencius Frangipane und Ptolemaeus von Tusculum, unterstützten; auch König Roger hatte ihm Hülfsschaaren gesendet, obwohl er selbst sich der Griechen zu erwehren hatte. Eine eigenthümliche Wandelung war in dem Verhältnisse des Siciliers zu der römischen Curie vorgegangen. Obwohl er von Eugen nicht belehnt war, obwohl er bisher in vielen Streitigkeiten mit ihm und nur in einem langandauernden Waffenstillstande gelebt hatte, bot er ihm doch jetzt Hülfe gegen seine empörte Stadt. Er hoffte dadurch einen Frieden von der Curie zu erlangen, wie er ihn wünschte, und der Papst nahm das Anerbieten des Siciliers an, weil es ihm nur darauf ankam, sein Heer zu vermehren. So erhielt er einen Bundesgenossen, mit dem er selbst nur in Waffenruhe stand und mit dem einen festen Frieden zu machen er noch keineswegs entschlossen war. Uebrigens waren die Erfolge des päpstlichen Heeres trotz seiner numerischen Stärke nicht gerade glänzend, und Niemand mochte noch sagen, ob es ihm gelingen würde, den Senat zu überwältigen und Arnold aus Rom zu verdrängen.

Und schon sah sich der Papst auch von anderer Seite in Bedrängniß versetzt. Um den 1. Mai 1149 landete König Konrad an der Küste Italiens; er kam als Bundesgenosse des griechischen Kaisers und hatte die Verpflichtung übernommen sogleich den Krieg gegen Roger zu beginnen. Wie sollte sich der Papst in diesem Kriege stellen? Konnte er Partei ergreifen gegen den König von Sicilien, mit dem er eben ein so eigenthümliches Bundesverhältniß eingegangen war? Oder konnte er sich lossagen von Konrad, in dem er bisher seine festeste Stütze gesehen hatte? War es auch nur klug diesen Herrn zu reizen, dessen Vertrag mit Constantinopel, wie man ihm zuflüsterte, für die römische Kirche nachtheilige Bestimmungen enthielt? Der Papst sandte sogleich einige Cardinäle ab, um Konrad seine Theilnahme zu bezeigen und ihm die bedrängte Lage des apostolischen Stuhls zu schildern. Sobald aber die Cardinäle erfuhren, daß der König unerwartet Italien verlassen habe, kehrten sie schleunigst zum Papste zurück. Wie oft hatte dieser früher verlangt, daß der König zu seinem Beistande über die Alpen käme: jetzt hatte er Gott zu danken, daß die Berge ihn vom Könige trennten.

Wahrlich die Saat, welche mit der Kreuzpredigt ausgestreut war, hatte auch für den apostolischen Stuhl überaus bittere Früchte getragen!

16.

Nachwehen des zweiten Kreuzzugs.

Deutschland während Konrads Abwesenheit.

Das Reichsregiment, welches Konrad in Deutschland zurückgelassen hatte, war niemals zu kräftigem Bestande gediehen; mit Recht sagte man, daß das Reich lahme. Heinrich von Mainz, der Pfleger des jungen Königs, war eine unzuverlässige Persönlichkeit, und die Händel, in welche er mit dem Papste gerieth, trugen nicht dazu bei, sein Ansehen zu heben. Mit Wibald, mit dem er besonders zusammen wirken sollte, scheint er sich wenig verstanden zu haben. Wibald lebte meist vom Hofe entfernt und besorgte in Stablo seine eigenen Geschäfte.

Der königliche Knabe pflegte in Nürnberg zu residiren. Bald nach dem Abzuge seines Vaters war er mit seinem Oheim, dem Markgrafen Gebhard von Sulzbach, wahrscheinlich wegen der Hinterlassenschaft seiner Mutter, in Streit gerathen; es wurde endlich ein Abkommen getroffen, nach welchem dem jungen Könige die beanspruchten Besitzungen bis zur Heimkehr des Vaters verbleiben sollten. Auch die königlichen Ministerialen wurden alsbald schwierig; sie meinten, daß der Sohn nicht die Dienste fordern dürfe, welche sie dem Vater schuldeten. Wenn das Ansehen des jungen Königs in seiner nächsten Umgebung so gering war, wie wenig konnte da der königliche Name in weiteren Kreisen gelten!

Wir wissen, wie der Landfriede, den man allgemein beschworen, in Lothringen schon gleich nach dem Abmarsche des Kreuzheeres gebrochen wurde, wie Lothringen seitdem nicht wieder zur Ruhe gelangt war. Auch in den anderen deutschen Ländern war es um den inneren Frieden schlecht bestellt. Im Anfange des Jahres 1148 befürchtete man einen allgemeinen Aufstand gegen den jungen König, und der Papst erließ deshalb von Reims aus ein Schreiben an die deutschen Fürsten mit der Ermahnung, dem Könige mit Rath und That beizustehen, damit er das Reich seines Vaters erhalten und den Frieden bewahren könne. Wibald rieth dem unter seinen Schutz gestellten Knaben vorläufig in Franken zu bleiben, sich nur auf den Ruf der Fürsten nach Schwaben, Sachsen oder Lothringen zu begeben und auch dann nur auf möglichst kurze Frist, vornehmlich sich aber allen Anordnungen des Papstes zu fügen und dem apostolischen Stuhle keinen Anstoß zu geben.

Die Curie hat es sich später zum Verdienst angerechnet, damals Deutschland vor einer großen Umwälzung bewahrt zu haben; aber in Wahrheit war es wohl kaum ihr Verdienst, wenn es nicht zu einer allgemeinen Erhebung kam. Im Uebrigen wurde die Ordnung im Reiche in der Folge nicht besser gehandhabt, als zuvor. Im August 1148 mußte der König ausziehen, um eine aufständische Bewegung in Schwaben zu unterdrücken. Am 8. September hielt er dann einen Fürstentag in Frankfurt, und über nicht Geringeres wurde hier verhandelt, als ob die Lage des Reichs eine längere Abwesenheit des Erzbischofs von Mainz, des königlichen Pflegers, ermögliche. Denn dieser, wiederholt vom Papste zu seiner Rechtfertigung beschieden, hatte sich endlich entschlossen über die Alpen zu gehen, um sich von der Suspension zu befreien. Obwohl es nicht ohne Gefahr für das Reich schien, willigte man doch in den Wunsch des Erzbischofs. Mit einem empfehlenden Schreiben des Königs ging er zum Papste und erreichte die Aufhebung der Strafe.

Die Angelegenheiten des Reichs gingen während der Abwesenheit des Erzbischofs nicht besser und nicht schlechter, als in seiner Gegenwart. Bedenklicher wurde erst die Lage des jungen Königs, als im nächsten Winter Graf Welf in die Heimath zurückkehrte. Er hatte längere Zeit bei Roger in Sicilien verweilt und war von ihm durch große Geldsummen gewonnen worden eine allgemeine Bewegung in Deutschland hervorzurufen, bei welcher besonders auf die Mitwirkung Heinrichs des Löwen, Konrads von Zähringen und selbst des Herzogs Friedrich von Schwaben gerechnet war. In der That trat Welf gleich nach seiner Heimkehr gegen den jungen König und seinen Bruder feindlich auf, überfiel ihre Besitzungen und ließ auf denselben Burgen anlegen. Der allgemeine Aufstand, vor dem man so lange gezittert, schien endlich sein Haupt gefunden zu haben und sein Ausbruch mit jeder Stunde zu erwarten.

Zum Glück für den jungen König wurde sein Vater gleich nach seiner Landung in Aquileja von Welfs Vorhaben unterrichtet. Obwohl alle Vorkehrungen zum Kriege gegen Roger getroffen waren, der griechische Kaiser selbst zum Angriff auf Italien bereit war, Venedig und Pisa, wo Gesandte Constantinopels verweilten, ihre Flotten rüsteten, entschloß sich Konrad doch für den Augenblick trotz der übernommenen Verpflichtungen vom Kampfe abzustehen, um der in Deutschland drohenden Gefahr zu begegnen. Er brach sofort nach dem Norden auf. Am 8. Mai war er noch zu Gemona bei Udine, am 14. zu S. Veit nördlich von Klagenfurt, am folgenden Tage zu Freisach und am 21. Mai schon in Salzburg, wo er dann das Pfingstfest (25. Mai) feierte. Gleich nach demselben eilte er nach Regensburg, wo ihn bereits der junge König und viele Fürsten des oberen Deutschlands erwarteten und am 29. Mai begrüßten. Er entließ hier die Herren, die ihn so lange auf seinen gefahrvollen Wegen begleitet hatten. Bischof Ortlieb von Basel erhielt als Lohn seiner Mühen das Münzrecht für seinen Sprengel, und gleich den Münzen von Genua sah man in der Folge auch die Baseler Münzen mit dem Bilde König Konrads geziert.

Aus Baiern begab sich Konrad nach Franken. Am 25. Juli hielt er einen Fürstentag zu Würzburg; zahlreiche sächsische und thüringische Herren stellten sich hier am Hofe ein, unter ihnen auch Markgraf Albrecht der Bär. Nach zweijähriger Abwesenheit sahen die deutschen Fürsten den König wieder in ihrer Mitte; er hatte die Zügel des Regiments wieder ergriffen und trotz der harten Schicksalsschläge, welche er erlitten, schien er an Zuversicht und Kraft eher gewonnen als verloren zu haben.

Die Krankheit Konrads und der Aufstand Welfs.

Am 15. August 1149 eröffnete der König einen Reichstag zu Frankfurt. Die Erzbischöfe von Mainz und Trier, die Bischöfe von Worms, Straßburg, Konstanz und Paderborn, Herzog Friedrich von Schwaben, Markgraf Albrecht, der Landgraf Ludwig von Thüringen, der rheinische Pfalzgraf Hermann von Stahleck und sein Bruder Graf Heinrich von Katzenellenbogen, Graf Otto von Rineck und viele andere Fürsten und Herren waren erschienen; auch Abt Wibald und der königliche Kanzler Arnold befanden sich am Hofe. Die wichtigsten Angelegenheiten sollten hier verhandelt werden. Vor Allem galt es den Landfrieden zu sichern, obwohl sich Welf ruhiger, als man erwartet, zuletzt gehalten hatte. Die Unterstützungen, auf welche er besonders rechnete, wurden ihm versagt; namentlich war von Bedeutung, daß der junge Heinrich der Löwe mit seinem Oheim nicht gemeine Sache machte. Das unerwartete Erscheinen Konrads in Deutschland scheint überdies alle Pläne Welfs durchkreuzt zu haben. Aber ob dieser gefürchtetste Friedensbrecher noch zuwartete, war dennoch viel für die Ruhe des Reichs zu thun. Man erstaunte über den Eifer, mit welchem sich der König der richterlichen Geschäfte annahm, und über seine ungewöhnliche Strenge; man glaubte davon schon die Erfolge zu sehen.

Auf dem Reichstage zu Frankfurt war auch der Cardinal Guido zugegen, der eben damals von seiner Legation nach Polen und dem Wendenlande zurückkehrte*). Seine Bemühungen, die polnischen Fürsten zur Wiederaufnahme Wladislaws und seiner Gemahlin zu vermögen, waren vergeblich gewesen; selbst die Bischöfe Polens hatte er dafür nicht gewinnen können. Er hatte darauf über die Fürsten

*) Vgl. oben S. 306.

den Bann ausgesprochen und das Land mit dem Interdict belegt, doch blieb dies vorläufig ohne Wirkung, da die polnischen Bischöfe behaupteten, daß der Legat hierin ohne Befehl des Papstes gehandelt habe. Dem Könige trat jetzt diese Sache aufs Neue nahe, und er dachte ernstlich an die Zurückführung seiner Schwester und ihres Gemahls in ihr ererbtes Fürstenthum. Er hoffte nach Herstellung der inneren Ruhe und Beseitigung der polnischen Wirren dann sogleich den Krieg in Italien beginnen zu können; zunächst wollte er eine Gesandtschaft an den Papst und die Römer schicken, zwischen denen der offene Krieg fortdauerte, um ihre Streitigkeiten beizulegen.

Wiederholt schickten die Römer in ihrer Bedrängniß durch das päpstliche Heer Schreiben an Konrad. Sie stellten ihm vor, daß er mit Leichtigkeit sich der Stadt bemächtigen könne; schon sei von ihnen die verfallene Milvische Brücke erneuert worden, damit er durch die Engelsburg, die in den Händen der Pierleoni war, nicht am Uebergang über die Tiber verhindert wäre; im Besitze der Stadt könne er freier und mächtiger, weil unbeschränkt durch den Klerus, über Italien und Deutschland herrschen, als fast alle seine Vorgänger auf dem Thron. Sie berichteten ihm, was nicht in der Wahrheit begründet war, daß zwischen dem Papst und Roger ein Frieden geschlossen sei, in welchem jener dem Sicilier die größten geistlichen Zugeständnisse gemacht und dagegen große Geldsummen empfangen habe, um dem römischen Reiche zu schaden. Arnold selbst oder einer seiner Anhänger schrieb dem Könige: mit Hülfe der Römer könne er sich leicht der Engelsburg bemächtigen und es dann dahin bringen, daß fortan ohne seinen Willen kein Papst in Rom eingesetzt werde; so sei es bis zu den Zeiten Gregors VII. gehalten worden, daß ohne Zustimmung des Kaisers Niemand den päpstlichen Stuhl bestiegen habe, und das sei löblich gewesen, weil es verhindert, daß die Priester die Welt mit Krieg und Blutvergießen erfüllten.

Dem Papste konnte nicht unbekannt bleiben, daß die Römer den Beistand des Königs in Anspruch nahmen. Er entschloß sich deshalb ebenfalls nach Deutschland einen Boten zu senden, dem er ein am 23. Juni 1149 zu Tusculum erlassenes Schreiben an den König übergab. Es enthielt ziemlich dürftige Tröstungen über die mißglückte Kreuzfahrt, wie Entschuldigungen, daß er weder in Person noch durch Cardinäle bisher dem Könige seine Theilnahme bezeigt habe, vor Allem aber den Wunsch, daß derselbe gegen die römische Kirche in ihrer Bedrängniß seine Devotion an den Tag legen und sich der Fürbitte des Apostels Petrus würdig zeigen möge.

Bei den Absichten des Königs gegen Roger mußte ihm Nichts mehr am Herzen liegen, als dem Kriege um Rom durch seine Vermittelung möglichst bald ein Ziel zu setzen; Wibald, längst mit allen Verhältnissen der Stadt vertraut, sollte in kurzer Frist mit anderen Gesandten dorthin abgehen. Aber was Konrad für Italien, was er in anderen Beziehungen auch planen mochte, es kam Nichts zur Ausführung. Denn, mitten in der angestrengtesten Thätigkeit, wurde er Ende August von einem so heftigen Wechselfieber überfallen, daß er allen ernsteren Arbeiten entsagen mußte. Ein Reichstag war auf Weihnachten nach Aachen ausgeschrieben worden, wahrscheinlich um den Landfrieden in Lothringen endlich wieder herzustellen: aber derselbe konnte wegen der Krankheit des Königs nicht abgehalten werden.

Der König war Weihnachten in Bamberg. Seine Gesundheit schien sich augenblicklich etwas gebessert zu haben, und mit den Bischöfen von Bamberg, Eichstädt, Speier, Konstanz und Basel, die am Hofe waren, wurden einige geistliche Geschäfte erledigt, doch von wichtigeren Angelegenheiten war auch jetzt noch kaum die Rede. In der polnischen Sache war Nichts geschehen, Wibald hatte die römische Reise nicht angetreten, mit dem Landfrieden war es übel bestellt, und schon schöpfte Welf neue Hoffnungen, eine große Umwälzung bewirken zu können.

Der Zustand des Reichs war wenig erfreulich. Alle Geschäfte litten unter dem traurigen Gesundheitszustande des Königs. So mußte der Bischof von Ascoli, der auf seine Veranlassung die beschwerliche Reise nach Deutschland gemacht hatte, neun Monate warten, ehe er nur eine Audienz erhielt. Dazu kam, daß sich die Männer, die bis dahin den größten Einfluß auf den König geübt hatten, jetzt zurückgesetzt und gekränkt fühlten. Wibald, der bei seinen unausgesetzten Streitigkeiten wegen Korveis sich vom Hofe nicht mehr wie früher unterstützt sah, drohte nicht allein Korvei aufzugeben, sondern ganz das Reich zu verlassen. Er schrieb an den Notar Heinrich, der stets um den König war: „Männer, deren Treue im höchsten Grade verdächtig, ja deren Untreue, die Wahrheit zu sagen, offenkundig war, empfangen jetzt Ehren und Schätze, und uns, die ob ihrer Treue im ganzen Reiche gepriesen wurden, scheint man kaum noch zu kennen". Anselm, Wibalds Freund, betrieb in dem armen Havelberg die Mission, und trotz seiner schmerzlichen Rückblicke auf das nichtige Hofleben beschlich ihn doch zuweilen wieder die Sehnsucht nach der Nähe des Königs, und er klagte dem Kanzler Arnold über die Ungnade desselben. Aber auch Arnold selbst, obwohl er nach seinem Amte die Seele und der Mittelpunkt aller Geschäfte sein sollte, war fern vom Hofe und saß in tiefem Unmuth auf seiner Dompropstei in Köln. Wibald suchte Anselm über seine Ungunst damit zu trösten, daß sie nicht ihn allein, sondern auch andere geistliche Herren ihrer Gesinnung träfe und einen tieferen Grund habe, den er nicht näher bezeichnen wolle.

Der von Wibald angedeutete Grund war unfraglich kein anderer, als daß sich das Verhältniß des Königs zur römischen Curie geändert hatte und daß er denen mißtraute, die ihm als willige Werkzeuge der Letzteren erschienen. Der König hatte zwar nicht, wie man am päpstlichen Hofe argwöhnte, zu Constantinopel einen für den Papst nachtheiligen Vertrag geschlossen, aber er hatte allerdings dort andere Vorstellungen von der kaiserlichen Stellung gegen die geistlichen Gewalten gewonnen, wie sie seit dem Ausgange des Investiturstreits im Abendlande herrschten; er war, wie es Wibald gegen einen Cardinal ausdrückte, durch den Hochmuth und die Unbotmäßigkeit der Griechen etwas verdorben worden, und die zweideutige Stellung, in welcher der Papst jetzt zu Roger stand, mußte jene Vorstellungen in ihm befestigen.

Wibald war indessen doch bald genug wieder in ein nahes Verhältniß zum Hofe getreten. Man bedurfte dort seiner in Abwesenheit des Kanzlers, und auch er konnte den königlichen Schutz in seinen verwickelten Verhältnissen nicht entbehren. Vom 24. December 1149 bis 20. April 1150 war er ununterbrochen in der Nähe des Königs, der sich nach längerem Aufenthalt in Bamberg nach Speier begab. Es war die Besserung im Befinden des Königs merklich vorgeschritten, besonders durch die Bemühungen eines italienischen Arztes. Es war dies Peter von Capua, der einst das Erzbisthum in dieser Stadt bekleidet hatte, dann aber wegen der von Anaclet II. empfangenen Weihe abgesetzt worden und nach Rom gezogen war, wo er vom Genuß einer kirchlichen Pfründe und dem Ertrage seiner ärztlichen Kunst mit einem Weibe lebte. Mit einem warmen Empfehlungsbrief des Königs an den Papst kehrte Peter etwa im Februar 1150 nach Rom zurück.

Endlich schienen bessere Zeiten zu kommen, und ein unerwartetes Glück belebte die Hoffnungen, die man schöpfte. Der König hielt im Anfange des Februar einen Reichstag zu Speier. Zu demselben waren die Bischöfe von Konstanz und Basel, Herzog Friedrich von Schwaben, Pfalzgraf Otto von Wittelsbach, Markgraf Hermann von Baden und viele Große aus den rheinischen Gegenden erschienen. Mitten in die Versammlung kam die Botschaft von einer großen Niederlage, welche Graf Welf erlitten hatte. Mit zahlreichem Gefolge war dieser über die staufenschen Besitzungen im Ries hergefallen und am 8. Februar vor Flochberg bei Bopfingen, damals die Hauptfeste der Staufer in dieser Gegend, gerückt. Er mochte sich für sicher halten, aber nur fünf Stunden entfernt lag der junge König Heinrich bei der Harburg mit einem Heere und brach eiligst auf, als er von dem Vorrücken Welfs Kunde erhielt. Welf trat auf die Nachricht von Heinrichs Anzug eilig den Rückzug an. Aber leichte Reiter des Feindes hielten seine Schaar auf und brachten sie in Verwirrung. So gelang es dem jungen König mit seiner Hauptmacht noch rechtzeitig herbeizukommen, um einen vernichtenden Schlag auf Welfs Schaar zu führen. Dreihundert seiner Ritter wurden zu Gefangenen gemacht, und er verlor eine große Zahl von Pferden. Man glaubte zuerst, daß auch Welf selbst gefangen sei; er war aber, vom Dunkel begünstigt, mit einigen Genossen entkommen.

In Speier erregte die Nachricht von dieser glücklichen Waffenthat die freudigste Bewegung. Man sah in ihr eine wunderbare Rettung aus großen Gefahren. „Sehr wahrscheinlich ist es“, schrieb Wibald an den Kanzler Arnold, „daß wenn uns die göttliche Gnade nicht dieses Glück gewährt hätte, große Bewegungen im Reiche eingetreten wären, während wir jetzt die Unruhen leicht zu ersticken hoffen“. Er versichert den Kanzler, daß der König jetzt mit vollem Eifer die Staatsgeschäfte treibe und sich nicht mehr mit oberflächlicher Behandlung derselben begnüge; am 2. April wolle er mit den Sachsen in Fulda eine Zusammenkunft haben und dann nach Rom eine große Gesandtschaft schicken; wenn er die Rückkehr seiner Schwester nach Polen ohne Waffengewalt bewirken könne, werde er in Bälde mit großer Heeresmacht nach Italien aufbrechen.

In der That war der König sehr rührig. Nicht nur der Fuldaer Tag wurde anberaumt, sondern auch eine andere Versammlung zum 1. Mai nach Merseburg berufen. Hier sollten die Sachsen, Polen, Böhmen und Wenden erscheinen, und ohne Zweifel hoffte er hier die polnischen Angelegenheiten gütlich zu ordnen. Zugleich kündigte er eine allgemeine Heerfahrt gegen Welf an, den er demnächst völlig zu vernichten beabsichtigte, um dann ganz freie Hand zum Kampf gegen Roger zu gewinnen. Von diesen seinen Absichten setzte er sogleich auch Kaiser Emanuel in Kenntniß, als dessen Gesandter Michael Bardalia bei ihm verweilte. Es sollte dieser, von Konrads Gesandten begleitet, demnächst nach Constantinopel zurückkehren, um darzuthun, daß der König alle eingegangenen Verpflichtungen nun erfüllen werde, und um weitere Verabredungen mit dem Kaiser zu treffen.

Die Dinge gewannen jedoch sehr bald eine andere Gestalt. Wenn Wibald und seine Gesinnungsgenossen auf die Verfolgung des errungenen Vortheils und völlige Vernichtung Welfs und seiner Genossen drangen, damit der König den Zug nach Italien unternehmen könne, so begegneten sie am Hofe einer Opposition, welche Welf mit Schonung behandelt wissen wollte. Ein älterer Fürst, vielleicht Konrad von Zähringen, stellte dem Könige vor, daß man in der Fastenzeit die Waffen ruhen lassen müsse, daß vielmehr ein gerichtliches Verfahren mit den üblichen Fristen gegen Welf einzuschlagen und auch die Gefangenen nicht mit Willkür, sondern nach dem Recht zu behandeln seien. Diese Meinung siegte, und der weitere Erfolg war, daß man nicht nur von den Waffen abstand, sondern auch das gerichtliche Verfahren aufgab. Herzog Friedrich von Schwaben trat weiter vermittelnd für Welf ein und brachte es nicht allein dahin, daß derselbe Verzeihung erhielt und die Gefangenen ihm zurückgegeben wurden, sondern ihm überdies Einkünfte aus dem königlichen Fiscus überwiesen und der Ort Mertingen an der Schmutter bei Donauwörth zu Lehen gegeben wurde. Dieser Ort, welcher bisher der Kirche von Passau gehört hatte, mußte von des Königs Halbbruder, dem Babenberger Konrad, erst im Jahre zuvor zum Bischof von Passau erhoben, ausgeliefert werden. So hatte Welf für seinen Verrath gleichsam noch eine Belohnung erhalten. Wie bedenklich dies auch war, so wurde damit wenigstens so viel erreicht, daß sich Welf in der Folge ruhig verhielt.

Der König, der sich in der Mitte des März zu Nürnberg aufhielt, begab sich im Anfange des April nach Fulda zu der angesagten Zusammenkunft mit den sächsischen Fürsten. Sie waren in großer Zahl erschienen und erwarteten wichtige Verhandlungen. Aber sie täuschten sich; denn die Absichten des Königs waren nicht mehr dieselben, die er zu Speier gehegt hatte. Von der polnischen Sache war nicht mehr die Rede; auch die Absendung der Gesandtschaft nach Rom unterblieb. Wir hören nur, daß der König den ärgerlichen Fuldaer Wirren endlich ein Ziel setzte. Der Abt von Hersfeld, der nach Rogers Entfernung vorläufig die Leitung des Klosters übernommen, hatte dieselbe bereits wieder aufgegeben, und nach dem Willen des Königs wurde jetzt Markward, bisher Abt des Klosters Deggingen im Ries, zum Abt von Fulda gewählt.

Die auf den 1. Mai nach Merseburg berufene Versammlung kam gar nicht zu Stande. Der König war am 20. April in Würzburg und scheint bis zum Herbst die fränkischen Gegenden nicht mehr verlassen zu haben*).

Neue Kreuzzugspläne in Frankreich.

Wenn sich die Entschlüsse des Königs so schnell änderten, lag die Ursache nicht so sehr in Rückfällen in seine frühere Krankheit, wie in einer neuen großen Bewegung in Frankreich, bei welcher nichts Geringeres beabsichtigt war, als eine Wiederaufnahme des Kreuzzugs, zu der man sich mit Roger von Sicilien verbinden wollte. Es lag auf der Hand, daß ein solches Unternehmen nicht nur gegen den Islam, sondern auch gegen die Griechen sich richten würde, die ohnehin den tiefsten Ingrimm der französischen Nation auf sich geladen hatten. Nicht minder war klar, daß König Konrad, der Bundesgenosse des griechischen Kaisers, der Feind König Rogers, durch diese Bewegung mit den größten Besorgnissen erfüllt werden mußte. „Während wir uns", schrieb er an die Kaiserin Irene um den 1. Mai

*) Am 15. Juli war Konrad in Rothenburg, am 30. Juli wieder in Würzburg, am 20. August abermals in Rothenburg.

1150, „gegen unseren gemeinsamen Feind, den Tyrannen von Sicilien, zu rüsten suchen, wird uns gemeldet, daß sich das ganze französische Volk mit seinem Könige gegen das Reich Deines Gemahls verschwört und auf Anstiften des Siciliers mit Aufbietung aller seiner Macht den Krieg gegen ihn zu beginnen beabsichtigt. Wir glauben dies nicht leicht nehmen zu dürfen, sondern den Ausgang abwarten zu müssen und sind entschlossen entweder diese Bewegung zu ersticken oder ihr mit aller Macht zum Heil unseres kaiserlichen Bruders und seines Reichs entgegenzutreten".

Unbegreiflich erscheint, wie man an die Fortführung eines Unternehmens, dessen Fehler sich so deutlich verrathen hatten, denken mochte, wie man inmitten der frischen Trauer über die zahllosen Verluste, die man erlitten, nicht nur die Erneuerung des unglücklichen Kampfs, sondern sogar dessen Erweiterung ins Auge fassen konnte. In der That ist auch Niemandem in Deutschland Aehnliches in den Sinn gekommen. Aber in dem heißblütigen Volke Galliens war das Gefühl der Rache mächtiger, als jede Erwägung, und der heilige Bernhard mit seinem gewaltigen Anhange fühlte die Niederlage der Kirche und seine eigene so tief, daß er auch das gewagteste Unternehmen, wenn es nur eine Aenderung der Lage herbeizuführen verhieß, nicht scheute.

Es ist bereits*) berichtet, wie auf seiner unglücklichen Rückkehr vom Orient König Ludwig zu Potenza im Anfange des October 1149 eine persönliche Zusammenkunft mit Roger von Sicilien hatte und in das Interesse desselben gezogen wurde. Wenige Tage später traf Ludwig mit dem Papste in Tusculum zusammen. Der Papst empfing ihn nicht nur auf das Herzlichste und bemühte sich ihn über die erlittenen Verluste zu trösten, sondern wußte auch für den Augenblick des Königs schöne, leichtfertige Gemahlin ihm wieder zu gewinnen; es war der größte Liebesdienst, welcher dem schmachtenden Könige erwiesen werden konnte. Auch in Rom bereitete die Republik dem Könige Frankreichs einen festlichen Empfang. Alles schien sich in Italien zu beeifern die Schmerzen des unglücklichen Fürsten zu mildern. Nur langsam setzte er indessen seine Reise nach Frankreich fort, dessen Boden er erst gegen Ende des Jahres 1149 betrat. Der Tag seiner Ankunft wird nirgends gemeldet, nirgends verlautet etwas von einem

---

*) Vergl. S. 296.

feierlichen Empfange. Schweigend empfing ihn das Volk, und nicht ohne Beschämung konnte er wieder unter dasselbe treten, nachdem er sich früher vermessen, daß er nur als Sieger zurückkehren werde. Wie sehr der Glanz des königlichen Namens getrübt sei, verhehlte sich selbst Abt Suger nicht. Er empfand, daß der Weg zu einem neuen glänzenden Unternehmen dem König gezeigt werden müsse, wenn die Arbeit seines eigenen langen Lebens, die Erhebung der französischen Monarchie, nicht vereitelt werden sollte.

So war die Stimmung in Frankreich, als neue Trauernachrichten aus dem Orient einliefen. Nureddin hatte bald nach dem Abzuge der Kreuzfahrer die Christen im gelobten Lande aufs Neue angegriffen, besonders war Antiochia schwer von ihm heimgesucht worden. Im Kampfe gegen ihn verlor am 29. Juni 1149 Fürst Raimund das Leben, und so groß wurde die Bedrängniß der Stadt, daß sich der junge König Balduin endlich entschloß mit einem Heere zur Rettung derselben aufzubrechen. Neue Hilfsrufe ergingen zugleich nach dem Abendlande und besonders nach Frankreich, und hier herrschte eine Stimmung, die ihnen gleichsam entgegenkam. So zögernd Suger früher der Kreuzzugsbewegung nachgegeben hatte, so entschlossen stellte er sich jetzt an die Spitze derselben. Auch der heilige Bernhard lebte ganz wieder in dem Gedanken der Kreuzpredigt. König Ludwig ersehnte die Gelegenheit, seine Niederlage in Vergessenheit zu bringen.

König Roger war inzwischen von dem griechischen Kaiser und der venetianischen Flotte angegriffen worden; nach langer tapferer Gegenwehr hatte sich seine Besatzung in Corfu ergeben müssen, schon war Sicilien selbst bedroht. Es lag in seinem Interesse, die Franzosen in den Kampf gegen das griechische Reich hineinzuziehen oder sie wenigstens zu benutzen, um Konrad von Italien fernzuhalten. So nährte er die Bewegung in Frankreich; er trat mit Abt Suger in vertrauten Briefwechsel und wußte ihn sich ganz zu gewinnen. Selbst der Papst, von Roger gegen Rom unterstützt und nicht frei von Besorgnissen vor der griechischen Macht, schien einer Verbindung der französischen und sicilischen Waffen geneigt; es schien mindestens seine Absicht, den Bund Konrads mit Constantinopel zu trennen und eine Verständigung zwischen den Königen von Deutschland und Sicilien herbeizuführen. In diesem Sinne hatte bereits der Cardinalbischof Dietwin an König Konrad geschrieben, und ein Brief des heiligen

Bernhard, welchen Konrad um den 1. März 1150 durch seinen Bruder Otto von Freising empfing, schien ebenfalls auf Eingebungen der römischen Curie zu beruhen. In diesem Schreiben ergoß sich Bernhard im Lobe des Siciliers, erhob seine der Kirche geleisteten Dienste und wies darauf hin, wie noch viel Größeres von ihm zu erwarten, wenn er nicht durch die Macht des deutschen Reichs gehemmt würde; der heilige Mann erbot sich selbst das Friedenswerk in die Hand zu nehmen, wenn dies Konrad genehm sein sollte.

Indessen traten auch die kriegerischen Absichten in Frankreich immer deutlicher an den Tag. Auf einem von vielen geistlichen und weltlichen Großen besuchten Hoftage zu Laon im Anfange des April 1150 ertönten von allen Seiten laute Klagen über die Bedrängnisse der heiligen Stätten; man sprach von der Nothwendigkeit, den Christen im Orient abermals zur Hülfe zu eilen, und beschloß am dritten Sonntage nach Ostern (7. Mai) zu Chartres eine große Versammlung zu halten, um dort über die Mittel zu berathen, wie ein neuer Kreuzzug ausgerüstet werden könne. Zugleich setzte man den Papst von den Absichten, die man hegte, in Kenntniß.

Der Papst war aber wider Erwarten durch diese Nachrichten wenig erfreut. Am 25. April schrieb er an Suger: „Das unermeßlich große Liebeswerk, welches das göttliche Erbarmen dem König Ludwig eingegeben, hat uns in die höchste Unruhe versetzt. Denn in der Erinnerung an die schweren Verluste, welche die Kirche zu unserer Zeit erlitten hat, und an das frisch vergossene Blut so trefflicher Männer werden mir von schwerer Besorgniß bedrückt. Aber um unsertwillen allein darf ein so wichtiges Unternehmen nicht unterbleiben. Prüfe also sorgfältig den Willen des Königs, der Barone und des Volks, und sind sie wirklich zu einem so schwierigen Werke entschlossen, so magst Du unseren Rath und Beistand, wie auch den gleichen Ablaß, der in den früheren Schreiben zugesagt war, ihnen versprechen".

Die Versammlung in Chartres trat zusammen, doch war der Besuch nicht so zahlreich, als man ihn erwartet hatte. Selbst die ersten Bischöfe blieben unter verschiedenen Vorwänden aus; sie mochten fürchten, daß ihre Kirchen zumeist die Kosten der Ausrüstung zu bestreiten hätten, und Wenige waren wohl so opferbereit, wie Suger, welcher die Einkünfte von St. Denis zu Gebot stellte. Indessen wurde die neue Kreuzfahrt doch beschlossen und unter allgemeiner Zustimmung dem heiligen Bernhard die Führung des Zugs übertragen. Es können hiernach Zweifel obwalten, ob König Ludwig sich noch selbst an der Fahrt zu betheiligen gedachte.

Der erste Enthusiasmus scheint auch damals, wie es unter den Franzosen nicht selten ist, schnell verflogen zu sein, und die Weise, wie der Papst nur widerwillig das Unternehmen gebilligt hatte, konnte die Begeisterung nicht erhöhen. In einem überaus merkwürdigen Schreiben warf der h. Bernhard dem Papste seine Lauheit, seine Aengstlichkeit und Besorgniß vor. Er erinnert ihn an das Wort des Seneca: „Dem tapfren Manne wächst in der Gefahr der Muth"*). Er ruft ihm zu: „Beide Schwerter sind jetzt bei Christi Leiden — denn er leidet wieder, wo er schon einst gelitten, — zu zücken, und durch wen sind sie zu zücken, als durch Euch? Denn sie gehören beide Petrus, und es ist nach meiner Meinung jetzt die Zeit, wo sie beide zum Schutz der morgenländischen Kirche gezogen werden müssen. Wenn Du Christum liebst, wie Du sollst, so wirst Du nichts unterlassen, um für die Kirche, seine Braut, in solcher Gefahr alle Kraft, allen Eifer, alle Sorgfalt, alle Deine Macht und Dein ganzes Ansehen einzusetzen. Ungewöhnliche Noth fordert ungewöhnliche Anstrengung. Das Fundament ist erschüttert, und Alles muß aufgeboten werden, damit nicht der ganze Bau zusammenstürze. Das sage ich um Euretwillen — mit ungeschminkten, aber gutgemeinten Worten". Bernhard zeigt dem Papste an, daß er zu Chartres zum Führer des Kreuzheers gewählt sei; er betont, wie wenig er nach seiner Person und seinem Stande zur Führung eines Heeres geeignet sei, aber er legt die Entscheidung in die Hände des Papstes, welcher den Rathschluß Gottes ergründen werde.

Von verschiedenen Seiten wurde der Papst angegangen, die Wahl Bernhards zu bestätigen, auch von Suger selbst. Er gab diesen Bitten nach und schrieb am 19. Juni an Suger unter Belobigung seiner Bemühungen für die Kreuzfahrt, daß er die zu Chartres getroffene Wahl seine Zustimmung nicht versagen wolle, obgleich sie ihm wegen der Gebrechlichkeit des Gewählten im höchsten Maße bedenklich scheine.

*) Non est vir fortis, cui non crescit animus in ipsa rerum difficultate. Epist. 22.

Der Papst fiel, wie man sieht, aus Bedenken in Bedenken, und auch in Frankreich selbst nahm der Enthusiasmus für das Unternehmen mit jedem Tage ab. Man hing an demselben nur noch in den mönchischen Kreisen, wo selbst Peter von Cluny sich zu begeistern anfing. Ihm schien aber das Erste und Nothwendigste eine Aussöhnung zwischen den Königen von Deutschland und Sicilien herbeizuführen; er versprach Roger demnächst nach Deutschland zu gehen und Nichts unversucht zu lassen, um den Frieden zwischen ihm und Konrad herzustellen.

Es ist zu dieser Reise nicht gekommen, und sie würde auch keinen Erfolg gehabt haben. Denn Konrad dachte so wenig daran, den mit Constantinopel geschlossenen Bund zu lösen, daß er ihn vielmehr noch fester zu ziehen suchte. Er hatte Alexander von Gravina, der damals in Geschäften des Kaisers zu Venedig verweilte, an seinen Hof beschieden und ihn dann nach Constantinopel zurückgesandt, um die Vermählung des jungen Königs mit einer kaiserlichen Fürstin zu beschleunigen. Selbst Abt Wibald wagte nicht in die Gedanken seiner französischen Ordensbrüder einzugehen; er versicherte vielmehr den Kaiser brieflich seiner tiefsten Devotion und betonte, wie er schon wegen seiner Vertreibung aus Monte Cassino ein tödtlicher Gegner des Tyrannen von Sicilien, „des Feindes Gottes", sein müsse. Wäre Bernhard selbst abermals nach Deutschland gekommen und wäre jeder seiner Fußtritte mit Wundern bezeichnet gewesen, er würde doch das „Wunder der Wunder" nicht wieder vollbracht haben. Konrads Blick war nicht nach dem gelobten Lande, sondern fester als je auf Italien gerichtet.

17.

Verhandlungen und Verwickelungen.

Sehr lehrreich sind die Verhandlungen, welche in dieser Zeit zwischen dem deutschen Hofe und der römischen Curie gepflogen wurden. Wir sind über dieselben durch eine von Abt Wibald angelegte Briefsammlung gut unterrichtet und gewinnen so tiefe, aber wenig erfreuliche Einblicke in die damaligen Verhältnisse am deutschen Hofe.

Schon oben ist auf das Mißtrauen hingewiesen, welches seit Konrads Rückkehr zwischen ihm und der römischen Curie herrschte. Wiederholt hatte er im Laufe des Jahres 1149 daran gedacht, eine Gesandtschaft nach Rom zu schicken, aber die Absicht immer wieder aufgegeben. Indessen war ohne sein Zuthun zwischen dem Papst und dem römischen Senat Friede geschlossen worden; freilich ein für jenen trauriger Friede, da der Senat, seinem Versprechen getreu, Arnold von Brescia schützte. Im November 1149 kehrte der Papst nach Rom zurück, aber er lebte hier mit dem ungebeugten Arnold in denselben Mauern, das heißt: seine ganze Macht wurde ihm ins Angesicht unaufhörlich bestritten.

Vergeblich erwartete der Papst die ihm seit lange angekündigte große Gesandtschaft aus Deutschland, welche der Kanzler Arnold und Wibald führen sollten. Sein Verkehr mit dem deutschen Hofe blieb ein ganz äußerlicher und geschäftsmäßiger, und auch in diesem zeigte der Papst deutlich, wie wenig er sich von dem Verhalten Konrads befriedigt fühle. Im Frühjahr 1150 ging der suspendirte Erzbischof Arnold von Köln zu seiner Rechtfertigung nach Rom: er erwirkte sich trotz des Widerstrebens des Kanzlers einen warmen Empfehlungsbrief vom Könige, aber der Papst hob dessenungeachtet die Suspension nicht auf. Der König legte beim Papste Fürbitte ein für einen gewissen Otto, der sich an einen Kleriker vergriffen hatte: er erreichte damit nicht nur Nichts, sondern erhielt überdies für seine Verwendung eine derbe Zurückweisung. Der König hatte für die verwahrloste Abtei Murbach durch die Bestellung eines neuen Abtes Fürsorge getroffen: man versagte in Rom seinen Maßregeln die Genehmigung. Inzwischen war mit Botschaften des Königs der Notar Heinrich nach Rom gegangen; aber auch er scheint nur untergeordnete Geschäfte dort erledigt zu haben, jedenfalls gelang es ihm nicht ein völliges Verständniß zwischen seinem Herrn und dem Papste herbeizuführen. Gegen Ende des Juni 1150 schrieb Eugen III. dem Könige, daß er noch immer auf die große Gesandtschaft warte, mit welcher er das Wohl der Kirche und des Reichs in Berathung ziehen könne, und daß er deshalb auch seinerseits noch keine Gesandte geschickt hätte. „Unser Verlangen ist", sagt er, „daß die Verhältnisse zwischen Kirche und Reich, wie sie von unseren und Deinen Vorgängern geordnet sind, so unter Gottes Beistand zwischen uns und Deiner Majestät befestigt werden, damit die Kirche ihr Recht ungestört genieße, das Reich die ihm gebührende Macht gewinne und das christliche Volk sich des Friedens und der Ruhe erfreue".

Der Papst residirte damals nicht mehr in Rom. Die Nähe Arnolds war ihm unerträglich; schon um den 1. Juni 1150 verließ er freiwillig wieder die Stadt und begab sich zunächst nach Albano. Er trat bald darauf in vertrauliche Verhandlungen mit König Roger und begab sich selbst nach Anagni, wo er Gesandten desselben begegnete. Trotz der Unterstützung, die er dem Papste gewährt, lebte Roger immer nur noch in einem Waffenstillstand mit der römischen Curie, und es litten besonders darunter die kirchlichen Verhältnisse seines Reichs. Die Bischöfe, welche er eingesetzt hatte, wurden von Rom nicht anerkannt und entbehrten der Weihe, obwohl sie meist tüchtige Männer waren*), sich keine Simonie ihnen zur Last legen ließ und sie im kirchlichen Gehorsam gegen den apostolischen Vater standen. Nachdem der Papst sich über die Hauptpunkte in Anagni mit Rogers Gesandten verständigt hatte, kam er zu Ceperano persönlich mit dem König zusammen. Roger gestand hier die freie Wahl der Bischöfe zu und die Prüfung der bereits erfolgten Ernennungen durch den Papst, auch räumte er ihm das Recht ein, in Person oder durch seine Legaten in dem sicilischen Reiche kirchliche Anordnungen zu treffen. Wenn aber Roger sich damit einen vollständigen Frieden und die Bestätigung aller seiner früher gewonnenen Privilegien zu erkaufen glaubte, so irrte er. Weder durch Bitten noch Geld konnte er es dahin bringen, daß der Papst ihn belehnte und die früheren Privilegien ihm erneuerte. Uebrigens schieden sie als Freunde: Roger bot dem Papste und der Curie jede Unterstützung an, welche sie in ihren Fährlichkeiten bedürfen sollten; der Papst versprach Roger dagegen die Einsetzung der sicilischen Bischöfe einer Untersuchung zu unterwerfen und alle, deren Ernennung keinen Anstoß böte, zu bestätigen. Die Prüfung erfolgte mit der größten Gewissenhaftigkeit, aber nur wenige Bischöfe wurden verworfen. Im November 1150 weihte der Papst zu Ferentino eine große Zahl der be-

*) Roger verwandte gern hervorragende Ausländer in seinen Bisthümern; nur die Deutschen schloß er aus, weil er ihnen nicht traute.

stätigten Bischöfe; unter ihnen war auch der Erzbischof Hugo von Palermo, der kaum im Besitz des Palliums, sehr wider die Absichten des Papstes, Rogers einzigen noch lebenden Sohn Wilhelm in Palermo zum König krönte (3. April 1151).

Der Papst, der sich bis in den Sommer 1151 zu Ferentino aufhielt, hat unseres Wissens dann nie mehr die Hülfe des Siciliers gegen Rom in Anspruch genommen; er hätte sie wohl auch nur um einen Preis, der ihm zu hoch schien, gewinnen können. Die Herstellung seiner Macht in der Stadt erwartete er jetzt wieder, wie früher, allein von König Konrad. Es kann zweifelhaft sein, ob der Papst den früheren Vermittelungsversuchen zwischen Konrad und Roger, wie man in der Curie behauptet, ganz fern gestanden habe; es mag eine Zeit gegeben haben, wo er Konrad von Italien fern zu halten versuchte. Aber gewiß ist, daß er vom Sommer 1150 an die Heerfahrt Konrads über die Alpen auf das Dringendste wünschte. In einem sehr vertrauten Briefe an Wibald äußert ein römischer Cardinal: Roger werde nicht eher ein schickliches Verfahren gegen König Konrad beobachten, als bis er gewiß wisse, daß dieser in Tuscien oder in der Romagna stände, und auch die römische Kirche habe kein Interesse daran, daß sich ohne ihre Dazwischenkunft die Könige verglichen; erst wenn Konrad in Italien stände, werde sich die römische Kirche in das Mittel legen und mit Bitten und sanfter Gewalt Konrad, mit Drohungen und Schrecken Roger dahin bringen, daß ihr Streit in einer für Kirche und Reich heilsamen Weise zum Austrage käme.

Im Juli 1150 machte auch König Konrad Miene, die große Gesandtschaft, von der schon so lange gesprochen, an den Papst abgehen zu lassen; er forderte den Kanzler Arnold und Abt Wibald auf sich zur Reise anzuschicken, die sie um die Mitte des September antreten sollten. Der König scheint dann aber doch wieder geschwankt zu haben; denn der Notar Heinrich schrieb alsbald an Wibald: „Ich weiß zwar Vieles -- aber, ob es geschieht oder nicht, steht dahin, und so mag ich auch nicht davon reden". Die Botschafter selbst waren über den Auftrag wenig erfreut. Der Kanzler hatte schon früher die größten Schwierigkeiten gemacht, „weil der König", wie er sich in seinem Unmuthe äußerte, „doch nicht hält, was er durch seine Getreuen nach Rom melden läßt". Wibald war früher williger gewesen, jetzt wollte aber auch er von der Reise Nichts wissen, zumal er sie, wie er erfuhr, auf eigene Kosten unternehmen sollte. Er gab vor, daß man erst den Erfolg, den Alexander von Gravina in Constantinopel haben würde, abwarten müsse; er rieth, wenn der König dennoch sogleich eine Gesandtschaft nach Italien senden wolle, entweder den Kanzler allein dorthin zu schicken oder ihm etwa noch den Bischof von Konstanz, Basel oder Lausanne beizugesellen.

Aber der König bestand jetzt auf seinem Willen; er schrieb an Wibald: er könne ihn so wenig, wie den Kanzler, bei dieser Gesandtschaft entbehren, bei der die wichtigsten Angelegenheiten mit dem Papste mit Bezug auf den Kaiser von Constantinopel und Roger von Sicilien zu verhandeln seien; am 29. September sollten deshalb Beide in Regensburg am Hofe sich einstellen; das erforderliche Geld solle Wibald auf Pfänder aufnehmen, welche der König, sobald es möglich, einlösen werde. Wibald meldete alsbald dem Kanzler: er glaube sich dem Willen des Königs fügen zu müssen, obgleich er nicht wisse, wie er nach den gewaltigen bereits im Dienste des Königs gemachten Ausgaben die Kosten der Reise bestreiten solle; lieber wolle er aber auf einem Esel ausziehen, als sich der Ungnade des Königs aussetzen. Bald darauf schrieb er wieder dem Kanzler: nicht wie es der königlichen Majestät gezieme, werde er die Reise antreten, sondern so, wie er einst sein eigenes Haus — er meinte Monte Cassino — einsam und verlassen, nur mit wenig Geld verlassen habe.

Der Kanzler erklärte dagegen Wibald, daß er unmöglich jetzt sein Stift in Köln verlassen könne: es sei eine vollständige Mißernte gewesen und er müsse für den Unterhalt Aller sorgen, nur nackt und bloß würde er ausziehen können; um so mehr werde der König ihn entschuldigen, als Wibald allein allen Geschäften völlig genüge, und er neben der Beredsamkeit desselben sich doch nur, wie die Spitzmaus im Winkel, verkriechen würde; könne Wibald bis zum 15. Oktober warten, so wolle er mit ihm zu Hofe gehen, und der König möge dann selbst in der Sache entscheiden. Wibald antwortete darauf: seine eigene Noth sei nicht geringer, als die des Kanzlers, aber er werde gehorchen, um nicht durch die Ungnade des Königs Alles einzubüßen, worauf er durch so viele Dienste Ansprüche gewonnen habe; der Kanzler irre übrigens, wenn er sich für überflüssig halte, vielmehr werde er in der Gesandtschaft eine hervorragendere Stellung einnehmen, als es selbst die Erzbischöfe von Köln und Mainz vermöchten;

denn er besitze die Schlüssel des Reichs und habe über alle wichtigen Maßregeln für dasselbe zu bestimmen, wie er selbst sich deshalb auch ihm ganz unterordnen werde; gern wolle er, Wibald, bis zum 15. Oktober und auch länger warten, nur möge die Reise nicht bis tief in den Winter verschoben werden.

In der That traf nun Wibald alle Vorkehrungen zur Reise und hatte Stablo bereits verlassen, als der König plötzlich einen anderen Entschluß faßte; er billigte die Gründe, die der Kanzler und Wibald für ihr Zurückbleiben geltend gemacht hatten, und schickte die Bischöfe von Basel und Konstanz nach Italien. Sie sollten die Ankunft des Königs dort vorbereiten und die nothwendigsten Reichsgeschäfte erledigen, auch mit dem Papst über die schwebenden Angelegenheiten verhandeln. Im Oktober 1150 werden sie abgereist sein.

Aber es fehlte doch viel, daß Konrad damals schon ernstlich daran hätte denken können, in der nächsten Zeit Deutschland zu verlassen. Die von Frankreich drohende Gefahr verschwand freilich schnell. Bernhard war ein Führer ohne Heer, und endlich schritt sein Orden selbst ein, um ihm die traurige Rolle eines Peter von Amiens noch an seinem Lebensende zu ersparen. Nur Suger hielt noch immer zähe am Kreuzzuge fest, aber seine Tage waren bereits gezählt; am 13. Januar 1151 hauchte er den letzten Athem aus. Welche Verpflichtungen auch König Ludwig gegen Roger eingegangen sein mochte, an die Erfüllung derselben war nicht mehr zu denken; von dem Kriege gegen die Griechen sprach bald Niemand mehr in Frankreich. Von dieser Seite gesichert, bemühte sich Konrad die inneren Verhältnisse seines Reichs zu ordnen, und gerade hier fand sich unerschöpfliche Arbeit. Während der König im oberen Deutschland weilte*) und hier die Ruhe sicherte, blieb Lothringen ein Heerd innerer Streitigkeiten. Zwischen dem nimmer ruhenden Grafen Heinrich von Namur und dem Bischof von Lüttich war eine neue äußerst blutige Fehde ausgebrochen, in welche alle

*) Auf den 8. September hatte der König einen Hoftag in Nürnberg angekündigt, der auch abgehalten scheint. Am 24. September hatte er mit mehreren schwäbischen Fürsten eine Zusammenkunft zu Langenau bei Ulm. Auf den 29. September war dann ein Hoftag zu Regensburg angesagt; ob derselbe abgehalten ist, wissen wir nicht. Dagegen steht fest, daß der König im Oktober oder November auf einem Hoftage in Worms zugegen war. Am 3. December befand er sich in Würzburg.

Nachbarn hineingezogen wurden. Die Leiden des Landes vermehrten die Ueberschwemmungen und Mißernten der letzten Jahre, und der Winter brach diesmal schon früh mit furchtbarer Strenge ein. Es war den Leuten, als ob ganz Lothringen zu Grunde gehen sollte.

Den König selbst traf gerade damals ganz unerwartet ein schwerer Schlag. Wenige Monate nach dem Siege bei Flochberg, welcher dem königlichen Knaben einen Namen gemacht hatte, starb derselbe in einem Alter von dreizehn Jahren. Wir wissen weder, an welchem Tage er starb, noch ist der Ort seines Todes oder Begräbnisses bekannt. Wir besitzen eine freilich nur vereinzelte Nachricht, daß der Knabe durch Gift gestorben sei, aber mindestens keine andere, welche damit im Widerspruche stände. Starb er unnatürlichen Todes, so erhebt sich die Frage nach dem Urheber des Mordes: aber nirgends bietet sich ein Anhalt, sie zu beantworten. Gegen Welf wird sich kaum ein Verdacht erheben lassen; eher zu glauben wäre, daß der Tod des Knaben in Verbindung stände mit den Streitigkeiten, in welche er während des Kreuzzugs mit seinem Oheim Gebhard von Sulzbach gerathen war und welche nur vorläufig damals bis zur Rückkehr des Vaters beigelegt wurden. Die Sache muß schließlich für Gebhart einen üblen Ausgang genommen haben. Noch im Mai 1149 erscheint er in der Nähe des Königs in der Stellung als Markgraf, dann finden wir ihn, den Schwager des Königs, den Bruder der Kaiserin von Constantinopel, nicht mehr am Hofe, und die Markgrafschaft am Nordgau ist schon im Jahre 1150 in die Hände Bertholds von Vohburg, des Sohnes des alten Diethold*), übergegangen.

Durch den Tod des königlichen Knaben wurde die Frage über die Nachfolge im Reich wiederum eine offene und mußte mit um so größerer Sorge Konrad erfüllen, als der einzige Sohn, der ihm geblieben, noch kaum sechs Jahre zählte. Ein anderer empfindlicher Verlust für ihn war der Tod seiner Halbschwester Gertrud, der Gemahlin des Böhmenherzogs. Sie starb am 4. August 1150 und wurde in dem Prämonstratenserkloster auf dem Strahow beigesetzt, welches sie reich mit Gütern ausgestattet hatte. Dieses Kloster war von dem Olmützer Bischof Heinrich Zdik begründet, der um dieselbe Zeit dort seine Ruhestätte fand; es war die erste Niederlassung dieses

---

*) Vergl. oben S. 217. 218.

Ordens in Böhmen, der aber schnell andere folgten. Gertrud, die König Konrad besonders nahe gestanden zu haben scheint und selbst seine Politik mehrfach beeinflußt hatte, starb in jungen Jahren; sie hinterließ ihrem Gemahl drei Söhne und eine Tochter.

Im Jahr 1150 starb auch der alte Graf Otto von Rineck, der Sohn des Gegenkönigs Hermann, ein Mann friedfertiger Gesinnungen, der einst die rheinische Pfalzgrafschaft besessen und dann wieder aufgegeben hatte. Er starb ohne Leibeserben; schon im Jahre zuvor hatte sein andersgearteter Sohn, der jüngere Otto, einen traurigen Tod gefunden. Dieser händelsüchtige und ehrgeizige Fürst, ein Schwiegersohn Albrechts des Bären, hatte sich von Fehde in Fehde gestürzt. Im Jahre 1146 war er mit den Waffen dem Bischof Hartbert von Utrecht entgegengetreten, um eine dem Bisthum gehörige Grafschaft zu ertrotzen; aber der Kampf hatte für ihn eine traurige Wendung genommen und ihn selbst in die Hände des Bischofs geliefert, der ihn längere Zeit in Haft hielt. Kaum wieder auf freiem Fuß, warf sich Otto in den Kampf gegen den Pfalzgrafen Hermann von Stahleck, um die Ansprüche seines Hauses auf die Pfalzgrafschaft durchzufechten. Abermals gerieth er in die Gefangenschaft seines Gegners und wurde auf die Schönburg (zwischen Caub und Oberwesel) gebracht. Hier endete er im Jahre 1149 als Gefangener sein Leben; man glaubte, Pfalzgraf Hermann habe ihn erdrosseln lassen.

Im Anfange des November 1150 segnete auch Bischof Hartbert von Utrecht das Zeitliche, und sein Tod gab die Veranlassung zu neuen großen Verwirrungen im unteren Lothringen. Man konnte sich über die Wahl seines Nachfolgers nicht einigen; der größere Theil des Utrechter Klerus und der Stiftsvasallen entschieden sich für den Propst Hermann von S. Gereon zu Köln, die Minorität des Klerus mit den Ministerialen und Bürgern für den Propst Friedrich von S. Georg in Köln, den noch im Jünglingsalter stehenden Sohn des Grafen Adolf von Hovele. Für Hermann gegen Friedrich und seinen Vater nahmen die Grafen Theoderich von Holland und Heinrich von Geldern Partei, und beide Theile fielen darauf mit der äußersten Erbitterung über einander her. Mit den Schwertern wurde um den Utrechter Bischofsstuhl gekämpft.

Die Zustände jenseits des Rheins wurden immer bedenklicher, und zugleich drohten auch diesseits neue schlimme Verwickelungen. Der junge Heinrich der Löwe hatte bis dahin auf die Erfüllung jenes Versprechens nicht gedrungen, welches ihm der König vor dem Auszuge nach dem Orient wegen des Herzogthums Baiern gegeben hatte. Um so bestimmter trat er jetzt, wo seine Macht in Sachsen hinreichend erstarkt schien, mit seinen Ansprüchen hervor; schon war er fest entschlossen, sie mit den Waffen, wenn man ihm Schwierigkeiten bereiten sollte, durchzusetzen. Zur Verhandlung über Heinrichs Ansprüche berief der König einen Hoftag nach Ulm auf den 13. Januar 1151. Aber Heinrich erschien dort nicht, sondern erhob laut Beschwerden über den König und rückte mit Heeresmacht, nachdem er Sachsen unter der Obhut seiner Gemahlin und des Grafen von Holstein zurückgelassen hatte, mitten im Winter gegen das Baierland vor. Schon nannte er sich „Herzog von Baiern und Sachsen von Gottes Gnaden", und seine Absicht konnte keine andere sein, als sich des Herzogthums seines Vaters mit Gewalt zu bemächtigen.

Dennoch ließ sich Heinrich noch einmal zu Verhandlungen herbei und stand von den Waffen ab, als der König seine Beschwerden auf einem Reichstage zu Regensburg inmitten der Großen Baierns zu erledigen versprach. Auf den 11. Juni wurde der Regensburger Tag anberaumt; Heinrich zog sich inzwischen nach den welfischen Besitzungen in Schwaben zurück. Er mochte hoffen, daß er seinen Oheim Welf hier für seine Sache gewinnen würde. Aber dieser hatte nicht vergessen, daß er früher umsonst auf den Beistand des Neffen gerechnet hatte; überdies lag ihm selbst der Gedanke an das baierische Herzogthum nicht fern.

Den König bedrängte jetzt vor Allem die Beilegung der lothringischen Wirren und die Schlichtung des Utrechter Wahlstreits. Um die Mitte des März hielt er einen Hoftag in Nürnberg, wohin er die Parteien von Utrecht beschieden hatte. Hermann erschien hier mit seinen Wählern; Friedrich blieb dagegen aus, und sein Vater, der sich einstellte, war nicht mit ausreichenden Vollmachten von den Wählern ausgestattet. Nach der Entscheidung der Fürsten erklärte sich der König deshalb für die Rechtmäßigkeit der Wahl Hermanns, ertheilte ihm die Investitur und ersuchte brieflich den Papst auch seinerseits Hermanns Wahl zu bestätigen. Der König versprach überdies nach Ostern selbst nach Lothringen zu kommen, um die Ordnung im Lande herzustellen, und dann auch Utrecht zu besuchen. Aber schon, als er das Osterfest (8. April) zu Speier feierte, erschienen vor ihm aus Utrecht Männer von Friedrichs Anhang mit Beschwerden über die getroffene Entscheidung und erwirkten mindestens so viel, daß der König eine nochmalige Untersuchung der Sache in Utrecht selbst zusagte. Dieses schwankende Verfahren des Königs konnte die schlimmen Verhältnisse Lothringens nur noch verschlimmern.

Inzwischen war am 3. April 1151 endlich Erzbischof Arnold von Köln gestorben; er starb in der Suspension und hinterließ die Erzdiöcese in dem traurigsten Zustande. Die Wahl seines Nachfolgers war nicht nur für diese, sondern auch für alle Verhältnisse des unteren Lothringens von entscheidender Bedeutung; die Wähler einigten sich in der Erkenntniß ihrer schweren Verantwortlichkeit auch sofort über die Person des königlichen Kanzlers Arnold. In der That ließ sich keine geeignetere Persönlichkeit finden. Arnold gehörte dem Kölner Klerus an; als Dompropst kannte er alle Verhältnisse desselben und hatte gegen das frühere Regiment im entschiedenen Gegensatze gestanden. Aus Lothringen gebürtig — man rechnet ihn dem Geschlechte der Grafen von Wied zu — empfand er die Leiden des Landes auf das Tiefste, und Niemand vermochte besser, als er, Abhülfe zu schaffen, da ihm als königlichem Kanzler das ganze Getreibe der Parteien durchsichtig sein mußte. Ueberdies war das nahe Verhältniß, in dem er zum Papst und zur Curie stand, nicht unbekannt. Arnold war nicht ohne Bedenken die schwere Last, die ihm zugemuthet wurde, auf seine Schultern zu nehmen, aber gab schließlich den Bitten der Wähler nach.

Der König hatte sich gleich nach Ostern auf den Weg nach Lothringen gemacht. Als er nach Boppard kam, empfing er die Nachricht von Arnolds Wahl. Sie erfüllte ihn mit nicht geringer Freude, und er beschloß alsbald selbst nach Köln zu gehen, zuvor aber noch die benachbarten Burgen Rineck und Cochem an der Mosel in seine Gewalt zu bringen; beide scheinen in den Händen trotziger Ministerialen des ausgestorbenen Grafengeschlechts gewesen zu sein. Der König gewann sie ohne Mühe; Cochem wurde von seinen Leuten besetzt, Rineck den Flammen übergeben, aber schon nach einigen Jahren hergestellt.

Von den Bischöfen Otto von Freising, Albrecht von Meißen und Heinrich von Lüttich begleitet, begab sich darauf der König nach Köln. Der feierlichste Empfang wurde ihm hier bereitet; in einem glänzenden

Festzuge geleitete man ihn nach der Peterskirche und richtete hier an ihn die Bitte, den erwählten Erzbischof sogleich zu investiren. Ohne Zögern belehnte der König Arnold mit den Regalien des Erzbisthums und des Herzogthums*) und versprach sich bei dem Papst zu verwenden, daß alle alten Privilegien des Erzbisthums erneuert würden. Arnold selbst und die Bischöfe von Münster und Osnabrück folgten dem Könige, als er seine Reise nach Nymwegen fortsetzte, wo er um die Mitte des Mai eintraf.

In Nymwegen erschien vor dem König Hermann von Utrecht, der inzwischen durch Friedrichs Anhang aus der Stadt verdrängt war. Auch seine Widersacher wurden deshalb nach Nymwegen beschieden. Sie erschienen erst, nachdem ihnen sicheres Geleit zugesagt war, dann aber in hellen Haufen und in trotziger Haltung. Sie verweigerten nicht nur die Anerkennung Hermanns, welche der König verlangte, sondern lehnten sogar jede Einmischung des Königs in die Bischofswahl ab, indem sie sich auf eine inzwischen eingelegte Appellation an den Papst beriefen. Trotzig, wie sie gekommen waren, kehrten sie in ihre Stadt zurück. So sehr ihr Verhalten den Zorn des Königs reizte, sah er sich doch außer Stande den Utrechtern nach Gebühr zu begegnen. Denn es kamen traurige Nachrichten über den Rhein. In Baiern drohte der Ausbruch eines allgemeinen Aufstands; es hatten sich die Söhne des Pfalzgrafen Otto von Wittelsbach erhoben, vielleicht im Einverständniß mit Heinrich dem Löwen. Es schien hohe Zeit, daß der König in die oberdeutschen Länder zurückkehrte.

Das Pfingstfest (27. Mai) feierte der König noch in Coblenz; er entließ hier spanische Gesandte, welche längere Zeit in Deutschland verweilt hatten. Ohne Frage waren sie vom Könige Alfons von Castilien geschickt, und ihre Aufträge bezogen sich auf die Ehe, welche Alfons wenig später mit Richildis, einer Nichte König Konrads und Tochter seiner Schwester Agnes, einging. Nicht geringer Glanz wurde am Feste zu Coblenz entfaltet, aber trotz desselben sah es im Reich sehr trübe aus. In Lothringen war trotz der Anwesenheit des Königs Nichts erreicht worden. Gerade um diese Zeit schrieb Wibald an die Mönche von Korvei: „Um den Frieden meines Vaterlandes habe ich mich während meines fast sechswöchentlichen Aufenthalts beim Könige über

*) Von einem Herzogthum der Kölner Erzbischöfe ist damals zuerst die Rede.

meine Kräfte bemüht, aber ich habe Nichts ausrichten können. Wenn in den nächsten zehn Tagen nicht entweder ein völliger Friede oder mindestens ein Waffenstillstand zu Stande kommt, so muß man an der Zukunft des ganzen Landes verzweifeln". Zu einem solchen Frieden oder Waffenstillstand ist es nicht gekommen. Der König ließ in Lothringen den inneren Krieg zurück und ging dem Aufstand in Baiern entgegen.

Ob aber Alles sonst fehlschlagen mochte, Eines war wirklich erreicht worden. Die Bischöfe von Konstanz und Basel hatten eine völlige Verständigung zwischen dem König und der Curie herbeigeführt. Konrad hatte dem Papst Beistand gegen das aufständische Rom und dieser ihm die Kaiserkrönung zugesagt. Die Romfahrt des Königs sollte, sobald es seine Verhältnisse in Deutschland möglich machten, angetreten werden, und auf den Wunsch des Königs entschloß sich der Papst zwei Cardinäle nach Deutschland zu schicken, welche die inneren Wirren beilegen und namentlich die kirchlichen Verwickelungen lösen helfen sollten, um so schneller die letzten Hemmnisse des Zugs zu beseitigen. Nachdem das alte Verhältniß zur römischen Curie hergestellt war, mußten auch Männer, wie Erzbischof Arnold von Köln und Abt Wibald, wieder das volle Vertrauen des Königs gewinnen; am Hofe nahm Alles dieselbe Gestalt wieder an, die es vor dem Kreuzzuge gehabt hatte.

Es war im Sommer 1151, daß Wibald vom Kaiser von Constantinopel ein Schreiben erhielt, worin sein Einfluß beim Könige für den Krieg gegen Roger in Anspruch genommen wurde. Wibald hat in diesem Sinne, wie er sich später rühmte, gewirkt, aber die Romfahrt mußte ohnehin den Blick Konrads wieder auch auf Sicilien und Constantinopel lenken. Denn nicht allein auf die Kaiserkrone, sondern zugleich auf die Herstellung der kaiserlichen Vollgewalt in Italien war es bei der Fahrt abgesehen. Es sollte den inneren Kriegen in Norditalien, dem Aufstande in Rom, dem neuen Königreiche in Sicilien ein Ende gemacht werden, und im Bunde mit Constantinopel, mit Venedig und dem Papste schien dies keine Aufgabe, an deren Lösung zu verzweifeln war.

18.

Erhebung Heinrichs des Löwen und Konrads Tod.

Am 11. Juni 1151 war der König in Regensburg, um den anberaumten Reichstag abzuhalten. Er empfing dort die Legaten, welche der Papst auf seinen Wunsch über die Alpen gesendet hatte. Es waren die Cardinalpriester vom Titel der heiligen Cäcilia und der heiligen Susanna Octavianus und Jordanus, zwei hervorragende Männer der Curie. Auch die Bischöfe von Konstanz und Basel, welche das Abkommen mit dem Papste geschlossen hatten, waren zugegen, desgleichen der Erzbischof von Aquileja, der Markgraf Ulrich von Tuscien und der Markgraf Hermann von Baden, der damals zuerst als Markgraf von Verona bezeichnet wird. Alles wies darauf hin, daß der König über den Zug nach Italien in Berathung zu treten gedachte. In der That legte er hier öffentlich seine Absicht dar, demnächst zu der Romfahrt aufzubrechen, und sein Entschluß fand unter den zahlreichen Fürsten, die erschienen waren, freudige Zustimmung.

Aber unter den Erschienenen fehlte der junge Heinrich der Löwe, obwohl gerade seine Sache den nächsten Anlaß zu dem Reichstage gegeben hatte. Wir wissen, daß er früher hier sein Recht auf Baiern zu vertreten gewillt war, aber wir sind ohne Kenntniß, ob die Erhebung der Wittelsbacher oder ein anderer Umstand seinen Entschluß änderte. Es scheint ihm als neuer Termin ein Reichstag gesetzt zu sein, welchen der König auf die Mitte des September nach Würzburg anberaumte. Gegen die Wittelsbacher beschloß man unverzüglich einzuschreiten. Ueber den alten Pfalzgrafen, der sich seiner Söhne angenommen haben muß, wurde wegen der Ausschreitungen derselben die Acht erklärt, seine Güter eingezogen und sogleich der Reichskrieg gegen ihn begonnen. Der König rückte selbst vor Kelheim an der Donau, eine der Hauptburgen des Pfalzgrafen, und belagerte sie einige Zeit. Ueber den Verlauf des Kampfs sind wir nicht weiter unterrichtet, als daß der Pfalzgraf sich unterwarf und einen seiner Söhne als Geisel stellte; seine Güter und Ehren sind ihm ohne Zweifel alsbald zurückgegeben worden.

Von Baiern begab sich Konrad durch Franken*) nach Lothringen zurück, um die Utrechter Sache zum Austrag zu bringen; es begleiteten ihn die Legaten des Papstes, die zur Beilegung des Streits im Sinne des Königs Vollmacht hatten. Der König beschied die wider einander streitenden Bischöfe nach Lüttich; hier wurde Hermanns Wahl aufs Neue genehmigt, die Friedrichs verworfen, und die Legaten bestätigten ausdrücklich diese Entscheidung. Den Trotz der Utrechter völlig zu beugen gelang freilich auch jetzt nicht; es blieb eine Hermann feindliche Gegenpartei. Inzwischen scheint in Lothringen doch die Sehnsucht nach geordneten Zuständen allgemeiner empfunden zu sein. Abt Wibalds Vermittelung wurde zur Herstellung eines Landfriedens in Anspruch genommen, und wenn Arnold von Köln in Westfalen und den benachbarten Gauen wider Erwarten einen allgemeinen Frieden aufzurichten gelang, so wird er es auch an ähnlichen Bestrebungen in den rheinischen Gegenden nicht haben fehlen lassen.

In der Mitte des September trat der angekündigte Reichstag zu Würzburg zusammen. Es waren die Erzbischöfe von Köln und Bremen, die Bischöfe von Halberstadt, Zeitz, Merseburg, Würzburg, Bamberg, Straßburg, Worms und Prag, Abt Wibald und die Abgesandten vieler anderer geistlicher Fürsten erschienen; von den Laienfürsten hatten sich die Markgrafen von Meißen und Brandenburg, der Pfalzgraf von Baiern, der Landgraf Ludwig von Thüringen, außerdem Graf Hermann von Winzenburg, die Burggrafen von Mainz, Würzburg und Bamberg und viele andere Grafen, Vasallen und Edle eingestellt. Den Anwesenden eröffnete Konrad, daß er demnächst die Romfahrt anzutreten beabsichtigte, und alle versprachen eidlich ihm mit ihrer ganzen Vasallenschaar zu folgen. Die Rüstungen sollten sogleich in Angriff genommen werden und am 8. September nächsten Jahrs das Heer aufbrechen. Die Zwischenzeit wollte der König benutzen, um den Landfrieden überall in den deutschen Ländern herzustellen.

Eine bemerkenswerthe Rolle spielt damals am Hofe der Erzbischof Hartwich von Bremen. Seine weitaussehenden Pläne für die Herstellung der Bremer Kirchenprovinz hatten ihn nicht allein in arge Händel mit Heinrich dem Löwen, sondern auch in die dänischen Thronstreitigkeiten verwickelt. Er hatte Knud, der bei ihm als Flüchtling

*) Am 8. Juli war der König nach einer Urkunde zu Theres in Franken.

weilte, die Mittel geboten, um ein Heer in Sachsen zu werben. Mit demselben kehrte der vertriebene Königssohn nach Dänemark zurück, und im ersten Augenblick fiel ihm fast ganz Jütland zu. Aber bald sammelte Sven ein Heer, setzte über das Meer, und bei Wiborg wurde Knuds ganze Macht vernichtet. Die Schaaren der Sachsen wurden völlig aufgerieben; Knud selbst mußte sich abermals nach Deutschland flüchten. Der Erzbischof nahm sich seiner nicht weiter an, vielmehr war er inzwischen von Sven gewonnen worden, während sich Knud fortan der Gunst Heinrichs des Löwen und des Grafen Adolf erfreute und ungehindert durch Holstein ab- und zugehen konnte.

Der Erzbischof trat jetzt selbst für Sven bei Hofe ein. Er überbrachte ein Schreiben Svens an Konrad, in welchem er für die früher an dessen Hofe empfangenen Wohlthaten dankte und die Hülfe des Königs gegen seine Widersacher in Anspruch nahm. Sven wünschte mit Konrad selbst zusammenzukommen und bat Ort und Zeit für eine Zusammenkunft zu bezeichnen, wie auch ihm sicheres Geleit zu geben, damit er die Nachstellungen des Sachsenherzogs nicht zu fürchten habe; zugleich forderte er den König auf gegen die Wenden, von denen das dänische Reich wieder unablässig belästigt wurde, einen neuen Feldzug durch seine Fürsten zu veranlassen. Zu derselben Zeit wandte sich aber auch Knud brieflich an Konrad, klagte ihm sein Mißgeschick und verlangte, daß das Schwert des deutschen Reichs für ihn und seine Ansprüche gezückt werde. Jedoch lag König Konrad in diesem Augenblick, wo alle seine Gedanken nach dem Süden gerichtet waren, Nichts ferner als sich in die dänischen Angelegenheiten zu mischen. Den Erzbischof Hartwich, der sich zu einem neuen Besuche der römischen Curie schon anschickte, da ihn der Papst dorthin in Angelegenheiten seiner Kirche berufen hatte, hielt der König zurück, um seiner Unterstützung bei den Rüstungen zur Romfahrt sicher zu sein und entschuldigte ihn damit beim Papste: auch von Hartwich hatte Dänemark deshalb vorläufig Nichts zu fürchten oder zu hoffen.

Endlich sollte nun die große Gesandtschaft nach Italien abgehen, die schon während des Sommers aufs Neue in Aussicht genommen und wieder verschoben war. Arnold, jetzt Erzkanzler Italiens, Wibald von Stablo, und der Notar Heinrich rüsteten sich zur Abreise. Auch eine neue Gesandtschaft nach Constantinopel wurde beschlossen, um die in Aussicht stehende Heerfahrt nach Italien zu melden, auf welcher

Konrad mit dem Kaiser persönlich zusammentreffen und Rogers Macht zu vernichten gedachte; zur Befestigung des Bundes zwischen den beiden Reichen beabsichtete sich Konrad trotz seiner Jahre doch noch mit einer griechischen Fürstin zu vermählen. Für Constantinopel war der Bischof Albert von Meißen, der schon früher als königlicher Kapellan öfters die weite Reise gemacht hatte, diesmal als Gesandter bestimmt.

Vor Allem aber wünschte Konrad den Drohungen Heinrichs des Löwen gründlich ein Ziel zu setzen. Viele sächsische Fürsten und vor Allem Markgraf Adalbert riethen ihm als das beste Mittel, selbst nach Sachsen zu kommen, um sich der Burgen und der Anhänger desselben zu versichern. Da Heinrich der Löwe sich auf dem Würzburger Tage abermals nicht eingestellt hatte, beschloß Konrad dieses Mittel zu ergreifen. Er traf Veranstaltung, daß Heinrich sorgsam in Schwaben beobachtet werde, und ging selbst über Erfurt nach Goslar. Von hier aus gedachte er zunächst Braunschweig zu überfallen und sich dann der anderen Burgen des Herzogs zu bemächtigen. Mit einem, wie es scheint, nur kleinen Heere rückte er bis zum Kloster Heiningen vor: da erhielt er die Nachricht, daß Heinrich aus Schwaben entkommen, mit nur wenigen Begleitern sich unbemerkt durch die königlichen Wächter durchgeschlichen und glücklich nach Braunschweig gelangt sei, wo er zur Gegenwehr sich rüste. Die Absicht des Königs war vereitelt, und der König zog sich nach Goslar zurück. Aber trotz des Fehlschlagens dieser Unternehmung war mindestens so viel erreicht, daß Heinrich seine Absichten gegen Baiern jetzt nicht weiter verfolgen konnte.

An einen gütlichen Austrag der Sache mit Heinrich war fortan nicht mehr zu denken; der König hatte bereits zum Schwerte gegriffen. Aber er selbst führte den Kampf in Sachsen nicht weiter fort, sondern überließ ihn den gegen den aufstrebenden Herzog feindlichen Großen des Landes. Von allen Seiten fielen sie sogleich über den Welfen her, begegneten aber tapferem Widerstande. Am 13. November hatte der König noch mit einer großen Zahl derselben, den Bischöfen von Halberstadt, Havelberg, Naumburg, Minden und Paderborn, den Landgrafen Ludwig von Thüringen, den Markgrafen Albrecht von Brandenburg und Konrad von Meißen in Altenburg bei seinem Schwager, dem Polenherzog, eine Zusammenkunft; auch der Bischof von Prag und der Pfalzgraf Otto von Baiern waren hier zugegen. Gleich darauf verließ der König Sachsen; am 23. November war er wieder in

Würzburg, wo er mit seinem Halbbruder Bischof Otto von Freising zusammentraf.

Um diese Zeit wandten endlich die päpstlichen Legaten Deutschland den Rücken. Sie hatten ein halbes Jahr lang sich im Reiche aufgehalten und die Zeit auch zu Kirchenvisitationen benutzt. So wissen wir, daß Cardinal Octavian in Augsburg und Eichstädt, unterstützt von Otto von Freising und Gerhoh von Reichersberg, die Kirchenverhältnisse untersuchte; mit strengen Strafen wurde besonders gegen den Concubinat und fleischliche Vergehen der Priester eingeschritten. Aber tadelnswerther, als die von den Legaten entdeckten Mißstände der deutschen Kirche, war ihr eigenes Verfahren. Der Papst hatte ihnen bei der Abreise prunkloses Auftreten anbefohlen — Jordanus sollte nicht mehr als fünfzehn, Octavianus nicht mehr als zwanzig Pferde mit sich führen — hatte ihnen an das Herz gelegt sich aller Gelderpressungen zu enthalten, weil die Deutschen gegen solche besonders empfindlich seien, hatte ihnen strenge Gerechtigkeit zur Pflicht gemacht und sie vor unbesonnenem und hoffährtigem Betragen gewarnt; vornehmlich aber wies er sie auf ein einmüthiges Zusammenwirken hin. Sobald sie jedoch den Papst verlassen hatten, waren alle diese Anweisungen vergessen; überall kreuzten sie sich in ihren Handlungen, überall traten sie sich einander in den Weg, weil jeder den Vorrang beanspruchte.

Jordanus war ein alter Karthäuser und zeigte sich rauh in Kleidung und Rede*); Octavianus, aus einer vornehmen römischen Familie, trat dagegen glänzend auf und wußte durch Leutseligkeit und Liberalität anzuziehen. So verschieden sonst, dennoch waren Beide sich völlig gleich in Habgier und Herrschsucht. Bald kamen Klagen über Klagen gegen sie an den Papst; man sagte, sie verführen mit den Kirchen, wie die Zeideler mit den Bienenkörben, wo man gleich den ganzen Honig herausnähme. Der Papst gebot ihnen schriftlich Aenderung ihres Verfahrens, aber sie achteten nicht darauf; ein neues Schreiben des Papstes rief sie dann zurück, aber sie unterdrückten das

*) Er stammte aus Frankreich und war in das Karthäuser Kloster zu Mondei in der Normandie eingetreten, später Kämmerer des Papstes geworden. Eugen, obwohl Cistercienser, hatte für die Karthäuser eine gewisse Vorliebe, da er eine Verwandtschaft zwischen beiden Orden zu erkennen glaubte.

Schreiben. Erst als durch Reisende die Nachricht von ihrer Abberufung in Deutschland bekannt wurde, dachten sie endlich an die Abreise. Jordanus nahm seinen Weg nach Frankreich, seiner Heimath, aber auch dort machte er sich den schmählichsten Namen. Octavian kehrte nach Italien zurück, nachdem er zuvor noch mit mächtigen Männern in Deutschland, namentlich mit Herzog Friedrich von Schwaben, folgenreiche Verbindungen geschlossen hatte. „Beide Cardinäle", sagt ein Zeitgenosse, „verließen Deutschland, ließen aber dort Haß und Verachtung gegen die römische Kirche zurück".

Schon vor ihnen waren die beiden Botschaften abgegangen, welche Konrad nach Constantinopel und an den Papst abzusenden beschlossen hatte. Von den Resultaten der ersteren hören wir nur, daß sie zur Befestigung des Bundes mit dem Ostreiche beigetragen habe; Bischof Albert von Meißen selbst hat auf der Reise den Tod gefunden. Bessere Nachrichten haben wir über die Gesandtschaft an den Papst, an welcher, wie es bestimmt war, Erzbischof Arnold von Köln, Abt Wibald und der Notar Heinrich betheiligt waren.

Erzbischof Arnold nahm empfehlende Schreiben der Kölner und des Königs an den Papst mit sich, sie baten darin den heiligen Vater Arnold die Weihe zu ertheilen und alle früheren Privilegien der Kölner Kirche zu erneuern und noch zu vermehren. Arnold, sagte der König, werde wie ein Verbindungsbalken die Kirche und das Reich stets zusammenhalten und auf das Festeste an einander schließen, die ja ohnehin nicht von einander weichen wollten und dürften. In einem anderen Schreiben, in welchem Konrad seine Vorbereitungen zur Romfahrt dem Papste meldet, empfiehlt er Wibald und bittet auch ihm die Privilegien seiner Klöster zu erneuern. Die Gesandten hatten zugleich ein königliches Schreiben an die Römer zu überbringen; es enthielt die Ankündigung, daß der König auf ihre wiederholte Aufforderung nach Italien und der Stadt kommen werde, um den Getreuen zu lohnen, die Ungetreuen zu strafen und den Frieden herzustellen; jede Anerkennung des Senats ist absichtlich vermieden. In einem Schreiben an die Pisaner belobt der König ihren bisher bewiesenen Eifer im Dienste des Reichs und fordert sie auf seinen Gesandten Mittheilung zu machen über die Zahl der Schiffe und Ritter, welche sie zum Kriege gegen Roger stellen würden; er meldet zugleich, daß seine Gesandten auch nach Rom und den anderen Städten Italiens seine Botschaften zu überbringen hätten.

Konrads Gesandte fanden den Papst — etwa um die Weihnachtszeit — in Segni*). Nicht genug konnten sie rühmen, wie freundlich sie empfangen seien; alle Anliegen des Königs und auch ihre besonderen wurden mit der größten Bereitwilligkeit erfüllt. Wibald erhielt eine lange Reihe von päpstlichen Empfehlungsschreiben an die deutschen Bischöfe und auch an Heinrich den Löwen, um alle seine Beschwerden endlich abzustellen und ihn in den ruhigen Genuß aller seiner Besitzungen zu bringen. Unter dem 9. Januar 1152 schrieb der Papst dem Könige voll der größten Freude über die Gesinnungen, welche er durch seinen Entschluß und durch die Gesandtschaft gegen die römische Kirche zeige, belobte seinen Eifer und gewährte den Erzbischöfen von Mainz und Bremen — auch der Erstere war wieder nach Rom geladen worden — die erbetene Frist, um die Rüstungen des Königs zu unterstützen. In einem besonderen Schreiben forderte er die deutschen Erzbischöfe, Bischöfe, Grafen und Barone mit großem Nachdruck auf dem Könige bei der Romfahrt getreue Dienste zu leisten. Da der König, sagt der Papst, zur Ausführung eines so schwierigen Werks allein nicht die erforderlichen Mittel besitze, müßten ihm die Fürsten dabei mit allen ihren Kräften beistehen. „Deshalb", fährt er fort, „tragen wir Euch durch dieses apostolische Schreiben auf, erinnern und ermahnen Euch in dem Herrn, daß Ihr Euch zum Dienst des Reichs und des Königs, unseres Sohnes, kräftig rüstet und Euch zu dem Zuge mit ihm so vorbereitet, daß er das Unternehmen, wie es einem solchen Fürsten geziemt, stattlich durchzuführen und die höchste Gewalt mit Jubel und Frohlocken zu empfangen vermag, wir uns aber seiner Ankunft, die wir zur Förderung der Kirche und des Reichs und zum Heil der Christenheit erwarten, und des Erfolgs, den wir davon hoffen, erfreuen können".

Gegen die Mitte des Januar 1152 verließen die königlichen Gesandten den Papst. Ueber ihre Verhandlungen mit den Römern sind wir nicht unterrichtet; wir hören nur, daß Wibald dem Papste rieth nicht seine Hoffnung einzig und allein auf die Romfahrt des Königs

*) Hierher hatte der Papst im Sommer 1151, nachdem er Ferentino verlassen, seine Residenz verlegt.

zu setzen, sondern mit dem Senat, wenn es in ehrenvoller und sicherer Weise geschehen könne, ein Abkommen zu treffen; doch ist es zu keiner Vereinbarung zwischen dem Papste und dem Senat damals und in der nächsten Zeit gekommen. Auch über die Verhandlungen mit den anderen Städten Italiens sind wir ohne Nachrichten. Arnold wurde auf der Rückkehr zu Lucca durch unerfreuliche Geschäfte zurückgehalten und bewog Wibald, der nach Hause eilte, nur mit Mühe ihn abzuwarten. Im Anfange des Februar gingen Beide wieder über die Alpen und nahmen ihren Weg nach den rheinischen Gegenden. Als sie am 17. Februar nach Speier kamen, erhielten sie die unerwartete Schreckensstunde, daß der König nicht mehr unter den Lebenden sei.

Konrad hatte den Anfang des Jahres zu Basel zugebracht, wo wahrscheinlich auch das Weihnachtsfest von ihm begangen war; um Epiphanias verweilte er zu Konstanz. Am Hofe waren sein Neffe Friedrich von Schwaben, Herzog Konrad von Zähringen und dessen Sohn Berthold, Markgraf Hermann von Baden, Graf Welf, wie die Bischöfe von Konstanz, Basel und Chur. Es kann keinem Zweifel unterliegen, daß der König die alemannischen Gegenden aufgesucht hatte, um bei dem in Sachsen ausgebrochenen Kampfe mit Herzog Heinrich den Grafen Welf und die Zähringer von jeder Unterstützung desselben abzuhalten und sie enger an sein eignes Interesse zu fesseln. Jedoch starb Konrad von Zähringen, Herzog von Burgund, der Schwiegervater Heinrichs des Löwen, in den Parteistreitigkeiten jener Zeit einer der einflußreichsten Männer, schon am 8. Januar 1152, wohl in Konstanz selbst am Hofe des Königs*). In dem Kloster St. Peter auf dem Schwarzwalde, welches seine Eltern begründet und sich zur Ruhestätte erwählt hatten, wurde auch er bestattet. Seine großen Reichswürden und Lehen gingen auf seinen ältesten Sohn Berthold über. Am 12. Januar waren der König und sein Neffe mit der ganzen Familie der Zähringer — dem neuen Herzog Berthold und seinem Bruder Albert, dem Markgrafen Hermann und seinem gleichnamigen Sohne — in der zähringischen Stadt Freiburg zusammen.

Obwohl sich der König leidend fühlte, eilte er doch nach Bamberg, wohin er zum 2. Februar einen Reichstag beschieden hatte, um

*) Konrad von Zähringen erscheint noch als Zeuge in einer königlichen zu Konstanz am 7. Januar 1152 ausgestellten Urkunde.

über die Beilegung der inneren Streitigkeiten und die Romfahrt mit den Fürsten Berathungen zu pflegen. Er kam rechtzeitig dort an, aber seine Krankheit nahm bald die bedenklichste Wendung. Man glaubte, gewiß ohne allen Grund, an Vergiftung durch italienische Aerzte, denen der König sich abermals anvertraut hatte und die von Roger bestochen sein sollten. Der König selbst fühlte, daß es an der Zeit sei für sein Haus und für das Reich Fürsorge zu treffen. Er sah ein, daß die Wahl seines einzigen ihn überlebenden Sohnes Friedrich, eines etwa achtjährigen Knaben, unter den obwaltenden Verhältnissen kaum zu erwarten sei, und glaubte deshalb am besten für Deutschland und zugleich für sein Haus zu sorgen, wenn er den Fürsten seinen Neffen Herzog Friedrich von Schwaben, einen Mann von erprobter Tüchtigkeit, zu seinem Nachfolger empfehle; ihm übergab er die Reichsinsignien und übertrug er zugleich den Schutz seines Sohnes. Unter den letzten Vorschriften, die er Friedrich gleichsam als sein Testament hinterließ, war auch die, daß er fest an dem Bund mit dem griechischen Reiche hielte.

Am 15. Februar, am Freitage nach Fastenanfang, hauchte König Konrad, der noch im Todeskampfe die oft ihm nachgerühmte Standhaftigkeit bewahrte, den letzten Athem aus. Er hatte sein Alter auf 58 Jahre gebracht; sieben Jahre hatte er einst als Gegenkönig die Krone getragen und sie nur niedergelegt, um sie nach kurzer Zeit sich wieder auf das Haupt zu setzen; fast volle vierzehn Jahre hatte er dann nach Kaiser Lothars Tode allein den königlichen Namen in Deutschland und Italien geführt, der erste zur Herrschaft berufene Staufer. Die nächsten Angehörigen wollten die Leiche des Königs nach dem Kloster Lorch bringen und auf altstaufenschem Boden bestatten; es soll sein eigener Wunsch gewesen sein, dort neben den Gebeinen seines Vaters das Grab zu finden. Aber die Bamberger wollten die Königsleiche nicht ziehen lassen und bestanden darauf, daß sie neben dem Grabe Kaiser Heinrichs II. beigesetzt werde, welches bei Konrads Regierungszeit eröffnet war, um die Reliquien des kanonisirten Herrschers der Verehrung der Gläubigen zu übergeben. Den Sarkophag, in welchen die irdischen Reste Konrads III. eingeschlossen wurden, sieht man jetzt in der Krypta des Bamberger Doms. Früh aus der schwäbischen Heimath in das Frankenland versetzt, hat Konrad hier sein Lebensziel erreicht; hier ist ihm auch die Grabstätte bereitet worden.

Ein vielbewegtes, kampferfülltes und mühseliges Leben hatte Konrad III. geführt. Man wird seine Regierung nicht als eine glückliche preisen können; sie war vielmehr überreich an Unglücksfällen und Niederlagen, und alle die großen Entwürfe, mit denen der König umging, blieben lediglich Entwürfe. Nichts hat ihn mehr beschäftigt, als die Herstellung der alten kaiserlichen Macht in Italien; aber er gelangte nicht einmal zur Romfahrt und zur Kaiserkrone. In Deutschland ist er niemals der Welfen völlig Herr geworden; Glück genug für ihn, daß ihm die beiden mächtigen Fürsten dieses Hauses in ihren Interessen auseinander zu halten gelang; einem vereinten Angriffe derselben wäre er kaum gewachsen gewesen. Weiter hinaus in die Welt als seine Vorgänger hat er die deutschen Waffen getragen, aber der Sieg war im Orient nicht mit denselben. Unter dem Banne des Papstes hatte er in jungen Jahren das Regiment ergriffen und empfinden müssen, daß Roms Bann stärker war als seine Königsmacht; dann hat ihm Rom selbst wieder den Weg zum Throne geebnet und ihn mit seinem Segen begleitet, aber ihm damit einen andren Bann auferlegt, den er oft widerstrebend genug trug, dem er sich jedoch nie mehr zu entwinden vermochte. Albero von Trier, der im Einverständniß mit Rom die zweite Wahl Konrads veranlaßt hatte, war wenige Wochen vor dem König (15. Januar) zu Koblenz gestorben. Der Trierer hatte bei dieser Wahl mehr gewonnen, als der Staufer; jener hinterließ das Erzbisthum reich, die Vasallen desselben gedemüthigt, den inneren Frieden geschützt, während das Reich verarmte, die Grafen desselben aufsässig, der Landfriede gefährdet war.

Man wird nicht umhin können, manche Mißstände dieser Regierung den Charakterschwächen des Königs beizumessen. Sein eigener Kanzler klagt darüber, wie wenig man sich auf sein Wort verlassen könne; auch Wibald beschwert sich über das Schwankende der königlichen Entschlüsse. Wie leicht man es damals am Hofe mit der Wahrheit nahm, zeigt deutlich der Briefwechsel mit Constantinopel, welcher der Vermählung der Kaiserin Irene voranging. Nichts ist ferner auffälliger, als wie der König mit seinen Gedanken stets in die Ferne griff, ohne je in seiner Nähe eine feste Stellung gewinnen zu können, wie er mit der kaiserlichen Würde prunkte, obwohl er nach den Rechtsansichten jener Zeit nicht einmal den kaiserlichen Titel zu führen befugt war, wie er bei einem überaus starken Selbstgefühl sich doch so leicht von Andren beeinflussen ließ. In jungen Jahren ein Werkzeug seines Bruders Friedrich und der Mailänder, begiebt er im Mannesalter sich bald in den Dienst des Papstes oder des heiligen Bernhard, bald in den seiner babenbergischen Halbgeschwister.

Es wäre jedoch unbillig, dieses Mißverhältniß zwischen Wollen und Vermögen, zwischen Schein und Sein allein auf Konrads Persönlichkeit zurückzuführen, da es unzweifelhaft zum großen Theil in Zuständen ruhte, welche auch die tüchtigste Natur in verderbliche Conflicte führen mußte. Auch steht außer Frage, daß Konrad neben den erwähnten Schwächen höchst gewinnende persönliche Eigenschaften besaß, über welchen die Zeitgenossen jene fast übersahen. Gottfried von Viterbo, der in der königlichen Kapelle damals diente, vergleicht in seiner emphatischen Weise Konrad dem Seneca an Weisheit, dem Paris an Schönheit, dem Hektor an Tapferkeit, und auch andre Zeitgenossen preisen Konrads Güte und Milde, seine stattliche Erscheinung, seine ritterliche Tapferkeit, seine Standhaftigkeit in Bedrängnissen. Wibald schrieb gleich nach dem Tode des Königs an die Korveier Mönche: er habe nicht so sehr einen Herrn an ihm verloren, wie einen liebreichen Vater, der ihn seinen eigenen Söhnen nicht nachgestellt, seinen leiblichen Brüdern oft vorgezogen habe. Wir wissen auch von Wibald, daß der König dem Umgange mit gelehrten Männern nicht abhold war, daß er sich gern beim Mahle mit ihnen unterhielt und gelegentlich ihre Sophismen verspottete. Er, der nur zu sehr erfahren hatte, wie eng die Grenzen des Möglichen gezogen sind, lachte über das lustige Leben der Philosophen, die mit trügerischen Schlüssen das Unmögliche flugs als möglich darzuthun wußten. Ein gemüthlicher Zug tritt uns aus den Anekdoten entgegen, die über den König in Umlauf waren, wie z. B. aus der bekannten Geschichte von den Weinsberger Frauen. Nicht unzutreffend sagt der kölnische Annalist: „Die Zeiten dieses Königs waren überaus traurig; schlimme Witterungsverhältnisse, andauernde Hungersnoth und zahlreiche Fehden herrschten. Er selbst war jedoch ein tapferer Kriegsmann und, wie es einem Könige ziemt, von stolzer Gesinnung. Dennoch führte das Mißgeschick das Reich unter ihm der Auflösung entgegen."

Als der König die Augen schloß, tobte der innere Krieg in Sachsen. Der junge Herzog erwehrte sich tapfer der auf ihn einstürmenden Fürsten, unter denen Albrecht der Bär in vorderster Reihe stand. Dem alten Hader zwischen ihm und dem Welfen war gerade damals neue Nahrung geboten durch eine Gräuelthat, welche ganz Sachsen aufregte. Durch tyrannische Strenge und unsittlichen Lebenswandel hatte sich Hermann von Winzenburg, einer der reichsten und mächtigsten Herren im Lande, den allgemeinen Haß zugezogen; er theilte ihn mit seiner Gemahlin Liutgarde von Stade, der Wittwe des Dänenkönigs Erich*), die Hermann zu ihrem dritten Manne genommen hatte, nachdem er durch Scheidung von seiner rechtmäßigen Gemahlin die schmähliche Ehe ermöglicht hatte. Aber das verbrecherische Paar sollte sich seines Glücks nicht lange freuen. In der Nacht des 29. Januar 1152 brachen Ministerialen der Hildesheimer Kirche in die Winzenburg ein und tödteten Hermann mit dem Schwerte; ein gleiches Schicksal traf die schwangere Luitgarde. Den Schatz der Winzenburg, der auf 6000 Pfund Silber geschätzt wurde, plünderten die Mörder; über die Güter und Burgen des ermordeten Grafen, der keine männlichen Nachkommen hinterließ, fielen Heinrich der Löwe und Albrecht der Bär mit gewohnter Habgier her. Noch hatten sie den Streit über die Hinterlassenschaft Bernhards von Plötzke nicht ausgetragen, und schon streckten sie nach einer neuen Beute die Hand aus. Stattliche Heere führten sie gegen einander; Albrecht soll 1500 Ritter zusammengebracht und Heinrich ihm 6000 entgegengestellt haben. Ist dem so, dann gebot der junge Welfe schon damals über eine Kriegsmacht, die einer königlichen gleich zu achten war.

Vielfach erinnert die Regierung des dritten Konrad an die des ersten deutschen Königs, der diesen Namen führte; auch sein Ende mahnt an die letzten Augenblicke des ersten Konrad. Wie dieser, die Schäden seines Regiments erkennend, auf den rechten Mann zur Herstellung der inneren Ordnung hinwies, so erkannte Konrad III., daß vor Allem den Parteistreitigkeiten, welche durch ein Vierteljahrhundert das Reich lähmten und in dem Gegensatz der staufenschen und welfischen Macht wurzelten, ein Ziel gesetzt werden müsse und daß nicht sein Sohn, sondern allein Herzog Friedrich von Schwaben dies vermöge. Beide haben das Wohl des Reichs dem Interesse ihrer nächsten Angehörigen vorangestellt und sich dadurch den Dank der Nachwelt gesichert.

*) Vergl. oben S. 204.

Rückblick und Umschau.

Ein Menschenalter war verflossen, seit das Kaiserthum mit der römischen Kirche den Wormser Vertrag geschlossen hatte, und in dieser Zeit hatte sich nur zu deutlich gezeigt, daß der Investiturstreit zu einem glänzenden Siege des Papstthums geführt hatte. Auch das blödeste Auge mußte erkennen, daß die leitende Macht der abendländischen Welt nicht mehr in den Händen der Nachfolger Ottos des Großen lag, sondern die Nachfolger Gregors VII. es waren, welche als die höchsten Gebieter der lateinischen Christenheit galten. Die überschwänglichsten Vorstellungen von den Machtbefugnissen des römischen Bischofs beherrschten die Zeit; ein Product derselben ist das zu Bologna entstandene Decret des Gratian, welches sogleich in Rom Anerkennung fand und bald alle anderen Kirchenrechtssammlungen verdrängte. Dieses Buch, durchaus von der Idee der päpstlichen Allgewalt erfüllt, ist der Ausgangspunkt für die ganze weitere Entwickelung des Kirchenrechts im Abendlande geworden; kein andres hat nur von ferne so sehr das kirchliche Leben in den nächsten Jahrhunderten beherrscht und, wie der Staat immer mehr in die Dienstbarkeit der Kirche gerathen war, zugleich das politische Leben beeinflußt. So lange das Decret in seiner Autorität unerschüttert dastand, war auch die päpstliche Macht gleich wie in einer sicheren Festung geborgen.

Das Papstthum war damals durch nichts weniger als energische Persönlichkeiten vertreten. Honorius II. war ein furchtsamer Mann; nach seinem Tode führte die Doppelwahl die ärgerlichsten Zerwürfnisse in der Curie herbei, und Innocenz II. zeigte nach gewonnener Alleinherrschaft wohl gegen schwächliche Gegner Beherztheit, aber einem Manne, wie Roger von Sicilien gegenüber, konnte er seine Selbstständigkeit nicht behaupten und der empörten römischen Bürgerschaft wagte er nicht einmal entgegenzutreten. Nach einer freieren Stellung trachteten Cölestin II. und Lucius II., aber Beider Pontificat war zu kurz, um irgend welche Erfolge zu erzielen. Die Aufgaben, welche sie sich gestellt hatten, nahm Eugen III. auf und zeigte eine Gewandtheit in den Geschäften, die man von dem schlichten, der Welt abgewandten Mönche nicht erwartet hatte; aber dieser argwöhnische, eigenwillige, stets mit Bedenken erfüllte Papst brachte es doch weder zu einer gesicherten Residenz in seiner eigenen Stadt, noch vermochte er eine nachhaltigere Wirkung auf die lateinische Christenheit zu üben. Das waren nicht Männer eine Weltherrschaft zu führen. Wenn die Völker dennoch im Gehorsam gegen die Nachfolger Petri verharrten, wenn sie ihnen die letzte Entscheidung in den wichtigsten Angelegenheiten überließen, ihre Befehle als die höchsten Gebote achteten, ihre Legaten als die Stellvertreter der obersten Gewalthaber aufnahmen und keine Strafen mehr fürchteten, als Roms Bann und Interdict, so zeigt dies am klarsten, wie sehr die Idee der päpstlichen Allgewalt die Zeit beherrschte, wie man nach dem Sinken des deutschen Kaiserthums nur noch in Rom eine einigende und leitende Macht sah, der man sich hingab, auch wenn sie in so wenig glänzender Weise repräsentirt war.

Es ist früher*) auf den kräftigen Aufschwung hingewiesen, den um die Wende des Jahrhunderts die französische Nation genommen hatte, und dabei darauf hingedeutet worden, wie nur aus den kriegerischen, geistlichen, poetischen und gelehrten Elementen, die sich damals in Frankreich entwickelten, die Kreuzzugsbewegung und die Erfolge Urbans II. und Calixts II. erklärlich sind. Bis zur Zeit des zweiten Kreuzzugs war der Enthusiasmus, welcher das französische Ritter- und Mönchsthum erfaßt und allgemach das Leben der ganzen Nation ergriffen hatte, nicht gedämpft worden, hatte vielmehr immer neue Antriebe gewonnen und so seine Wirkungen weiter und weiter auch nach außen verbreitet. Es ist erstaunlich, wie schnell die Mönche von Prémontré und Citeaux nicht nur in allen romanischen Ländern, sondern auch in den germanischen und slavischen festen Fuß faßten, wie zugleich die Ritterorden der Johanniter und Templer in wenigen Jahrzehnden überall Besitzungen und Häuser erhielten. Eine Folge davon war, daß die ritterlichen und geistlichen Einrichtungen Frankreichs, die gelehrten Beschäftigungen und die Lebensanschauungen der Franzosen überall Verbreitung und Einfluß gewannen. Waren in der Ottonischen Zeit die neuen Tendenzen, welche das deutsche Leben bewegten, zu einer universellen Bedeutung gediehen, so waren es jetzt die französischen Anschauungen, die eine ähnliche und vielleicht noch größere Macht übten. An dem zweiten Kreuzzug haben sich die meisten Völker des Occidents betheiligt, die größten Streitmassen zogen von den deutschen Ländern aus;

*) Bd. III S. 1007 ff.

dennoch war er seinem ganzen Charakter nach wesentlich ein französisches Unternehmen.

Die idealen Anschauungen der französischen Welt gipfelten in dem Kampf gegen den Unglauben und die Ungläubigen, in der allgemeinen Herrschaft der lateinischen Christenheit und ihres Oberhauptes, des Papstes, dessen Herrschaft man zwar vor Allem als eine geistliche auffaßte, aber so, daß die weltliche Macht daneben keine selbstständige Bedeutung behielt. Diesen Anschauungen hat Niemand einen so beredten Ausdruck in Schrift und Wort zu geben gewußt, wie der heilige Bernhard, und darin wurzelt zum großen Theil die unwiderstehliche Gewalt, die er auf seine Zeitgenossen übte. Nicht nur die Massen hat er bewegt, sondern auch die Könige und Fürsten, die Bischöfe und selbst die Päpste zu bestimmen gewußt. Kein anderer Mann hat nur annähernd eine gleiche Wirkung auf jene Epoche geübt, als dieser einfache, in schlichten Kleidern einhergehende, von Fasten geschwächte und bleiche Mönch, dessen Leiblichkeit fast nur wie ein Hauch erschien. „Er erweckt," sagt Wibald von Korvei, „die Schlafenden, ja in gewissem Sinne die Todten, er erneuert mit Gottes Hülfe die Menschen, und die an den Wagen des Pharao zogen, führt er gefangen unter das Joch Gottes." Gewiß nicht allein das natürliche Genie Bernhards, seine Gelehrsamkeit, sein unvergleichlicher Fleiß, seine unausgesetzte Uebung, seine klare Aussprache und die nachdrucksvolle Gebärde erzielten, wie Wibald meint, die außerordentlichen Wirkungen seiner Rede, sondern die Hauptsache war doch, daß Bernhard in der überzeugendsten Weise zu sagen wußte, was mehr oder weniger klar in dem Bewußtsein aller seiner Zeitgenossen lag, womit er in der Brust eines Jeden einen Wiederhall weckte.

Noch heute, wenn wir uns die Anschauungen jener Zeit, welche unmittelbar dem großen Siege des Papstthums folgte, vergegenwärtigen wollen, müssen wir vor Allem zu Bernhards Werken greifen. Die Auffassung von der päpstlichen Gewalt, die sich dort findet, ist nicht ihm allein eigen, sie ist die von Allen getheilte, welche sich zu einer idealen Weltansicht aufschwangen, ja in gewissem Sinne ist es die, welche die Zeit beherrschte. Bernhard hält durchaus das Papstthum für die höchste Gewalt auf Erden, von keiner andren Schranke eingeschlossen, als die sie sich selbst setzt; er hält entschieden daran fest, daß die beiden Schwerter, die geistliche und die weltliche Gewalt, dem Nachfolger Petri von

Gott übertragen seien, nur daß er die geistliche Gewalt selbst, die weltliche meist durch Laien zu üben habe. Er verlangt, daß sich der Papst überhaupt der weltlichen Mühen und Sorgen, der untergeordneten Geschäfte und eitlen Hoffreuden möglichst entschlage, damit er den Geist sammeln, in den himmlischen Dingen leben, die Rathschläge Gottes erwägen, die Menschheit geistig aufrichten und zu ihrem Heil führen könne. Wo er am Schlusse des vierten Buchs „über die Betrachtung“ kurz zusammenfassen will, was von dem Nachfolger Petri die Christenheit zu beanspruchen hat, da kann er doch nicht Worte genug finden, um die Menge seiner Pflichten zu bezeichnen; er beginnt damit, daß der Papst das Bild der Gerechtigkeit, der Spiegel der Heiligkeit, das Vorbild der Liebe, der Vertheidiger des Glaubens, der Lehrer der Heiden, der Führer der Christenheit sein solle, und so weiter und weiter fortfahrend, schließt er damit, daß er ihn als die Zuchtruthe der Mächtigen, den Hammer der Tyrannen, den Vater der Könige, den Herrn der Gesetze, den Spender der Kanones, das Salz der Erde, das Licht der Welt, den Priester des Höchsten, den Vicarius Christi, den Gesalbten des Herrn, den Gott über Pharao*) bezeichnet.

So sehr Bernhard darin mit Gregor VII. übereinstimmt, daß er die päpstliche Gewalt für die höchste auf Erden und von durchaus universaler Natur hält, so bestimmt hebt er doch den geistlichen Charakter derselben vor dem weltlichen hervor; den ursprünglichen Begriff des Sacerdotium im Auge, sucht er das Gregorianische Papstthum auf eine priesterliche Höhe zu erheben, auf der ihm die Welt zu Füßen liegt, ohne daß es sich mit den Kleinlichkeiten des irdischen Treibens zu befassen habe. Mochte Bernhard selbst, sich der niederen Sorgen entschlagend und geistlicher Betrachtung obliegend, sein Kloster regieren können, so lag doch in einem Weltregiment von einem Standpunkte gleichsam außer der Welt ein innerer Widerspruch, den sich Bernhard verhehlte. Freilich das verhehlte er sich nicht, daß der Papst, wie er ihn in der Idee auffaßte, mit dem römischen Papstthum jener Zeit wenig gemein hatte, und deshalb ermüdete er nicht auf Reformen der römischen Curie zu dringen, die sich im Grunde auf Alles und Jedes erstreckten.

Der römische Klerus, welcher jetzt frei über den Stuhl Petri ver-

*) 2. Buch Mose 7, 1.

fügte, ließ sich die Huldigungen, wie die werkthätige Hülfe des Heiligen von Clairvaux gern gefallen, hat aber seinen Reformplänen wohl kaum mehr als ein Lächeln geschenkt. In der That waren in den Augen dieses Klerus unter den neuen Machtbefugnissen des Papstes gerade diejenigen die werthvollsten, denen Bernhard nur eine untergeordnete Bedeutung beilegte. Für jene ideale Höhe, auf welche er das Papstthum erhoben sehen wollte, hatte die römische Geistlichkeit wenig Verständniß; dagegen war sie auf Nichts mehr bedacht, als alle die realen Vortheile sich zu sichern, welche sich aus der jetzt dem apostolischen Stuhle beigemessenen Vollgewalt ableiten ließen. Ihr trat das Sacerdotium hinter dem Imperium zurück; der Thron des heiligen Petrus verwandelte sich ihr allgemach in den Thron des Constantin.

Während man früher den Amtsantritt des Papstes durch die Erhebung auf den Bischofsstuhl Petri — durch die Inthronisation, eine Ceremonie, die auch in anderen Bisthümern üblich war, — zu bezeichnen pflegte, wurde in dieser Zeit neben derselben die Krönung Brauch, welche bald die Inthronisation ganz zurückdrängte. Der fürstlichen Krone legte man schon größeren Werth bei als der bischöflichen Mitra. In der Krone zeigte sich der Papst an den hohen Festtagen der Menge und zog in ihr gleich den Kaisern und Königen in den Processionen auf. Das Regnum — so wurde die päpstliche Krone genannt — sollte dieselbe Krone sein, die einst Kaiser Constantin getragen und Papst Silvester geschenkt hatte; man bezeichnete sie als das kaiserliche Diadem oder das Diadem des römischen Erdkreises. Ein so glänzender Hofstaat umgab den Papst, wie man ihn nur etwa noch im Kaiserpalaste zu Byzanz damals finden konnte. In den Urkunden Eugens werden in seinem Gefolge nicht allein eine große Zahl von Klerikern, sondern auch von ritterlichen Herren genannt: da erschienen die Frangipani und Pierleoni, „die erlauchten Consuln der Römer", dann Vertreter aller Geschlechter des Stadtadels, zahlreiche Grafen und Vicegrafen, und neben ihnen der Oberst der päpstlichen Truchsesse, der Marschall der weißen Rosse, der „Oberkoch" und sogar die „Schildknappen des Herrn Papstes." Auf seiner Reise durch Frankreich und Deutschland begleitete Eugen ein Gefolge, welches man einem Heere verglich und dessen Verpflegung die größten Schwierigkeiten bot.

Unausgesetzt war die päpstliche Curie mit geistlichen und weltlichen Händeln beschäftigt. Sie war damals der größte Gerichtshof der Welt. Täglich hallte es in ihr von Berufungen auf die Gesetze wieder: aber es waren mehr die Gesetze des Justinian, als die des Herrn, welche man hier im Munde führte. Es gab im ganzen Bereiche des Staats und der Kirche kaum irgend eine erhebliche Frage, welche nicht vor das Forum des Papstes und der Cardinäle gezogen werden konnte und meist auch gezogen wurde, wenn sich die streitenden Parteien einen Vortheil davon versprachen. Aber nur zu oft wurde die Entscheidung aus weltlichen Rücksichten getroffen oder hinausgeschoben, und die Schriften jener Zeit überströmen von Klagen, daß alles Recht in der römischen Curie um Geld feil sei.

Die Beschwerden über die Herrschsucht und die Geldgier Roms waren noch weit mehr gegen die Cardinäle, als gegen die Person des Papstes gerichtet, und Eugen III., welcher die Cardinäle seine Rippen zu nennen pflegte, war sich selbst wohl bewußt, daß er an den Rippen leide. Aus den großen Prärogativen, welche das Papstthum gewonnen, wußten die Cardinäle auch für sich Vortheil über Vortheil zu ziehen, und die Zeit war nur zu geneigt, auch ihnen eine Stellung einzuräumen, welche sie zu mehr als fürstlicher Höhe erhob. „Bei Euch" schrieb ihnen der Touler Domherr Hugo Metellus, „wird jede Streitfrage gelöst und alles Ungewisse bringt Ihr zur Gewißheit, und das ist nicht zu bewundern; denn Ihr seid nicht schlichte Menschen, sondern Halbgötter. Ihr wohnt nicht hienieden, sondern im Aether inmitten des Himmels und der Erde." Daß es aber den Cardinälen trotzdem auf weltlichen Glanz, auf äußere Ehren und irdischen Reichthum ankam, war aller Welt bekannt; alle Welt sah die Cardinäle als päpstliche Legaten ihre Triumphe und Raubzüge durch die Länder der abendländischen Christenheit halten.

Unzweifelhaft übersah man in der päpstlichen Curie damals die Weltlage besser, als an irgend einem der fürstlichen Höfe, und es fehlte nicht an dem Willen tief in die Dinge einzugreifen, überall die letzte Entscheidung an sich zu ziehen. Nicht allein daß man in jenen Ländern, die seit Jahrhunderten unter römischem Einfluß standen, ihn befestigte und verstärkte, man suchte zugleich festen Boden im fernen Orient zu gewinnen und den scandinavischen Norden, den man vordem der Mission Hamburgs überlassen hatte, unmittelbar an die Autorität des apostolischen Stuhls zu binden. Die Politik Roms zog die weitesten Kreise, drang in jedes Interesse ein, erfaßte die ganze Welt; es gab keine Macht, der sie neben sich eine volle Selbstständigkeit zuerkannt hätte. So konnte es an Widerstand gegen sie nicht fehlen. Mit Nothwendigkeit mußte sie in eine Reihe von Kämpfen verwickelt werden, und einer weit energischeren Leitung und viel größerer Machtmittel hätte sie bedurft, wenn sie in diesen Kämpfen den Erfolg immer auf ihrer Seite hätte haben sollen. Es zeigte sich bald, daß die römische Curie, wie sie damals war, das Weltregiment, welches sie beanspruchte und das man ihr nur zu bereitwillig zugestand, nicht zum Heil der Christenheit zu führen vermochte.

Wir kennen die allgemeine Verwirrung, in welche die Verhältnisse des Abendlandes schon vor dem zweiten Kreuzzuge gerathen waren. Unzweifelhaft war es eine richtige Politik, wenn das Papstthum die unter unheilbaren Zerwürfnissen leidenden Völker dann in einem großen Gedanken zu verbinden, ihre kriegerischen Kräfte auf ein hohes Ziel zu lenken suchte. Und es gab zu jener Zeit keinen Gedanken, der so allgemein verständlich war und so tief die Gemüther ergriff, als jener der Kreuzfahrt; in ihm ließ sich das Zerstreute sammeln, in ihm folgenreiche Siege gewinnen. In der That war die Wirkung der Kreuzpredigt eine außerordentliche, sie überstieg weit alle Erwartungen. Die Welt schien eine völlig neue Gestalt zu gewinnen, und wäre das Unternehmen geglückt, es hätte unermeßliche Vortheile dem Papstthum bieten müssen, seine imperatorische Stellung wäre gesichert worden.

Aber der Kreuzzug scheiterte auf das Kläglichste, und zwar trug einen nicht geringen Theil der Schuld die Muthherzigkeit und Unsicherheit des Papstthums selbst. Wunderbar genug waren die Waffen der Christenheit gegen den Islam in Portugal, Spanien*) und in Nordafrika, wo der Papst sich wenig oder gar nicht um sie gekümmert hatte, siegreich gewesen, auch dem Zug gegen die Wenden, obwohl ihn Rom mehr zugelassen als veranlaßt, hatten nicht alle Erfolge gefehlt: aber

*) Um dieselbe Zeit, als Lissabon in die Hände der Christen fiel, gewannen die Christen in Spanien unter Alfons VII. von Castilien, der sich Kaiser von Spanien nannte, die große Seestadt Almeria. Gegen Ende des Jahres 1148 gewann Raimund Berengar, Markgraf von Barcelona, Tortosa, den Schlüssel zu dem Verkehr der Ebroländer mit dem Mittelmeere. Bei diesen Eroberungen hatten Pisa und Genua die Christen unterstützt. Im Jahre 1150 stand Alfons vor Cordova, welches er freilich vergeblich belagerte; auch Almeria ging nach einigen Jahren den Christen wieder verloren.

gerade da, wohin der Papst selbst die gläubigen Streiter gewiesen, wo er ihnen den herrlichsten Lohn in Aussicht gestellt hatte, war Niederlage auf Niederlage gefolgt, und jede derselben war zugleich ein schwerer Schlag für den Papst selbst und die kirchliche Herrschaft.

Sehr erklärlich ist es, wenn der Ausgang des Kreuzzugs Eugen mit Verzagtheit erfüllte, wenn der heilige Bernhard in heller Verzweiflung nun selbst zu den Waffen greifen wollte und meinte: die Fundamente wichen, und die letzte Kraft müsse man aufbieten, damit nicht der ganze Bau zusammenstürze. „Wie niedergeschlagen sind diejenigen“, schrieb er dem Papste, „die Frieden verkündigten und Gutes verhießen; wir sprachen: Friede, und es ist kein Friede; wir verhießen Gutes, und vor unsern Augen ist die Verwirrung.“

In Wahrheit hatte der mißglückte Kreuzzug die allgemeine Verwirrung nur gesteigert. Wenig fehlte, daß nicht die beiden Könige, die mit einander in den heiligen Krieg gezogen waren, nach demselben gegen einander die Waffen ergriffen. Der Papst besorgte, daß sich sogar die Häupter des Morgen- und Abendlandes die Hände gereicht hätten, nicht allein um den Sicilier zu verderben, sondern auch um die römische Kirche zu unterdrücken. Aller Zusammenhalt der abendländischen Welt schien gelodert.

Und Auflösung und Verwirrung, wie in den allgemeinen Verhältnissen, so in den einzelnen Staaten! In Frankreich war dem jungen Ludwig VII. durch die Gunst des Glücks eine Macht zugefallen, wie sie noch nie ein Capetinger besessen hatte; durch seine Ehe mit Eleonore von Poitou war ihm ein großer Theil des Südens unmittelbar unterworfen worden. Aber kaum war Ludwig aus dem Orient heimgekehrt, so wurde seine Macht von verschiedenen Seiten angefochten; ernstlich war sie bedroht, als er im März 1152 seine Ehe lösen mußte und Eleonore wenige Monate später sich mit dem jungen Heinrich Plantagenet, dem Sohne der englischen Mathilde, vermählte und diesem, der bereits die Normandie und dreizehn französische Grafschaften besaß, das Herzogthum von Aquitanien und der Gascogne zubrachte. Die wachsende Macht Heinrichs war fortan eine beständige Gefahr für Ludwig, und nicht minder für die ohnehin so wenig befestigte Herrschaft König Stephans in England. Kein Jahr verging, und Heinrich landete mit seiner Mutter an der englischen Küste, um seine Erbansprüche geltend zu machen. Nicht fester standen die Herrschaften im Norden und Osten. Um Dänemark stritten noch immer Sven und Knud, der Sohn des Magnus; das polnische und ungarische Reich waren in gleicher Weise von Prätendenten bedroht, die im Auslande Unterstützung suchten.

Ueberall mußte sich fühlbar machen, daß eine hohe schiedsrichterliche Gewalt, wie sie sich früher im Kaiserthum dargestellt hatte, jetzt der Welt fehlte. Man rief wohl Roms Beistand an, aber konnte man wirklich dem Papstthum, welches nicht einmal seiner nächsten Feinde Herr werden konnte, die Kraft zutrauen, alle diese Wirren zu lösen? Nur zu gut lernte man die Ansprüche der neuen Weltmacht kennen — dafür sorgten die Legaten, die nirgends fehlten, — aber davon verspürte man wenig, daß Rom Ordnung und Halt in die verwirrten Verhältnisse der Welt zu bringen gewußt hätte.

Am unmittelbarsten war der Umschwung der Dinge in Italien und Deutschland zu empfinden. Gerade hier, wo die kaiserliche Autorität Jahrhunderte lang Alles bestimmt hatte, trat Rom mit seinen Ansprüchen am schroffsten hervor, und auch hier hatte dies keine andere Folge, als die Zerrüttung der staatlichen Ordnung.

Die Festigkeit, mit welcher das Papstthum dahin strebte, König Roger wieder in das frühere Vasallitätsverhältniß der normannischen Fürsten zurückzudrängen, sich die Campagna vollständig zu unterwerfen und die Mathildischen Länder in die Hand zu bekommen, läßt kaum bezweifeln, daß eine Ausbreitung seiner weltlichen Macht über ganz Italien im Plane lag, und sehr erklärlich ist, daß die weltliche Herrschaft des römischen Bischofs da am lebhaftesten bestritten wurde, wo man sie sich am breitesten entfalten sah.

Seit dem Tode Innocenz II., den König Roger übel genug behandelt hatte, herrschten zwischen Rom und Sicilien unausgesetzt Zerwürfnisse. Im Jahre 1144 hatte Lucius II. mit Roger einen Waffenstillstand geschlossen: und seitdem lebten Roger und die Päpste in einem eigenthümlichen Zwischenzustande zwischen Krieg und Frieden. Zeitweise unterstützte Roger Eugen gegen die empörten Römer, dann aber griff er selbst ohne alle Rücksicht Städte des Papstes an. Am 2. September 1150 nahm er nach langer Belagerung Rieti ein und verwandelte die Stadt in einen Schutthaufen. Eugen war ein ohnmächtiger Mann gegen den Sicilier, der unstreitig unter den Fürsten jener Zeit die erste Stelle verdiente. Nicht allein daß er ein Königreich begründet, daß er in demselben Recht und Ordnung zur Geltung gebracht hatte; er führte seine Waffen zugleich siegreich gegen die Griechenheit und den Islam, während er selbst unaufhörlich von den geistlichen und weltlichen Häusern des Abendlandes bedroht war. Keinen bittereren Feind hat Roger wohl je gehabt, als den heiligen Bernhard, und doch hat dieser selbst dem König von Sicilien später seine Huldigungen dargebracht. Roger war nicht der Mann, der sich zu einem Werkzeuge des römischen Bischofs hergab, diesen frei in seinem Reiche schalten ließ; Glück genug, wenn der Sicilier von den anderen Theilen Italiens, wenn er von Rom selbst ferngehalten werden konnte.

Wie im Süden der Halbinsel die Monarchie weiteren Raum gewonnen hatte, so im Norden die republikanische Verfassung. Seit dem Investiturstreit hatten die größeren Städte der Lombardei und des mittleren Italiens fast sämmtlich die Selbstverwaltung erlangt, theils durch kaiserliche Privilegien, theils durch offene Usurpation. Diese Städte waren reich und bevölkert, ihre Bürgerschaften waffengeübt und streitlustig; wie sehr hatten sich unter der deutschen Herrschaft hier alle Verhältnisse geändert! Venedig, Genua und Pisa, deren Flotten das mittelländische Meer beherrschten, waren aus Städten zu mächtigen Staaten erwachsen, und mit nicht geringerer Macht stand ihnen Mailand im Binnenlande zur Seite. Selbst Rom hatte die päpstliche Verwaltung abgeschüttelt und brüstete sich seit fast einem Decennium mit seiner republikanischen Freiheit. Es war eine glanzvolle und überaus folgenreiche Erhebung des Bürgerthums, aber leider war ihr Glanz nicht ungetrübt. Denn zwischen den städtischen Republiken herrschte unablässiger Hader, der oft zu blutigen Kriegen führte; mit der grausamsten Erbitterung wütheten die Söhne Italiens gegen einander. In dem Zwiespalt zwischen Monarchie und Republik, in dem Zwiespalt der Städte unter einander wurde der nationale Zusammenhang Italiens völlig aufgelöst, und das Land krankte trotz seines Reichthums und seiner Freiheit an tausend Leiden.

Wie hätte inmitten des Elends nicht der Ruf Italiens nach Herstellung des Friedens und der Ordnung laut werden sollen? Die Päpste haben ihn nicht überhört und es auch nicht an Versuchen fehlen lassen den Hader zu schlichten. Aber eine Bewegung, die sich zum großen Theil gerade gegen die weltliche Macht der Geistlichkeit richtete, konnte sich von ihnen nicht Maaß und Ziel vorschreiben lassen. Waren sie es doch selbst, welche die neuen städtischen Freiheiten Roms mit Feuer und Schwert verfolgten. Eher gestand man noch eine oberherrliche Gewalt dem Kaiser zu. Seit Heinrich V. waren die Kaiser mit Privilegien der Städte nicht sparsam gewesen und stets wurden neue von ihnen verlangt; selbst Pisa und Genua verschmähten es nicht sich Freiheiten von den deutschen Herren zu erbitten. In dem Kampf der Parteien suchte der unterliegende Theil noch immer Schutz am deutschen Throne, und dem Kaiser, der über die Berge kam, fehlte es in Italien nie an einem Anhange. Der kaiserliche Name war in Italien nicht vergessen, und das Studium des Civilrechts, wie es jetzt in Blüthe kam, diente dazu ihm neuen Glanz zu geben. Die römische Republik wandte sich nicht nur schutzflehend an den deutschen Hof, sondern erinnerte ihn auch an Constantin und Justinian; man begann mit dem kaiserlichen Recht das päpstliche zu bekämpfen.

Wuchs so aus der Noth der Zeit in Italien das Verlangen nach dem Kaiserthum in seiner früheren Bedeutung hervor, wie hätte dies nicht vielmehr noch in Deutschland geschehen sollen? Die neuen Verhältnisse waren wahrlich nicht der Art, daß man sich hätte bei ihnen befriedigt fühlen können. Trachtete die römische Curie hier auch nicht nach Land und Leuten, wie jenseits der Berge, so machte sie doch in den kirchlichen Angelegenheiten ihre unbeschränkte Herrschaft geltend und übte auf alle staatlichen Verhältnisse den schwersten Druck.

Die Wahlen Lothars und Konrads waren unter dem Einflusse Roms erfolgt; geflissentlich hatte Rom sie so gelenkt, daß beide Male die bisher übliche Nachfolge im Geschlecht beseitigt, die in der Erblichkeit ruhende Kraft des Königthums gebrochen und die Macht des Reichs durch den Hader der mächtigen Häuser geschwächt wurde. Auch eine Bestätigung der Wahlen ist dann vom Papste erbeten und gewährt; zugleich nahm er die Ertheilung des Kaiserthums — „der Vollgewalt“ nach römischem Ausdruck — als sein besonderes Vorrecht in Anspruch. Nie hatten auf dem deutschen Throne Fürsten gesessen, welche sich mehr allen Anforderungen der Kirche zu entsprechen beeiferten, welche willigeres Gehör den Päpsten und ihren Legaten schenkten; es hielt schwer daran zu glauben, daß das wirklich die Nachfolger Karls und Ottos des Großen und Heinrichs III. seien.

Ohne Frage war das Ansehen des Papstthums in Deutschland in den letzten Jahrzehnden unermeßlich gestiegen. Es gab keine kirchliche Streitfrage, die nicht vor sein Forum gebracht wurde, und auch in allen politischen Angelegenheiten fielen seine Entscheidungen schwer in das Gewicht. Seitdem man die Wirkungen des Bannes selbst an Kaisern erkannt hatte, war die Furcht vor den kirchlichen Strafen Roms in Deutschland überaus mächtig. Als es einmal galt Rom entgegenzutreten, schrieb ein dem Kreise der Prämonstratenser nahestehender Kleriker: „Die Bischöfe, des Himmels Säulen, tragen bei ihrer Schwäche und Unbesonnenheit jetzt nicht sowohl den Himmel, wie sie, ihren Nacken beugend, den Sturz desselben herbeiführen. Und wenn die Fürsten ein rauhes Wort dem Herrn Papste schreiben, wenn sie etwas Unliebsames melden oder sich unvorsichtig benehmen, so straft der Herr Papst und die römische Kirche voll Unwillen eine solche Verwegenheit nach göttlichem Recht; dann wird es schlimm und schlimmer, bis sie endlich der Bann trifft. Wer soll also helfen?" Einer der fehdelustigsten und hochmüthigsten Herren jener Zeit war der Graf Heinrich von Namur, und doch war es derselbe Herr, der im Jahre 1148 an Papst Eugen III. schrieb: „Demüthig bitte ich Euch, heiliger Vater, gegen mich, der Euch gehorsam ist und Eure Forderungen zu erfüllen wünscht, kein Strafurtheil zu erlassen und mein Land nicht unter ein Interdict zu stellen, damit ich Euch aufrichtiger lieben und der Kirche Gottes bessere Dienste leisten kann."

Es war, als ob es im deutschen Reiche keine höhere Macht als die römische Kirche gebe, und vielleicht würde man sich dabei beruhigt haben, wenn so nur Friede erreicht und Segen gewonnen wäre. Aber man lebte in einem nur selten unterbrochenen inneren Kriege, die äußere Macht des Reiches schwand, und so willig man der römischen Kirche diente, kam man doch selbst mit ihr nie auf das Reine. So ergeben ihr Lothar und Konrad waren, traten doch öfters bedenkliche Spannungen mit der römischen Curie ein, und wie dienstbeflissen sich die deutschen Bischöfe auch zeigten, Keiner hat doch allen Anforderungen derselben entsprochen. Schon als Eugen III. in Deutschland während des Kreuzzugs sich aufhielt, kam es zwischen ihm und dem Mainzer und Kölner Erzbischofe zu argen Zerwürfnissen, und er fühlte es nur zu gut, daß die Ergebenheit der deutschen Kirche und des deutschen Volks nicht ganz so groß war, als sie schien. Und diese Ergebenheit wurde durch den Ausgang des zweiten Kreuzzugs, dessen Verluste und dessen Schmach man nirgends tiefer empfand, auf eine harte Probe gestellt, die sie nicht bestand. Eugen III. sprach von der undankbaren deutschen Nation, und sicher ist, daß man ihm in seinen letzten Lebensjahren in Deutschland wenig geneigt und der päpstlichen Eingriffe in die Angelegenheiten des Reichs überdrüssig war.

Mit Nothwendigkeit mußte da die Erinnerung an eine Zeit, wo eine solche Herrschaft des priesterlichen Roms über Deutschland nicht bestand, wo vielmehr das Papstthum in der Abhängigkeit vom deutschen Reiche existirte, wieder hervortreten; es mußte mit anderen Worten der kaiserliche Gedanke wieder erwachen — erwachen, denn ganz hatte er seine Lebenskraft nie verloren, sondern nur eine Zeitlang im Schlummer gelegen. Bezeichnend ist, daß gerade in dieser Zeit die Kaisersagen, die wohl immer unter dem Volke umgingen, Eingang auch in die Literatur fanden. In großer Ausdehnung sind sie in die um 1150 entstandene gereimte deutsche Kaiserchronik übergegangen. Dieses in vielfachem Betracht außerordentlich merkwürdige Buch zeigt, in wie unmittelbare Verbindung man die Geschicke des deutschen Volks noch immer mit dem Kaiserthum setzte und wie fremd die päpstliche Herrschaft doch noch Vielen erschien. Obwohl der Verfasser, unzweifelhaft ein Kleriker, von Kaisern und Päpsten, „guten und bösen," zu reden verspricht, treten die Kaiser doch in den Vordergrund und von den Päpsten ist in den späteren Partien des Werks nur noch beiläufig die Rede; der Name Gregors VII. wird gar nicht genannt, nicht ein Wort findet sich von den heißen Kämpfen zwischen Heinrich IV. und dem römischen Pontificat. Von der sonst so geläufigen Vorstellung, daß die Zeit der kirchlichen Knechtschaft abgelaufen und eine neue Epoche der Freiheit und Herrschaft der Kirche angebrochen sei, läßt sich hier keine Spur entdecken.

Ob die Macht des Reiches gehemmt und gebeugt war, das deutsche Volk hatte an Kraft, Selbstbewußtsein und Unternehmungsgeist in den letzten Jahrzehnden eher gewonnen, als eingebüßt. Es ist bereits darauf hingedeutet worden, wie gewaltig sich damals der Stand der Ministerialen emporarbeitete; eine nicht geringere Rührigkeit und ein gleich kraftvolles Aufstreben erscheint in dem deutschen Bürgerthum. Schon trieben die Städte an der Nordsee und die Binnenstädte Westfalens einen ausgedehnten und einträglichen Handel nach England; vor Allem Köln, welchem in London das Gildehaus der deutschen Kaufleute gehörte — „der Leute des Kaisers", wie man sie nannte. Da das scandinavische und wendische Vikingerthum jetzt seinem Untergange entgegenging, wurde auch die Ostsee endlich dem deutschen Handel frei. Bereits zu Lothars Zeiten war in Roeskilde auf Seeland eine Colonie deutscher Kaufleute und Handwerker, waren deutsche Kaufleute auf der Insel Gothland, von wo sie dann nach nicht langer Zeit den Weg nach der Düna fanden. Und wie schnell blühte Lübeck auf, sobald der Graf von Holstein deutschen Kaufleuten die Stadt eröffnete, die er an der Stelle des alten Wendenplatzes errichtet hatte! Ein überaus frisches und rühriges Leben war in dem aufstrebenden deutschen Bürgerthum. Und auch die deutschen Bauern, welche Ueberschwemmungen, Mißwachs, Theuerung, Bedrückung aus den niederrheinischen, friesischen und westfälischen Gegenden vertrieb, waren nichts weniger als ein verkommenes und verzweifelndes Geschlecht. Für ihre Tüchtigkeit, ihre Energie und zugleich für ihr deutsches Bewußtsein zeugen ihre rasch emporkommenden zahlreichen Ansiedlungen im Wendenlande, in denen der Keim zu der folgenreichsten Ausbreitung der deutschen Nationalität nach dem Osten lag.

Wie weit das Volk, während das Reich eingeengt wurde, an Raum gewann, zeigt vor Allem die deutsche Colonie, welche in dieser Zeit in Siebenbürgen entstand. Auch hier waren es besonders Leute aus den niederrheinischen Gegenden, aus den Ländern zwischen Mosel und Maas, aus Flandern, Friesland und Westfalen, welche in das ferne unwirthbare Transsilvanien zogen, um es der Cultur zu gewinnen und gegen die Angriffe barbarischer Horden zu schützen; man hat jene später zusammenfassend Sachsen genannt, mit welchem Namen man im Osten gemeinhin die Deutschen zu bezeichnen pflegte. König Geisa II. hat die ersten deutschen Colonisten unter Zusicherung von Freiheiten, welche ihnen ihre Nationalität und Selbstverwaltung sicherten, nach Siebenbürgen berufen. Dies ist auf das Beste bezeugt; aber keine glaubwürdige Aufzeichnung meldet, in welchem Jahre und in welcher Weise die ersten Deutschen in das Land einzogen. Es kann jedoch nur in den ersten Jahren der Regierung Geisas zwischen 1141 und 1145 geschehen sein; denn damals stand er in den freundschaftlichsten Beziehungen zu den Deutschen und seine Schwester war dem Sohne Konrads III. vermählt, der als des Vaters Nachfolger galt; später waren die Verhältnisse zwischen Ungarn und dem deutschen Reiche so feindlich, daß eine massenweise Hereinziehung Deutscher in sein Land dem Könige kaum in den Sinn kommen konnte. Wie fest und stark das nationale Bewußtsein in den ersten deutschen Ansiedlern Siebenbürgens war, beweist das mannhafte und ruhmwürdige Festhalten ihrer Nachkommenschaft durch alle Jahrhunderte an deutscher Sprache und deutscher Sitte.

Diese deutsche Ansiedlung an den Ostgrenzen des ungarischen Reiches erscheint weniger befremdlich, wenn man in Betracht zieht, daß damals eine deutsche Colonie in Constantinopel war, für welche seine „kaiserlichen Leute" Konrad III. vom Kaiser Johannes die Erlaubniß zum Bau einer besonderen Kirche verlangte, daß in Constantinopel damals alamannische Ritter im Solde der Griechen dienten, daß Konrad, als deutsche Leute von Ruthenen überfallen und theils geplündert, theils erschlagen waren, vom griechischen Kaiser die Züchtigung der Räuber beanspruchte. Man sieht, daß die Deutschen damals, um ihren Lebensunterhalt zu gewinnen, bereits bis zum Bosporus und bis zum schwarzen Meere zogen. Offenbar hing es auch mit dieser Unternehmungs- und Wanderlust der Deutschen zusammen, wenn der Aufruf zum zweiten Kreuzzuge einen so gewaltigen Erfolg unter allen Klassen des Volkes hatte; wir wissen, welche unermeßlichen Schaaren unter dem Kreuze auszogen und wie Deutsche damals nicht nur im Orient, sondern auch vor Lissabon und an der Oder kämpften. Aber um so tiefer war auch überall der Eindruck, daß ein Unternehmen, welches man auf die Verheißungen des Papstes und des heiligen Bernhard hin unternommen, zu so furchtbaren Verlusten und empfindlichen Demüthigungen geführt hatte.

Wie schwer der traurige Ausgang des zweiten Kreuzzugs auch in Deutschland empfunden wurde, er ist dennoch ein Gewinn für die Entwicklung der deutschen Nationalität gewesen. Viele Tausende von Deutschen hatten den Orient betreten, hatten die griechische und arabische Welt kennen gelernt: damit war der Gesichtskreis der ganzen Nation unermeßlich erweitert. Und nicht minder bedeutend war ein Anderes. Die deutschen Kreuzfahrer waren in stäte Berührung mit den französischen gekommen. Sie mußten wahrnehmen, worin das lebendigere Volk ihnen vorausgeeilt war, welche neuen Bildungselemente es in sich aufgenommen hatte. Aber zugleich mußten sie sich auch in diesem Zusammenleben mit dem fremden Volke ihrer eignen Art, ihrer eigenen Nationalität erst recht bewußt werden.

In der Begründung einer nationalen Literatur sind die Franzosen den Deutschen vorangegangen, aber bald sind diese ihnen auch hierin gefolgt. Wir haben früher*) darauf hingewiesen, wie inmitten des Investiturstreits und durch ihn angeregt eine deutsche Dichtung wieder erstand; sie war durchaus geistlich-religiösen Inhalts und entnahm den Stoff vorzugsweise der heiligen Schrift. Von da an ist die nationale Poesie in ununterbrochenem Fortgange geblieben, und mit wunderbarer Schnelligkeit entwickelte sich an ihr die oberdeutsche Sprache zu jener Gefügigkeit und Harmonie, welche sie schon am Ende des zwölften Jahrhunderts zum wirksamen Ausdruck jedes poetischen Gedankens eignete. Es sind für uns meist namenlose Kleriker, von welchen wir Gedichte aus den Zeiten Lothars und Konrads besitzen, aber ihre Arbeiten sind nicht ohne Interesse. Sie tragen einen von den lateinischen Gedichten der Schule, neben denen sie hergehen, sehr abweichenden Charakter; vor Allem sind sie volksthümlicher, nicht allein in der Sprache, sondern auch in der Auffassung. Sie verleugnen nirgends den kirchlich-religiösen Charakter der Zeit, aber vielfach greifen sie doch auf das weltliche Gebiet hinüber. Sie versenken sich in die wunderbaren Geheimnisse Gottes, aber sie verherrlichen auch die großen Thaten der Vergangenheit, wie sie Geschichte, Sage und Volkslied ihnen überliefert hatte. Der Papst findet in ihnen selten eine Stelle, aber der kaiserliche Name — wir erinnern hier noch einmal an die Kaiserchronik — tönt vielfach durch die deutschen Reime hindurch.

Einem Fürsten, welcher den Muth in sich fühlte, die Freiheit des Reichs und die alte Geltung des deutschen Namens herzustellen, kam in allen Klassen des Volks die günstigste Stimmung entgegen. Vor Allem kam es freilich darauf an, dem Streit der Parteien im Reiche gründlich ein Ziel zu setzen, und das war nur möglich, wenn der Gegensatz zwischen den Staufern und Welfen, der immer von Neuem das Reich mit Kampf erfüllt hatte, eine dauernde Ausgleichung fand. Niemand schien eine solche Ausgleichung leichter herbeiführen zu können, als Friedrich von Schwaben, welchen Konrad zu seinem Nachfolger empfohlen hatte und der selbst, beiden Häusern angehörig, die Fähigkeit sich zutraute, das schwierige Werk durchzuführen.

Unfraglich war Friedrich von dem Augenblick an, wo sein Oheim die Augen schloß, fest entschlossen die Herrschaft zu ergreifen. Sein

*) Bd. III. S. 1024. 1026.

Ehrgeiz begegnete sich mit den Bedürfnissen des Reichs, mit den Wünschen der Nation. Wie verändert die ganze Lage der Dinge gegen die Verhältnisse der letzten beiden Interregnen war, trat schon dadurch an den Tag, daß man die Wahlversammlung nur wenige Wochen hinausschob, sie bereits auf den Anfang des März ansetzte. So wurde es dem Papste unmöglich gemacht, seine Legaten zu senden und die Wähler zu bestimmen: die Wahl der deutschen Fürsten war frei. Man bestimmte diesmal Frankfurt gegen die bisherige Sitte zum Wahlort; es geschah wohl um die Erinnerung zu meiden an jene Demüthigungen, welche einst Friedrichs Vater zu Mainz durch den Erzbischof Adalbert zu erleiden hatte. Auch war Heinrich, der damals auf dem Mainzer Stuhle saß, den Staufern nicht hold; er lag mit dem Pfalzgrafen Hermann von Stahleck, dem Gemahl der Gertrud von Staufen, in vielfachen Zerwürfnissen; er ist auch unseres Wissens der Einzige gewesen, der Friedrichs Wahl zu hindern einen Versuch machte.

Es scheint eine müßige Frage, wen der Mainzer zu erheben gedachte. Selbstverständlich konnte, nachdem Konrad selbst auf Friedrich hingewiesen hatte, die staufensche Partei keine andere Wahl im Auge haben; die welfische Partei aber war in sich gespalten, so daß Graf Welf kaum seinen Neffen, dieser kaum seinen Oheim über sich als Herrn anerkannt hätte. Heinrich von Mainz soll Friedrich vorgeworfen haben, daß er zu seinen Vertrauten geäußert habe, er werde das Reich, selbst wenn ihn die Fürsten nicht wählten, an sich reißen. Auch sonst verlautet, daß Friedrich List und Gewalt angewendet habe, um seine Wahl zu bewirken, und unzweifelhaft scheint, daß er sie ebenso lebhaft selbst betrieb, wie er sie von ganzer Seele wünschte.

Schon zu Bamberg, wohin Konrad einen Reichstag beschieden hatte, waren viele Fürsten zusammen, als das Reich erledigt wurde: schon hier wird Friedrich mit ihnen über seine Wahl verhandelt haben. Wenige Tage später, am 20. Februar, hatte er mit den Bischöfen von Bamberg und Würzburg am Main eine Zusammenkunft, und es ist sehr wahrscheinlich, daß auch dort die Wahl zur Sprache kam. Wir wissen, daß die Fürsten zahlreiche Tagfahrten hielten, um die große Frage des Tages zu berathen, und daß sie dabei Erzbischof Arnold von Köln und Abt Wibald von Korvei, die aber von der römischen Legation zurückgekehrt waren, vielfach zu Rathe zogen. Es ist von Bedeutung, daß gerade Arnold von Köln, der frühere Kanzler Konrads III., der in so nahen Beziehungen zu Rom stand, für die Wahl Friedrichs sich eifrig bemühte, daß auch Hillin, der kürzlich Albero in Trier gefolgt war, für dieselbe eintrat. Das Wichtigste war, Heinrich den Löwen und den Grafen Welf zu gewinnen; die Vermuthung liegt nahe, daß ihnen schon vor der Wahl die großen Lehen verheißen wurden, die sie später erhielten und durch welche Heinrich in Deutschland, Welf in Italien Stellungen gewannen, um welche sie Könige beneiden konnten.

Die Fürsten hatten durch Briefe und Boten auf eine stattliche Beschickung der Wahlversammlung hingewirkt. So geschah es trotz der beschränkten Zeit, daß fast alle Fürsten Deutschlands entweder persönlich in Frankfurt erschienen oder Bevollmächtigte dahin schickten. Als sie am 4. März 1152 hier zusammen kamen, war Friedrichs Wahl bereits unzweifelhaft. Sie erfolgte noch an demselben Tage in vollständiger Einhelligkeit. „Die Wünsche Aller trafen", wie Wibald alsbald dem Papste schrieb, „nicht nur zusammen, sondern jeder suchte in seinem Eifer dem Andern zuvorzukommen". Wie Otto von Freising, selbst bei der Wahl zugegen, berichtet, war der Grund dieser so einmüthigen Wahl kein anderer, als daß man die Hoffnung hegte: Friedrich werde die Eintracht im Reiche herstellen und dem langen verderblichen Zwist zwischen Staufern und Welfen ein Ende bereiten. Deshalb wählten ihn alle Fürsten, deshalb jubelte ihm freudig das deutsche Volk am Wahltage zu.

Wibald von Stablo meldete dem Papste die neue Wahl und unterließ nicht ihm von der Persönlichkeit Friedrichs ein deutliches Bild zu entwerfen. „Unser König", schreibt er, „ist nach unserem Dafürhalten noch nicht dreißig Jahre alt; er zeigte sich bisher scharfen Geistes, rasch im Entschluß, glücklich im Kriege, nach Gefahr und Ruhm begierig, nimmermehr eine Unbill duldend, leutselig, freigebig und von glänzender Beredsamkeit in seiner Muttersprache. Gott mehre in ihm alle Tugenden, damit er Recht und Gerechtigkeit auf Erden übe! Mit Euch aber ein Engel hohen Raths, daß Ihr ihn als König und Vogt der römischen Kirche anerkennt."

In seinem ersten Briefe an den Papst betont Friedrich gleich in den ersten Worten das ihm „von Gott übertragene Reich"; er meldet dem Papste seine Wahl, er verspricht ihm seine Ehrerbietung und Liebe, er verheißt ihm und der ganzen Kirche Schutz und Unterstützung, er stellt als Ziel seines Regiments hin, daß die katholische Kirche in allen Vorrechten ihrer Würde glänze, aber auch zugleich, daß die Hoheit des römischen Reichs wieder in ihrer alten Kraft und Herrlichkeit hergestellt werde. Eine Bestätigung seiner Wahl verlangte er nicht; nicht mit einem Worte ist auf eine solche hingedeutet.

Mit Friedrichs Wahl beginnt eine neue Zeit. Sobald sich in Deutschland das Kaiserthum wieder thatkräftig erhob, mußte der ganze Gang der abendländischen Geschichte eine andere Richtung nehmen. Man hat die Periode, an deren Ende wir stehen, nicht mit Unrecht das Zeitalter des heiligen Bernhard genannt, denn in der That hatte dieser französische Mönch ein Menschenalter hindurch die Weltgeschicke mehr bestimmt, als irgend ein mit der Tiara oder der Krone geschmücktes Haupt. Wer die wunderbare Macht dieses außerordentlichen Geistes läugnen wollte, obwohl er überall ihre erstaunlichen Wirkungen wahrnimmt, der gliche einem Menschen, der Licht und Wärme der Sonne in Abrede stellte, deren belebenden Einfluß er doch rings um sich erkennt. Wie hoch man aber auch das Genie Bernhards stellen mag, man wird doch erkennen müssen, daß die rechte Ordnung der Dinge in einer Zeit, wo die letzten Fäden der Weltereignisse sich in die Zelle eines Klosters verliefen, gestört sein mußte. Wie ein unlösbarer Widerspruch zwischen bischöflicher und imperatorischer Macht, so liegt auch eine nie auszufüllende Kluft zwischen Mönchsleben und Weltgetriebe.

Als Friedrich gewählt wurde, war Bernhards Stern bereits im Verbleichen. Seit dem traurigen Ende des Kreuzzugs war sein Geist umdüstert und sein ohnehin so gebrechlicher Körper sank zusammen. Sein letztes Werk war ein Friedenswerk. Die Bürgerschaft von Metz war mit dem umwohnenden Adel in Fehde gerathen, und dem Blutvergießen war kein Ziel zu setzen. Da wandte sich Erzbischof Hillin von Trier mit der Bitte an Bernhard als Vermittler einzutreten. Todkrank und lebensmüde begab sich Bernhard nach Metz; unter unsäglichen Mühen brachte er dort den Frieden zu Stande und kehrte dann nach Clairvaux zurück, um es nicht mehr zu verlassen. Er starb am 20. August 1153 in dem Alter von 63 Jahren. In derselben Woche, wo Bernhard abschied, wurde Askalon von König Balduin und den Fürsten des Königreichs Jerusalem erobert. Länger als ein halbes Jahrhundert hatten die Christen um die wichtige Stadt gekämpft; es war der erste namhafte Erfolg der Christen im gelobten Lande seit dem Verluste Edessas. Die Freude über dieses Ereigniß war außerordentlich und wurde im ganzen Abendlande getheilt. Die Brüder in Clairvaux meinten: so hätten sich doch noch Bernhards Weissagungen von großen Siegen der Christenheit im Osten erfüllt; sie sahen im Fall von Damaskus eine göttliche Rechtfertigung für ihren so hart angefochtenen Abt.

In die Mitte der Weltereignisse trat, als Bernhards Kraft zusammenbrach, Friedrich von Staufen; in die kaiserliche Stellung trat wieder ein kaiserlicher Mann. Die erste Hälfte des zwölften Jahrhunderts zeigte das deutsche Kaiserthum von der Uebermacht der Kirche gebeugt, die zweite Hälfte sah es wieder in stolzer Erhebung und abermals in einem langen Kampfe mit dem Papstthum — einem Kampfe von welthistorischer Bedeutung.

Quellen und Beweise.

I. Uebersicht der Quellen und Hülfsmittel [1]).

1. In Deutschland entstandene Quellenwerke.

In den deutschen Klöstern hatte die annalistische Geschichtschreibung zur Zeit der fränkischen Kaiser bereits eine so feste Gestalt gewonnen, daß sie auch nach dem Aussterben derselben fortbestand. Sie hatte sich frei, ohne Beeinflussung des Hofes entwickelt und wurde deshalb auch von der Thronveränderung wenig berührt. Der Mönch, der einmal an diesen mühelosen Aufzeichnungen Gefallen fand, brauchte sein Schreibrohr, so lange er es halten konnte, und legte er es endlich nieder, so fand sich nicht selten ein anderer Bruder, der es aufnahm und die Klosterannalen nach seinem Vermögen und seiner Weise fortführte. Die großen Klosterannalisten, welche die zweite Hälfte des elften Jahrhunderts erzeugt hat, — Männer, welche die hergebrachte Form mit einem neuen Geiste erfüllten, — gingen mit Eckhard aus; aber die Form erhielt sich und diente dazu, die historische Tradition im Fluß zu erhalten.

Schon war es ein Bedürfniß in allen größeren Klöstern, umfängliche Jahrbücher zu besitzen. Wo solche fehlten, ließ man Annalen eines Nachbarklosters abschreiben und führte sie dann wohl auf eigene Hand fort; wo man früher bereits Annalen angelegt, die Arbeit aber in Stocken gerathen war, suchte man die Lücke aus anderen Jahrbüchern zu füllen, ehe man sich an eine neue Fortsetzung machte. Wie man Werth darauf legte, die Annalen bis zur Gegenwart fortzuführen, so regte sich auch das Interesse, den Stoff für die früheren Zeiten in möglichster Vollständigkeit zu besitzen. Kam man in den Besitz verschiedener Annalen, so begann man sie zu größerer Bequemlichkeit zusammenzuschreiben, und diese Compilationen erwuchsen dann bisweilen zu so umfänglichen Arbeiten, daß Spätere sich scheuten sie ganz zu copiren und sich mit Auszügen begnügten.

Die Annalen, die so in der ersten Hälfte des zwölften Jahrhunderts entstanden, tragen sämmtlich einen verwandten Charakter. Sie berühren lokale Verhältnisse, aber fassen doch besonders die allgemeinen Verhältnisse des Reichs in das Auge; man sieht, wie lebhaft noch die Theilnahme der Mönche an denselben war. Die Aufzeichnungen sind kurz und schlicht; die Diction weist wenig auffallende Unterschiede auf. Bei weitem die Mehrzahl sind anonyme Arbeiten; die Schreiber dienten ihren Klöstern, nach einem Autornamen trachteten sie nicht. Wo uns nicht gerade alte Handschriften erhalten sind, ist es oft unmöglich genau festzustellen, wo ein neuer Autor

1) Diese Uebersicht ist mit steter Rücksicht auf die betreffenden Abschnitte in Wattenbachs Geschichtsquellen Deutschlands im Mittelalter (5. Auflage) bearbeitet worden.

eintritt und wie die Annalen fortgeführt sind, ob Jahr für Jahr oder in größeren Zwischenräumen. Aber, wo auch sichere Kriterien für eine völlige Gleichzeitigkeit der einzelnen Notizen fehlen, bleiben doch nur selten darüber Zweifel, ob man im Allgemeinen mit den Aufzeichnungen von Zeitgenossen oder Späteren zu thun hat.

Vornehmlich in den norddeutschen und lothringischen Klöstern ist zur Zeit Lothars und Konrads III. die alte Annalistik regsam geblieben, und die besondere Bedeutung, welche schon für die Regierung Heinrichs V. den Erfurter und Paderborner Annalen beigemessen wurde (Bd. III. S. 1042. 1013), müssen wir ihnen auch für die nächstfolgende Zeit zuschreiben.

Wir besitzen die alten Annalen von S. Peter in Erfurt nicht in einer gleichzeitigen Handschrift, aber sie sind, soweit sie diese Periode berühren, ganz in das spätere Chronicon Sanpetrinum übergegangen, von dem Dr. Stübel in den Geschichtsquellen der Provinz Sachsen Bd. I (1869) eine neue dankenswerthe Ausgabe veranstaltet hat. Daß im Anfange des Chronicon Sanpetrinum nur ältere Annalen des zwölften Jahrhunderts abgeschrieben sind, ergiebt sich unter Anderem daraus, daß die Aufzeichnungen der Jahre 1125—1137 schon um die Mitte des Jahrhunderts zur Ergänzung eines Exemplars des Eckehard benutzt wurden; diese Ergänzung hat Pertz unter dem Namen Annales Erphesfurdenses in den M. G. VI. 536—541 und Böhmer in den Fontes III. 574—581 als Annales Lothariani herausgegeben. Wenig später verwandte der Pegauer Annalist die Nachrichten von 1116—1149 für seine Arbeit; seine eigenen Zusätze sind gering (M. G. XVI. 253—258). Um dieselbe Zeit wurde auch bereits in St. Peter zu Erfurt selbst ein Excerpt der alten Annalen angefertigt, welches Pertz als Annales s. Petri Erphesfurdenses in den M. G. XVI. 15—20 veröffentlicht hat. Steht hiernach außer Zweifel, daß die im Chronicon Sanpetrinum niedergelegten Nachrichten den Ereignissen gleichzeitig sind, so wird zugleich wahrscheinlich, daß bei den Jahren 1137 und 1149 Abschnitte gemacht waren; vielleicht wechselten auch bei diesen Jahren die Verfasser.

Die Annalen von S. Peter sind durchaus in einem Lothar günstigem Sinne abgefaßt; noch entschiedener tritt die Parteinahme für ihn in den Paderborner Annalen hervor, die im Kloster Abdinghof entstanden sind. Auch hier fehlt uns eine Handschrift, welche die Arbeit in ihrer ursprünglichen Gestalt darlegte. Wenn ich aber früher auf die Möglichkeit einer Herstellung des alten Textes aus den Ableitungen hinwies, so hat diese jetzt P. Scheffer-Boichorst in seiner Schrift: Annales Patherbrunnenses (Innsbruck 1870) in ausgezeichneter Weise ausgeführt; mögen auch im Einzelnen Zweifel obwalten, in der Hauptsache gehört gewiß den Paderborner Annalen an, was der Restitutor auf sie zurückgeführt hat. Ich möchte indessen glauben, daß die Kölner Annalen nicht allein bis 1144, sondern weiter bis 1152 diese Quelle benutzt haben, da der Abschluß der Regierung Konrads III. dort mit Worten gemacht wird, die nach Form und Inhalt ganz mit denen im Einklang stehen, welche sich am Ende der Regierung Lothars finden und die sicher dem Paderborner Annalisten entlehnt sind: dem Paderborner Annalisten — denn wir haben es hier wahrscheinlich nur mit einem Autor zu thun, wenn derselbe auch sein Werk wohl in größeren Abschnitten niederschrieb.

Die Paderborner Annalen haben schnell eine ziemlich weite Verbreitung gefunden. Aus ihnen wurden die Hildesheimer Annalen bis 1137 ergänzt (M. G. III. 112—116); dann sind sie in weitestem Umfang in den Annales Colonienses maximi abgeschrieben, die für diese Periode (M. G. XVII. 754—764) gerade dadurch eine größere Bedeutung gewinnen, daß sie jene älteren Nachrichten fast vollständig reproduciren. Auch die unter dem Namen der Annales Palidenses von Pertz veröffentlichte Weltchronik (Vergl. Bd. III. S. 1065) benutzt, wo sie Ekkehard nicht mehr ausschreiben kann, vorzugsweise die Paderborner Annalen bis 1140; dann folgt sie einer anderen Quelle, wahrscheinlich den Rosenfelder Annalen, benutzt aber daneben offenbar auch die mündliche Tradition (M. G. XVI. 78–86).

Die Annalen des Klosters Rosenfeld bei Stade (Vergl. Bd. III. S. 1065) sind auch in dieser Zeit fortgeführt worden; das uns erhaltene Fragment (M. G. XVI. 100—104) reicht nur bis 1130, und man muß annehmen, daß damals ein Abschnitt gemacht sei. Denn nur bis dahin benutzte sie Honorius in seiner Summa (M. G. S. X. 128–131) und gab eine kurze Ergänzung bis 1133. Vergl. Schum, Jahrbücher des S. Albans-Klosters (Göttingen 1872) S. 60 ff. Wenig später entstand in Sachsen eine umfassende Compilation, zu welcher diese Annalen ebenfalls verwendet wurden. So wenig, wie die Rosenfelder Annalen selbst, ist uns diese Compilation in ihrer ursprünglichen Gestalt erhalten, aber sie ist deutlich genug in zwei abgeleiteten Quellen, bei dem sächsischen Annalisten und in den Magdeburger Annalen (Vergl. Bd. III. S. 1066), erkennbar. Ueber jene compilatorische Arbeit hat eingehend E. Günther (Die Chronik der Magdeburger Erzbischöfe, Göttingen 1871, S. 63 ff.) gehandelt und das zu derselben verwendete Material nachgewiesen. Weil sich in demselben vielfache Beziehungen auf das Kloster Nienburg an der Saale finden, hat Scheffer-Boichorst in den Forschungen zur d. Geschichte XI. 485 nachzuweisen gesucht, daß die Compilation dort entstanden sei, und die häufigen Erwähnungen Magdeburger Verhältnisse damit erklärt, daß um die Mitte des zwölften Jahrhunderts der Abt Arnold von Nienburg zugleich auch dem Kloster Bergen bei Magdeburg vorstand. Da in der selbstständigen sehr wichtigen Fortsetzung, welche sich an die Compilation anschloß, doch Magdeburg in den Vordergrund tritt, wird diese verlorene Quelle nach einem Vorschlag Scheffer-Boichorsts wohl am besten als Annales Magdeburgo-Nienburgenses bezeichnet. Die Arbeit muß bald nach 1130 begonnen und dann, irre ich nicht, bis 1149 fortgesetzt sein. Unter anderen wichtigen Nachrichten verdanken wir ihr den besten Bericht über Lothars zweiten Zug nach Italien.

Die Magdeburger Annalen, im Kloster Bergen um 1175 geschrieben, sind in den hier in Frage kommenden Partien (M. G. XVI. 183—190) lediglich ein Excerpt aus der eben bezeichneten Quelle und dadurch von nicht geringer Bedeutung, daß sie die Nachrichten derselben unvermischt wiedergeben; durch Vermittelung derselben sind diese Nachrichten auch in manche spätere Annalen (Chronicon Montis Sereni[1] u. s. w.) übergegangen. Schon vorher war jene breite Compilation mit ihrer Fortsetzung zu einer verwandten, aber noch weitschichtigeren Arbeit, die wir mit dem Namen des Annalista Saxo zu bezeichnen pflegen, im ausgedehntesten Maße benutzt worden. Obwohl der Verfertiger derselben den Zeiten Lothars und Konrads III. nicht fern stand, bringt er für sie doch kaum andere originale Nachrichten, als einige genealogische Notizen; im Wesentlichen ist hier seine Darstellung

1) Mir ist nicht wahrscheinlich, daß im Chronicon Montis Sereni unmittelbar die Magdeburger-Nienburger Annalen benutzt sind: der oben berührte zweite Zug Lothars nach Italien wird in demselben Excerpt hier gefunden, wie in den Magdeburger Annalen. Vergl. Wattenbach, Geschichtsquellen II. S. 172.

(M. G. VI. 762—777), die mit dem Jahre 1139 plötzlich abbricht, nur eine Verschmelzung jener Magdeburger-Nienburger Quelle mit den Paderborner Annalen.

Auch die erst um die Mitte des dreizehnten Jahrhunderts entstandenen Stader Annalen haben die Annales Rosenfeldenses benutzt. Das Meiste, was sie für die hier in Betracht kommende Periode (M. G. XVI. 322—327) mittheilen, ist eine Compilation der Rosenfeldenses mit Helmold, bei der nur einzelne entlegenere Nachrichten eingeflochten sind.

Originale Bedeutung besitzen für diese Zeit die Annalen des Klosters Disibodenberg bei Mainz (M. G. XVII. 23—27); sie werden theils in S. Alban theils in Disibodenberg selbst niedergeschrieben sein und geben über die Mainzer Verhältnisse, die mit den Reichsangelegenheiten in so nahen Beziehungen standen, erwünschte Auskunft. Mit dem Jahre 1147 kam die Arbeit zum Abschluß; später ist sie wieder aufgenommen und sind dann zur Ergänzung die Erfurter Annalen hinzugezogen worden.

Sehr verschiedener Art sind die Annales Herbipolenses, welche Pertz zuerst in den M. G. XVI. 2—12 herausgegeben hat. Es ist eine Fortsetzung des Eckehard, welche um das Jahr 1170 angelegt wurde. Sie beruht nicht auf deutschen Quellen, sondern die Grundlage bilden dieselben italienischen Annalen, die wir auch in den sogenannten Annales Seligenstadenses vor uns haben. Mit ihnen sind einige Würzburger Localnotizen und weitere Aufzeichnungen über wichtige Ereignisse, welche der Verfasser selbst mit erlebt hatte, verbunden worden. Von der Regierung Konrads III. spricht er als Zeitgenosse und seine Mittheilungen über den zweiten Kreuzzug sind ausführlich genug, nur leider wenig zuverlässig. Vergl. Scheffer-Boichorst in den Forschungen zur deutschen Geschichte IX. S. 393 und B. Kugler, Studien zur Geschichte des zweiten Kreuzzugs (Stuttgart 1866) S. 31 ff.

Sehr wichtig für die Zeiten Lothars ist die Fortsetzung, welche Abt Anselm von Gembloux der Chronik des Siegbert bis 1135 gegeben hat; an diese schließen sich weitere Fortsetzungen anderer Schreiber zu Gembloux bis 1148 (M. G. VI. 379—390). Deutlich sieht man hier, wie wenig der Sachse Lothar in Lothringen beliebt war, wie man dort an den Nachkommen des fränkischen Hauses festhielt. Die ebenfalls an Siegbert anknüpfenden Annales Egmundani (M. G. XVI. 451—456) beruhen in ihrem Kern gleichfalls auf gleichzeitigen Aufzeichnungen; überwiegend von lokaler Bedeutung, haben sie doch auch für die Reichsgeschichte einigen Werth. Von noch größerem Belang sind die gleichzeitigen Eintragungen verschiedener Schreiber in die Annalen des Klosters Brauweiler (M. G. XVI. 726. 727), wie auch manche Notizen der Aachener Annalen (M. G. XVI. 685. 686) und der Annalen von St. Jakob zu Lüttich (M. G. XVI. 640. 641) hier in Betracht kommen. Die erst neuerdings bekannt gewordenen Annales Rodenses (M. G. XVI. 688—721), im Jahre 1152 abgefaßt und dann bis 1157 fortgeführt, geben vorzugsweise Klosternachrichten, sind aber auch für die allgemeinen Verhältnisse Lothringens und des Reichs nicht ohne Interesse.

Wenn die alten Klosterannalen in Sachsen, Thüringen, Franken und Lothringen so in sehr verschiedener Weise fortgeführt wurden, so tritt dagegen im südlichen Deutschland, wo diese Art der Geschichtsschreibung früher eine ungewöhnliche Pflege gefunden hatte, plötzlich eine auffallende Vernachlässigung derselben ein; Alles, was wir von solchen Aufzeichnungen aus dieser Zeit in Annalen von Augsburg, Ellwangen, Neresheim, Einsiedeln, S. Georgen im Schwarzwald, Zwifalten, Weingarten besitzen, ist überaus dürftig und zeigt nur, wie gering das Interesse in Schwaden für solche Arbeiten war (Vergl. Wattenbach, Geschichtsquellen II. S. 274. 276). Auch in Baiern war es nicht lebendiger; nur die Annales Ratisponenses (M. G. XVII. 585. 586) haben von den bairischen Quellen dieser Art einige Bedeutung für die Reichsgeschichte. Auch die ziemlich weitschichtige Compilation, die im Kloster Reichersberg um 1167 entstand (M. G. XVII. 443—476), giebt wenig selbstständige Nachrichten von allgemeinerem Interesse. Eine etwas lebendigere Entwickelung gewann die Klosterannalistik um diese Zeit nur in Oesterreich und im Salzburgischen. Die im Jahre 1123 begonnenen Annalen von Melk (M. G. IX. 501—504) wurden für die Zeit Lothars und Konrads III. von verschiedenen Schreibern fortgeführt; die Notizen sind kurz, aber manche auch für die Reichsgeschichte wichtig; nicht minder beachtenswerth sind die Notizen, die Wattenbach als Continuatio Zwetlensis prima (M. G. IX. 538) und Auctarium Zwetlense (M. G. IX. 540) bezeichnet hat, wie die Auctarium Garstense genannten, bis 1139 fortgeführten Annalen (M. G. IX. 569), welche den Melkern verwandt sind.

Wenn die Annalistik in den oberdeutschen Klöstern zu jener Zeit nur dürftig gepflegt wurde, so zeigt sich in Schwaben und Baiern ein regeres Interesse für die Herstellung von Klosterchroniken. Noch vor der Mitte des zwölften Jahrhunderts entstanden die beiden Chroniken des Klosters Zwifalten, die schnell nach einander Ortlieb und der Abt Berthold abfaßten (M. G. X. 64—124); im Jahre 1156 schrieb dann ein Bruder des Klosters Petershausen die Geschichte seines Klosters in anziehender Weise (M. G. XX. 624—683), und etwa zu derselben Zeit wurde auch die Chronik von Benedictbeuern (M. G. IX. 229—238) abgefaßt. Doch haben diese Chroniken über das lokale Interesse hinaus mehr für die Kulturgeschichte, als für die Reichshistorie Bedeutung.

Mit ähnlichen Arbeiten beschäftigte man sich damals auch im nördlichen Deutschland und in den rheinischen Gegenden. Die alten Bisthums- und Klosterchroniken wurden zum Theil fortgesetzt, manche erst neu angelegt. Auch in ihnen bildet die Geschichte des Stifts durchaus den Kern der Darstellung, aber diese greift doch weit häufiger in die allgemeinen Verhältnisse hinüber. So ist die um die Mitte des zwölften Jahrhunderts abgefaßte Chronik des Klosters Gosek (M. G. X. 141—157) für die Kämpfe Albrechts des Bären nicht ohne Werth. In die Handschrift der alten Korveier Annalen machte ein Mönch für die Jahre 1145—1148 ausführliche Aufzeichnungen, die als Material für eine Klosterchronik anzusehen sind und für die Geschichte jener Jahre nicht unbeachtet bleiben dürfen; sie finden sich in den M. G. III. 8—18 und sind von Jaffé, Bibl. I. 44—61 abermals unter dem Namen des Chronographus Corbeiensis edirt worden. Die Magdeburger Bisthumschronik (Meibomii Scriptores II. 269—371) erhielt damals Fortsetzungen, ist uns aber nur in späterer Ueberarbeitung erhalten. Auch die Hildesheimer und Merseburger Bisthumschronik (M. G. VII. 850—873 und X. 163—188) wurden fortgeführt. Scheffer-Boichorst hat in den Forschungen zur d. Geschichte XI. 496 ff. nachgewiesen, daß vom Chronicon Halberstadense, welches in seiner jetzigen Gestalt erst dem dreizehnten Jahrhundert angehört, der ältere Theil bereits um 1140 abgefaßt ist. Die gegen Ende des zwölften Jahrhunderts geschriebene Gründungsgeschichte des Klosters Gottesgnaden (M. G. XX. 685—691) giebt über die Verbreitung des Ordens der Prämonstratenser im nördlichen Deutschland wichtige Nachrichten, wie die Anfänge des Cistercienser-Ordens in Franken durch die Gründungsgeschichte der Abtei Ebrach (Wegele, Monumenta Eberacensia p. 1—7) in ein helleres Licht treten. Ein sehr umfängliches

Werk entstand in der zweiten Hälfte des Jahrhunderts in der alten Abtei Lorsch; es verbindet das Chronicon Laurishamense (M. G. XXI. 341—453) die Geschichte des Klosters mit einer weitschichtigen Urkundensammlung, hat aber für die Regierung Lothars und Konrads III. nur geringes Interesse.

Besonders beliebt waren solche Arbeiten noch immer in Lothringen, und unter den dort entstandenen Werken dieser Art geben mehrere auch für die Reichsgeschichte wichtige Aufschlüsse. So berührt die bis 1132 reichende Fortsetzung der Gesta Treverorum (M. G. VIII. 175—200) die Kämpfe zwischen Lothar und den Staufern. Die Gesta episcoporum Virdunensium (M. G. X. 486—525), die um 1144 entstandene, werthvolle Arbeit des Lütticher Mönchs Laurentius, giebt eine sehr interessante Notiz über eine von Heinrich dem Stolzen 1131 in Pilgertracht unternommene Reise nach Paris. Ueber die Kreuzzugsbewegung des Jahres 1146 finden sich in der bis 1162 reichenden, erst neuerdings durch W. Arndt vollständig herausgegebenen Fortsetzung der Chronik des Klosters Lobbes (M. G. XXI. 307—333) anziehende Einzelnheiten. Die Wirren des unteren Lothringens zur Zeit Lothars spiegeln sich in der ausführlichen Fortsetzung, welche die vom Abt Rudolf verfaßten Gesta abbatum Trudonensium (M. G. X. 272—317) um das Jahr 1137 erhielten, deutlich ab.

Wenn schon aus allen diesen Chroniken hervorgeht, wie die kirchlichen Elemente das geistige Leben damals in Deutschland vorzugsweise beherrschten, so tritt dies doch noch klarer in den aus jener Zeit erhaltenen Biographien zu Tage. Man hat mit Vorliebe sich damals mit biographischen Arbeiten beschäftigt: aber man stellte nur das Leben von Personen dar, welche entweder dem geistlichen Stande angehört hatten oder die sich doch unbedingt den kirchlichen Interessen hingegeben zu haben schienen. Nur eine Kaiserbiographie ist in der Periode Lothars und Konrads III. entstanden, und diese eine — das Leben Kaiser Heinrichs II. — stellt recht lebhaft vor Augen, wie die Biographen einen weltlichen Stoff zu behandeln pflegten. Meist griff man mit den Arbeiten dieser Art auf die früheren Zeiten zurück und verfolgte bei ihnen bestimmte kirchliche Zwecke; man schrieb Legenden, die entweder die Wunderkraft eines Heiligen in ein helles Licht stellen oder das Material liefern sollten, um neue Kanonisationen zu erwirken. Aber einmal im Geschmack solcher Darstellungen, vergaß man doch auch der Männer nicht, von deren Thaten man selbst Zeugschaft ablegen konnte, und dann entstanden Werke, die für die Geschichte belehrender sind, als jene eintönigen Heiligenlegenden. Sei es daß die Verfasser das Bild ihrer Gönner aus der Fülle eines dankbaren Herzens mit lebhafteren Farben malten, sei es daß sie mehr Empfindung für das historisch Bedeutsame und eine angemessene Darstellung besaßen: sie brachten anziehende Bücher zu Stande, die uns einen tieferen Blick in die Lebens- und Denkweise hervorragender Persönlichkeiten jener Zeit ermöglichen.

Schon früher (Bd. III. S. 1068) sind die Lebensbeschreibungen des heiligen Norbert, des Bischofs Otto von Bamberg und des Erzbischofs Konrads I. von Salzburg berührt worden: sie handeln von Männern, die sämmtlich Lothar nahe standen und nicht ohne Einfluß auf seine Regierung waren. Otto und Konrad überlebten Lothar und haben ihre angesehene Stellung auch unter seinem Nachfolger bewahrt. Gehen auch die Verfasser dieser Biographien sämmtlich von kirchlichen Gesichtspunkten aus, so haben sie doch die Beziehungen der heiligen Männer, die sie verherrlichen, zu Kaiser und Reich nicht ganz außer Acht gelassen, und wir verdanken ihnen deshalb viele sehr werthvolle Nachrichten.

Die ältere, erst durch Wilmans bekannt gewordene Vita Norberti (M. G.

XII. 663—706) hat unsere Kenntniß der Zeiten Lothars wesentlich bereichert; die wenig jüngere Bearbeitung derselben, die längst bekannt war, verwischt gerade jene historischen Züge, welche dem Originale für uns Bedeutung geben, und bemüht sich den richtigen Legendenton zu treffen. Nahe verwandt in Auffassung und Darstellung der Vita Norberti ist die von dem Mönche Ebbo oder Ebo verfaßte ältere Biographie Ottos von Bamberg (M. G. XII. 822—883 und Jaffé Bibl. V. 588—692), nur daß der Verfasser wenig aus eigener Kenntniß berichten konnte und auf die Mittheilungen des Priesters Udalrich, der Otto nahe gestanden hatte, in der Hauptsache verwiesen war. Auch dieses Werk wurde schon nach kurzer Zeit umgearbeitet, aber in ganz anderer Weise als Norberts Biographie. Herbord, Scholasticus auf dem Michelsberg, der erst sechs Jahre nach Ottos Tode dorthin gekommen war, fühlte sich durch die von seinem Klosterbruder abgefaßte Lebensbeschreibung wenig befriedigt, und beschloß deshalb eine Arbeit herzustellen, die nicht nur dem gefeierten Bischof, sondern auch ihm selbst Ehre machte. Es ist ihm in der That gelungen ein Buch abzufassen, welches in Bezug auf künstlerische Form jeden Vergleich mit den anderen literarischen Productionen jener Zeit aushält. Den Stoff hat er zum großen Theil aus Ebbo entlehnt, nicht Weniges auch von anderen Seiten gesammelt, aber er hat sein reiches Material, nur auf eine glänzende Erzählung bedacht, sehr willkürlich behandelt, und der Historiker wird ihm nie ohne Bedenken folgen können. Jaffé hat nach der ersten Ausgabe in den M. G. (XX. 704—769) eine neue Bearbeitung (Bibl. V. 705—835) unternommen und in der Einleitung viele Ungenauigkeiten und Entstellungen historischer Thatsachen nachgewiesen, die sich unzweifelhaft Herbord hat zu Schulden kommen lassen. Wie es diesem ganz auf den Effect einer lebendigen Composition ankommt, zeigt wohl nichts deutlicher, als die Erzählung von dem Eintritt der ungarischen Königstochter Sophie in das Kloster Admunt (l. c. 39). Herbord war ohne Zweifel mit den Admuntern bekannt, das berührte Ereigniß war unlängst geschehen, und doch gehören alle Einzelnheiten, die er berichtet, sicherlich nur der Phantasie des Schriftstellers an; er wollte, wie er selbst sagt, sich die Gelegenheit nicht entgehen lassen, einen Edelstein in sein Gewebe einzufügen. Herbords Werk — trotz aller Bedenken, die es erregt, eines der interessantesten Denkmale jener Zeit — ist von H. Prutz in den Geschichtschreibern der deutschen Vorzeit XII. Jahrh. Bd. 6 übersetzt worden. Die Prieflinger Biographie Ottos (M. G. XII. 883—903) ist ein um 1160 abgefaßter Auszug aus Ebbo und Herbord, mit dem auch einige nicht anderweitig erhaltene Notizen verbunden sind. Was die Biographie des Erzbischofs Konrads I. von Salzburg (M. G. XI. 62—77) über die Zeiten Lothars und Konrads bietet, ist im Ganzen zuverlässig; leider ist die Arbeit unvollendet und berührt auch nur gelegentlich die Reichsgeschichte. Noch geringeren Ertrag geben die gegen Ende des zwölften Jahrhunderts in Admunt abgefaßten Vitae Gebehardi et successorum eius (M. G. XI. 34—39).

Am weitesten entfernt sich von der gewohnten Bahn der Heiligenleben die Biographie des Erzbischofs Albero von Trier (M. G. VIII. 243—260). Balderich, ihr Verfasser, war im Lüttichschen geboren, hatte aber in Frankreich seine gelehrten Studien gemacht. Hier lernte ihn Albero im Jahre 1147 kennen und nahm ihn nach Trier mit, wo er dann die Stelle eines Scholasticus der Domschule bekleidete. Balderich genoß das Vertrauen des alten Erzbischofs und schrieb nur wenige Jahre nach dessen Tode die uns vorliegende Biographie, in welcher er besonders hervorzuheben sucht, wie sich Albero nur durch seine eigene Kraft und Thätigkeit zu einer so wichtigen und einflußreichen Stellung erhoben habe. Selbstverständlich muß so das weltliche Element in dieser Biographie in den Vordergrund treten. Wibald von Stablo lobt Balderichs nobile et acutissimum ingenium, und dieses Werk bestätigt Wibalds Lob; es ist gut geschrieben und giebt, obwohl es Wichtiges unberührt läßt und nicht frei von Fehlern ist, ein klares Bild des merkwürdigen Kirchenfürsten von Trier. Schon vorher, bei Alberos Lebzeiten, war ein Versuch gemacht worden, die Thaten desselben in Hexametern zu besingen; dieses geschmacklose Werk (M. G. VIII. 236—243), welches bis 1146 reicht, war Balderich bekannt, doch hat er nur wenig Gebrauch von demselben gemacht.

Es würde von außerordentlichem Interesse sein, wenn wir über Erzbischof Adalbert I. von Mainz ein ähnliches Werk besäßen; aber leider hat ihm Niemand ein biographisches Denkmal gesetzt. Dem Andenken seines Neffen und Nachfolgers, Erzbischof Adalberts II., hat ein gewisser Anselm ein wortreiches Gedicht gleich nach dem Tode desselben geweiht. Es ist eine rechte Magisterarbeit, die sich breit über die Schulstudien Adalberts ergeht und für die Geschichte der gelehrten Bildung jener Zeit nicht unbrauchbar ist, dagegen ohne alle Bedeutung für die Kaisergeschichte. Diese von Bethmann entdeckte Vita Adalberti II. hat zuerst Jaffé in seiner Bibl. III. 568—603 herausgegeben. Mit Unrecht hielt Jaffé den bekannten Bischof Anselm von Havelberg für den Verfasser des Gedichtes; es ist über die Person des Autors Näheres nicht bekannt. Vergl. C. Will in den Forschungen zur deutschen Geschichte Bd. XI. 623 ff.

Die bisher aufgeführten Schriften reichen aus, um den Gang der Reichsgeschichte während dieser Periode in den äußeren Umrissen darzustellen; auch geben sie hinreichend Zeugniß von dem Uebergewicht, welches die kirchlichen Elemente im Reiche gewannen. Aber von dem Parteileben, in welchem sich besonders die innere Geschichte Deutschlands damals bewegte, gewinnt man aus ihnen keine klaren Vorstellungen. Einen Blick in diese Verhältnisse gewährt ein Bericht über die Wahl Lothars, der bald nach derselben niedergeschrieben wurde; die einzige monographische Aufzeichnung dieser Art, die wir in der deutschen historischen Literatur jener Periode besitzen. Der Bericht ist nur in einer Handschrift des Klosters Göttweih erhalten und vielleicht auch dort geschrieben worden. Der Verfasser, ein Anhänger der strengkirchlichen Richtung, sucht Lothars Wahl als einen Gewinn für die Kirche darzustellen; besonders hebt er den Antheil des Erzbischofs Konrad von Salzburg und des Bischofs Hartwich von Regensburg an der Wahl hervor. Die äußeren Vorgänge bei derselben sind, soweit eine Kritik möglich ist, richtig dargestellt, und dadurch gewinnt die kleine Schrift eine nicht geringe Bedeutung; denn wir besitzen nur hier eine etwas eingehendere Beschreibung des Wahlverfahrens im zwölften Jahrhundert. Zuletzt ist die Narratio de electione Lotharii nach der dem zwölften Jahrhundert angehörigen Handschrift von Wattenbach in den M. G. XII. 671—574 herausgegeben worden.

Tiefer lassen in die Parteigegensätze der Zeit — namentlich in die Kämpfe des staufischen und welfischen Hauses — einige andere Schriften blicken, vor Allem die Werke des Bischofs Otto von Freising, die schon der Person ihres Verfassers wegen unter allen Geschichtsbüchern, die damals in Deutschland geschrieben wurden, in die erste Stelle treten.

Otto, der Enkel Kaiser Heinrichs IV., der Sohn des Markgrafen Liutpold des Frommen von Oesterreich, der Halbbruder Herzog Friedrichs I. von Schwaben und K. Konrads III., ein rechter Bruder des Herzogs Heinrich Jasomirgott, war durch seine ganze Lebensstellung auf die Seite der Staufer gewiesen. Er gehörte dem österreichischen Hause an, in dem Konrad III. recht eigentlich seine Familie und die Haupt-

Stütze seiner Macht sah. Wenn dieser Staufer Otto zum Bischof von Freising erhob, so war unzweifelhaft seine Absicht dabei, die staufische und babenbergische Macht in Baiern zu befestigen, und es ist sehr erklärlich, wenn der Bischof in Freising unter den härtesten Anfechtungen litt. Alle seine Verhältnisse mußten Otto zu einem Gegner der Welfen machen. Aber diese politische Gegnerschaft beherrschte ihn nicht ganz; vor Allem war er doch ein Mann der Studien und der Kirche. Er hatte die philosophisch-theologischen Studien in Frankreich lieben gelernt und mit nicht geringem Eifer suchte er ihnen auch in Freising eine Stätte zu bereiten; er selbst beschäftigte sich freilich dort besonders mit historischen Werken, aber auch in ihnen ließ er seine scholastische Gelehrsamkeit gern hindurchblicken.

Früh in den Orden der Cistercienser getreten, dem sein Vater den Eingang in die Ostmark bereitet hatte, scheint Otto doch eine besondere Vorliebe für seinen Orden kaum gehegt zu haben; vielfach für das Klosterwesen in seinem Sprengel thätig, hat er gerade für die Cistercienser dort Nichts gethan und von dem großen Heiligen des Ordens spricht er öfters mit einer Zurückhaltung, die erkennen läßt, daß er in die unbegrenzte Verehrung des Wundermannes nicht einstimmte. Nichts destoweniger steht Otto ganz in der mönchisch-kirchlichen Richtung jener Epoche, und die ihn zum tiefsten Mißmuth stimmenden Gebrechen seiner Zeit führt er so wenig auf die überwuchernde Herrschaft jener Richtung zurück, daß er vielmehr auf dieselbe die einzige Hoffnung einer besseren Zukunft gründet.

Einem Manne solcher Gesinnung konnte die Abhängigkeit seines Halbbruders auf dem Thron von den kirchlichen Gewalten keine Schmerzen bereiten, erfüllt ihn doch schließlich die selbstständige Stellung, welche sein Großvater und sein Oheim gegen die Päpste einnahmen, mit schweren Bedenken und zweifelt er sogar daran, ob die von Heinrich III. eingesetzten Päpste in Wahrheit als rechte Nachfolger Petri anzuerkennen seien (Chron. VI. c. 32). Wenn Otto auch daran Anstoß nimmt, daß die Bischöfe die Waffen, die sie vom Reiche selbst empfangen hatten, gegen das Reich wandten, wenn er auch die Bannung und Absetzung Gregors VII. als eine unerhörte Neuerung betrachtet, im Grunde seines Herzens ist er doch ein ganzer Gregorianer und jeder gebannte Kaiser ist ihm unbedenklich ein Ketzer.

Die Anschauungen Ottos gehen am deutlichsten hervor aus seinem Werke von den zwei Reichen (de duabus civitatibus), welches man später Chronik genannt hat (M. G. XX. 116—301). Es enthält eine Weltgeschichte, aber steht dabei im schroffsten Gegensatz gegen alle die universalhistorischen Compilationen, welche man bisher angefertigt hatte. Die ganze Composition Ottos ist von einer Idee beherrscht und dient nur zur Beweisführung, daß das weltliche Reich hinfällig und vergänglich, das göttliche Reich, d. h. die Kirche, dagegen ewig sei. In der Bannung Heinrichs IV. sieht Otto die Erfüllung der Weissagung Daniels, daß das Weltreich in seiner letzten Erscheinung niedergeworfen werden soll von einem Steine, der ohne Hände vom Berge herabgerissen wird. Von der Kirche löst sich dieser zermalmende Stein; sie, im Anfange so klein und gering, ist in seiner Zeit zu einem gewaltigen Berg erwachsen; die Kämpfe mit Heinrich IV. haben ihre Macht und die Niedrigkeit der Welt gezeigt; unter Calixt II. hat die Kirche den Frieden und ihre volle Freiheit wiedergewonnen (Vergl. VI. c. 36. Prol. L. VII. VII. c. 16).

Den von Augustinus entlehnten Grundgedanken führt Otto nicht ohne literarische Geschicklichkeit aus. Sein Material entnimmt er authentischen Quellen und hält sich von den Legenden zurück; er weiß aus seinen Quellen das Hauptsächliche und für seinen Zweck Passende gut hervorzuheben und dem Ganzen eine entsprechende

Form zu geben. Ist auch Vieles im Einzelnen ungenau und treten öfters irrige Auffassungen hervor, das Werk giebt doch eine übersichtliche Darstellung der Weltgeschichte, wie man sie bisher nicht besaß und sobald auch nicht wieder erhielt. Der große Erfolg desselben ist, auch von der hervorragenden Person des Verfassers abgesehen, ein sehr erklärlicher.

Otto hat sein Werk bis zur Fastenzeit des Jahres 1146 fortgeführt und damals zum Abschluß gebracht. Von der großen Kreuzzugsbewegung, die eben zu jener Zeit von Frankreich ausging, wußte er noch Nichts, obwohl ihm nicht unbekannt war, daß die Könige von Frankreich und Deutschland aufgerufen werden sollten, den bedrängten Christen im Orient Hülfe zu leisten (VII. c. 33. 34). Otto schrieb das Werk im tiefsten Unmuth über den Gang der weltlichen Dinge trotz aller Siege der Kirche und legt ein unwiderlegliches Zeugniß dafür ab, wie zerfahren alle Verhältnisse des Abendlandes während der Regierung seines eigenen Bruders waren. Für den Historiker werden immer die letzten Abschnitte des Buchs (L. VII. c. 17—34), worin er die Wirren seiner Zeit in ihren Ursachen und ihrem Verlauf darstellt, das größte Interesse haben. Sagt Otto auch nicht Alles, was er weiß, ist seine Erzählung auch nicht von Ungenauigkeiten frei, so will doch jedes Wort eines so hochstehenden und wohlunterrichteten Zeitgenossen sorgsam erwogen sein.

Mit dem höchsten Lobe spricht Otto von den Thaten Kaiser Lothars; in der Demüthigung der Staufer bei dessen Wahl sieht er nur das gerechte Gericht Gottes, freilich betont er zugleich, daß sie die Ursache war der lange anhaltenden, für Viele so verderblichen Kämpfe. Die Wahl Konrads III. mißt er dann der Furcht vor der Macht Heinrichs des Stolzen bei; er hebt hervor, daß sie mit der Zustimmung des Papstes erfolgte, und legt auch auf die Krönung durch den päpstlichen Legaten Gewicht. In der Demüthigung des stolzen Heinrich sieht er abermals ein Gottesgericht, und der Wechsel von Glück und Unglück bestärkt ihn nur aufs Neue in seiner Mißachtung der weltlichen Dinge. Mit Leid gedenkt er der Kämpfe, die sich nun entspannen und ihn selbst hart genug betrafen. Nur in den äußersten Umrissen stellt er sie dar, doch nicht ohne seine Gesinnung dabei zu verrathen; besonders in dem Grafen Welf sieht er den Feind seines Hauses und der öffentlichen Ruhe. Der Geist der Anschauung, der Alles beherrscht, läßt ihn daran verzweifeln, daß mit weltlichen Mitteln noch ein besserer Zustand hergestellt werden könne; nur durch die Verdienste der Bürger des wahren Gottesreichs — und darunter versteht er besonders die Mönche — wird nach seiner Meinung dem Weltuntergange vorgebeugt.

Wenn Otto die Zustände seiner Zeit damals im trübsten Lichte sah, so gewann er bald eine andere Ansicht. Die Kreuzzugsbewegung und die momentane Ruhe, welche sie im Abendlande hervorrief, ließen ihm die Weltlage viel günstiger erscheinen, als vordem, und schon dachte er seiner veränderten Ueberzeugung in einer Fortsetzung seines Buchs Ausdruck zu geben. Er gelangte nicht dazu — und nur zu schnell warfen ihn der verunglückte Kreuzzug und die ihm folgenden Wirren in die frühere Stimmung zurück.

Erst als Ottos Neffe, Kaiser Friedrich I., in seine glänzende Laufbahn eingetreten war, als der Friede im Reiche hergestellt wurde und das Ansehen des römischen Kaiserthums in ungeahnter Weise sich von Neuem hob, griff er wieder zur Feder; er that es, um die Thaten des neuen Kaisers zu verherrlichen. Dieser hatte die Chronik zu lesen gewünscht und Otto sie ihm nicht ohne Befangenheit geschickt. In dem Begleitschreiben an den Kaiser spricht er aus, daß er mit einem verbitterten Gemüth in einer unheilvollen Zeit das Werk abgefaßt, daß er nicht so sehr den Verlauf der Geschichte, als das Elend der Welt nach Art einer Tragödie darin dargestellt habe; jetzt seien die Zeiten andre geworden, und frohen Herzens werde er die Thaten des Kaisers erzählen, wenn es diesem genehm sei und er die Arbeit unterstützen wolle. In einem Schreiben an Friedrichs Kanzler Reinald bittet er diesen, was Ungünstiges von den Vorfahren des Kaisers gesagt sei, nicht übel zu verstehen, und giebt jetzt als seine Meinung kund, daß die Prophezeiung Daniels von dem Steine, der das Reich zertrümmern solle, sich nicht auf die Vergangenheit, sondern erst auf das letzte Ende der Dinge beziehe. Ottos Besorgnisse waren eitel gewesen; Friedrich hatte freudig das Buch empfangen und war auf Ottos Anerbieten, in einem neuen Werke seine eigenen Thaten darzustellen, eingegangen, hatte ihm auch die wichtigsten Punkte seiner Regierungsgeschichte aufzeichnen lassen. So entstand Ottos zweites Werk, die Gesta Friderici imperatoris; es umfaßt im ersten Buche die Geschichte der Vorfahren des Kaisers und dessen eigene Jugendgeschichte; im zweiten Buche werden die Regierungshandlungen des Kaisers bis zum Jahre 1156 dargestellt; nicht lange nach den Begebenheiten, von denen hier gehandelt wird, ist es geschrieben.

Nur das erste Buch (M. G. XX. 351—389) beschäftigt uns hier. Otto beginnt damit die allgemeine Auflehnung gegen das Reich zu schildern, welche in den Zeiten Heinrichs IV. eingetreten, und wie inmitten jener Stürme der König sich Friedrich von Staufen, der ihm treu in aller Noth beigestanden, zum Eidam gewählt und ihm das Herzogthum Schwaben übertragen habe. Nur kurz werden darauf die Thaten dieses Friedrich erwähnt, ausführlicher wird die Erzählung erst bei den Kämpfen seiner Söhne mit Adalbert von Mainz im Dienste Heinrichs V. Erzbischof Adalbert ist es dann, der die Wahl Lothars durchsetzt, um seinen Haß gegen die staufenschen Brüder zu befriedigen; die Kämpfe derselben mit Lothar, mit Adalbert und Heinrich dem Stolzen werden eingehender beschrieben, im Uebrigen vielfach auf das frühere Geschichtswerk verwiesen und jede Wiederholung des dort Gesagten sorglich vermieden. Unverhohlen giebt der Verfasser sein Interesse für die Staufer hier zu erkennen, ohne jedoch deshalb Lothar herabzusetzen; auch von dem Auftreten Heinrichs des Stolzen gegen die Staufer vor und nach Lothars Tode wird mit einer gewissen Zurückhaltung gesprochen.

Wo Otto auf die enge Verbindung Konrads III. mit dem Ostreich, auf die Vermählung Kaiser Emanuels mit Bertha von Sulzbach zu sprechen kommt (c. 23), theilt er zuerst Actenstücke mit, die ihm aus der kaiserlichen Kanzlei zugekommen sein müssen; er hebt drei Schreiben aus dem Briefwechsel heraus, der in den Jahren 1140—1146 zwischen Konrad und Constantinopel gepflogen wurde. Nachdem dann die ersten kriegerischen Thaten Kaiser Friedrichs berührt, werden die Zerwürfnisse zwischen dem Papst und dem römischen Senat erwähnt und ein Schreiben des Senats an Konrad III. eingeschaltet, das aber erst einer späteren Zeit (dem Jahre 1149) angehört. Wenn bisher die Mittheilungen Ottos sachlich seine Chronik nur ergänzen, so knüpft er an den Schluß derselben mit c. 29 wieder an und giebt im Folgenden gleichsam als Fortsetzung eine Geschichte der letzten Regierungsjahre Konrads. Noch einmal weist er hier auf die traurigen Verwirrungen hin, welche der Kreuzzugsbewegung vorangingen, schildert die beklagenswerthe Niederlage, welche die Deutschen durch die Ungarn im Jahre 1146 erlitten, und berührt die Einfälle König Rogers in das oströmische Gebiet; dann gedenkt er des glücklichen Friedenszustandes im Abendlande, der in Folge der Kreuzzugsbewegung eintrat. Er verfolgt diese Bewegung von ihren Anfängen in Frankreich bis nach den östlichen Ländern, wobei er die Manifeste des Papstes und des heiligen Bernhard mittheilt, und zwar das des Ersteren wieder nicht in richtiger chronologischer Verbindung.

Nichts wäre erwünschter, als wenn uns Otto über den zweiten Kreuzzug, in dem er selbst eine nicht unbedeutende Rolle gespielt hat, unterrichtete, da unsere deutschen Quellen sämmtlich über die unglücklichen Ereignisse desselben schnell hinweggehen. Leider folgt ihnen auch Otto, da er hier nicht wieder in den Ton der Tragödie verfallen, sondern einen heiteren Ton anschlagen will. Nachdem er nur kurz den Auszug des deutschen Heeres und ein einzelnes Ereigniß, bei welchem sich der besondere Glücksstern des jungen Friedrich von Schwaben zeigte, erzählt hat, schaltet er eine breit ausgesponnene, mit Actenstücken belegte Darstellung der Streitigkeiten zwischen dem h. Bernhard und Gilbert de la Porrée ein, die mit der Person K. Friedrichs in nicht der entferntesten Beziehung steht. Ebenso kurz, wie der Anfang des Kreuzzugs, wird der klägliche Ausgang desselben und die Rückkehr des deutschen Heeres berichtet; dagegen werden längere Ausführungen über Nutzen und Schaden des traurigen Krieges, wie auch das Trostschreiben des Papstes an Konrad III. eingeschaltet.

Sehr bezeichnend ist, wie in den abschließenden Capiteln des ersten Buchs (c. 62 und 63) die letzten Zeiten K. Konrads dargestellt werden. Jedermann weiß, wie sehr der König von den Welfen damals bedrängt war und dadurch in allen seinen Plänen behindert wurde, und Niemand wußte dies besser, als Bischof Otto, der damals fast unausgesetzt am Hofe verweilte. Aber weder ein Wort über die Kämpfe mit dem Grafen Welf noch über die Zerwürfnisse mit Heinrich dem Löwen verlautet, da es nicht wohlgethan war, die Erinnerung an diese Dinge in einer Zeit zu wecken, wo der alte Streit zwischen Staufern und Welfen beigelegt schien. Nach Otto gewinnt es den Anschein, als ob Konrad in seinen letzten Regierungsjahren nichts mehr beschäftigt habe, als wegen der zwiespältigen Bischofswahl in Utrecht eine Entscheidung zu treffen; es wird auch versichert, daß er den Handel zur Ehre des Reichs definitiv geschlichtet, und doch geht aus dem Verlauf der Erzählung selbst hervor (II. c. 4), daß dies keineswegs der Fall war. Es entspricht dem völlig, daß Konrad bei seinem Tode das Lob ertheilt wird, Alles diesseits und jenseits des Rheins gut geordnet zu haben, und doch tritt nur wenige Zeilen später die ungünstige Lage des Reichs hervor, welche die Nachfolge des Königssohns unmöglich machte. Man sieht, wenn Otto früher Alles in den tiefsten Schatten stellte, so sucht er jetzt die Dinge in die günstigste Beleuchtung zu setzen; seine Darstellung ist durchaus durch die Rücksichten auf Kaiser Friedrich und dessen Hof bestimmt.

Die Kritik hat Ottos Buch über Kaiser Friedrich bisher mit einer gewissen Schonung behandelt. Erst H. Grotefend hat jüngst in seiner Schrift: Der Werth der Gesta Friderici (Göttingen 1870) das zweite Buch einer genaueren Prüfung unterworfen, dabei aber für eine Nachlese manches Material gelassen. Das erste Buch, welches uns hier beschäftigt, bietet der Kritik aber noch weit größere Blößen. Es wird immer anziehend sein, wenn ein so hochgestellter, in alle Verhältnisse eingeweihter Mann, den überdies literarische Bildung unter seinen Zeitgenossen auszeichnete, die Geschichte der Gegenwart darstellt, und die lebendige, auch durch Mannigfaltigkeit reizende Darstellung wird auf unbefangene Leser nicht leicht ihren Eindruck verfehlen: aber jeder, der ein ernstes Studium diesem Buche zuwendet, muß zu dem Resultat kommen, daß es reich an Flüchtigkeitsfehlern, nichts weniger als ein Muster historischer Composition und überdies in einer ganz bestimmten Tendenz abgefaßt ist. Otto gehörte unfraglich am Hofe Friedrichs zu den Männern, die am meisten von den wichtigen Dingen wußten, aber Vieles verschweigt er, und was er sagt, sagt er nur so, wie es am Hofe genehm war. Die zahlreichen Ungenauigkeiten lassen sich wohl nur daraus erklären, daß er mit Ausnahme seiner Chronik bei diesem Werke kein Buch zu Rath zog, sondern allein seinem Gedächtniß und den Mittheilungen aus der kaiserlichen Kanzlei folgte.

In einem merkwürdigen Gegensatze gegen die beiden Werke Ottos stehen zwei andere Schriften, von denen die eine zu seiner Zeit, die andre wenig später im oberen Deutschland entstanden ist: die deutsche Kaiserchronik und die im Kloster Weingarten abgefaßte Welfengeschichte.

Die **Kaiserchronik** — der ursprüngliche Titel ist ohne Zweifel schlechthin Cronica — ist nach einer Vorauer Handschrift 1849 von Diemer und gleichzeitig nach einem umfänglichen handschriftlichen Apparate mit einem weitschichtigen Commentare von Maßmann in drei Bänden herausgegeben worden. Schon deshalb im höchsten Grade interessant, weil es das erste derartige Werk in deutscher Sprache ist, hat es auch für die Geschichte Lothars und Konrads eine bisher zu wenig bemerkte Bedeutung. Ich erlaube mir deshalb einige Bemerkungen, die hauptsächlich die letzten Abschnitte des Werks betreffen[1]). Dasselbe schließt in den ältesten und besten Handschriften mit der Kreuznahme König Konrads (Weihnachten 1146) und ist wohl wenig später in der vorliegenden Gestalt beendet; jedenfalls noch zu Zeiten Konrads III. Der Dichter verspricht gleich im Anfange die Geschichte des römischen Reichs „bis auf diesen heutigen Tag" fortzuführen und scheint daran festgehalten zu haben. Wahrscheinlich wollte er auch spätere Erlebnisse noch behandeln; denn das Buch ist ohne förmlichen Abschluß. Die mehrfach ausgesprochene Vermuthung, daß das Buch ursprünglich mit Lothars Tode geendet, die Regierung Konrads später hinzugesetzt sei, hat keinen zureichenden Grund, und Vieles spricht dagegen. Die Verse 17,176 ff.: Swer daz liet vernomen habe u. s. w. bedingen keinen definitiven Abschluß, da sich ganz ähnliche auch 10,634 ff. finden. Dagegen wird schon in der Geschichte Heinrichs IV. (V. 16,625 ff.) auf den Bericht über Ereignisse hingewiesen, die erst in den letzten Versen berührt werden; es wird bereits V. 17,188 Richinza als die selige Königin gepriesen &c. Eine Ueberarbeitung des i. J. 1137 abgeschlossenen Gedichtes in späterer Zeit anzunehmen liegt gar kein Grund vor. Mag der Dichter länger an seinem Werke gearbeitet haben, die letzten Abschnitte, mindestens von der Geschichte Heinrichs IV. an, sind sicher nicht vor 1146 niedergeschrieben worden.

Eben so wenig, wie im Allgemeinen die Zeit der Entstehung des Gedichts, kann die Gegend zweifelhaft sein, wo der Dichter schrieb. Wer die letzten Abschnitte des Werks aufmerksam liest, wo stets von Neuem Regensburg, die Hauptstadt, genannt wird, wo der Bischof Heinrich, ein Tiezacre alsô hêrlich, eine hervorragende Rolle spielt (V. 17,200), wo die Kriegsthaten der Abensaere, der Leute von der Abens, (V. 17,132) besonders verherrlicht werden, wo in so auffallender Weise Friedrich von Wallenstein, der Regensburger Domvogt, (V. 17,071) erscheint, wird sich leicht überzeugen, daß der Dichter nur in oder um Regensburg seine Heimath haben konnte. Damit ist freilich nicht gesagt, daß er nur nach Regensburger Quellen schreiben mußte, vielmehr läßt sich nachweisen, daß er in anderen Gegenden abgefaßte Bücher benutzte.

---

1) Mir liegen dabei Erörterungen von Herrn Heinrich Welzhofer vor, einem jüngeren Historiker, der hoffentlich diese Studien weiter verfolgen wird.

Die Untersuchungen über die Quellen der Kaiserchronik sind noch keineswegs zum Abschluß gebracht, doch steht soviel fest, daß der Verfasser deutsche Gedichte und lateinische Prosaschriften verarbeitete. Ein bedeutender Theil des Werks findet sich auch im Annolied; sei es daß er unmittelbar aus demselben entnommen wurde, sei es daß beide, was mir wahrscheinlicher ist, aus gemeinsamer Quelle schöpften, jedenfalls lag hier ein deutsches Gedicht vor und wurde sehr ausgiebig benutzt. Ob der Anfang aus der von Maßmann angenommenen lateinischen Vorlage stammt, oder diese vielmehr Uebersetzung des deutschen Textes ist, kann zweifelhaft sein[1]). Aber sicher ist, daß der Dichter von den Zeiten Ludwigs des Kindes an vor Allem das lateinische Chronicon Wirziburgense benutzte, dem nur einige sagenhafte Elemente beigemischt sind; die Benutzung reicht bis z. J. 1057, wo auch die Würzburger Chronik in der einzigen uns erhaltenen Handschrift schließt.

Die Vergleichung der Kaiserchronik mit dem Chronicon Wirziburgense ist überaus lehrreich; sie zeigt, daß der Dichter, obwohl ein Geistlicher, das Lateinische sehr mangelhaft verstand und deshalb grobe Versehen sich zu Schulden kommen ließ (Vergl. V. 15,627 und 16,624 ff.), daß er öfters die Notizen seiner Quelle in willkürliche Verbindungen brachte (V. 15,657) und sie mit sagenhaften Elementen vermischte. Wenn seine Geschichte Heinrichs II., Konrads II. und besonders Heinrichs III. trotzdem überwiegend den historischen Charakter bewahrt, so liegt dies daran, daß seine Quelle hier am ausgiebigsten floß und er sich ihr hier am engsten anschloß. Daß ihm eine ähnliche Quelle nicht mehr für die Zeiten Heinrichs IV. und V. zu Gebote stand[2]), macht sich in dem Werke sehr fühlbar. Die Darstellung wird wieder ganz sagenhaft und wimmelt von den gröbsten Verstößen gegen die Chronologie, selbst wo Regensburger Ereignisse berührt werden, wie V. 16,884 der Tod des Grafen Sigehard. Nach dem Jahre 1057 beruft sich der Dichter nur dreimal noch auf das Buch, wie er es so oft in den früheren Partien thut, wenn er eine geschriebene Vorlage hat: einmal für die Einnahme M. Cassinos V. 17,127, wo ihm eine lateinische kurze Aufzeichnung über dieses Ereigniß vorgelegen zu haben scheint, dann für die Regierungsdauer Heinrichs IV. und Lothars V. 16,860 und V. 17,175, wo sich auffällige Uebereinstimmung mit dem Kaiserkatalog des Honorius (M. G. X. p. 139) zeigt. Im Allgemeinen giebt der Dichter die Regierungsdauer der späteren Kaiser meist in gleicher Weise mit der Würzburger Chronik und Honorius an; doch finden sich häufig bei ihm Monate und Tage hinzugesetzt, wo dort nur nach Jahren gerechnet wird, und man hat anzunehmen, daß ihm ein ähnlicher Katalog mit genaueren Angaben vorlag.

Die Regierungen Lothars und Konrads III. schildert der Dichter als Zeitgenosse, und seine Darstellung trägt hier durchaus den historischen Charakter. Von Lothar wird nur ein Zug berichtet, der bestimmt in das Gebiet der Sage zu verweisen ist: der Ritt nach Otranto (V. 17,172); einige andre Erzählungen aus jener Zeit können Bedenken erregen; aber der Bericht im Ganzen beruht erweislich auf Thatsachen, und die Regierung Konrads III. wird so geschildert, daß kaum ein Wort

1) Die Zweifel erwachsen bei der Vergleichung mit den Mirabilia urbis Romae. Das Buch, auf welches sich die Kaiserchronik V. 184 bezieht, könnten möglicher Weise die Mirabilia sein. Auffällig ist, daß die von Maßmann angenommene Vorlage ausläßt, daß das Pantheon der h. Maria geweiht war.

2) Eckhard ist sicher nicht benutzt; der Tod des Grafen Hartwich wird allerdings V. 16,855 erwähnt, wie bei Eckhard, aber sonst finden sich durchaus keine Parallelen.

historisch zu beanstanden ist. Sehr merkwürdig ist, wie gleichgültig sich der Verfasser gegen die großen kirchlichen Kämpfe verhält, wie er noch fest an die Macht des alten Reichs glaubt; die Chronik des Regensburgers steht darin im offensten Gegensatz gegen die Chronik des Freisinger Bischofs. Jenen interessiren besonders die inneren Kämpfe in Deutschland, und da nimmt er entschieden für die Welfen Partei. Er verherrlicht Lothar und Richinza; es findet sich bei ihm das rückhaltloseste Lob Heinrichs des Stolzen (V. 17,111 ff.), und er sendet ihm noch ein frommes Gebet in das Grab nach (V. 17,228); wenn er auch Welfs Anringen gegen das Reich nicht ganz zu billigen scheint, so ist doch auch er ihm der edle Fürst (V. 17,245). Ich habe mich bei der Natur dieser Quelle gescheut im Texte einen häufigeren Gebrauch von derselben zu machen, habe aber in den Anmerkungen mehrfach auf dieselbe verwiesen.

Die Historia Welforum Weingartensis, wie sie in der neuen Ausgabe der Mon. Germ. XXI. 457–471 genannt ist, während der ursprüngliche Titel Chronica Altorfensium lautete, ist um 1170 geschrieben, noch bei Lebzeiten des Grafen Welf, der besonders durch dieselbe verherrlicht wird. Dem Verfasser, einem Mönch des welfischen Klosters Weingarten, lag die Chronik Ottos von Freising vor; er hat dessen Erzählung hier und da wörtlich aufgenommen, aber nicht nur erweitert, sondern auch geradezu verändert, wo es das welfische Interesse zu erheischen schien. Der Verfasser ist über die Ereignisse seiner Zeit gut unterrichtet, besonders in Betreff der schwäbischen Angelegenheiten, und wir danken ihm manche wichtige Kunde. Auch seine genealogischen Notizen, obwohl sie nicht ganz zuverlässig sind, haben Werth, da solche Aufzeichnungen für das südliche Deutschland damals selten sind. Genealogische Nachrichten über die Domvögte von Regensburg, die Burggrafen daselbst, die Landgrafen von Steveningen und die Markgrafen von Vohburg, welche ich in einer Münchener Handschrift entdeckte, sind in den Sitzungsberichten der bair. Akademie der Wissenschaften Jahrg. 1870. I. 562 563 und unter unseren Documenten (D) abgedruckt.

Heinrich der Löwe tritt in der Historia Welforum ganz in den Hintergrund, um so mehr wird auf ihn die Aufmerksamkeit hingerichtet in der Slavenchronik des Helmold, welche für die Angelegenheiten des nördlichen Deutschlands in den Zeiten Lothars und Konrads die werthvollsten Nachrichten bietet. Helmold hat sächsische, den Pöhldern verwandte Annalen vor sich gehabt, meist aber erzählt er hier, was er selbst erlebt oder von zuverlässigen Zeugen erfahren hatte; der sagenhafte Charakter früherer Abschnitte (vergl. Bd. III. S. 1067) verliert sich völlig. Helmold hat die Chronik erst um 1170 geschrieben, doch ist sein Bericht über die Zeiten Lothars und Konrads schon als ein zeitgenössischer anzusehen. Ueber Lothars und Heinrichs des Löwen Kämpfe im Wendenlande, über die Bestrebungen Vicelins und Gerolds für die Herstellung der christlichen Kirche daselbst, über die deutschen Ansiedelungen im Wagrier- und Abodritenlande finden sich die trefflichsten Mittheilungen, die größtentheils auf Vicelin und Gerold selbst zurückzuführen sind. Aus dem Nachlaß Lappenbergs ist von L. Weiland eine neue Ausgabe des Helmold in den Mon. Germ. XXI. 1–99 besorgt worden, von der auch eine Separatausgabe erschienen. Eine Uebersetzung hat J. C. M. Laurent in den Geschichtschreibern der deutschen Vorzeit XII. Jahrhundert Bd. 7 geliefert. Vergl. O. Boelski, die Slavenchronik Helmolds (Göttingen 1873).

Helmold erwähnt nur gelegentlich Albrechts des Bären und seiner Erfolge im Wendenlande; um so wichtiger ist eine Aufzeichnung, welche wir einem Heinrich von Antwerpen verdanken. Heinrich war Prior unter dem Propst Alverich von Brandenburg, dessen Amtszeit für die Jahre 1217—1227 nachzuweisen ist, wahrscheinlich aber bekleidete Heinrich das Priorat bereits im Jahre 1197 (Riedel, Cod. diplom. Brand. I 7 p. 469). Da er den Tractatus de urbe Brandenburg, die Erzählung von der Herstellung der bischöflichen Kirche in Brandenburg, als Jüngling niederschrieb, ist derselbe vielleicht wenig jünger als Helmolds Buch. Heinrich konnte die Dinge, von denen er handelt, meist noch selbst erlebt haben, jedenfalls mühelos sich über dieselben unterrichten; was er mittheilt, trägt durchaus den Stempel der Glaubwürdigkeit. Seine Nachrichten waren aus verschiedenen Ableitungen größtentheils längst bekannt; daß sie aber in einer späteren Leitzkauer Compilation vollständig in ihrer ursprünglichen Gestalt erhalten seien, hat zuerst H. Hahn in seiner Abhandlung über die Söhne Albrechts des Bären (Jahresbericht der Louisenstädtischen Realschule, Berlin 1869) S. 5 nachgewiesen. Jene Leitzkauer Compilation, welche in der Handschrift den Titel Fundatio ecclesie Letzkensis trägt, ist erst im sechszehnten Jahrhundert angefertigt; sie ist mit Auslassung einiger Actenstücke nach einer Abschrift H. Weddings, der sie aufgefunden hatte, zuerst bei Riedel, Cod. diplom. Brand. IV. 1. p. 283—289 publicirt worden. Der Tractatus Henrici de urbe Brandenburg findet sich dort p. 285—287; einen nach der Handschrift verbesserten Abdruck gebe ich unter den Documenten (C).

Gottfried von Viterbo, der wahrscheinlich in Deutschland geboren ist, jedenfalls in Bamberg seine Bildung erhalten hat, verlebte seine Jugendjahre unter den Regierungen Lothars und Konrads III.; er gehörte noch der Kapelle des Letzteren an. Als er aber im Pantheon Part. XXIII 46—51 auf die Regierungen beider Herrscher zu sprechen kam, scheinen seine Erinnerungen sehr verblichen gewesen zu sein; denn was er in Prosa und Versen mittheilt, ist nur das Allbekannte und meist aus Otto von Freising entlehnt. Die Werke Gottfrieds sind von Waitz in der M. G. XXII. herausgegeben, und die betreffenden Stellen des Pantheon finden sich p. 259—262.

Bei Weitem wichtiger für diese Periode sind die Schriften des gelehrten Theologen Gerhoh, Propst von Reichersberg (1132—1169), eines Mannes von entschieden päpstlicher Gesinnung, wenn er gleich an der Verweltlichung der römischen Curie großen Anstoß nahm. Viele seiner Schriften beziehen sich auf die kirchlichen Bewegungen seiner Zeit, und die von ihm gegebenen Nachrichten sind schon deshalb sehr werthvoll, weil er den bestimmenden Persönlichkeiten der Zeit nahe stand. Auch in seinen dogmatischen und exegetischen Arbeiten mischt er nicht selten interessante historische Erörterungen ein. Das erste Buch seines Werkes: De investigatione antichristi hat am meisten geschichtlichen Gehalt und ist von J. Stülz im Archiv für österr. Geschichte XX. 127—188 herausgegeben worden; neuerdings hat in demselben Archiv XLVII. 355—382 E. Mühlbacher eine Schrift über das Schisma Paschalis III. bekannt gemacht, in welcher auch das Schisma Anaclets II. berührt wird. Andre Schriften Gerhohs sind bei Pez, Thesaurus I. 2, II. 2, V. und VI. gedruckt; eine Wiederholung der bereits gedruckten Werke ist dann in der Sammlung von Migne Bd. 193 und 194 gegeben worden. Aber Vieles ist noch nie publicirt, und es wäre wünschenswerth, daß mindestens die Stellen, welche historische Beziehungen enthalten, bekannt gemacht würden. Eine Uebersicht über die gedruckten und ungedruckten Schriften Gerhohs ist der Abhandlung von J. Bach über Gerhoh in der österreichischen Vierteljahresschrift für katholische Theologie 1865 IV. 19—116 beigegeben; auch sind dort einige interessante Inedita mitgetheilt.

Eine eigenthümliche Stellung unter den Geschichtsquellen jener Zeit nehmen die flandrischen ein. In die Mitte gestellt zwischen Deutschland und Frankreich, war Flandern in seiner Entwickelung wesentlich durch das Geschlecht seiner Grafen bestimmt. So heftet sich auch die historische Ueberlieferung hier fast allein an das herrschende Haus. Das traurige Ende des Grafen Karl (1127) erregte so die Gemüther, daß bald nach einander drei Bücher über sein Leben und Sterben geschrieben wurden (M. G. XII. 531—623); von diesen hat nur die *Passio Karoli comitis*, die von Galbert, einem Kleriker der Kirche zu Brügge, herrührt, für die deutsche Reichsgeschichte einiges Interesse (M. G. XII. 561—619). Außerdem ist in Betracht zu ziehen die bis 1128 reichende Fortsetzung der dem Lambert von S. Omer zugeschriebenen Genealogia comitum Flandrensium (M. G. IX. 312. 313). Werthvolle Nachrichten enthält die *Chronik des Andreas-Klosters zu Câteau-Cambrésis* über die ersten Zeiten Lothars (M. G. VII. 547—550); sie schließt mit dem Jahre 1133 und der Verfasser erzählt zuletzt von den gleichzeitigen Ereignissen in lebhafter, anschaulicher Weise. Die *Bisthumschronik von Cambrai* ist für diese Zeit nur aus Auszügen bekannt, und diese Auszüge bieten wenig von allgemeinerer Bedeutung (M. G. VII. p. 506. 507. 523—525). Aus der Bisthumschronik scheint auch bereits *Lambert von Waterlos*, Kanonicus zu S. Aubert in Cambrai, geschöpft zu haben, als er im Anschluß an Siegberts Arbeit und die in Gembloux und Anchin entstandenen Fortsetzungen derselben ein annalistisches Werk i. J. 1152 unternahm; was er für die Zeit Lothars und Konrads III. giebt, hat meist auch nur lokales Interesse (M. G. XVI. 513—522).

Die nicht erwähnten Geschichtsquellen aus dem dreizehnten und den folgenden Jahrhunderten bieten für die hier behandelte Periode fast gar keine Ausbeute; meist werden nur Aufzeichnungen früherer Zeit wiederholt. Allein das dem dreizehnten Jahrhundert angehörige *Chronicon Montis Sereni* (Ausgabe von Eckstein, Halle 1844), dessen Inhalt größtentheils hier den Magdeburger Annalen entspricht, giebt noch einige neue Nachrichten für die Geschichte der Markgrafen von Meißen.

2. Außerhalb Deutschlands entstandene Geschichtswerke.

Bei der unmittelbaren Verbindung des deutschen Reichs mit Italien sind auch die hier zu jener Zeit abgefaßten Geschichtswerke für die Kaisergeschichte vorzugsweise in Betracht zu ziehen. Sie zerfallen in drei größere Gruppen: zu der ersten gehören die Quellenschriften Unteritaliens, die wesentlich durch die Ausdehnung der Macht K. Rogers bestimmt sind, die zweite ist von der römischen Curie beeinflußt, die dritte steht mit dem Aufkommen der freien Städte im mittleren und nördlichen Italien in Verbindung.

Vortreffliche Nachrichten über die verworrenen Zustände Süditaliens in der Zeit, wo Roger seine königliche Macht begründete, besitzen wir in der Chronik des Beneventaners *Falco*, welcher in seiner Vaterstadt die Stelle eines Notars und Richters bekleidete; leider bricht die Chronik (Muratori SS. V. 82—133) schon mit dem Jahre 1140 ab. Nicht einmal so weit führt die interessante Schrift, welche der Abt *Alexan-*

der von Telese in vier Büchern über die Thaten König Rogers schrieb (Muratori SS. V. 607—645); der Verfasser ist gut unterrichtet und erzählt, obwohl er unter höfischen Einflüssen steht,[1]) doch ohne arge Entstellungen der Thatsachen. Was die Annales Cavenses (M. G. III. 191. 192) für diese Zeit bieten, ist nur dürftig; ausführlichere Notizen finden sich in den Annales Cassinenses (M. G. XIX. 303—311), aber es bleibt dabei Manches im Dunklen. Die Fortsetzung der großen Klosterchronik von Monte Cassino, welche Petrus Diaconus damals abfaßte, erzählt Vieles breit genug, aber nicht immer das vor Allem Wissenswerthe, und überdies sind ihre Nachrichten bei der Natur des Autors, dem es vor Allem darauf ankam, seine Person hervorzuheben, und der zur Erreichung seines Zwecks auch Fälschungen nicht scheute, im hohen Grade verdächtig. Petrus wendet auch den deutschen Angelegenheiten sein Augenmerk zu, aber hier zeigt er sich wenig unterrichtet. Was er über den Aufenthalt Kaiser Lothars in M. Cassino erzählt, gehört zu den, wenn vielleicht auch nicht glaubwürdigsten, doch interessantesten Partien seines Werks, welches schon mit dem Jahre 1137 schließt (M. G. VII. 727—844). Wo er und die anderen Quellen uns verlassen, sind wir auf die große Chronik des Erzbischofs Romoald von Salerno verwiesen, welche erst um 1180 entstand. Romoald, der bereits im Jahre 1153 zum Erzbischof gewählt wurde, war ohne Zweifel über die Zeiten K. Rogers sehr wohl unterrichtet; leider erzählt er nicht Alles, was er wußte, und Vieles nicht so, wie er es wußte. Schwierigkeiten erwachsen auch daraus, daß er exacte chronologische Bestimmungen verabsäumt. Dennoch ist Romoalds Werk von großem Nutzen und für die späteren Regierungsjahre Rogers unentbehrlich. In der neuen von W. Arndt besorgten Ausgabe in den M. G. XIX. 398—461 ist der Text von den späteren Interpolationen, die ebenfalls nicht ohne Werth sind, genau geschieden.

Unter dem Einflusse der römischen Curie entstanden die Fortsetzungen der Papstleben des Liber pontificalis. Die unter dem Namen des Pandulfus bekannte Sammlung bricht mit Honorius II. ab; sie wurde wohl deshalb nicht weiter fortgesetzt, weil die Verfasser der letzten Biographien bei dem Schisma Anaklets II. betheiligt waren und das Buch so einen schismatischen Charakter zu gewinnen schien. (Vergl. Bd. III. S. 1061). Erst in den Zeiten Hadrians IV. oder Alexanders III. entstand eine neue Sammlung, die wohl im Ganzen dem Cardinal Boso beizulegen ist, von dem wenigstens die letzten Abschnitte herrühren. (Vergl. Bd. III. S. 1061). Die Biographien der Päpste von Honorius II. bis Eugen III. sind im Ganzen nur dürftig behandelt; sie beruhen auf authentischem Material, aber dies ist ganz im Interesse der römischen Curie verwerthet. Am meisten erfährt man noch aus der etwas ausführlicheren Vita Innocentii II. Diese Papstleben sind zuletzt von Watterich in den Vitae pont. Roman. T. II. (Lipsiae 1862) herausgegeben. Es unterliegt keinem Zweifel, daß auch in dieser Zeit kurze römische Annalen geschrieben sind. Wir kennen sie zwar nicht in ihrer ursprünglichen Gestalt, aber sie sind in römischen Papst- und Kaiser-Katalogen benutzt, und Notizen aus denselben sind in unteritalische Annalen übergegangen, in Verschmelzung mit diesen nach der Lombardei gekommen und dann endlich nach Deutschland, wo sie in den sogenannten Annales Seligenstadenses (M. G. XVII. 31. 32) und in den Annales Herbipolenses zu erkennen sind. Man vergleiche Scheffer-Boichorst in den Forschungen zur

1) Das Werk war veranlaßt von Mathilde, der Schwester König Rogers, die sich von ihrem Gemahl, dem Grafen Rainulf, getrennt hatte. Alexanders Buch schließt bereits mit dem Jahre 1136.

deutschen Geschichte IX. 382—396, den im Archiv der Gesellschaft für ältere deutsche Geschichtskunde XII. 60 ff. abgedruckten Katalog des Cencius und die ebendaselbst S. 78 aus einer venetianischen Handschrift (X. 72) publicirten Notae Romanae. Ich bemerke dabei, daß ich im Jahre 1872 die früher von mir benutzte Handschrift (XIV. 177) zu Venedig wieder eingesehen habe und sie nur eine Copie des vorhin erwähnten, von Bethmann benutzten Codex ist. Der letztere stammt aus dem Kloster S. Giovanni in Verdara zu Padua und enthält erst einen Papstkatalog, welcher als Breviarium Mileti in Chronicis bezeichnet wird und mit Gregor IX. endet, dessen Regierungsjahre noch nicht ausgefüllt sind; das folgende Stück ist das Kaiser- und Papstverzeichniß, dem die Notae Romanae entnommen und welcher als Chronologia ecclesiastica betitelt ist. Auch der Propst Burchard von Ursperg, der in Italien Manches gesammelt hat und dem wir die für die Geschichte Friedrichs I. so werthvollen Fragmente des Johannes von Cremona verdanken, scheint römische Annalen bei seiner Chronik benutzt zu haben; überdies lagen ihm Annalen von Rieti vor, von denen wir anderweitig nur späte und dürftige Auszüge haben. Man vergleiche die Annales Reatini (M. G. XIX. p. 267. 268) mit dem Chronicon Urspergense (Ed. Basil. 1569) p. 281. 282. Die erst im Anfange des dreizehnten Jahrhunderts abgefaßten Annales Ceccanenses, die auf gemeinsamer Grundlage mit den Annalen von M. Cassino und La Cava ruhen, geben schon für die Periode, die hier in Betracht kommt, selbstständige, nicht unwichtige Nachrichten (M. G. XIX. 282—284).

Um die Mitte des zwölften Jahrhunderts beginnt im mittleren und nördlichen Italien die eigenthümliche städtische Geschichtsschreibung, welche dann hier die nächstfolgenden Zeiten beherrscht. Sie erregt schon deshalb besonderes Interesse, weil sie von Laien ausging und für Laien berechnet war, während in den andern Ländern des Abendlandes die Historiographie noch ganz in den Händen des Klerus lag. Bahnbrechend sind hier die großen Annalen von Genua, welche um das Jahr 1150 Cafaro nach einem reichen politischen Leben zum Ruhm seiner Vaterstadt begann und bis in sein hohes Greisenalter fortsetzte. Er beginnt die Erzählung von dem Jahre 1099 und berichtet über die meisten Ereignisse als Zeitgenosse. Die neueste Ausgabe ist von K. Pertz in den M. G. XVIII. 11—48 veranstaltet. Genua wurde jedoch von der kaiserlichen Politik weniger berührt, als Pisa, und hier ist erst ein Menschenalter später ein ähnliches Annalenwerk entstanden, welches dem Bernhard Marango zugeschrieben wird; es endet mit dem Jahre 1175, ist aber erst etwa ein Jahrzehnd später abgefaßt (M. G. XIX. 236—266). Für die Zeiten Lothars und Konrads giebt es eine Anzahl wichtiger Notizen, deren Ursprung sich nicht weiter nachweisen läßt, die aber ohne Zweifel völlig glaubwürdig sind. Man vergleiche Scheffer-Boichorsts Aufsatz über die ältere Annalistik der Pisaner in den Forschungen zur deutschen Geschichte XI. 506—527.

Leider fehlt uns eine ähnliche Arbeit für Mailand, welches damals bereits in der Lombardei eine so hervorragende Rolle spielte: erst die Bedrängnisse durch Kaiser Friedrich I. gaben hier der Geschichtschreibung einen neuen Impuls, und man versäumte dann auf die früheren Zeiten zurückzugehen. Was sich in der Notae S. Georgii Mediolanenses (M. G. XVIII. 386) und in einigen verwandten Aufzeichnungen findet, trägt für die Geschichte Lothars und Konrads III. wenig aus. Um so werthvoller ist für uns die kleine Schrift des jüngeren Landulf, deren schon Bd. III. S. 1060 gedacht ist. Landulfs Buch (M. G. XX. 21—49) soll nur die persönlichen Schicksale des Verfassers darstellen, schildert aber zugleich in anschaulicher Weise die bürgerlichen und kirchlichen Zustände der Stadt. In den Annales Placentini Guelfi, welche erst im dreizehnten Jahrhundert entstanden sind, aber bis zum Jahre 1012 zurückgehen, finden sich einige für die Kaisergeschichte unserer Periode beachtenswerthe Notizen (M. G. XVIII. 412). Für die Züge Lothars nach Italien sind die Annales Cremonenses (M. G. XVIII. 801) durch einige Zeitbestimmungen wichtig; die Entstehung derselben läßt sich nicht genau fixiren, doch können wohl die meisten Nachrichten auf gleichzeitige Aufzeichnungen zurückgeführt werden. Für die Geschichte Venedigs kommt das im Chronicon Altinate (Archivio storico VIII. 152—189) enthaltene Fragment und die Chronik des Andreas Dandolo (Muratori SS. XII. 13—416) in Betracht.

Eine nicht geringe Bedeutung für die Kaisergeschichte dieser Zeit haben auch die böhmischen Geschichtsquellen, zunächst die Fortsetzungen des Cosmas von Prag. Die Zusätze, welche bis 1142 ein Kanonicus von Wissehrad machte, (M. G. IX. 132—148) sind auch für die deutsche Geschichte von größtem Interesse; es sind gleichzeitige, sehr zuverlässige Aufzeichnungen. Nicht von gleichem Werth für die deutsche Geschichte sind die Nachrichten des Mönchs von Sazawa, welcher die Arbeit des Cosmas an einigen Stellen erweiterte und bis 1162 fortführte, obgleich auch dieses Werk (M. G. IX. 156—159) Beachtung verdient. Einzelne brauchbare Angaben finden sich auch in den Annales Gradicenses und Opatovicenses (M. G. XVII. 643—653), mit deren Aufzeichnung um 1140 im Kloster Hradisch begonnen wurde; sie sind hier bis 1145 und später im Kloster Opatowitz bis 1163 fortgeführt worden; es zeigen sich in ihnen bereits die erwähnten Fortsetzungen des Cosmas benutzt. Eine der wichtigsten Quellen auch für die deutsche Geschichte sind die um 1170 entstandenen Annalen des Kanonicus Vincentius von Prag; sie beginnen bereits mit dem Jahre 1140, aber leider ist die Darstellung in den früheren Partien, die sich auf die Zeit Konrads III. beziehen (M. G. XVII. 658—664), vielfach ungenau und durch chronologische Fehler entstellt. So giebt Vincentius gute Nachrichten über Konrads Zug nach Polen, aber sie werden irrig in das Jahr 1149 statt 1146 gesetzt.

Die polnische Geschichtschreibung war in dieser Zeit äußerst dürftig. Ohne Frage wurden an verschiedenen Orten annalistische Aufzeichnungen gemacht, aber wir kennen sie nur aus späteren Ueberarbeitungen, die Röpell und Arndt in den M. G. XIX. 584—662 unter den Namen Annales capituli Cracovienses und Annales Polonorum herausgegeben haben. Vergl. H. Zeißberg, die polnische Geschichtschreibung des Mittelalters (Leipzig 1873) S. 31 ff. Aus Ungarn besitzen wir an alten historischen Aufzeichnungen für diese Zeit Nichts, als kurze Annalen in einer im Anfange des dreizehnten Jahrhunderts zu Preßburg angefertigten Handschrift, welche unter dem Namen Annales Posonienses in den M. G. XIX. 571—573 abgedruckt und zuletzt von Wattenbach im Archiv für österr. Geschichte XLII. 502—505 als Annales veteres Ungarici herausgegeben sind.

Um die Mitte des zwölften Jahrhunderts begann die dänische Geschichtsschreibung. Die Königskataloge, welche damals entstanden, haben für die deutsche Geschichte keine Bedeutung. Wichtiger ist für diese eine für kirchliche Zwecke verfaßte Biographie Knud Lawards, die durch die im Jahr 1170 erfolgte Heiligsprechung desselben wahrscheinlich veranlaßt wurde; nach der von A. Potthast entdeckten Handschrift ist sie von Waitz zuerst herausgegeben worden (Göttingen 1858). Vor Allem aber verdient unsre Beachtung die erste große Nationalchronik der Dänen, das Werk des Seeländers Saxo mit dem Beinamen Grammaticus, welches auf Veranlassung des

Erzbischofs Absalon von Lund gegen Ende des Jahrhunderts entstand. (Ausgabe von Müller und Velschow, Kopenhagen 1839. 1858). Saxo ist gut unterrichtet und versteht sich auf eine anziehende Darstellung, aber die Wahrheit derselben leidet durch die nationale Eitelkeit des Verfassers. Etwa um dieselbe Zeit entstand zu Lund eine Art von Weltchronik, auf dieser beruhen die erst in der Mitte des dreizehnten Jahrhunderts abgefaßten Annales Lundenses (herausgegeben von Waitz in den Nordelbingischen Studien V. 7 ff.), die Annales Ryenses (herausgegeben von Lappenberg M. G. XVI. 392–410), wie unmittelbar oder mittelbar die andern dänischen Annalen des Mittelalters. Vergl. R. Usinger, Die dänischen Annalen und Chroniken des Mittelalters. Hannover 1861.

Unter den französischen Quellenschriften jener Zeit berührt die deutschen Verhältnisse das um 1140 geschriebene große Werk des Ordericus Vitalis; die betreffenden Stellen sind in den M. G. XX. 51–82 zusammengestellt. Die Nachrichten des Ordericus, welcher die Vorgänge in Deutschland nur nach unsicheren Gerüchten kannte, sind mit großer Vorsicht aufzunehmen. Da die ausgedehnte Wirksamkeit des heiligen Bernhard sich auch auf Deutschland und Italien erstreckte, haben die Biographien des berühmten Abts von Clairvaux auch für die Kaisergeschichte dieser Zeit Interesse; leider sind sie so sehr vom Wunderglauben beherrscht, daß in ihnen für die Darstellung der realen Verhältnisse wenig Raum geblieben ist. Die bedeutendste und umfassendste ist die von mehreren seiner Schüler herrührende in 7 Büchern, welche auf Aufzeichnungen beruht, die zum Theil schon bei Lebzeiten des Heiligen gemacht waren und bald nach seinem Tode zusammengestellt wurden. Diese erste Vita Bernardi ist zuletzt bei Migne, Patrologiae cursus T. 185 p. 226–416 abgedruckt worden. Wie Bernhard selbst, hat die französische Literatur jener Zeit das Schisma des Anaklet und die Kämpfe Innocenz II. mit besonderem Interesse begleitet. Es zeigt sich dies in der von Abt Suger herrührenden Lebensbeschreibung Ludwigs VI. (Du Chesne SS. IV. 281–321), in der von verschiedenen Verfassern abgefaßten und bis 1147 fortgeführten Chronik von Maurigny (Du Chesne SS. IV. 359–389) und besonders in der wüthenden Invective, die um 1135 der Archidiakon Arnulf von Seez gegen den Bischof Gerard von Angoulême, den Legaten Anaklets II. in Gallien, schrieb (M. G. XII. 707–720). Beachtenswerthe Nachrichten für die Geschichte des Schisma finden sich auch in der bis 1142 fortgeführten Historia novella des Engländers Wilhelm von Malmesbury; die betreffenden Stellen sind in den M. G. X. 484. 485 abgedruckt.

Nichts ist dem Geschichtsschreiber Konrads III. empfindlicher, als der Mangel an ausreichenden Nachrichten von deutscher Seite über den zweiten Kreuzzug. Otto von Freising schweigt, wie bereits bemerkt, geflissentlich. Der Kölner oder vielleicht besser gesagt der Paderborner Annalist schreibt: „Alles, was auf diesem Zuge geschah, war Jammer und Elend; an Siegen fehlte es; es ist besser davon zu schweigen, um das römische Schamgefühl nicht zu erregen und das Leid den Nachkommen zu verhüllen." Was einzelne Quellen mittheilen, wie die Pöhlder und Würzburger Annalen, ist fragmentarisch und im Detail irrig. Um so wichtiger ist deshalb für uns das Werk eines französischen Autors, der als Kaplan König Ludwigs VII. den Zug mitmachte und die Ereignisse desselben aus frischer Erinnerung ausführlich aufzeichnete. Es ist Odo von Deuil, Mönch und später Abt des Klosters St. Denys; sein Werk, in sieben Bücher getheilt, umfaßt die Geschichte des Kreuzzugs bis zum Sommer 1148 und ist wohl unmittelbar nachher abgefaßt. Odo folgt natürlich besonders den Erlebnissen des französischen Heeres, aber er verliert dabei doch auch das deutsche nie ganz aus den Augen. Sein Buch wurde zuerst gedruckt bei Chiflet, S. Bernardi Clarevallensis abbatis genus illustre assertum (Divione 1660) p. 9–77 nach einer einzigen und, wie es scheint, fehlerhaften Handschrift; dieser überaus mangelhafte Text ist nachher nur wiederholt worden, zuletzt bei Migne, Patr. cursus T. 185. p. 1202–1246, und verdiente endlich eine durchgreifende Emendation. Was die Beurtheilung der Thatsachen durch Odo betrifft, so muß man sich stets vergegenwärtigen, daß er von demselben blinden Haß gegen die Griechen erfüllt war, wie das ganze französische Heer. Eine andre ausführliche Darstellung des zweiten Kreuzzugs besitzen wir in den Gesta Ludovici VII. (Du Chesne SS. IV. 412–419), die in keinem Falle vor 1200 abgefaßt sein können. Aber die Gesta beruhen auf älteren Quellen, und eine derselben ist in der Historia Ludovici VII. (Du Chesne SS. IV. 412–419) nachgewiesen, kürzere Aufzeichnungen, die zwischen 1170–1175 gemacht wurden und den Kreuzzug nur vorübergehend berühren. Unklarer ist das Verhältniß der Gesta zu Wilhelm von Tyrus (Recueil des historiens des croisades. T. 1. Paris 1844) in den Partien, welche den zweiten Kreuzzug betreffen, so sehr die Uebereinstimmung in die Augen springt. Jaffé hat in Schmidts Zeitschrift für Geschichtswissenschaft II. 572–577 die Ansicht verfochten, daß die Darstellung Wilhelms dem Verfasser der Gesta vorgelegen habe, Bernhard Kugler dagegen in seinen Studien zur Geschichte des zweiten Kreuzzuges (S. 21–31) darzulegen gesucht, daß Beide ein gemeinsames Original benutzt hätten. Sollte Kuglers Ansicht die richtige sein, so könnte dieses Original doch kaum vor 1181 entstanden sein und mußte zu der Zeit, als Wilhelm sein Werk vollendete, noch als Novität gelten; mir scheint durch Kuglers Ausführungen die Ansicht Jaffés noch nicht ganz beseitigt zu sein.

Für die Geschichte des zweiten Kreuzzuges sind auch zwei byzantinische Geschichtschreiber von besonderer Bedeutung: Cinnamus und Nicetas. Beide sind nicht als gleichzeitige Schriftsteller anzusehen, sie sind erst zur Zeit oder nach der Zeit des Kreuzzuges geboren; Cinnamus schrieb gegen Ende des zwölften Jahrhunderts, Nicetas erst im Anfange des dreizehnten Jahrhunderts. Aber sie standen in hohen amtlichen Stellungen zu Constantinopel, und es konnte ihnen danach nicht schwer fallen über Ereignisse, von denen sie selbst keine Erinnerung hatten, dennoch gute Nachrichten einzuziehen. Offenbar ist dies auch geschehen, namentlich von Cinnamus, welcher der Zeit des zweiten Kreuzzugs überdies näher stand; sehr auffällig ist, daß das Werk desselben von dem jüngeren Nicetas gar nicht benutzt zu sein scheint. Wenn man früher die Darstellung des Letzteren vorzuziehen pflegte, so hat in neuerer Zeit Kugler a. a. O. 36–43 mit Recht hervorgehoben, daß vielmehr Cinnamus größeren Glauben verdient. Doch möchte ich auch diesem nicht so weit vertrauen, wie es Kugler thut. An willkürlichen Ausschmückungen zur Spannung der Leser läßt er es so wenig, wie Nicetas, fehlen. Ein Briefwechsel zwischen dem Kaiser und König Konrad, wie er ihn mittheilt, ist ganz undenkbar und steht mit echten Actenstücken aus beiden Kanzleien, wie wir sie besitzen, im schroffsten Contrast. Was Cinnamus ferner von einer Schlacht und Niederlage des deutschen Heeres bei Constantinopel erzählt, gehört sicher in das Reich der Erfindungen; denn es ist mit allen älteren Nachrichten unvereinbar. Beide Werke sind im Corpus scriptorum historiae Byzantinae enthalten: Joannis Cinnami Historiae ex recensione A. Meinekii (Bonnae 1836) und Nicetae Choniatae Historia ex recensione J. Bekkeri (Bonnae 1835).

An letzter Stelle haben wir noch die sogenannte Historia pontificalis zu erwähnen, die in der M. G. XX. 517–545 zum erstenmal, so weit sie sich in der einzigen bis jetzt bekannten Berner Handschrift erhalten hat, vollständig von W. Arndt publicirt ist. Es war die Absicht des Verfassers der Historia pontificalis die Chronik des Siegbert, die ihm mit der Fortsetzung bis 1148 vorlag, weiter fortzuführen, doch glaubte er dabei von dem Verfahren Siegberts darin abweichen zu müssen, daß er nicht die deutsche Geschichte, sondern die Geschichte der römischen Kirche in den Mittelpunkt seiner Arbeit stellte. In der That tritt in seiner Darstellung das römische Papstthum an die Stelle des deutschen Kaiserthums, aber nach der universellen Stellung, welche inzwischen Rom gewonnen hatte, wird dabei nach allen Seiten die Geschichte des Orients, Italiens, Frankreichs, Englands und Deutschlands berührt. Der Verfasser will nur erzählen, was er entweder selbst gesehen oder doch mit Sicherheit in Erfahrung gebracht habe. Die besten Verbindungen standen ihm zu Gebote: er war mit Papst Eugen III. und den angesehensten Persönlichkeiten im Cardinal-Collegium bekannt, nicht minder mit den ersten kirchlichen Würdenträgern in England und Frankreich. Den deutschen Angelegenheiten stand er ziemlich fern, doch giebt er auch über diese manche gute Nachrichten. Was wir besitzen, ist nur ein Fragment, welches plötzlich im Jahre 1152 abbricht; es ist erst im Jahre 1162 oder 1163 niedergeschrieben, und vielleicht setzte der Verfasser seine Arbeit bis zu diesem Jahre fort. Das uns erhaltene Fragment ist eine sehr wesentliche Bereicherung der historischen Literatur jener Zeit; denn trotz einzelner Verstöße, besonders in der Chronologie, ist die Darstellung im Wesentlichen zuverlässig und läßt tiefere Blicke in die Weltverhältnisse werfen, als die meisten gleichzeitigen Quellen. Ich habe bereits in meiner Schrift über Arnold von Brescia (München, Verlag der k. Akademie, 1873) S. 6 darauf hingewiesen, daß nur Johann von Salisbury der Verfasser dieser interessanten Schrift sein kann, die er seinem Freunde, dem Abt Peter von S. Remy, gewidmet hat.

---

3. Actenstücke, Urkunden, Briefe.

Nur ein Gesetz Lothars ist uns erhalten, die auf dem Roncalischen Reichstage 1136 erlassene Lehnsconstitution (M. G. Legg. II. 84. Legg. IV. 639. 640). Die beiden anderen Constitutionen, die in den M. G. Legg. II. 80. 82 Lothar beigelegt werden, sind untergeschoben und stehen mit den von Pertz selbst als untergeschoben betrachteten Constitutiones feudales domni Lotharii imperatoris (M. G. Legg. II. B. 184) in unmittelbarer Verbindung. Zwei bemerkenswerthe Erlasse Lothars sind M. G. Legg. II. 81. 83 abgedruckt. Auch von Konrad III. ist uns nur ein Gesetz überliefert; es ist die von ihm als Gegenkönig auf einem Roncalischen Tage 1128 erlassene Lehnsconstitution, welche in den M. G. Legg. II. 38 Konrad II. zugeschrieben ist. Einige Erlasse Konrads III. sind in den M. G. Legg. II. 81—89 mitgetheilt; sie sind fast sämmtlich der Wibaldschen Briefsammlung entnommen.

Die Kaiserurkunden sind am vollständigsten verzeichnet bei Stumpf, Die Reichskanzler II. 3. Einige Zusätze ergeben sich aus Stumpfs Acta imperii adhuc inedita (Reichskanzler Bd. III) und Fickers Forschungen zur Reichs- und Rechtsgeschichte Italiens Bd. IV. Die Kritik der Urkunden Lothars bietet viele Schwierigkeiten, da die Kanzlei damals große Veränderungen erfuhr. Vergl. W. Schum, Vorstudien zur Diplomatik K. Lothars III. (Halle 1874). Die Kaiserurkunden sind in den nachstehenden Anmerkungen nach Stumpf citirt (St. R. und Nummer).

Die Beschlüsse der römischen Concilien und andrer Synoden finden sich in der Conciliensammlung von Mansi T. XXI. gesammelt; die päpstlichen Urkunden sind bei Jaffé, Regesta pont. Rom. registrirt und danach mit J. R. und der Nummer in den Anmerkungen angeführt.

Besondere Wichtigkeit haben auch für diese Zeit einige Briefsammlungen, welche auf uns gekommen sind. Sie allein ermöglichen es uns, die Motive der handelnden Personen unmittelbar zu erkennen und die geistigen Bewegungen jener Periode vollständig zu erfassen.

Der Codex Udalrici (Jaffé Bibl. V.), für die Zeit des Investiturstreits eine so ergiebige Quelle, bietet in den nach 1125 angefügten Supplementen noch für die Regierungen Lothars bis 1134 eine Anzahl wichtiger Actenstücke; sie sind in den Anmerkungen nach der alten Nummer citirt, der die neue bei Jaffé mit der Bezeichnung J. beigesetzt ist. Gewissermaßen als Ergänzungen können die Briefe dienen, welche Jaffé unter den Titeln Epistolae Bambergenses Nr. 28—35 (Bibl. V. p. 522—531) und Moguntinae Nr. 48—52 (Bibl. III. p. 396—401) herausgegeben hat.

Eine überaus reichhaltige Quelle für die letzten Regierungsjahre Konrads III. besitzen wir in einer Sammlung von Briefen und Actenstücken, welche Abt Wibald von Stablo für seinen Gebrauch anfertigen ließ und die sich jetzt im Berliner Archiv befindet. Sie umfaßt eine große Zahl von Schreiben, welche Wibald theils für sich, theils im Namen K. Konrads oder seines Sohnes abfaßte, wie Schreiben an Konrad oder an andere Fürsten, die Wibald aus der königlichen Kanzlei bekannt wurden; damit sind einige Actenstücke andrer Art verbunden, die er für seine Geschäftsführung nicht entbehren konnte. Weitaus die Mehrzahl der Schriftstücke gehören dem Jahre 1147—1152[1]) und damit der Zeit an, in welcher Wibald besonders an den Reichsgeschäften betheiligt war, wo die wichtigsten Verhandlungen durch seine Hände gingen. Wir lernen hier Wibald als einen sehr geschickten Unterhändler kennen, der namentlich die Verbindungen des Reichs mit der römischen Curie eifrig pflegte, zugleich aber gewinnen wir einen klareren Einblick in die Verhältnisse des Hofs und der Kanzlei, als er uns sonst für diese Zeiten vergönnt ist. Man wird nicht sagen können, daß die Verhältnisse des Reichs in der Mitte des zwölften Jahrhunderts dabei sich eben glänzend darstellen, aber die historische Erkenntniß zieht daraus einen ganz außerordentlichen Gewinn. Eine vortreffliche Ausgabe dieser Wibaldschen Sammlung hat Jaffé in seiner Bibliotheca rer. Germ. I. veranstaltet; die einzelnen Stücke sind hier, abweichend von der Handschrift, chronologisch geordnet, doch ist die Folge in der Handschrift aus der p. 611—613 gegebenen Uebersicht mit Leichtigkeit zu erkennen.

Leider besitzen wir die Wibaldsche Sammlung nicht vollständig; ein früherer Theil, welcher die Correspondenz bis 1146 enthielt, ist augenscheinlich verloren ge-

1) Es folgen noch weitere Stücke bis 1157, aber die Correspondenz ist hier weit dürftiger.

gangen. Jaffé hat ihn zu ersetzen gesucht, indem er p. 76 - 105 eine Anzahl andrer auf Wibald bezüglicher Stücke zusammenstellte. Unter diesen sind die Mehrzahl dem Registrum des Petrus Diaconus in Monte Cassino, einer Quelle sehr verdächtigen Charakters, entnommen, und es wäre wohl besser gewesen, nicht das echte Material mit so fraglichen Schriftproben in unmittelbare Verbindung zu bringen. Wenn schon die Darstellung des Petrus in seiner Klostergeschichte große Bedenken erregt, so steigern sich diese bei den Briefen, die er an Kaiser Lothar geschrieben und von ihm empfangen haben will und die nur darauf berechnet scheinen, daß er als ein von Lothar bestellter logotheta Italicus, exceptor, cartularius et capellanus Romani imperii erscheine, wovon sich sonst nirgends die geringste Spur findet. Das Registrum des Petrus Diaconus ist mehrfach benutzt, aber nicht vollständig veröffentlicht, und eine vollständige Ausgabe auch kaum Bedürfniß.

Eine andere Briefsammlung, die zur Zeit Lothars in Italien entstand und aus der einzelne Stücke nach der Wiener Handschrift Nr. 2507 in Schlossers und Berchts Archiv II. 368—372 abgedruckt wurden, hat längere Zeit auch die sorgfältigsten Forscher getäuscht. Die weiteren Mittheilungen, welche Wattenbach in seinem Iter Austriacum (Archiv für Kunde österr. Geschichtsquellen XIV.) S. 89 ff. über die Handschrift machte und die auf dieselbe gegründeten Untersuchungen Wattenbachs und Jaffés lassen gar keinen Zweifel, daß wir es hier nicht mit echten Actenstücken zu thun haben, sondern mit Stilmustern eines Gelehrten, der einen Briefsteller für seine Zöglinge ausarbeitete. Wahrscheinlich ist dieser Briefsteller in Bologna angefertigt; der Situation des Jahres 1132 sind fast alle einzelnen Stücke angepaßt und um diese Zeit wird auch die Hauptmasse derselben gemacht sein. Niemand wird diesen Briefsteller heute noch als eine authentische Quelle benutzen wollen, aber über die Verhältnisse Italiens zur Zeit ihrer Entstehung giebt sie doch sehr erwünschte Aufschlüsse. Wir müssen für diese Aufschlüsse um so dankbarer sein, als wir sonst über jene Verhältnisse ganz ungenügend unterrichtet sind. Wattenbach hat aus diesem norditalischen Briefsteller a. a. O. S. 68—86 die wichtigsten Stücke nach der Wiener Handschrift abdrucken lassen; ein Bruchstück einer Turiner Handschrift benutzte Dümmler (Forschungen zur d. Geschichte VIII. 382 383).

Von nicht geringerem Interesse ist ein Theil des Registrum des Gegenpapsts Anaklets II, der sich in einer Handschrift zu Monte Cassino erhalten hat. Es sind 38 Briefe, welche schon Baronius benutzte und die nach einer Abschrift zum größten Theile Christian Lupus im Anhange seines Werks: Ad Ephesinum concilium variorum patrum epistolae (Lovanii 1682) p. 491—520 herausgab; sie finden sich auch im siebenten Bande seiner gesammelten Werke (Venetiis 1724). Wohl derselben Handschrift ist auch das bemerkenswerthe Schreiben entnommen, in welchem Anaklet über Norbert den Bann aussprach. Hugo in seiner Vie de Norbert (Luxembourg 1704) p. 364. 365 hat es nach einer ihm von Monte Cassino gesandten Abschrift abdrucken lassen, und ich wiederhole, da jenes Buch nicht allgemein zugänglich, den Text in den angehängten Documenten (A).

Von unvergleichlicher Bedeutung für die allgemeine Geschichte dieser Zeit sind die Briefe des heiligen Bernhard, von denen sich gegen 500 erhalten haben. Sie haben für diese Periode einen ähnlichen Werth, wie das Registrum Gregorii VII. für die Zeit des Investiturstreits. Wir treten hier unmittelbar den Gedanken des Mannes nahe, der am gewaltigsten auf seine Zeitgenossen wirkte. Leider fehlt uns eine Ausgabe, welche den heutigen Anforderungen genügte. In den Anmerlungen ist nach Migne, Patrol. curs. T. 182 citirt, weil diese Ausgabe die handlichste ist; doch besitzen wir in derselben wesentlich nur eine Wiederholung der Edition Mabillons mit wenigen Zusätzen aus späteren Büchern. Sehr zu wünschen wäre eine neue Ausgabe, vervollständigt durch die zahlreichen noch ungedruckten Briefe, die in Handschriften zerstreut sind, nach dem Muster der Jafféschen Editionen; vor Allem müßten auch die Daten der Briefe bestimmter fixirt werden, als es bisher geschehen ist. Auch viele der theologischen Tractate des heiligen Bernhard sind, da sie den Charakter von Gelegenheitsschriften tragen, für die Geschichte jener Zeit von großem Werthe.

4. Hülfsmittel.

Die Geschichte Kaiser Lothars ist behandelt in dem bereits angeführten Werke: E. Gervais, Politische Geschichte Deutschlands unter der Regierung der Kaiser Heinrich V. und Lothar III. Zweiter Theil, Kaiser Lothar III. (Leipzig 1842). Vergl. Bd. III. S. 1075. Es war ein Mißgeschick für diese nicht verdienstlose Arbeit, daß unmittelbar darauf eine zweite Bearbeitung desselben Gegenstandes erschien, welche nicht nur auf einem viel vollständigeren Material beruhte, sondern auch eine sicherere Anwendung der Kritik an den Tag legte.

Im Jahre 1843 veröffentlichte Ph. Jaffé seine Geschichte des deutschen Reiches unter Lothar dem Sachsen und ließ ihr 1845 die Geschichte des deutschen Reichs unter Conrad dem Dritten folgen. Beide Bücher sind durchaus nach demselben Plane bearbeitet und behandeln die ganze Periode, welche in diesem Bande dargestellt ist. Nach den Arbeiten Mascovs für die Geschichte Lothars und Konrads III., mit denen leider seine Commentarien schließen, ist Nichts dem zu vergleichen, was Jaffé geleistet hat, und ohne Ausnahme haben Alle, die später diese Zeiten zu berühren hatten, sich seiner Darstellung angeschlossen. Auch die übersichtliche, im populären Tone gehaltene Schrift von Otto von Heinemann, Lothar der Sachse und Konrad III. (Halle 1869) fußt, so bewandert der Autor in den Quellen ist, doch in der Hauptsache auf Jaffés Arbeiten. Sie liegen nicht minder unserer Darstellung zu Grunde, doch wird man nicht verkennen, daß die eigene Forschung deshalb nicht versäumt ist. Sie schien einmal dadurch geboten, daß manches neue Material eröffnet ist, noch mehr aber durch die tiefere Einsicht, die man in die Natur auch der längst zugänglichen Quellen gewonnen hat. Gerade nach diesen beiden Seiten hin hat sich Jaffé selbst nach dem Erscheinen jener Bücher noch besondere Verdienste erworben, so daß zum großen Theil die Resultate seiner eigenen Studien hier zur Kritik zu verwenden waren. Wenn ich in der Darstellung öfters von der seinigen abgewichen bin und dadurch in den Anmerkungen ihm gegenüber meine Differenz zu erörtern genöthigt wurde, so liegt darin so wenig eine Minderung seiner Verdienste, daß es vielmehr auf das Deutlichste zeigt, wie ich überall gerade von ihm ausgegangen bin. Vieles hätte Jaffé offenbar selbst jetzt geändert, wenn er eine Revision seiner Jugendarbeiten hätte vornehmen können; Manches würde er dagegen nach seiner beharrlichen Natur vielleicht festgehalten haben. Von den

Einzelnheiten abgesehen, liegt der Hauptunterschied meiner Darstellung von der Jaffés wohl darin, daß ich die allgemeinen Verhältnisse jener Zeiten, wie es in der Natur dieses Werkes liegt, mehr zu vergegenwärtigen gesucht habe.

Im weiteren Zusammenhange ist diese Zeit bearbeitet worden in dem berühmten Werke Friedrich von Raumers, Geschichte der Hohenstaufen (6 Bände), und zwar im ersten Bande desselben. Gerade dieser Theil erfuhr in der ersten Auflage (Leipzig 1823–1825) die stärksten Angriffe, und der Verfasser hat in der zweiten und dritten Auflage (1840 und 1857) mehrfache Verbesserungen vorgenommen; die vierte Auflage (1871. 1872) ist unverändert. C. de Cherrier hat in dem verwandten Werke, betitelt Histoire de la lutte des Papes et des Empereurs de la maison de Souabe (1. Ausgabe in 4 Bänden, Paris 1841 ff., 2. Ausgabe in 3 Bänden, Paris 1858 ff.) die Zeit Lothars und Konrads III. in der Einleitung nur ganz übersichtlich behandelt.

Für Albrecht den Bären besitzen wir eine ausgezeichnete Monographie von O. v. Heinemann: Albrecht der Bär, eine quellenmäßige Darstellung seines Lebens (Darmstadt 1864). Das urkundliche Material für die Geschichte des großen Markgrafen und seines Hauses hat von Heinemann zusammengestellt in seinem Codex diplomaticus Anhaltinus T. I. (Dessau 1867–1878). Durch die Mittheilungen von Zeugenreihen aus zahlreichen Urkunden dieser Zeit hat das Werk noch ein weiter reichendes Interesse.

Schnell nach einander sind zwei Biographien Heinrichs des Löwen erschienen: H. Prutz, Heinrich der Löwe, Herzog von Baiern und Sachsen (Leipzig 1865) und M. Philippson, Geschichte Heinrichs des Löwen (2 Bände, Leipzig 1867). Beide Arbeiten stützen sich auf die hauptsächlichsten Quellen und sind nicht ohne Verdienst, aber als abschließend können sie nicht angesehen werden. Die einzige Monographie über Heinrichs Oheim, den Grafen Welf: F. W. Behrens, Herzog Welf VI., letzter welfischer Stammherr in Süddeutschland, und seine Zeitgenossen (Braunschweig 1829) ist sehr mittelmäßig und entspricht den jetzigen Forderungen der Wissenschaft in keiner Weise. Die Verhältnisse des welfischen Hauses in Sachsen sind dargelegt in der sehr gründlichen Schrift von L. Weiland, Das sächsische Herzogthum unter Lothar und Heinrich dem Löwen (Greifswald 1866).

Für die politischen und rechtlichen Verhältnisse Italiens in dieser Zeit ist von hervorragender Bedeutung das ausgezeichnete Werk J. Fickers, Forschungen zur Reichs- und Rechtsgeschichte Italiens (4 Bände, Innsbruck 1868–1873).

Die Geschichte des zweiten Kreuzzuges ist von Fr. Wilken in seiner vortrefflichen Geschichte der Kreuzzüge (Dritter Theil, erste Abtheilung, Leipzig 1817) ausführlich behandelt worden. Durch den Umfang und die Gründlichkeit der Quellenforschung übertrifft Wilken weit das demselben Stoffe gewidmete Werk des französischen Akademikers Michaud, obwohl dieses äußerlich einen viel größeren Erfolg gewann. H. v. Sybel, der Geschichtschreiber des ersten Kreuzzugs, hat in seinen Vorträgen: Aus der Geschichte der Kreuzzüge (Kleine historische Schriften II. S. 1 ff.) und in dem Aufsatze: Ueber den zweiten Kreuzzug (ebendaselbst I. 411) die Kreuzfahrt Konrads III. mehr berührt, als im Zusammenhange dargestellt. Eingehende Untersuchungen über diese Fahrt sind niedergelegt in dem bereits angeführten Werke: B. Kugler, Studien zur Geschichte des zweiten Kreuzzugs (Stuttgart 1866).

Das Leben des heiligen Bernhard hat noch keinen Darsteller gefunden, der das berühmte Werk A. Neanders, der h. Bernhard und sein Zeitalter (zweite umgearbeitete Auflage, Hamburg und Gotha 1848) übertroffen hätte. Leider ist die politische Thätigkeit Bernhards von Neander nicht so eingehend behandelt, wie die kirchliche.

Im Uebrigen ist auf die in den ersten Bänden bereits angeführten Hülfsmitteln hier abermals zu verweisen.

II. Anmerkungen.

Buch IX. Kapitel 1—7. Geschichte Lothars.

Quellen: Gleichzeitige Geschichtswerke: Narratio de electione Lotharii. Passio Karoli comitis Flandriae auctore Galberto. Lamberti Genealogia comitum Flandrensium cont. Pandulfi Vita Honorii II. Honorii Summa. Chronicon s. Andreae Camer. L. III. c. 38—42. Gesta Treverorum, Cont. I. c. 26—29. Arnulfi archidiaconi Invectiva in Girardum episcopum Engolismensem. Anselmi Gemblacensis Continuatio chronici Sigeberti. Gesta abbatum Trudonensium cont. L. XII. XIII. Alexander Telesinus de rebus gestis Rogerii Siciliae regis. Landulfi de s. Paulo Historia Mediolanensis c. 52—68. Petri Diaconi Chronicon monasterii Casinensis L. IV. c. 87—127. Falconis Beneventani Chronicon. Sugerii Vita Ludovici VI. Orderici Vitalis Historia ecclesiastica. Guillelmi Malmesberiensis Historia novella. Ortlieb de fundatione monasterii Zwivildensis. Berthold de constructione monasterii Zwivildensis. Canonici Wissegradensis Continuatio Cosmae. Annales Gradicenses. Gesta episcoporum Virdunensium. Vita Adalberti II. archiepiscopi Moguntini. Ottonis Frisingensis Chronicon L. VII. c. 17—21. Deutsche Kaiserchronik. Annales s. Disibodi. Chronicon Mauriniacense. Sigeberti Continuatio Gemblacensis. Annales Mellicenses, Brunwilarenses, s. Jacobi Leodiensis, Casinenses, Cavenses. Auctarium Garstense. Chronicon episcoporum Hildesheimensium c. 19, Merseburgensium p. 188. Annales s. Petri Erphesfurdenses. Annales Pegavienses. Chronicon Burensis monasterii. — Gleichzeitige Quellenwerke, die nur in Auszügen, Compilationen und Bearbeitungen bekannt sind[1]): Erfurter Annalen (Chronicon Sanpetrinum, Annales Erphesfurdenses oder Lothariani, Annales s. Petri Erphesfurdenses, Annales Pegavienses), Paderborner Annalen (Annales Hildesheimenses, Annales Colonienses maximi, Annalista Saxo, Annales Palidenses), Rosenfelder Annalen (Annales Rosenfeldenses, Summa Honorii, Magdeburg-Nienburger Annalen, Annales Stadenses), Magdeburg-Nienburger Annalen (Annales Magdeburgenses, Annalista Saxo), Cambraier Bisthumschronik (Gesta pontificum Cameracensium abbreviata c. 14. 15, Versio gallica c. 38—43). — Gleichzeitige überarbeitete Quellen: Chronicon Halberstadense. Chronicon Magde-

1) Die Ableitungen sind in Klammern bezeichnet.

burgenses. Annales Aquenses. Annales Egmundani. — Quellenschriften aus der zweiten Hälfte des zwölften Jahrhunderts; Cafari Annales Januenses. Vita Norberti archiepiscopi Magdeburgensis. Lamberti Waterlos Annales Cameracenses. Annales Rodenses. Vita prima s. Bernardi abbatis. Vitae s. Ottonis episcopi Bambergensis. Vita Alberonis archiepiscopi Treverensis. Chronicon Gozecense. Casus monasterii Petrishusensis. Otto Frisingensis de gestis Friderici I. c. 16–21. Vitae pontificum Romanorum in der Sammlung des Cardinals Boso. Monachi Sazavensis Continuatio Cosmae. Annalista Saxo. Fundatio monasterii Eberacensis. Chronicon Laureshamense. Gesta abbatum Lobbiensium c. 17–23. Annales Herbipolenses. Historia Welforum Weingartensis c. 15–24. Helmoldi Chronicon Slavorum L. I. c. 41–54. Vita Canuti Lawardi. Vita Conradi I. archiepiscopi Salisburgensis. Notae genealogicae advocatorum Ratisb. etc. Annales Colonienses maximi. Annales Magdeburgenses. Romoaldi Salernitani Chronicon. Bernardi Marangonis Annales Pisani. Tractatus Henrici de urbe Brandenburg. Gotifredi Viterbiensis Pantheon, Part. XXIII. 46. 47. Fundatio monasterii Gratiae Dei. Vitae Gebehardi archiepiscopi Salisburgensis et successorum eius. Saxonis Grammatici Historia Danica. — Quellen des dreizehnten Jahrhunderts: Chronicon Montis Sereni. Annales Stadenses. Burchardi Urspergensis Chronicon. Chronicon Altinate L. V. Annales Ceccanenses. Annales Cremonenses. Annales Placentini Guelfi.

Eine größere Anzahl von Briefen, welche für die Geschichte Lothars Bedeutung haben, findet sich im Codex Udalrici, in den Epistolae Bambergenses und Moguntinae bei Jaffé Bibl. T. III. und V., in den Briefen des Gegenpapsts Anaclet II. bei Lupus, Ad Ephesinum concilium variorum patrum epistolae p. 491—520 und in den Epistolae s. Bernardi. Andere Briefe sind zerstreut gedruckt. Nicht zu übersehen sind die Mittheilungen Wattenbachs aus einem norditalischen Briefsteller im Iter Austriacum S. 68—86.

Mehrere Actenstücke Lothars sind in den M. G. Legg. II. 81—84, IV. 639. 640, die Synodalacten seiner Zeit bei Mansi (Coll. conc.) XXI. gedruckt. Die Urkunden Lothars finden sich bei Stumpf (Die Reichskanzler) II. S. 275—288, die gleichzeitigen päpstlichen Erlasse bei Jaffé (Reg. pont. Rom.) p. 551—581 verzeichnet.

S. 3. 4. — Das Wahlausschreiben der Fürsten findet sich im Codex Udalrici Nr. 220 (J. 221); es ist an Otto von Bamberg gerichtet, aber offenbar ergingen ähnliche Schreiben an alle nicht in Speier anwesenden Fürsten.

S. 4. 5. — Das Alter Herzog Friedrichs und seines Bruders Konrad erhellt aus Otto von Freising (Gesta Frid. I. c. 10). Das Geburtsjahr Lothars ist nicht bekannt; denn gegen die Nachricht der Annales s. Disibodi, daß er wenige Tage vor der Schlacht bei Homburg, also 1075 geboren sei, lassen sich erhebliche Zweifel nicht abweisen. Es ist kein Grund, die Angabe der Annales Stadenses zu bezweifeln, daß Lothar im Jahre 1088 Erzbischof Liemar von Bremen gefangen nahm und dieser sich mit der Bremer Vogtei löste; dann konnte aber Lothar damals nicht ein Knabe von 13 Jahren sein. Ueberdies wird er von allen seinen Zeitgenossen in seinen letzten Lebensjahren als ein hochbetagter Greis geschildert, wenn auch in den hundert Jahren des Petrus Diaconus IV. c. 124 starke Uebertreibung nicht zu verkennen ist.

Lothar wird demnach gegen zehn Jahre beim Tode des Vaters, etwa sechzig Jahre zur Zeit seiner Wahl und wenig über siebzig Jahre bei seinem Lebensende gewesen sein. Seine Vermählung mit Richinza fand nach den Annales Paderbrunnenses (z. J. 1115) etwa um das Jahr 1100 statt; die Ehe blieb 15 Jahre kinderlos, bis Ostern 1115 Lothars einziges Kind, Gertrud, geboren wurde. Vergleiche auch Jaffé, Lothar S. 229.

S. 5—6. — Die Auslieferung der Reichsinsignien an Adalbert vor der Wahl ist mehrfach bezeugt; die Quellenstellen bei Jaffé S. 27. Daß es vor Allem Adalbert war, welcher Herzog Friedrichs Wahl hintertrieb, geht aus der Gesta Frid. I. c. 16 hervor; Otto von Freising übertreibt hier nicht etwa aus Familieninteresse, wie unter Anderem aus Ordericus Vitalis (M. G. XX. p. 76) und Petrus Diaconus IV. c. 87 erhellt. Auf die Ausführungen der Annales Stadenses z. J. 1126 ist kein größeres Gewicht zu legen. Daß schon vor der Wahlhandlung selbst mit Karl von Flandern von Köln aus unterhandelt worden ist, zeigt die Passio Karoli c. 4. Daran ist freilich nicht zu denken, daß der Kanzler des Erzbischofs und Graf Gottfried im Namen aller deutschen Fürsten Karl die Krone angeboten hätten; Galbert liebt überhaupt die Vorgänge mit starken Farben auszumalen.

S. 6. — Der Zusammentritt der Fürsten zur Wahlhandlung am 24. August wird von den Annales Paderbrunnenses und Anselm von Gembloux bezeugt. Die Zahl der damals in Mainz anwesenden Ritter geben Ordericus Vitalis und die Historia Ludovici VII. (Du Chesne IV. p. 412) übereinstimmend auf sechzigtausend an. Abt Sugers Anwesenheit in Mainz geht hervor aus der Urkunde bei Felibien, Histoire de St. Denys. Pièces just. p. 94. Aus derselben Urkunde erhellt auch, daß von den beiden päpstlichen Legaten, welche Anselm nennt, der erste Girardus, nicht Gerardus hieß; die Annales s. Disibodi nennen ihn Gerhardus. Otto von Freising (Chronicon VII. c. 17) spricht nur von einem Legaten, die Narratio de electione von mehreren. Ueber die Vertheilung der Lager der Fürsten auf beiden Seiten des Rheines stimme ich Jaffé S. 28 bei; was von verschiedenen Seiten dagegen eingewendet ist, scheint mir nicht durchschlagend. Wenn die Franken und Lothringer in der Narratio bei der Lagerung nicht besonders erwähnt sind, so hat dies seinen Grund wohl darin, daß sie bei den Wahlen regelmäßig auf der linken Seite lagerten, während Baiern und Sachsen sonst ein Lager diesseits des Rheines zu beziehen pflegten. Die Ostfranken waren wenigstens zum Theil bei Friedrich (quibusque nobilibus e regione). Man vergleiche Wipo in der Vita Chuonradi c. 2.

S. 7—12. Die ausführlichste, aber zugleich parteiische Darstellung der Wahlverhandlungen giebt die Narratio; neben derselben kommen in Betracht die Wahres und Falsches mischende, wohl auf mündlicher Tradition ruhende Erzählung bei Ordericus Vitalis und die leider nur kurzen Notizen des Otto von Freising in seiner Chronik. Was die späteren Annales Stadenses und der unzuverlässige Petrus Diaconus bieten, ist nur mit großer Vorsicht aufzunehmen. Ueber diese Wahlverhandlungen ist in neuerer Zeit eine umfängliche Literatur entstanden. Ich erwähne Friedbergs Untersuchungen über die Narratio de electione Lotharii in den Forschungen zur deutschen Geschichte Bd. VIII. S. 75 ff. mit der Nachschrift von Waitz S. 89, die Dissertation von Rob. Riemann: Die Wahl Lothars von Sachsen (Göttingen 1871), die Abhandlung von Th. F. A. Wichert: Die Wahl Lothars III. in den Forschungen Bd. XII. S. 55 ff., endlich die Schrift von Ernst Bernheim, Lothar III. und das Wormser Concordat (Straßburg 1874). Die Worte der Narratio: facta seorsum principum collectione kann ich nicht mit Wichert auf die Fürstenversammlung (principum colloquium) beziehen, sondern auf den besonderen Anhang von Fürsten, der sich um Friedrich bereits gesammelt hatte. Daß dieser Anfangs nicht nach Mainz ging trotz eines ihm zugesicherten sicheren Geleits, erhellt aus den Worten: quam prius eam conductu ingredi metuebat. Die Meinung Wicherts, daß ein Ausschuß von nur zehn Fürsten gewählt sei, halte ich für unrichtig und verweise auf die Bemerkungen von Waitz zu Wicherts Aufsatz selbst. Hatte man das bereits feststehende Verfahren bei der Papstwahl im Auge — bei der Wahl Gelasius II. waren 49 stimmende Cardinäle — so ist selbstverständlich, daß die zehn Fürsten jedes Stammes, die in den Ausschuß traten, die mächtigsten waren. Ihnen überließ man vollständig die Vorberathungen (Vorwahl) und versprach in der Voraussetzung, daß sie sich einigen würden, bei der Kur selbst einfache Zustimmung. Da die Einigung nicht erfolgte, trat der Ausschuß mit drei Vorschlägen hervor und verlangte, daß die Gesammtheit der Wähler sich für einen der drei Candidaten erkläre. Die Wähler waren hiermit einverstanden, und es handelte sich nun um ihre Wahl zwischen den Dreien; die Berathungen mußten also wieder aufgenommen werden. Ottos von Freising Nachricht, daß der Ausschuß noch einen vierten Vorschlag (Karl von Flandern) gemacht habe, beruht wohl nur auf ungenauen Nachrichten über die früher mit Karl gepflogenen Verhandlungen; auch Ordericus weiß nur von drei Vorschlägen, wobei er freilich statt Liutpold einen Herzog Heinrich von Lothringen nennt, der gar nicht existirte. Die Narratio scheint mir hier den äußeren Vorgang wahrheitsgetreu zu berichten, und so sehe ich auch keinen Grund in Zweifel zu ziehen, was über die Erklärungen Lothars und Liutpolds gleich darauf erzählt wird und selbst die Stader Annalen bestätigen, obgleich sie hinzufügen, daß es ex condicto geschehen sei, was von keiner andern Quelle bestätigt wird und an sich unwahrscheinlich ist. Denn daß Lothar ungern sich zur Uebernahme des Regiments entschloß und seine Weigerung keine Posse war, sagt selbst Otto von Freising; ich kann daher den Einwendungen Niemanns S. 33 kein Gewicht beilegen. Allerdings wird nach den sehr interessanten Nachrichten der Kaiserchronik B 16, 957—16, 985 kaum noch zu bezweifeln sein, daß schon früher mit Lothar über die Wahl verhandelt war. Auch bei Wichert scheint mir Lothar zu sehr eine diplomatische Rolle zu spielen. Bei den ersten Verhandlungen mit den drei Candidaten wurde unfraglich die Hauptentscheidung dadurch herbeigeführt, daß Erzbischof Adalbert eine entschiedene Anerkennung der Wahlfreiheit der Fürsten von Friedrich verlangte, die dieser aber, auf sein Erbrecht sich stützend, ablehnte. Es ist der Hauptmangel in Jaffés Darstellung, daß er dies übersehen hat; Niemann, Wichert und Bernheim haben es richtig hervorgehoben. Friedrichs Weigerung, offen das freie Wahlrecht der Fürsten anzuerkennen, vereitelte alle seine Hoffnungen, und es fiel Adalbert nun am folgenden Tage leicht, die Vorschläge der Vierzig überhaupt zu beseitigen und damit die Wahlberathung wieder ganz freizugeben. Die tumultuarische Erhebung Lothars wird in der Narratio anschaulich geschildert und gewiß um so glaubwürdiger, je weniger der Verfasser ein Interesse hatte, diese bedenklichen Auftritte hervorzuheben. Erzbischof Adalbert ließ während des Tumults die Thüren bewachen, nicht abschließen, wie Jaffé S. 33 sagt; observari liest die Handschrift der Narratio. Auch die folgenden Nachrichten der Narratio, wie der Tumult beigelegt und die Eintracht hergestellt, sind gewiß glaubwürdig. Wie Herzog Heinrich von Baiern endlich für Lothar gewonnen wurde, sagt die Narratio nicht; aber es ist eine Annahme, die sich von selbst aufdrängt, daß schon damals Lothars Tochter dem Sohne Heinrichs versprochen wurde. Daß die formelle Wahl

Lothars erst am 30. August stattfand, erhellt aus den Annales s. Disibodi; man vergleiche Heimo (M. G. X. p. 8): circa Kal. Sept. In Bezug auf die Festsetzung über die Grenzen zwischen Kirche und Staat, welche bei der Wahl nach der Narratio erfolgt sein soll, hat zuerst Friedheim gezeigt, daß sie mit Lothars factischem Verfahren bei der Besetzung der Bisthümer in grellem Widerspruch stehe, und Waitz hat dann mit Recht darauf hingewiesen, daß die Ausdrücke so unbestimmt gewählt sind, daß an eine urkundliche Feststellung nicht nothwendig zu denken sei. Stabili ratione prescribitur und certus (so emendirt schon Mascov für ceptus) modus prefigitur sind vieldeutige Worte, und das Folgende kann unmöglich in dieser Gestalt den Inhalt einer Urkunde gebildet haben, welche man Lothar hätte vorlegen können. Aber andrerseits ist höchst unwahrscheinlich, daß die Nachrichten der Narratio hier ohne allen factischen Anhalt seien. Ich halte nicht nur mit Waitz für möglich, sondern für fast gewiß, daß in Mainz die kirchliche Partei sich über Gesichtspunkte verständigte, welche sie unter der neuen Regierung zu verfolgen habe, und daß diese keine anderen waren, als die in der Narratio angegebenen. Allerdings wäre damit das Wormser Concordat in allen seinen der weltlichen Gewalt günstigen Bestimmungen über den Haufen geworfen worden. Zu solchen Bestrebungen war in dem Concordat selbst ein Anhalt geboten, da alle Zugeständnisse nur Heinrich V. persönlich, nicht auch seinen Nachfolgern gemacht waren; man hat darauf noch später in Rom Gewicht gelegt, wie Otto von Freising (Chron. VII. c. 16) hervorhebt. Wo er von den Zugeständnissen an Heinrich V. handelt, fügt er hinzu: Hoc pro bono pacis sibi soli et non successoribus datum dicunt Romani. Die Thatsachen lehren, daß über die Bestimmungen des Wormser Concordats zwischen der kirchlichen Partei in Deutschland und Lothar sofort Streit bestand und dieser von Rom erst durch die jetzt glücklicher Weise wieder bekannt gewordene Bulle Innocenz II. vom 8. Juni 1133 zu Gunsten Lothars entschieden wurde. Zu der Annahme, die besonders Bernheim S. 12 ff. zu begründen sucht und zu weiteren Folgerungen benutzt, daß Lothar die Forderungen der kirchlichen Partei vor der Wahl zugestanden, seine Zugeständnisse dann aber nicht gehalten habe, sehe ich gar keinen Grund. Die Annales Stadenses beweisen Nichts; denn ihre Autorität ist an sich für diese Dinge gering, sie reden überdies unbestimmt (dicunt), sie geben endlich über den Inhalt der von Lothar angeblich gemachten Versprechungen nichts Näheres an. Ein Verfahren, wie es Lothar von Bernheim beigemessen wird, ein offener Wortbruch, entspricht durchaus nicht dem Bilde, welches die Quellen von diesem Kaiser geben, und wie wäre auch nur denkbar, daß es ihm nie von der kirchlichen Partei vorgeworfen sein sollte? Daß die Nachricht der Narratio von der Nachlassung des hominium bei der Eidleistung der geistlichen Fürsten mit anderen Quellenstellen im bestimmten Widerspruch stehe, ist nicht zu behaupten, wie es neuerdings besonders Niemann S. 53 gethan hat, wenn man die Vieldeutigkeit des Ausdrucks principes im Auge behält. Was die Narratio endlich über die Unterwerfung Herzog Friedrichs und die Verkündigung eines allgemeinen Landfriedens berichtet, ist nicht beanstandet. Diese Bemerkungen werden genügen, um es zu rechtfertigen, daß ich mich im Wesentlichen an die Narratio gehalten habe. Der Boden freier Behandlung der Quellenstellen und subjectiver Ausfüllung ihrer Lücken ist in den neuesten Schriften über diese Vorgänge so erweitert worden, daß es hier unmöglich ist, ihn nach allen Seiten zu durchmessen.

S. 12. — Ueber Lothars Krönung siehe die Annales s. Disibodi und die Erfurter Annalen. Als Krönungstag geben die Annales s. Disibodi d. 13. Sept., dagegen die Ann. s. Jacobi Leodiensis (M. G. XVI 640) Kreuzerhöhung (14. Sept.) an. Die Paderborner Annalen erwähnen die Krönung der Richinza zu Köln; der Fehler der ausschreibenden Colonienses, daß auch Lothar zu Köln gekrönt sei, ist wohl kaum auf das Original zurückzuführen. Die Gesandtschaft Lothars an die Curie erwähnen die Annales s. Disibodi und zugleich ihren Zweck: pro confirmando rege Romam mittebantur. Die Schreiben Innocenz' II. in Cod. Udalr. Nr. 341 (J. 242), Nr. 342 (J. 241) und Nr. 353 (J. 247) zeigen, daß dieser Zweck erreicht wurde. In dem ersten Schreiben heißt es: papa Honorius cum tota sancta catholica Romana ecclesia, quoniam maximum fructum de persona tua speravit sanctae ecclesiae proventurum, quod de te factum est, auctoritate apostolica confirmavit. Daß diese Gesandtschaft mit dem sogenannten Wahlpact Lothars irgend welchen Zusammenhang gehabt habe oder es dabei auf die Brechung der Autorität Adalberts abgesehen gewesen sei, ist aus den Quellen unersichtlich. Adalberts Ansehen in Rom war noch im Jahre 1129 nicht gebrochen," wie die Worte Ottos von Bamberg an Meinhard von Prag zeigen: in ecclesia Romana ordinatoris vestri auctoritas magna est. Cod. Udalr. Nr. 364 (J. 239).

S. 13. — Richinza war zur Zeit ihrer Vermählung noch nicht 16 Jahre alt. Ihre Mutter Gertrud verlor erst 1085 ihren ersten Gemahl, den Grafen Dietrich II. von Katlenburg (Ann. Saxo z. J. 1085) und heirathete dann den Markgrafen Heinrich den Fetten († 1101), den Vater Richinzas. Durch die Verwechselung Dietrichs II. mit Dietrich I. ist bei Jaffé, Lothar S. 2 die sonderbarste Verwirrung entstanden; er läßt Gertrud Anm. 6 erst nach 1057 geboren und doch Anm. 8 schon 1056 verwitwet werden. Richinza war, als sie gekrönt wurde, gegen 40 Jahre alt.

S. 16. — Den auch durch die Annalen bezeugten Aufenthalt Lothars in Regensburg bestimmen näher die Urkunden in St. R. Nr. 3228. 3229. Ueber die Zerwürfnisse mit den Staufern wegen des Reichsguts siehe vornehmlich die Annales s. Disibodi. Die späteren Ereignisse zeigen, daß besonders auch Nürnberg streitig war. Die Annales Altahenses z. J. 1050 nennen dies ausdrücklich ein Eigengut Heinrichs III. (in Nuorenberg fundo suo). Die Zeit des Straßburger Reichstages von 1125 erhellt aus den Urkunden in St. R. Nr. 3230–3232. Die Beschlüsse dieses Reichstags gegen Friedrich sind ersichtlich aus den Paderborner Annalen, doch lassen ihre kurzen Angaben manche Zweifel. Ueber Lothars Verfahren gegen Bischof Berthold von Basel sehe man Jaffé, Lothar S. 42. 43. Ueber den Reichstag von Goslar erhalten wir nur durch die Paderborner Annalen in ihren Ableitungen Nachricht.

S. 18–21. Die meisten Annalen jener Zeit berichten den unglücklichen Krieg Lothars mit den Böhmen; auch die Kaiserchronik gedenkt ausführlich V. 16,901 ff. desselben. Der größere Bericht des Annales Colonienses ist ganz den Paderborner Annalen entnommen, denen auch der Annalista Saxo vorzugsweise folgt. Der Paderborner Annalist hat seine Darstellung mit classischen Reminiscenzen geschmückt; nicht nur ein Vers des Lucanus ist ihr einverleibt, sondern auch eine längere Stelle aus Sallusts Catilina: Nemo — non amisit. Diese Darstellung ist für Lothar und die Sachsen sehr günstig. Den entgegengesetzten Standpunkt vertreten die Fortsetzer des Cosmas der Wissehrader Domherr und der Mönch von Sazawa. Die ausführliche Erzählung des Otto von Freising (Gesta Frid. I. c. 20. 21) ist nicht in allen Einzelnheiten zu verbürgen, aber wichtig ist die Notiz über die Vermittelung des Heinrich von Groitsch, der freilich nicht marchio Saxoniae damals war, obwohl ihn auch das Chronicon epp. Merseburg (M. G. X. p. 188) als Markgrafen zu jener Zeit bezeichnet. Den Eindruck, welchen die Niederlage in Sachsen hervorrief, zeigt die Jahresrechnung, die man von ihr datirte. Annales Pegavienses z. J. 1131.

S. 21—22. Lothar feierte das Osterfest zu Magdeburg nach den Annales s. Disibodi und den Magdeburg-Nienburger Annalen, der gemeinsamen Quelle des Annalista Saxo und der Annales Magdeburgenses. Daß um diese Zeit Heinrich der Schwarze in das Kloster Weingarten trat, zeigt die Historia Welforum c. 16. Das völlige Scheitern des ersten Feldzugs gegen Friedrich geht aus den Paderborner Annalen hervor; sie kennzeichnen auch die üble Stimmung in Niederlothringen, welche die Notizen bei Anselm bestätigen.

S. 22—24. – Wenn Anselm, der sonst hier gute Nachrichten hat, Lothar Pfingsten 1127 zu Bamberg feiern läßt, so steht das in Widerspruch nicht allein mit den andern deutschen Annalen, sondern auch mit den Annales Gradicenses (M. G. XVII 649). Daß die Erfurter Annalen damals Lothar den Sohn Herzog Sobeslaws aus der Taufe heben lassen, ist irrig; es erfolgte die Taufe erst Ostern 1128, wie aus den Annales s. Disibodi und dem Canonicus Wissegradensis hervorgeht. Ueber den Tod Heinrichs des Schwarzen und der Wulfhild, wie über ihre Nachkommenschaft ist die Historia Welforum c. 15 einzusehen und Stälins Wirtemb. Geschichte II. S. 257. 258. zu vergleichen. Das Geburtsjahr Heinrichs des Stolzen ist unbekannt, doch läßt sich ein ungefährer Schluß auf sein Alter aus der Notiz der Annales Weingartenses Welfici (M. G. XVII. 308) ziehen, wonach er im J. 1123 die Waffen empfing; er wird demnach etwa 20 Jahre beim Tode des Vaters gewesen sein. Die Worte der Annales s. Disibodi z. J. 1126: Filius ducis Baioariae ducatu Saxoniae a rege donatur müssen nach der Natur der Quelle irgend eine factische Grundlage haben und sind in Zusammenhang zu bringen mit dem, was die Historia Welforum c. 16 meldet: ducatum Saxoniae suscepit. Da nun aber sicher ist, daß Lothar das Herzogthum Sachsen nicht aus den Händen gab, so kann es sich nur um eine Anwartschaft handeln, welche in der Form gegeben werden mochte, daß Heinrich mit dem Herzogthum Sachsen auf den Fall, daß es vacant würde, belehnt wurde; es wäre das, was man später Eventual-Belehnung genannt hat. Siehe Jaffé, Lothar S. 230. 231, wo sich eine andere Auffassung findet. Das erste Auftreten Heinrichs in seinem Herzogthum schildert gut die Historia Welforum c. 16; sie meldet auch die Vermählung Heinrichs mit Gertrud auf den Gunzenlee. Was andere Quellen von der Verbindung der Königstochter mit dem Baiernherzog zu Merseburg berichten, kann sich nur auf die öffentliche Verlobung beziehen.

S. 24. 25. – Jaffé deutet (Lothar S. 239) die Worte Eckehards z. J. 1124 über Konrads Gelübde eine Wallfahrt nach Jerusalem gewiß nicht richtig, wenn er meint, es könne dort auch von einem andern Konrad als Friedrichs Bruder die Rede sein. Daß das Gelübde ausgeführt wurde, ist allerdings nirgends gesagt, aber es ist an sich wahrscheinlich und nur so erklärlich, daß Konrad 1125 und 1126 in den deutschen Angelegenheiten nirgends genannt wird, in denen er doch gleich nachher so bemerklich hervortritt. Ueber die Nürnberger Belagerung sprechen die meisten gleichzeitigen deutschen Annalen und die Kaiserchronik V. 17,082; auch die böhmischen Quellen geben uns hier beachtenswerthe Nachrichten. Wenn die Annales Gradicenses sagen, Lothar und Sobeslaw seien sechs Wochen nach Pfingsten vor Nürnberg gerückt, so waltet dabei ein Irrthum ob; denn die Belagerung wurde schon um die Mitte des August aufgehoben, nachdem sie zehn Wochen gewährt hatte. Siehe die Nachrichten des Canonicus Wissegradensis, verglichen mit den Annales

s. Disibodi und den Erfurter Annalen. Die ausführlichste Darstellung dieser Ereignisse findet sich bei Otto von Freising (Gest. Frid. I. c. 16. 17). Wenn er das Gegenkönigthum von Friedrich und Konrad führen läßt, befindet er sich wahrscheinlich im Irrthum; denn die Erfurter Annalen nennen nur Konrad, und zwar mit großem Nachdruck. Ueber den Lohn Herzog Heinrichs für seine Hülfeleistung handelt die Historia Welforum c. 16. Die Anwesenheit Lothars in Bamberg bezeugt die Urkunde in St. R. Nr. 3234.

S. 25—27. Auf den Würzburger Bischofsstreit beziehen sich besonders die Schriftstücke im Codex Udalrici Nr. 335 (J. 233), die umfassende Klageschrift Gebhards, Nr. 322 (J. 226), Nr. 324 (J. 227), Nr. 325 (J. 228), Nr. 326—330, (J. 229—231. 234. 235.) Jaffé setzt jetzt Nr. 324 in das Jahr 1127; sie gehört aber wohl in das Jahr 1126, wohin sie auch Hefele im Anzeiger des germanischen Museums Jahrg. 1862 Nr. 6 verlegt. Dann muß aber auch Nr. 325 demselben Jahre zugeschrieben werden. Daß der Cardinal Gerhard in Straßburg den Bann über Gebhard aussprach, geht aus Nr. 327 hervor. Es ist dabei an keine andere Versammlung dort zu denken, als die im Sommer 1126; bald nachher muß Lothar mit Erzbischof Adalbert nach Würzburg gekommen sein, nicht erst im folgenden Jahre, wie Hefele meint. Wenn Bernheim (Lothar III. und das Wormser Concordat S. 18) annimmt, daß Cardinal Gerhard erst 1129 zu Straßburg den Bann über Gebhard ausgesprochen habe, so ist das mit mehreren andern Umständen nicht zu vereinbaren, vor Allem aber nicht mit der schon Ende 1127 erfolgten Einsetzung Embrikos, über welche in allen oben angeführten Schriftstücken nicht ein Wort verlautet, die also sämmtlich schon einer früheren Zeit angehören müssen. Ueber diese Wirren finden sich jetzt auch einige brauchbare Notizen in den Annales Herbipolenses z. J. 1125. Ueber Lothars Besetzung Würzburgs und das Vorrücken der Staufer gegen die Stadt berichtet Otto von Freising (Gesta Frid. I. c. 17). Daß Konrad dann nach Nürnberg zurückging, geht aus Wignands Brief an Otto von Bamberg hervor, den Ebbo in der Vita Ottonis II. c. 16 mittheilt. Es heißt in diesem am Ende des Jahres 1127 geschriebenen Briefe: Tirannus enim ille Conradus toto paene anno in castello Nurinbergensi moratus etc. Auch der Anschlag gegen Bamberg wird hier erwähnt.

S. 27. 28. — Daß der Mord Wilhelms von Burgund im Jahre 1127 erfolgte, kann nach den Bemerkungen Jaffés (Lothar S. 64) nicht zweifelhaft sein. Die Belehnung des Zähringers mit Burgund setzen die Annales s. Disibodi noch in dasselbe Jahr und zwar auf einen Reichstag in Speier, über welchen sich auch bei Calmet, Histoire de Lorraine II. 18 Notizen finden. Wenn aber Lothar hier im September 1127 einen Reichstag hielt, so können die Staufer nicht gleich nach ihrem Abzuge von Würzburg, wie in den Gest. Frid. I. c. 18 erzählt wird, Speier besetzt haben. Es werden hier offenbar Ereignisse des Jahres 1128 mit denen des Jahres 1127 vermischt. Die Erfurter Annalen setzen ausdrücklich die Einnahme Speiers durch die Staufer erst in das Jahr 1128. Ueber die Erwerbung Burgunds durch die Zähringer spricht Otto von Freising in der Gest. Frid. I. c. 9. und II. c. 29. Jaffé bringt S. 64 mit den burgundischen Angelegenheiten die in der M. G. Legg. II. p. 80 abgedruckte Constitutio de investitura et amissione feudi aus den Libri feudorum in Verbindung (vergl. St. R. Nr. 3235). Aber diese Constitution und die in der M. G. l. c. p. 82 abgedruckte Sententia de fidelitate facta stammen aus derselben Quelle und zeigen ganz die gleiche Factur, wie die Constitutiones feudales domni Lotharii imperatoris in der M. G. Legg. II. B. 184, welche Pertz selbst mit dem vollsten Rechte für untergeschoben erklärt hat und die Stumpf R. Nr. 3278 nicht hätte aufnehmen sollen. Alle diese Machwerke werden mit einem Kaiser Lothar und Papst Eugen in Verbindung gebracht: dann wäre nur an Lothar I. und Eugen II. zu denken; Niemandem kann jedoch einfallen, diese Lehnsgesetze in den Umfang des neunten Jahrhunderts zu setzen. Es handelt sich hier wohl um eine weitausgesponnene völlig bewußte Fälschung, durch welche man gewissen lehnsrechtlichen Bestimmungen ein hohes Alter beilegen wollte. Von den Vorgängen an der Wernitz spricht nur Otto Fris. (Gesta Frid. I. c. 18); über die Zeit derselben siehe Jaffé, Lothar S. 65.

S. 28. 29. — Die Wahl Konrads zum König wird fast in allen Annalen erwähnt. Den Tag geben allein die Annales Magdeburgenses an. Als Wahlort wird von der Kaiserchronik V. 17,060 Niuwenbure mit der Variante Nurenbere genannt, und diese Variante trifft wohl das Richtige. Die Wähler waren offenbar meist fränkische und schwäbische Große; daß auch Dietbold von Vohburg und Liutpold von Oesterreich zu Konrad hielten, geht aus dem ganzen Zusammenhang der Ereignisse hervor. In einer merkwürdigen, bisher nicht beachteten Stelle des Cinnamus p. 89 wird als Grund bezeichnet, weshalb Friedrich die Wahl auf Konrad gelenkt habe, daß er selbst auf einem Auge blind gewesen sei. Es wird das allerdings in einen falschen Zusammenhang gebracht, wie sich denn überhaupt Wahres und Falsches gemischt findet. Wir haben übrigens hier das älteste Zeugniß für die Einäugigkeit Friedrichs. Vergleiche Stälin, Wirt. Geschichte II. 39. 40. Gut bezeichnet die Kaiserchronik, wie die Erhebung Konrads schon bei der Geistlichkeit auf den entschiedensten Widerspruch stieß; daß die Bischöfe sogleich in Würzburg zu Weihnachten den Bann gegen Konrad schleuderten, berichten die Paderborner und Erfurter Annalen. Die letzteren zeigen auch, daß sich sofort im Anfange des Jahres 1128 Speier für die Staufer erhob. Eine frühere Wahl Embrikos (im J. 1125), die nach Ussermann auch die Neueren annehmen, hat gar keinen Anhalt in den Quellen; die Erfurter Annalen sprechen von der Einsetzung des neuen Bischofs um Weihnachten 1127, nicht von einer Anerkennung des bereits Gewählten. Aus den Ann. Herbipolenses z. J. 1125 geht hervor, daß Gebhard erst 1129 allen Widerstand aufgab.

S. 29. 30. — Der Aufenthalt Lothars Ostern 1128 zu Merseburg und seine Zusammenkunft mit dem Böhmenherzoge sind nicht nur von deutschen Annalen, sondern auch von böhmischen bezeugt. Das Erbversprechen Heinrichs von Groitsch bezog sich nicht auf seine Lehen, wie der Canonicus Wissegradensis meint, da über diese nicht verfügt werden konnte, sondern allein auf die Allodien. Vergleiche die Annales Gradicenses z. J. 1136: predia ad se pertinentia Sobezlao duci Boemico suisque posteris dedit hereditario iure in sempiternum possidenda.

S. 30. 31. — Nach den Erfurter Annalen wäre Herzog Gottfried erst 1129 abgesetzt worden, aber schon in der Urkunde vom 16. Juni 1128 (St. R. Nr. 3237) erscheint unter den Zeugen Dux Paganus (der zweite Name für Walram), und die Annales Aquenses sagen z. J. 1128: Godefridus dux Loveniensis deponitur, cui Walleramus decus terrae superponitur. Vergl. auch die Annales Rodenses. Ueber den Kampf zwischen Walram und Gottfried finden sich gute Nachrichten in den Annalen des Anselm, in der Gesta abb. Trudonensium XII. c. 8 und besonders in der Fortsetzung von Lamberts Genealogia comitum Flandriae c. 14 (M. G. IX. p. 312. 313). Das Resultat des Kampfes erhellt aus den Erfurter Annalen z. J. 1129. In einer Urkunde Bischof Alexanders von Lüttich, daselbst im Jahre 1131 ausgestellt, wird Gottfried dux Lotharingiae, marchio et comes genannt, und es heißt in derselben: postea autem seditionis et discordiae inter nos et ipsum non bene habitae in beatae pacis serenitate conversa, ut eundem locum (das Prämonstratenserkloster bei Löwen) in conspectu plurimorum, qui pro reformanda pace convenerant, liberum faceremus (apud nos obtinuit). Hugo Vie de Norbert p. 359. Die Paderborner Annalen bezeugen, daß Lothar den Zug gegen die Staufer um Johannis 1128 begann; die Entlassung der böhmischen Hilfstruppen ersehen wir aus dem Canonicus Wissegradensis.

S. 31—32. — Nicht nur spätere Annalen, wie die Zwifaltener (M. G. X. 55), sondern schon die Kaiserchronik V. 17,067 spricht von einer Flucht des Gegenkönigs nach Italien. Zu einer solchen war aber gar keine Veranlassung gegeben, und Konrad konnte durchaus nicht seine Lage als eine verzweifelte ansehen, wie Jaffé S. 68 annimmt. Auch ist es ein Irrthum, wenn Jaffé Konrad den Weg über den St. Bernhard nehmen läßt. Man hat bisher zu wenig darauf geachtet, daß Konrads Erbansprüche auf das Mathildische Hausgut hatte und es für ihn vom größten Interesse war, dieselben schnell geltend zu machen. Daß der Papst schon zu Ostern den Bann über Konrad aussprach, geht hervor aus der gemeinsamen Quelle der Magdeburger Annalen und des Annalista Saxo. Man vergleiche auch Innocenz Schreiben an Lothar im Cod. Udalr. Nr. 342 (J. 241). Die Doppelkrönung Konrads zu Monza und Mailand erwähnt Landulfus de S. Paulo c. 58; er war bei der zweiten Krönung selbst zugegen.

S. 32. — Ueber die erste Belagerung von Speier finden sich die besten Nachrichten in den Annales s. Disibodi, den Paderborner und Erfurter Annalen; die ersten geben auch die wichtige Notiz über den Uebertritt Dietbolds von Vohburg. Es ist unrichtig, wenn Jaffé S. 76 die Nachrichten der Historia Welforum c. 17 auf die erste Belagerung Speiers bezieht.

S. 33. — Mehrere Annalen bezeugen Lothars Weihnachtsfeier 1128 in Worms, wie auch die Urkunde Lothars in St. R. Nr. 3238, deren Zeugen wichtig sind. Die in Straßburg für diese Stadt ausgestellte Urkunde bei St. R. Nr. 3239. Nicht nur nach den Annales s. Disibodi, sondern auch nach einem urkundlichen Zeugniß war Lothar Lichtmeß 1129 in Kloster Elten: man vergleiche die Noten Scheffer-Boichorsts S. 150 und 152 zu den Annales Patherbrunnenses. Deshalb ist es ein Irrthum, wenn die Paderborner Annalen den König Lichtmeß in Köln feiern lassen. Wenn die Urkunde Lothars bei St. R. Nr. 3240 echt ist (vergl. Schum, Vorstudien S. 8), war er am 10. Februar in Köln; aus dem irrigen Datum in den Annales s. Disibodi lassen sich kaum weitere Folgerungen ziehen. Lothars entschiedenes Auftreten und die Wirkungen desselben in jener Zeit gehen aus den Annales s. Disibodi und den Paderborner Annalen hervor; außerdem kommen in Betracht die Zeugen in der Urkunde vom 8. März 1129 (St. R. Nr. 3241).

S. 34—35. Den Ueberfall Herzog Friedrichs in Zwifalten erzählt durchaus glaubwürdig Berthold, der selbst damals im Kloster war, in seiner Chronik c. 38. Otto von Freising (Gesta Frid. I. c. 19) schmückt Alles in willkürlicher Weise aus. Die Zeit bestimmen die Annales Zwifaltenses z. J. 1129. Den Aufenthalt des Königs in Sachsen bis in die Zeit nach Pfingsten bezeugen die Annalen und die Urkunden (St. R. Nr. 3241—3246). In den Urkunden, die am 26. Mai und 15. Juni zu Elbeken und Goslar ausgestellt sind, erscheinen auch bairische Zeugen. Die Annales s. Disibodi erwähnen die Uebertragung der Nordmark an Udo von Freckleben; v. Heinemann weist in seiner Geschichte Albrechts des Bären S. 329 die Lage von Freckleben nach und macht S. 330 wahrscheinlich, daß es sich nur um eine vorläufige Uebertragung gehandelt habe. Da in der Urkunde Lothars (St. R. Nr. 3245) Udo und Albrecht der Bär zusammen erwähnt werden, nimmt Jaffé S. 80 an, daß sie frühere Feindseligkeiten bereits ausgetragen hätten; dagegen meint v. Heinemann S. 80, daß die Feindseligkeiten zwischen Beiden wohl erst später ausbrachen, und das Letztere ist durchaus das Wahrscheinlichere, da die Quellen erst 1129 Albrechts gewaltsames Hervortreten erwähnen.

S. 85. 86. — Spira secundo obsessa ab Idibus Julii usque Kal. Januarias, sagen die Annales s. Disibodi. Die Paderborner Annalen lassen die Belagerung schon nach Pfingsten beginnen, und die Erfurter Annalen geben mit offenbarer Uebertreibung die Dauer der Belagerung auf neun Monate an. Die genaue Angabe der erstgenannten Quelle zu bezweifeln ist kein Grund, wie es Jaffé S. 82. 83. Anmerk. 46 thut, weil er einen Zug Lothars nach Baiern einzig und allein auf Grund einer Urkunde annimmt, die am 13. Juli 1129 zu Wörth bei Regensburg (St. R. Nr. 3247) ausgestellt sein soll. Aber diese Urkunde ist an sich, wie andere Prüflinger, verdächtig (vergl. Schum a. a. O. S. 25), und auch die Zeitbestimmung ist nicht sicher. Es giebt nicht das geringste andre Zeugniß, daß Lothar damals nach Baiern gegangen sei, und Vieles stellt überdies einen solchen Zug ohne weitere Beweise als unwahrscheinlich dar. Ueber die tapfere Vertheidigung Speiers machen besonders die Paderborner Annalen z. J. 1130 Mittheilungen; interessant ist die Notiz der Kaiserchronik, daß Konrad den Speierern Aussicht auf Entsatz gemacht habe. Daß die Ereignisse, welche in der Historia Welforum c. 17 erzählt werden, nicht mit Jaffé S. 76 in das Jahr 1128, sondern in d. J. 1129 zu setzen sind, geht schon daraus hervor, daß Markgraf Liutpold von Steiermark erst am 27. October 1128 oder 1129 starb. Siehe Wattenbachs Anmerkung zu den Annales Mellicenses (M. G. SS. IX. p. 502). Ueberdies weist die ganze Erzählung auf die letzten Zeiten der Belagerung Speiers hin. Heinrich schlug sein Lager auf ultra Rhenum, d. i. wohl jenseits des Rheines, Speier gegenüber; Jaffé meint am linken Rheinufer. Bei Guoningen oder Gruoningen in der Historia Welforum kann man nur an Markgröningen denken; wenigstens wußte mir der selige Stälin auf meine Anfrage auch keine andere Auskunft zu geben. Daß Lothar während der Speierer Belagerung nach Straßburg gegangen sei (Jaffé S. 82), beruht auf einer Urkunde, die Böhmer irrig in diese Zeit gesetzt hat; man vergl. St. R. Nr. 3247. Ueber die Unterwerfung Speiers geben die Paderborner Annalen die besten Daten; dort ist auch der richtige Tag der Uebergabe verzeichnet. Das Datum bei Anselm III. Nonas Jan. bezieht sich wohl, wie auch Jaffé S. 82 annimmt, auf den Einzug Lothars. Vielleicht ist auch das jedenfalls verderbte Datum in den Annales s. Disibodi: IV. Idus Januarii am Schluß des J. 1129 mit dem folgenden Spira deditione subacta zu verbinden. Ueber den Aufenthalt Lothars in Basel siehe Jaffé S. 83 und St. R. Nr. 3248, über die Herstellung des Straßburger Bischofs die Annales s. Disibodi und die Briefe des Bischofs an den König und die Königin im Codex Udalrici Nr. 355. 356 (J. 250. 251); diese Briefe sind wohl erst im Sommer 1130 geschrieben. Wenn die Paderborner Annalen den König das Osterfest 1130 zu Goslar feiern lassen, so waltet dabei wahrscheinlich ein Irrthum ob (vergleiche Jaffé S. 83). Aber bald nach Ostern muß Lothar nach Sachsen zurückgekehrt sein. Die Annalen stimmen darin überein, daß er Pfingsten zu Quedlinburg war.

S. 87. — Konrad von Wettin erscheint zuerst in einer Urkunde Lothars vom 13. Juni 1129 (St. R. 3245) als Markgraf; in derselben Urkunde wird auch bereits Hermann von Winzenburg als Landgraf genannt, und zwar hat er seine Stelle zwischen den Pfalz- und Markgrafen. Die verschiedenen Ansichten, nach denen Hermanns Landgrafschaft sich entweder auf Nordthüringen allein oder gar nur auf den sächsischen Leinegau bezogen haben soll, siehe bei Koken, die Winzenburg S. 35 ff. Die Erfurter Annalen lassen darüber gar keinen Zweifel, daß die Landgrafschaft Hermanns eine hervorragende fürstliche Stellung über ganz Thüringen bedeuten sollte. Man braucht nur an den Markgrafen Eckard I. zu erinnern, um darzuthun, daß die Markgrafschaft Meißen schon früher mit einer ähnlichen Stellung in Thüringen verbunden war. Vergl. Waitz in den Forschungen zur deutschen Geschichte B. XIV. S. 29—31. Wilhelm von Ballenstedt erscheint als Pfalzgraf am Hofe Lothars zuerst in einer Urkunde vom Sommer 1126 (St. R. Nr. 3233), dann zugleich mit Gottfried in der Urkunde vom 20. Januar 1129 (St. R. Nr. 3239). Wie ihr Verhältniß zu einander geordnet wurde, ist ganz unklar.

S. 38—40. — Die Fehde Albrechts des Bären gegen Udo von Freckleben erhält Licht aus den Paderborner und Erfurter Annalen, wie aus der gemeinsamen Quelle des Annalista Saxo und der Ann. Magdeburgenses; auch die Ann. Rosenfeldenses und s. Disibodi bieten brauchbare Notizen. v. Heinemann giebt S. 80 eine klare Darstellung der Fehde; man vergleiche auch S. 331. 332. Ueber die Vorgänge in Halle sprechen die Erfurter und die Magdeburg-Nienburger Annalen, die gemeinsame Quelle des Annalista Saxo und der Annales Magdeburgenses; diese Annalen berühren zugleich den Tod Heinrich Raspes, über den auch das Chronicon Gozecense II. c. 18 Nachrichten bietet. Wenn die Urkunde vom 5. April 1130 (St. R. Nr. 3249) echt ist, muß Heinrich Raspes Tod nach diesem Tage fallen. Eilikas Streitigkeiten mit dem Grafen Ludwig erwähnt das Chronicon Gozecense II. c. 19. Der Sturz des Winzenburgers wird berichtet in den Paderborner Annalen, in der Quelle des Annalista Saxo und der Ann. Magdeb., in den Erfurter Annalen, den Annales s. Disibodi und dem Chron. Gozec. II. c. 20; zu vergleichen ist auch das Chronicon epp. Hildesheimensium. In einer Urkunde Konrads III. vom Jahre 1139 (St. R. Nr. 3399) wird Hermann von Winzenburg später als Comes de Plesse bezeichnet; auch als Comes de Asleburc findet er sich genannt. In einer Urkunde Adalberts II. von Mainz erscheint unter den Zeugen marchio Herimannus et frater eius Henricus de Asleburc. Die Einsetzung Konrads von Plötzke in der Nordmark berichten die Annales Rosenfeldenses und mittelbar nach denselben die Annales Magdeburgenses und der Ann. Saxo; von dem über Halle verhängten Strafgericht geben allein die Erfurter Annalen Nachricht, in denen Halle noch als villa bezeichnet wird. Die Entsetzung Albrechts des Bären von seiner Markgrafschaft und die Einsetzung Heinrichs von Groitsch in dieselbe melden die Erfurter Annalen und die Grundlage der Ann. Magdeburgens. und des Annalista Saxo.

S. 40—41. Der Aufenthalt Lothars im Juni 1130 zu Regensburg wird außer der leider undatirten Urkunde St. R. Nr. 3251 bezeugt durch den Canonicus Wissegradensis. Er meldet unter Anderm vom Herzog Sobeslaw: in illa urbe (Ratispona) manens per septimanam destruxit 20 munitiones. Palackys Auslegung dieser Worte ist willkürlich; es kann sich nur um Burgen in Regensburg handeln. Ueber die Einnahme des Falkenstein berichtet die Historia Welforum c. 17. Friedrich von Bogen ging damals nach Italien und schloß sich Konrad an, wenn er es nicht schon früher gethan hatte; denn offenbar ist in der Kaiserchronik V. 17,069—17,072 dieser Friedrich gemeint. Es heißt dort:

dô volgete Kuonrâte
hin ze Lamparten
Friderîch von Valkenstein,
der was einer eitgenôze sîn.

Weder an Falkenstein im Harz, noch an einen Ort in Schwaben ist zu denken, wie es Maßmann in den Anmerkungen III. S. 1168 thut. Die Unterwerfung Nürnbergs erwähnen kurz z. J. 1130 die Paderborner Annalen und die Annales s. Disibodi. Daß die Uebergabe im Sommer noch nicht erfolgt war, geht aus dem Briefe des Straßburger Bischofs Bruno an die Königin im Codex Udalr. Nr. 355 (J. 250) hervor, wo es heißt: De Nurenberc quoque discretionem vestram moneo, quatinus aut per vos aut per idoneos legatos, quod laudatum et iuratum est, requiratis et causam nostram in partibus illis diffiniatis. Es scheinen aber damals schon Verhandlungen gepflogen zu sein. Daß die Sache dennoch eine üble Wendung nehmen könnte, befürchtete man noch im October, wie aus dem Briefe der Cardinals Gerhard im Codex Udalr. Nr. 350 (J. 253) hervorgeht: Cum in praefato loco (Wirzeburch) essemus, de castro Nurinberc sinistra quedam audivimus: unde miramur et satis dolemus. Der vorhin erwähnte Brief des Straßburger Bischofs an Richinza und der folgende an Lothar selbst sind für die damaligen Verhältnisse des Elsasses wichtig.

S. 41. 42. — Von den glücklichen Zeiten Konrads in der Lombardei berichtet Landulfus de s. Paulo c. 54. Daß man in Rom vor einem Angriff Konrads nicht ohne Besorgniß war, zeigt der Brief der Römer im Codex Udalrici Nr. 351 (J. 237). Von einem wirklichen Unternehmen Konrads gegen Rom kann aber meines Erachtens nicht die Rede sein. Der Ausdruck Landulfs: Romae appropinquavit ist sehr unbestimmt, und sonst findet sich nirgends nur eine Andeutung, daß Konrad sich gegen Rom gewagt habe. Jaffé (S. 71) legt in Landulfs Worte einen Sinn, der ihnen kaum beizumessen ist; die fortis manus Honorii papae ist auch nicht gerade auf kriegerische Vorkehrungen desselben zu deuten. Daß die in den M. G. Legg. II. 38** Konrad II. beigemessene Lehnsconstitution damals von Konrad III. auf den Roncalischen Feldern erlassen ist, wird wohl nicht mehr zu bezweifeln sein; man vergleiche auch St. R. Nr. 8365. Ueber den Grafen Albert von Verona oder S. Bonifacio siehe die Urkunden in Fickers Forschungen IV. Nr. 102—104. 116 und die darauf gegründeten Untersuchungen Fickers II. S. 294 und III. S. 445. 446. Gute Aufschlüsse über diese Verhältnisse gewähren die fingirten Briefe der Wiener Handschrift Nr. 2507, welche Wattenbach in seinem Iter Austriacum bekannt gemacht, namentlich Nr. 25. 26. 27. 28; zu der letzteren ergeben sich aus dem Abdruck in den Forschungen VIII. 692. 393 nach einer andern Handschrift einige Verbesserungen. Von der Synode zu Pavia berichtet Landulf c. 56, und den Abfall der Lombarden von Konrad ergiebt der Brief im Codex Udalrici Nr. 354 (J. 238), der erst im Jahre 1130 geschrieben sein wird. Ueber Meginhers Gefangennahme finden sich Nachrichten in den Annales s. Disibodi, in den Paderborner Annalen, in der Fortsetzung der Gesta Treverorum c. 26 und in der Vita Alberonis c. 15. Für Konrads Anwesenheit in der Lombardei besitzen wir nur bis zum Jahre 1130 Beweise. Das Paulo ante bei Otto von Freising (Chronic. VII. c. 18) beweist wenig, wenn man die Unbestimmtheit seiner Zeitbestimmungen erwägt, und die andern Gründe, welche Jaffé S. 235 für einen längeren Aufenthalt Konrads in Italien anführt, sind nicht stichhaltig; das auf die Reise Elberts bezügliche Argument spricht sogar gegen ihn.

S. 44. — Speramus, quod vexillum totius ecclesiae vobiscum triumphavit et, victoria pacis adepta, inimicorum colla substravit, schreibt Bischof Litifred von Novara. Cod. Udalrici Nr. 354 (J. 233).

S. 45. 46. — Ueber Lothars Verhalten bei den Bischofswahlen genügt es auf die Zusammenstellungen Friedbergs (Forschungen VIII. 79—88) und Bernheims (Lothar III. und das Wormser Concordat S. 25 ff.) hinzuweisen. Die Vertreibung Bischof Siegfrieds von Speier melden die Paderborner Annalen z. J. 1128. Ueber Alexander von Lüttich sehe man besonders die Gesta abb. Trudonensium.

S. 46—49. — Außer den Nachrichten über Norbert, welche sich in seiner Vita, beim Annalista Saxo und in den Magdeburger Annalen finden, sind auch die in dem Chronicon Magdeburgense (Meibomii SS. II. 327 ff.), da sie sicher von einem Zeitgenossen herrühren, von Wichtigkeit; sie sind bereits in der um das Jahr 1200 entstandenen Fundatio monasterii Gratiae Dei benutzt. Die Empörung der Magdeburger gegen Norbert wird in der Vita c. 19 offenbar irrig in die Zeit nach dem Tode Honorius II. gesetzt, da dies nicht allein mit einer Angabe der Vita selbst, sondern auch mit den chronologischen Bestimmungen der Ann. Magdeb. und des Annalista Saxo in Widerspruch steht. Vergl. M. G. SS. XII. p. 678. N. 64. Der Ort, wo die Peiniger des Klosters Nienburg wohnten, nennt das Chronicon Magdeburgense Avelenburg; man hat dabei an Havelberg gedacht. Winter (die Prämonstratenser S. 295. 296) hat gut gezeigt, daß diese Annahme irrig ist, und will statt Avelenburg — Aldenburg lesen, wobei er an Altenburg bei Nienburg denkt. Primi Ottonis imitator et heres wird Lothar in den Annales Palidenses z. J. 1125 genannt. Von Norbert heißt es, mit Benutzung einer Stelle in dem Chronicon Magdeburgense, in der Fundatio mon. Gratiae Dei c. 8: in metropoli sua omnem structuram, quam augustae memoriae imperator Otto imperfectam reliquerat, nescio an spe fidentiori an animo promptiori ad decorem ecclesiae consummare decreverat. Man vergleiche auch die Vita Norberti c. 19.

S. 49. 50. — Die chronologischen Bestimmungen für Vicelins Niederlassung in Lübeck und Faldera, das Todesjahr des Wendenkönigs Heinrich und des Grafen Adolf I. von Schauenburg sind Gegenstand vielfacher Discussionen gewesen. Man vergleiche besonders den Excurs in Jaffés Lothar S. 232—235, die Entgegnung L. Giesebrechts in Schmidts Zeitschrift I. S. 448 und die antikritischen Bemerkungen gegen Reich in der Zeitschrift für die Geschichte der Herzogthümer Schleswig, Holstein und Lauenburg (Kiel 1870) Bd. I. S. 52, die letzte historische Publication meines seligen Oheims. Aus den Discussionen erhellt nur Eines mit Sicherheit, daß Helmolds Bestimmungen, auf welche man fußt, in Widerspruch mit einander stehen. Ein fester Anhalt scheint mir dagegen darin gegeben, daß die Versus antiqui de vita Vicelini (Langebeck, Scriptores rerum Danicarum IV. p. 446) und die Annales Stadenses z. J. 1125 ausdrücklich die Niederlassung Vicelins in Faldera in das Frühjahr 1125 setzen. Vergl. Laspeyres, Bekehrung Nord-Albingens (Bremen 1864) S. 141 und v. Bippen, Kritische Untersuchung über die Versus de vita Vicelini (Lübeck 1868). Steht dieses Datum fest, und ich sehe keinen Grund es zu bezweifeln, so ist der Wendenkönig vor 1125 gestorben, und da Lothar schon im Jahre 1121 einen Krieg gegen Zwentibold, der Heinrichs Sohn und Nachfolger war, unternommen hat (Ann. Saxo 1121), wird Heinrich auch damals bereits nicht mehr am Leben gewesen sein: man wird also seinen Tod um 1120 setzen müssen. Des Grafen Adolf Ende setzt Waitz, Schleswig-Holsteinische Geschichte I. S. 51 auf den 13. November 1128 und stützt sich dabei nach einer brieflichen Mittheilung auf die

Chronik der Nordelbischen Sassen (herausgegeben von Lappenberg in der Quellensammlung der Schleswig-Holstein-Lauenburgischen Gesellschaft Bd. III.), welche der Angabe des Presbyter Bremensis, auf welche sich Jaffé bezieht, vorzuziehen sei. Im Uebrigen bin ich natürlich der Erzählung Helmolds gefolgt.

S. 50. 51. — Wibald schreibt im Jahre 1150 an den Kanzler Arnold: claves regni vos habetis et summam consilii in regno vos regere debetis (Wib. Epp. Nr. 286). Wenn man dies erwägt, so kann man nicht in Zweifel darüber sein, daß die Beseitigung des Kanzlers eine überaus wichtige und durchgreifende Maßregel war. Kamen dabei die äußeren Geschäfte auch mehr in die Hände von Notaren, wo sie zum Theil auch später blieben, so mußte die eigentliche Leitung der Reichsangelegenheiten doch an die Erzkanzler übergehen. Jaffé hat, so fleißig er das Material für die kirchlichen Verhältnisse auch sammelte, doch auf die eigenthümliche Stellung Lothars zu der hohen Geistlichkeit zu wenig geachtet. So ist ihm auch die enge Verbindung, in welcher die Missionsbestrebungen Magdeburgs und Bremens mit den Plänen Lothars standen, ganz entgangen. Ueber Lothars Verhalten gegen Otto von Halberstadt und Friedrich von Köln vergleiche man im Codex Udalrici Nr. 340. 342 (J. 244. 241), über die Absetzung Gottfrieds von Trier die Fortsetzung der Gesta Treverorum.

S. 52–54. — Ueber die Kämpfe Papst Honorius II. mit den Grafen von Segni und Ceccano handeln die Annales Ceccanenses zu den Jahren 1125–1127. Die Verhältnisse zwischen Honorius II. und Roger von Sicilien werden am klarsten bei Alexander Telesinus de gestis Rogerii I. c. 8–18 (Murat. SS. V. 617 ff.) und bei Falco Beneventanus (ebendaselbst p. 101–108) dargestellt. Eine dringliche Einladung der Römer an Lothar zum Romzuge enthält das Schreiben der Römer im Cod. Udalr. Nr. 351 (J. 237), wo es heißt: Eapropter praesentibus litteris prudentiae tuae mandamus, quatinus aliis omissis, omni occasione seposita, proxima ventura hyeme ad praesentiam domni papae venias, ab eo dignitatis plenitudinem et honorem imperii praestante Domino recepturus. Das Ende Honorius II. schildert anschaulich der Brief der Anacletianer an Didacus von Compostella, abgedruckt bei Watterich, Pont. Rom. Vitae II. 187 ff.

S. 54–60. — Ueber die Doppelwahl in Rom und die ersten Zeiten des Schisma sind wir unterrichtet durch das eben angeführte Schreiben der Anacletianer, die verschiedenen Schriftstücke im Codex Udalrici Nr. 338–342. 345. 346. 353. 354 (J. 240–248), ein von Dümmler in den Forschungen VIII. S. 164 publicirtes Schreiben Walters von Ravenna an Konrad von Salzburg, einen Brief des Bischofs Manfred von Mantua an K. Lothar (Neugart, Codex diplom. Alemanniae II. p. 63), einen Brief des Bischofs Petrus von Porto (M. G. S. X. p. 484) endlich die Schreiben Anaklets II., die Chr. Lupus herausgegeben hat. Sehr gründlich hat neuerdings Rich. Zöpffel in der Beilage zu seinem Werke: Die Papstwahlen (Göttingen 1872) die Doppelwahl des Jahres 1130 untersucht. Ich habe diese Untersuchungen bei der Feststellung meines Textes noch nicht benutzen können, stimme aber in den wesentlichen Resultaten mit Zöpffel durchaus überein und begnüge mich hier auf seine Ausführungen hinzuweisen. Ueber die Weihe Innocenz II. und Anaklets II. an demselben Tage siehe Jaffé Reg. pont. Rom. p. 561 und 599. Der Brief des römischen Adels für Anaklet vom 18. Mai 1130 findet sich bei Baronius 1130 Nr. 26, das Schreiben des römischen Klerus ebendaselbst Nr. 16–20. Das Letztere ist auch bei Watterich II. 185 abgedruckt, wo aber das Datum des 24. Februar irrig ist; es ist offenbar ebenfalls vom 18. Mai. Das erste Schreiben

Anaklets an Norbert ist registrirt bei J. R. Nr. 5948. Das von Wattenbach aufgefundene Schreiben Innocenz' II. vom 20. Juni 1130 ist zuerst bei Jaffé R. Nr. 5321 gedruckt worden, dann auch bei Watterich II. 192; der Brief Walters von Ravenna und des Cardinals Gerhard an Otto von Bamberg im Cod. Udalr. Nr. 348 (J. 249) kann danach erst im Juli 1130 geschrieben sein.

S. 60—62. — Ueber die Aufnahme Innocenz' II. in Frankreich hat die Quellenstellen Watterich II. 196—202 gesammelt; gute Nachrichten giebt hier auch die Lebensbeschreibung des Papstes (Watterich II. p. 175). Die Gesandten des Papstes zur Würzburger Synode waren Walter von Ravenna und Jacob von Faenza nach dem Cod. Udalr. Nr. 350 (J. 253). Die Zeit der Synode geht aus der von Lothar auf Fürbitten Konrads von Salzburg am 18. October 1130 ausgestellten Urkunde (St. R. Nr. 3253) hervor. Ueber die Synode giebt der Annalista Saxo z. J. 1130 gute Notizen. Von der Bannung Anaklets und Andrer spricht er nicht hier, sondern erst z. J. 1131: deshalb sind Mascov p. 31 und Jaffé S. 96 zu berichtigen. Die Acten des Concils von Clermont finden sich bei Mansi Coll. conc. XXI. p. 437, doch gehören die p. 457 abgedruckten Canones nicht dieser Synode an. Man sehe über die Synode auch die Lebensbeschreibung des Papstes (Watterich II. p. 175). Die neue Gesandtschaft des Papstes erwähnen die Annales s. Disibodi; sie verweilte noch am 5. Februar 1131 zu Goslar beim Könige, wie aus einer Urkunde (St. R. Nr. 3255) hervorgeht. Damals weilte auch der Bischof Obert von Cremona am Hofe Lothars; Jaffé S. 97 nennt ihn irrthümlich Cardinalbischof. Innocenz II. schrieb am 16. Februar bereits an Erzbischof Didacus: Leodium properamus; ibi enim gloriosus filius noster Lotharius Romanorum rex de pace ecclesiae et salute regni cum archiepiscopis, episcopis et principibus terrae suae nobiscum disposuit pertractare (Watterich II. p. 202).

S. 62. 63. — Die Bulle Anaklets II. für Roger vom 27. September 1130 ist bei Watterich II. 193—195 gedruckt mit einer von Jaffé angegebenen und wohl unzweifelhaften Ergänzung des Anfangs. Daß der Gegenpapst gegen Ende des Jahrs nach Mailand gehen wollte, sagt er selbst (J. R. Nr. 5963). Die angeführten Worte des heiligen Bernhard finden sich in seinen Briefen (ep. 127). Das letzte Schreiben Anaklets an Norbert (Documente A) ist nicht von Lupus veröffentlicht; aus einer Cassineser Handschrift hat es Hugo, Vie de Norbert p. 364 mitgetheilt; Auszüge in den M. G. SS. XII. 701. Falco Benev. und Alexander Telesinus geben zuverlässige Nachrichten über Rogers Krönung zu Weihnachten; der römische Cardinal Comes war zugegen und Fürst Robert von Capua setzte Roger die Krone auf. Später wollten die Könige der Normannen vergessen machen, daß sie einem Gegenpapst die Krone verdankten. Deshalb dreht Romoaldus Salern. (M. G. SS. XIX. p. 419) die Sache so, als sei die Krönung noch bei Lebzeiten Honorius II. erfolgt, und der interpolirte Text läßt sie sogar Weihnachten 1130 iussione Calixti papae stattfinden! In derselben Absicht hat man später von einer Krönung am 16. Mai 1129 gesprochen, und diese durch eine Urkunde zu bezeugen gesucht, deren Echtheit gewiß mit gutem Grunde bestritten ist. Es ist auffällig, daß Jaffé S. 128 die frühere Krönung für ziemlich sicher erklärt.

S. 63—66. — Die besten Nachrichten über die Lütticher Synode finden sich bei Anselm; sie werden ergänzt durch die Annales s. Disibodi, die Paderborner und Erfurter Annalen. Anselm spricht von der Anwesenheit von 32 Bischöfen, Annalista Saxo und Annales Palidenses nach einer gemeinsamen Quelle von 36, die Erfurter Annalen gar von 50 Bischöfen. Die am 31. März zu Lüttich ausgestellte Urkunde

Chronik der Nordelbischen Sassen (herausgegeben von Lappenberg in der Quellensammlung der Schleswig-Holstein-Lauenburgischen Gesellschaft Bd. III.), welche der Angabe des Presbyter Bremensis, auf welche sich Jaffé bezieht, vorzuziehen sei. Im Uebrigen bin ich natürlich der Erzählung Helmolds gefolgt.

S. 60. 61. — Wibald schreibt im Jahre 1150 an den Kanzler Arnold: claves regni vos habetis et summam consilii in regno vos regere debetis (Wib. Epp. Nr. 286). Wenn man dies erwägt, so kann man nicht in Zweifel darüber sein, daß die Beseitigung des Kanzlers eine überaus wichtige und durchgreifende Maßregel war. Kamen dabei die äußeren Geschäfte auch mehr in die Hände von Notaren, wo sie zum Theil auch später blieben, so mußte die eigentliche Leitung der Reichsangelegenheiten doch an die Erzkanzler übergehen. Jaffé hat, so fleißig er das Material für die kirchlichen Verhältnisse auch sammelte, doch auf die eigenthümliche Stellung Lothars zu der hohen Geistlichkeit zu wenig geachtet. So ist ihm auch die enge Verbindung, in welcher die Missionsbestrebungen Magdeburgs und Bremens mit den Plänen Lothars standen, ganz entgangen. Ueber Lothars Verhalten gegen Otto von Halberstadt und Friedrich von Köln vergleiche man im Codex Udalrici Nr. 340. 342 (J. 244. 241), über die Absetzung Gottfrieds von Trier die Fortsetzung der Gesta Treverorum.

S. 62—64. — Ueber die Kämpfe Papst Honorius II. mit den Grafen von Segni und Ceccano handeln die Annales Ceccanenses zu den Jahren 1125—1127. Die Verhältnisse zwischen Honorius II. und Roger von Sicilien werden am klarsten bei Alexander Telesinus de gestis Rogerii I. c. 8—18 (Murat. SS. V. 617 ff.) und bei Falco Beneventanus (ebendaselbst p. 101—108) dargestellt. Eine dringliche Einladung der Römer an Lothar zum Romzuge enthält das Schreiben der Römer im Cod. Udalr. Nr. 351 (J. 237), wo es heißt: Espropter presentibus litteris prudentiae tuae mandamus, quatinus aliis omissis, omni occasione seposita, proxima ventura hyeme ad presentiam domni papae venias, ab eo dignitatis plenitudinem et honorem imperii prestante Domino recepturus. Das Ende Honorius II. schildert anschaulich der Brief der Anacletianer an Didacus von Compostella, abgedruckt bei Watterich, Pont. Rom. Vitae II. 187 ff.

S. 64—60. — Ueber die Doppelwahl in Rom und die ersten Zeiten des Schisma sind wir unterrichtet durch das eben angeführte Schreiben der Anacletianer, die verschiedenen Schriftstücke im Codex Udalrici Nr. 338—342. 345. 346. 353. 354 (J. 240—248), ein von Dümmler in den Forschungen VIII. S. 164 publicirtes Schreiben Walters von Ravenna an Konrad von Salzburg, einen Brief des Bischofs Manfred von Mantua an K. Lothar (Neugart, Codex diplom. Allemaniae II. p. 63), einen Brief des Bischofs Petrus von Porto (M. G. S. X. p. 484) endlich die Schreiben Anaclets II., die Chr. Lupus herausgegeben hat. Sehr gründlich hat neuerdings Rich. Zöpffel in der Beilage zu seinem Werke: Die Papstwahlen (Göttingen 1872) die Doppelwahl des Jahres 1130 untersucht. Ich habe diese Untersuchungen bei der Feststellung meines Textes noch nicht benutzen können, stimme aber in den wesentlichen Resultaten mit Zöpffel durchaus überein und begnüge mich hier auf seine Ausführungen hinzuweisen. Ueber die Weihe Innocenz II. und Anaclets II. an demselben Tage siehe Jaffé Reg. pont. Rom. p. 561 und 599. Der Brief des römischen Adels für Anaclet vom 16. Mai 1130 findet sich bei Baronius 1130 Nr. 26, das Schreiben des römischen Klerus ebendaselbst Nr. 16—20. Das Letztere ist auch bei Watterich II. 185 abgedruckt, wo aber das Datum des 24. Februar irrig ist; es ist offenbar ebenfalls vom 16. Mai. Das erste Schreiben

Anaclets an Norbert ist registrirt bei J. R. Nr. 5948. Das von Wattenbach aufgefundene Schreiben Innocenz' II. vom 20. Juni 1130 ist zuerst bei Jaffé R. Nr. 5321 gedruckt worden, dann auch bei Watterich II. 192; der Brief Walters von Ravenna und des Cardinals Gerhard an Otto von Bamberg im Cod. Udalr. Nr. 348 (J. 249) kann danach erst im Juli 1130 geschrieben sein.

S. 60—62. — Ueber die Aufnahme Innocenz' II. in Frankreich hat die Quellenstellen Watterich II. 196—202 gesammelt; gute Nachrichten giebt hier auch die Lebensbeschreibung des Papstes (Watterich II. p. 175). Die Gesandten des Papstes zur Würzburger Synode waren Walter von Ravenna und Jacob von Faenza nach dem Cod. Udalr. Nr. 350 (J. 253). Die Zeit der Synode geht aus der von Lothar auf Fürbitten Konrads von Salzburg am 18. October 1130 ausgestellten Urkunde (St. R. Nr. 3253) hervor. Ueber die Synode giebt der Annalista Saxo z. J. 1130 gute Notizen. Von der Bannung Anaclets und Andrer spricht er nicht hier, sondern erst z. J. 1131: deshalb sind Mascov p. 31 und Jaffé S. 96 zu berichtigen. Die Acten des Concils von Clermont finden sich bei Mansi Coll. conc. XXI. p. 437, doch gehören die p. 457 abgedruckten Canones nicht dieser Synode an. Man sehe über die Synode auch die Lebensbeschreibung des Papstes (Watterich II. p. 175). Die neue Gesandtschaft des Papstes erwähnen die Annales s. Disibodi; sie verweilte noch am 5. Februar 1131 zu Goslar beim Könige, wie aus einer Urkunde (St. R. Nr. 3255) hervorgeht. Damals weilte auch der Bischof Obert von Cremona am Hofe Lothars; Jaffé S. 97 nennt ihn irrthümlich Cardinalbischof. Innocenz II. schrieb am 16. Februar bereits an Erzbischof Didacus: Leodium properamus; ibi enim gloriosus filius noster Lotharius Romanorum rex de pace ecclesiae et salute regni cum archiepiscopis, episcopis et principibus terrae suae nobiscum disposuit pertractare (Watterich II. p. 202).

S. 62. 63. — Die Bulle Anaclets II. für Roger vom 27. September 1130 ist bei Watterich II. 193—195 gedruckt mit einer von Jaffé angegebenen und wohl unzweifelhaften Ergänzung des Anfangs. Daß der Gegenpapst gegen Ende des Jahrs nach Mailand gehen wollte, sagt er selbst (J. R. Nr. 5963). Die angeführten Worte des heiligen Bernhard finden sich in seinen Briefen (ep. 127). Das letzte Schreiben Anaclets an Norbert (Documente A) ist nicht von Lupus veröffentlicht; aus einer Cassineser Handschrift hat es Hugo, Vie de Norbert p. 364 mitgetheilt; Auszüge in den M. G. SS. XII. 701. Falco Benev. und Alexander Telesinus geben zuverlässige Nachrichten über Rogers Krönung zu Weihnachten; der römische Cardinal Comes war zugegen und Fürst Robert von Capua setzte Roger die Krone auf. Später wollten die Könige der Normannen vergessen machen, daß sie einem Gegenpapst die Krone verdankten. Deshalb dreht Romoaldus Salern. (M. G. SS. XIX. p. 419) die Sache so, als sei die Krönung noch bei Lebzeiten Honorius II. erfolgt, und der interpolirte Text läßt sie sogar Weihnachten 1130 iussione Calixti papae stattfinden! In derselben Absicht hat man später von einer Krönung am 16. Mai 1129 gesprochen, und diese durch eine Urkunde zu bezeugen gesucht, deren Echtheit gewiß mit gutem Grunde bestritten ist. Es ist auffällig, daß Jaffé S. 128 die frühere Krönung für ziemlich sicher erklärt.

S. 63—66. — Die besten Nachrichten über die Lütticher Synode finden sich bei Anselm; sie werden ergänzt durch die Annales s. Disibodi, die Paderborner und Erfurter Annalen. Anselm spricht von der Anwesenheit von 32 Bischöfen, Annalista Saxo und Annales Palidenses nach einer gemeinsamen Quelle von 36, die Erfurter Annalen gar von 50 Bischöfen. Die am 31. März zu Lüttich ausgestellte Urkunde

(St. R. Nr. 3258) ergiebt, wenn man den Papst einrechnet, gerade 32 Bischöfe, doch sollen noch andre gegenwärtig gewesen sein. Die Urkunde ist verdächtig[1]), aber jedenfalls von einem sehr kundigen Schreiber abgefaßt. Eine andre angeblich damals zu Lüttich ausgestellte Urkunde (Nr. 3259) wird durch den Herzog Simon vom Elsaß unter den Zeugen ebenfalls verdächtig; sie setzt voraus, daß Lothar den Elsaß Friedrich abgesprochen und mit demselben den Herzog von Oberlothringen belehnt habe, wofür sich sonst nirgends Beweise finden. Daß Lothar dem Papste die Dienste des Marschalls leistete, berichtet Suger in der Vita Ludovici p. 318. Die Annales s. Disibodi sagen, der Papst habe Lothar plenitudinem imperii versprochen; die Worte sind bezeichnend, denn in der Bulle bei Jaffé Bibl. V. 522 sagt Innocenz selbst: imperatoriae dignitatis plenitudinem tibi concedimus, und im Briefe des heiligen Bernhard an Lothar (ep. 139) heißt es: Romae siquidem imperialis culminis plenitudinem assecutus etc. Der Anspruch, welchen Lothar damals auf die Investitur erhob, bezeugen Otto von Freising (Chron. VII. c. 18), Ernald in der Vita s. Bernhardi II. c. 1 und der heilige Bernhard selbst (ep. 150). Die Lebensbeschreibung des Papstes (Watterich II. p. 175) berichtet, daß Lothar den Papst secundo anno nach Rom zurückzuführen versprochen habe; es steht dies in Widerspruch mit dem Auftrage Alberts an die Römer, wie ihn der Canonicus Wissegradensis angiebt, und es ist dort wohl nur ein Rückschluß aus späteren Ereignissen gemacht.

S. 66–69. — Die Reise des Königs von Lüttich nach Trier erhellt aus den Urkunden (St. R. Nr. 3261. 3262). Ueber die Wahlkämpfe in Trier siehe den Brief der Trierer an den Papst in Balderici Vit. Alberonis c. 10; über den früheren Lebensgang Alberos finden sich in derselben Biographie die besten Nachrichten. Nicht unwichtig für die Persönlichkeit Alberos sind die Briefe des Hugo Metellus an ihn (ep. 6. 30) bei Hugo, Monumenta sacrae antiquitatis II. p. 334. 369 und in Mascovs Commentarien III. p. 344 ff. gedruckt. Den Aufenthalt Lothars in Neuß am 9. Mai und in Straßburg am 24. Juni erweisen die Urkunden bei St. R. Nr. 3263. 3265; die Unternehmungen des Königs um die Pfingstzeit gegen Friedrich erwähnen die Paderborner Annalen. Ueber die Zeit der Mainzer Synode handelt Jaffé, Lothar S. 103 Nr. 82. Die Absetzung des Bischofs Bruno von Straßburg ist in den Annales s. Disibodi berichtet.

S. 69–70. — Die Geschichte Knud Lawards ist nach den Quellen dargestellt von Dahlmann in der Geschichte Dänemarks I. 218 ff., von W. Giesebrecht in den Wendischen Geschichten II. 207 ff., von Jaffé in Lothar S. 108 ff.; doch war ihnen allen noch die Vita Canuti unbekannt, die Waitz 1858 in den Abhandlungen der k. Gesellschaft der Wissenschaften zu Göttingen. Bd. VIII. zuerst publicirte. Sie ist zum ersten Male für die Darstellung verwerthet worden von H. Reich in seiner Geschichte Knud Lawards (Jahrbücher für die Landeskunde der Herzogthümer Schleswig, Holstein und Lauenburg. Bd. X. S. 202 ff.). Ueber den Zug Lothars gegen Dänemark sind die ältesten Quellen die Summa Honorii (M. G. X. p. 131) die Paderborner, Erfurter Annalen und die gemeinsame Grundlage des Annalista Saxo und der Annales Magdeburgenses; Weiteres berichten dann Helmold I. c. 50 und Saxo Grammaticus p. 378. 379. Die Worte der Erfurter Annalen lassen keinen Zweifel, daß unter dem König, von dem die Dänen verlangt haben sollen,

1) Für die Echtheit erklärt sich Schum, Vorstudien S. 90.

daß er sein Reich von Lothar zu Lehen nahme, Niklot und nicht Magnus, wie Jaffé S. 110 annimmt, zu verstehen ist. Jaffés Auslegung stützt sich auf die erweiterte und verderbte Fassung der Quellenstelle in den Annales Pegavienses und ist auch sonst nicht stichhaltig. Magnus bekannte sich als Vasallen Lothars; an ein bestimmtes Lehen ist dabei nicht nothwendig zu denken. Ueber die Erhebung Niklots und Pribislaws spricht Helmold I. c. 52, über ihre Unterwerfung die Paderborner Annalen.

S. 71. — Die Acten des Reimser Concils finden sich im Auszuge im Cod. Udalr. Nr. 1 (J. 258), freilich scheint der Wortlaut hier und da etwas geändert. Die Canones, welche bei Mansi Coll. conc. XXI. p. 457 diesem Concil zugeschrieben werden, gehören dem Concil von Clermont an. Die Zahl der anwesenden Bischöfe giebt Anselm auf dreihundert an. Die Anwesenheit Norberts und seine Botschaft erwähnt das Chronicon Mauriniacense (Watterich II. 207); man sehe auch die Vita Norberti c. 19.

S. 72—74. — Die besten Nachrichten über die Einsetzung Brunos von Köln finden sich in den Annales Colonienses M. II. z. J. 1132. Die irrige Bezeichnung des Johannes Cremensis als episcopus hat Jaffé verführt den bekannten Cardinal Johann von Crema zu einem Bischof zu machen (S. 111). Anselm beschuldigt Lothar, daß sein Verfahren in Köln durch Bestechung bedingt gewesen sei; es steht dahin, ob mit Recht. Der König feierte Mariä Reinigung zu Bamberg (Ann. Magdeb. und Annalista Saxo). Der Canonicus Wissegradensis berichtet über die Zusammenkunft mit dem Böhmenherzoge und mehrere andere Hoftage in nächster Zeit in Sachsen. Das castrum Plyzn oder Plizn, wo der eine Hoftag war, kann nicht wohl Pilsen sein, vielleicht Plesse bei Hannover. Siehe unten die Anmerkungen zu S. 96. 97. Die Nachricht des Canonicus Wissegradensis über den Einsturz der Pfalzen ist nicht zu beanstanden; denn auch die Paderborner Annalen sagen: Vehementissima vis ventorum innumera edificia subruit. Daß der König schon in der Fastenzeit nach Köln zurückkehrte, bezeugt Anselm, den Aufenthalt desselben zu Ostern in Aachen mehrere Annalen und die Urkunde bei St. R. 3267. Wie wenig befestigt Lothars Autorität in den niederrheinischen Gegenden war, zeigt besonders Anselm. Ueber die Weihe und Investitur des neuen Erzbischofs von Trier wird eingehend von Balderich in der Vita Alberonis c. 12. 13 gehandelt. Es heißt dort: Et omnino, ut credebatur, rex se ei opposuisset, nisi quod ipsum talem virum esse sciebat, qui facile totum mundum sui imperii contra ipsum commoveret. Auch Alberos Auftreten gegen Herzog Simon wird dort erwähnt, worüber weitere Nachrichten sich bei Mansi Coll. conc. XXI. p. 481. 482 finden. Auf die Nachrichten, welche Jaffé, Lothar S. 114 aus Benoit (Origine de la maison de Lorraine) schöpft, ist kein Gewicht zu legen. Außer Anderem, was Jaffé selbst bemerkt, verdächtigen die Glaubwürdigkeit dieser Nachrichten, daß der Graf von Fauquemont nicht Gottfried, sondern Goswin (Lothars Urkunde St. R. Nr. 3267) hieß und daß sich Herzog Heinrich von Baiern damals nicht in die lothringischen Angelegenheiten gemischt haben kann[1]). Die Streitigkeiten zwischen Herzog Heinrich und den Staufern zu jener Zeit werden allein in der Historia Welforum c. 18 berichtet. Jaffé setzt S. 80. 81 allerdings den Zug Friedrichs gegen Ravensburg und Heinrichs Einfall in Schwaben schon

1) Herzog Heinrich war Ostern 1131 in Lothringen und unternahm von dort eine merkwürdige Reise nach Paris, über welche Laurentius in den Gest. epp. Vird. (M. G. X. 506) interessante Mittheilungen macht.

in das Jahr 1129, und gleich ihm auch Stälin, Wirt. Gesch. II. 59; aber Beide gehen davon aus, daß die in der Hist. Welf. c. 17 mitgetheilten Ereignisse sich auf die erste Belagerung Speiers beziehen. Ist dagegen dort die zweite Belagerung gemeint, wie mir unzweifelhaft scheint, so müssen die in c. 16 berichteten Thatsachen in die Jahre 1131 und 1132 fallen. Denn um die Zeit des zweiten Zuges Heinrichs wurde nach dem Tode des Bischofs Kuno von Regensburg (19. Mai 1132) der neue Bischof dort gewählt: dieser Einfall Heinrichs in Schwaben muß also in das Jahr 1132 gehören, Friedrichs Zug in das Jahr 1131. Damit stimmen die Zeitbestimmungen der Hist. Welf. — non multo post und sequenti aestate — überein. Den Zug gegen Ravensburg erwähnt auch Berthold von Zwifalten in seiner Chronik c. 37, wie der dadurch veranlaßten Zerstörung von Ennabeuern, einer Rachethat Friedrichs, weil ihn die Bauern dort beim Zuge gegen Ravensburg aus dem Nachtquartier verjagt hatten. Die von Berthold c. 38 erzählten Ereignisse gehören nach den Klosterannalen in das Jahr 1138, die Zerstörung von Ennabeuern war nicht volle sechs Jahr vorher geschehen, also 1132 oder 1133. Die Bestimmung: eodem tempore bei Berthold c. 37 bezieht sich nicht, wie Stälin meint, auf Friedrichs Ueberfall in Zwifalten, sondern auf Welfs Einsetzung als Vogt. Die zu Altdorf am 6. Januar 1130 ausgestellte Urkunde, auf welche sich Jaffé S. 82 N. 39 bezieht, beweist an sich wenig und ist nach Stälin (II. 272) wahrscheinlich ein späteres Machwerk. Ueber die Wahl und Weihe Heinrichs von Regensburg berichtet die Historia Welforum c. 19.

S. 75—78. — Lothars Heer auf dem ersten Zuge nach Italien geben die Erfurter Annalen auf 1500 Ritter an; der Canonicus Wissegradensis berichtet von dem Zuzuge der 300 Böhmen. Die Fürsten, welche Lothar begleiteten, werden in seinem Briefe in den Mon. Germ. Legg. II. 81 aufgezählt, doch finden sich in diesem Briefe manche Corruptionen. Bezeichnend für die Bereitwilligkeit der geistlichen Herren zur Romfahrt ist, daß Lothar i. J. 1135 an den Papst schrieb: Legatos et litteras tuas mitti desideramus, per quas archiepiscopos et abbates qualicumque comminatione ad tuum et nostrum servicium commonefacias. Jaffé, Bibl. V. p. 525. Man sieht, daß Lothar schlimme Erfahrungen gemacht hatte. Interessant sind in dieser Beziehung die Notizen der Annales Rodenses. Der Aufenthalt des Lothar zu Würzburg am 15. August 1132 ergiebt sich aus den Annales Magd. (Ann. Saxo). Ueber die traurigen Vorgänge in Augsburg besitzen wir einen ausführlichen Bericht Bischof Hermanns an Otto von Bamberg (Cod. Udalr. 359. J. 260); kurz erwähnen diese Vorgänge auch die Summa Honorii, der Canonicus Wissegradensis, die Paderborner und Erfurter Annalen; die Letzteren billigen entschieden das Verfahren des Königs. Bischof Hermann sagt: Civitas sancta et antiqua, civitas hactenus dicta Augusta, sed nunc dicenda potius Angusta vel Angustia. Die Zeitbestimmungen des Berichts fasse ich anders als Jaffé. Der Kampf entbrannte am 28. August um Mittag; an demselben Tage war Lothar erst eingezogen. Am 30. August begann die Zerstörung der Mauern, welche drei Tage dauerte; am vierten Tage darnach, am sechsten nach der Ankunft (2. September) zog der König ab. Jaffé identificirt die destructio und den Kampf und setzt deshalb die Ankunft des Königs auf den 26. Sept., den Abzug auf den 31. August. Man vergleiche auch Gebele, Leben und Wirken des Bischofs Hermann von Augsburg (Augsburg 1870) S. 100. — Ueber den Brand in Regensburg sehe man die Notizen des Canonicus Wissegradensis; er giebt das richtige Jahr, wie Anselm und die Annales Mellicenses zeigen; das Datum des Brandes erhellt aus den Annales Ratisbonenses, wo aber irrig das Jahr 1130 angegeben ist. Die Brände in Passau, Eichstädt und Brixen erwähnt das Auctarium Garstense; was es zugleich von einem Brande in Köln sagt, scheint mir zweifelhaft, da andre Quellen nichts davon berichten. Den Utrechter Brand melden Anselm und mehrere Annalisten.

S. 78. 79. — Daß Innocenz II. Ostern 1132 zu Asti feierte, geht aus der Vita Innocentii II. (Watterich II. 176) und den fingirten Briefen hervor, die Wattenbach im Iter Austriacum veröffentlicht hat (Nr. 8); aus denselben (Nr. 24) erhellt auch die Zeit der Synode zu Piacenza, über welche wir sonst nur in der erwähnten Vita Kunde besitzen. Für Rogers Verhältnisse wichtig ist der Brief des Bischofs Heinrich von S. Agatha (Cod. Udalr. N. 860. J. 259) an die päpstlichen Rectoren Bischof Konrad von der Sabina und Cardinal Gerhard, wie an die römischen Consuln Leo Frangipane und Petrus Latro; denn statt Petro Laterano ist Petro Latroni zu lesen. Der Brief enthält starke Uebertreibungen. So ist Nichts darauf zu geben, daß Privilegien Anaklets gefunden sein sollen, in denen Rom selbst Roger überliefert und er zum advocatus Romanae ecclesiae et patricius Romanorum erhoben sei; das uns bekannte Privilegium Anaklets weiß hiervon nichts. Die in dem Schreiben berichtete Niederlage Rogers steht aber fest; wir finden über dieselbe auch bei Falco von Benevent, in den Ann. Casinenses und bei Romoald von Salerno Nachrichten. Sehr interessant sind die fingirten Briefe Cremonas und Pavias, welche Wattenbach unter Nr. 15 u. 16 im Iter Austriacum hat abdrucken lassen; sie schildern die Zustände der lombardischen Städte vor Lothars Romfahrt sehr lebendig. In Nr. 15 heißt es: Semper in mente habetote superbiam Teuthonicorum, crudelitatem tyrannorum ac saevitiam barbarorum; nunquam excidat de quatuor tauris poetica fabula, quos concordes leo non ausus tangere fugit, divisos vero invasit, ut ceperat, interficere.

S. 79. — Von dem Eindruck, den Lothars erstes Auftreten in Italien machte, sagt Otto von Freising (Chronicon VII. c. 18): In multis locis tam amore Conradi quam respectu paucitatis suae ab incolis terrae subsannatus et despectus. Der Aufenthalt Lothars zu Gardesana geht aus den Urkunden St. R. Nr. 3269. 3270 hervor. Ueber die Belagerung von Crema siehe die Annales Cremonenses. Unbeachtet geblieben ist bisher die interessante Stelle im Chronicon Urspergense p. 288, welche offenbar dem Johann von Cremona entnommen ist: Post haec imperator (Fridericus I.) cum exercitu suo versus Cremam iter arripuit, et primum legalibus innitens statutis pactionem supradictam a Cremensibus fecit exposci. At illi confidentes in sui castri firmitate, eo quod olim Lotharius imperator, viribus suis diffidens, non ausus fuerat castrum obsidere, de auxilio quoque Mediolanensium et Brixiensium praesumentes, praeceptis imperatoris superbe contradixerunt. Mulieres quoque castri, choros ducentes per plateas, cantionem decantarunt, in quo continebatur, quod, sicut olim Lotharius, sic et iste imperator recedere cogeretur inglorius. In unserem Text steht durch einen Druckfehler nach einer Woche statt nach vier Wochen.

S. 80—82. — Das Itinerar Innocenz II. ergiebt sich aus Jaffés Regesten. Die Zusammenkunft des Papstes mit Lothar erwähnt die Vita Innocentii (Watterich II. 176). Daß Reggio und Bologna auf dem ersten Zuge Lothar nicht aufgenommen hatten, erwähnt Otto von Freising nachträglich im Chronicon VII. c. 19. Am 9. December war Lothar zu Sanesium, dessen Lage nicht zu bestimmen ist, am 16. December apud Cellulam in Bononiensi episcopatu (St. R. Nr. 3272. 3273). Das Weihnachtsfest feierte Lothar zu Medicina, östlich von Bologna, nach den Paderborner Annalen. Vergl. hierüber auch die Ann. Magdeburgenses, wo der Tod Konrads von Plötzke erwähnt wird; auffällig ist die Verwechselung Konrads mit dem schon 1128 verstorbenen Heinrich von Stade in den Erfurter Annalen. Ueber des Papstes Reise nach Pisa und seine dortigen Anordnungen handelt die Vita Innocentii II. p. 176; sie giebt auch Nachrichten über die Zusammenkunft mit Lothar zu Calcinaja und die weitere Reise. Der h. Bernhard selbst erwähnt in ep. 129 seiner Betheiligung an den Friedensverhandlungen zwischen Genua und Pisa. Daß Lothar Ostern 1133 apud St. Flavianum feierte, sagt die gemeinsame Quelle des Annalista Saxo und der Annales Magdeburgenses, die in den Letzteren am reinsten erhalten ist und hier gute Nachrichten bietet. An Fiano (Flavianum) ist bei St. Flavianus nicht zu denken, obwohl es Jaffé S. 127 für zulässig hält; es würde dadurch jede andere Bestimmung über den weiteren Zug Lothars unerklärlich werden. Daß Lothar um Ostern bei Valentano und in der Nähe von Viterbo war, zeigt die Vita Norberti c. 21; St. Flavianus war aber ein Ort bei Viterbo, wie aus einer Bulle Eugens III. (J. R. Nr. 6283) hervorgeht. Das Heer Lothars beim Anmarsche gegen Rom schätzt Falco Beneventanus auf 2000 Ritter. Der Marsch von Viterbo bis Rom wird in der Vita Innocentii genau bezeichnet. Der h. Bernhard schreibt (ep. 138) an König Heinrich von England: In ingressu urbis sumus, salus est in ianuis, iustitia nobiscum est. Sed Romanis militibus cibus iste non sapit. Itaque iustitia placamus Deum, militia terremus hostes. Solis necessariis necessaria non habemus. Den Tag der Einnahme der alten Stadt (30. April) geben die Paderborner Annalen; in den Annales Magdeburgenses ist, wie schon Jaffé vorschlägt, in Kal. Maii zu emendiren in II. Kal. Maii. Lothar bezog den Aventin, wie er selbst sagt (M. G. Legg. II. 81); die Annales Magdeburgenses erwähnen seine Pfingstfeier zu S. Sabina. Falco Beneventanus meldet: er habe noch zuerst ein Lager bei St. Paul bezogen, und Anaklet bestätigt selbst, daß St. Paul in Lothars Händen war (Watterich II. p. 213); hier ist wahrscheinlich auch der mons Latronum zu suchen, von dem die Vita Norberti spricht. Man wird sich den Hergang nicht anders erklären können, als daß Lothar zuerst bei S. Agnese lagerte, dann ein Lager bei S. Paolo bezog, von hieraus in Rom einrückte und dann selbst den Aventin bezog, während das Heer zum Theil vor der Stadt blieb.

S. 82. 83. — Ueber die Verhandlungen zwischen Lothar und Anaklet berichtet Lothar selbst in seinem Schreiben an die Fürsten (M. G. Legg. II. 81). An der Echtheit des Actenstücks ist nicht zu zweifeln, aber es ist uns nur in einem mehrfach corrumpirten Texte erhalten. So muß offenbar statt Fragipanis et Petri Leonis gelesen werden Fragipanis et Petri Latronis (wie bereits Jaffé corrigirt hat). Auch in den Namen der am Schluß genannten Fürsten sind manche Verwirrungen. Schwierigkeiten machen unter Anderen die daselbst genannten Markgrafen Albero und Heinrich; bei dem einen hat man an Albrecht den Bären gedacht, der aber damals sicher noch nicht mit der Nordmark belehnt war, bei dem andern an Heinrich von Groitsch, der sonst nirgends als Theilnehmer des Zugs genannt wird. Norbert wird irrig Kanzler statt Erzkanzler genannt. Der Abt Heinrich von Fulda, bereits am 28. März 1133 (Schum, Vorstudien S. 16) verstorben, erscheint noch unter den Lebenden. Der Gotho de Marchniago ist Goyzo de Martinengo, der von Landulf de S. Paulo c. 63 erwähnt wird. Die Verhandlungen zwischen Lothar und Anaklet werden außerdem berührt in der Vita Norberti c. 21, doch wird hier Manches schon nach Valentano verlegt, was erst auf dem Aventin stattfand. Sehr eigenthümliche Nachrichten über diese Verhandlungen finden sich bei Ordericus Vitalis (M. G. XX. p. 80). Ueber die Unterstützung, die Innocenz II. bei Robert von Capua fand, spricht Falco Beneventanus p. 115; vergl. auch Alexander Telesinus II. c. 36. Die Unterstützung der Pisaner und Genuesen erwähnen außer der Vita Innocentii II. auch die Annalen des Caffaro z. J. 1133. Mit Recht bemerkt Gregorovius (IV. S. 408), daß in der Vita für totam Marmoratam zu lesen ist totam M a r i t i m a m. Ueber die Streitigkeiten in Rom selbst spricht Anselm; Näheres erfährt man freilich nicht.

S. 83. 84. — Lothars Krönung berichten die Erfurter, Paderborner und die Magdeburger Annalen; weder über die Zeit noch über den Ort kann ein Zweifel sein. Wenn die Ann. Reichersbergenses (M. G. XVII. p. 454) sagen, Lothar und Richinza seien vom Papst in ecclesia s. Bonifacii gekrönt, so muß dabei eine Verwechselung zu Grunde liegen. Kirche und Kloster S. Bonifaz sind auf dem Aventin; vielleicht nahm der Papst dort an einem Festtage die übliche Ceremonie der Kronaufsetzung vor. Der Eid, den Lothar vor der Krönung leistete, ist aus dem Liber censuum des Cencius abgedruckt in den M. G. Legg. II. 82 und bei Theiner, Cod. diplom. dom. temp. s. sedis p. 12. 13. Ueber das Bild im Lateran und seine Umschrift sehe man die Gesta Friderici I. L. III. c. 10. Daß diese Verse eine Beziehung haben sollen auf das Verhältniß, welches Lothar zum Papst wegen der Erbschaft Mathildens einging, ist eine oft ausgesprochene, aber ganz grundlose Ansicht.

S. 84. 85. — Was die Vita Norberti c. 21 über neue Verhandlungen wegen des Investiturrechts in Rom erzählt, mag in Einzelnheiten nicht richtig und namentlich die Person Norberts dabei zu sehr in den Vordergrund gestellt sein. Aber den Bericht ganz zu verwerfen, wozu sich Friedberg in den Forschungen VIII. S. 83—86 geneigt zeigt, wird man, nachdem die Bulle vom 8. Juni 1133 wegen der Investitur bekannt geworden ist (Jaffé, Bibl. V. 522), Bedenken tragen müssen. So urtheilt auch Bernheim, Lothar III. und das Wormser Concordat S. 41 ff., ergeht sich dann aber weiter in Vermuthungen, die wenig Anhalt haben. Schon Pflugk hat in den Göttinger gelehrten Anzeigen 1870 S. 144 darauf aufmerksam gemacht, daß einzelne Stellen der Urkunde wörtlich dem Wormser Vertrage entsprechen. Zweierlei geht meines Erachtens aus der Urkunde deutlich hervor, daß einmal die dem Kaiser durch den Wormser Vertrag zugestandenen Rechte als debitas et canonicas consuetudines anerkannt und doch dann Lothar wieder nur persönlich zugestanden werden.

S. 85. 86. — Die Bulle Innocenz' II. wegen des Mathildischen Hausguts ist vielfach gedruckt, aber nicht nach dem Original, das längst verloren scheint, sondern nach dem Liber censuum des Cencius; der letzte Abdruck aus dem Liber censuum steht bei Theiner, Cod. dipl. p. 12. Die Urkunde, wie sie vorliegt, bietet die größten Anstöße. Erstens stimmt das Lemma: Lothario imperatori augusto et Riget imperatrici mit dem Wortlaut der Urkunde selbst nicht überein, wo von der Kaiserin gar nicht die Rede ist, sondern nur von Lothar, und ausdrücklich der Rückfall „post obitum tuum" ausgesprochen wird. Wenn einige Male statt des Singulars der Anrede der Plural angewendet wird, so ist daraus Nichts zu schließen; dasselbe Schwanken des Ausdrucks findet sich in dem Briefe Paschalis II. an Heinrich V. im Cod. Udalr. Nr. 271 (J. 158). Zweitens aber steht der Hauptkörper der Urkunde mit dem auf Heinrich von Baiern und die Gertrud bezüglichen Schlußsätzen im schroffsten Widerspruch. Daß Lothar und Heinrich gleichzeitig dasselbe und zugleich unter verschiedenen Bedingungen verliehen sei, ist undenkbar. Man nimmt gemeinhin an, daß Heinrich nach Lothars Tode in den Besitz treten sollte; aber dem widerspricht bestimmt die Urkunde selbst, wo es heißt: post suum obitum proprietas ad ius et dominium sanctae Romanae ecclesiae revertatur und wo der Ausdruck concedimus in ganz gleicher Weise bei Lothar und Heinrich gebraucht wird. Es liegt gar kein Grund vor, die Echtheit der Urkunde zu bezweifeln, mehr als einer zu der Annahme, daß sie in corrumpirter Gestalt uns überliefert ist, daß ihr erstens die Ueberschrift nicht angehört und zweitens der Inhalt aus zwei Actenstücken zusammengesetzt ist. Vermuthlich war im Registrum Innocenz II., denn nur daher konnte Cencius die Urkunde nehmen, am Rande zu dem Actenstücke des J. 1133 hinzugefügt, was zu Gunsten Herzog Heinrichs i. J. 1137 verfügt wurde. Die Bulle v. 1137 mochte mutatis mutandis nur die frühere von 1133 wiederholen und dann den auf Heinrich und Gertrud bezüglichen Zusatz beifügen; der Schreiber begnügte sich deshalb nur diesen Zusatz am Rande zu copiren. Mir scheint nicht zweifelhaft, daß erst auf Lothars zweitem Zuge nach Italien, als er von Heinrich begleitet wurde, er an diesen die Mathildischen Güter abtrat; erst damals kann auch die Markgrafschaft Tuscien Heinrich übertragen sein. Sehr gut hat Ficker in seiner Schrift: Vom Heerschilde (Innsbruck 1862) S. 83–86 aus der Urkunde selbst entwickelt, daß Lothar wegen des Mathildischen Hausguts nicht Vasall des Papstes wurde, wenn er gleich die Investitur mit dem Ring erhielt.

S. 87. 88. — Die Bullen Innocenz II. für die Erzbischöfe von Magdeburg und Bremen (J. R. Nr. 5458. 5468) sind von großer Wichtigkeit; denn man ersieht aus ihnen deutlich, wie umfassende Missionspläne damals diese Bischöfe und Kaiser Lothar hegten. Es sind Zweifel an der Echtheit der Bulle für Norbert erhoben worden (Röpell, Geschichte Polens I. 286), aber sie scheinen mir nicht genügend begründet. Wie nahe Norbert dem Papste stand, geht aus der Bulle hervor. Sein vertrautes Verhältniß zum Kaiser bezeichnet die Vita Norberti c. 21 in den Worten: Diligebat autem et ipse (Lotharius) virum Dei Norbertum, eo quod consiliis eius plerumque regeretur et per eum refectione verbi Dei cotidie pasceretur. Der beste Beweis von Lothars Zutrauen zu Norbert ist die ganz ungewöhnliche Uebertragung des Erzkanzleramts für Italien an ihn, wobei zu bemerken, daß Norbert selbst ohne Kanzler die Urkunden recognoscirt (St. R. 3281. 3282). Die Beeinträchtigung Kölns ist allgemein empfunden worden. Die Ann. Magdeb. (Ann. Saxo) sagen z. J. 1132: Quia archiepiscopus Coloniensis defuit, qui iure debet esse cancellarius in illis partibus, Norbertus archiepiscopus Magadaburgensis huic officio deputatus est. Selbst die Ertheilung des Pallium an den Kölner muß man in Rom von Lothars Entschließung abhängig gemacht haben. Denn nach einiger Zeit schreibt Erzbischof Adalbert (Cod. Udalr. Nr. 366 J. 264): Ipsa iam archiepiscoporum pallia de curia sunt expetenda. Quod manifestum est in domno Coloniensi, qui ideo adhuc pallio caret, quod illud contra canonicae religionis institutionem in curia recipere noluit. Die Bevorzugung Norberts gegen den Abt von Fulda durch den Ehrensitz neben dem Kaiser soll zwischen den Magdeburger und Fuldaer Dienstleuten am Krönungstage selbst zu erbitterten Streitigkeiten geführt haben; vergleiche Jaffé, Lothar S. 132. 133. Ueber die dem Bischofe von Paderborn in Rom ertheilten Ehren berichten die Paderborner Annalen.

S. 88. 89. — Die Zeit des Abzugs Lothars von Rom läßt sich nur im Allgemeinen bestimmen, wie es Jaffé S. 135 gethan hat. Im Uebrigen sind die Urkunden St. R. Nr. 3282. 3283 einzusehen. Nach der Vita Norberti muß man annehmen, daß wenigstens Norbert den Rückweg über Pisa genommen hat. Die Straße, welche

Lothar, um Verona zu umgehen, nach dem Etschthal einschlug, kann nicht zweifelhaft sein, da die Erfurter Annalen Lobron nennen; über die Vorgänge bei dieser Burg sind außerdem die Paderborner Annalen zu vergleichen.

S. 89. 90. — Den Aufenthalt des Kaisers in Freising am 25. August bezeugt eine Urkunde (St. R. Nr. 3284); die Versammlung in Würzburg am 8. September und die Geschäfte derselben erwähnen die Annales Magdeburgenses (Ann. Saxo). Ueber das Verfahren des Kaisers in Bezug auf das Bisthum Basel sagt Erzbischof Adalbert (Cod. Udalr. 366. J. 264): Quid enim restat ad cumulum doloris nostri, cum videamus canonicas episcoporum electiones ad nutum principis cassari et pro beneplacito suo ipse substituat, quos libuerit? Hoc in Basiliensi ecclesia factum est. Der Hoftag am 23. October 1133 zu Mainz steht durch die Urkunde bei St. R. Nr. 3286 fest, aus derselben ergiebt sich auch die Anwesenheit des Cardinals Gerhard. Ueber den Umschwung der Dinge in Rom siehe Falco Beneventanus und den Brief Anaklets bei Watterich II. 218. Die Echtheit der Bulle bei J. R. Nr. 5463 ist wohl zweifelhaft. Daß durch Lothars Zug das Schisma nicht beendigt wurde, hebt besonders Anselm hervor: dissimulato negotio inefficax rediit. Den Widerstand Mailands und Veronas betonen die Erfurter Annalen, aber es ist übertrieben, wenn sie sagen, daß Lothar sich sonst ganz Italien unterworfen habe.

S. 91—93. — Die Streitigkeiten zwischen Herzog Heinrich von Baiern und den Grafen von Wolfratshausen erzählt die Historia Welforum c. 19. 22.

S. 93. 94. — Am 29. November 1130 wird Pfalzgraf Gottfried von Calw zuletzt urkundlich erwähnt; vergl. Stälin, Wirt. Gesch. II. 381. Ueber den Todestag ebendaselbst S. 371. Das Geschlecht Ottos von Rineck hat jetzt richtig erörtert H. Stein in dem Archiv des hist. Vereins für Unterfranken XXII. S. 244; dort wird auch nach einer Mittheilung von mir jetzt Sophie als Mutter Ottos genannt. Ich fand den Namen der Gemahlin des Gegenkönigs Hermann in den Mon. Boic. XXIX. 2 p. 65, und es erledigen sich damit die Untersuchungen, deren ich Bd. III. S. 1162 gedacht. Es ist unzweifelhaft, daß Otto von Rineck die Pfalzgrafschaft am Rhein nach Gottfrieds Tod erhielt[1]). Nicht allein die Kölner Annalen nennen ihn Pfalzgraf, sondern auch in Urkunden Lothars erscheint er als Pfalzgraf am Rhein (St. R. Nr. 3282. 3286. 3354); er bekleidete gleichzeitig mit Wilhelm, der erst im Jahre 1140 starb, diese Würde. Die Reihe der Pfalzgrafen am Rhein ist hiernach zu berichtigen. Welf konnte, als er die Tochter des Pfalzgrafen Gottfried heirathete, kaum 16 Jahre alt sein; vergleiche Stälin a. a. O. S. 261. Die Kämpfe zwischen dem jüngeren Welf und dem Grafen Adalbert erzählt die Historia Welforum c. 20. 21; Erläuterungen giebt Stälin a. a. O. S. 288. 371. 372. Der Aufenthalt des Kaisers im October 1133 zu Mainz und im November zu Basel wird durch Urkunden bezeugt (St. R. 3286. 3287).

S. 94—96. — Die Händel in den friesischen Gegenden werden am ausführlichsten in den Annales Egmundani erzählt. Den Tod des Florentius erwähnen kurz die Paderborner Annalen z. J. 1133; der Todestag ergiebt sich aus dem Necrol. Egmundanum bei v. d. Bergh, Oorkondenb. van Holland I. 833 (Mittheilung von Scheffer-Boichorst). Des Hoftags zu Köln und der Behandlung des Bischofs von Utrecht gedenkt Erzbischof Adalbert in seinem Schreiben an Otto von Bamberg (Cod. Udalr.

1) Die Belehnung scheint erst nach dem 1. Januar 1134 (St. R. Nr. [illegible]) erfolgt zu sein.

364. J. 264). Ueber den Aufstand in Köln sprechen die Paderborner Annalen. Der Kaiser war noch am 1. Januar in Köln, wie die interessante Urkunde bei Böhmer, Acta imperii selecta p. 74 ausweist: unter den Zeugen werden dort comes Adalbertus de Ballinstat und comes Otto de Rienegge genannt. Vielleicht in dieselbe Zeit fällt die Urkunde ohne Ort und Tag bei St. R. Nr. 3298, wenn sie überhaupt echt ist; auch in ihr werden Albrecht und Otto in gleicher Weise erwähnt. Die Urkunde Lothars, am 1. Januar in Aachen ausgestellt, welche Jaffé S. 160 in d. J. 1134 setzt, gehört z. J. 1135 (St. R. Nr. 3306). Zu Epiphanias 1134 dagegen war Lothar in Aachen, wie aus den Annales Magdeburgenses, Rodenses und der Urkunde bei St. R. Nr. 3289 hervorgeht. Wahrscheinlich ist der in der Letzteren unter den Zeugen genannte Pfalzgraf Otto der Rinecker; um dieselbe Zeit ist auch Albrecht der Bär mit der Nordmark belehnt worden. Die Annales Magdeburgenses und die anderen mit ihnen aus gleicher Quelle schöpfenden Quellen erwähnen die Verleihung der Nordmark nicht zu Ostern, sondern unmittelbar nach der Feier des Epiphaniasfestes. Die Urkunden, welche von Heinemann, Albrecht der Bär S. 336. 337 für den markgräflichen Titel Albrechts i. J. 1134 anführt, gehören erst in das Jahr 1135, wohin sie auch von Heinemann selbst im Codex Anhaltinus gestellt hat.

S. 96. 97. — Den Aufenthalt des Kaisers am 25. Januar 1134 zu Goslar bezeugt die Urkunde bei St. R. Nr. 3290. Der Canonicus Wissegr. z. J. 1134 erwähnt eine Zusammenkunft, welche darauf der Böhmenherzog Sobeslaw mit Lothar hatte in civitate, quae Plzen vocatur: darunter kann wohl nur das schon zum J. 1132 erwähnte castrum Plyen gemeint sein. Der Ort muß in Sachsen, nicht sehr weit von Goslar gesucht werden. Ich glaube, daß an die Burg Plesse bei Göttingen zu denken ist. Lappenberg macht wahrscheinlich (Hamburger Urkundenbuch I. S. 89), daß auch das an Adalbert von Bremen verliehene praedium Pliene mit Plesse identisch sei. Im Jahre 1139 war die Burg im Besitze der Winzenburger, aber noch bei Lebzeiten Hermanns von Winzenburg kam sie an die Dynasten von Höckelheim. Wenck, Hessische Landesgeschichte II. S. 710. 735. Ueber die Verhältnisse Ungarns in jener Zeit ist Jaffé, Lothar S. 161—163 einzusehen.

S. 97—99. — Ueber die dänischen Wirren nach dem Friedensschlusse von 1131 handelt eingehend Jaffé, Lothar S. 143—147. Die älteste Quelle ist uns hier in den Erfurter Annalen gegeben; daneben kommen die späteren Nachrichten Helmolds und des Saxo Gramm. in Betracht. Die Paderborner Annalen erwähnen kurz z. J. 1133 die Ermordung der Deutschen und sprechen zugleich von einem beabsichtigten neuen Dänenkriege Lothars; Scheffer-Boichorst hat S. 196. 197 bereits gezeigt, daß die Absicht nicht ausgeführt wurde und selbst von einer Annäherung Lothars an die dänischen Grenzen am Ende des Jahres 1133 nicht die Rede sein kann. Die große Versammlung der Fürsten zu Halberstadt Ostern 1134 erwähnen fast alle Annalen; ausführlichere Nachrichten finden sich auch im Chronicon Halberstadense p. 56; auffälliger Weise verlegen die Erfurter Annalen die Versammlung auf Pfingsten. In den Paderborner Annalen erscheint Magnus als rex Danorum. Dies hat seinen Grund wohl in dem, was die Annales Ryenses (M. G. XVI. 401) berichten: Vivente adhuc praedicto Nicolao rege, filius eius Magnus factus est rex Danorum et Gothorum; vergl. Saxo Grammaticus p. 377. Ueber die Bedingungen, welche Magnus einging, unterrichten die Paderborner Annalen am besten. Dort heißt es: Iuramentum facit, se successoresque suos nonnisi permissu imperatoris successorumque suorum regnum adepturum. Irrige Auffassungen sind es gewiß, wenn die Erfurter Annalen sagen: Quem (Magnum) pius imperator regum Danorum esse decrevit, und die Magdeburger Annalen berichten: (Magnus) regnum ipsius patriae ab eo (imperatore) percepit. Nicht am zweiten Osterfeiertage, wie Jaffé sagt, sondern am Ostertage selbst, trug Magnus dem Kaiser das Schwert vor. Die Annales Hildesheimenses, wie die andern verwandten Quellen, haben nicht secundo die paschae, sondern sancto d. p. Die Urkunde Heinrichs des Löwen für die Gothländer (Wisby) ist zuletzt gedruckt im Urkundenbuch der Stadt Lübeck I. 3.

S. 99. 100. — Schon in der Urkunde Lothars vom 25. Januar 1134 (St. R. Nr. 3290) erscheint als Zeuge ein Graf Hermann, der wohl nur der Winzenburger sein kann. Vergl. Jaffé, Lothar S. 96 Nr. 50. Ueber die Belehnung Albrechts des Bären mit der Nordmark siehe oben die Anmerkungen zu S. 94–96. Den Aufenthalt des Kaisers am 16. Mai 1134 zu Lüneburg bezeugt die Urkunde bei St. R. Nr. 3296. In diese Zeit ist meines Erachtens auch zu verlegen, was Helmold I. c. 53 über die Zusammenkunft mit Wicelin berichtet. Jaffé setzt dies S. 147 ff. in das Jahr 1133 mit Rücksicht auf eine Urkunde (St. R. Nr. 3292), deren Echtheit nicht unzweifelhaft ist, und die, wenn sie echt sein sollte, zum Jahre 1134 gehört. Auch die unvollständig erhaltene Urkunde für Neumünster (St. R. Nr. 3293) erregt mir große Bedenken; sie spricht von Neumünster als einer bestehenden Stiftung, die es nach Helmold damals nicht war. Den Aufenthalt des Kaisers in Braunschweig am 26. Mai weist die Urkunde bei St. R. Nr. 3297 nach. Die zu Goslar ausgestellte Urkunde für das Aegidienkloster (St. R. Nr. 3291) ohne Tag setzt Jaffé S. 156 Anm. 76 wohl mit Recht erst nach dem Aufenthalt in Braunschweig, während sie Stumpf bereits dem Januar 1134 zuschreibt. Lothars Aufenthalt zu Pfingsten in Merseburg berichten die Annales Magdeburgenses (Ann. Saxo). Die damals ausgestellte Urkunde (St. R. 3298) scheint mir interpolirt; auffällig ist der Eggehardus cancellarius und unter den Zeugen Heinricus de Glogau und Adelbertus de Hildageburg. Das angeführte Schreiben Erzbischof Adalberts steht im Cod. Udalr. Nr. 365 (J. 252). Jaffé setzt das Schreiben, freilich selbst schwankend, in das Jahr 1130. Schon die Stellung in den Handschriften scheint mir für das Jahr 1134 zu sprechen. Die Versammlung zu Mainz, auf die sich wahrscheinlich Adalbert bezieht, war im October 1133. Vergl. die Urkunde bei St. R. Nr. 3286.

S. 101. 102. — Ueber den letzten vernichtenden Kampf Lothars gegen Friedrich in Schwaben handeln die Erfurter, Paderborner Annalen und besonders die gemeinsame Quelle der Annales Magdeburgenses und des Annalista Saxo. Die Zeit der Rückkehr des Kaisers nach Franken und des Fuldaer Tages wird bestimmt durch die Urkunde vom 26. October 1134 (St. R. Nr. 3300), die früher irrig vom 7. November datirt wurde. Tanta clade tota Suevia percellitur, sagen die Erfurter Annalen, ut nichil ante simile factum a cunctis regibus memoretur. Vornehmlich die Kaiserin nahm sich Friedrichs an, quia neptis sua erat (Ann. Magdeburgenses). Die Verwandtschaft beruht nicht, wie Jaffé S. 158 Nr. 8 annimmt, auf Verschwägerungen, sondern auf gemeinsamer Abkunft von der Kaiserin Gisela, der Mutter Heinrichs III. Daß es sich damals nur um eine vorläufige Absolution Friedrichs handeln konnte, geht aus den Bedingungen hervor, welche ihm später in Bamberg gestellt wurden. Ob der päpstliche Legat in Fulda der Cardinal Gerhard oder Dietwin war, läßt sich aus den Quellen nicht entscheiden. Ueber den Aufenthalt des Kaisers Weihnachten 1134 zu Aachen und über die dortigen Vorgänge berichten die Paderborner Annalen. Daß der Kaiser noch am 1. Januar 1135 in Aachen verweilte, erhellt aus den Urkunden bei St. R. Nr. 3302, 3303; in beiden Urkunden erscheint Erzbischof Bruno von Köln unter den Zeugen. Die Annales Magdeburgenses (Ann. Saxo) berichten, daß der Kaiser Mariä Reinigung in Quedlinburg feierte; er kehrte also zunächst aus den niederrheinischen Gegenden nach Sachsen zurück.

S. 102—104. — Von der großen Reichsversammlung zu Bamberg am Mittfasten 1135 sagen die Paderborner Annalen: frequens principum fere totius regni conventus fit apud Bavenberg, imperatore cum valida manu electorum militum et armorum copia praesente. Dies bestätigen nicht nur die Ann. Magdeburgenses, sondern auch die in vielen Beziehungen höchst interessante Urkunde bei St. R. Nr. 3301. Die Aussöhnung mit dem Erzbischof von Köln berichten die Paderborner Annalen; der Unterwerfung Friedrichs wird fast in allen gleichzeitigen Quellen gedacht. Nach dem Auctarium Zwetlense (M. G. IX. p. 540) ist die Aussöhnung Friedrichs und Lothars am 18. März erfolgt. Otto von Freising sagt in der Chronik (L. VII. c. 19): Imperator — generalem curiam Babenberg circa mediam quadragesimam celebrans, Fridericum et Conradum duces interventu Clarevallensis abbatis Bernhardi in gratiam recepit. Darin ist irrig, daß sich auch Konrad damals bereits unterworfen haben soll, aber mit Unrecht beanstandet Jaffé, Lothar S. 169. Anm. 10 die persönliche Betheiligung Bernhards an den Vorgängen in Bamberg. Gaufrid in der Vita s. Bernhardi IV. c. 4 erwähnt der Reise, die Bernhard nach Deutschland unternahm, um den Frieden zwischen Lothar und den Staufern herzustellen und erzählt dabei eine Geschichte, die sich zu Mainz zugetragen habe. Bernhard selbst schrieb in der nächsten Zeit an die Pisaner: Commendo vobis marchionem Engelbertum, qui domino Papae et amicis eius animus est in adiutorium, iuvenis fortis et strenuus et, si non fallor, fidelis. Habetote eum nostris precibus magis commendatum, quia et ego ei vos amplius commendare curavi monuique, ut vestris potissimum precibus innitatur (ep. 130). Markgraf Engelbert war zu Bamberg gegenwärtig nach der oben angeführten Urkunde, schon im Anfange des Juni begegnet er uns zu Pisa (Annales Pisani. M. G. XIX. p. 240): wo anders, als in Bamberg werden Bernhard und Engelbert zusammengetroffen sein? Im Juni 1135 war der h. Bernhard in Mailand; über seine Erfolge dort schrieb er der Kaiserin: In reconciliatione Mediolanensium non obliti sumus, unde a vestra excellentia praemoniti fueramus. Quod etsi non monuissetis, nihilominus honori vestro et regni utilitatibus intenderemus, sicut ubique et semper fideliter, quantum possumus, facimus (ep. 137). Auch hier muß man wohl auf persönliche Anweisungen der Kaiserin schließen, die Bernhard in Bamberg erhalten hatte. Die Bedingungen, welche Friedrich eingehen mußte, ersieht man am besten aus Lothars Brief an Innocenz II. (Jaffé, Bibl. V. 523). Die Erfurter Annalen setzen die Aufrichtung eines allgemeinen Friedens ausdrücklich auf den Bamberger Reichstag: Ex sententia imperatoris et unanimi consensu principum pax esse decernitur decem annis per regnum universum, coniurantibus cunctis in id ipsum. Dies bestätigen die Annales Magdeburgenses (Ann. Saxo), indem sie von Friedrich in Bamberg berichten: pacem per totam Sueviam, sicut decretum fuit, firmiter observari precepit. Ich sehe keinen Grund, wie es Jaffé S. 163 thut, hier in den Erfurter Annalen einen Irrthum anzunehmen und die Aufrichtung des Reichsfriedens erst auf den Magdeburger Tag zu verlegen; was die Paderborner Annalen Verwandtes von diesem Tage berichten, scheint sich mir zunächst auf die Durchführung des Friedens in Sachsen zu beziehen. Die im Text angeführten Worte zum Ruhme des Friedens finden sich bei Helmold I. c. 41.

S. 104. 105. — Der Kaiser feierte Ostern 1135 zu Quedlinburg und das folgende Pfingstfest zu Magdeburg nach den Annales Magdeburgenses (Ann. Saxo). Am 9. April war er in Halberstadt nach der Urkunde bei St. R. Nr. 3306; die sehr ungewöhnliche Stellung der Zeugen in derselben läßt auf Interpolationen schließen. Der zahlreichen Gesandtschaften auf dem Magdeburger Tage erwähnen besonders die Annales Magdeburgenses. Die Niederlage des Polenherzogs Boleslaw in Ungarn melden die Annales Mellicenses z. J. 1134; im Uebrigen ist für die böhmisch-polnischen Verhältnisse der Canonicus Wissegradensis zu den Jahren 1134 und 1135 wichtig. Die dunklen Worte der Paderborner Annalen in Bezug auf den Magdeburger Tag: Dux Boemiae et dux Ungariorum, inimicitias ad invicem habentes, ibidem confoederantur werden durch die Aenderungen, die man vorgeschlagen hat (Jaffé, Lothar S. 162 Anm. 8; Scheffer-Boichorst, Ann. Patherbr. S. 162. Anm. 1) nicht verständlicher. Die Worte selbst stehen fest, und man wird am besten thun, bei ihrem einfachsten Sinn stehen zu bleiben. Der dux Ungariorum könnte vielleicht Boris sein, der mit den polnischen Gesandten gekommen war. Uebrigens waren auch ungarische Gesandte auf dem Magdeburger Tage (Ann. Magdeb.); aber mit ihnen hatte Boleslaw kein Abkommen zu treffen, da er längst der Bundesgenosse Ungarns war. Ueber das Ende des Magnus finden sich die ältesten Nachrichten in den Erfurter und Paderborner Annalen; Weiteres ergiebt sich aus Helmold I. c. 51 und Saxo Grammaticus p. 387.

S. 105—107. Ueber den glänzenden Merseburger Reichstag handelt außer den Erfurter Annalen ausführlich die gemeinsame Quelle der Annales Magdeburgenses und der Annalista Saxo; auch Otto von Freising (Chron. VII. c. 19) giebt wichtige Notizen, vermischt aber Vorgänge des Halberstädter Tages vom J. 1134 mit den Begegnissen zu Merseburg. Von besonderem Interesse ist hier der Bericht des Canonicus Wissegradensis: aus seinen Notizen zu 1135 und 1137 geht hervor, daß in Merseburg zwischen dem Polen- und Böhmenherzog nur ein Waffenstillstand geschlossen wurde, dem erst 1137 ein förmlicher Friede folgte. Auch der griechischen Gesandtschaft erwähnt der Canon. Wissegrad., doch berichten über diese weit eingehender die Erfurter Annalen; die Sendung Anselms von Havelberg nach Constantinopel geht aus den Annales Magdeb. (Ann. Saxo) hervor.

S. 107—109. — Ueber Norberts Lebensende sehe man besonders die Vita Norberti c. 22, über die Wahl seines Nachfolgers die Annales Magdeburgenses und die verwandten Schriften. Die Bestätigung der Privilegien des Gnesener Erzbisthums enthält die Bulle Innocenz II. vom 7. Juli 1136 (J. R. Nr. 5556). Die interessante Notiz über die Dienste, welche Hermann dem Erzbischof von Lund leistete, findet sich in den Annales Rodenses z. J. 1129; sie ist von W. Schröder (de Liemaro Hammaburgensi archiepiscopo, Halle 1869, S. 66) und von G. Dehio (Hartwich von Stade, Göttingen 1872, S. 18) nicht benutzt worden. Ueber die Lunder Synode vergl. Thorkelin, Diplomatarium Arna-Magnaeanum p. 245.

S. 108. 109. — Die Privilegien Lothars für das Aegidienkloster in Braunschweig und das Michaeliskloster zu Lüneburg sind verzeichnet St. R. Nr. 3291. 3296. 3311. 3320. Auch das von seinen Verwandten mütterlicher Seite gestiftete Kloster Formbach am Inn nahm Lothar in seinen besonderen Schutz. St. R. Nr. 3318. Ueber die Umbildung des Klosters Königslutter handeln die Annales Magdeburgenses (Ann. Saxo); man vergleiche die Urkunden bei St. R. Nr. 3308. 3309. Das Privilegium Lothars für Königslutter ist am 1. August 1135 ausgestellt, aber nicht, wie Stumpf (R. Nr. 3310) annimmt, zu Naumburg, sondern im Kloster Nienburg, wie die Annales Magdeburgenses bezeugen. Eine ähnliche Umbildung nahm Lothar mit dem von seinen Vorfahren gestifteten Kloster Homburg an der Unstrut vor. Vergl. die Urkunde Erzbischof Adalberts vom 19. August 1136 in den Neuen Mittheilungen des thür. sächs. Vereins VII. 38—41. Die Unterwerfung Konrads zu Mühlhausen melden die Paderborner, Erfurter und Magdeburger Annalen (Ann. Saxo). Die Bedingungen der Unterwerfung gehen aus dem angeführten Schreiben des Kaisers an den Papst hervor. Als Bannerträger des Kaisers wird Konrad in der Folge von Landulfus de s. Paulo c. 61 bezeichnet, wie in der Kaiserchronik V. 17,104 und 17,105:

dô vuorte dem keiser van
Kuonrât von den Swâben.

Ueber Konrads Vermählung mit Gertrud ist Moritz, Geschichte der Grafen von Sulzbach S. 249 einzusehen; über Konrads und Gertruds Theilnahme an der Stiftung des Klosters Ebrach die Relatio bei Wegele, Monumenta Eberacensia (Nördlingen 1863) S. 4.

S. 110. 111. — Für die Halberstädtische Angelegenheit sind die wichtigsten Quellen in dem angeführten Schreiben des Kaisers und einem Schreiben des Decans Evpo an den Papst (Jaffé, Bibl. V. 523—527) gegeben; dazu kommen einige Notizen im Annalista Saxo z. J. 1136 und dem Chronicon Halberstadense p. 56. 57. Den Reichstag zu Speier Weihnachten 1135 erwähnen die meisten Annalen. Am 3. December war der König noch in Goslar (St. R. Nr. 3312); er verweilte in Speier mindestens bis zum 6. Januar 1136 (St. R. Nr. 3314). Ueber die Gesandtschaft des Papstes an Lothar handelt Falco Beneventanus.

S. 112. 113. — Den Tod Heinrichs von Groitsch und die Schicksale seiner Erbschaft melden die Annales Magdeburgenses (Ann. Saxo); von dem Kauf der Burgen spricht der Canonicus Wissegradensis. Die Osterfeier 1136 in Aachen erwähnen die Annales Magdeburgenses (Ann. Saxo); die Nachricht wird durch Urkunden bestätigt (St. R. Nr. 3315. 3316). Ueber die Investitur Alberos von Lüttich sehe man Jaffé, Lothar S. 171. Anm. 79. Das Schicksal der Kuiser geht hervor aus den Paderborner Annalen und den Annales Egmundani. Den Aufenthalt des Kaisers in der nächsten Zeit geben genau die Annales Magdeburgenses an, und ihre Angaben werden von Urkunden (St. R. Nr. 3318—3320) bestätigt. Falco Beneventanus erzählt, daß der Kaiser zuerst schon dem Papste seine Ankunft auf Jacobi (25. Juli) verhieß. Anselm von Havelberg erscheint als Zeuge in der Urkunde bei St. 3320. Ueber die auf den 29. September anberaumte Heerschau auf den roncalischen Feldern siehe Lothars Schreiben M. G. Legg. II. 84. Die Annales Stadenses berichten, wie der Kaiser den Rosenfelder Kirchenschatz in Anspruch nahm. Die Stärke des Auszuges H. Heinrichs giebt die Historia Welforum c. 23 an. Ueber das trierische Aufgebot sprechen die Gesta Alberonis c. 15. Schon vorher hatte Albero an den Papst geschrieben (Ep. s. Bernhardi 176): Hoc quoque addo, dominum regem, Deo eum confortante, fervere et accingi ad liberationem ecclesiae et parare sibi exercitum multum nimis, nos quoque fideliter ad hoc ipsum pro viribus laborare, exhortari et sollicitare, quos possumus, et cum tempus advenerit, non expensis, non personae propriae parciturum.

S. 112—114. — Ueber die Sammlung des Heeres in Würzburg sehe man die Annales Magdeburgenses (Ann. Saxo) und die Urkunden bei St. R. Nr. 3324—3327. Aus den Zeugen in den Urkunden ist die große Zahl der in Würzburg anwesenden Fürsten ersichtlich, von denen die meisten den Kaiser über die Alpen begleiteteten; die vollständigste Zeugenreihe ist in der bereits erwähnten Urkunde Erzbischof Adalberts für das Kloster Homburg erhalten und auch bei v. Heinemann, Codex dipl. Anhaltinus I. p. 181 wiedergegeben. Von den Kämpfen Albrechts des Bären in dieser Zeit mit den Wenden sprechen die Paderborner Annalen; die Zerstörung der Havelberger Kirche erwähnen die Annales Magdeburgenses (Ann. Saxo). Wie weit Albrecht schon damals die Grenzen seiner Mark steckte, geht aus der merkwürdigen Urkunde Lothars für Otto von Bamberg hervor bei St. R. Nr. 3324. Uebrigens sind in der Urkunde wohl nicht sämmtliche Kirchen Pommerns Otto unterstellt, sondern nur die in den genannten wendischen Ländern, welche nicht den Pommernherzogen, sondern dem Herzog von Sachsen und dem Markgrafen der Nordmark unterworfen waren; es erledigen sich damit die in der Wendischen Geschichte II. 363 aufgeworfenen Bedenken. Das große Ansehen, welches Albrecht bereits unter den Fürsten genoß, erhellt aus allen damals in Würzburg ausgestellten Urkunden, namentlich auch aus der jetzt von Stumpf (Acta imperii Nr. 100) zuerst vollständig gedruckten Urkunde des Bischofs Embriko von Würzburg. Die allgemeine Annahme ist, daß Albrecht der Bär auch auf dem zweiten Zuge nach Italien gefolgt sei. Man stützt sich dabei auf die Erwähnung eines Markgrafen Adalbert neben Herzog Heinrich von Baiern in dem Bericht des Annalista Saxo über die Vorgänge bei Salerno, und es ließe sich jetzt für diese Meinung auch noch anführen, daß in der großen Bestätigungsurkunde Lothars für Venedig, am 3. October 1136 zu Coreggio-Verde ausgestellt und jetzt vollständig publicirt von Stumpf (Acta imperii Nr. 101), sich unter den Zeugen die Markgrafen Konrad und Adalbert aufgeführt finden. Aber ich kann mich doch starker Zweifel nicht entschlagen, ob wirklich Albrecht damals dem Kaiser folgte. Denn erstens wird Albrechts Name in dem Eingange des Berichts beim Ann. Saxo nicht erwähnt, obwohl er sonst die namhaftesten Theilnehmer des Zugs aufführt; zweitens wird der Name eines Markgrafen Albrecht in allen späteren Urkunden des Kaisers nicht gefunden, während der Name Konrads von Meißen häufig erscheint; drittens berichten die Paderborner Annalen z. J. 1136: Irruptio Sclavorum in partes Saxoniae, contra quos Athelbertus marchio exercitum movens, terram eorum non semel hostiliter invasit et depopulatus est, und z. J. 1137 vor der Rückkehr des Kaisers: Marchio Athelbertus, collecta valida manu, hiemali tempore terram Sclavorum praedabundus perambulat. Es muß hiernach Adalbert mit Kämpfen im Wendenlande beschäftigt gewesen sein, und man findet kaum Raum für dieselben, wenn Adalbert vom August 1136 bis in das Spätjahr 1137 von Sachsen entfernt gewesen wäre. Die Urkunde von Coreggio-Verde würde nicht viel beweisen, da sie nur in einer vielfach incorrecten Abschrift vorliegt, aber die Nachricht des Ann. Saxo über den Waffengenossen Herzog Heinrichs zwingt doch zur Annahme, daß in Lothars Heer ein Markgraf Adalbert war, nur nöthigt sie nicht gerade an Albrecht den Bären zu denken. Der Name Adalbert findet sich damals unter den Markgrafen von Este, und noch näher liegt es den erstgeborenen Sohn des Babenbergers Liutpold von Oestreich zu denken. Dieser gerieth nach dem Tode des Vaters (13. November 1136) mit seinem Bruder Liutpold in Streit um die Mark und starb am 8. November 1137 oder 1138; man vergleiche v. Meiller, Regesten der Babenberger S. 217[1]). Sehr auffällig ist, daß die Erfurter Annalen den Kaiser nur mit einem kleinen Heere ausziehen lassen, während alle anderen Quellen

1) Das Schreiben Innocenz II. an Markgraf Liutpold bei v. Meiller a. a. O. S. 20 ist 1135, nicht 1134 ausgestellt; in demselben wird Adalbert bereits marchio genannt.

von bedeutender Heeresmacht sprechen. Vergl. Jaffé, Lothar S. 180. Anm. 10. Der Brief Adalberts von Mainz, den er anführt, gehört freilich nicht in das Jahr 1136, sondern in eine frühere Zeit, wie er selbst später bemerkt hat (Cod. Udalr. Nr. 263. J. 261). Ueber den Streit zwischen den Kölner und Magdeburger Stiftsvasallen giebt der Ann. Saxo Nachricht.

S. 116–118. — Ueber die Verhältnisse Rogers in den Jahren 1133–1135 sind besonders Alexander Telesinus, Falco Beneventanus und Romoaldus Salernitanus einzusehen. Die angeführten Worte des heiligen Bernhard finden sich ep. 129 und 139. In dem zweiten, an Lothar gerichteten Schreiben heißt es: Non est meum hortari ad pugnam: est tamen (securus dico) advocati ecclesiae arcere ab ecclesiae infestatione schismaticorum rabiem, est Caesaris propriam vindicare coronam ab usurpatore Siculo. Ut enim constat Iudaicam sobolem sedem Petri in Christi occupasse iniuriam, sic procul dubio omnis, qui in Sicilia regem se facit, contradicit Caesari. Markgraf Engelbert wird erwähnt in ep. 130.

S. 118–121. — Von dem Pisaner Concil handelt Landulfus de s. Paulo c. 60, die Vita s. Bernhardi II. c. 2, die Annales Pisani und die Vita Innocentii II. Verschiedene Nachrichten über dasselbe sind bei Mansi, Coll. conc. XXI. 485–491 zusammengestellt. Die Zahl der anwesenden Bischöfe erhellt aus der Urkunde des Markgrafen Liutpold bei v. Meiller, Regesten der Babenberger S. 23. Daß König Ludwig das Concil zu hindern suchte, geht aus Bernhardi ep. 255 hervor. Das Drängen des Papstes auf Freigebung der Appellationen erhellt aus dem bemerkenswerthen Erlaß desselben an die deutschen Bischöfe bei Theiner, Disquisitio critica p. 207. 208. Vergl. Bernhardi ep. 178. Sehr anschaulich schildert Landulf c. 61 die Wirkung des Auftretens des heiligen Bernhards in Mailand; er sagt: civitatem, prout voluit, formavit. Außer Landulf sind für Bernhards damalige Erfolge in der Lombardei besonders wichtig die Briefe desselben 131–137 und 314; in dem Letzteren heißt es: Cremonenses induruerunt, et prosperitas eorum perdit eos; Mediolanenses contemnunt, et confidentia ipsorum seducit eos. Hi in curribus et in equis spem suam ponentes, meam frustraverunt et laborem meum evacuaverunt. Abibam tristis. Nicht uninteressant ist der fingirte Brief Lothars an Cremona, den Wattenbach im Iter Italicum unter Nr. 11 hat abdrucken lassen. Den Weg Bernhards durch die lombardischen Städte verfolgt man am besten in der Vita Bernhardi II. c. 2 bis c. 4. Ueber Dalfinus sehe man Bernhardi ep. 186; das Geschlecht des Dalfinus erhellt aus dem fingirten Brief im Iter Austriacum Nr. 18. Jaffé verlegt irrig (Konrad III. S. 99) den Ueberfall bei Pontremoli in eine spätere Zeit, indem er einen Brief des Abts Peter von Clugny (Epp. L. III. ep. 27) in das Jahr 1139 setzt und an das lateranische Concil dieses Jahres denkt.

S. 121–123. — Ueber die Erfolge der Pisaner in Unteritalien geben die Annales Pisani Nachricht; außerdem sind hier die Bemerkungen des Falco Beneventanus wichtig. Die Annales Pisani melden auch die Anwesenheit Markgraf Engelberts auf dem Pisaner Concil und die ihm von Lucca beigebrachte Niederlage. Sehr auffällig sind die Worte: Et investitus est marchio Ingilbertus de marchia Tuscie in predicto concilio. Vielleicht übertrug Lothar Engelbert auch die Verwaltung des Mathildischen Hausguts, und dieser mußte für diese dem Papst den Lehnseid leisten, wie dies auch später von Heinrich dem Stolzen verlangt wurde; die angeführten Worte lassen sich freilich nur auf eine Belehnung mit Tuscien deuten. Vergl. Jaffé, Lothar S. 239 und Ficker Forschungen II. 226. Am 21. Januar 1136 kann Engelbert noch keine Urkunde den Florentinern ausgestellt haben (Jaffé a. a. O.), wenn er am 17. März dieses Jahrs noch in Deutschland war; jene Urkunde gehört wohl in das Jahr 1136. Das sehr interessante Schreiben des heiligen Bernhard an den Kaiser zu Gunsten der Pisaner (ep. 140) setzt Jaffé S. 214 Anm. 144 offenbar irrig in den Sommer 1137; denn aus den Worten selbst geht hervor, daß der Papst noch in Pisa verweilte. Pisani apud se summo honore (summum pontificem) servabant et servant. Jedenfalls wurde das Schreiben vor dem März 1137 und nach dem August 1135, da die Zerstörung Amalfis erwähnt wird, abgefaßt; nach aller Wahrscheinlichkeit im Jahre 1136. Die erwähnte Pisa feindlich gesinnte Stadt kann nur Lucca sein. Der heilige Bernhard schreibt dem Kaiser: Quaenam, quaeso, in omnibus civitatibus, sicut Pisa, fidelis, egrediens et regrediens et pergens ad imperium regis? Nonne hi sunt, qui nuper regni illum unicum ac potentissimum hostem ab obsidione Neapolis fugaverunt? Nonne hi sunt, qui etiam, quod pene incredibile dictu est, in uno impetu suo expugnaverunt Amalfiam et Ravellam et Scalam atque Atraniam[1]), civitates utique opulentissimas et munitissimas, omnibusque, qui antehac tentaverunt, usque ad hoc tempus, ut aiunt, inexpugnabiles? Vom heiligen Bernhard sagt Ernald in der Vita II. c. 8: Per totam Italiam viri Dei discurrebat opinio, et divulgabatur ubique, quod surrexisset propheta magnus, potens in opere et sermone.

S. 123—126. — Die Darstellung des zweiten italienischen Zuges Lothars muß sich wesentlich auf den ausführlichen Bericht der Magdeburg-Nienburger Annalen stützen, der uns nach seinem ganzen Wortlaut im Annalista Saxo erhalten scheint, in einem Auszuge in den Annales Magdeburgenses vorliegt; mit ihm ist das urkundliche Material zu verbinden. Leider sind die Ortsnamen in dem Bericht häufig entstellt. Die Nachrichten der anderen deutschen Annalen sind sehr dürftig; einige Ergänzungen bietet jedoch Otto von Freising (Chron. VII. c. 19. 20). Unter den italienischen Quellen geben besonders Landulfus de s. Paulo, Falco Beneventanus und Petrus Diaconus beachtenswerthe Nachrichten. Der Widerstand, der Lothar beim Eingange Italiens entgegengesetzt wurde, war offenbar an der Veroneser Klause; an die Klause von Garda ist hier nicht mit Jaffé S. 181 zu denken. Otto von Freising sagt nur, daß Lothar in der Nähe von Garda lagerte. Die Lage dieser Burg ist nicht zweifelhaft; das Lager secus Mintam fluvium (d. h. Mincio) beim Ann. Saxo ist wohl dasselbe, welches Otto meint; vergleiche die Urkunde bei St. R. Nr. 3331. Von der Unterwerfung Gardas spricht Otto von Freising, und die Hist. Welf. c. 23 knüpft an Ottos Worte die Nachricht von der Belehnung Heinrichs des Stolzen. Der Aufenthalt des Kaisers bei Coreggio-Verde im Anfang des Octobers 1136 wird bezeugt durch die Urkunden bei St. R. Nr. 3332. 3333; im Ann. Saxo ist der damalige Lagerplatz des Kaisers nur bezeichnet mit den Worten ex altera ripa Padi amnis, nämlich Guastalla gegenüber. Ueber die Bezwingung von Guastalla berichten Ann. Saxo, Otto von Freising und die Hist. Welf. a. a. O. Das Urtheil über Cremona melden Landulf c. 64 und Otto von Freising. Ueber die Reise der Kaiserin sehe man Jaffé, Lothar S. 183 Note 23; von den Markgrafen Friedrich und Werner handelt eingehend Ficker in den Forschungen II. S. 246 ff. Was Otto von Freising über die Dienstwilligkeit von Bologna sagt, findet sonst nirgends Bestätigung und

1) Der Text Rebellem et Scalam atque Attaraiam ist entstellt.

entspricht wenig den späteren Ereignissen. Daß Lothar Cremona nicht angriff, sagt ausdrücklich der Bericht des Ann. Saxo, und die Nachricht des Falco Beneventanus kann dagegen nicht in Betracht kommen. Casale beim Ann. Saxo ist unzweifelhaft Casal-Maggiore am Po, wo der Kaiser am 9. October urkundete (St. R. Nr. 3334). Das vom Annalisten genannte Cincilla wird in der Nachbarschaft zu suchen sein. Der Name scheint corrumpirt und ich weiß ihn nicht zu deuten. Jaffé S. 185 Anm. 32 denkt an Soncino, aber dies wurde nach Landulf c. 64 erst zerstört, nachdem das mailändische Heer auf dem roncalischen Felde zum Kaiser gestoßen war, und lag nicht auf dem Wege des Kaisers von Casal-Maggiore nach Roncalia. Samaman ist beim Ann. Saxo bei irriger Auffassung des gesprochenen Namens aus Sanbassan entstanden; Sanbassan nennt Ragewin (Gesta Frid. IV. c. 45) den Platz. Die Zerstörung von S. Bassano und Soncino melden Landulf c. 64 und die Annales Cremonenses (M. G. XVIII. p. 801); die Letzteren setzen die Zeit der Zerstörung in den October. Die undatirten Urkunden bei St. R. Nr. 3335—3337 werden deshalb mit Recht in diese Zeit gesetzt. In den Annales Placentini (M. G. XVIII. 412) wird irrig die Zerstörung von S. Bassano und Soncino erst in eine spätere Zeit verlegt. Dagegen geben diese Annalen gewiß richtig an, daß der Kaiser den Tag aller Heiligen auf den roncalischen Feldern feierte. Das bekannte Lehnsgesetz Lothars (M. G. Legg. II. 84) ist dort am 6. November erlassen; nachdem er bereits mehrere Wochen dort verweilt hatte, also etwa seit dem 16. October. Landulf und die Annales Cremonenses sagen: leges dedit, doch ist damit nur das eine Gesetz gemeint. Vergl. Ragewin, Gest. Frid. IV. c. 7.

S. 126—128. — Ueber die Vorgänge bei Pavia handeln Annal. Saxo und Landulf c. 67 ausführlicher; kurz Otto von Freising a. a. O. Als Todestag Ottos von Wolfratshausen geben die Notae Diessenses (M. G. XVII. 324) den 10. November an. Ueber die Zeitbestimmungen für diese Vorgänge siehe Jaffé, Lothar S. 183 Anm. 43. Wenn dort gesagt wird, daß Innocenz II. am 10. November in Pavia gewesen sei, so beruht dies lediglich auf einem Versehen, wie man sich in Jaffés Papstregesten leicht überzeugen kann. Der weitere Zug Lothars in die piemontesischen Gegenden wird kurz von Otto erwähnt, ausführlicher vom Ann. Saxo. Gamundum, was Jaffé S. 189 Schwierigkeiten macht, hat bereits Gervais S. 353 richtig gedeutet; es ist Gamondo, einer der Orte, aus welchen später Alessandria am Tanaro erwuchs. Die undatirte Urkunde bei St. R. Nr. 3338 für Castelletto bei Vercelli wird in die Zeit zu setzen sein, wo sich Lothar bei Vercelli aufhielt, also um die Mitte des November. Die Unterwerfung der Städte Piacenza und Parma berichtet Ann. Saxo, die Kämpfe Mailands gegen Cremona Landulf c. 68. Der Aufenthalt des Kaisers am 17. December im Gebiet von Reggio erhellt aus der Urkunde bei St. R. Nr. 3342. Der Kaiser kehrte aber von dort wieder in das Gebiet von Piacenza zurück, wie die Annales Placentini (M. G. XVIII. 412) zeigen. Die beiden undatirten Urkunden bei St. R. Nr. 3341 u. 3344, bei S. Donino ausgestellt, sind wohl in das Jahr 1136 und zwar nach dem 17. December zu setzen. Ueber die Lage von Trebaclanum, welches öfters in den Ann. Plac. erwähnt wird, und Bigberla, sonst dort nicht erwähnt, bin ich im Unklaren. Der Aufenthalt des Kaisers zu Fontana precca am 10. Januar 1137 und am 21. Januar im Bisthum Modena erweisen die Urkunden bei St. R. Nr. 3343. 3345. Die Belagerung und Eroberung Bolognas erzählt der Bericht des Ann. Saxo; irrig ist es, wenn die Ann. Magdeburg. den Kaiser schon Weihnachten im Lager von Bologna zubringen lassen. Caman beim Ann. Saxo kann allen Verhältnissen nach nur St. Cesciano am Montone sein; man vergleiche die verschiedenen Deutungen bei Jaffé S. 192 Anm. 61.

S. 128–131. — Die Theilung des Heeres bei S. Calciano und den weiteren Zug des Kaisers bis Bari erwähnt allein der Bericht im Ann. Saxo; zu näherer Zeitbestimmung dient die Urkunde bei St. R. Nr. 3349. Der entstellte und bisher unerklärte Name Lutiana führt dem Laute nach auf Lonzan; sonst möchte man, da die Burg andren Kaisern widerstanden haben soll, an S. Leo denken, wo Berengar sich so lange gegen Otto I. behauptete. Das gleichfalls entstellte Firint des Ann. Saxo erklärt Grotefend in der Anmerkung mit Ferentillo zwischen Spoleto und Rieti; eine Abtei S. Pietro di Ferentillo an der Nera zwischen Terni und Spoleto, wo die Straße über Monte Leone nach Cascia abgeht, wird von Fatteschi, Duchi di Spoleto p. 161 erwähnt. Der Kaiser muß von der Küste nach Spoleto abgebogen sein: dahin deuten auch Otto von Freising und Falco Beneventanus, ohne jedoch eine Belagerung zu erwähnen. Ueber den Palatinus Wilhelm ist meines Wissens Näheres nicht bekannt. Den Aufenthalt Lothars am Tronto erwähnt auch das Chronicon Casauriense (Muratori SS. II. 886), das Lager bei Termoli Falco Beneventanus. Die Vorgänge bei Castel Pagano, Ragnano und am Monte Gargano und weiter den Zug des Kaisers bis Bari berichtet der Ann. Saxo; die Einnahme von Sipont und das Datum derselben erhellen aus Falco Beneventanus.

S. 131–133. — Der Zug des Papstes und Herzog Heinrichs vom Mugello bis M. Cassino wird ebenfalls hauptsächlich durch die Nachrichten im Ann. Saxo erläutert; einige nähere Bestimmungen ergeben sich aus den päpstlichen Urkunden (J. R. Nr. 5586–5590). Capian beim Annalista Saxo halte ich nicht mit Jaffé (Lothar S. 199 Anm. 88) für Capraja am Arno, sondern für eine Burg an der Stelle des jetzigen Poggio a Cajano unweit Fucecchio. Das castrum Cappiani in valle Arni wird noch erwähnt in den Acta Henrici VII. (ed. Dönniges) II. p. 102; es war dort ein Kloster des heiligen Bartholomäus. (Vergl. Böhmer, Acta imperii selecta p. 176.) Ob unter dem corrumpirten Sanaiem mit Muratori Siena zu verstehen sei, ist wenigstens fraglich. Am 5. März 1137 war Papst Innocenz zu Campiliani, jetzt Campiglia, wenige Meilen von Grosseto; unmittelbar darauf trafen also der Papst und Heinrich zusammen. Wir haben Urkunden des Papstes vom 26. März und 8. April, zu Viterbo ausgestellt. Die Unterwerfung der Campagna und die Zerstörung von Albano melden Falco Beneventanus und Otto von Freising. Daß der Papst am 6. Mai in Anagni war, erhellt aus J. R. Nr. 5590.

S. 133. — Wie Herzog Heinrich M. Cassino dem Kaiser unterwarf, berichtet ausführlich Leo Diaconus. Es unterliegt keinem Zweifel, daß er hier gut unterrichtet war, und deshalb bin ich seiner Darstellung gefolgt. Aber bei der Natur des Autors ist immer fraglich, wie weit er die Wahrheit berichtete. Ueber die Verhandlungen Heinrichs mit Abt Rainald breitet er ein gewisses Dunkel, so daß die Nachgiebigkeit des Letzteren auffallend erscheint. Ganz abweichend ist der bisher unbeachtete Bericht der Kaiserchronik V. 17,127–17,142. Danach schlichen sich die Krieger Heinrichs barfuß als Wallfahrer verkleidet in das Kloster und brauchten dann ihre Waffen, die sie verborgen unter den leinenen Kitteln getragen hatten; besonders zeichneten sich dabei die Abenssere, d. h. die von der Abens, aus. Aus dem Mons Casinatis macht die Kaiserchronik Mons Castitatis. Der Verfasser derselben beruft sich da V. 17,127 auf ein Buch als Quelle, wohl auf ein lateinisches. Der Ann. Saxo giebt nur spärliche Nachrichten über die Unterwerfung von M. Cassino, aber seine Worte: Aditum montis Casini dux obsedit et ad dedicionem compulit lassen eher auf eine gewaltsame Bezwingung schließen.

S. 134. 135. — Die Herstellung Roberts in Capua berichten Ann. Saxo, Falco und die Chronik von M. Cassino. Ueber die Einnahme von Benevent giebt Falco bei weitem die besten Nachrichten. Nach dem Text bei Muratori wär Innocenz decimo Kal. Junii nach Benevent gekommen, aber Jaffé S. 203 Anm. 103 zeigt, daß duodecimo statt decimo zu lesen ist. Der Bericht bei Petrus Diaconus IV. c. 105 stimmt nur in den allgemeinsten Zügen mit Falco überein. Ann. Saxo ist kurz; er erzählt, daß Innocenz II. damals zwei Cardinäle, die als Anhänger Anaklets entsetzt waren, in das Kloster geschickt habe; der eine war Crescentius, von dem anderen ist Näheres nicht bekannt. Auch Otto von Freising und die Kaiserchronik erwähnen die Einnahme von Benevent. Petrus Diaconus erzählt nach den Vorgängen bei Benevent von Heinrich und seinem Heere: Troiam, Apuliae urbem, applicuere; quam absque pugna a civibus accipientes, oppida quoque adiacentia cum Gargano atque Siponto in suum dominium vertunt. Dagegen heißt es von Heinrich im Bericht des Ann. Saxo: Hinc profectam transiens Troiam illamque quibusdam captis despolians, cum papa imperatorem petiit. Beide Berichte sind unvereinbar, und der des Annalisten verdient entschieden den Vorzug. Denn nicht nur, daß Otto von Freising (Chron. L. VII. c. 19) Troja unter den größeren Städten nennt, die auf dem Zuge genommen, auch die Kaiserchronik weiß von einem Kampfe bei Troja auf dem Hochberge und der Erstürmung der Stadt. Troja lag auf einer Anhöhe, aber unter dem Hochberge ist wohl im Allgemeinen der hohe Apennin zu verstehen; vergleiche die von Maßmann III. S. 1108 angeführte Stelle des Rudolf von Ems. Weshalb endlich Heinrich noch die Städte um den Monte Gargano hätte aufsuchen und unterwerfen sollen, ist gar nicht abzusehen.

S. 135—137. — Was über die Einnahme von Bari beim Ann. Saxo, Falco und Petrus Diaconus c. 106 berichtet wird, stimmt im Wesentlichen überein. Einige Notizen geben noch Otto von Freising (Chron. VII. c. 20) und die Paderborner Annalen; die Zahl der aufgeknüpften Leute Rogers geben die Letzteren auf 500 an, Jaffé S. 806 spricht irrig von 50. Interessant sind auch hier die Nachrichten der Kaiserchronik, aus denen klarer wird, wie das Untergraben der Mauer ermöglicht wurde; von der Zerstörung durch Brand und dem Aufhängen der Gefangenen wird auch hier gemeldet. Erzbischof Bruno von Köln erkrankte am 26. Mai zu Melfi (Ann. Saxo) und starb am 29. Mai zu Bari, wo er auch begraben wurde (Paderborner Annalen). Hugo wurde noch in Bari eingesetzt; er starb schon am 30. Juni zu Melfi, wo er auch bestattet wurde (Ann. Saxo). Die Wirkungen der Eroberung Baris giebt Falco an in folgenden Worten: De tali tantaque victoria tota Italia, Calabria Siciliaque intonuit et regi coelorum gratias agens, de tanti tyranni gutture eripi gaudebat. Inde maritima omnis ora usque Tarentum et Calabriam ad imperatoris fidelitatem alligari satagebat. Ueber die Anerbietungen Rogers spricht der Ann. Saxo; was Otto von Freising (Chronic. VII. c. 20) von Rogers Herausforderung zu einer offenen Feldschlacht und seinem späteren Ausweichen erzählt, hat gar keinen Anhalt in andren Quellen und beruht offenbar auf sagenhafter Erzählung. Wie früh sich sagenhafte Elemente an Lothars Sieg anschlossen, zeigt auch der Zug, womit die Kaiserchronik die Erzählung abschließt. Nachdem Lothar Rainulf zum Herzog von Apulien eingesetzt hatte, meldet sie, ritt er nach Otranto und warf seinen Speer in das Meer.

S. 137. 138. — Den Zug des Kaisers nach Melfi und den Kampf bei der

Stadt berichtet Ann. Saxo; nach ihm wäre sie schon am Tage nach Beginn der Belagerung übergeben worden, nach Falco hätte die Belagerung einige Tage gedauert. Die Stelle des Ann. Saxo über die Erkrankung Erzbischof Hugos wird wohl zu sehr gepreßt, wenn man aus ihr schließen will, daß Melfi bereits am 26., eigentlich am 27. Juni sich ergab. Sicher ist nur, daß Kaiser und Papst sich am 29. Juni in Melfi befanden. Daß der Kaiser die Barone Apuliens dorthin berufen habe pro statuendo duce, beruht nur auf dem Briefe Lothars bei Jaffé, Bibl. I. p. 82; dieser Brief stammt aber aus dem Registrum Petri Diaconi, einer verdächtigen Quelle. Den Inhalt dieses Briefes, wie anderer seiner Sammlung giebt Peter in indirecter Rede auch in der Chronik wieder. Ueber das Schreiben Innocenz II. an den Abt von Cluny sehe man J. R. Nr. 5594. Die Empörung im deutschen Heere berichtet glaubwürdig der Annalista Saxo; was hierüber Otto von Freising sagt (Chron. VII. c. 20), ist sehr unbestimmt. Romoald von Salerno (M. G. XIX. p. 422) spricht im Allgemeinen davon, daß Roger durch Bestechungen auf die Fürsten des Kaisers gewirkt habe. Cinnamus (p. 90) nennt ausdrücklich den Schwiegersohn des Kaisers als von Roger bestochen und berichtet, daß er dem Heere ohne Wissen des Kaisers das Zeichen zum Rückzuge gegeben, worauf sich das Heer zerstreut habe und auch durch die strengsten Strafen nicht mehr habe zusammen gehalten werden können; doch ist auf diese Fabeleien gar kein Gewicht zu legen.

S. 138. 139. — Beim Abzuge von Melfi berührte Lothar eine königliche Abtei, im Texte des Ann. Saxo ursprünglich Vuldam genannt, was dann in Fuldam verbessert ist. Der Name ist sicher corrumpirt. Es liegt nahe, an das monasterium Vulturnense zu denken, wie es Mascov gethan hat; aber Lothar konnte dieses Kloster auf seinem Wege nach dem Gebiet von Potenza nicht berühren. Eher wäre an Venusia (Venosa) zu denken; dort war eine große Abtei, die mehrfach mit M. Casino in Berührung stand, und Venosa liegt in gleicher Entfernung von Melfi und dem Lago Pesole, wo dann Lothar nach Falco und Petrus Diaconus Aufenthalt nahm. Die Streitigkeiten über M. Casino zu Lago Pesole hat Petrus in seiner Altercatio ausführlich dargestellt und diese Darstellung dann in der Chronik IV. c. 107—115 fast ganz wiederholt. Wie unzuverlässig auch die Einzelnheiten seines Berichts sind, er zeigt doch deutlich die zwischen dem Kaiser und dem Papst obwaltenden Differenzen. Was c. 109 in Form eines Protocolls berichtet wird, kann man nicht mit Stumpf (R. Nr. 3351) als eine Urkunde betrachten. In den Namen der aufgeführten Personen sind überdies Irrthümer; statt Otto de Burchisin muß es heißen Gebhardus de Burchausen, statt Anno episcopus Basiliensis Adalbero, wie schon Wattenbach bemerkt hat. Was Petrus c. 115 von einer griechischen Gesandtschaft berichtet, findet in den Paderborner Annalen Bestätigung. Den Streit, den Petrus damals mit einem Griechen führte, hat er ebenfalls in einer besonderen Schrift behandelt, aus welcher in die Chronik c. 115. 116 ein Auszug aufgenommen ist. Interessant ist, daß der Grieche gesagt haben soll: Romanum pontificem imperatorem, non episcopum esse.

S. 139–141. — Ueber den Zug der Pisaner nach Salerno finden sich gute Nachrichten bei Falco und in den Annales Pisani; über die Sendung Herzog Heinrichs berichtet der Ann. Saxo. Falco giebt die Stärke des deutschen Hülfsheers auf 1000 Mann an und erwähnt auch die Dienste des Rainulf. Daß die Vertheidigung Salernos nicht nur auf 400 Rittern beruhte, zeigt Romoald (p. 422), der gerade hier gute Nachrichten hat. Die Belagerung Salernos begann nach den Annales Pisani am 24. Juli, und die Zahl ist durch den Beisatz: vigilia s. Jacobi gesichert. Wenn

Falco den 18. Juli nennt, so könnte möglicher Weise ein Schreibfehler vorliegen. Allerdings giebt Romoald die Dauer der Belagerung etwa auf einen Monat an, aber die Annales Pisani setzen bestimmt nur die Zeit von 15 Tagen. Von dem Lager am Lago Pesole brach nach Falco Lothar auf, nachdem er 30 Tage dort verweilt hatte, d. h. vor dem 1. August; er nahm seinen Weg über Avellino und S. Severino nach dem Ann. Saxo, wo Avellan nicht mit Jaffé S. 213 Anm. 142 auf Atella gedeutet werden kann. Am 7. August konnte er sehr wohl vor Salerno eintreffen; daß die Stadt sich schon am folgenden Tage nach seiner Ankunft ergab, wird ausdrücklich bezeugt. Auffällig ist, daß Ann. Saxo die Einnahme der Stadt besonders den Pisanern beimißt, während nach Falco und Romoald unzweifelhaft ist, daß sich die Salernitaner zum großen Aerger der Pisaner dem Kaiser ergaben. Die Ann. Pisani verschleiern das wahre Sachverhältniß, indem sie melden, daß sich Salerno Lothar und den Pisanern ergeben habe. Ueber das Verhalten der Pisaner nach Uebergabe der Stadt differiren die Angaben des Falco und Romoald; die des Ersteren verdienen hier ohne Zweifel den Vorzug. Der Kaiser war noch am 18. August in Salerno nach der Urkunde bei St. R. Nr. 3352, wenn das Datum, wie kaum zu bezweifeln, von Jaffé (Lothar S. 215) richtig emendirt ist. Nach Petrus Diaconus (IV. c. 117) soll auch über den Besitz von Salerno zwischen Lothar und dem Papste ein heftiger Streit entstanden sein; die Sache ist an sich sehr wahrscheinlich, aber nicht anderweitig bezeugt.

S. 141. 142. — Die ausführlichsten Nachrichten über die Belehnung Rainulfs und den damit verbundenen Streit zwischen dem Kaiser und dem Papste finden sich bei Falco und Romoald; Beide differiren darin, daß Falco den Streit nach Avellino, Romoald nach S. Severino verlegt, doch spricht hier der Ann. Saxo für Romoald. Wenn Falco den Verhandlungen eine Dauer von dreißig Tagen giebt, übertreibt er. Auch Otto von Freising (Chronic. VII. c. 20) berührt diese Vorgänge.

S. 142—146. — Von Lothars Aufenthalt in Benevent handelt eingehend und ausführlich Falco; nur kurz spricht der Ann. Saxo hiervon, erwähnt aber näher die Maßregeln, welche der Kaiser zur Unterstützung Rainulfs traf. Irrig nennt der Ann. Richard einen Sohn Rainulfs; Richard und Alexander waren Brüder (vergleiche Romualdus Salernitanus p. 423), und Richard wird als Bruder Rainulfs genannt bei Alexander Telesinus I. c. 19 und III. c. 14. Die Vorgänge in M. Cassino während des Aufenthalts des Kaisers im Kloster schildert anschaulich Leo Diaconus IV. c. 118—124; kurz berührt diese Dinge auch der Ann. Saxo. Die Urkunden des Kaisers für M. Cassino und Stablo bei St. R. Nr. 3353. 3354. Ueber Wibald sehe man auch die Notae Stabulenses (Jaffé, Bibl. I. 74. 75).

S. 146. — Herzog Heinrich wird in der Urkunde Lothars, am 22. September 1137 zu Aquino ausgestellt, Herzog von Baiern und Markgraf von Toscien genannt. Jedenfalls hat er also vor diesem Tage die Markgrafschaft erhalten. Aber sicher nicht vor diesem Jahre. Denn einmal erscheint noch in demselben Engelbert als Markgraf Tusciens, und dann wird auch in den Quellen die Verleihung der Markgrafschaft in unmittelbare Verbindung mit Heinrichs Thaten in Italien gebracht. So in der Hist. Welf. c. 23, die in diesen Dingen nicht schlecht unterrichtet ist, und in der Kaiserchronik B. 17,119—17,123. Wenn man bisher eine frühere Belehnung angenommen, so beruht dies einzige nur allein darauf, daß in einer am 17. August 1136 zu Würzburg ausgestellten Urkunde (St. R. Nr. 3326) unter den Zeugen Heinricus dux Bawariae et marchio Tusciae genannt wird. Aber die Urkunde und namentlich die Zeugenreihe in derselben ist sehr verdächtig. Sie soll vom Abt

Wibald für das Kloster Waulsort, in dem er erzogen war, erwirkt sein und folgt im Gedankengange mit scheinbar absichtlicher Vermeidung des Ausdrucks dem oben erwähnten am 22. September 1137 zu Aquino an Wibald für Stablo ausgestellten Privilegium; es finden sich dieselben Zeugen genau in derselben Ordnung hier wie dort, nur mit einigen Auslassungen, und unter ihnen sind mehrere, deren Anwesenheit in Aquino feststeht, die aber sonst in den zahlreichen Würzburger Urkunden aus jener Zeit nicht erwähnt werden, wie gerade Herzog Heinrichs Gegenwart in Würzburg mindestens zweifelhaft ist. Wie die Zeugen aus der Urkunde von Aquino entnommen (damit auch der marchio Tusciae), so scheint Actum und Datum aus der Urkunde für Stablo bei St. R. Nr. 3327 entlehnt, obwohl auch diese manche Zweifel erregt. Folgte aber Heinrich erst Engelbert in der Markgrafschaft Tuscien im Sommer 1137, so erledigt sich auch, was Ficker, Forschungen II. S. 728 über ihr Verhältniß zu einander sagt. Sehr wahrscheinlich ist, daß Herzog Heinrich auch erst damals das Hausgut der Mathilde vom Papst übertragen wurde; es ist auch in der Folge mit der Markgrafschaft in Verbindung gewesen. Daß die Uebertragung nicht schon 1133 geschehen sein könne, ist bereits oben an der Urkunde gezeigt, aus der wir allein diese Thatsache kennen; denn weder die Annalen berichten von ihr, noch findet sich Heinrich jemals als Dominus domus comitissae Matildis bezeichnet. Wir kennen keine Amtshandlungen Heinrichs als Markgraf Tusciens und Herr der Mathildischen Güter, als daß sich in Urkunden des Klosters Polirone von 1145 ein notarius domni ducis Heinrici findet (Ficker Forschungen III. S. 426). In der That wird Heinrich, der damals sogleich Italien verließ und es nicht wieder sah, dort niemals eine wirkliche Amtsgewalt geübt haben. Auf Grund der erst neuerdings bekannt gewordenen Urkunde Lothars für Venedig (St. R. Nr. 3332) vom 3. October 1136 hat Ficker, Forschungen I. S. 266 angenommen, daß Heinrich auch mit der Markgrafschaft Verona belehnt gewesen sei. Denn in der Urkunde wird unter Anderem erwähnt der Zeugenschaft Henrici ducis Bawarie et marchionis Veronensium, ducis Chunradi, marchionum Chunradi, Adalberti. Cohn hat gemeint, daß in der mehrfach lückenhaften Abschrift, in der wir allein die Urkunde besitzen, Hermanni vor marchionis Veronensium ausgefallen sei, aber die dagegen von Ficker, Forschungen III. S. 411 vorgebrachten Gründe scheinen mir durchaus schlagend. Eben so wenig kann ich es nach meinen obigen Bemerkungen für richtig halten, wenn Stumpf in seinem ersten Abdruck der Urkunde (Act. imp. Nr. 101) Veronensium einfach in Tuscie ändert. Aber nach vielfachen Erwägungen kann ich mich doch nicht mit Ficker entschließen, auf diese fehlerhafte Zeugenreihe hin Heinrich auch die Markgrafschaft von Verona beizumessen. Nirgends findet sich sonst eine Spur, daß Heinrich mit Verona belehnt war; die Historia Welforum, die selbst die Belehnung von Garda und Guastalla erwähnt, würde sie kaum verschwiegen haben. Ich glaube, wie Cohn, daß in der Abschrift etwas ausgelassen, aber ergänze Henrici ducis Bawarie, Odalrici ducis Carintie et marchionis Veronensium. Daß Ulrich, Herzog von Kärnthen, damals beim Kaiser war, steht fest aus den Zeugen der Urkunde bei St. R. Nr. 3336. Daß Verona mit dem Herzogthum Kärnthen durch mehr als ein Jahrhundert verbunden war, steht nicht minder fest, und es giebt nicht die geringste Andeutung, daß diese Verbindung vor dem Tode Ulrichs († 1144) gelöst sei[1]. Bestätigt sich meine Vermuthung, so wäre die Reihe der Markgrafen von

[1] Noch in einer Paduaner Urkunde v. J. 1116 erscheint zu Padua Heinrich, der letzte Herzog aus dem Geschlecht der Eppensteiner: [illegible] Böhmer, Acta imp. sel. p. 73.

Verona bis auf Hermann von Baden hergestellt. Nichts zeigt deutlicher, welche bedeutende Stellung Lothar dem Baiernherzog in Italien sichern wollte, als die Bestellung des Bischofs von Regensburg zum Erzkanzler Italiens; sie erfolgte zu Lago Pesole (Ann. Saxo), und schon in der nächsten Zeit sind die Urkunden im Namen des Regensburger Bischofs ausgestellt.

S. 147—150. — Den Rückweg des Kaisers beschreibt kurz der Bericht beim Ann. Saxo. Das Räubernest bei Palestrina war vielleicht Rocca di Cave; vergl. Westphal, Die römische Campagna S. 109. Der von Petrus Diaconus c. 125 mitgetheilte Brief des Kaisers wird schwerlich in dieser Form echt sein, aber das Datum und der Ausstellungsort scheinen richtig; noch am 3. October waren Papst und Kaiser in Tivoli (J. R. Nr. 5605). Ueber die Vergünstigungen, welche vom Papst die Erzbischöfe von Trier und Magdeburg erhielten, sehe man J. R. Nr. 5601. 5602. 5603. Den Todestag des Erzbischofs Adalbert von Mainz geben die Annales s. Disibodi an. Im Protokoll von Ceneselli (St. R. Nr. 3356) ist bei Lambertus Marchio nur an einen Eigennamen zu denken, wie bei Robertus Marchio in der verwandten Urkunde vom Jahre 1120 bei Ficker, Forschungen IV. S. 142. Ueber die villa Bredevan beim Ann. Saxo braucht man nach Mascov nicht mehr einen Excurs zu schreiben. Ueber den Todesort Lothars ist kein Zweifel; über den Todestag schwanken die Angaben verschiedener Quellen zwischen dem 3. und 4. December, doch entscheidet die im Grabe gefundene Tafel für den 3. December. Man vergl. Jaffé, Lothar S. 223. 224 Anm. 184 und 189. Otto von Freising berichtet (Chronic. VII. c. 20), daß der Kaiser sterbend Herzog Heinrich die Reichsinsignien übergeben habe, und dies wird durch die folgenden Thatsachen bestätigt. Jaffé nimmt an, daß Lothar noch unmittelbar vor seinem Tode Heinrich mit Sachsen belehnt habe, und beruft sich auf Petrus Diac. IV. c. 126; von einer Belehnung spricht dieser eigentlich nicht, sondern von einer Vererbung des Herzogthums Sachsen, und als seinen Nachfolger in demselben hatte der Kaiser offenbar längst Heinrich bestimmt. Ueber die Gedenktafel, die neuerdings für Lothar an der Breitenwanger Kirche angebracht ist, sehe man die Allgemeine Zeitung 1868 Nr. 113 Beilage und den Boten für Tirol und Vorarlberg 1867 N. 241 243. Von der Bestattung Lothars geben Otto von Freising a. a. O., die Paderborner und Erfurter Annalen Nachricht; die Betheiligung des Bischofs von Halberstadt an der Beerdigung erwähnt das Chronicon Halberstadense p. 57. Aeltere Nachrichten über die Stiftskirche zu Königslutter bietet die von J. Fabricius 1715 zu Wolfenbüttel herausgegebene Schrift von Joh. Letzner; ein unterrichtender Artikel von C. W. Hase findet sich in der Zeitschrift des Architekten und Ingenieurvereins für das Königreich Hannover 1856. Bd. II. Anh. 38—47; im Uebrigen ist Schnaase, Geschichte der bildenden Künste im Mittelalter II. 352 zu vergleichen, wo die weitere Literatur angegeben wird. Von dem Grabe Lothars handelt auch der in der Gartenlaube 1870 N. 21 enthaltene Aufsatz: Ein deutsches Kaisergrab im alten Sachsenlande. Die Bleitafel, die man nach Otto von Freising Lothar in das Grab legte, hat sich bei der Eröffnung gefunden. Jaffé S. 225 hat die Inschrift nach der Abschrift Meiboms abdrucken lassen, in welcher das fehlerhafte Datum II. Non. Dec.[1]); nach der emendirten Abschrift des Abts Calixtus Mascov p. 109 mit dem richtigen Datum. Bei Pfeffinger, Vitriarius illust. I. 567 sind beide Abschriften zusammengestellt. Do[illegible] den sich auch einige alte Verse,

1) [illegible] statt caelis bei Jaffé ist nur Druckfehler

welche den Todestag bestätigen; sie sind zu einem Epitaphium dort zusammengestellt, doch sind es in Wahrheit drei verschiedene Epitaphien, die nur äußerlich zusammengefügt. Die Bleitafel giebt die Dauer der Regierung Lothars auf 12 Jahre 3 Monate und 12 Tage an; die Kaiserchronik läßt sich das Zahlenspiel nicht entgehen:

Jâ rihte der keiser Liutbâr,
daz saget daz buoch vür wâr,
rehte zwelf jâr
zwelf wochen unde zwelf tage.

Uebrigens ist die Rechnung falsch; nach derselben wäre der Regierungsantritt auf den 20. oder 21. August 1125 zu setzen, was weder mit der Wahl noch dem Krönungstage übereinstimmt[1]).

S. 152–157. — Die Kämpfe zwischen König Roger und Herzog Rainulf nach Lothars Abzug erzählen Falco von Benevent und Romoald von Salerno. Wie Wibald M. Cassino verließ, berichtet Petrus Diaconus IV. c. 127. Die beiden in Wibalds Namen abgefaßten langathmigen Schreiben des Petrus Diaconus an den Kaiser und die Kaiserin bei Jaffé, Bibl. I. 84–93 halte ich für Stilproben; sachgemäßer sind die drei kurzen Schreiben Wibalds an die Mönche von M. Cassino a. a. O. 95–98, und sind in diesen vielleicht echte Actenstücke zu sehen. Schon am 1. November 1137 war Innocenz II. wieder in Rom, wie aus J. R. Nr. 5606–5608 hervorgeht. Ueber die Beilegung des Schisma finden sich gute Nachrichten bei Falco Beneventanus; von besonderer Wichtigkeit ist Bernardi ep. 317. Den Aufenthalt des Papstes zu Albano im Juli 1138 zeigen die Bullen bei J. R. Nr. 5639–5643. Die Acten der großen römischen Synode im Jahre 1139 finden sich bei Mansi, Coll. conc. XXI. 526; das Datum der Synode ist bei Falco irrig angegeben, wie Jaffé R. P. p. 585 nachweist. Die Gefangennahme des Papstes durch Roger berichten außer Falco auch die Annales Casinenses, Annales Ceccanenses und Cavenses zum J. 1139. Der Friede wurde, wie Falco sagt, am Fest des h. Jacobus geschlossen, d. h. am 25. Juli; daraus geht hervor, daß bei Falco zu emendiren ist statt VII. Kal. Aug. — VIII. Kal. Aug. und vorher statt septimo decimo die stante mensis Julii — septimo die. Auch die Ann. Cass. sagen, daß der Friede am vierten Tage nach der Gefangennahme geschlossen sei[2]). Nach denselben Annalen war als Grenze der Herrschaft Rogers der Garellus d. h. der obere Liris festgestellt; nach den Annales Cavenses geschah die Belehnung mit drei Fahnen. Die sehr wichtige Bulle des Papstes für Roger ist bei Baronius 1139 Nr. 12 nicht aus dem Original, sondern aus einer Abschrift abgedruckt. Sie ist ausgestellt VI. Kal. Aug. in territorio Mamanensi, aber sowohl das Datum wie der Ort erregen Anstoß. Nach Falco muß man annehmen, daß die Urkunde an dem Tage des Friedensschlusses abgefaßt sei, und ein territorium Mamanense oder Marianense ist nicht nachzuweisen. Meines Erachtens ist zu lesen territorio Minianensi. Minianum, jetzt Mignano, an der Straße von S. Germano nach Capua, etwas nördlich von Presenzano, wird öfters erwähnt, und eben dort lagerte damals nach den Ann. Cass. Roger. Wie Roger sich die Länder Unter-Italiens endlich ganz unterwarf, berichtet ausführlich Falco, in Kürze die Annales Cavenses, in denen die Darstellung mit den Worten schließt: Et siluit terra in conspectu eius.

1) Uebrigens hat auch die Imago mundi des Honorius (M. G. X. 130) dieselben Zahlen, wie die Kaiserchronik.

2) Im Chronicon Urspergense p. 291 wird der 24. Juli als Tag der Gefangennahme angegeben.

S. 159—165. — Die zweite Reise Ottos von Bamberg beschreiben ausführlich Ebbo und Herbord im dritten Buche ihrer Lebensbeschreibungen. Zu der früher angeführten neueren Literatur über Otto ist nachzutragen Ludw. Hoffmann, Otto I. ep. Bamb., quomodo ecclesiae suae auctoritatem et dignitatem promoverit. Part. I. (Halae 1869). Am eingehendsten ist Ottos zweite Reise in den Wendischen Geschichten II. S. 300 ff. behandelt, doch ist die Reise dort, wie Jaffé (Lothar S. 269) gezeigt hat, irrig in das Jahr 1128 gesetzt. Daß Otto auf Berufung des Pommernherzogs kam, sagt Ebbo III. c. 4 ausdrücklich. Ueber die Reisezurüstungen in Halle spricht Herbord III. c. 1; vergl. auch Herbord I. c. 36. Daß mit den Uorani bei Ebbo III. c. 14 die Anwohner der Ucker gemeint seien und die Urania bei Herbord III. c. 11, obwohl irrig als Insel bezeichnet, nur ihr Land sein könne, scheint mir nach der Bemerkung Jaffés (Bibl. V. 587) nicht mehr zweifelhaft. Der Brief des Abts Wignand, den Ebbo II. c. 16 mittheilt und irrig auf Ottos erste Reise bezieht, ist um den 1. October 1127 geschrieben; nur damals konnte von einem einjährigen Aufenthalt des Tyrannen Konrad in Nürnberg die Rede sein; vergl. Jaffé, Lothar S. 60. 61. Von dem geweihten Ringe, den Otto vom Papst erhielt, berichtet die Prüflinger Biographie III. c. 15. Das Todesjahr des Pommernherzogs Wratislaw ist nicht genau zu bestimmen; vergl. Wendische Geschichten II. 352. Otto von Freising (Chron. VII. c. 19) sagt, daß der Polenherzog de Pomerania et Rugis Lothar den Lehnseid geleistet habe; bei den Letzteren ist trotz der Einwendungen in den Wendischen Geschichten II. 358 unzweifelhaft nur an Rügen zu denken.

S. 166. 167. — Daß die Priegnitz schon im Jahre 1136 von Albrecht dem Bären erobert und in den nächsten Jahren diese Eroberung befestigt wurde, ist jetzt wohl die allgemeine Annahme; nur so wird auch die mehrfach erwähnte Urkunde Lothars von 1136 für Bischof Otto verständlich. Ueber das Verhältniß Albrechts zu dem wendischen Fürsten in Brandenburg vergleiche man den Tractat des Heinrich von Antwerpen, den ich unter den Documenten (C) abdrucken lasse. Die nahe Verbindung Albrechts mit Pribislaw bestand gewiß schon um das Jahr 1136, ja greift in eine frühere Zeit zurück; bei den Besitzungen der Ballenstedter Grafen auf dem rechten Elbufer konnte es von feindlichen und freundlichen Berührungen mit den Herren in Brandenburg nicht fehlen. Es ist gar kein Grund, die Taufe später als 1127 zu setzen; vergl. von Heinemann, Albrecht der Bär S. 347. Ist die Urkunde Lothars vom 15. März 1136 (St. R. Nr. 3319) nicht interpolirt, so muß Albrecht, der in derselben marchio Brandenburgensis genannt wird, damals bereits die Brandenburg besetzt gehalten haben. Denn es ist gegen alle Analogie, daß sich jemand nach einer Burg nennt, die er weder im Besitz hält noch von ihr herstammt, auf die er nichts als unsichere Erbaussichten hat. Der christenfreundliche Pribislaw suchte wohl in Albrecht einen Schutz gegen sein heidnisches Volk. Ueber die Fortschritte der Mission in dem Brandenburger Sprengel von 1136 an sehe man Winter, Die Prämonstratenser S. 117 ff. 126 ff. 131 ff.

S. 168. — Otto von Freising (Chron. VII. c. 23) sagt von Heinrich: princeps potentissimus, cuius auctoritas, ut ipse gloriabatur, a mari usque ad mare, id est a Dania usque in Siciliam, extendebatur. Eine interessante Stelle zum Lobe Heinrichs findet sich in der Kaiserchronik V. 17,111—17,126.

Quellen. Gleichzeitige Geschichtswerke: Falconis Beneventani Chronicon. Ortlieb de fundatione monasterii Zwivildensis. Berthold de constructione monasterii Zwivildensis. Canonici Wissegradensis Continuatio Cosmae. Annales Gradicenses. Gesta episcoporum Virdunensium. Vita Adalberti II. archiepiscopi Moguntini. Ottonis Frisingensis Chronicon L. VII. c. 22—34. Deutsche Kaiserchronik. Annales s. Disibodi. Chronicon Mauriniacense. Sigeberti Continuatio Gemblacensis. Chronographus Corbeiensis. Annales Mellicenses. Continuatio Cremifanensis. Annales Brunwilarenses, s. Jacobi Leodienses, Laubacenses, Casinenses, Cavenses. Chronicon episcoporum Hildenesheimensium c. 20. Annales s. Petri Erphesfordenses. Annales Pegavienses. Odo de Diogilo de profectione Ludovici VII. in orientem. Chronicon Burensis monasterii. Cafari Annales Januenses. Lamberti Waterlos Annales Cameracenses. Annales Rodenses. Vita prima s. Bernardi abbatis. Casus monasterii Petrishusensis. Otto Frisingensis de gestis Friderici I. c. 22—63. Herbordi Vita s. Ottonis episcopi Babenbergensis L. I. c. 38. Vitae pontificum Romanorum in der Sammlung des Cardinals Boso. Continuatio Zwetlensis prima. Auctarium Zwetlense. Continuatio Admuntensis. Monachi Sazavensis Continuatio Cosmae. Historia pontificalis. Annales Opatowicenses. Annalista Saxo. Gleichzeitige Quellenwerke, die nur in Auszügen, Compilationen und Bearbeitungen bekannt sind: Erfurter Annalen (Chronicon Sanpetrinum, Annales s. Petri Erphesfordenses, Annales Pegavienses), Paderborner Annalen (Annales Colonienses maximi, Ann. Saxo, Annales Palidenses), Rosenfelder Annalen (Annales Stadenses), Magdeburg-Nienburger Annalen (Annales Magdeburgenses, Annalista Saxo). Gleichzeitige überarbeitete Geschichtsquellen: Annales Aquenses. Annales Egmundani. Quellenschriften aus den letzten drei Decennien des zwölften Jahrhunderts: Chronicon Laurishamense. Gesta abbatum Lobiensium c. 23—26. Fundatio monasterii Ebracensis. Annales Herbipolenses. Vincentii Pragensis Annales. Historia Welforum Weingartensis c. 24—28. Helmoldi Chronica Slavorum L. I. c. 54—72. Notae genealogicae advocat. Ratisb. etc. Historia Ludovici VII. Vita Conradi I. archiepiscopi Salisburgensis. Annales Colonienses maximi. Annales Magdeburgenses. Romoaldi Salernitani Chronicon. Bernardi Marangonis Annales Pisani. Tractatus Heinrici de urbe Brandenburg. Guillelmi Tyrii Historia belli sacri. Gotifredi Viterbiensis Pantheon, Part. XXIII. 48—51. Vitae Gebehardi archiepiscopi Salisburgensis et successorum eius. Saxonis Grammatici Historia Danica. Joannis Cinnami Historiae L. I. II. Quellen des dreizehnten Jahrhunderts: Gesta Ludovici VII. Nicetae Choniatae Historia L. I. II. Chronicon Montis sereni. Annales Stadenses. Burchardi Urspergensis Chronicon. Chronicon Altinate L. V. Annales Ceccanenses.

Zahlreiche für die Geschichte Konrads III. wichtige Schreiben sind in den Briefsammlungen des Abts Wibald von Stablo und des heiligen Bernhard enthalten. Andere für diese Zeit wichtige Briefschaften sind zerstreut gedruckt.

Einige Actenstücke für die Regierung Konrads III. sind in den M. G. Legg. II. 38**, 84—89 gedruckt. Die Urkunden Konrads III. sind bei Stumpf (Die Reichskanzler) II. 280—314, die gleichzeitigen päpstlichen Erlasse bei Jaffé (Reg. pont. Rom.) p. 581—646 verzeichnet.

S. 169—171. Die Abneigung der Fürsten gegen Heinrich den Stolzen und seine Wahl erhellt deutlich aus Otto von Freising (Chron. VII. 22—24 und Gest. Frid. I. c. 22); man vergleiche den Zeitgenossen Berthold de constructione mon. Zwivildensis c. 23. Sehr beachtenswerth ist auch die Nachricht der Kaiserchronik, wonach der Bischof von Regensburg Heinrich von Dießen und der Böhmenherzog dem Welfen besonders entgegen gewesen wären; das dort Berichtete wird zunächst auf Baiern zu beziehen sein. Ueber die Erhebung Albrechts des Bären gegen Richinza berichten die Paderborner Annalen (Ann. Saxo und Ann. Colon. max.); auch Helmold I. c. 54 erwähnt, daß sich Albrecht gleich nach Lothars Bestattung geregt habe. Daß die Wahl Konrads besonders von Erzbischof Albero betrieben wurde, geht aus den Paderborner Annalen und andren Quellen hervor. Mehrere Fürsten, welche bei der Wahl betheiligt waren, führt Balderich in der Vita Alberonis c. 15 an. Seine Angaben bestätigen und ergänzen die Annales Brunwilarenses: (Conradus) a principibus Lotharingie, faventibus archiepiscopis Alberone Treverensi et Arnoldo Coloniensi, in regem eligitur. Den Einfluß des Cardinals Dietwin heben besonders die Magdeburger Annalen hervor: Interea quidam, sequestrantes se ab aliis, mediante Thietwino cardinali episcopo — privatum sibi regem elegerunt. Auch Otto von Freising betont in der Chronik VII. c. 22 Dietwins Eingreifen. Gute Nachrichten über Dietwin finden sich in den Ann. Palidenses z. J. 1151. Der Tag, an welchem die Wahl stattfand, kann nicht zweifelhaft sein, da die Paderborner, die Erfurter Annalen und Otto von Freising (Chron. VII. c. 22) in wesentlicher Uebereinstimmung sind. Jaffé (Konrad III. S. 5 und 6) hat den Wahltag zuerst richtig festgestellt, aber in Betreff des Wahlortes hat er auf Grund der Bemerkung der Annales s. Disibodi: Conventus principum apud Confluentiam urbem factus est in cathedra s. Petri, ubi Conradum — — regem constituunt, die Ansicht zu begründen gesucht: Konrad sei in der Peterskirche zu Lützelcoblenz erhoben worden. Was dagegen Waitz in den Anmerkungen zu den Annales s. Disibodi und dann Scheffer-Boichorst in den Annales Patherbrunnenses S. 16 eingewendet haben, scheint mir durchaus einleuchtend. L. Albrecht in seiner Dissertation: De Conradi III., Henrici filii, Friderici I., Henrici VI. regum electionibus (Breslau 1868) folgt hier, wie in andren Dingen, lediglich Jaffé. Ueber den Krönungstag vergleiche man Jaffé S. 6. Die Krönung durch den Cardinal Dietwin wird nicht nur von Otto von Freising (Chron. VII. c. 22), sondern auch von den Paderborner Annalen und andren Quellen besonders hervorgehoben.

S. 172. 173. — Konrads großen Hoftag zu Köln Ostern 1138 erwähnen Otto von Freising a. a. O., die Annales s. Disibodi und Brunwilarenses; man vergleiche auch die damals erlassenen Urkunden St. R. Nr. 3369—3373, aus denen zugleich die in der Kanzlei eingetretenen Aenderungen hervorgehen. In diesen Urkunden werden Pfalzgraf Wilhelm und Graf Otto von Rineck als Zeugen genannt, ohne daß von der Pfalzgrafschaft des Letzteren dann noch weiter die Rede wäre. Von Wibald heißt es in der Urkunde bei St. R. Nr. 3372: cuius fides et devotio in nostra ad regiam gloriam ordinatione satis enituit.

S. 174. — Ueber Konrads Aufenthalt in Mainz nach Ostern 1138 und die Einsetzung Erzbischof Adalberts II. sehe man Otto von Freising (Chronic. VII. c. 22. Gest. Frid. I. c. 22), die Annales s. Disibodi und die Vita Adalberti (Jaffé Bibl. III. 594), wie die Urkunden in St. R. Nr. 3375—3377.

S. 174. 175. — Gute Nachrichten über den Bamberger Tag im Mai 1138 geben Otto von Freising (Chron. VII. c. 23), die Erfurter und Disibodenberger Annalen und der Canonicus Wissegradensis; außerdem sind die Urkunden in St. R. Nr. 3378. 3379 von Interesse, wie die Briefe bei Jaffé, Bibl. V. 528—531 und M. G. Legg. II. 84. 85. Der in den M. G. mitgetheilte Brief an den Abt von Tegernsee gehört, wie schon Jaffé (Konrad III. S. 12) bemerkt hat, in diese Zeit.

S. 175. — Otto von Freising sagt a. a. O. ausdrücklich, daß Heinrich erst in Regensburg die Reichsinsignien ausliefern sollte. Neuere aber, und unter ihnen auch Jaffé (Konrad III. S. 12), sprechen von einer Eroberung Nürnbergs vor dem Regensburger Tage, um die dort aufbewahrten Reichsinsignien zu gewinnen, sie gründen sich dabei auf spätere Nachrichten, welche auf die Annales Palidenses zurückzuführen sind, wo es heißt: regalia, que Heinricus dux Bawariorum et Saxonum sub se habuit, apud castrum Noremberg cum obsidens requisivit. Damit ist weder gesagt, daß Konrad Nürnberg nahm, noch daß er die Reichsinsignien erhielt, und das Letztere fand auch sicher erst später statt. Wenn diese sonst nirgends erwähnte Belagerung Nürnbergs überhaupt stattgefunden hat, handelte es sich wohl mehr um den Besitz des Platzes, als der Reichsinsignien. Das Verhalten Erzbischof Konrads von Salzburg auf dem Regensburger Tage erhellt aus der Vita Chounradi c. 5.

S. 176. 177. — Die Annales s. Disibodi und Otto von Freising lassen keinen Zweifel darüber, daß Heinrich erst in Regensburg die Reichsinsignien auslieferte, und zwar durch Gesandte. Wie er dazu vermocht wurde, wird nirgends bestimmt gesagt. Da aber die Paderborner Annalen berichten, Konrad sei dabei callide verfahren, gewinnen auch die Worte der Historia Welforum c. 24: multis illectis promissis an Glaubwürdigkeit. Daß H. Heinrich persönlich in Regensburg erschien, aber nicht vor dem König erscheinen durfte, sagt ausdrücklich Otto von Freising. Auch die Kaiserchronik V. 17,213 ff. erwähnt des Regensburger Tages, der Auslieferung des Speers und der Krone, wie des Ausschlusses Heinrichs von der Gegenwart des Königs. Ueber die folgenden Verhandlungen zwischen Konrad und Heinrich haben wir nur den Bericht Ottos von Freising und die absichtlich veränderte Darstellung in der Historia Welforum a. a. O. Die Abweichungen sind nach dem ursprünglichen Text Ottos noch größer, als sie Jaffé erschienen, der deshalb dem Weingartener Mönch den Glauben nicht versagte. Wilmans hat dagegen im Archiv der Gesellschaft für ältere deutsche Geschichtskunde XI. S. 41 ff. den Bericht der Historia Welforum einer scharfen Kritik unterzogen, bei der er aber vielleicht Ottos Glaubwürdigkeit hier doch zu hoch anschlägt. Daß der Weingartener Mönch die ganze von Otto abweichende Erzählung lediglich erfunden habe, ist schwer anzunehmen; die Einzelheiten sind freilich ohne weitere Anhaltspunkte nicht zu verbürgen. Die angeführte Stelle des Helmold steht L. I. c. 54. Daß die Acht über Heinrich zu Würzburg ausgesprochen sei, sagt Otto von Freising a. a. O. ausdrücklich. Daß schon damals Albrecht dem Bären das Herzogthum Sachsen verliehen sei, wird freilich nirgends ausdrücklich bezeugt, geht aber mit größter Wahrscheinlichkeit aus einer Urkunde vom 13. August 1138 (St. R. Nr. 3381) hervor, in welcher Otto filius ducis Saxonie bereits genannt wird. Daraus ergiebt sich weiter auch, daß der Würzburger Tag

Ende Juli oder Anfang August gehalten wurde. Die angeblich zu Quedlinburg am 26. Juli 1138 ausgestellte Urkunde Konrads (St. R. Nr. 3380) ist verdächtig.

S. 177—179. — Konrads Aufenthalt in Nürnberg im Herbst und Winter 1138 erweisen Urkunden (St. R. Nr. 3381. 3382). Die Reise des Kanzlers Arnold nach Genua erwähnen die Annalen des Caffaro (M. G. XVIII. p. 19). Ueber das Auftreten Albrechts des Bären gegen Richinza und ihre Anhänger berichten die Paderborner Annalen (Annal. Saxo und Annales Palidenses) und Helmold l. c. 54. Aus den Worten des Letzteren: occidentali Saxonia potitus möchte ich nicht mit Heinemann (Albrecht der Bär p. 351) auf einen Zug Albrechts nach Westfalen schließen; mir scheint damit nur der Gegensatz gegen die folgenden Worte: sed et Nordalbingorum fines partibus eius appliciti sunt bezeichnet zu sein. Von Heinrich von Badwide und seinen Kämpfen mit den Wenden spricht Helmold l. c. 54—56. Die Erhebung der Widersacher Albrechts gegen seine Mutter und seine Anhänger erzählen Annalista Saxo und die Annales Magdeburgenses nach den alten Magdeburg-Nienburger Annalen.

S. 179—181. — Die Worte des Otto von Freising in der Chronik VII. c. 23: proxima nativitate Domini Goslariensi in palatio ducatus ei abiudicatur werden allgemein auf das Herzogthum Sachsen bezogen. Aber Otto spricht überall nur von dem bairischen Herzogthum Heinrichs und dem ganzen Zusammenhange nach lassen sich auch hier nur darauf jene Worte auslegen. In der entsprechenden Stelle der Hist. Welf. ist abiudicatur für abiudicantur nach der ältesten Handschrift zu lesen. Von einer förmlichen Entziehung des sächsischen Herzogthums ist nirgends die Rede, und sie erfolgte wohl deshalb nicht, weil Heinrich gar keine förmliche Belehnung mit Sachsen erhalten zu haben scheint. In Goslar hätte ein solches Verfahren gegen Heinrich gar keinen Sinn mehr gehabt, nachdem Albrecht der Bär schon früher mit dem sächsischen Herzogthum belehnt war. Von einer Erneuerung der Belehnung Albrechts zu Goslar sprechen nur spätere Quellen, die sonst den Annales Palidenses folgen, hier aber abweichen. Der Widerstand, den Konrad in Sachsen fand, und seine eilige Entfernung aus dem Lande gehen aus dem Annalista Saxo und den Annales Magdeburgenses hervor, die in gleicher Weise die Magdeburg-Nienburger Annalen ausschreiben. Wann Heinrich nach Sachsen kam, ist nicht zweifelhaft. Otto von Freising und die Magdeburg-Nienburger Annalen stimmen darin überein, daß es im Anfange des Jahres 1139 geschah. Wenn die Historia Welforum Heinrichs Ausbruch nach Sachsen gleich nach den Augsburger Vorgängen setzt, so zeigt dies nur, wie wenig sie ihre Zusätze in chronologische Verbindung mit Ottos Nachrichten zu bringen vermochte. Auch darin stimmen die vorhin genannten Quellen zusammen, daß Heinrich heimlich Baiern verließ. Sein Gefolge wird deshalb ein kleines gewesen sein, aber Niemand wird glauben, daß Heinrich, wie Otto von Freising zu verstehen giebt, nur noch vier Begleiter in Baiern hätte auftreiben können. Die Paderborner Annalen (Annales Colonienses) berichten, daß Heinrich die Vertheidigung Baierns seinem Bruder Welf übertragen habe, und das ist gewiß richtig, aber irrig ist es, wenn sie Heinrich mit einem großen Heere nach Sachsen gelangen lassen. Ein solches Heer konnte er erst in Sachsen selbst gewinnen. Ueber die Belagerung von Plötzke sprechen der Annalista Saxo, die Annales Magdeburgenses und Palidenses, über die Eroberung von Lüneburg die Annales Stadenses, über die Vertreibung Heinrichs von Badwide Helmold l. c. 56, über das Mißgeschick Hermanns von Winzenburg die Paderborner Annalen (Annales Colonienses). Der in der letztgenannten Quelle genannte Sigifridus de Homburg ist kein anderer, als Siegfried von Bomeneburg, der auch sonst mit jenem Namen bezeichnet wird. Die Zeit der Flucht Albrechts und seiner Anhänger in Sachsen ergiebt sich aus einer Urkunde Erzbischof Adalberts II. (Origines Guelf. IV. 545). In dieser Urkunde wird Hermann von Winzenburg marchio genannt, und Scheffer-Boichorst (Annales Patherbrunnenses S. 167) vermuthet deshalb, daß die Mark Meißen Konrad abgesprochen und Hermann von Winzenburg übertragen sei. Diese Vermuthung hat viel Ansprechendes, doch dürfte eine förmliche Belehnung kaum stattgefunden haben, da in den königlichen Urkunden dieser Zeit Hermann stets nur als Graf von Plesse bezeichnet wird. Dagegen erscheint in Urkunden Konrads III. um diese Zeit (St. R. Nr. 3381. 3396) ein marchio Heinricus und sein Sohn, über dessen Person ich im Unklaren bin.

S. 181. 182. — Nach Otto von Freising (Chron. VII. c. 23) ging K. Konrad von Sachsen unmittelbar nach Baiern, um seinen Bruder Leopold dort mit dem Herzogthum Baiern zu belehnen. Jaffé (Konrad III. S. 221) meint dagegen, daß diese Reise und Leopolds Belehnung erst im Juni oder Juli erfolgt sei, und nimmt auf Grund zweier Urkunden (St. R. Nr. 3395. 3396) an, daß der König vorher nach Niederlothringen gezogen sei; aber jene Urkunden gehören erst, wie jetzt bei Stumpf ersichtlich ist, in die zweite Hälfte des Juni. Die Fürsten, welche den König in Straßburg umgaben, lernt man aus den Urkunden in St. R. Nr. 3385—3393 kennen. In der Urkunde Nr. 3391 heißt es: eo tempore, iubente rege, principes, qui aderant, expeditionem contra Saxones, regnum commorentes, iuraverunt. Den Aufenthalt des Königs in Würzburg am 3. Juni 1138 bezeugt die Urkunde in St. R. Nr. 3394, das Aufgebot des Sobeslaw der Canonicus Wisegradensis. Die Briefe bei Sudendorf im Registrum II. 125—127, welche v. Heinemann (Albrecht der Bär S. 121) für die Rüstungen gegen die Sachsen benutzt hat, stammen aus dem Reinhardsbrunner Codex, der meist schlecht fingirte Stücke enthält, und sind ohne allen Werth. Vergl. Wattenbach, Iter Austriacum S. 57. 58. Ueber den Aufenthalt des Königs in den Niederlanden sehe man St. R. Nr. 3395—3397. Den Tod Walrams von Limburg verzeichnen die Annales Rodenses und Aquenses z. J. 1138. Die Continuatio Gemblacensis des Siegbert setzt auch den Tod Gottfrieds in dasselbe Jahr, den die Annales Parchenses und die Cont. secunda Gestorum abb. Trud. L. I. c. 3 erst z. J. 1140 melden. Das richtige Jahr 1139 geben die Erfurter Annalen und die Annales Laubacenses (M. G. IV. 22). Ueber den Todestag vergleiche Jaffé, Konrad III. S. 38. Die Einsetzung Gottfrieds des Jüngeren in das erledigte Herzogthum erwähnen mehrere Annalen; von den Heinrich von Limburg gemachten Versprechungen hören wir etwas in den Annales Rodenses z. J. 1144. Schon in einer Urkunde Lothars vom J. 1134 (Böhmer, Acta imp. sel. Nr. 80) wird Heinrich Herzog genannt; er behielt damals den herzoglichen Namen und wird als Herzog Heinrich von den Ardennen neben Herzog Gottfried von Löwen in einer Urkunde von 1139 (St. R. Nr. 3397) aufgeführt. Die Kölner Wirren erwähnen kurz die Ann. Colon. maximi rec. II. z. J. 1138 und die Annales Brunwilarenses z. J. 1139.

S. 182. 183. — Der Aufenthalt Konrads zu Nürnberg am 19. Juli erhellt aus der Urkunde bei St. R. Nr. 3398. Der Ort, wo sich das Heer gegen die Sachsen sammelte, wird in den Erfurter Annalen, der Tag in den Paderborner Annalen angegeben. Die Theilnehmer des Heerzuges ergeben sich aus den damals zu Hersfeld ausgestellten Urkunden (St. R. Nr. 3399. 3400). Nach einer Urkunde Erzbischof Adalberts II. von Mainz für das Stift Jechaburg, am 25. Juli 1139 ausgestellt, welches Stumpf in den Acta Moguntina sec. XII. p. 23. 24 veröffentlicht hat, müßte auch Herzog Friedrich beim Zuge gewesen sein. Aber die nur in einer Kopie erhaltene Urkunde erregt doch in der vorliegenden Gestalt manche Bedenken. Der Name Budo, welcher dem Bischof von Zeitz beigelegt wird, ist unrichtig, und Budo Cicensis vielleicht durch Contraction von Bucco Wormaciensis, Udo Cicensis entstanden, auch die Indiction ist falsch; vor Allem aber ist schwer einzusehen, wie Herren aus Konrads Heer, welches sich am 25. Juli bei Hersfeld sammelte und am 15. August bei Kreuzbach lag, am 25. Juli zu Jechaburg tagen sollten. Ueber die Theilnahme Alberos von Trier am Kriegszuge sehe man die Gesta Alberonis c. 15; Jaffé giebt irrig die Zahl der Ritter, welche Albero herbeiführte, auf 300 an. Ueber Heinrichs Rüstungen und das Zusammentreffen der Heere bei Kreuzburg finden sich Notizen in den Erfurter, den Paderborner (Annales Palidenses und Colonienses) und den Magdeburg-Nienburger Annalen (Annal. Saxo und Annales Magdeburgenses), wie bei Helmold I. c. 56. Ueber den Abschluß des Vertrags bei Kreuzburg besitzen wir die besten Nachrichten in den Gesta Alberonis c. 15. Die Mitwirkung des Böhmenherzogs berichtet der Canonicus Wissegradensis, dessen Darstellung freilich darin sehr irrig ist, daß er Konrad Sachsen betreten, die Sachsen zu ihrem Lager zurückfliehen und sich völlig dem König unterwerfen läßt. Die Bedingungen des Vertrags erhellen aus den Stader Annalen, die hier eigenthümliche und gute Nachrichten bieten, und aus den Erfurter Annalen. Daß Albero für die Dienste, die er damals dem Könige leistete, die Abtei St. Maximin nach Abschluß des Vertrags erhält, sagt Balderich in der Gest. Alb. c. 16. Setzt aber Stumpf die betreffenden Urkunden (St. R. Nr. 3392. 3393) der Zeit nach richtig an, so müßte es schon früher (im Mai 1139) zu Straßburg geschehen sein. Die Annales s. Disibodi setzen dagegen die Verleihung erst in das Jahr 1140. Ueber den Parteiwechsel Bernhards von Plötzke und Hermanns von Winzenburg sprechen die Paderborner Annalen (Annales Colonienses) z. J. 1138, hier spätere Ereignisse anticipirend. Die Verwüstung Bremens erwähnen die Annales Stadenses.

184. 185. — Wie sich Herzog Leopold in Baiern festsetzte und wie Herzog Heinrich der Stolze sein Ende fand, erzählt Otto von Freising in der Chronik VII. c. 25. Daß Heinrich nach Baiern zurückkehren und dort den Kampf aufnehmen wollte, sagt Otto selbst nicht, aber es findet sich in den im welfischen Sinne interpolirten Handschriften und in der Historia Welforum c. 25, und auch die Annales Brunwilarenses z. J. 1141 (statt 1139) bestätigen, daß Heinrich sich aufs Neue zum Kampfe rüstete. Daß der Tod Heinrichs durch Vergiftung erfolgt sei, behaupten bestimmt nur die Annales Magdeburgenses und die Annales Palidenses und die aus ihnen abgeleiteten Quellen. Die Annales Palidenses ruhen aber hier noch auf den Paderborner Annalen, und diese hatten, wie man aus den Colonienses und dem Annal. Saxo sieht, den Beisatz: ut fertur, welchen die Palidenses fortließen. Die Magdeburg-Nienburger Annalen, aus denen die Magdeburgenses schöpften, bieten hiernach das einzige gewichtige Zeugniß für die Vergiftung. Daß Otto von Freising von einer solchen nicht spricht, würde wenig dagegen beweisen, aber schwer fällt ins Gewicht, daß auch die der Zeit nahestehenden Quellen von entschieden welfischer Färbung keinen Verdacht erregen. Die Kaiserchronik, deren Verfasser V. 17,111 ff. Herzog Heinrich ein so reiches Lob gespendet hat, erwähnt nur kurz V. 17,227 das Verscheiden desselben in Sachsen. Auch in den im welfischen Sinne interpolirten Handschriften des Otto von Freising und in der Hi-

storia Welforum wird von Gist nicht besprochen und sogar ausdrücklich hervorgehoben, daß Heinrich an einer Krankheit gestorben sei. Die Erfurter Annalen sagen kurz z. J. 1139: Heinricus dux obiit, suscepit autem pro eo ducatum Heinricus filius eius. Die im Chronicon Sanpetrinum am Schluß des Jahres stehenden Worte: hic qui fuit gener Lotharii imperatoris sind offenbar eine Glosse zu Heinricus, die beim Abschreiben an eine falsche Stelle gerathen. Ueber den Todestag sehe man Jaffé, Konrad III. S. 28 Anm. 49.

S. 186. 187. — Die Stiftungsurkunde für Kloster Zwetl, welches irrig im Text den Benedictinern zugeschrieben ist, da es von Anfang an den Cisterciensern eingeräumt wurde, ist registrirt bei St. R. Nr. 3403. Albrechts des Bären unglückliches Auftreten in Sachsen und der darauf folgende vollständige Sieg der welfischen Partei im Lande erhellen besonders aus den Nachrichten der Paderborner Annalen (Ann. Saxo, Annales Palidenses und Colonienses); auch die Annales Magdeburgenses und Stadenses geben einige brauchbare Notizen. Otto von Freising sagt kurz: Saxones regi denuo rebellant.

S. 187. 188. — Ueber den Aufenthalt Konrads in den letzten Monaten des Jahres 1139 sehe man St. R. Nr. 3402—3404. Der Aufenthalt des Königs zu Worms und die ihn dort umgebenden Fürsten gehen aus den damals ausgestellten Urkunden (St. R. Nr. 3406—3407) hervor. Die Erfurter Annalen berichten den Tod des Landgrafen Ludwig und die Einsetzung seines Sohnes; dieser wird in einer der erwähnten Urkunden (Nr. 3407) bereits unter den Zeugen aufgeführt. Das Nichterscheinen der Sachsen zu Worms erwähnen die Annales Stadenses. Ueber den Tod des Pfalzgrafen Wilhelm und die Schicksale seiner Erbschaft vergleiche man v. Heinemann, Albrecht der Bär S. 136. 137. Die Ernennung des Babenbergers Heinrich zum Pfalzgrafen kennen wir nur aus Urkunden (St. R. Nr. 3411. 3412. 3428. 3432). Nach den Annales s. Disibodi feierte Konrad Ostern 1140 zu Würzburg; der Besuch Bambergs in der nächstfolgenden Zeit ergiebt sich aus dem Canonicus Wisegradensis. Ueber den längeren Aufenthalt des Königs in Frankfurt belehren die Urkunden bei St. R. Nr. 3410—3414. Unter den Zeugen derselben wird auch Markgraf Konrad von Meißen genannt. Ueber das Nichterscheinen der Sachsen zu Frankfurt berichten abermals die Annales Stadenses.

S. 188—190. — Das Auftreten Welfs gegen Herzog Leopold in Baiern erzählen Otto von Freising in der Chronik VII. c. 25, die Historia Welforum c. 25 und die Kaiserchronik V. 17,229 ff. Es ist irrig, wenn Jaffé (Konrad III. S. 34) nach einer falsch datirten Urkunde Welf schon damals als Herzog von Spoleto u. s. w. ansieht; die Urkunde gehört nicht in das Jahr 1140, sondern 1160. Den Tag, an welchem Welf Leopold bei Valley in die Flucht schlug, geben die Annales Weingartenses (M. G. XVII. p. 309); der Thatsache gedenken auch mehrere österreichische Annalen. Ueber Konrads Aufenthalt in den Sommer- und Herbstmonaten 1140 wissen wir wenig. Eine Urkunde (St. R. Nr. 3415) ergiebt seine Residenz in Nürnberg; Stumpf setzt sie in den September 1140, aber sicher scheint mir nur, daß sie zwischen dem 9. Juli und 23. Oktober 1140 erlassen ist. Vergl. Mon. Boica XIII. 169. Die Fürsten, welche mit Konrad vor Weinsberg zogen, lernt man aus den Urkunden in St. R. Nr. 3419—3421 kennen. Den Kampf um Weinsberg berührt nur kurz Otto von Freising, nach ihm mit einigen Erweiterungen die Historia Welforum. Auch die Kaiserchronik V. 17,250 erwähnt die wichtigen Ereignisse vor Weinsberg. Die Annales s. Disibodi und Weingartenses sind durch einige Zeitbestimmungen wichtig. Die ausführlichsten Nachrichten finden sich nach den

Paderborner Annalen in der Annales Palidenses und Colonienses. Ueber die Geschichte von den Weinsberger Frauen, die sich nur in den Annales Colonienses findet, hat Scheffer-Boichorst in den Annales Patherbrunnenses S. 199 ff. besonders gehandelt und sie als thatsächlich begründet darzulegen gesucht. Wie Herzog Leopold seine Macht in Baiern nach Welfs Niederlage herstellte, erzählt Otto von Freising in der Chronik VII. c. 25.

S. 190—192. — Der Aufenthalt des Königs in den ersten Monaten des Jahrs 1141 erhellt aus den Urkunden bei St. R. Nr. 3422. 3424—3426; Nr. 3423 ist sehr verdächtig. Ueber die Streitigkeiten des Erzbischofs Albero von Trier zu jener Zeit sehe man die Gesta Alberonis metrica v. 119—174, Balderichs Gesta Alb. c. 16—19, die bezüglichen Bullen Innocenz II. (J. R. Nr. 5765. 5766. 5778) und die Epp. s. Bernardi Nr. 179. 189. 323.

S. 192. 193. — Nach den Annales s. Disibodi soll der König das Pfingstfest 1141 zu Regensburg gefeiert haben, doch geben die Paderborner Annalen (Palidenses, Colonienses) sehr bestimmt an, daß der König Pfingsten eine Reichsversammlung in Würzburg gehalten habe, und dieses Zeugniß findet in Urkunden (St. R. Nr. 3427. 3428) einen Anhalt. Jaffé und Andre haben deshalb angenommen, daß der König nach Pfingsten nach Regensburg gezogen sei und danach setzt auch Stumpf zwei undatirte Urkunden, die zu Regensburg erlassen sind (St. R. Nr. 3430. 3431), in die Zeit nach dem Würzburger Reichstage. Da aber in einer derselben noch der Cardinal Dietwin als Zeuge erscheint, der Ostern am Hofe des Königs war, aber nach Würzburg unseres Wissens nicht mehr denselben begleitete, werden jene Urkunden vor Pfingsten ausgestellt sein. Ueber Herzog Leopolds Vorgehen in jener Zeit, um den letzten Widerstand in Baiern zu bewältigen, spricht Otto von Freising in der Chronik VII. c. 25. Die Fürsten, welche den König Pfingsten zu Würzburg umgaben und der Reichsversammlung dann beiwohnten, ergeben sich aus den Urkunden bei St. R. Nr. 3427. 3428. Ueber die Verhandlungen mit den Sachsen erfahren wir Einiges durch die Annales s. Disibodi, die Annales Colonienses (nach den Paderborner Annalen), die Annales Palidenses; das Schreiben Konrads in v. Meillers Regesten der Babenberger S. 220 giebt das Hauptresultat: Saxones iudicio vel consilio principum hostes iudicavimus. Erzbischof Adalberts Verbindung mit den Sachsen erwähnen die Annales s. Disibodi.

S. 193. 194. — Ueber den Todestag der Kaiserin Richinza (10. Juni 1141) vergl. Jaffé, Konrad III. S. 41; die Bedeutung dieses Todesfalls für die Unterwerfung Sachsens berühren die Annales Stadenses. Den Todestag Erzbischof Adalberts geben die Erfurter Annalen und die Annales s. Disibodi. Daß Adalberts Nachfolger Markolf sich besondere Verdienste um die Herstellung des Friedens erwarb, berichten die Annales Palidenses. Von Bedeutung sind hier auch die Notizen der Cont. Cremifanensis (M. G. IX. 544) z. J. 1142, wofür 1141 zu emendiren: Chonradus rex in Saxoniam expeditionem copiose preparari fecit, sed interventu quorundam episcoporum et principum distulit, in qua profectione Liupaldus dux Baioariae infirmatus obiit, d. h. Leopold erkrankte, als er mit seinen Mannen auszog. Den Aufenthalt des Königs zu Köln am 14. September 1141 bezeugt die Urkunde bei St. R. Nr. 3432, in welcher Heinrich von Limburg nur als Graf erscheint. Den unglücklichen Kampf desselben erwähnt die Cont. Sigeb. Gembl., welche auch die Kämpfe des Bischofs von Lüttich mit Heinrich von Namur berührt. Ueber diese Kämpfe geben auch die Annales Laubienses, Fossenses und Aquenses Notizen; ausführlicher werden sie behandelt in dem Triumphus s. Lamberti de castro Bulonico (M. G. XX. 497–511) und in Reiners Triumphale Bulonicum (M. G. XX. 559–620).

S. 194. 196. — Ueber den Ort und die Zeit des Todes Herzog Leopolds sehe man v. Meillers Regesten der Babenberger S. 29. Hermann von Stahleck wird zuerst als comes palatinus genannt in einer Urkunde vom 1. August 1143 (St. R. Nr. 3460). Daß Hermanns Gemahlin Gertrud die rechte Schwester des Königs war, zeigen die beiden Urkunden im Wirtembergischen Urkundenbuch III. 467. 469, von denen die erste nicht in das Jahr 1138, sondern 1147 zu setzen ist. Aus den von K. Konrad zu Regensburg erlassenen Urkunden (St. R. Nr. 3433–3436) geht hervor, daß Albrecht der Bär bereits im Januar 1142 dem herzoglichen Namen entsagt hatte. Man sehe v. Heinemann, Codex dipl. Anhalt. I. p. 213. Den Einfluß des Erzbischofs Markulf auf Albrecht heben die Annales Palidenses hervor. Ueber den Tod der Eilika ist v. Heinemann, Albrecht der Bär S. 136. 357 einzusehen. Nach einer Urkunde (St. R. Nr. 3441) war K. Konrad am 19. März 1142 zu Konstanz, sein Aufenthalt dehnte sich nach den Annales Einsidlenses (M. G. III. 147) bis in den April aus.

S. 195–197. — Ueber den Frankfurter Reichstag haben wir gute Nachrichten in den Annales s. Disibodi, den Erfurter Annalen, den Annales Colonienses nach den Paderborner Annalen, den Annales Palidenses und Stadenses. Die Verbindung dieser Nachrichten bietet keine erheblichen Schwierigkeiten. Ueber den Todestag Erzbischof Konrad von Magdeburg vergl. Jaffé, Konrad III. S. 252; die bei der Leichenfeier anwesenden Fürsten werden in einer Urkunde (v. Heinemann Cod. dipl. Anh. I. 214) genannt. Den Todestag Erzbischof Markulfs geben die Annales s. Disibodi und Magdeburgenses. Den Tod Herzog Gottfrieds von Niederlothringen erwähnen die Continuatio Gemblacensis Sigeberti, die Annales Parchenses und andre lothringische Annalen.

S. 199. — Die Verbindungen Konrads mit Italien in den ersten Jahren seiner Regierung erhellen aus den in Stumpfs Regesten verzeichneten Urkunden. Daß Konrad in den Besitz des Mathildischen Hausguts gelangte, zeigt Ficker, Forschungen II. 295; auch über Ulrich von Attems als Markgrafen von Tuscien sehe man Fickers Nachweisungen ebendaselbst S. 226. An die Bürger von Asti schreibt K. Konrad in dem bereits angeführten Schreiben bei v. Meiller, Regesten der Babenberger S. 220: nuncios ad vos ut ad fideles regni dirigemus et, quid nos simus facturi, per eos vobis intimare curabimus, vobis autem in fidelitate nostra fideliter perseverantibus in adventu nostro maiora beneficia impendemus.

S. 200. 201. — Ueber das Verhältniß Bernhards zu K. Roger nach der Beseitigung des Schisma unterrichten die Briefe Bernhards Nr. 207–209. Der merkwürdige Brief des Abts Peter von Clugny an Roger findet sich in der Sammlung seiner Briefe L. IV. Nr. 37 (Migne T. 189). Der Brief des heiligen Bernhard an K. Konrad (Nr. 183) ist der Zeit nach schwer zu bestimmen. Offenbar irrig ist es, ihn in das Jahr 1137 zu setzen, wie es Mabillon that; aber für unzweifelhaft kann ich auch Jaffés Meinung (Konrad III. S. 184) nicht halten, daß er in das Jahr 1150 gehöre und von Bernhard geschrieben sei, um sich zu entschuldigen, daß er sich damals um eine Verständigung zwischen Roger und dem deutschen Reiche bemüht hatte. Die invasio imperii läßt sich wohl nur auf Roger beziehen, regis dedecus, regni diminutio auf die Aufstände in Deutschland. Ueber den Vertrag, welchen Innocenz II. mit dem Sicilier 1139 geschlossen, hatte Konrad allen Grund sich zu beklagen, und nicht minder konnte er es übel empfinden, daß Rom nie mit kirchlichen Strafen gegen die aufständigen Welfen einschritt, wie es früher doch gegen ihn geschehen war; es konnte scheinen, als ob Rom absichtlich jetzt den inneren Krieg nährte, in welchem die hohe Geistlichkeit Deutschlands selbst gespalten war. Ich möchte das Schreiben Bernhards deshalb in das Jahr 1139 oder 1140 setzen.

S. 201—203. — Die erste Gesandtschaft des Kaisers Johannes an Konrad erwähnt Otto von Freising in den Gest. Frid. I. c. 23. Die puella regalis sanguinis, welche Johannes für seinen Sohn Emanuel zuerst verlangte, ist nicht, wie Wilmans meint, Bertha von Sulzbach; der Zusammenhang zeigt dies deutlich. Wahrscheinlich ist eine Babenbergerin, eine Halbschwester des Königs, gemeint. Den ersten Brief Konrads an Johannes hat Otto von Freising nicht mitgetheilt; er greift aus dem ihm mitgetheilten Briefwechsel zwischen Konrad und Constantinopel zunächst das der zweiten Gesandtschaft mitgegebene Schreiben heraus, welches nach Jaffés Ausführungen (Konrad III. S. 100. 101) im Februar 1142 geschrieben ist. Die Gesandten, welche dieses Schreiben überbrachten, waren der Kaplan Albert und Robert von Capua. Aber in dem Schreiben selbst wird der früheren Gesandtschaft Alberts und des Briefes, den er damals mit sich führte, bestimmt gedacht; daß Albert damals von Alexander von Gravina begleitet war, zeigt der spätere Brief Konrads an Emanuel bei Otto von Freising. Den zweiten bei Otto a. a. O. mitgetheilten Brief des Johannes an Konrad will Jaffé nicht als Antwort auf den ersten gelten lassen, aber mit Unrecht, wie die aus diesem wiederholten Worte: in eumm amici et propinqui darthun; dieser Brief des Johannes muß gegen Ende 1142 geschrieben sein.

S. 203—206. — Die Anwesenheit des Petrus filius regis Danorum Ostern 1142 am Hofe Konrads geht aus der Zeugenschaft desselben in der Urkunde St. R. Nr. 3442 hervor. Ueber die Verhältnisse Polens nach Boleslaws Tode sehe man Röpell, Geschichte Polens I. 296—297. 348. 349. Von der Verlobung der Tochter K. Belas von Ungarn mit dem jungen Heinrich spricht der Canonicus Wissegradensis z. J. 1139; die Annales Admuntenses und andere österreichische Annalen setzen die Verlobung unrichtig schon in das Jahr 1138. Auch Herbord in der Vita Ottonis L. I. c. 38 spricht von der Verlobung. Ueber die böhmischen Verhältnisse zu jener Zeit und Konrads Zug zur Zurückführung Wladislaws finden sich Nachrichten bei Otto von Freising (Chronic. VII. c. 26), beim Canonicus Wissegradensis, dem Monachus Sazavensis und Vincentius Pragensis, wie in den Annales Gradicenses.

S. 206. 207. — Sehr bemerkenswerth sind die Nachrichten der Annales Brunwilarenses z. J. 1142: Hoc anno, dum expeditio super Saxones ingenti cura et apparatu secundo paratur, Dei clementia in concordiam redeunt, regi subduntur, pax ubique reformatur. Post instinctu maligni, operis Moguntino et Argentino primo occulte dehinc apertius contra regem debachantibus, rex varia sorte, sed forti dimicatione plura castella et munitiones cum ipsa Argentina ad deditionem coegit. Hiis subactis, rex contra ducis Heinrici defuncti fratrem, potentem principem, varia fortuna plurima bella gessit, munitiones eius quasdam insignes multo labore cepit: dux contra plura regni oppida incendio et rapina delevit. Die Worte: operis Mogontino et Argentino sind schwerlich richtig, doch haben alle Emendationen keinen festen Anhalt, da uns alle weiteren Nachrichten über diese Vorgänge fehlen. Daß der König die zweite Hälfte des December in Regensburg zubrachte, zeigen die Urkunden bei St. R. Nr. 3448—3450. Darüber, daß der König schon im Anfange Januar nach Goslar kam und am 2. Februar sich in Quedlinburg aufhielt, sind die Nachrichten der Palidenses so positiv, daß die Angabe der Paderborner Annalen (Colonienses): er sei erst in der Fastenzeit nach Sachsen gekommen, dagegen nicht in das Gewicht fallen kann.

S. 207. 208. — Daß der junge Heinrich auf den Rath seiner Mutter dem Herzogthum Baiern förmlich entsagte, meldet Otto v. Freising im Chronic. VII. c. 26. Ueber die Verleihung Baierns an Heinrich Jasomirgott vergleiche man Jaffé's Excurs im Konrad III. S. 221. 222. Ich stimme mit dem Resultat überein; nur halte ich dafür, daß die Belehnung schon im Januar 1143 und zwar zu Goslar erfolgt sei, wo auch einst Heinrich dem Stolzen Baiern entzogen war. Daß dort wichtige Reichsgeschäfte damals erledigt wurden, deuten auch die Annales Palidenses an. Ueber die neue Erhebung Welfs berichten Otto von Freising a. a. O. und die Paderborner Annalen (Colonienses). Ob die zu Regensburg ausgestellten Urkunden Konrads bei St. R. Nr. 3454. 3455 vor oder nach der Eroberung Dachaus erlassen sind, läßt sich nicht bestimmen. Ueber den Tod der Herzogin Gertrud berichten die Annalen von Paderborn (Colonienses) und die Pöhlder Annalen. Als Todestag giebt das Necrologium von Kloster Neuburg den 18. April, andere Necrologien, wie das Melker, den 20. April. Von der Begräbnißstätte der Gertrud handelt Scheffer-Boichorst, Annales Patherbrunnenses S. 139.

S. 209–211. — Der Aufenthalt K. Konrads in den Sommermonaten 1143 bestimmt sich durch die Urkunden in St. R. Nr. 3456–3460. 3463. In der zuletzt bezeichneten Urkunde erscheint unter den Zeugen der junge Friedrich von Staufen. Das Todesjahr der Mutter des Königs geben die Annales Magdeburgenses, den Tag (24. Sept.) das Necrologium von Kloster Neuburg und andere Necrologien. Ueber die letzten Zeiten Innocenz' II. und die Aufrichtung des römischen Senats spricht Otto von Freising in Chron. VII. c. 27. Die Quellenstellen für den Todestag des Papstes sind bei Jaffé, Regesten S. 598 angegeben. Ueber die Wahl Cölestins II. und das Auftreten dieses Papstes belehren die bei Watterich, Vit. Rom. pont. II. p. 276–278 abgedruckten Quellenstellen und Otto von Freising a. a. O. Daß Konrads Bund mit Kaiser Johannes zum förmlichen Abschluß gekommen war, sagt ausdrücklich Otto von Freising in der Chronik VII. c. 28; aus dem Briefe des Johannes in den Gest. Frid. I. c. 24 geht hervor, daß der Kaiser bereits eine Gesandtschaft abgeordnet hatte, um Bertha von Sulzbach nach Constantinopel zu führen. Vom Tode des Johannes und der Thronbesteigung Emanuels handelt kurz Otto von Freising in der Chronik a. a. O., ausführlicher Nicetas S. 62 ff. und Cinnamus S. 24.

S. 211–214. — Der Aufenthalt K. Konrads III. i. J. 1144 wird bestimmt durch die Urkunden in St. R. Nr. 3465–3476 und 3480–3488. In der zu Würzburg ausgestellten Nr. 3467 erscheinen Fürst Robert von Capua, Graf Roger von Ariano und die Grafen Richard und Robert als Zeugen. Ueber die Vorgänge in Magdeburg berichten die Annales Magdeburgenses und Palidenses. Den Tod Siegfrieds von Bomeneburg und Rudolfs von Stade melden fast alle sächsischen Annalen. Ueber die Wahl des Heinrich von Bomeneburg zum Abt von Korvei sehe man Wibaldi Epp. Nr. 151. Ueber die Art und Weise, wie die Bomeneburger Erbschaft meist an Hermann von Winzenburg kam, belehrt die von Weiland (Das sächsische Herzogthum S. 96) angeführte Urkunde Heinrichs des Löwen, im Uebrigen die Zusammenstellungen in Kokens Geschichte der Grafen von Winzenburg. Ueber die Streitigkeiten wegen der Stader Erbschaft sind wir durch die Annales Palidenses und die Annales Stadenses unterrichtet. Beide Berichte lassen sich im Ganzen vereinen, nur daß die Stadenses mehr die Hartnäckigkeit Hartwichs gegenüber den Anforderungen Heinrichs betonen, während die Palidenses den Erzbischof nachgiebiger zeigen. Eingehend handeln über die Stader Erbschaft und die dadurch hervorgerufenen Streitigkeiten Jaffé (Konrad III. S. 61 ff. u. 223. 224), Weiland (Das Herzogthum Sachsen S. 92—94) und Dehio (Hartwich von Stade S. 7 ff. u. S. 93—106). Die Stiftungsurkunde für Kloster Jerichow ist bei Winter (Die Prämonstratenser S. 349) gedruckt; über die Erwerbungen Magdeburgs sehe man die Annales Magdeburgenses und die Urkunden K. Konrads bei St. R. Nr. 3487—3489; daß die Urkunde Nr. 3489 gleichzeitig mit Nr. 3488 erlassen ist, geht schon aus den Zeugen hervor. Die Vermählung des Dänenkönigs Erich mit Hartwichs Schwester berichten die Annales Ryenses z. J. 1144. Willkürlich ist die Annahme Philippsons (Heinrich der Löwe I. S. 105), daß der Pfalzgraf Friedrich in der Stader Sache der Anwalt des jungen Herzogs Heinrich gewesen sei; sie beruht auf der eben so willkürlichen Voraussetzung einer Vormundschaft, welche Friedrich für Heinrich geübt habe. Ueber den Hoftag zu Korvei sehe man die Urkunde in St. R. Nr. 3497. So gewiß es ist, daß Heinrich mit seinen Ansprüchen auf Baiern bald genug hervortrat, so zweifelhaft ist, ob er sich damals schon Herzog von Baiern und Sachsen genannt hat. In allen unverdächtigen Urkunden jener Zeit heißt es einfach dux Saxoniae, und auch das Siegel einer Urkunde vom Jahre 1146, auf welches sich Jaffé (Konrad III. S. 106) beruft, beweist wenig.

S. 214. 215. — K. Konrad feierte Ostern 1145 nach den Annales s. Disibodi zu Würzburg, dann Pfingsten nach Sigib. Cont. Gemblac. apud Athernacum. Darunter ist nicht Andernach, sondern Echternach zu verstehen, wie schon der Beisatz in vicinia Treverorum zeigt. Ueber den Aufenthalt des Königs in den letzten Monaten des Jahres 1145 und seine damaligen Bestrebungen unterrichten die Urkunden bei St. R. Nr. 3503. 3505—3508. Bemerkenswerth sind auch die Worte in der Cont. Gemblac. des Sigibert z. J. 1144: Conradus rex, sciens per se, sciens religiosorum virorum ammonitione, quantum reverentiae debeatur aecclesiastico ordini — —, si quos elatos fastu secularis potentiae contra episcopos vel contra alios aecclesiae sanctae prelatos noverat insolenter agere, regia censura cogebat eos ab insolentia desistere et illis, quos offenderant, decenter satisfacere. Ueber Heinrich von Limburg sehe man die Annales Rodenses z. J. 1144; in der Urkunde bei St. R. Nr. 3492 wird der Verwendung Herzog Heinrichs von Limburg gedacht, doch ist die Urkunde uns nur in fragmentarischer Gestalt bekannt.

S. 215. 216. — Von dem Aufenthalt Konrads in Baiern im Anfange d. J. 1146 und den Verhandlungen mit Boris berichtet Otto von Freising in der Chronik VII. c. 34. Daß bei diesen Verhandlungen Geld mitwirkte, deutet Otto an und sagen sehr bestimmt die Annales Admuntenses (M. G. IX. p. 581). Ueber die Botschaft Kaiser Emanuels an Konrad haben wir Nachrichten nur bei Otto von Freising in der Chronik VII. c. 28 und in den Gest. Frid. I. c. 24, wo das wichtige Schreiben Konrads an Emanuel mitgetheilt wird. Daß der Gesandte Constantinopels wegen einer Verletzung des Ceremoniels zuerst eine so üble Aufnahme fand, erhellt schon aus der Aufschrift von Konrads Brief: Conradus Dei gratia vere Romanorum imperator. Daß der Bund zwischen dem deutschen Reich und Constantinopel in aller Form bestätigt wurde, sagt nicht nur Konrad selbst in seinem Schreiben, sondern auch Otto an der angeführten Stelle der Chronik. Statt der kaum erträglichen Worte in Konrads Brief: elaborata totius imperii nostri fortitudine ist wohl zu lesen: devoratis; vergl. kurz vorher die Corruptel: in hoc acervo statt acerbo. Ueber die Brüder Berno und Ricwin vergl. Wegele, Monumenta Eberacensia p. 3. Sie waren wahrscheinlich staufensche Ministerialen (Wegele, a. a. O. p. XIV.). Für et nobilis in Konrads Schreiben wird et nobilem zu emendiren und das Adjectiv auf Roger von Ariano zu beziehen sein. Berno war damals schon Mönch, deshalb wird er als vir religiosus bezeichnet. Von der Gesandtschaft Embrikos nach Constantinopel berichtet Otto in den Gest. Frid. I. c. 23; über Embrikos Todestag sehe man Jaffé Konrad III. S. 262. Von seiner Gesandtschaft nach Rom i. J. 1146 spricht Wibald selbst (Jaffé Bibl. I. p. 232).

S. 216—218. — Ueber den Tod der Königin Gertrud ist einzusehen Jaffé, Konrad III. S. 77 Note 25 und Moritz, Geschichte der Grafen von Sulzbach S. 252. 253. Die Schenkungen Konrads für das Seelenheil der Verstorbenen sind bei St. R. Nr. 3513—3519 verzeichnet. Heilsbronn und Rein waren Cistercienserklöster, Töchter von Ebrach (Wegele, Monumenta Eberacensia p. 4). Gertruds Bruder Gebhard von Sulzbach erscheint als Markgraf zuerst im Mai und Juli 1146 in zwei Urkunden Konrads (St. R. Nr. 3517. 3519); noch in einer Urkunde vom 1. Juni 1149 (St. R. Nr. 3561) wird er Markgraf genannt, dann nicht wieder. Dietbold II. finden wir zuerst mit dem markgräflichen Titel in einer Urkunde vom 24. September 1150 (St. R. Nr. 3574). Ueber den alten Dietbold von Vohburg und seine Familie geben die genealogischen Notizen unter unseren Documenten D. die beste Auskunft.

S. 218. 219. — Der Aufenthalt K. Konrads in der Regensburger Diöcese im Juli 1146 erhellt aus den damals erlassenen Urkunden (St. R. Nr. 3519. 3520), in denen Herzog Heinrich von Baiern, Bischof Heinrich und Markgraf Ottokar am königlichen Hofe erscheinen. Die Regensburger Fehde muß schon im Jahre 1145 begonnen haben. Die Annales Reichersbergenses melden zum Jahre 1145: Plures ecclesiae violatae sunt a Poenis, qui tunc erant in obsidione Ratisbonae cum duce Bawariae Heinrico; die Cont. Claustroneoburgensis II. (M. G. IX. 614) z. J. 1145: Ministeriales Heinrici ducis, filii Liupoldi, et milites marchionis Otacharii pene totam Austriam preda et incendiis devastaverunt. Daß die Fehde selbst in der Fastenzeit des Jahres 1146 fortgeführt wurde, läßt sich aus Otto von Freisings Worten in der Chronik VII. c. 34 abnehmen. Zum Jahre 1146 schreiben die Annales Ratisbonenses: Heinricus dux Bawariae Sclavos eduxit. Qui transito Danubio Ratisponensis episcopatus fines invaserunt atque incendiis et rapinis omnia circumquaque vastantes e regione urbis Ratisponae castra motati sunt. Es werden hier, wie in den Reichersbergenses, wohl die Ereignisse zweier Jahre zusammengefaßt. In der Bulle Eugens III. vom 2. Juli 1146 (J. R. Nr. 6251) heißt es: Vastitatem et contritionem Ratisponensis ecclesiae, que per ducem Henricum, ducem Boemicum, Fridericum advocatum, palatinum comitem, filios prefecti et alios complices eorum more tyrannico facta est, ad tuam iam credimus pervenisse notitiam. Unde venerabiles fratres nostri C. Salisburgensis episcopus et H. Ratisponensis episcopus, tanquam zelum Dei et amorem iusticie habentes, in prefatos incendiarios et malefactores excommunicationis sententiam protulerunt, et nos eam — — confirmamus. Daß die Fehde weiter bis zum Schluß des Jahres dauerte, geht aus Ottos Darstellung in den Gest. Frid. I. c. 29. 30 hervor. Ueber die Feindseligkeiten gegen Ungarn spricht Otto a. a. O. c. 40. Außerdem sind hier die österreichischen Annalen wichtig; besonders die Continuatio Admuntensis, wo die Grafen Hermann und Diepold genannt werden und sich auch die Zeitbestimmung: in paschali ebdomade findet, die Jaffé (Konrad III. S. 84 Nr. 46) nicht nachzuweisen wußte.

S. 219. 220. — Ich glaube mich kaum zu irren, wenn ich die von Otto von Freising in den Gest. Frid. I. c. 25 erzählten Waffenthaten des jungen Friedrich von Staufen in Verbindung mit der Regensburger Fehde bringe. Der Aufenthalt K. Konrads in Ulm am 21. Juli 1146 ergiebt sich aus der Urkunde bei St. R. Nr. 3521. Für die burgundischen Verhältnisse zu jener Zeit sind die Urkunden bei St. R. Nr. 3496. 3511. 3526. 3527 wichtig; im Uebrigen ist Jaffé (Konrad III. S. 71—74) einzusehen. Von den Kämpfen Friedrichs von Staufen mit Konrad von Zähringen handelt Otto von Freising in den Gest. Frider. I. c. 26. Für die Zeit, wo der junge Herzog Heinrich von Sachsen sich mit der Clementia von Zähringen verlobte und vermählte, fehlen alle genauen chronologischen Bestimmungen; doch ergiebt sich das Jahr 1148 aus Helmold I. c. 68. Was die Historia Welforum c. 26 sehr harmlos von den Verbindungen Welfs mit den Reichsfeinden erzählt, will Jaffé (Konrad III. S. 173) erst auf die Zeit nach dem Kreuzzuge beziehen; aber die Quelle selbst spricht ausdrücklich von der Zeit unmittelbar vor dem Kreuzzuge, und da damals Sicilien und Ungarn in einem entschieden feindlichen Verhältnisse zu Konrad standen, sehe ich keinen Grund von ihrer Bestimmung abzuweichen.

S. 222—224. — Ueber den Tod P. Cölestins II. und die Wahl Lucius II. vergleiche man Jaffés Regesten S. 609. 610. Lucius II. spricht sich über seine bedrängte Lage selbst in einem Schreiben an den Bischof Heinrich von Olmütz vom 10. Juli 1144 (J. R. Nr. 6092) aus. Die Verhandlungen des Papstes mit Roger zu Ceperano, die Feindseligkeiten des Königs und der mit ihm geschlossene Waffenstillstand sind bezeugt durch den Brief des Papstes an Abt Peter von Clugny (J. R. Nr. 6096), die Annales Cassinenses z. J. 1144 und Romoald von Salerno S. 424. Daß der Papst von Roger Beistand gegen die Römer verlangt und zugesagt erhalten habe, wie Gregorovius IV. 464 angiebt, steht nicht in den Quellen. In den Papstleben des Boso wird ausdrücklich gesagt, daß der Papst im Anfange seines Pontificats den Senat zur Nachgiebigkeit vermochte, und ich sehe keinen Grund, darin mit Gregorovius (IV. S. 467 Note) einen Irrthum anzunehmen. Ueber die bald darauf erfolgende Renovatio sacri senatus geben Romoald a. a. O. und die Papstleben des Boso sehr positive Nachrichten. Die Zeit der Renovatio bestimmt Gregorovius IV. S. 465; S. 464 wird von ihm die Urkunde des Papstes für die Frangipani angeführt. Das Hülfsgesuch, welches der Papst an K. Konrad richtete, wird bei Otto von Freising in der Chronik VII. c. 31 erwähnt. Daß der Papst in Folge einer Verwundung durch einen Steinwurf gestorben sei, sagen weder die Papstleben noch Otto von Freising; nur Gottfried von Viterbo berichtet es und auch er nur als Gerücht. Vergl. Gregorovius IV. S. 466 Note.

S. 224. 225. Ueber die Wahl Eugens III. und seine Flucht von Rom sehe man besonders die Papstleben des Boso (Watterich II. p. 281. 282) und die Briefe des heiligen Bernhard Nr. 237. 238. Der wechselnde Aufenthaltsort des Papstes ergiebt sich aus den in J. R. Nr. 6128—6139 verzeichneten Bullen.

S. 225—228. — Die Abschaffung der römischen Präfectur, die Durchführung der Revolution in der Stadt und die folgenden Streitigkeiten mit dem Papste bis zur Zerstörung der Mauern Tivolis berichtet Otto von Freising in der Chronik VII. c. 31, die Papstleben des Boso, die Annales Cassinenses und Ceccanenses. Die Briefe des heiligen Bernhard Nr. 243. 244 werden noch im Jahre 1145 geschrieben sein. Daß Arnold von Brescia an allen diesen Dingen unbetheiligt war, habe ich in meiner später auszuführenden Abhandlung über Arnold dargethan. Ueber die neuen Senatsdenare ist Gregorovius IV. 474 einzusehen. Von den Kämpfen der italienischen Städte unter einander spricht Otto von Freising in der Chronik c. 27. 29. Was c. 29 erzählt wird, gehört nicht, wie Wilmans meint, in die Zeit um 1146, sondern in die Jahre 1143 und 1144.

S. 229—232. — Ueber die Fortsetzung der Regensburger Fehde siehe oben die Bemerkungen zu S. 218. 219. Ueber die Verwirrungen in Polen und K. Konrads Kriegszug zur Unterstützung Wladislaws finden sich Nachrichten in den Annales Palidenses und Magdeburgenses, wie bei Vincentius Pragensis. Was der Letztere erzählt, ist sehr beachtungswerth, nur ist hier, wie auch sonst wohl in den ersten Partien seines Werks, die Chronologie irrig; er verlegt die Ereignisse des Jahres 1146 in das Jahr 1149. Die älteren polnischen Chroniken, Annales Polonorum und Cracovienses, geben wenig, und auch bei ihnen finden sich chronologische Irrthümer. Die Nachrichten der späteren polnischen Quellen sind nicht zuverlässig und deshalb noch weniger zu benutzen, wie es Jaffé gethan hat. Was dieser aber (Konrad III. S. 79 Note 29) in Bezug auf die Chronologie dieser Ereignisse gegen Röpell bemerkt, halte ich für richtig. Daß die Feindseligkeiten des Wladislaw gegen seine Brüder erst im Anfange des Jahrs 1146 begannen, geht aus Ottos von Freising Chronik VII. c. 34 hervor. In Polonia etiam inter tres fratres terrae principes miserabilis exoritur tumultuatio. In Betracht kommen für diese polnischen Angelegenheiten auch das Schreiben des jungen Königs Heinrich an den Papst vom December 1147 (Wibaldi Epp. Nr. 68) und die Bulle Papst Eugens III. (J. R. Nr. 6476). Die Niederlage, welche die Ungarn dem Herzoge Heinrich von Baiern im September 1146 beibrachten, erzählt ausführlich Otto von Freising in den Gest. Frid. I. c. 30. 32. Auch mehrere österreichische Annalen und die Annales Posonienses erwähnen kurz das Ereigniß, doch findet sich hier nichts Neues mit Ausnahme des Datums der Schlacht, welches die Cont. I. Zwetlensis (M. G. IX. 538) giebt. Ueber das Schicksal der ungarischen Königstochter in Deutschland handelt Herbord in der Vita Ottonis I. c. 38 ausführlich, aber seine Erzählung ist ganz unzuverlässig. Bessere Nachrichten finden sich in den Vitae Gebehardi et succ. c. 19. Aus diesem geht hervor, daß Sophie nicht gleich nach ihrer Ankunft in Deutschland nach Admunt gebracht wurde, sondern erst später, als sie bei Hofe schlecht behandelt wurde, dorthin ging und zwar bei Lebzeiten Erzbischof Konrads, also vor dem April 1147.

S. 232. 233. — Daß der König im October 1146 in Sachsen verweilte, zeigt die Urkunde bei St. R. Nr. 3522. Sehr merkwürdig ist in den Annales Palidenses zu diesem Jahre die Stelle: Hoc anno res mira et hactenus inaudita in regno exorta est. Nam ministeriales regni et aliarum potestatum, non iussi ad colloquium sepius convenientes, inconsulto tam rege quam ceteris principibus iusticiam omnibus interpellantibus ac iudiciali more fecerunt. Rex pro iusticia facienda Saxoniam ingressus est, sed hoc ad effectum non pervenit. Ueber die Korveier Angelegenheit und die Thätigkeit des Königs in den letzten Monaten des Jahrs 1146 ist man durch den Chronographus Corbeiensis und Wibald (Ep. Nr. 150 p. 250) gut unterrichtet. Der Aufenthalt Konrads am 21. November zu Würzburg erhellt aus der Urkunde bei St. R. Nr. 3523. Daß die Zwistigkeiten zwischen Konrad von Zähringen und dem jungen Friedrich von Staufen noch bis zum Ende des Jahres 1146 fortdauerten, erhellt aus Otto von Freising (Gest. Frid. I. c. 29).

S. 234—246. — Die übersichtliche Darstellung der Verhältnisse im gelobten

Lande von dem Ausgange des ersten Kreuzzugs bis zum Fall von Edessa beruht vorzugsweise auf Wilkens Geschichte der Kreuzzüge Bd. II., v. Sybels Aufsatz über das Königreich Jerusalem in Schmidts Zeitschrift für Geschichtswissenschaft III. S. 51 ff., den interessanten Bemerkungen Sybels in den Kleinen historischen Schriften I. 411 ff. und II. S. 52 ff. und dem einleitenden Kapitel in Kuglers Studien zur Geschichte des zweiten Kreuzzugs. Die S. 240 angeführten Worte des Ibn-Alatir sind seiner Geschichte der Atabeken von Mosul entlehnt und finden sich in Reinauds Uebersetzung bei Michaud, Bibliothèque des croisades IV. p. 59; vergleiche ebendaselbst p. 76. Nach einer im Abendlande verbreiteten Sage war Zenki, der Eroberer von Edessa, der Sohn einer christlichen Fürstin des Abendlandes. Schon in der Kaiserchronik V. 16,615 ff. erscheint die Sage, und als Mutter Zenkis wird dort eine Herzogin Agnes von Baiern genannt, die vor dem ersten Kreuzzuge nach dem gelobten Lande eine Pilgerfahrt angetreten haben soll. In der Historia Welforum c. 13 wird die Erzählung dann auf die österreichische Markgräfin Ida übertragen, welche auf der Kreuzfahrt von 1101 ihren Tod fand (vergl. Bd. III. S. 709. 711); aber Zenki war schon lange vor Idas Kreuzfahrt im Jahre 1084 geboren. Nach der im ganzen Abendlande herrschenden Meinung, die schon bei Otto von Freising (Chronic. VII c. 30) und in der Kaiserchronik V. 17,265 Ausdruck findet, wurde Edessa von Zenki am Christtage 1144 genommen. Dennoch scheint das Datum zweifelhaft, da nach den arabischen Schriftstellern die Stadt am 18. December 1144, nach der syrischen Chronik des Abulfaradsch am 3. Januar 1145 erobert wurde. Vergl. Wilken a. a. O. S. 724.

S. 246. 247. — Ueber den Bischof Hugo von Gabala und seine Gesandtschaft sehe man Otto von Freising in der Chronik VII. c. 28. 32. 33. Der Patriarch, über welchen sich Hugo in Rom beklagte, war Aimerich, der seit 1139 dem abgesetzten Radulf gefolgt war. Außerdem beschwerte er sich wohl über Elise, nicht über Melisende, wie man gewöhnlich annimmt; denn ich glaube, daß unter dem princeps nur der princeps Antiochenus verstanden werden kann, obwohl Elise nicht Raimunds Mutter, sondern Schwiegermutter war. Daß das von Eugen III. an K. Ludwig und die Franzosen erlassene Schreiben mit dem Datum: Vetraliae Kalendis Decembris erlassene Schreiben, welches Otto von Freising in den Gest. Frid. I. c. 35 mittheilt, schon dem Jahre 1145 angehört und wir hier die erste Fassung des Manifestes haben, welches der Papst später unter verschiedenen Aenderungen in der Ueberschrift und in dem Datum wieder und wieder ergehen ließ, darüber wäre wohl kaum ein Zweifel aufgeworfen worden, wenn sich nicht die Meinung befestigt hätte, daß die Kreuzzugsbewegung von K. Ludwig, ohne Einfluß des Papstes, ihren Ausgang genommen habe. Vgl. Kugler, Studien S. 1 ff. Gegen diese Meinung spricht aber schon der Inhalt dieses Schreibens selbst, und noch bestimmter Aeußerungen des heiligen Bernhard, von denen später die Rede sein wird. Jaffé hat das Schreiben richtig beim Jahre 1145 eingeordnet (R. Nr. 6177). — v. Sybel hat bekanntlich in Abrede gestellt, daß Hülfsgesuche der Christen im Orient den zweiten Kreuzzug veranlaßt hätten. Kugler a. a. O. hat dagegen, wie mir scheint, mit Recht an einigen Quellenstellen, die von solchen Hülfsgesuchen berichten, festgehalten. Auch Gerhohs Zeugniß, welches sich in seiner echten Fassung im Archiv für österreichische Geschichte XX. 157 findet, halte ich nicht für unerheblich. Wenn aber Kugler selbst annimmt, daß besonders Raimund von Antiochien die Hülfe des Abendlands in Anspruch genommen habe, so kann ich dafür keine Begründung in den Quellen finden.

welche nur im Allgemeinen sagen, daß von Jerusalem und Antiochien die Hülfe des Abendlandes verlangt wurde.

S. 248–250. Auf das Klarste geht aus den Quellen hervor, daß erst durch die Erklärung K. Ludwigs auf dem Tage zu Bourges, sich persönlich an dem heiligen Kriege zu betheiligen, der neue Kreuzzug seine eigentliche Bedeutung gewann. Doch ist eben so gewiß, daß nicht der erste Impuls zu dem ganzen Unternehmen von dem Könige ausging, wie v. Sybel und Andere angenommen haben. Die Darstellung bei Odo von Deuil p. 11 *) und Otto von Freising in den Gest. Frid. I. c. 34 hat zu der Meinung verleitet, daß der König zu Bourges plötzlich die Frage über den Kreuzzug angeregt habe. Aber die Versammlung war in Wahrheit schon zusammengetreten, um über den Kreuzzug zu berathen. Dies sagt ausdrücklich der heilige Bernhard in einem Briefe (Nr. 247), in welchem er den Erzbischof von Reims deshalb zu rechtfertigen sucht, daß er damals dem Könige die Krone aufgesetzt habe, wofür ihm vom Papste der Gebrauch des Palliums untersagt war. Vergl. die Bulle Eugens III. vom 26. März 1146 (J. Nr. 6231), auf welche sich unmittelbar Bernhards Schreiben bezieht. Hier heißt es: Deinde quid in arcto illo fieri oportebat? Dies celebris, solemnis curia, juvenis rex, et, quod his maius est, Dei negotium, de Jerosolymitana scilicet expeditione, propter quod omnes convenerant: prorsus haec omnia missarum et coronae regiae solemnis debitique honoris frustrationem nullatenus admittebant. Bernhard ermahnt den Papst, den jungen König nicht zu reizen und die im besten Fortgange befindliche Kreuzpredigt nicht zu hemmen: ne bonum, quod vestro hortatu bono et magno animo coepit, dignum (quod absit) non habeat exitum, si in scandalo et animi perturbatione hoc egerit. De caetero mandastis et obedivi, et fecundavit obedientiam praecipientis auctoritas. Siquidem annuntiavi et locutus sum, multiplicati sunt super numerum etc. So schrieb Bernhard um den 1. Mai 1146, und diese Worte geben zugleich den deutlichsten Beweis, daß er den Papst als den eigentlichen Urheber des Kreuzzugs ansah. Das Schreiben des Papstes vom 1. März 1146 (J. R. Nr. 6218), im Wesentlichen nur Wiederholung der früheren Zuschrift an König Ludwig, ist offenbar dasselbe, von dem in der Vita prima des heiligen Bernhard III. c. 4 gesagt wird, daß es diesem zur Verbreitung aufgetragen wäre. Desselben Schreibens erwähnt auch Odo de Diogilo p. 12, wo vielleicht zu emendiren ist omni favo litteras dulciores regi, diligentiam armis et modum vestibus imponentes. Ueber den Tag von Vezelay sehe man Bern. Ep. Nr. 467, Odo de Diogilo a. a. O. und Otto von Freising in den Gest. Frid. I. c. 36. Die damals in Umlauf gesetzte Prophezeiung haben wir in doppelter Fassung, in einer längeren und einer kürzeren. Siehe unsere Documente (B). In den Annalen von St. Jacob zu Lüttich heißt es z. J. 1146: Visa et signa mendacii creduntur. Passim pruritur auribus; ex libris Sibillinis ad votum interpretatis regi Franciae iter Jerosolimam magnifice falsa promittuntur.

S. 250. 251. — Die Judenverfolgung muß schon bald nach dem Tage von Vezelay begonnen haben. In dem Codex lat. Nr. 9516 der Münchener Hof- und Staatsbibliothek f. 184 Rückseite findet sich ein Fragment eines Schreibens des h. Bernhard. Aufschrift und Anfang fehlt; dann stimmt es von ligata est, omni nisu nitantur bis emat eum wörtlich mit dem Schreiben ad comitem et barones Britanniae (Bernardi Ep. Nr. 467) überein und fährt darauf weiter fort: Pro

*) Die Citate nach Chifflet, dessen Seitenzahlen auch im Abdruck bei Migne wiederholt sind.

illo, qui pro vobis mori dignatus est, defendite loca mortis eius et redemptionis nostrae, ne forte dicant in gentibus: Ubi est Deus eorum? ut vos faciat victoriosos in terris, gloriosos in coelis sponsus ecclesie, filius Mariae, Dominus noster. De Judeis omnino suademus, ipse precipit: ne occidatis eos, quia et ipsi ad vesperam convertentur, et cum intraverit gentium plenitudo, tunc omnis Israel salvus erit. Abstinete ergo a persecut . . . .
re evacuari poterit veritas prophetiae, quia non convertantur, antequam mundus finiatur. Valete. Ueber Radulf siehe außer Otto von Freising in den Gest. Frid. I. c. 37—39 besonders das ihm günstige Zeugniß in den Annales Rodenses z. J. 1146. Aus den Gesta abbatum Lobiensium c. 25 geht hervor, daß der Abt Lambert von Lobbes sich eine Zeit lang an Radulf anschloß und ihm als Dolmetscher diente. Das Schreiben Bernhards an den Erzbischof Heinrich von Mainz ist Nr. 365 in der Sammlung seiner Briefe. Otto von Freising berichtet, daß Bernhard, bevor er selbst in Deutschland erschien, Boten und ein Schreiben an die deutschen Stämme geschickt habe, um den Judenverfolgungen zu steuern. Otto führt einige Stellen aus dem Schreiben an, und diese finden sich sämmtlich in Bernardi Ep. Nr. 363, welches in den Handschriften die Adresse trägt: Domino et patri karissimo episcopo Spirensi et universo clero et populo und welches Otto selbst a. a. O. c. 41 unter der Aufschrift: Dominis et patribus karissimis, archiepiscopis, episcopis et universo clero et populo orientalis Franciae et Baioariae zum großen Theile in sein Werk aufgenommen hat. Das Schreiben findet sich mit größeren oder geringeren Veränderungen noch unter verschiedenen Adressen; es ist das große Manifest des Kreuzpredigers, welches er durch seine Boten nach allen Seiten verbreitete. Ich bin mit Kugler (S. 4. 5) der Ansicht, daß wir unter der Adresse an die Speier dieses Manifest in seiner frühesten Gestalt besitzen, aber ich sehe keinen Grund von Otto von Freising hier abzuweichen und das Schreiben erst in den December 1146 zu setzen und mit der Berufung des Speierer Reichstags und der Absicht Bernhards, diesen zu besuchen, wie es Kugler thut, in nähere Verbindung zu bringen. Denn Bernhard schreibt: Agerem id libentius viva voce, si, ut voluntas non deest, suppeteret et facultas, und so konnte er nur sich äußern, ehe er nach Speier zu gehen gedachte.

S. 251—256. Ueber die Kreuzpredigt des heiligen Bernhard in Deutschland und die Erfolge derselben finden sich die besten Nachrichten in dem sechsten Buche der ersten Biographie Bernhards; sie beruhen auf gleichzeitigen Aufzeichnungen von Augenzeugen, die freilich ihre Aufmerksamkeit besonders auf die Wunder richteten; über die Vorgänge in Frankfurt giebt auch das vierte Buch der Biographie c. 5 interessante Notizen. Daß der Entschluß K. Konrads, das Kreuz zu nehmen, ein ganz plötzlicher war, bezeugt sein eigenes Schreiben an den Papst in der Wibaldschen Sammlung Nr. 83, wo es heißt: Sane quod dilectionem vestram movit, nos rem tantam, scilicet de signo vivificae crucis et de tantae tamque longae expeditionis proposito, absque vestra conscientia assumpsisse, de magno verae dilectionis affectu processit. Sed Spiritus sanctus, qui ubi vult spirat, qui repente venire consuevit, nullas in captando vestro vel alicuius consilio moras nos habere permisit, sed mox, ut cor nostrum mirabili digito tetigit, ad sequendum se sine ullo morae intervenientis spacio totam animi nostri intentionem impulit. Der Kreuzpredigt Bernhards vor K. Konrad gedenkt auch die Kaiserchronik V. 17,291 ff. und schließt damit in ihrer ältesten Gestalt. Gegenüber den zahlreichen Wundern, die zu Speier geschahen, verhält sich Gerhoh p. 168 sehr skeptisch. Ueber den spiritus peregrini Dei siehe Otto von Freising im Vorwort zum ersten Buche. Daß Bernhard den Herzog Friedrich in Alzei am 4. oder 5. Januar besucht habe und daß dieser nicht lange darnach gestorben sei, ist unbegründete Annahme Jaffés (Konrad III. S. 115). Friedrich hatte nach dem Chronographus Corbeiensis schwer krank vor dem Speierer Tag in Alzei gelegen; er erscheint aber als Zeuge in einer Urkunde Konrads, die am 4. Januar 1147 in Speier ausgestellt ist (St. R. Nr. 3525). Dort wird ihn auch der heilige Bernhard zu begütigen gesucht haben, welcher in derselben Urkunde als Zeuge genannt wird. Das Document ist für die Beilegung der Streitigkeiten zwischen Trier und dem Grafen Heinrich wichtig; die Verhandlung, über welche es berichtet, hat wohl schon einige Tage früher stattgefunden, da Bernhard bereits am 3. Januar Speier verließ. Den Todestag Friedrichs bezeichnet das Zwifaltener Necrologium. Es ist kein Grund zu bezweifeln, daß er erst am 6. April 1147 starb, doch muß er dann bereits früher seinem Sohn Friedrich das Herzogthum übergeben haben, denn dieser wird als Herzog bereits in einer Urkunde vom 4. Februar 1147 (St. R. Nr. 3531) und als dux iunior in einer anderen Urkunde vom 1. März 1147 genannt; darauf gehen auch wohl die Worte des Otto von Freising: totius terrae suae haeredem fecerat. Von der Begräbnißstelle Herzog Friedrichs II. spricht Otto; in Bezug auf den Todesort geht aus ihm nur hervor, daß Friedrich in Gallia, d. h. jenseits des Rheins, starb. In Betreff der Reise des Papstes und der Botschaft K. Konrads an ihn ist der bereits angeführte Brief des Königs (Wib. Epp. Nr. 33) einzusehen; dieser Brief wurde dem Papste am 30. März 1147 zu Dijon überreicht (Wib. Epp. Nr. 160. p. 242).

S. 257. 258. — Otto von Freising spricht von dem Eindrucke, welchen die Kreuzzugsbewegung auf ihn und die Deutschen im Allgemeinen machte, in den Gest. Frid. I. prol. c. 29 c. 33. c. 39–42. Von dem Hoftag zu Regensburg im Februar 1147 handelt er c. 40; es sind mehrere Urkunden vorhanden, die auf diesem Hoftage ausgestellt wurden (St. R. Nr. 3532. 3534–3536) und durch die aufgeführten Zeugen Interesse erregen. Die propria visio Bitengou Weiss, die Jaffé und Wilmans unbekannt gewesen zu sein scheint, ist Veiting, wie schon Stälin (Wirtemberg. Gesch. I. 273) bemerkt. Der illustris comes Carinthiae Bernhardus, den Otto erwähnt, war bisher in den Kreuzzugsgeschichten eine dunkle Persönlichkeit; daß er eine Person mit dem Grafen Bernhard vom Lavantthal ist, kann nach den Nachrichten über diese Familie bei Neugart, Historia monasterii ordinis s. Benedicti ad s. Paulum in valle Lavantina nicht zweifelhaft sein.

S. 258. 259. — Ueber die Verhandlungen König Konrads mit den Franzosen wegen des Aufbruchs des Kreuzheers zu Chalons spricht die Vita Bernardi prima L. VI. P. III. c. 18. Daß damals Ostern zum Aufbruch des Heeres bestimmt wurde, folgt aus dem Briefe des heiligen Bernhard bei Boczek, Cod. dipl. Mor. I. 255, wo es heißt: In proximo pascha profecturus est exercitus Domini, et pars non modica per Ungariam ire proposuit; seit der Versammlung zu Etampes konnte dies nicht mehr geschrieben werden. Die zu Etampes gefaßten Beschlüsse erhellen aus Odo de Diogilo p. 13–15. Wichtig ist die Stelle: Inter haec indicitur dies in pentecosten profecturis et in o c t a v i s (so ist statt des sinnlosen optatis zu lesen) undecunque Metis glorioso et humili principi congregandis.

S. 259. 260. — Den Tag, auf welchen die Reichsversammlung nach Frankfurt berufen wurde (19. März), giebt der Chronographus Corbeiensis an; im Uebrigen sind die Urkunden bei St. R. Nr. 3538–3544 zu vergleichen, aus denen die Namen der anwesenden Fürsten hervorgehen. Die Urkunde Nr. 3538, jetzt nach dem Original von Stumpf in den Acta imperii Nr. 334 abgedruckt, zeigt, daß auch der Abt von Cluny gegenwärtig war. Ueber die Resultate des Reichstags berichtet K. Konrad selbst dem Papste (Wib. Epp. Nr. 33): De ordinatione regni — — magna cum attentione et diligentia in frequenti principum conventu apud Frankenevort, ubi generalem curiam habuimus, studiose et efficaciter Deo prestante tractavimus, ordinataque et firmata communi per omnes regni nostri partes solida pace, filium nostrum Heinricum, in regem et sceptri nostri successorem unanimi principum conniventia et alacri totius regni acclamatione electum, mediante hac quadragesima in palatio Aquisgrani coronare, divina preeunte misericordia, decrevimus. Die Wahl Heinrichs muß zwischen dem 19.–23. März erfolgt sein; denn in einer Urkunde vom 23. März (Stumpf R. Nr. 3540) wird bereits bemerkt: in curia celebri, in qua Heinricus filius Conradi regis in regem electus est. Von dem Frankfurter Reichstage spricht Otto von Freising de gestis Frid. I. c. 43 und berichtet dabei, wie hier Heinrich der Löwe mit seinen Ansprüchen auf Baiern hervorgetreten sei. Daß die Pflegerschaft über den jungen König Heinrich dem Erzbischof Heinrich von Mainz in aller Form übertragen wurde, geht unter Anderem aus einem merkwürdigen Schreiben K. Heinrichs an den Papst (Wibaldi Epp. Nr. 116) hervor, wo es heißt: Morem regni nobis a Deo collati vestram prudentiam ignorare non credimus, in eo videlicet, quod Moguntinus archiepiscopus ex antiquo suae ecclesiae et dignitatis privilegio sub absentia principis custos regni et procurator esse dinoscitur. Que priscorum instituta regum gloriosus genitor, ut in ceteris, secutus, nostram aetatem et regni gubernationem reverendo patri nostro, Heinrico Moguntino archiepiscopo, omnium principum favente conniventia, magna cum attentione commisit. Ueber den Beschluß des Kreuzzugs gegen die Wenden giebt Otto von Freising de gestis Frid. I. c. 40 Nachricht, wo am Schluß protendebantur statt protendebatur zu lesen ist. Bestimmteres ergiebt sich aus Bernhards Manifest für diesen Krieg, gedruckt bei Boczek, Cod. dipl. Mor. I. 253–255.

S. 260. 261. — Der Tag, an welchem der junge König in Aachen gekrönt wurde, steht durch mehrere Zeugnisse fest. Vergl. Jaffé, Konrad III. S. 119. Konrad war noch am 1. April 1147 in Aachen nach St. R. Nr. 3546; daß er das Osterfest in Bamberg feierte, ergeben die Annales s. Disibodi. Ueber die Gesandtschaft desselben an den Papst sehe man Wib. Epp. Nr. 33 und 150 (p. 242. 243). Das Schreiben des Papstes wegen der Wendenfahrt ist bei Boczek l. c. p. 244. 245 gedruckt; Jaffé (R. Nr. 6297) setzt es richtig in das Jahr 1147. Ueber die Judenverfolgungen in Würzburg haben wir merkwürdige Aufzeichnungen eines Rabbi Joseph, die von Wilken und Jaffé gut verwerthet sind; sie werden durchaus bestätigt durch die erst neuerdings bekannt gewordenen Annales Herbipolenses und einige Bemerkungen des Gerhoh de investigatione antichristi p. 168. 169. Die Angabe der Annales Magdeburgenses über den Hoftag Konrads zu Nürnberg am 24. April bestätigt die Urkunde bei St. R. Nr. 3547. Herz. Friedrich erscheint schon damals im Gefolge des Königs; dann finden wir ihn mit dem Grafen Welf und anderen schwäbischen Großen zu Stetten bei Regensburg (Mon. Boica XXVII. 348); Letztere stießen wohl hier zum Heere des Königs. Andere Herren, die in Regensburg beim Könige waren, ergeben sich aus der Urkunde bei St. R. Nr. 3548. Ueber den Zug des deutschen Heeres bis an die Grenzen Ungarns unterrichtet Otto von Freising a. a. O. c. 44.

S. 262. 263. — Den Aufbruch des französischen Königs erzählt Odo de Diogilo p. 16; man vergleiche damit Wibaldi Epp. Nr. 46. Von der Sammlung des Heeres in Metz spricht Odo p. 17. Die lothringischen und italienischen Herren, welche sich Ludwig anschlossen, nennt Otto von Freising a. a. O. c. 44; für Waldemoronsis comes ist zu lesen Waldemontensis comes. Den Zug des französischen Heeres durch Deutschland erzählt Odo p. 18–21. Die mitgetheilten Worte des Gerhoh führt Bach in der österr. Vierteljahrsschrift für kath. Theologie IV. S. 39 an; sie finden sich in dem Psalmencommentar bei Pez, Thes. V. p. 792.

S. 262. 263. — Odo p. 31 giebt an, daß er von den Griechen gehört, Konrad habe am Hellespont 900,566 Mann über den Hellespont geführt. Von einer Zählung spricht Helmold l. c. 60, ohne jedoch eine Ziffer zu nennen. Die Annales Palidenses nehmen als Resultat der Zählung 70,000 Ritter ohne den Troß an.[1] Die Annales Magdeburgenses geben als Gesammtzahl des deutschen Heeres nach einer Zählung, über die nichts Näheres mitgetheilt wird, 650,000 Menschen an; sie schätzen den Verlust des französischen Heeres auf etwa 60,000 Ritter. Sigeberti Continuatio Valcellensis (M. G. VI. p. 460) nimmt Konrads Heer beim Uebergange über den Hellespont auf über 50,000 Ritter an, dem unermeßliches Fußvolk gefolgt sei; Ludwigs Heer auf etwa 30,000 Ritter und eine große Menge von Fußsoldaten. Nicetas p. 87 gedenkt einer beabsichtigten Zählung des deutschen Heeres am Hellespont, meint aber, daß sich die Unausführbarkeit derselben herausgestellt habe. Cinnamus p. 69 verlegt die Zählung offenbar irrig an den Uebergang über die Donau: dort habe man bis 900,000 Menschen gezählt, dann aber die Rechnung wegen der Unmöglichkeit der Durchführung abgebrochen. Interessant ist die Angabe der Annales Egmundani z. J. 1146, wonach das Gesammtheer 1,600,000 Menschen betragen habe; nach der Meinung der Annalisten wäre es das größte Heer gewesen, welches noch jemals zusammengebracht sei. Gerhoh de investigatione antichristi p. 166 spricht von septuagesies centum milia, freilich nach dem Gerücht (ut fama fert). Vergl. Kugler, Studien S. 107. 108. 130. 131. Die deutschen Quellen handeln am eingehendsten über die Thaten der Kreuzfahrer vor Lissabon, da hier der augenfälligste Erfolg gewonnen wurde. Alle diese Berichte gehen auf briefliche Mittheilungen zurück, welche die Kreuzfahrer vor Lissabon in die Heimath sandten. Wir haben solche Mittheilungen durch drei Briefe in dreifacher Form, doch liegt ihnen allen offenbar eine gemeinsame Aufzeichnung zu Grunde. Der eine Brief rührt vom Priester Dodechin aus Oberlahnstein her, ist an den Abt Kuno von Disibodenberg gerichtet und unverändert in die Annales s. Disibodi aufgenommen. Ein zweiter Brief wurde von einem Priester Winand an den Erzbischof Arnold von Köln gerichtet; er ist von Dümmler 1851 nach einer Wiener Handschrift besonders herausgegeben und mit geringen Veränderungen in die Annales Magdeburgenses übergegangen. Ein dritter Brief gleichen Inhalts, von einem flamländischen Priester Arnulf an den Bischof Milo von Terouanne gerichtet, findet sich bei Martene et Durand, Coll. ampl. I. 800–802. Der bei weitem ausführlichste und selbstständigste Bericht über die Schicksale dieser Kreuzfahrer rührt indessen von dem Engländer Osbern her. Er ist veröffentlicht worden bei Stubbs, Chronicles and Memorials of the reign of Richard I. in der Einleitung zum ersten Bande CXLII. ff. (London 1864) und in Portugalliae Monumenta historica I. 392 ff. (Lissabon 1861). Aus dieser sehr interessanten Schrift habe ich einige Angaben entnommen; sie verdient aber weiter ausgebeutet zu werden. Vergl. Wattenbach, Geschichtsquellen II. S. 302. 303.

[1] So schätzt auch Wilhelm von Tyrus XVI. c. 19 Konrads Heer und gleich hoch das französische.

S. 264–266. — Das Emporkommen der Ministerialen und den Einfluß, den dasselbe auf die deutschen Verhältnisse jener Zeit übte, hat Nitzsch in den Staufischen Studien (v. Sybels Historische Zeitschrift III. 332. 347) hervorgehoben. Unter der Fehdelust der Ministerialen hatten besonders die Kirchen schwer zu leiden. Die praedones und latrones, welche Otto von Freising a. a. O. c. 40 erwähnt, sind wohl solche Peiniger der Kirchen, nicht gewöhnliche Räuber und Diebe. In dem Manifest des Papstes bei Otto von Freising a. a. O. c. 35 heißt es: Quicunque aere premuntur alieno et tam sanctum iter puro corde inceperint, de praeterito usuras non solvant et, si ipsi vel alii pro eis occasione usurarum astricti sunt sacramento vel fide, apostolica eos auctoritate absolvimus. Liceat eis etiam terras sive ceteras possessiones suas, postquam commoniti propinqui sive domini, ad quorum feudum pertinent, pecuniam commodare aut noluerint aut non valuerint, ecclesiis vel personis ecclesiasticis vel aliis quoque fidelibus libere et sine ulla reclamatione inpignerare. Wie die Klöster die Zeitumstände benutzten sich zu bereichern, zeigt recht deutlich eine Urkunde Erzbischof Eberhards von Salzburg für S. Zeno vom Jahre 1159, auf welche Riezler in den Forschungen VIII. S. 24 aufmerksam gemacht hat. Dort heißt es: Tempore, quo expeditio Jerosolymitano fervore quodam miro et inaudito a seculis totum fere commovit occidentem, ceperunt singuli tanquam ultra non redituri vendere possessiones suas, quas ecclesiae secundum facultates suas, suis prospicientes utilitatibus, emerunt; weiter wird dann auseinandergesetzt, wie die Berchtesgadener bei S. Zeno Geld aufnahmen, um Güter zu kaufen. Ueber das Testament des Regensburger Domvogts Friedrich sehe man v. Meiller, Regesten der Babenberger S. 40. Die Annales Herbipolenses z. J. 1147 sogar vom Kreuzheere: Currit ergo indiscrete uterque hominum sexus, viri cum mulieribus, pauperes cum divitibus, principes et optimates regnorum cum suis regibus, clerici, monachi cum episcopis et abbatibus. Vincentius Pragensis schreibt z. J. 1148: Reges cum uxoribus suis aliique barones, consortia mulierculorum non repudiantes, talem viam arripuerunt, ubi plurime Deo abhominabiles oriebantur spurcicie. Den Eindruck, den die weiblichen Kreuzfahrer auf die Griechen machten, bezeichnet Nicetas p. 80.

S. 266. 267. — Die beiden Briefe Eugens bei Boczek, Cod. dipl. I. 257. 258. (J. R. Nr. 6333. 6343) geben für die Unionspläne des Papstes Zeugniß; zeigen aber zugleich, wie bald er sie aufgab. Aus ihnen geht auch hervor, daß der Papst schon vor dem 15. Juli seine Legaten für den Orient ernannt hatte. Ueber die Persönlichkeit und die Thätigkeit derselben giebt die Historia pontificalis c. 24 Aufschlüsse. Es heißt dort: Sed cum Francorum exercitus antea militari disciplina et iusticie rigore et peccatorum correctione c l a r u e r i t (nicht caruerit), exinde non s p e c i e m (nicht spem) habuit discipline.

S. 268–270. — Ueber die Eroberungen Rogers in Nordafrika sehe man Romuald von Salerno p. 422. Die ersten Verhandlungen Rogers mit den Franzosen berührt Odo de Diogilo p. 14. Von der Gesandtschaft, welche Kaiser Emanuel an K. Konrad beim Vorrücken des Heeres abschickte, spricht Cinnamus p. 67–69, von der griechischen Gesandtschaft, welche K. Ludwig in Regensburg empfing, Odo de Diogilo p. 24; derselbe berichtet auch p. 24 über die Verhandlungen mit Geisa.

S. 270–272. — Für den Gang des zweiten Kreuzzugs genügt es im Allgemeinen auf die Untersuchungen Kuglers S. 110–204 zu verweisen: das Quellenmaterial ist dort vollständig zusammengestellt. Nur bei einzelnen Punkten glaube ich Bemerkungen hinzufügen zu sollen. Konrad führte sein Heer nicht zu Land durch Ungarn, sondern fuhr selbst mit einem Theil seiner Ritter die Donau hinab; dies sagt Odo de Diogilo p. 23 ausdrücklich: Imperator, habens in navibus copiosam militem secum et iuxta se per terram equos et populos, ingressus est Hungariam. Daß es zu vereinzelten Streitigkeiten zwischen dem deutschen Heere und den Ungarn kam, geht aus den Annales s. Disibodi z. J. 1147 hervor; wer der dort erwähnte dux Vardis war, steht dahin. Was Odo p. 24 von einer Bestechung K. Konrads durch Boris sagt, findet vielleicht auf eine frühere Zeit Anwendung; auch auf Odos Anschuldigung, daß die deutschen Heere von Geisa bestochen gewesen seien, wird nicht viel Gewicht zu legen sein. Brandiz wird bei Odo p. 26 und an anderen Orten Brandusium genannt, wohl nur Corruptel aus Brandisium. Konrad selbst sagt (Wib. Epp. Nr. 48), daß er freundliche Aufnahme an den Grenzen des griechischen Reiches gefunden habe: Per Ungariam descendentes, in Graeciam usque pervenimus, ubi a rege Graecorum honorifice nobis servitur. Was Odo p. 27. 28 von Unordnungen zu Philippopolis erzählt, bestätigt im Allgemeinen Nicetas p. 83, wenn er auch Einzelnes anders berichtet. Von den bedenklichen Vorgängen bei Adrianopel schweigen die abendländischen Quellen, aber es ist deshalb nicht an dem zu zweifeln, was im Ganzen übereinstimmend Cinnamus p. 71. 72 und Nicetas p. 84. 85 berichten; ich ziehe den Bericht des Letzteren in den Einzelnheiten hier vor. Das Unglück des deutschen Heeres auf der Ebene von Chörobacchi wird von den abend- und morgenländischen Quellen vielfach berichtet. Die besten Nachrichten giebt hier Otto von Freising de gestis Frid. I. c. 44, da er selbst ein Mitleidender war. Statt oppida parva et natura salubria muß mit den besten Handschriften gelesen werden: Salumbria et Natura d. h. Selymbria und Athyra. Natura als corrumpirter Name für Athyra findet sich bei derselben Gelegenheit auch in den Annales Herbipolenses, die hier überhaupt eine auffallende Verwandtschaft mit dem Bericht des Otto von Freising zeigen.

S. 272—274. — Die Verwüstungen der Deutschen im Philopation erwähnt Odo p. 31, doch ist auffallend, daß Cinnamus und Nicetas davon ganz schweigen, obwohl der Erstere p. 74 auch von der Ankunft Konrads im Philopation berichtet. Von den Quartieren der Deutschen in Pera spricht Cinnamus p. 75 und auch Nicetas p. 87. Nach Odo p. 31. 39 und Cinnamus p. 74 ist es gewiß, daß K. Konrad bei seinem damaligen Aufenthalt in Constantinopel den Kaiser nicht sprach; die Reden in den Annales Herbipolenses sind deshalb leere Fictionen. Nicht minder halte ich den von Cinnamus mitgetheilten Briefwechsel zwischen Konrad und Emanuel und die damit in Verbindung stehende Beschreibung eines Kampfes zwischen den Deutschen und den Griechen (p. 75—88) für Erfindungen des Autors. Weder bei Odo noch bei Nicetas findet sich für diese ungeheuerlichen Dinge der geringste Anhalt. Nicetas (p. 87) sagt nur, daß Konrad sich Anfangs geweigert habe, Constantinopel zu verlassen, aber zur Ueberfahrt gedrängt worden sei. Daß die Lothringer schon in Constantinopel zum deutschen Heere gestoßen waren, ist aus Odo p. 32 ersichtlich.

S. 274—278. — Ueber das Vorrücken des französischen Heeres bis Constantinopel berichtet Odo nach bester Kenntniß. Wie nahe sich das französische und deutsche Heer schon im Anfange des September waren, geht aus Odo p. 28 hervor. Am 6. September 1147 war K. Ludwig selbst noch nicht in Philippopolis; denn an diesem Tage starb dort sein Gesandter, der Erzbischof von Arras, dessen Grab er später besuchte (p. 30). Daß der Einfall Rogers in Griechenland in das Jahr 1147 fällt, zeigt Odo p. 35 und die von Kugler S. 117 angeführte Urkunde Emanuels; auch die Annales Cavenses setzen den Einfall ausdrücklich in dieses Jahr. Daß K.

Ludwig am 4. October 1147 vor Constantinopel anlangte, sagt er selbst in einem Briefe an Abt Suger (Sug. Epp. Nr. 22). Der Brief ist in Constantinopel geschrieben, als sich der König zur Ueberfahrt rüstete; er spricht sich in demselben sehr befriedigt über seine bisherigen Erfolge aus. Was Cinnamus p. 82. 83 über den Aufenthalt Ludwigs und der Franzosen in Constantinopel sagt, ist im Ganzen richtig, im Einzelnen ungenau. Nicetas berührt diesen Aufenthalt nur flüchtig. Bei Odo p. 41 ist sicher zu emendiren: Rex autem citra Brachium fuit (statt cum Brachium fecit) dies quindecim partem sui exercitus exspectando, ultra similiter quindecim Graecorum versutias tolerando. Nun steht aber fest, daß Ludwig am 4. October nach Constantinopel kam und am 26. October aus dem Lager jenseits des Bosporus aufbrach; er war also nur 23 Tage in dieser Gegend. Die quindecim dies sind nicht genau zu nehmen, sondern freier zu fassen, wie im Französischen quinze jours. Ueber die Schwierigkeiten, welche bisher die Stelle bereitet hat, siehe Kugler, Studien S. 147.

S. 279—281. — Die Spaltung des deutschen Heeres erfolgte erst in Nicäa, nicht in Nicomedien, wie Odo p. 32 irrig angiebt. Ich halte es aber auch für einen Irrthum bei Odo, wenn er als Veranlassung derselben Zerwürfnisse hervorhebt (sui oborto scandalo schisma fecerunt). Niemand spricht sonst von solchen Zerwürfnissen, und sie werden schon dadurch sehr unwahrscheinlich, daß der abgezweigte Theil des Heeres von dem Halbbruder des Königs geführt wurde, der unseres Wissens stets in Eintracht mit ihm lebte. Wir wissen aber jetzt aus den Annales Palidenses, daß Konrad schon vorher die Masse des beschwerlichen Fußvolks absondern und zu Schiff nach Jerusalem senden wollte; doch waren die Leute damit unzufrieden, drohten sich vom König loszusagen und unter Führung eines gewissen Bernhard, ohne Zweifel des Grafen vom Lavantthal, die Landreise fortzusetzen. Der König gab damals nach; wenn aber bald darauf ein großer Theil des Fußvolks — und die Annales Herbipolenses sagen ausdrücklich, daß die Schaaren Ottos und Bernhards besonders Fußvolk gewesen seien — eine besondere Straße zog, so geschah es wohl mehr nach der Absicht des Königs, als gegen dieselbe, und nur darin scheint der König der Meinung derer, denen er eine andere Straße vorschrieb, nachgegeben zu haben, daß er ihnen neben seinem Bruder den kärnthner Grafen Bernhard zum Führer gab. Wir verdanken den Annales Palidenses manche gute Nachrichten über den zweiten Kreuzzug; was sie geben, ist aber wohl nur Auszug einer größeren Schrift. Es heißt p. 82 (unten): accepta optione, quam trium adire vellet praesignatarum regionum, doch findet sich Nichts, worauf sich diese Worte beziehen ließen. Daß Emanuel einen Theil des deutschen Heeres gegen Roger zu gewinnen suchte, berichtet Cinnamus p. 80. 81. Ueber den Zug Konrads bis zu seiner Niederlage giebt Odo p. 49—52 gute Nachrichten, doch erzählt er auch Manches, was nach dem Briefe Konrads an Wibald (Wib. Epp. Nr. 78) nicht richtig sein kann. Odo sagt, der Führer habe sie angewiesen, nur für acht Tage Lebensmittel mitzunehmen, da man in dieser Zeit nach Iconium kommen werde; Konrad berichtet dagegen, man habe soviel Lebensmittel mitgeführt, als man habe fortschaffen können, aber sie hätten nur auf zehn Tage gereicht, obwohl man erst die Hälfte des Wegs zurückgelegt habe. Odo spricht von der Flucht des Führers, während Konrad, der mehrerer Wegweiser gedenkt, von einem solchen Verrathe Nichts erwähnt. Uebrigens ist klar, daß Konrad in jenem Briefe sein Mißgeschick in einem möglichst günstigen Lichte darstellt. Er verschweigt die Leiden des Rückzugs. Wo derselbe angetreten wurde, ergiebt sich aus Cinnamus p. 81 und Nicetas p. 89. Das Ende des Grafen Bernhard von Plötzke erwähnen außer Odo auch die Annales Palidenses und Magdeburgenses. Odo spricht von zwei Pfeilwunden, welche der König empfangen, die Annales Palidenses nur von einer Wunde am Kopfe. Ueber den ungerechtfertigten Vorwurf des Verraths, der gegen Heinrich von Regensburg erhoben wurde, sehe man Konrads Schreiben an den Papst (Wib. Epp. Nr. 217); der Bischof wird später nicht mehr im Kreuzheere genannt, kehrte also wohl bald nach jenem Mißgeschick in die Heimath zurück.

S. 282—286. — Nach dem angeführten Schreiben K. Konrads an Wibald hätten die Kreuzfahrer Weihnachten 1147 zu Ephesus gefeiert. Odo sagt p. 59: in valle decervion und versteht darunter offenbar ein Thal nahe bei Ephesus; vielleicht ist zu lesen contermina. Uebrigens sind die Nachrichten des Briefs, Odos und des Cinnamus p. 86 nicht in allen Einzelnheiten in Uebereinstimmung zu bringen. Ueber die Schlacht bei Antiochia giebt Odo p. 59–61 die besten Nachrichten. Nicetas, der in der Nähe des Kampfplatzes zu Hause war, schmückt seine Schlachtbeschreibung in ganz wunderlicher Weise aus; er legt eine lange Rede dabei K. Konrad in den Mund, der gar nicht zugegen war. Von der Niederlage der von Otto von Freising und dem Grafen Bernhard geführten Schaaren sprechen Odo p. 61. 62 und Gerhoh de investigatione antichristi p. 160. Gerhoh, der gerade hier nicht schlecht unterrichtet ist, berichtet nur von einem Kampf mit den Türken; bei Odo spielen auch hier, wie immer, die Griechen mit. So läßt er p. 62. 63 auch Griechen bei dem Ueberfalle des französischen Heeres erscheinen. Den Ort seines Mißgeschicks bezeichnet Ludwig selbst in einem Briefe an Suger (Sug. Epp. Nr. 39): in ascensu montanae Laodiceae minoris; ebenso Ansbert (Fontes rer. Austr. V. p. 58.) Der Tag der Schlacht ist nicht genau zu bestimmen. Die Berechnungen bei Kugler S. 167 ff. beruhen auf unsicheren Grundlagen. Aus Odo geht nur hervor, daß man von der Unglücksstätte bis Attalia noch 12 Tagemärsche hatte und hier kurz vor dem 2. Februar eintraf. Odo endet mit dem Bericht, daß K. Ludwig glücklich nach Antiochia gelangte, worüber auch Otto von Freising (Gest. Frid. I. c. 58) Mittheilung macht. Noch in den letzten Abschnitten seines Werkes strömt Odo von Griechenhaß über; eine unmittelbare Verbindung der Türken und Griechen zum Verderben der Lateiner wäre nach ihm gar nicht zu bezweifeln. Anders K. Ludwig selbst in dem angeführten Briefe an Abt Suger, wo es heißt: in quibus (Romaniae) partibus, tam pro fraude imperatoris tam pro culpa nostrorum non parva damna pertulimus — — Non defuerant quippe nobis assiduae latronum insidiae, graves viarum difficultates, quotidiana bella Turcorum, qui permissione imperatoris in terram suam militiam Christi persequi venerant; hier ist nur davon die Rede, daß der Kaiser Angriffe der Türken auf die Christen in seinem Lande duldete, aber nicht davon, daß er sie hervorrief oder unterstützte.

S. 287. 288. — Konrad spricht selbst in dem angeführten Briefe an Wibald von seinem Aufenthalte in Konstantinopel und der Zeit seiner Abreise. Jaffé S. 144 nimmt an, daß der Herzog von Baiern sich damals nur mit Theodora verlobt, die Heirath aber erst bei dem letzten Aufenthalt des Königs am griechischen Hofe geschlossen sei; aber dagegen sprechen jetzt die Annales Palidenses, wie Kugler S. 206 mit Recht bemerkt. Ueber die Landung des Königs an der syrischen Küste sehe man Otto von Freising (Gest. Frid. I. c. 57), der auch über die Schicksale der Reste seines eigenen Heeres berichtet. Den Tod des Bischofs Udo von Zeitz erwähnen die Erfurter Annalen. In dem Schreiben des Dodechin (Annales s. Disibodi) wird gemeldet, daß die deutschen Pilger in Portugal nach dem Fall von Lissabon am 1. Februar in See gingen, um das gelobte Land aufzusuchen.

S. 289. 290. — Ueber den Aufenthalt K. Ludwigs in Antiochia und das Verhältniß seiner Gemahlin zum Fürsten Raimund finden sich gute Nachrichten in der Historia pontificalis c. 23. Einige brauchbare Notizen ergeben sich auch aus Wilhelm von Tyrus und den Gest. Lud. VII., doch begegnen daneben hier auch willkürliche Ausschmückungen. So ist es wenig wahrscheinlich, daß der König mit seinem Gefolge heimlich bei Nacht die Stadt verlassen habe. Ueber die Verhältnisse von Tripolis zur Zeit der Anwesenheit K. Ludwigs sehe man Wilhelm von Tyrus XVI. c. 28, die Gesta Ludovici c. 16 und die Continuatio Praemonstratensis Sigeberti (M. G. VI. 454). Daß die Versammlung zu Palma, deren Otto von Freising (Gest. Frid. I. c. 58) gedenkt, eine und dieselbe mit der Versammlung ist, von der Wilhelm von Tyrus XVI. c. 1 spricht und eine interessante, allem Anschein nach völlig glaubwürdige Liste der anwesenden Fürsten giebt, unterliegt keinem Zweifel mehr.

S. 290–293. — Ueber das Unternehmen gegen Damascus handelt Wilken III. 239 ff., Jaffé S. 140 ff. und Kugler S. 190 ff. Jaffé hat die Zeitbestimmungen Wilkens verbessert und Kugler auch die Historia pontificalis benutzt, die hier wichtige neue Nachrichten bietet, aber in den chronologischen Bestimmungen nicht genau ist. Auch sie hebt c. 25 die persönliche Tapferkeit K. Konrads besonders hervor.

S. 293–296. — Von dem verunglückten Unternehmen gegen Ascalon spricht Konrad selbst in dem Brief an Wibald (Wilh. Epp. Nr. 144); man sehe überdies die Continuatio Praemonstratensis Sigeberti (M. G. VI. 454). Die Abfahrt Konrads aus dem gelobten Lande berichtet er selbst in dem angeführten Schreiben, wie auch Otto von Freising in den Gest. Frid. I. c. 59. Die Münze von Chios mit Konrads Namen, von welcher Jaffé S. 143 N. 73 spricht, hat mit Konrads Kreuzfahrt keine Verbindung; es ist eine in Chios geschlagene genuesische Münze. Für den Vertrag, welchen Konrad mit Constantinopel abschloß, und die Verhandlungen über die Vermählung seines Sohnes mit einer Nichte des Kaisers finden sich die wichtigsten Notizen in Konrads Brief an die Kaiserin (Wilh. Epp. Nr. 243). Wie weit die Abmachungen in die Zeit des ersten oder zweiten Aufenthalts Konrads am griechischen Hofe fallen, läßt sich nicht mit Sicherheit bestimmen. Alexander von Gravina, der bei diesen Dingen eine wichtige Rolle spielt, war nicht, wie Jaffé (Konrad III. S. 141) sagt, ein venetianischer Graf, sondern ein normannischer Baron. Cinnamus p. 87 berichtet, daß nach dem Vertrage Konrad Italien an Constantinopel abzutreten versprochen habe, und kommt darauf p. 135 noch einmal zu sprechen. Kugler hat S. 207 mit Recht auf diese unbeachtet gebliebenen Stellen aufmerksam gemacht. Von einer Abtretung ganz Italiens kann natürlich nicht die Rede sein, noch von einer Mitgift der Irene; auch ist sehr zu bezweifeln, ob Herzog Friedrich damals ein solches Versprechen eidlich gegeben habe. Aber nicht unwahrscheinlich sind unbestimmte Abmachungen über eine Theilung des Königreichs Sicilien für den Fall, daß Roger vernichtet würde. Daß man weitgehende Befürchtungen der Art in der Curie hegte, zeigen die Briefe in der Sammlung des Wibald Nr. 198. 252. Von der Rückkehr Herzog Friedrichs und Konrads nach dem Abendlande spricht Otto von Freising a. a. O. Nach ihm wäre Konrad zu Pola gelandet, aber nach einer Urkunde des Königs vom 8. Mai (St. R. Nr, 3564) muß die Landung bei Aquileja erfolgt sein (Aquileiae divina favente clementia applicuimus). Nach den Annales Magdeburgenses soll Konrad nur bis zum 2. Februar in Constantinopel geblieben sein, aber er landete in Italien erst im Anfange des Mai, und wir hören nicht, daß er auf dem Wege Aufenthalt gefunden habe. Ueber die Rückkehr K. Ludwigs sehe man Kugler S. 203. 204. 209–211, wo auch die Nachrichten der Historia pontificalis verwerthet sind.

S. 297–299. — Wie Graf Adolf von Holstein seine Macht in Wagrien herstellte, die Mission dort neu entstand und wie Niklot sich gegen die Deutschen erhob, berichtet allein Helmold l. c. 56–58. c. 62–64.

S. 299–303. — Für den Kriegszug der deutschen Kreuzfahrer in das Abodritenland finden sich Nachrichten bei Helmold l. c. 65, in den Annales Magdeburgenses z. J. 1147 und bei Saxo Grammaticus p. 675–677. Im Uebrigen ist L. Giesebrecht, Wendische Geschichten III. 29–32 und v. Heinemann, Albrecht der Bär S. 167–172. 870. 871 zu vergleichen. Die besten Notizen über den Zug gegen die Liutizen und Pommern geben die Annales Magdeburgenses und Vincentius Pragensis. Daß die Kreuzfahrer zuerst in Havelberg Rast machten, zeigt die interessante Urkunde Erzbischof Wichmanns vom Jahre 1157, welche Winter in den Forschungen zur d. Geschichte XII. 629 veröffentlicht hat. Wibald spricht Epp. Nr. 68 von seinem Aufenthalt in expeditione supra paganos trans Albiam in silva Erciniae; Epp. Nr. 160 erwähnt er auch seiner Gegenwart bei der Belagerung von Demmin (in obsidione castri Dimin p. 244), berichtet aber, daß er schon am 8. September von dem Zuge zurückgekehrt war (p. 245). Eingehend über dieses Unternehmen handelt L. Giesebrecht in den Wendischen Geschichten III. S. 32–34; man vergleiche auch v. Heinemann a. a. O. Die Versammlungen in Havelberg und Kruschwitz kennen wir aus den Annales Magdeburgenses. Ueber die ersten Klosterstiftungen in Pommern sehe man die Wendischen Geschichten III. S. 35 und 36.

S. 303. 304. — Von der Abhängigkeit der Abodriten von Herzog Heinrich dem Löwen nach der Kreuzfahrt spricht Helmold l. c. 68 mit sehr bestimmten Worten. Für den Zug Heinrichs gegen die Ditmarsen im Jahre 1148 giebt die Urkunde Heinrichs vom 13. September 1149 in Lappenbergs Hamburgischem Urkundenbuch I. S. 175–176 vollgültiges Zeugniß. Auch die Repgowische Chronik (Ausgabe von Maßmann S. 413. 414) spricht von dem Zuge, verlegt ihn aber in eine spätere Zeit. Das Jahr, in welches der Zug zu setzen ist, kann kaum zweifelhaft sein; vergleiche Jaffé, Konrad III. S. 151. Von Etheler und den durch ihn veranlaßten Wirren berichtet Helmold l. c. 67.

S. 304–307. — Ueber den Todestag Erzbischof Adalberos von Bremen und den Zustand des Erzbisthums bei seinem Tode vergleiche Dehio, Hartwich von Stade S. 15 ff. Ueber die Wahl Hartwichs spricht sich Wibald gegen ihn selbst aus in Epp. Nr. 163. Auf Hartwichs Reise nach Rom mit Anselm von Havelberg beziehen sich in der Sammlung Wibalds die Briefe Nr. 159–161 und besonders Nr. 185; aus dem letztgenannten Briefe wird klar, daß Hartwich und Anselm sich im Mai oder Juni zu Rom befanden. Dehio a. a. O. S. 27 bezieht irrig auf die beiden Bischöfe, was der Papst von den Legaten berichtet, die er an Konrad abgesandt hatte. Daß Hartwichs Bemühungen um die Herstellung seines Missionssprengels zu Rom im Ganzen vergeblich waren, deutet Helmold l. c. 69 an. Der Brief P. Eugens III. an Heinrich von Olmütz vom 13. Sept. 1148 (J. R. Nr. 6453) ist für die Legation des Cardinals Guido wichtig; er zeigt, daß bei derselben außer Polen auch sogleich das Wendenland in das Auge gefaßt war (in alia terra illa, quae noviter lucre christianae fidei est perfusa). Ueber den Auftrag Guidos in Polen und den Erfolg seiner Sendung sehe man das Schreiben des Papstes in der Wibaldschen Sammlung Nr. 244. Seinen Auftrag in Bezug auf das Wendenland berührt Guido selbst (Wib. epp. Nr. 184): ad partes Saxoniae devenimus, ibique pro complenda legatione eiusdem domini nostri de constitutione episcoporum in Leuticiam seu pro negotio ducis Loteris, quod vobis non extat incognitum, moram necessario facimus. Loteris, was Jaffé unverständlich war, kann wohl nur Königslutter sein. Was der Legat dort mit Heinrich abgemacht hat, wissen wir nicht, aber sehr wahrscheinlich ist doch, daß Heinrichs Sache und die Constituirung der wendischen Bisthümer in enger Verbindung standen und dem Herzog bereits damals gewisse Zugeständnisse bei der Einsetzung der Bischöfe gemacht sind. Sonst ist das spätere Verhalten Roms gegen den Herzog und den Erzbischof schwer erklärlich. Auch Dehio a. a. O. S. 87 neigt sich einer solchen Auffassung zu. Aus Verhältnissen, wie ich sie annehme, erkläre ich auch das interessante Schreiben bei v. Heinemann, Codex Anhaltinus I. p. 252. 253; man vergl. die Anmerkungen zu Seite 375. Ueber die Erneuerung der Bisthümer im Wendenlande durch Erzbischof Hartwich handelt eingehend Helmold I. c. 69. 70. 71. Das Datum der Consecration Vicelins und Emmehards beruht auf einem Rückschluß aus Helmold I. c. 78.

S. 308. 309. — Hinreichende Beweise liegen vor, daß Albrecht der Bär schon vor Pribislaws Tode den Namen eines marchio Brandenburgensis führte. Bereits am 15. Mai 1136 erscheint er mit diesem Titel in der Urkunde Nr. 233 in v. Heinemanns Cod. Anh., dann öfter in den Jahren 1144, 1147 und 1149 (Nr. 300. 303. 307. 310. 332. 348). Wenn sich aber Albrecht nach der Brandenburg nannte, mußte sie auch in seinen Händen sein, ehe er in die volle Erbschaft Pribislaws eintrat. Denn es ist, wie schon oben in den Anmerkungen zu S. 166. 167 bemerkt wurde, für jene Zeit unerhört, daß sich Jemand nach einer Burg nennt, auf die er nur eine unbestimmte Erbaussicht besitzt. Pribislaws Todesjahr ist jetzt durch die Annales Palidenses gegeben. Wie Albrecht in die Erbschaft eintrat, erzählt der Tractatus Henrici de urbe Brandenburg (Documente C), wo sich auch die besten Nachrichten über die ersten Niederlassungen der Prämonstratenser in Brandenburg finden. Vergl. Winter, Die Prämonstratenser S. 187 ff.

S. 309. 310. — Anselm schildert selbst sein Leben in Havelberg in einem Briefe, der sich in der Wibaldschen Sammlung unter Nr. 221 findet und den Jaffé mit Recht in den Anfang des Jahrs 1150 setzt, während Andere ihn in eine spätere Zeit verlegen. Anselm stand damals bei K. Konrad nicht in Gnade, und es ist kaum zweifelhaft, daß das nahe Verhältniß Anselms zu Rom der Grund war, weshalb der König ihm nicht ganz traute. Die Urkunde K. Konrads für Havelberg (St. R. Nr. 3575) und das Privilegium der Markgrafen Albrecht und Otto für dasselbe Bisthum finden sich bei Riedel, Cod. dipl. Brandenb. I. 2. 438—440. Hoc infausto tempore episcopi, columnae celi, contremiscunt, cedri paradisi nutant tanquam virgule deserti, abietes, quas in usum domus Domini Salomon excidit, inclinantur: sit ergo Albertus tuus tanquam cedrus Libani, quam Dominus plantavit, in quo passeres nidificabunt: so liest man in dem bereits angeführten Schreiben bei v. Heinemann, Cod. Anh. I. 252. 253. Die Urkunde Albrechts des Bären für Stendal bei v. Heinemann, Cod. dipl. Anh. I. Nr. 370; leider ist weder das Original noch eine alte Copie des interessanten Actenstücks erhalten.

S. 312—314. — Für das Verhältniß des Papstes zu Abt Siger ist bezeichnend das Schreiben des Ersteren bei J. R. Nr. 6350, für das Verhältniß zum jungen König Heinrich der Brief des Letzteren und die Antwort in der Sammlung des Wibald Nr. 42. 43; man vergleiche auch die späteren Briefe Nr. 68 und 60, die im März und April 1146 geschrieben sind. Die ersten Vorbereitungen zu dem allgemeinen Concil erhellen aus dem Schreiben des Papstes an Erzbischof Eberhard von Salzburg bei J. R. Nr. 6362. Ueber die Reise des Papstes nach Trier siehe Jaffés Regesten p. 630, über die Sammlungen für den Unterhalt des Papstes Wib. Epp. Nr. 63. 64. Den Aufenthalt des Papstes in Trier und die dortigen Festlichkeiten schildert anschaulich Balderich in der Vita Alberonis c. 23. Hugo Metellus läßt den Erzbischof Albero zu sich selber sprechen: Nonne superfluum et vanum fuit, cum exercitum Romanorum pavi? Superfluum equidem fuit, quia aquam in mare fudi et lignum in silvam tuli (Hugo, Sacrae antiquit. Mon. II. p. 369). Daß auch Wibald in Trier war, geht aus einem Schreiben des Papstes an die Korveier Mönche (Wib. Epp. Nr. 76), die Anwesenheit des heiligen Bernhard und seine vermittelnde Thätigkeit in den lothringischen Streitigkeiten aus Wib. Epp. Nr. 87 hervor. Die Fuldaer Wirren lernen wir aus Wib. Epp. Nr. 79. 85. 86. 88. 89. 96 kennen. Ueber die Vergünstigungen, welche die heilige Hildegard in Trier erfuhr, vergleiche man Jaffé, Konrad III. S. 158; über die Zerwürfnisse zwischen dem Papste und den Erzbischöfen von Mainz und Köln Jaffé a. a. O. S. 163. 164. Von dem Erzbischof von Köln sagt der Kanzler Arnold, der sein Nachfolger war: homo prorsus inutilis et perniciosus (Wib. Epp. Nr. 223), von Otto von Freising (Gesta Frid. I. c. 62) wird er bezeichnet als vir ad ecclesiastica omnia et secularia negocia inutilis. Wie Papst Eugen über Deutschland dachte, geht aus der Historia pontificalis c. 37 hervor; dort urtheilt der Verfasser aus der Seele des Papstes: Teutonici ecclesie Romane magis semper insidiati sunt et ex causis levibus eam sepissime depresserunt — gens illa pre ceteris solet ingratitudinis vicio laborare. Ueber die Rückreise des Papstes nach Frankreich siehe Jaffés Regesten S. 631.

S. 314–317. — Die Continuatio Gemblacensis des Siegbert giebt die Zahl der zu Reims erschienenen geistlichen Würdenträger auf mehr als tausend an. Die auf der Synode publicirten Canones bei Mansi Coll. conc. XXI. 713 sequ. Ueber die von Erzbischof Albero erhobenen Ansprüche handeln Balderich in der Vita Alberonis c. 24 und die Historia pontificalis c. 1. In der Letzteren c. 1–15 hat Johann von Salisbury, der selbst gegenwärtig war, uns höchst lehrreiche Aufzeichnungen über das Concil hinterlassen, welche den Bericht Ottos von Freising in den Gest. Frid. I. c. 56–57 vielfach ergänzen und berichtigen; Otto hatte nicht selbst dem Concil beiwohnen können, sondern schrieb nach den Mittheilungen Anderer. Auch auf den berühmten Streithandel zwischen dem heiligen Bernhard und Gilbert de la Porrée fällt durch die Historia pontificalis ein neues Licht. Der Verfasser konnte bereits die erste Schrift Gaufrids contra capitula Gilberti (Migne T. 185 p. 595 sequ.), welche er benutzt und kritisirt. Die spätere Schrift Gaufrids ad Albinum cardinalem (Migne T. 185 p. 587 sequ.) konnte ihm dagegen nicht bekannt sein, und Gaufrid scheint hier vielmehr die Hist. pont. benutzt zu haben. Die Suspension der Erzbischöfe von Mainz*) und Köln, wie die Absetzung des Abts von Fulda erhellt aus Wib. Epp. Nr. 116. 204. 85. 88. Wibald rühmt selbst die Aufnahme, welche er damals beim Papste gefunden (Wib. Epp. Nr. 89, vergleiche Nr. 83. 84). Von der Reise des Papstes nach Clairvaux erzählt Arnald in der

---

*) Aus dem Schreiben K. Heinrichs an den Papst (Wib. Epp. Nr. 65) geht hervor, daß der Erzbischof von Mainz zuerst nach Reims gehen wollte. Das Schreiben ist im März 1148 abgefaßt. Vergl. Nr. 89.

Vita Bernardi II. c. 6 manches Erbauliche, aber wichtiger sind die Mittheilungen in der Historia pontificalis c. 16.

S. 318. 319. — In der Historia pontificalis c. 18 wird erzählt, daß behauptet sei, der Papst habe Frankreich schneller verlassen, weil er bereits die Niederlagen der Kreuzfahrer im Orient erfahren hatte. Nolebat enim in tanta tristicia Francorum et Alemanorum manere inter illos, licet in Francia posset esse tutissimus. Welchen Weg der Papst nach Italien nahm, zeigen Jaffés Regesten S. 634. Ueber den Aufenthalt des Papstes im nördlichen Italien giebt die Historia pontificalis c. 18—21 neue und wichtige Nachrichten, namentlich über die Synode zu Cremona, deren Zeit durch die Bullen bei J. R. Nr. 6443. 6444 bestimmt wird. Wodurch die Aufhebung des Bisthums Modena motivirt war, ergiebt sich aus einem Schreiben des Papstes an den Bischof von Bologna (J. R. Nr. 6450). Die Historia pontificalis, wo sie c. 21 von der Strafe Modenas spricht, fügt hinzu: Sed condempnatio hec non diu viguit, quia Mutina beneficio sedis apostolice in antiquam a multo tempore restituta est dignitatem. Et nescio quo pacto plurime sententie domni Eugenii tam facile retractentur, nisi forte ex duabus acciderit causis. Hoc enim forte promeruit, quia decessorum sententias facile retractabat, nedum coepiscoporum, et quia in ferendis sentenciis spiritum proprium maxime sequebatur.

S. 319—324. — Die neuen Nachrichten der Historia pontificalis über Arnold von Brescia habe ich in meiner Schrift über denselben (München 1873), auch in den Sitzungsberichten der philosophisch-philologischen und historischen Klasse der k. Akademie der Wissenschaften 1873 S. 123 ff. enthalten, zu verwerthen und mit ihrer Hülfe das Material für Arnolds Geschichte kritisch zu sichten versucht. Es finden sich dort sämmtliche Quellennachweise, die hier in Betracht kommen.

S. 324—326. — Der Aufenthalt des Papstes in Pisa im October und November 1148 erhellt aus Jaffés Regesten S. 635. 636. Daß Pisa in der folgenden Zeit mit Rom in Krieg lebte, zeigen die Annales Pisani z. J. 1151. Die Residenz des Papstes vom Ende des Jahres 1148 bis zum April 1149 in Viterbo und dann bis zum November 1149 zu Tusculum ergiebt sich aus den in Jaffés Regesten S. 636—638 verzeichneten Bullen. Man vergleiche die Annales Casinenses z. d. J. 1148. 1149. Die Historia pontificalis c. 21 berichtet, daß der Papst inzwischen nach Rom zurückgekehrt und ehrenvoll von dem Adel eingeholt sei, welcher das Gold und Silber Galliens gewittert habe; weiter wird dann c. 27 erzählt, wie der Papst, durch den Senat belästigt, Rom wieder verlassen und nach Tusculum gezogen sei. Aber hier muß ein Irrthum obwalten; der Verfasser spricht in der Folge nicht von der Rückkehr des Papstes nach Rom gegen Ende des Jahrs 1149 und scheint diese um ein Jahr zu früh angesetzt zu haben. Ueber das Heer des Papstes unter dem Cardinal Guido Puella sehe man die Historia pontificalis c. 27: Tusculum se receperat domnus papa, ubi conductis militibus decrevit infestare Romanos. Milicie prefecit cardinalem Guidonem cognomento Puellam, de terra regis Siculi auxiliares recepit milites. Der Unterstützung durch Roger gedenken auch die Annales Casinenses z. J. 1149 und Romoald von Salerno p. 426. Schon im Anfange des Jahrs 1149 fanden Verhandlungen zwischen dem Papste und Roger statt, wie aus dem Schreiben des Notars Johannes an den Fürsten Robert von Capua in der Wibaldschen Sammlung Nr. 147 hervorgeht; wo es heißt: papa nuncios misit ad Siculum pro vestro dampno, si cum eo potest, quod vult, perficere, et treugas cum eo habet usque ad quadriennium adhuc. Es wurde hiernach der Waffenstillstand Rogers mit Papst Lucius im Jahre 1144 entweder gleich auf neun Jahre geschlossen oder derselbe ist später von Eugen noch einmal erneuert worden. Die Worte Gerhohs über den kriegführenden Papst finden sich bei Pez, Thes. VI. 1. p. 540; sie werden von Bach in der österreichischen Vierteljahrsschrift für kath. Theologie Bd. IV. S. 87 angeführt und in das Jahr 1151 verlegt, sind aber meines Erachtens auf 1149 zu beziehen. Ueber die an König Konrad gleich nach seiner Rückkehr abgesandten Cardinäle und ihre gescheiterte Legation spricht der Papst selbst in dem Schreiben an den König vom 23. Juni 1149 (Wib. Epp. Nr. 185).

S. 326. 327. — Absente domino nostro rege, cum regnum quodammodo claudicare putaretur, heißt es in Wib. Epp. Nr. 202. Ueber die Streitigkeiten des jungen Königs mit seinem avunculus — dies war unseres Wissens allein Gebhard von Sulzbach — und den königlichen Ministerialen belehrt ein Brief K. Konrads an seinen Sohn (Wib. Epp. Nr. 90). Das Schreiben des Papstes an die deutschen Bischöfe, um sie im Gehorsame des jungen Königs zu erhalten, ist in der Wibaldschen Sammlung Nr. 81; ein ähnliches Schreiben muß nach Nr. 95 auch an die weltlichen Fürsten ergangen sein. Welche Wirkungen man später in der Curie diesem Schreiben beimaß, zeigt Nr. 198. Hier sagt der päpstliche Kanzler Cardinal Guido: Certum est, quod post discessum domni Conradi Romanorum regis, ubi domnus papa specialiter et districte prohibuisset, adversus filium eius iuniorem regem guerra mota fuisset et non modica orta turbatio. Wie sich Wibald damals zum Könige und zum Papste verhielt, ergiebt sich aus seinen Briefen an Beide in der Sammlung Nr. 88. 89.

S. 327—329. — Ueber den Aufstand in Schwaben siehe Wib. Epp. Nr. 110, über den Fürstentag in Frankfurt und die Reise Erzbischofs Heinrichs nach Rom Nr. 116. Ein Bittgesuch des heiligen Bernhard für den Erzbischof findet sich unter den Briefen desselben Nr. 302. Daß der Mainzer in Rom wieder zu Gnaden angenommen wurde, sagt Bernhard de consideratione l. III. c. 3. Bernhard rühmt es hier, daß der Papst das Gold der reichen deutschen Erzbischöfe verschmähte; ähnlich spricht sich Gerhoh wiederholt aus (Pez VI. 1. p. 541 und Archiv für österreichische Geschichte XX. p. 142). Ueber Welfs Rückkehr besitzen wir gute Nachrichten in der Historia Welforum c. 27, womit Otto von Freising Gest. Frid. I. c. 59 und Wib. Epp. Nr. 243 zu vergleichen. Besonders wichtig aber ist das schon berührte Schreiben des Notars Johannes an den Fürsten Robert von Capua und einen Grafen Richard, die sich damals offenbar als griechische Gesandte in Venedig aufhielten. Der Brief kann nach der ganzen Sachlage erst im Anfange des Jahrs 1149 geschrieben sein; übrigens scheinen durch ihn die ersten Nachrichten von Welfs Verrath an K. Konrad und den jungen König Heinrich gelangt zu sein. Daß griechische Gesandte damals auch nach Pisa kamen, geht aus einem späteren Schreiben Konrads an die Pisaner hervor (Wib. Epp. Nr. 344). Konrads Itinerar im Mai 1149 erhellt aus seinen Urkunden bei St. R. Nr. 3554—3560, über seine Ankunft in Regensburg gab er selbst Wibald Nachricht (Wib. Epp. Nr. 179; vgl. Nr. 186). Ueber den Hoftag daselbst spricht auch Otto von Freising (Gesta Frid. I. c. 60). Das Privilegium für das Bisthum Basel bei St. R. Nr. 3561; man sehe auch Jaffé, Konrad III. S. 170. Anm. 14. Für den Fürstentag zu Würzburg am 25. Juli 1149 finden sich Zeugnisse in Wib. Epp. Nr. 202, in den Annales Palidenses und in der Urkunde bei St. R. Nr. 3563.

S. 329. 330. — Ueber den Frankfurter Reichstag im August 1149 und die dort versammelten Fürsten sehe man Wib. Epp. Nr. 181. 192 und St. R. Nr. 3565. 3566. Der königliche Notar Heinrich schreibt an Wibald (ep. 182): pro pace restauranda et confirmanda studiose rex et efficaciter laborat, und Wibald an den päpstlichen Kanzler Guido (ep. 195): alteratum recepimus principem nostrum et severitate gravem et iusticiae amatorem et in faciendo iudicio impigrum. Die Unternehmungen, welche der König damals in das Auge gefaßt hatte, erhellen aus dem eben angeführten Schreiben des Notars Heinrich an Wibald. Die Briefe der Römer an Konrad besitzen wir in der Wibaldischen Sammlung Nr. 214–216. Darauf, daß Nr. 216 nicht einem Senator, wie Jaffé meint, sondern Arnold selbst oder einem seiner Schüler beizumessen ist, habe ich in meiner Abhandlung über Arnold S. 23 aufmerksam gemacht. Nr. 214 findet sich auch bei Otto von Freising in den Gest. Frid. I. c. 27. Nr. 215 scheint vor Nr. 214 geschrieben. Das päpstliche Schreiben an K. Konrad vom 23. Juni 1149 steht bei Otto in den Gest. Frid. I. c. 61 und in der Wibaldischen Sammlung unter Nr. 185.

S. 331–333. – K. Konrad berichtet selbst über seine schwere Krankheit an den Kaiser und die Kaiserin von Constantinopel (Wib. Epp. Nr. 237. 243). Ueber den vereitelten Reichstag in Aachen, den Hoftag in Bamberg und die augenblickliche Besserung im Befinden des Königs sehe man Wib. Epp. Nr. 200. 205. 230. 231. Der Brief des Bischofs von Ascoli (Wib. Epp. Nr. 229) ist in den März d. J. 1150 zu setzen; vergl. St. R. Nr. 3569. Der Unmuth Wibalds über den Gang der Dinge giebt sich besonders in seinen Briefen an den Notar Heinrich zu erkennen (Epp. Nr. 202. 206). Die Stellung Wibalds, Bischof Anselms und des Kanzlers Arnold wird klar aus der Wibaldischen Sammlung Nr. 211. 223. 226. 227. Da der Kanzler damals in Köln war, können die mit seinem Namen recognoscirten Urkunden aus jener Zeit (St. R. Nr. 3567–3569) nur in seiner Abwesenheit ausgefertigt sein. Wibald schrieb an den Cardinal Guido um den 1. Mai 1150: Homini, non federe contracto, set fastu et inobedientia Grecorum aliquantulum corrupto, longa cohabitatione et assidua collocutione humilitatis et obedientiae bonum instillavimus (ep. 262). Seinen langen Aufenthalt am Hofe des Königs bestimmt Wibald selbst genau in ep. 251. Der Empfehlungsbrief des Königs für seinen Arzt steht in der Wibaldischen Sammlung (ep. 236); man vergleiche auch die interessanten Notizen über diesen Arzt in der Historia pontificalis c. 3, wo nicht der Name Hugo, sondern Petrus zu ergänzen ist.

S. 333–335. – Die Fürsten, welche auf dem Reichstage zu Speier im Februar 1150 anwesend waren, lernt man aus den Zeugen der Urkunden bei St. R. Nr. 3567. 3568 kennen. Von dem Kampf bei Flochberg spricht die Hist. Welf. c. 28; die besten Nachrichten finden sich aber in den Briefen des jungen Königs Heinrich an den Kaiser und die Kaiserin von Constantinopel (Wib. Epp. Nr. 244. 245). Diese beiden Briefe scheinen bald nach dem Ereigniß geschrieben, welches auf den 8. Februar, nicht nach diesem Tage, wie Jaffé (Konrad III. S. 174) meint, anzusetzen ist. Jaffé datirt in seiner Ausgabe die beiden Briefe erst vom April 1150, aber damals konnte Heinrich kaum mehr schreiben: Pater meus generalem nunc expeditionem super eundem Welphonem indixit et eum penitus exterminare aggreditur. Ueber den Eindruck der Nachricht vom Flochberger Siege am Hofe K. Konrads siehe die gleichzeitig geschriebenen Briefe Wibalds an den Kanzler Arnold (ep. 226) und an den Papst (ep. 232). In dem ersteren heißt es: Et opinabile quidem est et veraci coniecturae satis consentaneum, quod, si hoc bonum divina clementia non esset largita, magnus in regno motus fuisse futuros, quos nunc ex facili posse comprimi et suffocari confidimus; quae plenius a clerico vestro E. cognoscere poteritis. Der Kleriker E. ist Erlebaldus; vergl. ep. 238. Die Absichten des Königs Konrad erhellen deutlich aus seinem Briefe an Kaiser Emanuel (Wib. Epp. Nr. 237) und aus den bereits angeführten Schreiben seines Sohnes. Der plötzliche Umschwung in den Plänen des Königs wird besonders aus dem höchst interessanten Schreiben Wibalds an Bischof Hermann von Konstanz klar (ep. 234). Dieses Schreiben kann nicht, wie Jaffé annimmt, im Februar 1150, geschrieben sein, sondern frühestens im März. Hermann war selbst im Februar in Speier, ging dann nach Hause, schrieb von dort, und erst dann erfolgte die hier vorliegende Antwort. Gegen Ende ist zu lesen: res magna celeritate adiuvari, nicht celebritate. Wer der alte Fürst war, der von Wibald als inveteratus ille Achitofel bezeichnet wird, wissen wir nicht, aber Behrends denkt doch vielleicht mit Recht an Konrad von Zähringen. In diesen Zusammenhang gehört auch Wibalds Brief an Konrad (Wib. Epp. Nr. 239), der dann im Mai 1150 geschrieben ist. Vergl. Anmerkungen zu S. 355. 356. Ueber die Ausgleichung mit Welf sehe man die Historia Welf. c. 28; auch die Urkunde König Friedrichs v. J. 1157 in den M. Boic. XXIX., 1. p. 344 ist in Betracht zu ziehen. Der Aufenthalt des K. Konrad zu Nürnberg in der Mitte des März geht hervor aus der Urkunde bei St. R. Nr. 3569; vergl. auch Wib. Epp. Nr. 240. Ueber den Fuldaer Tag sehe man die Urkunde bei St. R. Nr. 3570 und Wib. Epp. Nr. 238. 250. Daß der König am 20. April 1150 in Würzburg, am 15. Juli in Rothenburg, am 30. Juli wieder in Würzburg und dann am 20. August abermals in Rothenburg war, zeigen Wib. Epp. Nr. 251 mit 252 verglichen, Nr. 274, St. R. Nr. 3571. 3573.

S. 335–340. — Die Worte aus einem Schreiben K. Konrads an die Kaiserin Irene finden sich in Wib. Epp. Nr. 243 (p. 365). Ueber die Zusammenkunft K. Ludwigs mit dem Papste in Tusculum und den Empfang desselben in Rom giebt die Historia pontif. c. 29. 30 gute Nachrichten. Ueber den Tod Raimunds von Antiochien und die Rüstungen K. Balduins siehe Wilken, Geschichte der Kreuzzüge III. 2, S. 3–10, über die Hülfsgesuche der orientalischen Christen in Frankreich Epp. Sugerii Nr. 166 und Epp. s. Bernardi Nr. 364. Diese Briefe sind vielfach irrig datirt worden; die richtige Ansicht Brials über die Datirung hebt Kugler in v. Sybels Hist. Zeitschrift XIII. S. 63 hervor. Der Angriff K. Emanuels auf Roger erhellt aus Cinnamus p. 96 ff. und dem Chronicon Altinate p. 157. Die zwischen K. Roger und Abt Suger gewechselten Briefe in den Epp. Sugerii Nr. 148 und 146. Ueber das Schreiben des Cardinals Dietwin und des heiligen Bernhard an K. Konrad sehe man den Brief Wibalds an den Cardinal Guido (Wib. Epp. Nr. 252). Die Verhandlungen in Laon über einen neuen Kreuzzug lernt man aus dem angeführten Briefe Sugers Nr. 166 kennen. Das Schreiben des Papstes an Suger vom 25. April 1150 (J. R. Nr. 6516) ist in der Sammlung der Briefe Sugers Nr. 144. Ueber den Tag zu Chartres siehe die Briefe Sugers Nr. 133–135. 155 und Epistolae s. Bernardi Nr. 364. 256. Das Schreiben des Papstes an Suger vom 19. Juni 1150 (J. R. Nr. 6524) ist Nr. 156 in der Sammlung der Sugerschen Briefe. Die Friedensbestrebungen des Abt Peter von Cluny gehen hervor aus seinem Briefe an Roger (Lib. VI. ep. 16). Von der Gesandtschaft des Alexander von Gravina und den Absichten Konrads bei derselben spricht Konrad selbst in einem Brief an die Kaiserin (Wib. Epp. Nr. 243); dort heißt es am Schluß: Scire possunt inimici nostri, qui disseminando mendacia turbare nos et disiungere moliuntur, quod amicitiae nostre nexus indissolubilis perseveret. Wibalds gleichzeitiger Brief an den Kaiser findet sich unter Nr. 246 der Sammlung.

S. 341–343. – Ueber die Rückkehr des Papstes nach Rom im November 1149 siehe die Annales Cassinenses und die in Jaffés Regesten S. 639. 640 aufgeführten Schreiben und Bullen des Papstes, aus denen hervorgeht, daß der Papst bis Mitte Juni 1150 in Rom verweilte. Unter einigen auf die römischen Verhältnisse bezüglichen Schriftstücken finden sich in der Wibaldschen Sammlung Friedensanerbietungen, welche die Römer dem Papste gemacht haben (Nr. 347). Sie sind ohne Datum, aber können nicht vor dem Jahre 1149 niedergeschrieben sein, da die guerra Vitervii früher keine Beziehung hat. Wäre auf diese Anerbietungen wirklich ein Friede gegründet worden, so könnte es nur der vom November 1149 sein. Wahrscheinlich aber sind es Anerbietungen, die dem Papste erst später, nachdem er wieder die Stadt verlassen hatte, gemacht wurden und die keinen unmittelbaren Erfolg hatten. Gregorovius (IV. 486) nimmt irrig an, daß die Propositionen dem K. Konrad gemacht seien. – Auf die Sache Arnolds von Köln beziehen sich Wib. Epp. Nr. 227. 242. 269, auf die Sache des Klerikers Otto Nr. 272, auf die Gesandtschaft des Notars Heinrich Nr. 252. Die angeführten Worte sind entlehnt aus dem Schreiben des Papstes an den König (Nr. 272): Desiderium siquidem nostrum est, ut ea inter ecclesiam et regnum, quae a predecessoribus nostris et tuis statuta sunt, inter nos et maiestatem tuam ita Domino auxiliante firmentur, quatinus sponsa Dei universalis ecclesia suo iure quieto fruatur, imperium debitum robur optineat et christianus populus iocunda pace et grata tranquillitate letetur. Ueber die Verhandlungen zwischen dem Papst und König Roger im Sommer 1150 finden sich interessante Nachrichten in der Historia pontificalis c. 32. 33, welche auch durch Romoald p. 425 bestätigt werden. Die Zeitbestimmung der Weihen für die Bischöfe in Rogers Reich ergeben sich aus der Annales Ceccanenses z. J. 1150: Eugenius papa Ferentinum venit infra mensem Octobris et multos archiepiscopos et episcopos ordinavit. Daß hier statt Octobris Novembris zu lesen ist, ergiebt sich aus Jaffés Regesten S. 641. Die Annales Ceccanenses sind in solchen Bestimmungen nicht genau, wie sich auch bei den Notizen zum Jahre 1152 zeigt. Der Cardinal Guido schreibt in Bezug auf den vermutheten Antheil des Papstes an den Friedensbestrebungen des heiligen Bernhard und Peters von Cluny an Wibald: Illud vero, quod a domno Conrado serenissimo rege per quasdam religiosas personas perquisitum fuisse significastis, sciatis, de voluntate domni papae vel conscientia nullatenus processisse, presertim cum sciamus, hominem illum, de quo mentionem fecistis, nichil honorificentiae regii culminis exhibiturum, nisi regium adventum in Tuscia vel in Romania iam certo certius presentiret. Nec Romanae ecclesiae expediret, ut, ea exclusa, tales personae super tanto negocio convenirent. Set si ad partes Italiae regium culmen divina providentia traxerit, tunc sancta Romana ecclesia commode et honeste se interponere poterit, et domino nostro regi Conrado preces et quasi violentiam inferendo, illum vero minis et terroribus conveniendo, quicquid pium, quicquid sanctum, quicquid regiae magnificentiae dignissimum fuerit, sine ulla dubitatione poterit terminari (Wib. Epp. Nr. 273).

S. 343–345. – Für die Absichten des Königs, endlich im Juli 1150 den Kanzler Arnold und Wibald nach Rom zu schicken, zeugt der Brief in der Wibaldschen Sammlung Nr. 276. Wie die Gesandtschaft dennoch verzögert wurde, geht aus Nr. 277. 279. 280. 282. 284–286. 297. 298. 300 hervor. Aus diesen Briefen, die eine diese Einsicht in die Verhältnisse des Hofes ermöglichen, ergiebt sich zugleich Einiges über die Gesandtschaft der Bischöfe von Basel und Konstanz, welche auch in Nr. 344 erwähnt wird. Hermann von Konstanz war schon im Jahre 1147 als Gesandter Konrads in Italien gewesen; vergleiche Ficker, Forschungen II. p. 135. 136. IV. p. 158. 159.

S. 345—347. — Ueber die beabsichtigten Hoftage des Königs am 8. September 1150 in Nürnberg, am 29. September in Regensburg, siehe Wib. Epp. Nr. 276. 290, über die Zusammenkunft in Langenau am 24. September St. R. Nr. 3576. Der Hoftag zu Worms im October oder December 1150 wird durch Wib. Epp. Nr. 301 bezeugt. Im Anfange des December war der König nach St. R. Nr. 3577 in Würzburg. In Sigeberti Cont. Praemonstratensis z. J. 1150 (M. G. VI. p. 455) heißt es: Habitis per Franciam conventibus, conivente etiam papa Eugenio, ut abbas Claravallis Jerosolimam ad alios provocandos mitteretur, grandis iterum sermo de profectione transmarina celebratur, sed per Cistercienses monachos totum cassatur. Ueber die Streitigkeiten zwischen dem Grafen Heinrich von Namur und dem Bischof von Lüttich sehe man besonders Wib. Epp. Nr. 299. 300. 302. 330; der Zustand Lothringens wird in Nr. 330 von Wibald als totius Lotharingiae concussio et eversio bezeichnet. Die Annales Palidenses sagen nach Erwähnung einer Ueberschwemmung am 24. Juni: Heinricus filius Conradi regis veneno moritur. Otto von Freising erwähnt (Gest. Frid. I. c. 62) den Tod des jungen Königs nur kurz, ebenso die Annales Aquenses. Die meisten Annalen gedenken desselben auffälliger Weise gar nicht, und noch auffälliger ist, daß sich auch in den Briefen Wibalds gar keine Hindeutung auf denselben findet. Der Monachus Sazavensis und die Annales Palidenses erwähnen den Tod der Herzogin von Böhmen, welche die Letzteren irrig Agnes nennen, richtig z. J. 1150; den Todestag giebt Vincentius Pragensis, doch irrt er auch hier, wie öfters, im Jahre.

S. 347. 348. — Ueber die letzten Schicksale des jüngeren Otto von Rineck sprechen die Annales Egmundani, Colonienses maximi und Annales Palidenses; die Letzteren erwähnen den Tod des älteren Otto z. J. 1150. Ueber den Tod des Bischofs Hartbert von Utrecht und die dadurch hervorgerufenen Wirren berichtet Otto von Freising in den Gest. Frid. I. c. 62 und die Annales Egmundani. Das gewaltsame Auftreten Heinrichs des Löwen zu derselben Zeit erhellt aus Helmold I. c. 69, Wib. Epp. Nr. 319. 320; Otto schweigt absichtlich davon. Meines Erachtens ist bisher zu wenig hervorgehoben, wie Heinrich besonders dadurch in seinen Unternehmungen gehemmt wurde, daß ihn Welf jetzt eben so wenig unterstützte, wie er früher selbst Beistand bei seinem Neffen gefunden hatte.

S. 348—350. — Die Entscheidung des Königs in der Utrechter Sache auf dem Hoftage in Nürnberg geht aus Wib. Epp. Nr. 324 hervor. Vergleiche Otto von Freising a. a. O. und die Annales Egmundani. Daß der König schon damals selbst nach Utrecht gehen wollte, zeigt Wib. Epp. Nr. 323. Von den Vorgängen in Speier spricht Otto von Freising, der nach der Urkunde bei St. R. Nr. 3579 mit Friedrich von Schwaben selbst am Hofe war. Otto berichtet dann auch über die Reise des Königs nach Lothringen, auf welcher er ihn begleitete, ziemlich ausführlich. Ueber die Wahl des Kanzlers Arnold zum Erzbischof von Köln sehe man auch Wib. Epp. Nr. 326. 327. 340. Sehr bemerkenswerth sind die Worte Ottos von Freising: rex — Arnoldum renitentem valde et reclamantem pontificalibus simul et ducatus regalibus investit. Der Aufenthalt des Königs wird näher bestimmt durch die Urkunde desselben vom 17. Mai (St. R. Nr. 3581). Von dem Aufenthalt des Königs in Coblenz zu Pfingsten und der Abfertigung der spanischen Gesandten spricht Otto von Freising a. a. O. c. 63. Die Vermuthungen Jaffés, Konrad III. S. 200 über diese Gesandtschaft sind gewiß irrig; vergleiche Wib. Epp. Nr. 391. Der traurige Zustand Lothringens in jener Zeit erhellt besonders aus Wib. Epp. Nr. 330. Wibald schreibt hier gegen Ende Mai 1151: Ad cuius (Lotharingiae) pacem reformandam ultra facultatis nostrae captum sex fere septimanis, quibus cum domino nostro rege fuimus, ardenter institimus; sed, peccatis facientibus et cuncta in pravum trahentibus, nichil proficere potuimus. Verumtamen si in his proximis decem diebus nulla pax vel finitiva vel per inducias intercesserit, de totius terrae salute desperandum erit.

S. 351. — Daß in Folge der Gesandtschaft der Bischöfe von Konstanz und Basel eine völlige Verständigung zwischen der Curie und dem König herbeigeführt wurde, geht aus allen späteren Verhältnissen hervor. Man vergleiche auch Hist. pont. c. 37: Rex Conradus ad imperium aspirabat et ob hanc causam tam ad ecclesiam quam ad urbem destinaverat nuntios suos. Rogavit etiam dominum papam, quatenus a latere suo destinaret aliquos, quorum consilio regnum disponeret et qui vice sua causas ecclesiasticas diffinirent. Ad hoc missi sunt presbiteri cardinales Jordanus s. Susanne et Octavianus s. Cecilie. Im Spätsommer schrieb Konrad an den Papst: dissidere non volumus nec debemus (Wib. Epp. Nr. 340). Der Brief des Kaisers an Wibald, im März 1151 geschrieben, findet sich Wib. Epp. Nr. 325.

S. 352. 353. — Ueber den Reichstag zu Regensburg spricht kurz Otto von Freising Gest. Frid. I. c. 63; er erwähnt auch der Anwesenheit der päpstlichen Legaten. Eine Anzahl von Fürsten, die am Hofe waren, erscheinen als Zeugen in einer damals ausgestellten Urkunde Konrads St. R. Nr. 3582; besonders wichtig ist darunter Markgraf Hermann von Verona, der hier mit diesem Titel zuerst genannt wird. Daß schon damals die Romfahrt angekündigt wurde, sagt ausdrücklich Konrad selbst in Schreiben an die Pisaner und Römer (Wib. Epp. Nr. 344. 345). Von dem Zuge gegen die Wittelsbacher haben wir nur bei Otto von Freising a. a. O. und in der von Jaffé (Konrad III. S. 201) angeführten Urkunde des Bischofs Hartwich von Regensburg Nachrichten. Aus der von Stumpf in den Acta imperii p. 142 zuerst vollständig publicirten interessanten Urkunde Bischof Eberhards von Bamberg geht hervor, daß der König am 8. Juli zu Theres war, der Zug gegen die Wittelsbacher also damals schon beendet sein mußte. Ueber die Vorgänge in Lüttich geben die beste Auskunft die Annales Egmundani z. J. 1150. Sie zeigen auch, daß Otto von Freising Schönfärberei treibt, wenn er sagt: Traiectensium negotium, revocatis omnibus ad subiectionem Herimanni, cum imperii honore terminavit; schon seine eigene spätere Erzählung (II. c. 4) steht damit in Widerspruch. Ueber die Friedensbestrebungen in Lothringen und die von Wibald beanspruchte Vermittelung sehe man Wib. Epp. Nr. 334, über den durch Erzbischof Arnold in Westfalen und der Nachbarschaft hergestellten Landfrieden Nr. 332. Auf den Reichstag in Würzburg beziehen sich Wib. Epp. Nr. 335. 343–346. In Nr. 343 werden die anwesenden Fürsten aufgezählt, womit die Zeugen in den damals ausgestellten Urkunden des Königs St. R. Nr. 3585. 3586 zu vergleichen sind. Von Wichtigkeit sind ferner einige Notizen der Annales Palidenses; doch darf man nicht nach ihnen annehmen, daß die päpstlichen Legaten erst kurz vor dem Würzburger Tage nach Deutschland gekommen seien.

S. 353—355. — Daß Erzbischof Hartwich von Bremen Anfangs Knud unterstützte, erhellt aus Helmold I. 70. Die Niederlage der Sachsen in Knuds Heer berichtet Helmold; die Zeit (1151) bestimmen in gleicher Weise die Annales Palidenses und die älteren dänischen Annalen. Daß sich Hartwich dann auf Svens Seite wandte, geht aus dem Briefe des Letzteren an Konrad hervor. Dieses Schreiben, in der Wibaldschen Sammlung Nr. 337, und das Schreiben Knuds an den König, das folgende Stück der Sammlung, werden nach ihrer Stellung im Codex in den Sommer 1151 gehören, und waren dann für den Würzburger Reichstag bestimmt, zu dem sich Hartwich auf den Weg machte. Daß der Erzbischof damals nach Rom beschieden war und sich schon zur Reise rüstete, geht aus Wib. Epp. Nr. 346 hervor. Es handelte sich damals für ihn in Rom um einen Streithandel, welcher vor dem Papste, wie der König wünschte, secundum tenorem veritatis et iustitiae entschieden werden sollte, und es handelte sich zugleich pro conservanda Bremensis aecclesiae dignitate: es wird demnach wohl die Sache den Missionssprengel Bremens und das Investiturrecht des Herzogs betroffen haben. An der unleserlichen Stelle in diesem Briefe ist zu lesen hac interposita rationis observantia; vergleiche dieselbe Phrase in Nr. 328. — Ueber die Gesandtschaft des Bischofs Albert von Meißen nach Constantinopel finden sich jetzt in den Annales Palidenses z. J. 1152 Nachrichten; es scheint mir nicht zweifelhaft, daß er eine Person ist mit dem Kaplan Albert, der in den früheren Briefen Konrads an den griechischen Hof (Gest. Frid. I. c. 23) erwähnt wird. Die Aufträge Alberts erhellen aus Briefen Wibalds an den Kaiser Nr. 348. 411. Nr. 313 ist im October geschrieben (praeterito mense Septembri), und da dieses Schreiben doch unzweifelhaft Albert mitgenommen, kann er nicht vor diesem Monat Deutschland verlassen haben.

S. 355. 356. — Das Unternehmen Konrads gegen Braunschweig erwähnt nur Helmold I. c. 72 und setzt dasselbe um Weihnachten. An der Thatsache ist nicht zu zweifeln, aber um so mehr an der Zeitbestimmung, obwohl man ihr meines Wissens allgemein gefolgt ist. Wenn der König vor Weihnachten in Goslar war, dann gegen Braunschweig vorrückte, dann wieder nach Goslar ging, konnte er unmöglich im Anfange des Jahres 1152 zu Basel und am 7. Januar in Konstanz sein, wie doch urkundlich feststeht. Auch sonst hat der Bericht manches Auffällige in den Zeitbestimmungen. Ein Ritt von fünf Tagen, der von irgend einer welfischen Burg Schwabens nach Braunschweig bringt, ist schwerlich historisch. Jaffé hat in gewisse Verbindung mit diesem Unternehmen Konrads ein Schreiben Wibalds an den König gebracht, welches er in das Jahr 1151 setzt (Wib. Epp. Nr. 339). In der Handschrift steht das Stück vor Nr. 259 und 260, die unzweifelhaft der ersten Hälfte des Jahres 1150 angehören, und auch der Schluß von Nr. 339 und 259 weist eine Zusammengehörigkeit nach. Ich sehe gar keinen Grund diesen Zusammenhang aufzulösen; denn die Worte: nullius blanditiae, nullius etiam minae vestram fortitudinem a proposito avertant, quin illum hostiliter invadatis et sub pedibus vestris conculcetis, qui totum imperium vestrum replet mendaciis passen nicht allein auf Heinrich den Löwen im Jahre 1151, sondern noch viel besser auf Welf im Anfange des Jahres 1150. Man vergleiche Nr. 234. 244. Der Brief muß dann bald nach der Abreise Wibalds vom Hofe (20. April 1150) geschrieben sein, ehe noch die Sache mit Welf völlig geordnet war. Daß der König im Jahre 1151 nach Erfurt kam, zeigen die Erfurter Annalen. Die Versammlung in Altenburg erhellt aus einer Urkunde des Königs vom 13. November (St. R. Nr. 3594); es kann diese Urkunde nicht, wie es jetzt von Heinemann (Cod. Anh. I. 269) thut, in das

Jahr 1150 gesetzt werden, da unter den Zeugen der päpstliche Legat Octavian erscheint, der erst im Juni 1151 nach Deutschland kam. Der Aufenthalt des Königs in Würzburg am 23. November 1151 ergiebt sich aus der Urkunde bei St. R. Nr 3586.

S. 356. 357. — Das Treiben der päpstlichen Legaten in Deutschland schildert anschaulich die Historia pontif. c. 37. Ueber die Visitationen Octavians in Augsburg und Eichstädt sehe man die Aeußerungen Gerhohs bei Pez, Thes. V. p. 1284. 1285.

S. 357–359. — Die Schreiben des Königs und der Kölner für Arnold sind in den Epp. Wib. Nr. 340. 341, des Königs Schreiben für Wibald Nr. 346, an die Römer Nr. 345, wo vielleicht statt des sinnlosen de uisi das mindestens dem Zusammenhange entsprechende b a i u l i zu lesen ist; Konrads Schreiben an die Pisaner ist Nr. 344. Ueber den Erfolg seiner Gesandtschaft schreibt Wibald den Korveiern: reversi sumus, in omni negotio, quod nobis iniunctum est, cum gratia et benignitate plenam efficaciam reportantes. Sicut enim rerum ipsarum consequentia manifestabit, in omni petitione nostra tam privatarum quam publicarum rerum clementer exauditi sumus, ita ut neque in privilegiis neque in epistolis pro nostra oportunitate impetrandis ullam difficultatem sustinuerimus (Wib. Epp. Nr. 364). Die Empfehlungsschreiben des Papstes für Wibald stehen in dessen Sammlung unter Nr. 350–361. Das Schreiben des Papstes an Konrad vom 9. Januar ist daselbst Nr. 349, das Schreiben an die deutschen Fürsten Nr. 362; das Datum des Letzteren (VI. Kal. Februarii) erregt einige Bedenken, da der Papst schon in dem Schreiben an den König vom 9. Januar sagt: archiepiscopos — — ad servitium tuum et expeditionem — per apostolica scripta commonere et animare diligenter c u r a v i m u s und damit nur auf das uns überlieferte Schreiben hingewiesen sein kann. Es nahmen doch wohl die königlichen Gesandten auch dieses Schreiben des Papstes mit, und sicher haben sie sich nicht bis zum 27. Januar in Segni aufgehalten. Vielleicht ist zu emendiren: VI. Id. Januarii. Wibalds Rath an den Papst, mit den Römern Frieden zu schließen, erwähnt Ersterer selbst ep. 375. Ueber den Aufenthalt Erzbischof Arnolds in Lucca siehe Wib. Epp. Nr. 363. Daß Wibald die Nachricht vom Tode des Königs in Speier erhielt, meldet er selbst dem Papste (Wib. Epp. Nr. 375).

S. 359. 360. — Die Urkunde bei St. R. Nr. 3579, jetzt vollständig in den Act. imp. p. 144 gedruckt, ist unzweifelhaft nicht nach, sondern vor dem 7. Januar 1152 ausgestellt; denn in ihr erscheint zu Basel am Hofe des Königs Herzog Konrad von Zähringen, der auch noch als Zeuge in der Urkunde vom 7. Januar (St. R. Nr. 3597) genannt wird und schon am folgenden Tage starb. Stälin, Wirt. Gesch. II. 290. 326. Der Aufenthalt K. Konrads zu Freiburg am 12. Januar 1152 erhellt aus einer damals ausgestellten Urkunde St. R. Nr. 3598. Man vergleiche die Continuatio Sanblasiana der Chronik des Otto von Freising c. 4. Ueber den Reichstag zu Bamberg, die Krankheit und den Tod des Königs finden sich die besten Nachrichten bei Otto von Freising (Gest. Frid. I. 63), und in den Annales Palidenses und Colonienses; in Betracht kommt die Urkunde Konrads vom 2. Februar 1152 (St. R. Nr. 3599) und die von Jaffé (Konrad III. S. 207 Anm. 59) angeführten Urkunden des Bischofs Eberhard von Bamberg. Daß Konrad auf Friedrich von Schwaben als seinen Nachfolger hingewiesen und diesem die Aufrechthaltung des Bundes mit Constantinopel besonders an das Herz gelegt habe, erhellt aus Wib. Epp. Nr. 410; es schreibt hier K. Friedrich dem Kaiser Emanuel: Beatae ac semper recolendae memoriae predecessor ac patruus noster inclitus triumphator, sanctissimus videlicet imperator Conradus, moriens, cum nos declarasset imperii sui successorem, inter precipua pie ac paterne ammonitionis documenta instanter nos hortatus est, ut amicitiam tuam fideliter amplecteremur et fraternitatis vinculum inter nos indissolubili vinculo necteremus, quatenus imperia nostra per dilectionem unum fierent et utrique idem amicus idemque hostis existeret.

S. 361. — Balderich giebt in den Gest. Alberonis c. 28 als Todestag Alberos den 15. Januar an, doch stimmt dies nicht mit den von ihm selbst mitgetheilten Grabinschriften überein, nach denen der 18. Januar der Todestag war. — Arnold schreibt an Wibald im Anfange des Jahres 1150: Aliud eque magnum vel maius, quod a via ista me deterret, quod dominus meus ea, que per fideles suos Romam mandat, non bene servat (Wib. Epp. Nr. 223). Wie wenig sich auch Wibald auf die Festigkeit des Königs verließ, erhellt aus Wibalds eigenen Briefen Nr. 226. 231. Man vergleiche ferner das Schreiben des königlichen Notars Heinrich Nr. 277. Odo de Diogilo, welcher den König kannte, sagt: Parcat Deus Alemanno imperatori, cuius fortunam vitantes et indocto consilio acquiescentes, in haec mala devenimus (p. 78). Die Worte des Verfassers der Annales Egmundani z. J. 1150: quia lenis et nimium simplicis animi erat, cedes mutuae civium et homicidia etiam in praesentia ipsius fiebant, nec iudicia facere nec Traiectenses, qui non nisi duris umquam constringi poterant vel possunt prelatis, coercere potuit beziehen sich wohl auf Bischof Hermann, nicht auf K. Konrad.

S. 362. — Gottfried sagt im Pantheon (Part. XXIII. c. 51):

Consilio Senecas, specie Paris, Hector in armis,
Regnum bis senis Conradus rexerat annis.

Man vergleiche Wilhelm von Tyrus XVII. c. 8 und die Gesta Ludovici VII. c. 27. Die Klage Wibalds über den Verlust des Königs findet sich in seiner Briefsammlung Nr. 364. Ueber Konrads Umgang mit Gelehrten sehe man Wib. Epp. Nr. 167 (p. 283). In den Kölner Annalen lautet das Urtheil über die Zeiten Konrads: Huius regis tempora admodum tristia fuerunt. Nam inaequalitas aeris, famis et inediae perseverantia, bellorum varius tumultus sub eo vigebant. Erat tamen vir militari virtute strenuus et, quod regem decuit, valde animosus. Sed quodam infortunio respublica sub eo labefactari ceperat. Freilich steht dies mit der Behauptung Ottos von Freising, daß K. Konrad omnibus bene in Gallia et Germania compositis gestorben sei, nicht in Einklang.

S. 363. — Ueber das Ende Hermanns von Winzenburg finden sich Nachrichten in den Erfurter Annalen, den Palidenses und Magdeburgenses; außerdem bei Helmold I. c. 73. Im Uebrigen vergleiche man Koken, die Winzenburg S. 66 ff. und v. Heinemann, Albrecht der Bär S. 189. 379. Die Stärke der Heere, welche Heinrich der Löwe und Albrecht der Bär gegen einander führten, geben die Annales Stederburgenses (M. G. XVI. 207) an; die Notiz steht irrig zu 1151 und bezieht sich, wie der Zusammenhang zeigt, auf 1152.

S. 366. — Die angeführten Worte Wibalds über den heiligen Bernhard sind in seiner Sammlung Nr. 167 (p. 285) zu lesen. Ueber die Bedeutung des großen Abts von Clairvaux für seine Zeit finden sich geistreiche Ausführungen in den Staufischen Studien von K. W. Nitzsch (v. Sybel, Historische Zeitschrift III. S. 329 ff.).

S. 368. — Das allmählige Zurücktreten der Inthronisation der Päpste gegen die Krönung berührt R. Zoepffl, Die Papstwahlen S. 263. 264. Von Paschalis II. sagt Petrus Diaconus (Chron. mon. Cas. IV. c. 64): In festivitate autem paschali, imposito sibi Romani orbis diademate, cum magna laude et gloria ad patris Benedicti monasterium Capuae situm venit. Die päpstliche Krone nennt Suger in der Vita Ludovici VI. (p. 318) ornamentum imperiale. Man vergl. die Donatio Constantini und Otto von Freising in der Chronik IV. c. 3. Decus imperiale wurde Papst Calixt II. selbst in einer Inschrift des Lateran genannt (Otton. Fris. Chron. VII. c. 16). Das glänzende Gefolge des Papstes erhellt besonders aus einer Urkunde, welche ich unter den Documenten (E) abdrucken lasse.

S. 368. 369. — Bernhard sagt von den richterlichen Geschäften des Papstes und der Curie: Quale est istud, de mane usque ad vesperam litigare aut litigantes audire? Et utinam sufficeret diei malitia sua! Non sunt liberae noctes. — Quotidie perstrepunt in palatio leges, sed Justiniani, non Domini. — Appellatur de toto mundo ad te — appellatur ad te, et utinam tam fructuose quam necessario! (De consideratione I. c. 3 u. 4. III. c. 2). Bernhard hebt hervor, wie sehr sich der Papst in seinem prunkvollen Auftreten vom heiligen Petrus unterscheide, und fügt hinzu: In his successisti non Petro, sed Constantino (l. c. IV. c. 3). So ganz unrecht hatte jener griechische Gelehrte doch nicht, welcher behauptete, der Papst sei eher ein Kaiser, als ein Bischof. Vergleiche oben die Anmerkungen zu S. 138. 139. In der Historia pont. c. 21 liest man: (Eugenius III.) conscius erat aegritudinis laterum suorum. Sic enim assessores et consiliarios consueverat appellare. Die angeführten Worte des Hugo Metellus finden sich in Nr. 41 seiner Briefsammlung (Hugo, Sacrae antiquitatis Mon. II. p. 286): Omnia apud vos controversia terminatur et quodlibet incertum apud vos certificatur. Nec mirum. Non enim puri homines estis, semidei estis. Mansio vestra non est in terra, mansio vestra est in aere, in medio coeli et terrae.

S. 371. — Der h. Bernhard schrieb im Jahre 1150 an Papst Eugen: Fundamentum concutitur et tanquam imminenti ruinae totis est nisibus occurrendum (ep. 256). Um dieselbe Zeit sagt er in Bezug auf den zweiten Kreuzzug: Quam confusi pedes annuntiantium pacem, annuntiantium bona! Diximus: Pax, et non est pax. Promisimus bona, et ecce turbatio (De consideratione II. c. 1).

S. 372. — 1150 IV. Non. Sept.: Bentina civitas post longam obsidionem a Rogerio rege Siciliae devastata. Chronic. Ursperg. p. 282.

S. 375. — v. Heinemann hat im Cod. Anhaltinus I. p. 258 nach einer Copie Jaffés ein sehr interessantes Schriftstück des zwölften Jahrhunderts mitgetheilt. Es ist ein Brief von einem presbyter G. an einen mit E. bezeichneten Geistlichen, den er seinen geliebten Vater nennt. Der Letztere ist wohl unzweifelhaft, wie Heinemann annimmt, Evermod, der damalige Probst des Marienklosters zu Magdeburg. Ob für den Schreiber, mit Heinemann, Günther, der spätere Probst vom Kloster Gottesgnaden, zu halten sei, scheint mir nicht zweifellos. Ich möchte den Verfasser, der sich auf Informationen des Bischofs Hartwich von Verden (Verdensis ist statt Verdunensis zu lesen) beruft, eher in den westlicheren Gegenden vermuthen. Der Schreiber des Briefs sieht mit schwerer Besorgniß ein großes Schisma heranahen, fürchtet die Unterdrückung der Klöster, namentlich die der Armen Christi d. h. der Prämonstratenser und Augustiner, und ersucht seinen Freund, bei einer Zusammenkunft mit den sächsischen Fürsten in nemore den Markgrafen Albrecht für die Sache der Kirche zu gewinnen. In Bezug auf die Zeit, in welcher der Brief geschrieben ist, steht nur soviel fest, daß sie nicht vor dem Mai 1147 und nicht nach dem Mai 1149 anzusetzen ist; denn es heißt: rex non adest. Heinemann bezieht nach einer Rechnung, die auf nicht ganz sicheren Grundlagen beruht, den Brief auf d. J. 1147 und zunächst auf die Zeit vor dem Aufbruche zum Kreuzzug gegen die Wenden. In einen ähnlichen Zusammenhang bringt den Brief Winter in den Forschungen z. d. Geschichte XII. 623 ff., indem er zugleich eine Urkunde des Grafen Otto von Ammensleben v. J. 1148 anzieht, die er ohne genügende Gründe dem Jahre 1147 zuschreiben will. Mir scheint indessen mehr als unwahrscheinlich, daß in der Zeit unmittelbar vor der Kreuzfahrt nicht mit einem Worte von dieser im Schreiben die Rede sein sollte. Dagegen wird von einem Zwiespalt zwischen der Kirche und der weltlichen Macht eingehend gesprochen und werden alle Fürsten belobt, welche sich der kirchlichen Freiheit im Investiturstreite angenommen haben. Ich möchte deshalb glauben, daß sich der Brief auf die Versuche Heinrichs des Löwen bezieht, die Kirchen im Wendenlande, die besonders in den Händen der Prämonstratenser und Augustiner-Chorherren waren, durch die Investitur der Bischöfe von sich abhängig zu machen; Vieles weist darauf hin, daß er darüber schon im Jahre 1148 mit Rom unterhandelte, und es ist bekannt, mit welcher Hartnäckigkeit er seine Forderungen aufrecht erhielt. Vergl. oben die Anmerkungen zu S. 304–307. Dann begreift sich leicht, weshalb der energische Beistand Albrechts des Bären in Anspruch genommen, der Name des Herzogs von Sachsen dagegen nirgends genannt wird. Die in den Text aufgenommene Stelle lautet: Rex non adest, prudentes vel non sunt vel non audiuntur, episcopi, qui columpne celi sunt, sive infirmitate sive vecordia non tam celum sustentant, quam ruinam celo inclinati generant. Principes, si asperius scripserint domno pape, si durius aliquid mandaverint, si incautius aliquid egerint, fieri potest, ut divino iudicio domnus papa et tota aecclesia Romana hanc temeritatem indignanter advertat (so die Handschrift, Heinemann avertat) et sic paulatim flamma crescente excommunicationis sententia feriantur (Handschrift feriatur, Heinemann feriat). Quis ergo erit mediator? Im Folgenden ist für ut hoc temporale est zu lesen sed hoc etc. — Heinrich von Namur schrieb dem Papste i. J. 1148: Eapropter paternitatem vestram humili supplicatione deprecor, ut in me vobis obedientem et ea, quae prescripta sunt, observare cupientem — ein Vertrag mit dem Archidiacon von Verdun ist gemeint — sententiam mittatis vel terram meam sub aliquo interdicto ponatis, quatinus vestrae personae excellentiam tanto plus diligere valeam et ad defensionem ecclesiae Dei esse devotior (Wib. Epp. Nr. 87).

S. 376. 377. — Ueber die Ausbreitung des deutschen Handels auf der Nord- und Ostsee vergleiche man besonders K. Koppmanns Einleitung zu den Hanserecessen I. Leipzig (1870) und den Aufsatz von K. Höhlbaum: Die Gründung der deutschen Colonie an der Düna in den Hansischen Geschichtsblättern Jahrg. 1872. S. 23 ff. Für die Ausbreitung der niederländischen Colonien findet sich ein größeres Material in der bekannten Schrift von A. v. Wersebe (Hannover 1815) und bei E. de Borchgrave, Histoire des colonies belges (Bruxelles 1865). Man vergleiche auch H. A. Schumacher im Bremischen Jahrbuch Bd. III. (1868) S. 199 ff. und Dehio, Hartwich von Stade S. 78 ff.

S. 377. 378. — K. Andreas II. von Siebenbürgen bezeugt in seiner goldenen Bulle vom Jahre 1224, daß die deutschen Einwanderer Siebenbürgens schon unter K. Geisa II. berufen wurden. Vergl. Jaffé, Konrad III. S. 54 und W. Wattenbach, Die Siebenbürger Sachsen (Heidelberg 1870) S. 11 ff. K. Konrad sagt in seinem

Schreiben an Kaiser Johannes (Gest. Frid. I. c. 23): De Rutenis, qui ad contemptum imperii nostri, occisis hominibus nostris, pecuniam nostram sibi usurpaverunt, sicut convenit in eos amici et propinqui tui et sicut nobis scripsisti, ita facias. Militibus quoque imperii nostri, Alemannis scilicet, qui apud te sunt, sicut decet magnificentiam tuam, benignus existas. Nichilominus etiam te rogamus, ut hominibus imperii nostri, Teutonicis videlicet, qui Constantinopoli morantur, locum, in quem ad honorem Dei ecclesiam aedificent, concedas.

S. 379. — Bei der Unsicherheit, die noch immer in der Zeitbestimmung der deutschen Schriftwerke des zwölften Jahrhunderts herrscht, scheint es wichtig, daß die Abfassung der Kaiserchronik im Jahre 1146 oder doch in den allernächsten Jahren feststeht. Zwischen der Kaiserchronik und dem Annolied liegt offenbar ein größerer Zeitraum; denn die Abweichungen der Sprache und Darstellung wird man nicht allein aus lokalen Verhältnissen erklären können. Dennoch wird auch das Annolied erst dem Anfange des zwölften Jahrhunderts angehören. Wenig später als die Kaiserchronik wird das Gedicht von K. Ruother sein, als dessen Verfasser man einen Kreuzfahrer von 1147 vermuthet. Das Rolandslied des Pfaffen Konrad gehört wohl erst einer etwas späteren Zeit an (um 1170); denn im Gegensatz zu der jetzt herrschenden Ansicht glaube ich, daß es in Beziehung zu Heinrich dem Löwen steht. Vergl. Gervinus, Geschichte der deutschen Dichtung (5. Aufl.) I. S. 256—374.

S. 380. 381. — Ueber die Wahl Friedrichs finden sich die besten und zuverlässigsten Nachrichten in seinem von Wibald entworfenen Schreiben an den Papst (Wib. Epp. Nr. 372), in Wibalds Brief an denselben (Nr. 375) und bei Otto von Freising (Gest. Frid. II. c. 1. 2). Sie stimmen in allen wesentlichen Punkten überein. Dagegen ist der spätere Bericht des Gislebert in der Geschichte des Hennegaus (M. G. XXI. 516) damit in keiner Weise vereinbar und beruht lediglich auf im Volke umlaufenden Gerüchten, in denen Vorgänge bei Lothars Wahl wieder in Erinnerung kamen. Eine gewisse Verwandtschaft mit Gisleberts Erzählung zeigt ein ganz fabelhafter Bericht in dem Chronicon rhythmicum bei Rauch, Script. rerum Austr. I. 250. 251, welcher erst der zweiten Hälfte des dreizehnten Jahrhunderts angehört. Aus ihm stammen die Notizen des sogenannten Auctarium Vindobonense (M. G. IX. 723), welchen man neuerdings mehrfach eine besondere Bedeutung mit Unrecht beigelegt hat; auch sonst ist der Inhalt des Auct. Vindobon. fast ganz auf jene Chronik zurückzuführen. In dem gegen Ende des dreizehnten Jahrhunderts entstandenen Chronicon fratris Balduini bemerke ich die nicht uninteressante Erzählung: Fridericus — concordi principum electus sententia: Gratias, inquit, ago vobis, quod in electione concordastis; tamen si alium elegissetis, me socium haberet, si duos, me tertium, si sex, eorum septimus. Quod licet arroganter dixisse videbatur, tamen modeste et civiliter tractavit imperium (Hugo, Sacrae antiquit. mon. II. p. 171). Man sieht, daß verschiedene Geschichten sehr zweifelhaften Ursprungs von Friedrichs Wahl später herumgetragen wurden. Indem die Neueren diesen Erzählungen öfters einen größeren Werth beilegten, als sie verdienen, sind sie zu den gewagtesten Combinationen gekommen. Was ein alter Zusatz zu einer Handschrift der Kölner Annalen von den Schwierigkeiten berichtet, welche Heinrich von Mainz bereitet habe, ist sehr glaubwürdig, aber es ist nicht gesagt, daß es sich auf Vorgänge in Frankfurt selbst bezieht, was auch mit den verlässigsten Berichten in Widerspruch stehen würde. Wenn in Frankfurt nach Otto noch eine consultatio stattfand, so war doch das Resultat derselben, daß man einig sei und sogleich zur Wahl selbst schreiten könne. — Die Zusammenkunft Friedrichs mit den Bischöfen von Bamberg und Würzburg ist bezeugt durch die Schlußbemerkung einer Urkunde Bischofs Gebhard von Würzburg: Acta sunt autem hec anno dominice incarnationis 1152 indictione XV., quinta die post obitum domini Conradi gloriosi Romanorum regis, in ripa Mogi fluminis inter colloquium, quod dux Fridericus cum Wirzeburgensi et Babenbergensi episcopis celebravit, qui dehinc XIIII. die divina ordinatione ac cunctorum principum electione in regem elevatus, ad celsa imperii fastigia potenter conscendit, patruo succedens (Mon. Boic. XXXVII. p. 70). Arnolds Antheil an der Wahl Friedrichs erhellt besonders aus Wib. Epp. Nr. 381; er wird in dem angeführten Zusatz zu den Annales Colonienses hervorgehoben, nicht minder in den Annales Brunwilarenses, wo auch die Unterstützung Hillins von Trier erwähnt wird. Wibalds Geschäftigkeit für die Wahl ist aus seinen Briefen Nr. 364—366 ersichtlich; bemerkenswerth sind besonders die Worte: pro (regis) electione principes regni crebra iam inter se habent colloquia et nos pro recenti legatione Italiae abesse non permittunt (ep. 365). Man vergleiche auch die Urkunde Friedrichs für Korvei (St. R. Nr. 3628). Arnold von Köln, Wibald von Korvei, Eberhard von Bamberg und Hillin von Trier waren in der nächsten Zeit besondere Vertrauenspersonen des neuen Königs, und es ist kaum fraglich, daß Friedrichs Wahl besonders durch diese geistlichen Fürsten bewirkt wurde. — Der Tag, an welchem Friedrich gewählt wurde, ist in letzter Zeit vielfach Gegenstand kritischer Erörterungen gewesen, zu denen nach unserem Texten Otto von Freising selbst die Veranlassung geboten hat. Es heißt dort, die Fürsten seien zusammengekommen zu Frankfurt III. Non. Martii, id est tertia feria post Oculi mei: das wäre am 5. März, aber der Dienstag nach Oculi ist der 4. März. Weiter kommt in Erwägung, daß Wibald in Friedrichs Namen dem Papste schreibt, daß schon am 17. Tage nach Konrads Tode die Fürsten in Frankfurt zusammengetreten und noch an demselben Tage ohne allen Verzug die Wahl, die Krönung aber dann am 5. Tage erfolgt sei (Wib. Epp. Nr. 372). Nimmt man nun auch an, daß Wibald hier den Tag nach dem Tode Konrads als den ersten gezählt hat, so ist der 5. März doch der 19. Tag und Wibald hätte sich, wofern die Wahl wirklich am 5. stattfand, um zwei Tage verrechnet. Philippson (Heinrich der Löwe I. S. 351—353) hat deshalb den 3. März als Wahltag angenommen und mit anderen wenig stichhaltigen Argumenten zu vertheidigen gesucht. Dagegen hat Cohn in den Göttinger Gelehrten Anzeigen 1868 S. 1050—1052 triftige Gründe vorgebracht, welche mehr für den 4. März sprechen. H. Prutz hat sich indessen in seinen Studien zur Geschichte Friedrichs I. in dem Programm des Danziger Gymnasiums 1868 S. 34 für den 5. März entschieden und im Wesentlichen seine Beweisführung in der Geschichte K. Friedrichs I. (Danzig 1871) B. I. S. 339. 340 wiederholt. Er stützt seine Ansicht besonders darauf, daß in dem einen Briefe (Nr. 375) an den Papst die Wahl auf den 17. Tag post depositionem Konrads verlegt wird, und versteht darunter die Beerdigung des verstorbenen Königs. Aber wenn Wibald in dem einen Briefe (Nr. 372) die Zusammenkunft der Fürsten und die Wahl auf den 17. Tag post depositionem, in dem anderen Briefe (Nr. 375) die Zusammenkunft auf den 17. Tag post obitum ansetzt, so scheint mir doch unzweifelhaft, daß er depositio und obitus gleichbedeutend gebraucht. Auf Prutzs Unterscheidung zwischen depositio und obitus gestützt, haben sich neuerdings auch H. Grotefend, Der Werth der Gesta Friderici imp. (Hannover 1870) S. 25—28 und A. Wetzeld, Die Wahl Friedrichs I. (Görlitz 1872) S. 40—42 für den 5. März entschieden. Dennoch sprechen, wie mir scheint, überwiegende Gründe für den 4. März. Im Allgemeinen ist in unseren Quellen mehr Gewicht auf die Angabe des Wochentags, als des Kalendertags zu legen: der Dienstag war der vierte März, und diesen Tag giebt überdies die älteste Notiz, die wir nach Otto über den Kalendertag besitzen (Jaffé, Bibl. V. 661). Ferner berichtet Otto von Freising (c. 3), daß Friedrich nach der Wahl die Beeidigung der Fürsten vorgenommen habe. Die Beeidigung pflegte aber nicht am Wahltage vorgenommen zu werden, sondern am Tage nach der Wahl. Sequenti die heißt es ausdrücklich in der Narratio de electione Lotharii. In diesem Falle war dies wohl um so nothwendiger, da die Fürsten erst am Wahltage selbst zusammengekommen waren. Es geschah also nach meiner Annahme am Mittwoch. Am Donnerstag ging Friedrich nach Otto dann zu Schiff, fuhr bis Sinzig und setzte dann die Reise zu Roß fort. Am Sonnabend kam er nach Aachen und wurde am Sonntag (9. März) dort gekrönt. Die Berechnungen nach Wibalds Briefen können leicht irren, da schon Verschiedenheiten in dem Resultate eintreten, je nachdem man den Tag, von dem man ausgeht, mitzählt oder nicht. Hat Wibald, wie oben angenommen ist, gezählt — und man wird zu der Annahme genöthigt, da sonst sein Fehler noch größer wird, — so verrechnete er sich bei der Wahl um einen Tag, was bei einem Schaltjahr leicht erklärlich ist; seine Zahl würde dagegen bei der Bestimmung des Krönungstages nach dem Wahltage zutreffen. Die Rechnung der Würzburger Urkunde ist noch zweifelhafter, da zweimal der terminus a quo unbestimmt bleibt. Sie führt entweder auf den 3. oder 5. März, und fraglich bleibt immer, ob der Schalttag eingerechnet wurde; blieb er außer Anschlag, so lassen sich auch hier die Zahlen mit dem 4. März in Einklang bringen. — Wibald schreibt dem Papste: Concurrentibus omnium votis, immo, ut verius dictum sit, procurrere certantibus singulorum desideriis, electus est cum summo universorum favore (ep. 375). Otto von Freising setzt eingehend auseinander, daß Friedrich besonders gewählt wurde, um den Gegensatz zwischen dem staufenschen und welfischen Hause auszugleichen, und fügt dann hinzu: Ita non regis Conradi zelo, sed universitatis, ut dictum est, boni intuitu hunc Fridericum eius filio item Friderico adhuc parvulo praeponere maluerunt. Diese Worte besagen nichts anderes, als daß die Fürsten geneigter waren, in Rücksicht auf das Wohl der Gesammtheit, welches durch die Ausgleichung der Staufen und Welfen gesichert schien, Friedrich zu wählen, als aus irgend einer persönlichen Vorliebe für den verstorbenen König für dessen nächsten Erben zu stimmen, wie es ja sonst der Sitte gemäß gewesen wäre, wie es aber Konrad selbst nach Ottos Bericht diesmal nicht für räthlich gehalten hatte. Es ist unbegreiflich, wie Wetzold a. a. O. S. 29 die obigen Worte übersetzen konnte: „So geschah es nicht durch den Eifer Konrads (!), sondern durch die gute Einsicht der Gesammtheit (!), daß man diesen Friedrich dem unmündigen Sohn jenes, Friedrich, vorziehen wollte“; Folgerungen, die aus dieser Uebersetzung gezogen werden, bedürfen keiner Widerlegung. Was die späte Forschung der Kaiserchronik V. 17,327 ff. über das Versprechen Friedrichs berichtet, das Reich seinem Neffen zu übergeben, wenn dieser zu seinen Jahren gekommen sein würde, ist eben so fabelhaft, wie die ältere Erzählung des Cinnamus p. 88. 89, wonach Friedrichs Vater einst seinem Bruder Konrad den Schwur abgenommen haben soll, daß er das Reich bei seinem Abscheiden an Friedrichs Sohn hinterlassen werde, und deshalb Konrad in den letzten Stunden diesem die Krone aufgesetzt habe. Wibald schreibt an den Papst: Princeps noster, nondum ut credimus annorum triginta, fuit antehac ingenio acer, consilio promptus, bello felix, rerum arduarum et gloriae appetens, iniuriae omnino impatiens, affabilis ac liberalis et splendide disertus iuxta gentile idioma linguae suae. Augeat in eo Deus omnium virtutum nutrimenta, ut faciat iudicium et iusticiam in terra. Et sit vobiscum magni consilii angelus, ut declaretis eum in regem et defensorem Romane aecclesiae (ep. 375). In dem Schreiben, welches Wibald in Friedrichs Namen für den Papst abfaßte und in dem jedes Wort sorgsam erwogen ist, heißt es gleich im Anfange: Patrem patriae decet, veneranda priscorum instituta regum vigilanter observare et sacris eorum disciplinis tenaci studio inhaerere, ut noverit regnum sibi a Deo collatum legibus ac moribus non minus adornare quam armis et bello defensare (ep. 372).

III. Einige Documente.

A. Das hier mitgetheilte Schreiben Anaklets II. stammt aus einer Handschrift in M. Cassino; nach einer ihm zugesandten Copie ließ es zuerst Hugo, Vie de Norbert p. 364 365 abdrucken. Vergl. oben S. 411. Da mir eine Vergleichung der Handschrift fehlt, muß ich Hugos Text wiederholen, der übrigens keinen erheblichen Anstoß bietet; nur in Interpunction und Orthographie ist Einiges geändert.

B. Die Sibyllinische Weissagung, welche unmittelbar vor dem zweiten Kreuzzuge so große Bewegung hervorrief (vergl. oben S. 472), kennen wir in doppelter Fassung. Die längere und unzweifelhaft ältere giebt Otto von Freising in dem Prooemium zu den Gest. Frid.; Ottos Text wird bestätigt durch eine etwa gleichzeitige Aufzeichnung dieser Weissagung, die ich auf jenem Pergamentblatt fand, welches von dem Deckel der Cod. Mon. Lat. 5254 gelöst ist und auf dem sich auch die wichtige von Jaffé (Bibl. V. 522) herausgegebene Bulle Innocenz II. für Lothar erhalten hat. In einer zweiten Fassung der Weissagung sind die unklarsten Stellen fortgelassen; zugleich ist Einzelnes der Deutung näher gebracht. Diese Fassung war bisher nur aus dem mehrfach entstellten Text der Chronogr. Corbeiensis (Jaffé, Bibl. I. 64) bekannt; einen besseren Text fand ich auf dem letzten Blatt des Cod. Mon. lat. 9516 in einer gleichzeitigen Aufzeichnung mit der Ueberschrift Vaticinium Sybillae. Ich habe beide Fassungen zusammengestellt und die ausführlichere nach Otto von Freising (1) gegeben, da der Text des losen Blattes (2) am Anfang und Ende verstümmelt und auch sonst an vielen Stellen unleserlich ist; statt ae ist immer das einfache e gesetzt. Die kürzere Fassung gebe ich nach der erwähnten Münchener Handschrift (3) und ziehe den Chronogr. Corbeiens. (4) zur Ergänzung der Lücke am Schluß heran, da die letzten acht Worte in der Handschrift abgeschnitten sind. Für ae setzt diese Handschrift stets das geschwänzte e. Zur Erklärung genügt es darauf hinzuweisen, daß die costa des ewig sitzenden Vierecks (des griechischen Kaisers) und der ewig stehenden Vierecke (der griechischen Hofleute) Constantinopel, die Stadt, welche Ludwigs Bruder Philipp (der Sohn oder der Enkel der Mutter Ludwigs) besuchen wollte und nicht besuchte, Jerusalem ist, daß endlich mit B. Babylon oder Bagdad und mit C. Cyrus bezeichnet wurde.

C. Der Tractatus de urbe Brandenburg, eine Jugendarbeit des Priors Heinrich von Antwerpen, ist in einer historischen Compilation enthalten, welche den Titel führt Fundatio ecclesie Letzkensis und deren größten Theil mit Auslassung einiger Urkunden von H. Wedding nach einer Handschrift des Magdeburger Provinzialarchivs unter dem Titel: Fragment einer Brandenburg-Leitzkauer Chronik bei Riedel, Cod. diplom. Brand. IV. p. 283—288 zuerst herausgegeben wurde[1]). Vergl. oben S. 402. Ich habe bei dem Wiederabdruck des Tractats durch die Güte der Direction der preußischen Staatsarchive die Magdeburger Handschrift benutzen können und verdanke ihr einige Verbesserungen. Aber es blieben zahlreiche Corruptelen, die sich nur durch Benutzung anderer Quellen heben ließen, in welche Heinrichs Nachrichten übergegangen sind, namentlich durch die Bruchstücke der Brandenburger Chronik bei Pulcawa (Riedel, Cod. dipl. IV. 1 ff.). In der Fundatio ecclesie Letzkensis findet sich die Schrift Heinrichs mit folgenden Worten eingeleitet: Post annorum transitum sepe nascitur questio preteritorum, si res ipsa non fuerit scribentis testimonio confirmata. Henricus itaque dictus de Antwerpe, sub Alverico preposito prior in Brandenburg, qualiter urbs Brandenburg, primum expulsis inde Sclavis, modo teneatur a christianis et quod sancti Petri ecclesia eiusdem urbis sit filia sancte Marie in Liezeke, sicut cunctibus legentibus in sequenti patet pagina, cum esset ephebus, dictavit ita scribens. Am Schluß stehen die Worte: Explicit tractatus de urbe Brandenburg, qualiter de gentilitate ad christianitatem conversa est ac primum a Jaczone (Sackone Hdsch.), principe Polonie, nocturno supplantata, sed tandem a marchione Adelberto diutina obsidione requisita. Dieser Eingang und dieser Schluß rühren gewiß nicht von dem Manne her, der im 16. Jahrhundert die Fundatio compilirte, sondern er fand sie bereits in der von ihm benutzten Quelle vor, ob dies die auch von Pulcawa benutzte Brandenburger Chronik oder eine andere war. Der Wortlaut zeigt, daß jene ältere Quelle die Schrift des Heinrich wörtlich aufnahm und der späte Compilator seine Quellen wieder wörtlich abschrieb.

D. Die hier mitgetheilten genealogischen Notizen fand ich in dem Cod. lat. Mon. 12, 361 f. 44. Sie sind von einer zierlichen Hand geschrieben, welche dem Anfange des 13. Jahrhunderts anzugehören scheint; die Notizen selbst sind aber wohl schon im 12. Jahrhundert abgefaßt. Sie sind von mir zuerst in den Sitzungsberichten der bair. Akademie der Wissenschaften Jahrg. 1870 I. 562 ff. herausgegeben und dort mehrfach erläutert worden.

E. Der Vertrag des Abts Rainerius von M. Amiata mit Papst Eugen III. vom 29. Mai 1153 ist für mich aus dem Original im Archivio delle Riformagioni in Siena (Pergamente I. Nr. 23) i. J. 1844 abgeschrieben worden. Die Urkunde ist durch die zahlreichen Zeugen interessant. Eine andere Ausfertigung derselben, die mehrfach abweicht, hat Muratori in den Antiquitates III. p. 793 aus dem Cencius Camerarius herausgegeben.

---

1) S. 283 ist statt Landunensi diocesi zu lesen Laudunensi.

A.

Papst Anaklet II. an Erzbischof Norbert von Magdeburg. 29. Januar 1131.

Fraternitati tuae per apostolica scripta mandaveramus, ut proximis b. Martini octavis nostro te conspectui praesentares, quatenus in nostra et fratrum nostrorum praesentia querelae, ad nos per Atticum archidiaconum tuum delatae, plenius examinarentur et tibi, si ratio postularet, plena tribueretur satisfactio. Tu vero, fili inobediens, fili Belial, non modo paternis jussionibus parere recusasti, sed ad impudentiae cumulum et nos et in nobis Petri cathedram vipereis proscidisti sermonibus, sicut ex testium relatu intelleximus, atque ut tuo crimini fucum aliqualem dares, non exhorruisti palam asserere, nos non petitione populi, non spontanea cleri electione, sed vi parentum, potentia fratrum ipsorumque fidelium sanguine ad apostolatus culmen ascendisse. Quae quidem mendosa figmenta ab Haimerico, homine dudum ob simoniae et luxuriae labem proscripto et ab cardinalium coetu segregato, hausisti et serenissimo regi Lothario, cujus fide supra modum abuteris, ebibenda propinasti. Unde illum tuae perduellionis suffragatorem, tuae haereseos approbatorem habere passim gloriaris, quasi error ex patronorum dignitate convalescat. Miramur sane tantum principem tanto patrocinari mendacio, sed miramur amplius, quomodo tam religiosus princeps patiatur, te contra apostolatus nostri apicem, velut canem impudentissimum, oblatrare. Circumquaque enim, ut audio, per omnes episcopos et potentes saeculi visitando divertis, ut Nocentio, id est antichristo, proselytum facias et devotas nobis plebes ab obedientia subtrahas. Quis te furor exagitat? Quid tibi ecclesia catholica mali fecit? An, quod veteris amicitiae signa tot dederimus, an, quod ordini tuo approbationem impertierimus olim, dum apud Gallos ageremus, idolum fabricas in Germania et altare contra altare erigis? Tam praesumptuosi schismatis excessum ferre ecclesiae catholicae unitas non patitur. Quocirca malum, quod charitatis linimento tollere non valuimus, ferro abscissionis amputare compellimur. Igitur te tuosque sequaces, tanquam tunicae Christi scissores sacrilegos, sedis apostolicae praedones infestissimos, damnamus cum Jamnes et Mambres, cum Dathan et Abiron, omnibusque tum ecclesiasticis tam saecularibus praerogativis spoliatos aeterno subiicimus anathemati. Datum Romae apud s. Petrum IV. Kal. Februar.

B.

Aus den Sibyllinischen Büchern. 1147.

a.

Tibi dico .L. pastor corporum primo elemento materiae tuae [1]) sylvae, quem inspiravit spiritus diei peregrini Dei. Cum perveneris ad costam tetragoni sedentis aeterni et ad costam tetragonorum stantium aeternorum et ad multiplicationem beati numeri per actualem primum cubum, surge [2]) ad eam, quam [3]) promisit angelus matris tuae visitare et non visitavit, et pertinges ad ea usque ad penultimum primum, cuius cum ascenderit promissor, deficit [4]) promissio propter optimam mercem, et figantur vexilla tua rosea [5]) usque ad extremos labores Herculis et aperietur [6]) tibi porta civitatis. R. Nam erexit te sponsus arthemonem [7]), barca cuius pene cecidit, in capite cuius triangulare velum, ut sequatur te, qui praecessit te. Tunc ergo .L. vertetur in .C., qui disperuit aquas fluminis [8]), donec pertransirent illud, qui student in procreatione [9]) filiorum.

b.

Tibi dico .L. pastor corporum, quem inspiravit spiritus peregrini Dei. Cum ascenderis ad costam [10]) tetragoni sedentis [11]) aeterni et ad costam [12]) tetragonorum stantium aeternorum [13]), tunc aperientur tibi portae civitatis, quam [14]) promisit filius matris tuae visitare et non visitavit, et pones [15]) vexilla tua rosea usque ad extremos labores Herculis, quia erexit te Christus in artemonem [16])-navis, in capite [17]) cuius est velum triangulatum [18]). Tunc ergo [19]) .L. vertatur in .C., qui divisit aquas fluminis, ut transirent [20]) per eas, qui student in procreatione filiorum.

C.

Prior Heinrich von Brandenburg über die Einnahme der Stadt Brandenburg durch Albrecht den Bären.

Innumeris annorum circulis ab urbe Brandenburg condita temporibus paganorum principum misere sub paganismo [21]) evolutis, Henricus, qui scla-

---

1) silvosae 2. 2) consurge 2. 3) ad eius quam 2. 4) defecit 2.
5) rosea fehlt 2. 6) aperietur 2. 7) aritbimonem 2.
8) fluminis und alles Folgende abgeschnitten in 2. 9) procuratione 1. procreatione ist nach c zu emendiren. 10) a constante 4. 11) sedentis fehlt 4.
12) a costantiam 4. 13) et ligi 3 [illegible]. 14) quem 4. 15) perseque 4.
16) artemone 4. 17) in capite fehlt 4. 18) triangulum 4. 19) quoque 4.
20) transirent und alles Folgende abgeschnitten in 2. 21) paganismo [illegible].

vice [1]) Pribeslaus, christiani nominis cultor, ex legitima parentele sue successione huius urbis ac tocius terre adiacentis tandem Deo annuente sortitus est principatum. In qua urbe idolum detestabile, tribus capitibus honoratum [2]), a deceptis hominibus quasi pro Deo celebrabatur [3]). Princeps itaque Henricus, populum suum spurcissimo idolatrie ritui deditum summe detestans, omnimodis ad Deum convertere studuit. Et cum non [4]) haberet heredem, marchionem Adelbertum sui principatus instituit successorem, filiumque ejus Ottonem de sacro baptismatis fonte suscipiens, totam Zucham, terram videlicet meridionalem Obule, more patrini [5]) ei tradidit. Procedente vero tempore multis sibi teutonicis principibus in amicicia fideliter copulatis, idolatris repressis et latronibus aliquantulum extinctis, cum haberet requiem per circuitum, cum Petrussa [6]) sua [7]) coniuge optata pace Deo devote militavit. Illustris itaque rex Heinricus [8]) ecclesie beati Petri [9]) apostolorum principis canonicos ordinis Premonstratensis in villa Liezeka [10]) constitutos, [11]) videlicet Wiggerum, Walterum, Gerardum, Iohannem, Fliquinum [12]), Sigerum, Hilderadum, Moisen et Martinum, assumptis secum libris de Liezeka et preparamentis, calicibus, apparatu escarum et summa pecunie, ad faciendum conventum in Brandenburg [13]) auxilio et consilio, hortatu et opere domini Wiggeri episcopi Brandenburgensis, fundatoris ecclesie beate Marie virginis in monte Liezeka, de villa Liezeka primum vocavit, eosque in ecclesia sancti Godehardi in suburbio Brandenburg collocavit, ipsisque ad quottidianum victum et [14]) vestitum ex habundantia sua large predia tradidit. Verum, quamvis [15]) rex erat, insignia regalia propter Deum libenti animo postposuit et scrinio reliquiarum beati Petri imponendum [16]) diadema regni sui et uxoris sue ad nutum atque arbitrium domini Wiggeri episcopi [diadecima suum regale] [17]) consensit, et supradicti regis diadema adhuc in Liezeka usque hodie cernitur. Cum iam vero senio confectus deficere inciperet, uxorem suam, quod [18]) marchioni Adelberto urbem Brandenburg post mortem suam promiserat, fideliter commonuit. Porro febribus aliquamdiu correptus et pregravatus, fideliter, ut speramus, in Domino obdormivit. Vidua igitur ipsius, non immemor monitis et novissimis [19]), malleus [20]), cum sciret populum terre ad colenda idola pronum, Teutonicis terram tradere, quam prophano idolorum cultui ultra consentire, sapientibus usa consiliis, maritum suum iam triduo mortuum, nullo sciente preter familiarissimos suos, inhumatum observavit et marchionem Adelbertum, quem sibi heredem instituerat, ut urbem accepturus veniret, rem gestam indicans, advocavit. Qui festinans in [21]) manu valida armatorum iuxta condictum veniens, urbem Brandenburg velut hereditaria successione possedit et prefati defuncti exequias multorum nobilium obsequio iuxta magnificantiam principis honorifice celebravit. Ideo

1) celavitis Hdschr. 2) inhonestatum Pulc. 3) celebratur Hdschr.
4) non fehlt in der Hdschr. heredem proximum non haberet Pulc.
5) obe lemore patrum Hdschr. Obule in patrimonium Riedel. 6) Patricea Hdschr.
7) filia sua filia (!) fügt die Hdschr. hinzu. 8) Es hier die Hdschr.
9) Petri am Rande der Hdschr. hinzugefügt. 10) Liececa Hdschr. 11) constitutis Hdschr.
12) So die Hdschr. Eiquinom? 13) Brandenburgk Handschrift und so öfters, wechselnd mit Brandenburg. 14) in Hdschr. 15) quia Hdschr. licet rex esset Pulc. qui Riedel.
16) scrinium reliquiis beati Petri imponendis Hdschr. 17) Die eingeklammerten lateinischen Worte sind wohl aus Dittographie entstanden. 18) quod fehlt in der Handschr.
19) et novissimis fehlt bei Riedel. 20) malleus fehlt in der Hdschr. 21) cum Riedel.

marchio Adelbertus, libera rerum suarum disponendarum facultate potitus [1]), paganorum scelere latrocinii notatos et immunditie idolatrie infectos urbe expulit ac bellicosis viris, Teutonicis et Sclavis, quibus plurimum confidebat, custodiendam commisit. Ubi autem huiusmodi fama, qua nullum malum velocius, in auribus Jaczonis [2]), in Polonia tunc principantis, avunculi supradicti nobilis sepulti, percrepuit, permaxime de morte nepotis sui doluit, et quia proxima linea consanguinitatis defuncto iunctus erat, perpetuo se de urbe exhereditatum considerans, miserabiliter ingemuit. Verum tempore brevi elapso, inhabitantibus urbem pecunia corruptis, proditam ab eis nocturno silentio cum magno exercitu Polonorum, reseratis amicabiliter portis castri, intravit et homines marchionis, qui urbem tradiderant, in Poloniam ducens, simulatorie captivavit. Quo audito, marchio Adelbertus, a iuventute sua in bello strenuue exercitatus, quid facto opus esset, extemplo consideravit et, expeditionem indicens [3]), ope et industria domini Wichmanni, in Magdeburg tunc metropolitani, et [4]) aliorum principum ac nobilium copiosum exercitum congregavit et die condicto, fortium pugnatorum vallatus auxilio, ad urbem Brandenburg, sibi Jaczone [5]) supplantatam, quantotius duxit [6]) ac, tribus in locis circa eam copias [6]) dividens, longo tempore propter munitionem loci eam obsedit. Sed post hincinde sanguinis effusionem, cum hii, qui in urbe erant, cernerent, se nimis angustiatos nec posse evadere manus adversantium, conditione firmata, dextris sibi datis, marchioni coacti reddiderunt. Anno igitur dominice incarnationis MCLVII. [7]) III. Idus Junii predictus marchio divina favente clementia urbem Brandenburg victoriosissime recepit ac cum multo comitatu letus introiens, erecto in eminentiori loco triumphali vexillo, Deo laudes, qui sibi victoriam de hostibus contulerat, merito persolvit. Wiggerus igitur, XII. Brandenburgensis episcopus, quondam beate Marie in Magdeburg prepositus, obdormivit feliciter in Domino, ut speramus, anno gracie MCLVIII. pridie Nonas Januarii, in eadem ecclesia beate Marie virginis in Lieszka sepultus. Hic sedit in cathedra episcopali annis XXI. mensibus IV. diebus XVII. Fuit interea Lieszka in claustro beate Marie virginis bone indolis canonicus, nomine Wilmarus, qui ascendens de virtute in virtutem primum scholarium eruditor, postea, defuncto primo [8]) pie memorie Lamberto [9]) huius ecclesie preposito, digne factus est eius successor, tandem, divina erga eum [10]) nichilominus agente providentia, ibidem ab ecclesie ejusdem fratribus et canonicis libera iuris potestate in episcopum est electus. Hinc est, quod post receptionem supradicte urbis, annis octo inde elapsis, Wilmarus, XIII. Brandenburgensis episcopus, omnimodis sedem cathedralem exaltare et urbem contra insidias inimicorum munire desiderans, prolixa deliberatione propria et coepiscoporum suorum nec non et Adelberti marchionis filiorumque eius consilio canonicos ordinis Premonstratensis ab ecclesia sancti Petri apostolorum principis in Lieszka transmissos, qui in ecclesia sancti Godehardi in suburbio Brandenburg in diebus illis obedienter et religiose nec non conformiter matri sue ecclesie beate Marie virginis

---

1) potius Hdschr., schon bei Riedel verbessert. 2) Jaszonis Hdschr. Jacze Pulc.
3) edicens, am Rande für zu besserndes ce Hdschr. edicens Riedel. 4) in Hdschr.
5) Jaczone Hdschr. 6) duxit und copias fehlen in der Hdschr.
7) MCLVIII Hdschr. Das richtige Jahr giebt Pulkawa. 8) primo Hdschr. patre Riedel.
9) Lamberti Hdschr. 10) erca eum Hdschr. erga eum Riedel.

in Liezeka degebant, unde originem assumpserant, cleri solemni processione populique prosecutione in supradictam urbem ex consensu matris sue Liezeka transponens, in sedem episcopii sui VI. Idus Septembris satis provide collocavit eisque villas Gorzelitz, Muselitz, Bukowe, Gorne, Rytz [1]), ut benivolos ad transmeandum faceret, contulit, quatenus, eliminatis [2]) idolorum spurcitiis, Deo laudes inibi incessanter agerentur, ubi antea per multa annorum milia inutiliter demonis [3]) serviebatur. Eodem siquidem anno prefatus episcopus Wilmarus, bonum inceptum meliori fine consummare [4]) disponens, basilicam beati Petri apostoli, fundamento XXIIII. pedum supposito, V. Idus Octobris in nomine Domini nostri Jhesu Christi devotus fundavit.

D.

Genealogie bairischer Geschlechter des zwölften Jahrhunderts.

Fridericus advocatus Ratisponensis senior et Albertus Pognensis fratres fuerunt. Fridericus genuit Alheidem de Hohenburch et monialem in Indermunster et Fridericum advocatum.

Item Purcravius et Otto Lancravius fratres fuerunt. Purcravius duxit uxorem de Austria, sororem ducis Heinrici, de qua genuit Fridericum et Heinricum et abbatissam superioris monasterii. Mortua illa uxore, Purcravius duxit uxorem de Otingen, de qua genuit Ottonem et duas filias, quarum unam duxit Fridericus de Hohenburch, alteram Popo de Wertheimen.

Langravius duxit uxorem filiam palatini de Witelinsbach, de qua genuit Ottonem, Heinricum, Fridericum et filiam, quae nupsit comiti de Baldern et, illo defuncto, Chunoni de Tieufen.

Marchio Dietpoldus de quadam, quam [5]) duxerat de Polonia, genuit filium nomine Diepoldum [6]) et quatuor filias, videlicet Adelam imperatricem [7]), Sophiam de Lehsmunde [8]), Eufemiam de Assel, Juttam uxorem advocati Ratisponensis. Mortua illa de Polonia, marchio Diepoldus duxit aliam uxorem de Saxonia, de qua genuit filium nomine Perhtholdum et duas filias, scilicet Chunigundam, uxorem marchionis de Styra, et Alheidem de Laufen. Hac quoque mortua, terciam duxit uxorem, sororem Stephani comitis Ungarie, de qua genuit Dietpoldum et Sophiam de Pilensteine.

---

1) So die Handschrift. In der Urkunde Wilmars bei Riedel, Cod. dipl. Brand. I. 8 S. 104. 105 werden die Orte genannt: Buhowe, Gorselize, Beltiz, Mucelitz, Gorne.
2) elimalis Hdschr. 3) demonis fehlt in der Hdschr. und ist aus Pulcawa ergänzt.
4) consummare Hdschr. 5) quam ist in der Handschrift übergeschrieben.
6) Die Handschrift wechselt in der angegebenen Weise zwischen Dietpoldus und Diepoldus.
7) Die Worte vid. Ad. imp. sind in der Handschrift versetzt und stehen nach Polonia, doch ist ihnen durch Zeichen die richtige Stelle angewiesen.
8) Das h ist in Lechemunde übergeschrieben.

E.

Urkunde des Abts Rainer von M. Amiata für Papst Eugen III. 29. Mai 1153.

In nomine Domini. Anno Dominice incarnationis millesimo centesimo quinquagesimo tertio, anno nono pontificatus domini Eugenii tertii papae, indictione prima, mensis Madii die XXIX. Ego quidem Rainerius, licet indignus, abbas venerabilis monasterii beati Salvatoris de Monte Amiate, consentientibus fratribus meis et monachis ipsius monasterii, Stephano presbitero et Azzone diacono et Adam et Rolando conversis ceterisque fratribus ipsius monasterii, consentientibus etiam subscriptis vassallis nostris et testibus vocatis, ac die propria spontaneaque mea voluntate in presentia [1]) predictorum et cardinalium ipsius curie et coram Gregorio arcario iudice et Roberto primo defensore et Filippo Sacellario iudicibus et Gregorio Corano iudice, et coram causidicis Johanne iudice et Romano de Scriniario et Benedicto Leonis atque Bartolomeo loco et concedo vobis domino nostro Eugenio a Deo decreto summo pontifici et in sacratissima sede beati Petri apostoli universali pape tertio et per vos beato Petro apostolorum principi sancteque Romane ecclesie omnibusque vestris catholicis successoribus in perpetuum: id est medietatem integram unius castri, quod vocatur Radicofanum, cum dimidia in integrum parte totius curtis eius et cum tenimentis suis et burgo de Calcmala et bandis et placitis et districtu et omni onore ipsius castri. Omnia in integrum pro medietate vobis loco, exceptis antiquis possessionibus, que etiam tempore comitum per speciales et proprios ministros monasterii tenebantur et custodiebantur ad usum fratrum ibidem servientium, et feudis libellariis [2]), que similiter nomine tantum monasterii detinebantur, reservato etiam monasterio sancti Salvatoris iure ecclesiarum, quod in eis habet, in burgo quoque de Calemala redditus panis et vini, qui de agris et vineis solvitur, pensiones etiam monasterio nostro integre reservando. Omnes autem homines ipsius castri vobis vestrisque catholicis successoribus contra homines omnes fidelitatem iurabunt; michi quoque abbati meisque catho-

---

1) Muratori fährt nach dem Cencius Camerarius fort: dominorum episcoporum Conradi Sabinensis, Ymari Tusculanensis, Hugonis Ostiensis et Conradini, presbyteris cardinalibus Gregorio titulo sancti Calixti, Rolando cardinali et cancellario, Hubaldo titulo sanctae Praxedis, Ariberto titulo sanctae Anastasiae et Juliano titulo sancti Marcelli, nec non in presentia dominorum diaconorum cardinalium Odonis sancti Georgii ad velum aureum, Widonis sanctae Mariae in Porticu, Johannis sanctorum Sergii et Bacchi, Gerardi sanctae Mariae in Via lata et B. sanctorum Cosme et Damiani atque coram dominis iudicibus Gregorio Corano, R. primo defensore, Philippo sacellario, Marcone protoscriniario, Gregorio Corano et Ildebrando Aquapendentis, in presentia etiam advocatorum Johannis iudicis, R. de Scriniario, Benedicti de Leone et Bartholomei loco etc. Wie diese Zusätze in den Text des Cencius Camerarius gekommen, ist nicht zu bestimmen, aber offenbar enthalten sie manches Incorrecte. Sollten sie nicht aus einem früheren, wieder zurückgelegten Entwurf der Urkunde herrühren? Auch sonst finden sich mehrere Fehler in dem von Cencius mitgetheilten Texte. Von den Zeugen giebt er kaum die Hälfte und schließt mit dem Beisatz: et quamplures alii testes.

2) feodis et libellariis hat der Abdruck bei Muratori.

licis successoribus fidelitatem facient, sic tamen, ut si quando ego vel successorum meorum quilibet preter tenorem ac cartula comprehensum castrum ipsum vobis vestrisque catholicis successoribus sancteve Romane ecclesie auferre temtaverimus vel castrum ipsum vel quamlibet partem eius cuiquam in feudum vel quolibet alio modo concesserimus vel concessum servaverimus et [1]) requisiti infra tres menses non emendaverimus, a fidelitate abbatis sint soluti, et castrum ipsum in ius beati Petri et sancte Romane ecclesie devolvatur. Si vero, domine papa [2]), vel successorum vestrorum quilibet designatum censum michi vel successorum meorum alicui vel monasterio solvere cessaveritis vel custodiam nostram vos vel custodes vestros eieceritis et infra tempus subscriptum non emendaveritis, tunc a fidelitate vestra vestrorumque successorum solvantur. Ad indicium [3]) autem, quod castrum ipsum monasterii sancti Salvatoris, iuris et proprietatis semper existat, ad vestimenta monachorum vos vestrique successores michi meisque successoribus catholicis et monachis, qui pro tempore ibi fuerint, sex marcas puri argenti annis singulis in mense Madio pro pensione persolvetis. Hoc etiam duximus adnectendum, ut castrum ipsum per custodes proprios vestros vestrorumque successorum, assumptis secum duobus vel tribus custodibus meis meorumque successorum, semper teneatur, per quos et per alios homines ipsius castri et a vobis vestrisque catholicis successoribus, sicut quod iuris beati Petri existit, monasterium ipsum cum bonis suis a pravorum hominum incursibus defendatur, nec ab eisdem fraudulenter nec malitiose perturbetur. Et ipsum castrum in alicuius alterius dominio vel potestate nullo unquam in tempore transferatur, et omnes custodes vestri vel successorum vestrorum, qui ibi pro tempore fuerint, quod michi et monasterio in ipso castro reservatum est, michi meisque catholicis successoribus fideliter iurabunt conservare. Si vero supradictus census aliquo casu per tres annos solutus non fuerit et vos sive successores vestri ter requisiti et in quarto anno in integrum persolvi non feceritis, sive etiam custodes monasterii nostri ab hominibus vestris de castro eiecti fuerint et infra tres menses, postquam tertio requisiti fueritis, superadiecto tempore ad iter faciendum et ad custodiam monasterii oportune revocandam sine utriusque partis malitia sufficiente, restituta non fuerit, hec locationis cartula de cetero viribus careat. Si quando etiam Romanus pontifex qualibet ex causa castrum ipsum ad manus suas retinere voluerit, ipsi monasterio nostro absque omni inpensarum recompensatione restituet, eo tamen tenore, ut quandoquanque idem Romanus pontifex vel successorum eius catholicus quilibet ad suas manus ipsum revocare voluerit, simili tenore absque omni contradictione et inpensarum restitutione ei restituetur. Quam scribendam rogavi Andream scriniarium sanctae Romane ecclesiae in mense et indictione suprascripta prima.

Signum † manus supradicti domini Eugenii summi et universalis pontificis et in sacratissima sede beati Petri apostoli pape tertii, conductoris huius apparagii (?) [4]).

1) et fehlt und ist aus dem Abdruck bei Muratori ergänzt.
2) papa in meiner Abschrift; vos scheint nach papa zu fehlen.
3) indicium Muratori.
4) Das letzte Wort ist bei Muratori ausgelassen, in meiner Copie steht approgl.

Cencius [1]) Fraiapanus egregius Romanorum consul. — Johannes Fraiapanus, filius eius. — Oddo Fraiapanus, strenuissimus Romanorum consul.

Johannes Petri de Leone, Romanorum consul. — Gratianus Obicionis. — Obicio Leonis Petri de Leone. Petrus, frater eius.

Stefanus de Tebaldo. — Jacintus, domini pape dapiferorum magister. — Stefanus infans, filius Stephani de Tebaldo.

Oliverius Romani de Oliverio. — Vviscardus, domini pape minister. — Johannes Roncione. Berardus, frater eius.

Petrus Scancio. — Johannes de Biviano. — Rogerius de Letulo. Guittone, domini pape supercocus.

Petrus Ricius Userii. Donnellus Abbaimonti Userii. — Robertus, marescalcus equorum alborum. — Filippus de Gabiniano, Trasmundus, frater eius, domini pape scuderii.

Petrus Saraceni de Porticu. Cencius Covalima. — Cencius Petri di Niccolao. — Johannes de Ancilla Dei. Petrus Buccabella.

Toderus Gregorii de Carello. Condulfus de Stefulo. — Rusticus de Condulfo. — Johannes de Condulfo. Litoldus, cognatus eius. Matheus de Cesario.

Mele Johannis Gregorii de Todero. Gregorius, frater eius. — Johannes Gregorii de Corello. — Bonusfilius de Maridonna. Leo Johannis Dritta. Angelus Stefani Petri. Johannes de Panpano.

Jonathas de Cassulo. Leodizello Biterbensis. Romanus sancti Pauli. — Johannes Crassus. Johannes Petri de Crescentio. — Benedictus Zenonis. Petrocius. Gregorius Coppa. Gregorius Johannis de Giorgio. Blasius Beneventanus. Cesarius de Taolozzo. Petrus de Cencio Aminadale.

De Radicofano: Vvicciardus. Salar, filius eius. Rolandinus, avunculus eius. — Morus Mastinelli. Obicio Tigniosi, comes de Tintinnano. — Ardimannus Arnolfini. Rainerius de Castilione.

De familia monasterii: Oddolinus. Monacellus Bonusfilius. — Agustulus. — Girardinus, vicecomes de Civitella. Beccorinus de Coniano.

Ego Andreas scriniarius sancte Romane ecclesie et sacri Lateranensis palatii complevi et absolvi.

---

1) Die folgenden Zeugen sind in der Urkunde in drei Spalten geschrieben, jede in zwölf Absätzen. Sie sind hier in der Reihenfolge nach den Absätzen abgedruckt; die Trennung durch die Spalten ist durch einen Strich angegeben.

Register

zur

Geschichte der deutschen Kaiserzeit.

Von

Wilhelm v. Giesebrecht.

Vierter Band.

Register.

www.ingramcontent.com/pod-product-compliance
Lightning Source LLC
Chambersburg PA
CBHW021938110726
47901CB00003B/888

* 9 7 8 3 7 4 2 8 1 1 5 0 9 *